JN000543

古野まほろ

叶うならば殺してほしい

ハイイロノツバサ

講談社

目次

装幀　坂野公一＋吉田友美（welle design）
カバー写真　Taro Hama@e-kamakura/Moment/Getty Images

叶うならば殺してほしい

ハイイロノツバサ

叶うならば殺してほしい

ハイイロノツバサ

序章

吉祥寺・井の頭(いのかしら)公園近傍(きんぼう)

おだやかな春の宵(よい)。

三月初頭の暖かな夜。

甘酸っぱい沈丁花(じんちょうげ)の香りが、冬に倦(う)んだ人々の心を和ませ、浮き立たせるそんな頃。

時刻は、午後一〇時を過ぎた所。

場所は、都心からやや西、東京都武蔵野(むさしの)市。いわゆる吉祥寺エリア。

武蔵野市を特徴づける、巨大な井の頭(いのかしら)公園のすぐ近く。

概(がい)して、駅前の喧騒(けんそう)とは無縁の、閑静(かんせい)な住宅地である。

よって、駅前の絢爛(けんらん)さはもう、そこにはない。

巨大な公園は、鬱蒼(うっそう)とするほど暗く、周辺は、静かで寂しい街路をそなえるのみ。

ひとくちに閑静な住宅地、といっても、その特色は区域ごと実に様々だが——

今、彼女が目指しているのは、いわゆる富裕層が居住するとされる区域であった。

彼女は自分の学校から、このおだやかな春の宵、自分の家を目指し駆けている。

静かで寂しい街路の下、自転車を漕ぎ駆けている。

彼女は今、高校二年生だ。

故に次の四月で、高校三年生となる。

そんな三月のこの時季、学校の授業にも行事にも、さしたるものはない。

だから、彼女がこの暖かな夜の午後一〇時過ぎ、独り自転車を漕いでいるのは、学校の授業や行事のゆえではない。それは、部活と予備校のゆえであった。

彼女は学校の管弦楽部でピアノを弾いていた。ピアノ以外もこなしていたが、幼い頃からそれを嗜(たしな)んできた彼女にとっては、全く自然な選択だった。

また彼女の学校は進学校で、彼女自身、難関大学を狙える学力があった。学業や部活を終えてからまた駅前の予備校に通うのも、彼女にとっては全く自然な選択だった。

無論、ピアノにしろ予備校にしろ、あるいはその住まう一軒家にしろ、これすべて彼女の親の財力資力あってこそである。彼女はそうした家庭に生まれた一人娘として、観念的にはそれに感謝していたが、実際的には自分がどれだけ恵まれているか、例えば具体的な数字を挙げるなどして考えてみるには、まだまだ幼すぎた。収入だの所得だの税金だの控除(こうじょ)だの、そうした世俗の垢(あか)には無知だったし、彼女の親とて、それを一人娘にあれこれ説くほど恩着せがましくなかった。というか、彼女の親とて細かい生活上の算段をする必要に迫られたことがなかった——端的(たんてき)には、彼女の世帯は裕福で鷹揚(おうよう)であった。その上品さは、浮世離れしているといってもよかった。

それが、一七歳の一人娘の性格形成に、影響を与えないはずもない。

すなわち、彼女にとって、世界は善なるものだった。

彼女はその生涯において、真実悪であるものと、邂逅(かいこう)したことがなかったから。

高校は共学だが、近時ありがちなことに、すっかり男女別で教育を行う。実質、女子高だ。しかも、地元で名の知られた進学校。生徒の同質性は極めて高い。学力的にも、性格的にも、無論経済的にも。そんな同質性が、生活時間の大半を占める。そこで、真実悪であるものと邂逅する方が難しい。彼女がこれまで受験等で挫折を経験しなかったのも、彼女の性格形成に拍車を掛けた。

そんな彼女にとって、世界は幸福なるものでもあった。

彼女は挫折同様、貧困を知らない。貧困に由来する様々な悲劇も知らない。家庭においても、学校においても、こうして街頭を行き来するときも、それを知る機会に恵まれなかった。世界とは極論、自分の動線から描き出される抽象画である。彼女の動線からして、その世界が極めて楽観的なものとなることは、必然だった。もちろん彼女は既に一七歳。まさか幼稚園児ではあるまいし、これまた観念的には、世界が悪に充ち満ちていることを知っている。ただこれまた実際的には、自分がどれだけ悪や不幸と慎重に隔離されてきたか、そこに親のどのような腐心があったか、それを突き詰めて考えてみるには、まだまだ幼すぎた。幼い頃から武蔵野市の、しかも富裕層の住まう区域で育てられてきたことも、そのような性格形成に拍車を掛けた。

世界は、善なるもの。

世界は、幸福なるもの。

このような彼女の性格形成は、ある意味必然的に、いまひとつの世界観を創り出した。

――困っているひとがいたら、助けなければならない。

そのような彼女の世界観なり信条なりは、持てる者ゆえの余裕だったろう。

堅い言葉で言えば、彼女は正義を信じていた。

世界は、善であるべきだ。私なんかが、これだけ恵まれているのだから。

世界は、幸福であるべきだ。私なんかが、これだけ恵まれているのだから。

もし、善と幸福が実現されていない状況が、あるとすれば……

それは助けるべきだ。何故ならそれが正義だから。また、それが世界への恩返しだから。

それは、ロジックというより直感だった。

そのような堅い言葉で導き出した義務感というより、本能的な反射だった。

……そこには、一七歳なりの、ある種の背徳感があったのかも知れない。

なにひとつ不自由なく育った、持てる者の側としての、何とも言えない罪の意識。

そう、彼女は観念的には、世界に悪と不幸が充ち満ちていることを知っている。

自分自身は、そうしたモノと全く無縁であったことも。

それは無論、彼女の責任でも罪でも何でもありはしないのだが……

そこが実社会を観念的にしか感じられない、一七歳ゆえの気負いであろう。

自分は恵まれている。だから恩返しをしなければ。

二七歳なら、三七歳なら絶対にそうは考えない思考プロセスを、彼女は踏んだ。

それも要は、世俗の垢（あか）に塗（まみ）れていない、若い、ということだろう。

特に今年の年初、激しい震災が甚大（じんだい）な被害を出していたこともある。

不可思議な宗教団体が、様々なトラブルや犯罪で、世相を揺るがしていたこともある。

だから彼女は、管弦楽部でピアノを弾くほか、学校のボランティア部で募金活動に精を出したりもした。彼女自身は感じていないが、それは、彼女の世界観と性格形成、とりわけ背徳感に強く背を押されたからだ。はたまた、しあわせすぎるという現状そのもの——人生の視界に受験その他を含め何の脅威もないという現状そのものが、背徳感以上の、持てる者ゆえの恐怖心すら惹起(じゃっき)したのかも知れない。それもまた、社会人・生活人にとっては、既に理解不可能な心の動きだったろう。

　とまれ。

　このおだやかな春の宵、自宅目掛けゆるやかに自転車を漕ぐ彼女は、そのような娘だ。

　地元では名の知れた学校の制服姿が今、井の頭公園脇のバス街道を折れ、住宅地内の旧道に入る。旧道といっても、しばらくは巨大な公園に似つかわしい、広々とした街路が続く。それがだんだん狭まり、家々が密集してくると、車がすれ違えないような小道になってゆく。碁盤(ごばん)の目のように配されていた街路が、方向感覚すら狂わせる、蛇がのたうつ様(よう)な、うねうねとした小道に変わってゆく。このあたりは戦前、疎開地(そかいち)であったこともあってか、そこかしこに高級住宅地を擁(よう)する一方、吃驚(びっくり)するほど古い道や古い木造住宅、古い工場に古い団地が点在している。〈いちばん住みたい街・吉祥寺〉なるイメージとは、かなり懸け離れた田舎くささも有している。誇張なく、古い住宅地の区域に迷い込んだなら、衛星による位置情報でもなければ、自分が今いる地点すら分からなくなるほどに……

　その知られざるカオスが吉祥寺の魅力でも便利さでもあるのだが、それは、住んでみなければ解らないことだ。

　無論、そのような小道を縫(ぬ)って自宅へ向かう彼女は、一七年来の住民ゆえ、そのような事情を知り尽くしている。慣れ切ってもいる。故に、今更何の恐怖心も警戒心も感じることはない……そしてそのことを責めるのは酷だ。区域がどれだけカオスであろうと、事実、このあたりの犯罪発生率は極めて少ない。その証左に、警視庁も、このあたりには二四時間営業の交番ではなく、定時で閉まる駐在所しか設けてはいないのだ。これすなわち、犯罪は当然のこと、警察官がわざわざ対処すべき警察事象全般が、極めて少ないことを意味する。まして住民に訊けば、このあたりで凶悪犯罪などここ一〇年（いやここ二〇年）一、二件くらいだと断言するだろう。要は、区域の古さ新しさの別を問わず、体感治安も治安そのものも、極めてよい。それがこの、井の頭公園近傍の実態であった。

——彼女は引き続き、うねうねした小道を駆けている。自転車で、自然に駆けている。

それがじき、いびつな十字路に差し掛かろうとしたとき。

それはまた、彼女が道路の左側に停まった、黒いバンを追い越したときでもあったが。

彼女は十字路の極手前に、蹲る何かを見出した。

時は、午後一〇時過ぎ。三月の夜はもう暗い。表通りでもなく、街頭も極めて寂しい。

彼女は自転車の速度を落とした。いいや、いびつな十字路の前でもう自転車を停めた。

彼女が眼前に見出したのは、弾けるように大きく転がった自転車と、制服姿の男子高校生。彼女の学校の制服ではないが、この吉祥寺エリアでしばしば見掛ける制服姿である。それがいびつな十字路の極手前で、蹲りながら悶絶している。自転車に乗ったままの彼女が見るに——膝を抱え、足を庇い、要は何かの変事があったことは一目瞭然である。そもそも、その男子高校生は自分の自転車を回収する余裕すら無いようだ……

ここで、彼女が自転車を下りたのは、彼女の性格形成からして当然だった。

まして、相手は怪我をしたと思しき高校生独り。社会通念上も、特に危険とは言えない。

彼女は自転車を下り、それを停め、いびつな十字路目指し脚で駆ける。このあたりはうねうねした小道ばかりだが、その十字路は何の偶然か、バス街道に置いても無理がないほど大きかった。四方の交通の結節点で、すなわち車の往来も多い……このままでは……

「どうしたんですか？　大丈夫ですか？」

「……あっ、すみません」

制服姿で蹲る男子高校生は、低い声で答えた。まるで外聞をはばかる様な声量だったが、彼女は怪我が非道いゆえと解釈した。

「事故か何かですか？」

「轢き逃げっていうか、当て逃げで……車に……」

「えっ車に？」

「横からいきなり飛び出してきて……自転車ごと、撥ねられて。

俺このあたりのことよく知らなくて。道も、ここがどこかも……」

「大変!!」

彼女は携帯電話をぱかりと開けて、一一九番をしようとした。無論彼女の親は、彼女に携帯電話を与えている。それは、彼女の学校の同級生と比べればいささか稀なことだったが、彼女の世帯としては全く自然なことだった。そしてそれは今、まさに実用に供されようとしている……

すると。

「――うぐっ」

「あっ、痛みますか？」

男子高校生の悲鳴。彼女は携帯電話を持ったまま、しかし通話は後回しに、その怪我の状況を知ろうとした。ボランティア部で介護の手伝いをしたり、救命法や応急手当の講習を受けていたのが大きかったかも知れない。そして彼女が携帯の灯(あか)りを頼りに、男子高校生の膝(ひざ)なり足なりを確認すべく、自らもいびつな十字路の極(ごく)手前で蹲(うずくま)ったそのとき。

「ううっ!!」

……彼女は、美しいロングヘアが後ろから無理矢理掻(か)き上げられる感触、両耳が痛烈に摘(つ)ままれる感触と同時に、いきなりの、正体の解らない強烈な衝撃を感じた。それはほんとうに突然の、しかも激痛を伴う痛撃だった。脳がしたたか直接殴られたような痛撃……頭の中が真っ白になり、だから意識が遠くなる。気絶するには至らなかったが、脳と神経が完全にバグってしまったというか、フリーズしてしまった感じで、手脚が自由に動かせない。男子高校生を介抱しようとして、道端に蹲(うずくま)る姿勢をとっていた彼女は、そのまま人形がコテンと倒れるように、いびつな十字路のたもとで横転してしまった。名の知られた高校の制服が、地に塗(まみ)れる。

そして彼女は、無理矢理ぼんやりさせられた意識と瞳で、自分に生じたことと、生じてゆくことを眺める……眺めさせられる。思わず零(こぼ)した、涙や涎(よだれ)すら拭けないままに。

春を告げる甘酸っぱい沈丁花(じんちょうげ)の香りの中に、今は奇妙な刺激臭が混じっている。白煙のようなものも、微かに感じ取れる。それはあまりに不似合いの取り合わせだった。

うひゃあ、先輩の〈電撃〉、今夜も冴(さ)えてますね!!

　バカ大声出すな、それから携帯電話取り上げろ、落ちてる物は無えだろうな？

　指先ひとつ動かせない彼女は、自分が複数の男たちによって、黒いバンの車中へと搬入されてゆくのを知った。先刻の衝撃で、またあまりの恐怖で声など出せない。自分自身の状況も、周囲の状況も何も解らない、処理できない……

　もし、一部始終を観察していた第三者がいたのなら――この区域のこの時刻の常として誰もいなかったのだが――複数の男というのはいずれも男子高校生らしく、総数は四名で、うち三名は当該黒いバンから降りてきた連中だというのが分かったろう。無論その黒いバンというのは、彼女が怪我をしたっぽい男子高校生を発見する直前、あまりにも自然に追い越してきたあの黒いバンである。

　そう。

　今や、彼女を釣る餌だと分かった男子高校生が、一名。黒いバンの中から獲物を物色していた男子高校生らしき者が、三名。総計四名の男子高校生は、あまりにも手慣れた手際で、彼女に猿轡を噛ませ、彼女に手錠を施し、そしてまるでモノのように彼女を黒いバンの二列目に押し込む。まして彼女をいきなり襲う、二度目の〈電撃〉……

　　先輩大丈夫っすか？　あんまりこれやると、前みたいにバカになっちゃうかも
　　それはそれでいいんじゃねえか？　どうせこれから、毎日通電するんだしな
　――彼女の搬入には、まさか三分を要しなかった。

　そのまま黒いバンは走り去る。

　無論、現場に残された彼女の自転車を含む自転車二台は、四名のうち二名が回収し、ちんたら

と黒いバンを追うこととなる。何のリスクもなく……職務質問が励行(れいこう)されている駅前だの繁華街だのは別論、こんな閑静な住宅街だと、警らをする警察官すら見掛けはしない。防犯カメラなどという、小洒落(こじゃれ)たものもありはしない。コンビニその他の二四時間営業の店は街道沿いにしかなく、よって人の動線もほぼ確実に読める。端的(たんてき)には、誰の耳目(じもく)も気に懸けず、ヒト一人拉致(らち)することができてしまう……

黒いバンも、運転者を代えた彼女の自転車も走り去った後。

犯行現場に残るのは、甘酸っぱい沈丁花の香りのみ。

そんな彼女が最後に見ることのできた、外界の景色はというと……

それはとうとう、誰にも分からず仕舞(じま)いとなった。

彼女の言葉あるいは供述を獲(え)る機会が、永遠に失われたからである。

吉祥寺・井の頭公園近傍

今、月光の下、スマホを持つ彼女の手は大きく震えた。

それは、この脅迫電話に恐れをなしたからではない。まさかだ。

彼女は、こんな卑劣な脅迫を恐れる様(よう)な、性根(しょうね)の弱い人間ではない。

だから、彼女の手が衝撃に震え、思わず絶句すらしてしまったのは、断じてこの脅迫電話に対する恐怖の故(ゆえ)ではない。そうではない。彼女が今この刹那(せつな)、初めて恐怖を感じた理由は……

（今、彼の後ろから漏(も)れ響(ひび)いた声――）彼女は愕然(がくぜん)とする。（――脅迫仲間のものだろうか、彼の下の名を呼んだ声。きっと偽名だろう。偽名のはず。しかし、そんな偶然があるのか）

……しばし絶句してしまった彼女の息遣いを、どうとらえたか。脅迫者はいよいよ、畳み掛ける様に訊いた。

「どうするんだ。来るのか来ないのか。見捨てるのか救うのか。今決めろそうすぐに」

「ニナガワさん、あなたは……‼」

いよいよ思わず表れた、脅迫者の生の感情。そして、演技を忘れた声調に声音。

知っている。

彼女はその声を知っている。

……まして今や、彼女は、脅迫者の顔形すら明瞭に想起できた。

それはそうだ。もう一年以上、彼女はこの脅迫者のことを調べていたのだから。いや、調べていた所の騒ぎではない。まるで片思いの恋人を追い求めるかの如く、秘かにその姿を後追い……というか尾行までした事があるのだから。それも当然、幾度か。執拗に。

だから、声が分かる。

そして、姓が分かる。

まして、さっき偶然響いた下の名が、もし本名だとすれば……

しかし、そんな偶然があるのか。

「ニナガワさん、あなたのフルネームは、まさか……」彼女は震える声でそれを口にした。それは確実に恐怖の故であった。「……だというの？」

「それならそれでいいさ。まさか脅迫者が、本名を名乗るはずも無いしな」

「いいえ」彼女は断言した。「本名よ、ある意味では」

「……何だお前。意味解んねえ。そんなことより決意は固まったのか。早く返事しろ!!　お前の親友は、大声で泣き叫ぶばっかりだし、シャブ飲んで死のうとしたし、今んとこ血塗(ちまみ)れだしで、とにかく使い物にならねえんだよ。まして好都合なことに、絶対にお前が助けに来てくれるって言って聴かねえしな。

で、どうなんだ!!　親友を救うのか救わないのか!!　俺の言った場所に来るのか!!」

裁きの日は、来たのだ……

「行きます」

「——急に素直だな?」

「けれど、最後に一つだけ教えてお願い。

其処(そこ)には、甘夏(あまなつ)の樹があるはずよね……?」

「どうしてそんな」

それは、どうしてそんなことを訊く、ではなかった。

確実に、どうしてそんなことを知っている、だった。

——だから彼女は知りたいことを知った。こんな偶然は、あるのか、だ。

ガチャ切りされる気配を察知した彼女は、恬淡(てんたん)と、しかし急いで言った。

「言うことを聴くから切らないで。

あなたの言った場所に、私、行きます」

「服はそのままだ。道順、時間を間違えるな」

「ええ、だから彼女のことは絶対に——」

「お前次第だ」

電話は切れた。いつしか、頬(ほお)に雨を感じる。

彼女は、スマホを胸の前で祈るように保持しながら……

その母親と約束したことを、強く思い浮かべた。

——なんでもすると。

自分にできることは何だってすると。

どんな犠牲を払っても、どんな大切なものを捧げても、誤りを正して生きてゆくと。

すると、母親は言ったのだった。

——それを信じて、この海から貴方達(あなたたち)を見守っていると。

それが信じられて、二六年ぶりに魂が救われた思いだと。

それを信じながら、今死んでしまってもよいほど嬉しい、その約束はきっと守られると。

(そうだ。私は自分の言葉と約束を守る。御母様(おかあさま)に誓って、守る。

まして……

こんな重大犯罪まで犯すひとにしてしまった。そのしあわせを、叩き壊してしまった。

親友にだって、生涯忘れられない傷を負わせてしまった。まるで私の代わりの如(ごと)く。

私は、その責任を取る。この躯(からだ)に流れる、赤い血に懸けて取る)

彼女は胸に押し当てていたスマホをタップし、読み慣れた聖書を開いた。雨の中、頁(ページ)を繰(く)る。

……見よ、主の日が来る。残忍で、憤りと激しい怒りとをもってこの地を荒し、その中から罪びとを断ち滅ぼすために来る……

……報復の日がわが心のうちにあり、わがあがないの年が来たからである……

……強くあれ、恐れてはならない。見よ、あなたがたの神は報復をもって臨み、神の報いをもってこられる。神は来て、あなたがたを救われる……

……しかし、そむく者と罪びととは共に滅ぼされ、主を捨てる者は滅びうせる……

……安んじている女たちよ、震え恐れよ。思い煩いなき女たちよ、震えおののけ。衣を脱ぎ、裸になって腰に荒布をまとえ。良き畑のため、実り豊かなぶどうの木のために胸を打て……

……たといあなたがたの罪は緋のようであっても、雪のように白くなるのだ。紅のように赤くても、羊の毛のようになるのだ……

（健（すこや）かなる者は醫者（いしゃ）を要せず、ただ病（やまい）ある者これを要す。我は正しき者を招かんとにあらで、罪人を招かんとて來（きた）れり）

かくて彼女は聖書の一節を諳（そら）んじつつ、月が照りながら雨の降る夜、自転車を漕ぎ出した。

約束。

責任。

親友。

教え。

それらは、無関係の第三者からすれば、著しく不可解で不合理な自罰（じばつ）感情に結実したが。

若すぎる当事者の彼女は、何の疑問も躊躇（ちゅうちょ）もなく十字架に掛かる決意であったし……

そもそも、そのような心の動きも。

だから、彼女の今の行動すらも。
かねてから、悪意を以て彼女に仕掛けられた、陰惨な時限爆弾ゆえなのであった。

第1章

吉祥寺区井の頭（いのかしら）六丁目地内（チナイ）・某（ぼう）一軒家

二〇二一年（令和三年）三月下旬。

井の頭公園のほとり。

公園の桜が、薄く匂う。

極めて高級というほどではないが、落ち着いており、住民層もおだやかな区域。

二階建ての、こざっぱりした住宅が続くエリア。

——その火災は、そんなエリアの真っ直中（まっただなか）で発生した。

火元は、やはり二階建ての、瀟洒（しょうしゃ）すぎず質朴（しつぼく）すぎない一軒家。

富裕層であることを感じさせない、頑張った勤め人が建てた持ち家であると感じさせる、そんな一軒家だ。

火の手が確認されたのは、午前一時過ぎ。

二階某室（ぼうしつ）の窓を破り、炎が噴き上げているのを、隣家の住民等が目撃したのである。

春の夜を劇的に照らし上げる、猛烈な炎を。

無論、直ちに一一九番通報がなされた。

吉祥寺消防署員の臨場も遅くはなかった。

懸命な消火活動が続く中、住宅街の不審火として、吉祥寺警察署員も臨場した。

要は、火災そのものについての認知は、比較的早かったのであるが……

また、強風その他の悪事情も無かったのであるが。

しかし当該一軒家の、最初に火勢が認知された二階某室は、いわば丸焼け。

それどころか、室数の少なくないその二階全体も、ほとんど丸焼け。

かろうじて、一階部分の全焼も、隣家への延焼も食い止められたが……火の回りと勢いが余程激しかったのか、そしてもちろん消火活動そのものの激しさもあってか、一階部分とて、まさか火の手を免れている訳ではない。

――消火活動が一段落ついたのは、午前三時過ぎ。

他方で、それに先立つ午前一時半頃、吉祥寺警察署員は、当該一軒家の家人をひとり、確保していた。当該者が、当該一軒家の家人であることはすぐ知れた。飛び出てきて人垣を成していた、あるいは当該者を保護しようとして接触した、近隣住民複数の証言があったからである。その近隣住民複数いわく、当該者はハンカチの様なもので瞳や顔を蔽っていたが、だから泣いてもいた様だが、まさか顔を隠すでもなく、ましてそんなもので体躯は隠せない。それが誰かは、近隣住民にはすぐ分かる。

ただそのような証言がなくとも、当該者がそこに住まう家人であることは明白であった――ラフな室内着に、ラフなサンダル。ポケットに入らなかったのか、わずかな手荷物とともに、ただただ呆然と燃える家を見上げるばかり。そう、炎が二階部分を舐め尽くそうとしていたその頃、ふらふらと、とぼとぼと玄関前のささやかなポーチ前に現れ、わずかな階段部分や近接した駐車場部分を所在なく往来しては、呆けたように二階部分を見上げ見詰めるばかり……その瞳にはおよそ生気なく、その表情はおよそ虚脱している。それがどれだけ続いたか。そのような者に、警察官が声掛けひとつしないとあらば、職務怠慢の誹りは免れないであろう。実際、警察の内では第一臨場をした、吉祥寺警察署のPC勤務員である巡査部長が、近隣住民多数の人垣を掻き分け、火勢を避け門のたもとまでその身柄を移しつつ、職務質問を開始している。

「こ、この家の子かい？」

「…………………」

「この家に住んでいるの？」

「…………………」

「――名前と住所を教えてくれるかな？」

「…………………」

どこまでも虚脱している当該者に代わって、人垣の中の近隣住民がひとり、そう主婦と思しき住民がひとり、制服姿の巡査部長に近づいた。そしていった。

「おまわりさん、徹君ですよ、仁科徹くん」

「仁科というと」巡査部長は門のたもと、燃える家の表札を見遣った。「このお家だね？」

「そう、仁科さんの一人息子の、徹君です」

「君、そうなのかい？」

「…………………」

「そうしますと、その仁科さんは――」

巡査部長はニシナトオルへの質問を中断し、通訳を買って出た近隣住民に相対した。といって、ニシナトオルへの警戒も怠らない。そう、事件は不審火である。

「――仁科君の御両親は？　見たところ、付近に避難をしてはいない様ですが？」

「仁科さんのお家は、ちょっと御事情があって……」近隣住民はあからさまに言葉を濁した。

「……きっと今晩も、こちらの御自宅にはおられなかったと思いますよ」

「すると在宅していたのは、こちらの徹君ひとりだった可能性が強いと？」

「御家族の御事情が変わっていないのなら、ええ、そうだったと思いますわ」

「御協力ありがとうございました」

巡査部長は慇懃な敬礼を終えると、今やあらゆる意味で保護を必要とするニシナトオルを、通訳からも人垣からも切り離し、ＰＣ内へと任意同行した。といって、対象は何も語らないのであるから、任意というのは抵抗が無かったということを意味するに過ぎないが。

――そして巡査部長が、ＰＣの相勤員とともに職質を継続すること一〇分余り。

その頃になると、自動車警ら隊や機動捜査隊の警察官が現場にあふれてきた。また、所轄署である吉祥寺警察署の刑事課員たちも当然、集結してくる。

巡査部長は、特に吉祥寺警察署の刑事課員と、通信指令本部の判断を仰ぎ。

ともかく他称・ニシナトオルを、更に吉祥寺警察署まで任意同行することとした。

警察署までは、緊急走行をしなくとも一〇分を切る。

結局その間、ニシナトオルが言葉を発することは、一度もなかった。

だから結局、最初に職質を掛けた巡査部長が分かったのは、次のようなことだけだ。

(見た所、一〇代の少年……しかも風貌からして、また酒気を帯びていないことからして、大学生ではあるまい。

そして、もし出火現場にいたのが、この少年だけとするなら……)

——自分は家人を保護したのでなく、被疑者を職質検挙したのかも知れんな。

吉祥寺警察署の周りにも、微かすぎる桜の香が漂ってはいたが。

巡査部長が感じたのは、現場を引きずった焼け焦げの臭い、消火剤の臭いだけだった。

吉祥寺区下連雀地内・箱﨑邸

警視庁捜査第一課管理官・箱﨑ひかり警視は、警電の鳴るぴろぴろ音で目を覚ました。

極めて適当なパジャマ姿のまま、枕元の受話器を取る。

併せて枕元のスタンドを灯す。現時刻、〇二五〇。

彼女が極めて適当なパジャマ姿なのは、この家に住まうのが現在彼女独りであり、また、よりしみじみとした話としては連れ込む男もいないからだが……そのあたりはまあどうでもよい。ともかく彼女は胸元もはだけたまま、脛や背をぽりぽり掻きながら警電を取った。今年の春の宵は、どちらかといえば寒いが、今夜についていえば何処か蒸す。

「ふう……もしもし箱﨑です」

『あっ、今晩はですハコ管理官〜あたしです〜』

「いったい何処のあたし様？」

『今更すっとぼけないで下さいよ〜、管理官同様、警視庁の鼻つまみ者の水鳥薙（みずとりなぎ）です〜』

「……今度は何事、ナギ？」

『不審火なんですけど〜、キャフフフッ、ハコ管理官好（ごの）みの重大事案に発展しそうで〜』

「不審火くらいで私を起こしたら尖閣（せんかく）駐在所に飛ばすわよ？」

『もっちろん放火です放火!!　おまけに放火殺人の役（ヤク）も付く!!』

「どうしてそんなに嬉しそうなの」

『だって〜、まだ事案詳細不明（ジアンショウサイフメイ）なるも〜、マル害、少なくとも四名になりそうで!!』

「……それは確かに太いわね」箱﨑ひかり管理官は、やっとお仕事モードになった。「マル被は確保できているの？　それとも、緊急配備絶讃（ぜっさん）発令中とか？」

『まだ事案詳細不明なるも〜、燃えたの一軒家なんですけど〜、一緒に四名が燃えちゃって〜、生き残りはたったの一名とかで!!　当該（とうがい）生き残りは既に吉祥寺ＰＳの自ら班（ジハン）が確保して〜、ガッツリ該（ガイ）ＰＳに任同（ニンドウ）してます〜』

「吉祥寺ＰＳ？　それって我が家の守護警察署じゃないの」

『現場（ゲンジョウ）、吉祥寺区内なんで〜。ていうか、管理官の御屋敷（おやしき）から車で一〇分程度です〜』

「あらまあ」ひかりは故意（わざ）とらしく嘆息（ためいき）を吐いた。「吉祥寺も物騒（ぶっそう）になったものね」

『というわけであたし〜、現在管理官車で御屋敷に急行中ですから。所要（しょよう）あと一五分強!!』

「……あなたいちおう警部補よねナギ？

　管理官車の運転手なんて、そんな巡査長・巡査部長のお仕事を命じた記憶は無いわよ？」

『でも和光（わこう）捜査主任官、直々（じきじき）の御下命（ごかめい）なんです〜。

警視庁本部某所で徹マンと洒落込んでたら～、暇こいてるならお前が車転がしてけって』

「あなたもまあ、あいかわらずね……

というか担当の主任官は、その和光警部なの？」

『ハイ管理官。今捜一で手空きの班、我が和光班しかないんですよ～。

ハコ管理官、ウチの和光警部とお知り合いですか？』

「まあちょっとね。去年のとある事件で、いささか迷惑を掛けたりもした」

『それでですか～、なるほどですね～』

「何が成程なのよナギ？」

『和光警部、ものすごーく超絶的に渋い顔してましたもん。

まあ捜査主任官の方で担当管理官は選べませんから、お気の毒には思いますけどね～、よりによって～、キャフフフッ、なんで腐れゴスロリキャリアの箱﨑管理官なのかって～』

「……和光警部がそんな言い方をする訳ないでしょ。

とまれ、あと一五分弱で当家に着くというのなら、衣装を整えないと。悪いけどちょっとゆっくりめで来て。急ぐと着付けが鈍る。あと吉祥寺PSなんて目と鼻の先なんだから、できるだけ情報収集を終えて、車中で把握していることを急ぎレクチャーして頂戴」

『水鳥警部補了解で～す』

――警電は一方的に切れた。警視より先に警電をガチャ切りする警部補など、警視庁では捜す方が難しいだろう。

（さて、残余一〇分程度か）

二六歳独身、警視庁刑事部捜査第一課唯一のキャリア管理官である箱崎ひかりは、今夜の暖気に濡れた肌をシャワーで流すのを諦めた。性癖として常備している、駅チカで買ってあった鶏肉のフォーを温めるのも諦めた。

それは無論、意を決してワードローブと格闘し、彼女の戦闘服を身に纏うためである。

吉祥寺警察署・刑事組織犯罪対策課長室

時刻は、〇三三〇。

場所は、事件発生地を管轄する吉祥寺警察署。

捜一管理官・箱崎ひかり警視と、捜一和光班係長・水鳥薙警部補は、ちょうど問題の火災がどうにか鎮火された頃、この大規模警察署入りした。そのまま、火つけの類を所掌する刑事課に向かう――ここ吉祥寺署ではそれは〈刑事組織犯罪対策課〉なるカンバンを掲げているが、そうしたカンバンの違いに大きな意味は無い。火つけの類はどのみち刑事部門の、一課系の強行犯係が担当する。ひかりや薙はそれを担う警視庁本部の警察官で、重大事件が発生すれば各警察署に馳せ参じるという訳だ。

もっとも、ひかりは吉祥寺署は初めてである。

自分の家を管轄する警察署ではあるが、管内で落とし物をしたこともなければ、ここで運転免許証の更新をすることもできない。こうなると、地元警察署といえど青森県庁や鹿児島市役所と大差ない。そうした距離感は、警察署の側からしても同様だ。警視庁本部の警察官が管内に住んでいようと、ぶっちゃけ知ったことではない。故に……もしひかりと薙が〈捜一バッジ〉と〈捜査一課の腕章〉を着装していなければ、どちらもあからさまな不審者として、幾度も幾度も署内職質を掛けられたに違いなかった。それはそうだ。独特の戦闘服を帯びたひかりは無論のこと、薙もまた、そのザクッとしたパンツスーツ姿にかかわらず、茶髪のセミロングをネオソバージュにしたおバカ女子大生か元ヤンＯＬの如くであり、およそ監察なり方面本部なりにすぐさま摘発されそうなルックスである……

　とまれ。

　重大事件の発生を受け、数多の警察官のバタバタした動きでいよいよ喧騒の最中にある吉祥寺署内を――数多の好奇や訝しみの視線をガン無視しつつ――女警二人は〈刑事組織犯罪対策課〉までやってきた。ひかり独りなら道に迷うのが大規模署の動線であるが、幸か不幸か薙は吉祥寺署に詳しかった。訊けば、転勤が多かった親の都合で、吉祥寺の街にも吉祥寺署にも慣れているという。前者はともかく、後者はすなわち、薙が若かりし日に幾許かのお悪戯をこなしてきたことを類推させたが……元々ひかりは薙の人格を買っている訳ではなかったし、そのひかりとて、別段褒められた人生を歩んでいる訳でもない。

　――そんな薙が、刑事組織犯罪対策課の課長室、その開きっぱなしの扉を、なんちゃって警察礼式でノックする。そのままひかりが『入ります』とサクサク入室するや、室の主に先んじて、先入りしていたひかりの部下が声を発した。

「おおっ、お疲れ様です箱崎管理官!!」

「お疲れ様、和光警部――あの湾岸署の捜本以来ね？」

「その節は大変お世話になりまして……

「また今般も、御縁(ごえん)あって私が捜査主任官を命ぜられております」

刑事焼けした声と、固太(かたぶと)りの体躯(たいく)。

「また管理官の御指導を賜(たまわ)ることとなりました。老兵に活(かつ)を入れてやってください」

捜一の超ベテラン警部、和光はキリリと室内の敬礼をした。

「また御謙遜(ごけんそん)を……

そして初めまして刑事課長さま。捜一の、箱崎ひかり管理官です」

「……吉祥寺署刑事組対課長・高井戸(たかいど)警視であります。払暁(ふつぎょう)の御来署(ごらいしょ)、恐縮です。

先に当署長に御挨拶なさいますか？　既に在庁しておりますが……あるいはお着換えなどなさいますか？　ならば女子更衣室を」

（キャフフフッ!!）随行(ズイコウ)の水鳥警部補は、笑いを噛み殺すのに四苦八苦した。（吉祥寺署は警視正署。すなわち役員署。面識と予備知識がないとしたら、ハコ管理官の戦闘服を見て、さて激怒するか卒倒するか……

ピアノみたいな声に、日本人形みたいな黒髪。ぶっちゃけ、超美人。

これでこの戦闘服じゃなかったら、警視庁本部でも合コンの誘いがひっきりなしなのに、キャフフフッ!!）

「いえ、署長さまへの御挨拶は後程(のちほど)。そして更衣室は不要です。

先(ま)ずは高井戸課長・和光主任官とともに、事案の概要を把握させてください」

「了解しました」高井戸警視はいったん安堵(あんど)した。「それでは私と和光君と、あと――」

「――箱崎管理官」壮年の背丈あるスーツ姿が室内の敬礼をする。「和光班の上原(うえはら)です」

「初めまして。湾岸署の捜本(ソウホン)では、お会いできなかったわね？」

「そうですね。先の異動で、新宿署から捜一に戻ってきたばかりですので」

「上原警部補は」和光警部がいった。「今すぐにでも私の代わりに主任官が務まる、捜一畑(バタケ)ひと筋の大ベテランです。箱崎管理官の御決裁が下りましたら、本件事案においても中核的な役割を担ってもらおうと考えとります」

その上原は、ひかりが視るに、成程(なるほど)エース級の風格を自(おの)ずから醸(かも)し出す警察官であった。老成(ろうせい)して見えるが、歳の頃、四〇歳代半ばであろうか。脂(あぶら)の乗り切った時季にいるが、しかしまだまだ余力を残していることを感じさせる。警部昇任もすぐであろう。刑事なる猟犬の道を選んでいなければ、既に警視であっても面妖(おか)しくはない威風(いふう)がある。警視であっても面妖(おか)しくはない品がある。それでいて、その瞳は僧か神父を感じさせる不思議な魅力に満ちている……

その懐深(ふところぶか)さと縦深(じゅうしん)の底知れなさは、実は今ひかりを戦慄(せんりつ)すらさせている。

ただ実に現場刑事らしい、飾り気のない飄々(ひょうひょう)とした身のこなしは、『スキは魅力の源』なる俗諺(ぞくげん)を体現しているかのようだ。若手警察官が、自ずから酒席を共にしたがるような。上原は、ひかりが視るに、そんな刑事らしい刑事であった。故にひかりはいった。

「自身大ベテランの和光主任官がそう仰有(おっしゃ)るなら、私に否(いな)やはありませんわ」

「御快諾(ごかいだく)ありがとうございます、箱崎管理官」

「あと和光主任官」ひかりは訊いた。「こちらの水鳥警部補には引き続き、私の運転担当兼(けん)庶務係、というか参謀を務めてもらおうと思うのだけど、和光班として何か問題はある？」

「いえ箱崎管理官。小職としては最初からそのつもりでした。

管理官のような御方なら、このじゃじゃ馬もしかるべく御して下さるでしょう」

「それでは早速」いわばもてなし側の、吉祥寺署の高井戸刑事課長が着座を促す。「現時点における諸情報と、捜査方針の検討を」

――警視正署の課長クラスは、警視。署情にもよるが、既に上級幹部ゆえ、個室を有するのが一般である。ささやかな応接セットもだ。その応接セットにホスト側たる高井戸警視が、そして客側たる箱﨑警視・和光警部も着座する。また警察の不文律に従い、捜一の上原警部補と、やはり捜一の水鳥警部補は手近な折り畳みパイプ椅子を自ら用意し、下座の位置に着座する――かくて、じき捜査本部を率いるであろう幹部警察官らの、実質的な初回の捜査会議が開始された。ちなみに捜本というのは基本、事案発生署が立てるものだ。

（そっか、和光さんは知ってるんだ、ハコ管理官とはもう知り合い――）薙は引き続き苦笑を噛み殺している。（――他方で、初対面の高井戸警視と、ウチのエース・上原警部補は知らないと。まあ我が警視庁は、結婚指輪さえ『華美だ!!』っていって外させるほど身形に喧騒しいお役所だからなあ。高井戸警視としては、キャフフフッ、こんな戦闘服の小娘、間違っても署長室の敷居を跨がせる訳にはゆかない……誇張なく自分のクビにかかわる。

ハコ管理官もまあ、因果のあることとは言え、行く先々をハラハラさせてやまないわね～、キャフフフッ）

「そうしましたら管理官」こほん、と意図的な咳払いをして高井戸課長が続けた。「当吉祥寺警察署が集約しております、本件事案の現時点におけるあらましでありますが――

事案は現時点、少なくとも住宅火災。当署管内・井の頭六丁目地内の一軒家、その二階部分が全焼しております。無論当署としては、失火・放火の両面から捜査を開始しております。ここで『少なくとも住宅火災』と申し上げた理由は、すぐに説明します。

事案発生時刻は、本日深夜、午前一時過ぎ。一一九番入電が〇一〇五(マルヒトマルゴー)。同時に消防転送で通信指令本部も認知しましたが……〇一〇六(マルヒトマルロク)にはその通信指令本部にも一一〇番が直接入電しております。一一九番・一一〇番とも、通報者は近隣住民。このとき火災は既にかなりの火勢を伴っていたことから、出火そのものは午前一時以前であると推定されます。

事案発生地は繰り返しになりますが、井の頭六丁目地内(チナイ)。ただ和光警部から、箱崎管理官の御実家は当署管内であると聴き及んでおりますゆえ、釈迦(しゃか)に説法(せっぽう)、詳細は不要とも思われますが……端的(たんてき)には、閑静な住宅街エリアですな。といって、当署管内ではしばしば見受けられる、『都内でも有数の超高級住宅地』という訳でもありません。それなりの勤め先に属する勤め人が、幾許(いくばく)かの背伸びをすれば住宅ローンが組める、そんな住宅地でありそんな一軒家であります。まあそれゆえ、住宅密集地という訳でもなく、それぞれの戸建ては比較的悠然(ゆうぜん)と建てられておりまして、これが今般の火災でも幸いしました。すなわち隣接・近接する民家への延焼はすっかり避けられました。よって本件火災の被害家屋(かおく)は火元の一軒家のみ、二階部分を半焼させた一軒家のみ、であります」

「来署する道中で、若干の報告を受けた所では——」ひかりは薙をチラと見遣りつつ訊いた。「——当該(とうがい)一軒家の家人(かじん)を一名、確保して任同(ニンドウ)しているとか？」

「ええ管理官」署の高井戸課長が頷(うなず)く。「近隣住民の目撃証言によれば、火災発生後、ふらふらと所在なく被害家屋から出てきた男一本(イッポン)です。当署のＰＣ勤務員が職(ショク)を掛け、そのまま当署に任意同行しました。無論、ウチの課員が身柄を引き継ぎ、目下事情を聴取中」

「当該男一本、何者ですか？」

「まだ断定はできておりませんが、近隣住民と所管駐在所の話を総合すれば――当該一軒家に住まう家族の、一人息子。それが正確なら、仁科徹なる少年一七歳。同様の前提で、私立万助橋高等学校に通学する高校二年生となります。じき三年生のタイミングですな」

「とすると、本人の供述はまだ――」

「――私が知る限り、未だ本人は一言も口を利いておりません。そうだね上原係長？」

「そのとおりです、高井戸課長」捜一の上原警部補が答えた。「御署の強行係長と、捜一の巡査部長とで事情を聴いておりますが、現時点では所謂完黙です――とはいえ事案発生直後ですんで、完黙なる言葉を遣うには極めて早過ぎますがね」

「当該少年以外に、保護なり確保なりできた家人は？」

「それが誰もおらんのです、管理官」高井戸課長は微かな嘆息を吐いた。「これまた近隣住民の諸証言を総合すれば、当該一軒家には常態として、当該少年しか所在してはいなかったとのこと」

「えっ、閑静な住宅地の二階建て一軒家に、一七歳の少年が独り暮らし？」

「あっ、いえ管理官」捜一の和光主任官が発言した。「本来なら、当然両親と一緒に生活しておるところです。すなわち現時点での捜査・調査によれば、父親の『仁科親一』、母親の『仁科杏子』と同居しておるはず。これは夜が明けて、役所関係なり学校関係なりを洗えば容易に裏付けられるでしょう。ただ普通のお役所は、二四時間営業をしてくれませんからなあ……」

「とすると、その三名が同居家族だったというのも、やっぱり本人の供述でなく――」

「――はい、近隣住民と所管駐在所がネタ元です。ただそれが実態である蓋然性は高いでしょう。なんとなれば、二階部分が半焼する火災なのに、外へ避難している家人が該少年ただ独りな訳ですから」

「和光主任官、その仁科親一・仁科杏子夫妻と絡は取れたの？

というか、家を外していようが別に拠点があろうが、持ち家が派手に焼けたとなれば、常人なら素っ飛んで来るはずよね？」

「それがですね、管理官」吉祥寺署の高井戸課長がいった。「近隣住民も、仁科夫妻が何処にいるのかを全然知らず……所管駐在所が把握しておくべき『非常時の連絡先』も未記載でして。また近隣、いえ都内に親類縁者がいる形跡もなく。よって絡を入れようにも、架電先ひとつ分からんのが現状です」

「とはいえ」捜一の上原係長がいう。「確保した少年の完黙など、そう続くもんじゃありません。また報道等で自宅の火災を知れば、仁科夫婦の方から絡を入れてくるでしょう。まして――予断は禁物ですが――より重要なのは該少年本人であって、その親ではない」

「それは、上原係長」ひかりが訊いた。「やはり、該少年こそが――」

「同じく予断は禁物ですが、管理官のその御想像は正しいと現時点では考えます。

というのも、本件火災の火元は該少年の居室。これは臨場をすれば一目瞭然ですし、消防サンの見解とも一致します。そして出火原因は、当該居室から発見されたライター。これは当然、焼けた金属屑となってはいますが、本件の着火物であることに疑い無い」

「それも消防と見解を一にしていると」

「まさしくです」

「故に素直に考えれば」ひかりはいった。「該少年こそ、火を放った被疑者であると」

「今はまだ、蓋然性の問題ではありますが」上原係長はいった。「諸状況からすれば、そう考えることに極めて自然性がある。そういう段階です」

「故に、早期に被疑少年をカチ割りたいと」

「少なくとも、当夜の行動について謡ってもらう必要がありますね、早々に。

　まして、火元なり着火物なり以上に、是が非でも当該被疑少年に謡ってもらわなければならない、不可解な事情もありますので」

「……それはひょっとして」ひかりはチラと薙の方を見遣った。「本件火災による、マル害のことかしら。管理官車で情報収集したところでは、なんでも本件火災のマル害、四名にも及ぶとか？」

「まさしくです、管理官」和光主任官が沈痛にいった。「実は本件火災に伴い、死亡した者がなんと三名。あと重傷を負って瀕死の者が一名。いずれも火元である該少年の居室から発見されとります。無論、焼死体として発見されたのが三名で、救急救命を要する者として発見されたのが一名となる訳ですが……」

「それぞれ一体何者？

　だって当該一軒家には三人家族が住んでいて、うち両親二名は不在だったのよね。そして残余の家人一名は玄関先で確保された。なら何処から〈四名のマル害〉なんてものが飛び出してくるの？」

「現時点では未だ、四名のどの身元も割れていない上……」署の高井戸課長が重い嘆息(ためいき)を吐いた。「……貴重な生き残りの一名も、躯(からだ)の九〇％だか九三％だかに大火傷(おおやけど)を負っておりまして。救急搬送された先の吉祥寺大学附属(ふぞく)病院の医師も口を揃(そろ)えて『生存の確率は五％いや三％も無い』『仮に生存したとして、その治療には最低でも四か月いや五か月は掛かる』と断言するほどです。そりゃそうですな、躯の二〇％ほども焼ければカンタンに死にますから」

「スンマセン、高井戸課長」和光主任官が訊いた。「確か此処(ここ)からそう遠くない、西国分寺(にしこくぶんじ)の都立救命救急センターには、熱傷(ねっしょう)治療のスペシャリストがおったでしょう。火災の熱傷にかけては神の腕——と定評のある。昨年も、躯(からだ)の五〇％以上を焼いた被疑者を救命してもらった記憶がありますが。それが今般は何故、吉祥寺大学附属病院なんです？」

「ああ和光警部、それなら単純な話だ。

実は今夜、まあ間の悪いことに、隣の調布(ちょうふ)市だか府中(ふちゅう)市だかで、河川敷で油を被って火を着けた自殺未遂者・男一本(イッポン)が出ていてな——詳細にあっては続報がないが、ということは事件性ナシか——しかし事案発生はそっちが微妙に先。だから当該(とうがい)自殺未遂者が都立救命救急センターに搬送されたのが微妙に先。で、そっちの自殺未遂者サンも躯(からだ)をド派手に焼いているってことで、西国分寺の神の腕はそっちに掛かりっきり。だから我が方の、『貴重な生き残りの一名』『躯の九〇％だか九三％だかに大火傷を負った一名』を、まあ専門店に搬送することができなかったんだな」

「へえ、そうだったんですかい。無線が全然騒いでいないから気付かなかった」

「ただ管理官、仮に都立救命救急センターに搬送されていようと、さして結果は変わりません」署の高井戸課長が嘆息(ためいき)を吐いた。「当該(とうがい)生き残り一名の熱傷の状態に鑑(かんが)み、僥倖(ぎょうこう)にも三％～五％の可能性を潜(くぐ)り抜けたとして、無論今は証言どころか口を利ける状態にない。当然入院期間も半年以上となり、まさか身柄拘束はできない。

要は、あらゆる意味で、我々の手持ちカードになどなってはくれません……ただ」

「ただ？」

ここで吉祥寺署の高井戸課長がソファを発(た)った。そのまま課長室の扉付近まで歩み寄り、いよいよ喧騒(けんそう)を極めてきた刑事部屋に向かって大声を出す――

「オイ、検視の結果な、死体見分報告書持ってきてくれや!!」

――ういっす!!

警視の下命(かめい)に、鯔背(いなせ)な声が返ってくる。たちまち若手の巡査長あたりが、死体見分報告書の写しを持ってきた。高井戸課長はそれをノシノシと回収し、また応接セットに着座する。そしていう――その口調はたちまち、刑事部屋のボスのそれから、未知で不可解な管理官に対する警戒的なものに変わっていた。警視ともなれば、部内政治を意識するものだ。

「ただですな管理官。捜一検視班にも直ちに御臨場(ごりんじょう)いただき、消火活動が終わってすぐ、当署の刑事課員とともに当該(とうがい)四名のマル害につき、所要(しょよう)の検視を実施したのですが――

既に和光主任官が御説明したとおり、マル害は死亡三名・重傷一名。

うち死亡した三名にあっては、『焼死』に誤りありません。

要は、まさに火に巻かれて焼け死んだのであって、殺されてから死体が焼かれたとか、何処(どこ)か余所（よそ）から死体が持ち込まれたとか、そういった特殊事情はありません。それは、現場から重傷者一名が——瀕死とは言いながら——生きた状態で確保された事実からも裏付けられます。更に要は、このマル害四名は、現場で生きているとき火に巻かれた訳です。よって、死因なり負傷原因なりには全く特殊事情がないのですが……

実はそのことがまた、別の特殊事情を浮上させてくる。すなわち」

「何故とっとと逃げなかったのか。あるいは、何故火の回りがそこまで早かったのか」

「まさしく。それが本件火災の特殊事情の、第一です管理官。

ただそれについては詳細なコメントが必要ですので、まずは一般論だけ申し上げますと。

まあ出火時刻が当夜〇一〇〇（マルヒトマルマル）弱ですので、マル害四名の誰もが現場で寝入っていた——というストーリーは誰もが想定しますが、しかし躯（からだ）が直火（じかび）で焼かれたのなら飛び起きて逃げるでしょう。そして被害家屋（かおく）は二階建て。ビル火災じゃあるまいし、そこそこの怪我を覚悟すれば飛び降りられる。そうでなくとも、火元は二階の被疑少年（ひぎしょうねん）居室。そこから火が燃え広がった訳ですから、被疑少年の居室から脱出さえすれば、逃げる算段も付きそうなもの……ところが」

「お話の流れからすると、死亡したマル害三名にあっては、避難を試みた形跡がない？」

「それもまさしく……素直に考えて、ただの熟睡とかとは思えませんな」

「すると考えられるのは、酒類（しゅるい）か薬物といったあたり」

「ウオッカの空き瓶は腐るほどありましたが。ただそこは本日実施する解剖待ちです」

「あるいは何らかの事情で、火勢が著しく強かったか」

「そこも本日以降実施する検証待ちです。当署としても既に体制を整えてはおりますが、何分（なにぶん）事案が火災ゆえ、これは慎重さと時間を要します」

「解ります。捜一としても、一課長の決裁を仰ぎ、最大限のバックアップを図ります」

「助かります、管理官」

「さてそれで――

　マル害四名が、何故とっとと火から逃げなかったか？

　――これが本件の特殊事情の第一、とのことでしたが、第二以降があるのですか？」

「第二以降がむしろ真打ちですな。先刻、管理官御自身も問うておられましたが。

　すなわち第二。死亡三名＋重傷一名の、〈マル害四名〉とはそもそも何者なのか？」

「生き残りの、大火傷の者の証言が獲られないとすれば」ひかりはいった。「それもまた、仁科徹と呼ばれる少年の供述によらざるを得ないでしょうね」

「供述するのも時間の問題だと思われますが」和光主任官がいった。「ただ捜一と吉祥寺署で、既に火事の野次馬その他の近隣住民等への聞き込みを実施しています。また夜が明ければ、更に地区捜査の範囲を広げられるでしょう。学校関係にも当たれるようになる。加えて、仁科親一・仁科杏子夫妻も近々に確保できるはず――それで〈マル害四名〉のあらかたの素性は判明するはず。そしてその裏付け捜査も、まさか難しくはない」

「成程」

「ただ箱﨑管理官」高井戸課長がいった。「特殊事情の第三があります」

「それもマル害関係？」

「ええ。ただ、この特殊事情の第三に鑑み……

『マル害』という呼称を改める必要が生じるかも知れませんなあ」

「というと?」

「まず死亡三名の内訳は、男2の女1。重傷一名は男1。そして検視の結果、これら四名はいずれも一二歳ないし二二歳程度の、要は中学生ないし大学生程度の、青少年であることが判明しています。するとこれは」

「一七歳である仁科徹との親和性を感じさせるわね。被疑少年が仁科徹本人であるのなら」

「まさしくです」高井戸課長が頷(うなず)く。「被害家屋が両親不在世帯だったというなら尚(なお)の事(こと)……ところがそうすると、警察にとっては極めて悩ましい役(ヤク)も付く」

――ひかりはここで、折り畳みパイプ椅子にちょこんと腰掛けて黙っている水鳥薙の、『キャフフフッ』なる嬉笑(きしょう)を聴いた思いがした。ここしばらく捜査をともにする機会の多かった薙であるが……薙はどのような性格形成を遂(と)げたのか、ひかり同様、重要特異事案が好きで好きでたまらないという、ある種の異常者である。女警で二三歳警部補――というのはノンキャリアの出世頭(しゅっせがしら)であろうが、茶髪のセミロングをネオソバージュにしてキャフキャフと警視庁本部を闊歩(かっぽ)するさまは、『夜の街』と『それを取り締まる側』をまるで間違えたおバカな女子大生のようで、それがひかりとともに〈警視庁の鼻つまみ者〉などと陰口される所以(ゆえん)でもあった。今の捜査第一課長が実力主義の信奉者(しんぽうしゃ)でなかったなら、捜査一課はおろか警視庁本部にも、いやどの警察署にもいられなかったであろう。

――ともかく、そんな薙を確実に喜ばせる情報を、吉祥寺署の高井戸課長は語り始めた。

「上原係長の言葉を借りれば、『予断は禁物』なのでしょうが……諸(しょ)状況は、当該(とうがい)四名がやはり少年であり、故に仁科徹の交友者である蓋然性を示しています。といって、当該四名すべてが交友者であったと筋読みできれば、まだしもなのですが……」

「……え、そうではないと？」

「少なくとも、死亡三名のうち女1にあっては、そうではないと判断せざるを得ません。というのも」

吉祥寺署の高井戸課長は、ここで言葉を濁した。話がいよいよ、彼自身が先に前置きした『詳細なコメント』『悩ましい役』に及んできたからだ。

やむを得ん、という感じで捜一の和光主任官が、刑事焼けした声で言葉を継ぐ――

「手錠が、掛けられとったんですわ」

「手錠……その焼け死んだ女1に？」

「はい管理官。当然ながら、手錠も腕も焼け残りまして――

具体的には、現場で焼け死んだ女1は、右手の片手錠を掛けられとりました。

それが金属製の、背丈ある重いラックに結わえられとりまして。そちらも当然ながら燃え残っとります。手錠は上手いことその金具なりパイプなりに引っ掛けられていて、おいそれと抜けやしないし、ラックごとでないと室外には出られない在り様。無論、手錠そのものもガッチリ施錠されとりました」

「どんな手錠？」

「……取り敢えずの解析では、我々の装備品に酷似した黒い手錠です。詳細は検証の結果待ちですが、最悪の事態を考えれば流出品かも知れません。それほど本格的で、剛毅な奴」

「成程、警察装備品に酷似しているとなれば、そんじょそこらのオモチャとは桁違いの威力を発揮したでしょうね。そして近時の情勢に鑑み、警察装備品がネット等で売却された可能性もまさか低くはない……嫌な時代ね」

「とまれ、箱﨑管理官」署の高井戸課長がいった。「現場、被害家屋二階居室で焼け死んだ当該女1が、そのような状態にあったとするならば。当該女1は、まさか他の男3の友人でもなければ、仁科徹の友人でもありますまい――それはそうです、手錠を掛けられた側と掛けた側なのですからな。とすれば」

「予断に充ち満ちた解釈をすると……

真に『マル害』と呼べるのは、当該女1のみ。

他の焼死者男2、大火傷の男1、そして現場から出て来た仮称仁科徹1は――要は現場にいた男4は――そう『監禁者』だった。更に予断を推し進めるなら、『略取者・誘拐者』だった。もっと予断を推し進めるなら……もう『強姦者・強制性交者』だった」

「――といった、最悪の事態も想定できる訳です」高井戸課長は慎重にいった。「本件事案がこの最悪のルートを辿ったとすれば、そう、飽くまで未だ仮定の話ではありますが、本件事案は一民家の失火の認知どころか、それを端緒とした、集団監禁・集団強制性交の認知となってくる。また最悪の中の最悪の事態というなら、男4による女1の、一定期間にわたる激しい虐待でしょう。所謂鬼畜の所業ですな。とすると、それはいったい何時から開始されたのか。どのように開始されたのか……その期間の長さ、あるいは虐待の態様によっては、警察がその治安責任を厳しく問われる事態になりかねません。また当署としては断じて認知しておりませんが、類似の監禁事案・強制性交事案が実は既に発生していたとなれば……署長も私も、退職願の書式をもらわねばならんでしょう。

……事案の詳細が不明な未明、急遽、捜一の管理官にお出まし願ったこれが理由です。また、じき捜一課長も当署入りし、当署長と事案の検討を行われると聴いております」

箱崎ひかり管理官は、いったん納得した。

現時点における六何の情報が、まあ満たされたからである。ひかりはそれを諳んじた。

(何時……当夜午前一時弱。

何処で……吉祥寺区井の頭六丁目地内の一軒家で。

誰が……現在までに把握されている関係者、男4女1が。

何を……一軒家のとりわけ二階部分を半焼させる火事を起こし。

どのように……ライターを着火物として。

どうした……男2女1が焼死し、男1が大火傷の重傷、男1が無事で身柄を確保された)

――そしてこれ以上のことは、本日日の出以降における現場の検証、本日白昼以降における死体の解剖、本日早朝以降における地取捜査その他の基礎捜査の結果を待たなければ、すべて予断になる。なるほど筋読みは恐ろしく平易だが、事は火災だ。火災捜査の殺所は、物証が燃えて無くなることに尽きる。近時の科学捜査の躍進は目覚ましいが、無から有を再現することはできない。無に帰した証拠については、関係者の供述によって証明する以外にない。そして本件事案の場合、供述のできる関係者は二名、いや実質的には一名だ。それは無論、生き残りのうち一名は大火傷で、明日をもいや今朝をも知れぬ命だからだ。

〈そして吉祥寺署の高井戸課長がいう〈特殊事情〉を踏まえれば〉ひかりは思った。〈確保された仮称・仁科徹が完黙状態を維持しているのも頷ける。今現在ではすべて予断にしろ、焼死した女1に手錠が施されていたとなれば……そして現場一軒家に住まうのが実質、仁科徹のみだったとくれば……〉

　そこに性犯罪の可能性を見出すな、という方が無理というものだ。

〈ただ他の関係者が、性犯罪のマル害と思しき女1を含め全滅状態にある以上、仮称・仁科徹の〈取調べ〉が極めて重要になる……というか、完落ちにするのが必要不可欠だ。

　火災の殺所ね。

被疑者たちそのものすら、そう犯罪の最大の証拠すら無に帰してしまう……〉

――すると重要になってくるのは、緻密な検証に加え、無論、調べ官の選定となる。

あと、これは純然たる捜査の問題というよりは政治の問題だが……捜査が進展し、『一軒家で何が行われていたか？』が解明されてくれればくるほど、警察は政治的・社会的に難しい立場に立たされよう。これまた筋読みが間違っていなければ、青少年の監禁・強制性交なるものを――期間の長短は不明だが――みすみす見逃していたのだから。そう、警察の治安責任は結果責任だ。頑張りました、努力しました、でもダメでしただなんて、市民の誰も聴いてはくれない。結果に応じ、社会からボコボコに殴られる。それもまた俸給の内だし、まして犯罪被害者からすれば、所轄警察署の総員を皆殺しにしても足りないだろう。

〈報道対応も、あらゆる意味で難しくなりそうね。

被害者遺族はもとより、そう、加害者家族をも保護しなければ。筋読みが間違っていなけれ

ば、メディアとネットはいよいよド派手に燃え上がる。そっちの火事も、また殺所（せっしょ）〉

——ひかりが警察名物・出涸（でが）らしの緑茶を飲みつつ事案の整理をしていたそのとき。

開放されたままの、吉祥寺署刑事課長室の扉が警察礼式どおりにノックされた。

「入れ!!」

「課長、失礼します!!」先刻とは別の若手警察官が、応接セットに向けて室内の敬礼をする。

「先程（さきほど）、捜査一課長が署長室に入られました。箱﨑管理官にも御同席いただきたいとのことです」

「——解りました」ひかりは立ち上がった。捜一（ソウイチ）管理官は、捜査一課長の参謀でもある。「それでは高井戸課長、暫時（ざんじ）失礼を致します」

「署長室まで、御案内致しましょうか？」そして高井戸課長は念を押した。「あるいは女子更衣室まで？」

「いえどちらも大丈夫です。幸い、当課の水鳥係長は御署（おんしょ）に詳しいので」

「オヤそれは。水鳥警部補は当署勤務の経験があるのか？」

「いえ全然——

むしろ招かれざる客として〜、キャフフフッ、御迷惑を掛けたことが一杯ありまして〜」

「そ、そうなのか」

「じゃあナギ、不気味に喜んでいないで随行（ズイコウ）任務を果たして頂戴」

「水鳥警部補了解で〜す」

——かくて〈警視庁の鼻つまみ者〉、箱﨑ひかり管理官と水鳥薙係長は辞去し。

吉祥寺警察署・刑事組織犯罪対策課長室には、その主（あるじ）たる高井戸課長と、捜一（ソウイチ）の和光主任官、そして捜一の上原係長が残された。じき箱崎・水鳥の両者が確実に刑事部屋を抜け、自分の縄張りを去ったタイミングで、高井戸課長がいう……

「……オイ和光君よ、俺も刑事畑ゆえ風の噂には聴いていたが、なんだいありゃあ。幾らキャリアで東大出って言っても、我が警視庁であんな形を。また随行も非道いわ。あんたあんなのと組まされているのか。また災難だなあ」

「イヤ、初見では誰もがそう言いますがね……」自分も確実にそう公言していた和光はいった。「……あれでどうして、誰もが匙投げた〈東京メトロ湾岸線連続殺人事件〉、独りで解決しちまいましたから。独りで。管理官警視の単騎駆けで。あらゆる意味で前代未聞」

「まして箱崎管理官は」捜一の上原係長は、むしろ楽しそうにいった。「名字から気付かれませんでしたか？　実は現・警察庁長官の令嬢――箱崎誠樹警察庁長官の一人娘ですよ」

「げっ」

現場肌の高井戸課長は、警察庁長官なる殿上人になど、集合教養の御訓示の場でしか会ったことがない。何か派手な実績を挙げた表彰式でもなければ、今後とも出会うことはないだろう。よって高井戸課長は、シンプルな畏怖を感じるとともに……

顔もうろ覚えの箱崎長官に、しみじみ同情した。実は彼自身にも娘がいたからだ。

（どんな親の因果が子に報いたのか。子供の教育ってなあ、長官殿でも難儀なんだな……）

吉祥寺警察署・署長室

――署長室における若干の意見交換は、一〇分強で終わった。

それもそうだ。警視正＋警視正＋警視の階級インフレ会議が、二時間にも三時間にも及べば、それ自体が突発重大事案である。警察も役所。その意思決定はボトムアップが基本。そして現時点、ボトムからの情報待ち状態である以上、トップとしては大綱方針を定めておくしかない……といって、本件事案の性犯罪性は、短くも緻密に意見交換されたのであるが。

「一課長、それでは後刻、捜本で。

署長、本件担当管理官として、しばらく御署に常駐させていただきます。何卒よしなに」

「──いえこちらこそ」

「ああ、箱崎管理官な」

署長の無理矢理なニコニコ顔を横目で見つつ、警視庁刑事部捜査第一課長・九段警視正はいった。色黒で精悍な通称〈禿げ鼠〉。警視庁の捜査一課長とは、東京の殺人担当刑事の頂点に──実力のみを以て──君臨するノンキャリアである。すなわち事実上、日本全国における殺人担当刑事の、第一人者だ。その人事の注目度は、警察庁長官に匹敵する。

「先刻も言ったが、俺は今、町田ＰＳの強殺と荒川ＰＳの通り魔で身動きが取れん。ここ吉祥寺の捜本には、差し入れくらいしかできん──またもや和光とのコンビだから大丈夫だとは思うが、あまり和光や署長を困らせるなよ、頼んだぞ」

「箱崎警視了解です。退がります」

「水鳥警部補、退がります〜」

──二六歳警視と三三歳警部補の摩訶不思議な組合せが、警視正署の豪奢な署長室を辞去する。さて署長は上位階級者ということもあってか、またここすべてが自分の縄張りであることもあってか、ひかりのブーツ音が未だ響いている内に、早くも愚痴(ぐち)った。

「九段さん、なんですかアレは。一体全体(いったいぜんたい)、我が大警視庁を莫迦(バカ)にしとるのか。

これだから、キャリアなる人種は……

それとも最近の捜査一課では、あんな葬式専門アイドルみたいな、墓守メイドみたいな、わるいまほうつかいみたいな……斬新な服制(ふくせい)が流行(はや)りなんですかな。真っ黒黒の、真っ白白の、銀ぎら銀の……

随行(ズイコウ)の女係長も、まるで絶讃パパ活(かつ)中の元ヤンOLじゃありませんか」

「いや署長、私も箱﨑に学習させてもらいましたが――」

九段は鷹揚(おうよう)に苦笑した。九段は実力を以(もっ)て刑事の頂点に立った男である。その信条は無論、実力主義だ。併せて、九段は自分にとある掟(おきて)を課していた――鋏(ハサミ)と嫁(よめ)は使いよう。そして刑事としては、馬子(まご)がどんな衣装を着ていようと関係ない。それで馬力が出るのならそれでよい。そもそも刑事なんてものは、街と市民に溶け込んでナンボである――もっとも、箱﨑ひかり管理官はその真逆を突っ走ってはいるが。

まして九段は、鷹揚な苦笑の陰で、内心北叟笑(ほくそえ)んでもいた。実は人に対する好悪の激しい男である。豪奢なお個室で警棒を磨いていればよい相手は、まさか好かない。

「――そう署長、私も箱﨑に学習させてもらいましたが、あれはどうやら、ゴスロリなるファッションらしいですなあ。

葬式専門アイドルですか、成程(なるほど)、あっははは、あっは」

「あんたそれでいいの」

「あれ一人くらい、飼えん大警視庁じゃありますまい？」

『旭日(きょくじつ)新聞』朝刊抜粋（翌朝、総合面）

……午前１時ごろ、吉祥寺区井の頭６丁目の民家から出火。鉄筋コンクリート２階建ての２階部分約87平方メートルを焼き、約２時間後に鎮火した。２階焼け跡からは３人の遺体が見つかった。他に男性１名が軽傷、男性１人が意識不明の重体で市内の病院に運ばれた。付近の建物に延焼はなかった。警視庁は放火などの可能性もあるとみて、軽傷の男性から任意で事情を聴いている。

警視庁によると、３人の遺体は男性２人と女性１人。いずれも身元が明らかになっておらず、軽傷の男性との関係も含め、慎重に捜査する方針……

吉祥寺警察署『井の頭六丁目殺人・放火事件捜査本部』

三日後。

吉祥寺警察署には、三〇名規模の捜本(ソウホン)が起ち上がっていた。

——といって、事(こと)は四名が死傷した重大事案である。無論、事件発生当日に刑事らによるＰＴ(プロジェクトチーム)が起ち上がっている。ただそれは失火なり過失致死なりの可能性も睨(にら)んだ、慎重なＰＴであった。それが諸々(もろもろ)の検証、鑑定、科学捜査等々の結果を受け、いよいよこの日、〈井の頭六丁目殺人・放火事件捜査本部〉のカンバンを掲げたという訳だ。

ちなみに、捜本(ソウホン)の規模が三〇名程度というのは、殺人事件としては少なく見えるが……

これは右の、諸々の捜査結果から『被疑者が確保できている』と断定できた為である。言い換えれば、通常の未解決事件のように、これから被疑者の行方を追及しなければならない訳ではない。よって、人海戦術による地区捜査なり縁故捜査なりは――程度問題ではあるが――さほどハードではない。

本件においてハードなのは、ほとんどの客観的証拠が燃え落ちた状況から、どうやって被疑者の犯罪を立証するか、その組立てである。故に、現場たる一軒家の徹底的な検証や、乏しきに過ぎる物証の鑑定・科学捜査が重きを成す。

ここで、該一軒家が鉄筋コンクリート住宅、所謂ＲＣ住宅で、木造住宅と違い炎で倒壊しなかったのは、検証・鑑定・科学捜査には幸いで、現場捜査員にとっては重労働のみなもとであった……というのも、硬い箱・枠としての家なり室なりが燃え残る以上、箱の中のほぼ完璧な再現が求められてくるからである。すっかり燃え落ち消え失せていれば、最後の最後は想像で埋める『しかなく』想像で埋める『ことができる』のであるが……

とまれ、その完璧な再現のためには、ある程度の員数は必要になるものの、しかし捜本の王道である員数合わせは不要だ。強行畑のベテラン刑事の粒が、しっかりと揃っていればよい。大事なのは、腕っこきの職人らによる『いったい何が起こったか？』の徹底的な再現と証拠化であり、これはむしろ工学的なタスクである。

あと、本件のような事案においてハードな仕事がいまひとつあるが……

それは実質、粒ぞろいの職人たちどころか、実質、たった一人に委ねられる仕事だ。そちらはむしろ心理学的なタスクであり、ただでさえ少数精鋭となるこの手の捜本でも、エースを投入すべき最重要課題となる。それについてはすぐに語ることとなるだろう。

——さて、時刻は〇八三〇。

場所は、ちょうど学校の教室ほどの広さを有する、吉祥寺警察署・第二会議室。

捜査本部に専従する長、捜査主任官の和光警部が朗々たる声を発した。

「おはようございまーす」

おはようございまーす。

約三〇名の刑事らが唱和する。捜査本部ゆえ、警視庁捜一+吉祥寺署の混成部隊である。捜本が立ったなら、胴元たる事案発生署が相当数の警察官を——署の内勤だろうが交番の外勤だろうが——人出しするのがシキタリだからだ。それら混成部隊の刑事らは、三つの島に固められた長机に、向かい合って座している。ほとんど刑事部屋のデスク配置と同じスタイルだ。また捜査本部を指揮する和光主任官と箱﨑ひかり管理官、そして吉祥寺警察署長は、いわば教室の黒板側、雛壇にいる。

……といって、ひかりが普段経験するような、一〇〇名規模なり一五〇名規模なりの捜本とはまた違って、雛壇と捜査員の距離はとても近い。それは無論、員数も室も比較的小規模だからだろうが——ただほとんどの者が同質的な、腕っこきの職人であることも大きいだろう。一緒に大工仕事をする仲間、とでも言おうか。

また、吉祥寺署が用意してくれた黒板はまさにレトロな濃緑の奴で、それがレトロな赤茶の長机と相俟って、まるで昭和のような懐旧感を醸し出していた。重ねて、真っ白白のハイテク祭りな、大規模捜査本部の経験しかない箱﨑ひかりにとっては、まるで松本清張の映画かドラマのような編制で舞台である。籠に山と盛られた茶碗など、紺に白玉で、今時出所を怪しみたくもなる。ただ、あの無闇にチープな銀の灰皿が影も形もないのは、健康増進法の成果とはいえ、考証的には実に惜しかった。まあひかりは煙草を吸わないのだが。

——ひかりがそんな『見知らぬ懐かしさ』を感じている内にも、捜査本部の朝礼は進む。署長からの訓示。主任官からの指示。捜査本部を構成する各班からの、所要の報告に伺い。少数精鋭ゆえ、それら各班は実に多忙だ。

先に触れた現場の検証とその調書化・証拠化に、総浚いされた微物を含む物証の精査。はたまた諸鑑定の嘱託。捜査本部は既に数多の書類と図面とで溢れかえっているが、仕事はもちろんそれだけではない。

死者が出ている以上、検視があった。解剖もあった。それも複数者についてあった。これからもある。その結果を解析してもちろん調書化・証拠化する。また『死者は何も供述してくれない』ので、その身元・身上や関係性や、もちろん当夜の行動、あるいは前科前歴・交友関係を含む素行の洗い出し等々の基礎捜査も必要……

他方で、『何かを供述してくれる』参考人の捜査も必要だ。火災の野次馬その他の目撃者。はたまた、火元たる仁科家の実情を知り得た近隣住民、親類縁者、学校の友人等々。

……これでも全然網羅的ではないが（逐一挙げれば切りがない）、以上を要するに。

必要なのは『何時、何処で、誰が、何を、何故、どのように、どうした？』の一〇〇％に近い再現であり立証である。それを検察官に納得させて起訴せしめ、最終的には裁判官に納得させて有罪判決をゲットする。それが、捜査員の仕事だ。

（まして、本件には幾つかの難題がある——）雛壇の次席に座すひかりは思った。特に、今列挙しなかった最重要課題を顧り(ふりかえ)ながら思った。（——比較的シンプルな難題から言えば、①当事者が五名いることだ。死者が三名＋重傷者が一名＋そしていまひとり。また比較的悩ましい難題を言えば、②当事者がすべて少年とみられることだ。まして極めて悩ましい難題を言えば、③生存当事者が事実上たったの一人であることだ）

——本件は、工学的な、科学的な証拠構造を絶対の基盤にしなければならないが。

それを大前提とした上で、最後に本件の勝敗を決めるのは、実は〈取調べ〉である。

それこそが、本件における最々重要課題だ。

（それも、たった一人の、一七歳の少年の取調べ……

そこで一手(いって)誤れば、どのような工学的証拠構造も、砂上(さじょう)の楼閣(ろうかく)になってしまうだろう）

「……箱崎管理官？」

ひかりが知らず独り検討(ケントウ)をしていると、雛壇(ひなだん)中央の上席に座した吉祥寺署長が、無理矢理なニコニコ顔で囁(ささや)きかけてきた。というか、既に一、二度、小さな声を掛けてはいたようだ。故に各班の報告等が続く中、ひかりと署長はささやかな密談をする形になる。主宰者(しゅさいしゃ)側の無駄話は咎(とが)められない——なるものも警察の不文律ではあった。生徒は駄目だが先生の無駄話はＯＫ。といって、現場監督たる和光主任官が独りであれこれ捜査員との遣(や)り取(と)りを仕切っているからこそ、所属長(ショゾクチョウ)級ふたりのヒソヒソ話も許されるのだが。そう、断じてひかりに好意的ではない吉祥寺署長は、刑事焼けした和光の大声に隠れる如(ごと)く、顔だけは慇懃(いんぎん)な恵比寿(えびす)顔で、ボソボソと極めて事務的なことを囁いた。

「ひとつ、よろしいですかな？」

「ええもとより」

「それがですな……捜本(ソウホン)の庶務にレンタルするお約束だった『巡査1』ですが、大変恐縮ながら、その枠は捜一(ソウイチ)の方で埋めてくれませんか？」

「――ああ、そういえば」

ひかりは適当に思い出した。捜査本部には必ず庶務班が置かれるが――捜本(ソウホン)のパフォーマンスは庶務で決まるなる俗諺(ぞくげん)すらある――うち胴元(どうもと)たる吉祥寺署からの人出しが、巡査一名分だけ、今日の今日まで為(な)されてはいない。わずか一名とはいえ、完全に独立し他のミッションとは切り離されて編制される捜本(ソウホン)のシキタリからして、極めて不躾(ぶしつけ)である。とはいえ和光班の庶務係長は優秀だし、正直、捜一(ソウイチ)の者だけで庶務仕事は回せている。実際ひかりは、捜査本部体制表の『庶務係の巡査1』が欠(ケツ)になっていることなど、ぶっちゃけ警電(ケイデン)ＦＡＸの紙詰まりほども気に懸けてはいなかった。故に即答した。

「私は別段かまいませんが、念(ねん)の為(ため)御事情を伺(うかが)っても？」

「いや事情というほどのことは」署長はペーストした笑顔のまましれっと続けた。「マアなかなか目端(めはし)の利(き)く、捜本(ソウホン)の庶務にピッタリの若手警察官で、この機会に刑事の仕事を見習わせようと思っておったのですが……人出しをする側の、『公園交番』から苦情が出まして。ほら井の頭公園は花見の季節でしょう？　今が年間でもとりわけ繁忙期(はんぼうき)なんですわ。雑踏警備に迷い子、遺失(イシツ)拾得(シュウトク)に酔客(すいきゃく)のトラブル。まあ各交番・駐在所どこもそうですが」

「成程(なるほど)了解しました」

「無論、調整がつき次第、当署の者を出します。捜査本部体制表はどうか現状のままで。当署員分が1欠となっておるなど、九段捜一課長の手前、申し訳が立たんですからな」

「成程了解しました」

ひかりは鼻梁から軽蔑の嘆息を漏らした。このあたり、まだ若い。

(警視正が、またみみっちい話を。しかも入金をせず領収書だけ切らせるようなものだ。それに警察署の全能神たる警察署長、しかも警視正署長が、交番からの『苦情』だとか、よくもまあしれっとしたことを)

……管理官警視たるひかりですら、役員たる吉祥寺署長に苦情など言えはしないのに。

しかし、捜本は警察署に立つ。故に、胴元である吉祥寺署長の決裁印が必要となる捜査書類・行政書類は呻るほどある。ひかりと署長の関係が険悪になれば、どんな下らない実況見分調書、どんな下らない捜査報告書も『ガン無視』『机上放置』『無言で突っ返し』されかねない。胴元署長を怒らせるメリットは零、デメリットは無限である。

ひかりは微妙にイラッとしたが、少数精鋭の捜本において、交番の巡査1など電話番とコピー係のようなもの。舐めた真似をされるのはムカつくが、この三日間で、吉祥寺署長と解り合おうとする努力は放棄している。ひかりは無駄なカロリー消費を控え、またもや捜本のこれからに思考を集中させた。

(――そう、一七歳の少年の取調べ。本件における最々重要課題。

そして取調べ最大の目的は無論、自白を獲ることだが、しかし)

……現代の警察は、客観証拠で勝負するもの。言い換えれば、『供述を取り外したとき、客観証拠だけで犯罪が立証できるか？』こそが、現代の警察に課せられた縛りである。これは無論、長く続いた自白偏重主義への反省から来ている。なら自白抜きで考えろ――が、今の警察のトレンドというかマストだ。ひかりも和光も当然、現代の捜査幹部として、その命題を叩き込まれている。しかしながら。

（本件においては、ほとんどの物証が燃えた。いや人証すら燃えた……

セオリーどおりの『自白抜き』で考えれば、手札は実は著しく弱い）

成程、火の手が何処から上がってどう燃え広がったかとか、それがヒトをどう焼いたかとかは、現代の科学捜査を以てすれば大部分が再現できよう。望むなら、材質まで整えた精密模型で再現だってできる。しかしそれだけでは駄目なのだ。それだけでは絶対に物語は完成しない。何故と言って。

（――物語を完成させるのは、最終的にはヒトの瞳であり、ヒトの心なのだから）

ホントはこうでした、という語りと、ホントはこう思っていました、という語り。

そしてそれだけは、その語りだけは、どれだけ科学捜査が発達しようと、科学捜査が絶対に語れないことなのだ……

（――世界を解釈し、価値判断をするのはヒトだけで、しかも、当のヒトだけなのだから）

『このように火が着きました』と『このように火を着けました』では雲泥の差がある。

そして後者の語りがなければ、少なくとも『何故？』『どうして？』の疑問は――だから動機は――永遠に不明のままだ。被疑者が、墓場のその先まで持っていってしまう。そのときは被疑者の改悛もなければ、被害者の魂が癒やされることもない。まして本件事案など実際上、完璧な密室殺人と変わらないのだ。語りがなければ、動機どころか、『ブラックボックス内で何が起こったか？』のほとんどがまさに藪の中……

（もし、生き残りが複数いれば。はたまた、もし現場の目撃者が出る事件なら。

いやそもそも火災などという、立証構造が極めて脆弱になる事件でなかったら……）

「――それでは箱﨑管理官」和光主任官がいった。「最後に御指示を願います」

「各員引き続きの奮励努力を願います。以上」

ひかりは声量を上げつつも、虚礼をバッサリ斬った。

しかし実益のため、言いたいことを付け加えるのは忘れなかった――

「なお検証班の下北係長と調べ官の上原係長は、朝礼終了後、私の所へ。三〇分ほど現状報告をお願いします」

井の頭六丁目殺人・放火事件捜査本部（ミニ検討1・関係者）

「――おっと、被害者対策班のナギもよ」

捜本は、既に自習時間の教室の如く喧騒と活気とに包まれている。これから書類仕事・図面仕事をしようとする者に、現場その他へ出向しようとする者がバタバタと入り乱れている。

ひかりは、その喧騒と活気に紛れて捜本を脱出しようとしていた水鳥警部補を牽制した。放し飼いにしておけば、このまま管理官車で朝寝兼昼寝兼夕寝を楽しむか、このまま管理官車を出して桜のたもとでそれを楽しむかするに違いない。昭和の刑事の仕事スタイルだ――九〇％は市役所あたりの駐車場で昼寝か、ぱちんこ。残余一〇％で飛びっ切りのおみやげネタを嗅ぎ付けてきて主任官を仰天（ぎょうてん）させる。刑事はそれでいい、刑事は結果が全て、という時代は確かにあった。

　ただ時代は令和である。そしてひかりは、実は自分以上の頭脳の持ち主たる油断ならない水鳥薙を、まさか放し飼いにしておく気などなかった。嬉々（きき）として運転手を買って出た薙を、わざわざ被害者対策班の頭（アタマ）に置いたのはその為（ため）である。ちなみに本件においては『加害者対策』というか『加害者家族対策』もヘビーゆえ、薙は被害者対策班の頭（アタマ）ながら、そちらの任務も付与されていた。

　その薙が、空々しく唇を尖らせていう――

「え～ハコ管理官あたしもですか～大事な外回りがあるんですけど～」

「それなら私も随行（ズイコウ）してあげるわ三〇分後に。そもそも足（あし）は私の管理官車だしね」

　夜の街での副業がバレた感じで、ちょこんと舌を出した薙が雛壇へ転進してくる。このあたり、三三歳にしては率直で幼い感じがあり、ところが実はピアノとヴァイオリンの名手でもあるなど――特に酒が入れば名人級だ――底知れない所もあり、それが若手女警からの人気にも繋（つな）がっている。薙には、七歳年下のひかりが思うに、若い娘に慕（した）われる何かがあるようだ。

　――その薙に続き、ひかりの指名を受けた二名のベテラン刑事が集まって来る。

　検証班の下北（しもきた）警部補に、調べ官の上原（うえはら）警部補。

　上原警部補は事件当夜、ひかりと初対面を果たした、あの風格とスキとが魅力的な捜一（ソウイチ）のエースだ。また下北警部補も、捜一（ソウイチ）の主力要員である。和光班の、牽引力（けんいんりょく）のみなもと。

　その下北警部補の年齢は、上原より一回り上、五〇歳代半ば。渋味のある銀髪に薄茶のサングラス。ぶらりと街を歩いていたなら、インテリヤクザかよと思うような風貌（ふうぼう）である。といって、生徒指導の教師のごとき印象も受ける。実際、下北は捜査書類の達人、特に検証なり見分なりの達人であった。捜一（ソウイチ）ならぬ警察署に配置されている時など、どれだけの若手警察官が下北の添削（てんさく）あるいは通信添削を願い出たか知れたものではない。これまた昭和の昔であれば、検察官と裁判官を泣いて喜ばせる、書道の如（ごと）き流麗にして雄渾（ゆうこん）な、手書きタテガキ調書を納品していたタイプだ（刑事には悪筆家（あくひつか）が少なくなく、『そもそも読めない!!』『一文字も読めない!!』なる苦情が検察官から寄せられることも多々あった……）。

　和光主任官とひかりが、その下北警部補を検証班の頭（アタマ）に置いたのは、風貌からして極めて意外な緻密（ちみつ）さ・精密さを買ってのこと。また下北警部補は和光班のメンバーゆえ、湾岸署の捜本（ソウホン）その他で、既にひかりのことを知ってもいた。だから下北はサクサクいった。

「なあ御嬢（おじょう）、俺は今日も明日も明後日も、外回りに図面引きで一杯一杯なんだがなあ？」

「私はそういう警察官にしか興味は無い。そろそろ学習しなさい」

「――箱崎管理官」

「何、上原係長？」

「御嬢ってのはいいですね。俺も何か綽名（あだな）、考えようかな……」

「そうだな上原。御嬢はひかりだから」刑事の先輩である下北がいった。「のぞみ、いやリニア、なんてどうだ？　ちょうどいいじゃねえかリニア新幹線のキャリアだしよ、あっは」

「……あなた仕事で一杯一杯じゃなかったの？」

「だからとっとと済ませようぜ、リニアちゃん」

　――ひかりも図太い方だが、捜一（ソウイチ）のベテラン刑事にかかればまだまだ娘っ子である。そして実際、上原係長も下北係長も多忙だ。誇張なく、一分一秒が惜しまれるほどに。

よってひかりは、三〇分一本勝負のミニ検討を開始した。

他方で和光主任官はといえば、こちらも現場監督として、精力的に教室を動き回っては、各班からの情報収集や各班への任務付与に没頭中……捜一の警部なり警視なりは、まさか雛壇のお飾りでは務まらない。

「じゃあ早速検証班から。

下北係長、現状〈四名のマル害〉について判明したことを教えて頂戴。要は登場人物よ」

「それって、日々捜査メモを入れている通りだが……

まあ、〈ヒトとヒトとの直の遣り取り〉ってのが御嬢の執拗るスタイルだからな。おさらいにはなるが、有難くも再論してやるよ」

「学習してきたわね」

「長くはないが、密な腐れ縁だからな。

さて御嬢のいう〈四名のマル害〉、これ性別でいえば男3女1、状態でいえば死亡3の重傷1、実質的にいえば加害者3の被害者1だが——これだけでもうややこしいな。だから現状、検証班として科学的に立証しつつある物語を先に述べれば、だ。

——事件当夜。

現場、井の頭六丁目地内のあの一軒家、仁科親一が登記し所有しているあの一軒家には、〈五名の登場人物〉がいた。列挙すれば、
仁科徹（一七）　仁科親一・仁科杏子の長男（一人息子）

　御園光雄（一七）　仁科徹の級友（私立万助橋高等学校二年生）
　四日市晃（一八）　仁科徹の校友（右高等学校の元生徒、退学済み）
　名無しの権兵衛　身元不明（大火傷により吉祥寺大学附属病院にて加療中）
　そして、
　市松由香里（一七）　私立井の頭女子高等学校二年生（片手錠を施されていた者）
の五名だ。
　ここで、変な日本語だが、仁科徹が仁科徹であることは論を俟たん。加害者家族担当をやっているナギからも報告があったはずだが、野郎の母親の仁科杏子が出頭してきたからな。無論、現場で確保された少年は息子に相違ないとの供述をしている。
　また燃え死んだ御園と四日市にあっては――これもナギの担当だが――仁科の交友関係から手繰って実家が割れている。焼死体の面通しは、加害者側とはいえさすがに気の毒だったが……当然に燃え残った靴その他の所持品からしても、当該者に相違ないとそれぞれの母親が認めた。御園・四日市ともに前歴があったことも幸いだったわ、DNA型鑑定ができるからな。
　これで〈名無しの権兵衛〉以外の男三名、そう、右に述べた前段の男三名が確定。
　あとは後段の、マル害女子一名だが――
　御嬢ももう知ってのとおり、火災発生時の二週間前から行方不明だった女子高校生だ。
　当然、所轄警察署であるここ吉祥寺署に、行方不明者届が提出されている。その二週間前の、未帰宅・行方不明となったその翌朝にな。もっともそれ以降、自宅に本人から幾度か『家出するから捜さないでほしい』なる電話が架かっていたそうで、それもあって、ぶっちゃけ吉祥寺署としてはまるで本腰を入れてなかった様だが……相談事案・人安事案ってのは署長決裁・署長指揮事案だってのに恐いよなあ……それが二週間後、最悪の形で爆ぜたって訳だ」

「吉祥寺署は、架電記録の確認すらしなかったの？　そんなの指先ひとつの仕事でしょう」

「問題の二週間、まるで動いてはいなかった」下北は嘆息を吐いた。「無論、この捜本が起ち上がってから、例えば架電記録の精査を開始したが、そして今も関係者数多について続行中だが、マル害がこうなっちゃあ正直、後の祭りだ。

　実際、マル害はまさに監禁現場・仁科邸から、自分のスマホで電話を架けていたことが判明したから、位置情報その他から身柄の保護に至る確率は、むしろ鰻登りだったんだがなあ。裏から言えば、被疑少年らは、幾ら偽装工作のつもりだったとはいえ、かなりのマヌケをやらかしてくれていたんだがなあ……

　……おっと、本題に戻ってマル害少女の身元だが。

　そもそも身元確認時、マル害の家族に対応したのは被害者対策班のナギだろ？　女子高校生の祖母から、調書も巻いていたはずだが？」

「そうですね、保護者であるお祖母ちゃん、応接室で泣き崩れていましたね。部活に予備校にと忙しいのに、一〇時の門限を破ったことのないキチンとした子だったんですよ、それがどうしてこんな不憫なことに、せめて行方不明になった夜、幾度か通り雨が降ったとき、私が学校まで車で迎えに行っていれば……と」流石の薙も口調を変えて瞳を伏せた。ひかりとしては意外なほど気落ちしている。「もちろんマル害さん＝市松由香里さん焼死されたんで、それも激しく燃えてしまわれたんで、その身元確認、すなわち下北係長のいう焼死体の面通しだけでは如何ともし難かったんですけど——由香里さんは結局被疑者でも犯罪者でも何でもないんで、歯牙鑑定にもDNA型鑑定にも、御遺族の任意の御協力がいただけます。

その結果」

「マル害の御祖母様としては」ひかりがいった。「痛恨の極みである事実が確定したと」

「そうなりますね～」薙の調子が元に戻る。「そしてこれで～、〈名無しの権兵衛〉以外の登場人物が全部割れました～」

「ナギ、その御祖母様その他被害者遺族の話、また後刻詳しく訊かせて頂戴——

さて下北係長。当夜、当該家屋に所在していたのは当該五名でフィックス？」

「ああ、それは断定していい」

「他の何者かが侵入して火を放つなどすることは無かったと。それでよい？」

「かまわん」

「理由」

「最有力の理由は、当該家屋駐車場に駐められていた黒いバンだ。仁科徹らの足な。

これは先の登場人物中、唯一免許を持っている四日市晃が父親に買わせたバンなんだが、それに残された指掌紋に足跡、あと吸い殻・空き缶あるいは微物のDNA型の捜査……要は基礎捜査・科学捜査の結果、当該黒いバンの恒常的な使用者は四名で決まりだ。これすなわち〈仁科徹＋御園光雄＋四日市晃＋名無しの権兵衛〉の四名だけ。

ちなみにその運転者というなら、うち〈四日市晃＋名無しの権兵衛〉の二名だ。

故に〈名無しの権兵衛〉は、最低限の常識があるんなら一八歳以上だろうな」

「登場人物が右の五名だけだ――とする他の理由はある？」

「どうやら、生き残りの仁科徹は依然、完黙のようだから……」

下北係長は、微妙な陰翳のある瞳で上原係長を見遣った。捜一のベテランが、調べ官の苦労、まして少年被疑者の調べ官の苦労を知らぬはずもない。ただそれを口に出して労うほど、下北はまさか非礼ではなかった。

「……俺の縄張りである科学捜査・客観捜査の観点からいえば、①仁科邸の施錠状況があるな。すなわち当夜、仁科邸は裏口まで施錠されチェーンすら掛けられていた。まして、一階部分の出入り可能な窓には全て雨戸が下ろされていた――まあ二階部分もなんだが。これは、臨場した消防サンと警察官の確たる証言。よって、第三者が侵入したなるストーリーには無理がある。

また、②燃え残った一階部分の検証結果がある。登場人物の『靴』が人数分残っていたのは火災ゆえ当然だが――ちなみに家から出てきた徹はサンダル履き、マル害のローファーはマル害のスマホとともにダイヤル式の金庫内にあった――関係者以外の足跡は全く無えし、またもや指掌紋と微物からして、未知の第三者の存在なんて確認できねえ。もし誰かが自然な形で現場入りしたとするなら、それらが一つも採取できないなんてことはあり得ねえし、もし誰かが用心して現場入りしたとするなら、そりゃ登場人物らの不審を買うだろうよ。

加えて、③登場人物の交友関係がある。それからしても登場人物は五名で確定だが……

ただこれはナギよ、この加害者側の交友関係ってなあ確か、お前の縄張りだろう？」

「……ホントに対策をして支援すべき登場人物って〜、たったの独りだしもう亡くなってるんで〜、そんなのがあたしの縄張りかどうかには〜、甚だ疑問があるんですけどね〜」

　とはいいつつ、水鳥薙も捜一の刑事。詰めるべきことを詰めていない者は、まさか捜一に居場所を持たない。


「ええと～、そうそう登場人物の交友関係ですね～。

　特に～、男四本の交友関係なんですけど～、病院で死線を彷徨っている〈名無しの権兵衛〉を除けば～、これ全てここ吉祥寺警察署管内、私立万助橋高校の生徒又は元生徒です～。それで当然～、学校を中心に交友関係を洗ってみた所～、仁科・御園・四日市の三名にあっては～、学校でもあるいは地域でも札付きの悪餓鬼で～、所謂不良仲間、怠学仲間ですね～。

　概略、最年長の四日市がリーダー格で～、御園が武闘派、仁科が知恵袋に金蔓といった感じです～。未飲・未喫はアタリマエ、大麻とチャリパクもナチュラルにこなし、もちろん万引き・店舗荒らし・ひったくりもアリ。あとは学校や役所の器物損壊だの、イジメに伴う恐喝・傷害だの……昭和の昔だったら～、シンナーのアンパンで歯を溶かしちゃったタイプですね～。

　そして四日市は～、店舗荒らしと傷害でパクられて鑑別所送り、保護観察。少年院は免れましたが～、まあそのまま自主退学。といって御園と仁科の方も～、万引きやチャリパクで挙げられたことがあるんですが～、とりわけ仁科家による被害回復の措置があったんで～、こっちの二名は警察限りの簡易送致。といって～、四日市についても～、仁科家の財政的援助はあったんですけどね～」

「金蔓に、財政的援助――」ひかりは訊いた。「――仁科家は裕福なようね？」

「用済後廃棄の捜査メモで日々報告しているとおりですけど～、だからハコ管理官特有の執拗な確認だと思うんですけど～、まああの井の頭六丁目の一軒家を考えても～、まさか困窮してはいないでしょうね～。

ただそれについては特殊事情もあるんで～、きっと後刻、仁科徹の調べ官たる上原係長から詳細な報告があると思いますし～、ましてハコ管理官のことだから～、御自分でもきっと～、両親に根掘り葉掘り訊きますよね～？」

「何でも年寄りにおっ被せやがって……」上原警部補は苦笑した。「……まあ俺は、警視庁本部でも若手女警に激甘だって定評のある、苦み走り系イケメンだからな。仕方ない」

「――まあ了解。なら仁科家の事情は後刻詰めるとして、ナギが言いたいのは要は、〈四日市＋御園＋仁科〉の三名が、メンツの固定された非行集団だったとそういうことね？」

「そうですハコ管理官～。それは吉祥寺署の少年係にも確認してますし～、幸運なことに～、警視庁本部の少年育成課・少年事件課の後輩からも裏が取れました～。

ただ～、いわば四人目の～、あたしたちでいう〈名無しの権兵衛〉の情報は～、今のところ皆無です～。『四人目が当該非行集団に加わった』なる情報は～、警視庁本部はおろか～、所轄の吉祥寺署にもありませ～ん」

（……四人目云々はともかくとしても、所轄警察署レベルの少年事件に、警視庁本部の少年育成課なり少年事件課なりが関心を持つものなのか？　まあナギの言うことだし、ナギは後輩に慕われてもいるから、まさか報告内容に間違いはないけれど。

私は実質、刑事部門の経験しかないから、生安のナラワシが解らないわ）

とまれ、裏付けられた捜査事項に文句を言う筋合いはない。よってひかりはいった。

「なら――〈名無しの権兵衛〉は別論として――事件当夜もお馴染みのメンツ、〈四日市＋御園

＋仁科〉が組んで悪さをしていたことが強く推論される。それがナギの結論よね。それに下北係長の先の①②、すなわち客観捜査・科学捜査の結論が加われば」

「そうだ御嬢」下北はいった。「いよいよ登場人物を、五名に特定・限定していい。まあ若干の付言をすれば、年端もゆかん娘っ子に手錠を施すようなイカレどもが、胸糞な宴の最中に、真っ当な客を迎え入れるはずもなし。またイカレた客を迎え入れたなら、そんなイカレが微細試料ひとつ落とさんはずもなし――いや確実に足跡は採れただろうよ」

「成程」ひかりは頷く。「かくて登場人物が確定した。よって話の流れから、次に仁科ら非行集団の『事件前二週間からの動き』及び『事件当夜の動き』をトレースしたい」


井の頭六丁目殺人・放火事件捜査本部（ミニ検討2・事案概要）

「要は、マル被側の具体的動静だな。『誰が』の次は『何を』って訳だ」下北も頷いた。「これも上原係長の縄張りを侵さず、純粋に客観捜査・科学捜査の担当としていえば……〈四日市＋御園＋仁科＋名無しの権兵衛〉のマル被四名は、実は火災発生時の二週間前から、仁科邸を根城にしている。仁科邸を常宿にしている。

無論、買い出しだのカラオケだののぱちんこだので仁科邸を外していたこともあるが……それには例の黒いバンを使ってくれているのでな。そして車両の動きはN、防カメ、ドラレコでほぼトレースできる。その起点は仁科邸、終点も仁科邸だ。ちなみに遊興の現場における連中の動静も、ほぼトレースできる……いや、防カメ様万々歳だな。

またそれが先の、『登場人物の確定』を補強してもくれるって訳だ」

「防カメ捜査等の結果として」ひかりはいった。「①カラオケその他での遊興者、そして、②黒いバンの搭乗者は、くだんの男四本――〈四日市＋御園＋仁科＋名無しの権兵衛〉であって、しかもそれだけだと」

「ああそうだ、御嬢」

「それが問題の二週間、時折仁科邸から揃って出撃し、また仁科邸に帰ってくると」

「そのとおり。故に仁科邸は連中の常宿、連中のアジトだったと断言できる」

「二週間もねえ……ちなみにナギ、登場人物の『学業』の方はどうなっているの？　四日市はともかく、御園と仁科は絶讃高校生中のはずよね？　最近は春休みが長いの？」

「春休みに入った期間もありますけど～、そもそもそれ以前から絶讃怠学中です～。万助橋高校からの聴取結果です～」

「……あと下北係長。〈名無しの権兵衛〉も当然、至る所で撮影されてはいるのよね？」

「そりゃもちろんだわ。他の三名と違って、連日連夜じゃねえけどな」下北はいった。「ただ未だ身元が割れねえ。無論、消去法で〈名無しの権兵衛〉の指掌紋・足跡・微物はほぼ特定できるんだが――メンツは五名で固定の上、うち四名の捜査資料は識別済みなんだからな――ところが指紋も足跡もDNAも『ヒットなし』。誰のモノかサッパリ分からん。

　なら〈名無しの権兵衛〉は、前科前歴の無え奴だ。諸状況からは信じ難いがなあ。

　無論、警視庁本部の捜支――捜査支援分析センターに、至る所で撮影された動画解析の支援を依頼したんだが……流行りの顔認証システムでも『ヒットなし』。なにぶん、前が無えことにゃDBに対照資料が無えからなあ。まあ厳密に言やあ無えことも無えが……どのみち結果として本件では『ヒットなし』なんだから、元データを論じる意味も無えやな」

「〈名無しの権兵衛〉、顔を堂々とさらしていた？」

「いや防カメが捕捉できた動画では、ガッチリとニット帽にマスク——顔を隠したかったのかも知れんが、この時節じゃあ、不審とまでは言えねえわな」

「とまれ、データ上は身上が綺麗な者だという事ね、我等が〈名無しの権兵衛〉さんは」

「さぞかし清廉潔白でいらっしゃったろうよ、飽くまでデータ上はな」

「ちなみに当該〈名無しの権兵衛〉、黒いバンに搭乗していたのよね。まして先の報告によれば、運転までしていたと。それで大警視庁が面を割れないとはね」

「とはいえ御嬢——実は野郎が運転するの、確認できたのは膨大な防カメ動画のうち精々五分一〇分だけなんだわ。それも、独りで転がさにゃならんときだけ。言い換えりゃあ、自発的にはいっさい運転してねえ。実際、関連動画を精査するに、野郎はいつも二列目でどっしり構えてやがるなあ。また遊興の場においても、言ってみりゃあ上座を占め、他の三名に丁重に扱われてやがる。

　関連動画の質の問題はあるが、捜支の意見でも俺の意見でも、ちょっと高校生にゃ見えねえな。まああの年頃は日に日にデカくなりやがるから、それこそ予断は避けてえが……控え目に言って、体格の良すぎる高校生。素直に言って二〇歳以上、いや二五歳でもおかしくねえ。ひょっとしたらシノギやらかしてる半グレか、はたまたマル暴そのものかもな——それで生涯我が社にパクられたことも無えってのは、また不可解ではあるが」

「とまれ、四名の非行集団が仁科邸を根城にし始めたのが、事件発生の二週間前。

マル害遺族から市松由香里さんの行方不明者届が出たのも、当該二週間前。とくれば自然に考えて――」

「マル害を誘拐、いや拐取したのがその二週間前だろうな」下北はいった。「マル害の検視と解剖の結果も、まあそれを裏付けている……すなわち生前・事件当夜の姿を再現するに、体重は恐らく四〇kgちょっと。太腿と脛の太さがほぼ一緒。血液その他からして栄養状態は非常に劣悪。極端な栄養障害の状態。実際、胃内容物はなんとナシ。

あとは……強行刑事の俺でも言うを憚るが……」

「――じゃあ僭越ながら、俺から。といって焼死ゆえ、厳密な再現は困難なんですが」

しばらく黙っていた、被疑者の調べ官である上原係長が静かにいった。成程、それらは調べ官として当然諳んじていなければならないこと、大事な手持ち札である……

「マル害の全身にわたり、凄惨な虐待の痕跡が認められます。

例えば殴打。

内臓の損傷状況や皮下出血の状況からして、手拳はもちろん足蹴りによる殴打があった。また燃え残りの押収品からして、特殊警棒、木刀、鉄パイプによる殴打もあった……大小ひっくるめれば、その対象はまさに全身。顔部、胸部、腹部、腕部、大腿部云々を問わず全身。まして顔部に至っては、遺体発見時、左眼球が飛び出していたほか、前歯二本が歯肉部分から脱臼骨折を起こしていました。頭蓋骨骨折による脳挫傷と併せ、特に、、、、火災当夜、過酷で想像を絶する殴打が行われたと断定できます。また膵臓も損傷」

（特に火災当夜、過酷な殴打……いよいよ殺してしまおうという物語だろうか？）

だがしかし……

当夜も手錠をして監禁していたというのなら、そして監禁の通算期間が二週間というのなら——それは市松由香里にとっては間違いなく無限の、永劫の苦しみだが——しかし被疑者らにとっては、まだまだ充分に欲望を満たしていない時期なのではないか？

（……火災当夜に、何が起こったか？　それも結局、仁科徹に語らせるしかない物語だ。『こういう怪我がありました』と『こういう怪我をさせました』では天と地ほども違う）

ひかりが疑問を感じている内にも、上原係長の、耳を塞ぎたくなる報告は続く……

「また虐待は、そうした殴打のみに留まらんのです。

例えば火責め。

……ここで、検視結果と解剖結果から、火災による熱傷とそれ以外による熱傷は概ね区別できます。故に、マル害が火災当夜以前から、複数箇所に火傷を負っていたことも分かる。重ねて厳密な再現は困難ですが、どうにか再現できた分だけでも実に数多ある。

肩、胸部、背部、臀部に、煙草の火を押し付けられた火傷。これは黒いバンその他から押収された大麻からして、大麻を巻いた煙草でしょう。別段、普通の煙草でもその残虐性は全く変わりませんが……

そして火傷もまた、煙草の火によるものだけではない。まさかです。オイルライターでジリジリ焙られたり、ましてや油、これはまさにオイルライターのオイルでしょうが、それを直に垂らされ火を着けられたり……その対象部位も、腕部や大腿部に加え、胸部……具体的には乳房にまで」

「……焼死体なのに、よくそこまで解明できたわね。

警察官としては喜ぶべきで、女としてはあらゆる意味で絶句する他に無いけれど」

「虐待が二週間に及んでいますんで、熱傷の態様が様々に異なる部分があるんです——少なくとも、火災加熱の圧力によるものとは明確に異なる怪我がある。例えば所謂爛れですね、糜爛。はたまた膿です、化膿・血膿。そうしたものが、当夜の火災によって生じたのか、それとも別の原因によって生じたのかは、法医学的に視れば解明できます——一〇〇％ではありませんが。

あと火責めというか、火傷に関し特徴的なのは、①熱湯による熱傷と、②感電による熱傷があることです。

これまた焼け残りの押収物からして、薬缶からの熱湯と、スタンガンの電撃によるものでしょう。しかし押収品には、延長コードなり電線なり縄なり、金属製の所謂ワニクリップなりもありますから、ただスタンガンを当ててるに留まらず、より直接的な感電をさせた可能性もあります」

「で、電気でも責め苛んだと」

（うわ、ハコ管理官がドン引きするのってぶっちゃけ初見だわ～、一応ヒトだったんだ～）

「更に言うを憚るのが、覚醒剤の使用です」上原係長がいった。「事案の性質上、当然、被疑少年らがマル害に対して使用した形になりますが」

「こ、言葉の正確かつ厳密な意味でレイプドラッグね……根拠は？」

「マル害遺体の残留血液、燃え残りの頭髪等の鑑定結果です。これは顕著に判明します」

「ただそれ、科捜研からの鑑定書がまだなんでな……」下北係長がいった。「……まだ捜査書類には落としてねえ。まして機微にわたり、決め手にもなる犯人の秘密でもある。上原の取調べの目途（めど）が立つまでは、ここ限りの、この四名限りの話にしておいてくれ」

「それは了解。犯人自身から語らせなければ意味が無いものね。しかし、覚醒剤までとは。

　辱（はずかし）めの限りを尽くすにも、逃亡を妨害するにも、罪悪感を植え付けるにも効果的ね。

　ただ、大麻よりは比較論として入手が困難……なら誰が、どうやって調達したかには興味がある。誰が、どうやってそこまで邪悪な手段に訴える決意をしたかも含めてね……」

「これぞ裁判所もいう、鬼畜（きちく）の所業（しょぎょう）ですな」上原係長がいった。「そしてそこは鬼畜のやること。他にも、鬼畜なりの工夫を凝（こ）らした様々な虐待を行ったことは想像に難（かた）くないのですが……下北先輩の領分である科学捜査・客観捜査で分かる以上のことについては、生存被疑者の供述を求めるしかありません。

　なお虐待行為の開始時期ですが、各創傷（そうしょう）の分析から、事件発生の二週間前と考えて全く矛盾ありません。それも法医学的に視れば解明できます」

「……とまれ、絶句した以上虐待関係は取り敢えず終わりにしたいけど、これ性犯罪よね？故にナギ、女警として報告すべきことを報告して頂戴。和光班には女警がいて助かるわ」

「ハコ管理官もいちおう女ですよね？　それに性差別発言はこの御時世（ごじせい）、火事の元ですよ。

　――ともかく、女捜査員として敢えてストレートに述べれば。

　強制性交の事実に疑いはないです。解剖の結果、全治一週間の処女膜裂傷（れっしょう）のほか、外陰部・膣内に強い外力による損傷が確認できました。またその裂傷・損傷の具体的態様から、強制性交において挿入されたのは男性器のほか、何らかの異物複数。それは、焼け残りの押収品からして風営法にいう性具、しかも複数でしょうが、仮に木刀なり鉄パイプなりが用いられたとしても特段の矛盾ありません。なお火災発生当夜――市松由香里さんが亡くなった当夜ですが――由香里さんは片手錠を施されていたほか、口にガムテープを貼られていたことも判明しています。それで残ったモノもあります。

まとめれば。

①処女膜裂傷の事実、そして、②例えば解剖時いまだ四日市・御園の精液が膣内及び口腔・咽喉内に残存していた事実を踏まえると、由香里さんは拐取された後時を置かず複数者に強姦され、そのまま亡くなる直前までそれを執拗に繰り返されていたと考えられます以上」

「行方不明者届の提出日からして、また市松さんの御祖母様の供述からして」ひかりはいった。「拐取というか、拉致の始点は明白ね。そして監禁が開始され、それが常識的には二週間のあいだ継続したと。

ちなみに念の為だけど、現場の仁科邸又はその周辺を捕捉できる防カメあるいは目撃者なんてものは――」

「――そうそう御都合主義的にはゆきませんや」下北係長がいった。「現場付近は御嬢も御承知のとおり、中の上ほどの閑静な住宅地。最も近いコンビニ・郵便局へも徒歩一〇分。所管駐在所なら徒歩一五分。バス停だけは徒歩五分弱と近いですが――だからドラレコ等に期待したくもなりますが――残念ながら現場はまさかバス街道沿いでなし、そのバス路線も、小さなコミュニティバスが二〇分に一度程度しか走らん奴ときた。ちなみに終バスは一九時台。

おまけに犯罪発生率が低くて住民のプライバシー意識が高いとくりゃあ、町内会もどこも、防カメを設置しようだなんて酔狂な真似はしませんや。

　あと目撃者……目撃者ねえ。確かに仁科邸は『向こう三軒両隣』を持っちゃあいますが、雨戸という雨戸は下ろされていたし、だから二階だろうが仁科徹の居室だろうが視認することはできなかったし、吸音のためか分厚いカーテンまで引かれてましたからね。まして該家屋はＲＣ。そもそもが遮音性に優れる。まさにブラックボックス」

「おまけに両親不在世帯で、まさか『向こう三軒両隣』との心温まるお付き合いも無いと。

　——まあそれはいいわ、どのみち駄目押しの確認だから。

　そして市松由香里さんと仁科徹らの残酷な物語も、初動捜査の結果に留まるという限定付きではあるけれど、ほぼ理解できた」


井の頭六丁目殺人・放火事件捜査本部（ミニ検討３・火災）

「だから私が事件当夜の物語について最後に知りたいのは——火よ、火事よ。

　女子高生を監禁しているその家屋で、何故、突然火事なんかが発生したの？　しかも何故、ちょうど監禁場所＝仁科徹の居室を火元とする火事なんかが発生したの？　ましてそれって、生きた人間を三名も焼死せしむるほどの大火事よ？

　——下北係長、現時点におけるブツからの筋読みは？」

「筋読みなんて、そんな御大層なもんは無えが……

　ただ現場がＲＣ住宅なのは、検証班としては幸いだ。一刑事としてはデカい嘆息が出るがな。すなわち舞台外枠がまるっと焼け残ってくれるし、建物の倒壊もねえ。まさか床も抜けねえし階段も無事。よって、舞台外枠内は燃え残った宝の山。要は、再現できることが一杯あって万々歳。再現しなきゃならねえことが一杯あって、日々頭痛薬漬けだ。

……さて御嬢指摘のとおり、火元は仁科徹の居室――該家屋の二階居室に間違いない。

具体的には、該家屋二階の、リビングダイニング一四畳だがな。

これ、マル被母親の仁科杏子の指示説明によれば……徹の本来の居室は二階八畳間なんだが、該家屋に住んでいたのは実質、徹独りだけ。それで、二階の広い憩いの間が――キッチンにソファセットに莫迦デカいTVまである二階団欒の間が――そのまま徹の居室になっていったらしい。ここ、広さからしても水回りがあることからしても、マル害には気の毒なことに、絶好の監禁・虐待の間になっちまったんだが。

すなわち市松由香里が当該夜、手錠で戒められていたのもここ。そしてこれまで幾度か挙がっているが、特殊警棒だの木刀だの鉄パイプだの、スタンガンだの延長コードだの電線だの縄だの、金属製のワニクリップだの風営法にいう性具だのが――その焼け残りが――押収されたのも、ここ。

これは無論、『監禁場所が何処だったか？』を疎明する資料にもなるんだが――

御嬢の御下問は『火事』についてだ。だから手錠云々より、着火物等がポイントになる。

ここで当然、大麻の燃え残りが押収されたのもここ。

またそれからして当然、着火物たるライターの燃え残りが押収されたのもここ――

具体的には、金属製のオイルライター。より具体的には、火元から四のオイルライターが押収されている。これまで解析してきた関連動画からして、『マル被らが常態として着衣に帯びて使用していた』オイルライターだ。といって、室内のラックその他には、先に上原係長が触れた、陳腐な百円ライターの残骸や、あとマッチ箱の焼け残りの燃え屑も幾つかあったがな。

とまれ、どのみち——」

「——これまでの残酷な物語から想像するに」ひかりはいった。「当該金属製のオイルライターというのは、市販の煙草か大麻を巻いた煙草に着火する為のものでもあろうけれど、より実際的な使い方としては」

「そうだ。既に明白になっている、マル害の『火責め』に用いられたと考えられる——①御丁寧にマル被の人数分が発見されていることからしても、②仁科徹はカネに困ってはいなかったことからしても、③百円ライターは火焙りの器具としては微妙に不便ってことからしても、そうなる。

というのも——御嬢がやったことあるかどうかは知らんが——百円ライターは、物を燃やすにはサイズ的にも構造的にも、微妙に取り回しが悪くてな。手元から下にある対象に火を着けるには、手持ち部分が小さすぎるんだ。だから実質、どうしても手元の上にくる煙草専用になる。逆に、誰かの鼻なり髪なりを焼こうってんなら便利だろうがな……

余談ながら、俺は娘の誕生日の都度思うんだが、バースデーケーキの蠟燭な、あれもしケーキに突き立てたままだったら、百円ライターで着火するのは至難の業だぜ。百円ライター下に向けたら指が焼かれるんでな。毎年焼くわ。といってマッチなんざ用意しねえし」

「この陰惨な検討において、微妙に微笑ましいネタが出てきて嬉しいわ」

「まあ俺は刑事だから当然、その娘ってのは年に一度、誕生日にしか会えねえ親権の奪われた娘なんだがな」下北はしれっといった。「なあ、御嬢の本籍地の警察庁で、『刑事の離婚率』って統計取ってみたら面白いんじゃねえか?」

「警察が自分に不利になる統計を取るわけないでしょう。全国警察すべてで、採用試験の倍率がガタ落ちてしまうもの——さ、また陰惨な気分になってきたところで続けて頂戴」

「要は現場には、火責め用のオイルライターが四あった。オイルライターだから、当然にオイルも必要となる。御嬢のために付言すりゃあ、金属缶入りのライター用燃料が必要になる。それは細かい議論を抜きにすりゃあ、ベンジン、ガソリンの類だ」

「ガソリン」

「——といっても、日常品として使う訳だから、車動かすガソリンとは危険性が違うけどな。ホワイトガソリンとか呼ばれる、車動かす奴とは微妙に異なる燃料だ」

「とはいえ火責めに使われる程だから、自在に垂らせるし自在に燃えるんでしょう?」

「そりゃそうだ。ライターの火花で着火しなきゃ、そもそも燃料にも何にもならんだろ。そして液体なんだから、まあやろうと思えば、手なり床なりがびしょびしょになる程度には零せる——常識の在る奴なら、焦燥てて拭き取って処理しようとするだろうが。そしてそれは当然だ。そんな状態で火花か火種が飛んじまったら、たちまち手は松明になり床は火柱を噴き上げる。幾らガソリンそのものとは違うと言っても、臭いがする内は激ヤバだ。

　だから仁科らにも、最低限の自己防衛本能はあったんだろう。というのも、現場のゴミ箱の残骸には、オイルを拭き取ったボロ布なりボロ雑巾なりの、大量の燃え滓があったから。恐らくはティッシュもだろう、そっちは残骸すら残ってはいないがな。ただ、買いだめした未使用のティッシュ五箱セットなら、現場キッチンの棚でどうにか全焼を免れていた。故に、ティッシュもゴミ箱を埋めていたと考えて特段の矛盾は無え。

――人様にオイルどくどく垂らして火責めにしたっていうんなら、そりゃ後始末もひと仕事だわな。手に付く腕に付く床に垂れる……といって、オイルを拭いたブツをただゴミ箱に山積させておくってのは、まあ、想像力が乏し過ぎるぜ」

「要は、監禁・虐待の態様からして当然に」ひかりはいった。「当該オイルなりホワイトガソリンなりも、火元・二階セカンドリビングに置かれることとなったと。成程自然ね」

「そして監禁・虐待の態様からして当然に」下北もいった。「燃料はたっぷりあった。元々が日常品だから、メーカーの純正品なら、精々四〇〇㎖弱入り金属缶でしか売ってないんだが……ただ純正品に執拗らんのなら、二ℓだろうが四ℓだろうがあるいはそれ以上だろうが、ナチュラルに市販されている。アウトドアの燃料として需要があるからだ。まあ純正品でないと、ライターの炎が自棄に大きくなったりして、慣れないと面倒なんだが。

とまれ仁科らは、そのホワイトガソリン缶を一二ℓ分、火元・二階居室に常備していた」

「着火物は、金属製のオイルライター。燃料は、当該ホワイトガソリン。それでよい？」

「繰り返しになるが、着火物はそれで間違いない。加うるにそれは――またすぐに説明するが――関係者のうち御園光雄のオイルライター。これが着火物で間違いない。

加えて、ホワイトガソリンが燃えたのも客観的事実だ。

ただ燃えたのはホワイトガソリンだけじゃねえんだわ。灯油も燃えた」

「――灯油？」

「ああ灯油。石油ストーブ用の灯油」

「石油ストーブなるものも現場にあったの？」

「あああった。今はその亡骸だがな。昔懐かしの、天板で餅が焼けるアレ。令和の御代としてはまあ、レトログッズだ」下北がしかし首を傾げる。「しかし、なんだって灯油ストーブのことを石油ストーブって言うんだろうな。無学な俺にはサッパリ解らん」

「安心して、東大でも警大でもその教養はなかったわ……

　ともかく、その灯油。石油ストーブの燃料。それはどのくらいあったの？」

「標準的な『灯油用一八ℓポリタンク』の燃え残りが二、確認できている」

「……仁科邸があるのは中の上程度の閑静な住宅地でしょう。何故今時石油ストーブなの。流行りからして床暖房か、そうでなくともエアコンでしょう。まして季節は春先よ？」

「そのあたりはマル被に語ってもらわんと如何ともし難いが、しかし予断なら持てる――

　第一に、煮炊き。現場にはカップ麺の残骸が数多あった。薬缶もフライパンも鍋もあった。もちろん既述のとおり、火元居室にはキッチンすらあったんだが、そっちのコンロは今時のＩＨヒーター。用は電気式。御嬢も知っていると思うが、あれもまた取り回しが悪い。適当な煮炊きなら直火の方が楽だ。仁科邸は実際上、男四人所帯だったしな。

　第二に、気候。この春は周知のとおり、どちらかといえば寒い。そして現場は、豪勢な一四畳間のセカンドリビングだ。そもそもが、外気の影響をもろに受けるＲＣ住宅だしな。手っ取り早く暖を取ろうって言うんなら、これまた直火の方が楽チン。

　第三に……これは監禁・虐待と関連するが……『熱湯』が虐待に使用されたのは、マル害の検視・解剖から立証されている。また立証はされていないものの、石油ストーブの『直火』そのものがマル害に対する脅威として用いられたとも想像できる。そしてそうした残虐行為を除いても、『洗濯』『物干し』に伴って直火が用いられた形跡がある——というのも、窓枠に取り付ける室内物干しだの、服屋で服を吊り下げるような可搬式の室内物干しだのが発見されているからな。それは野郎どもの服を乾したのかも知れんし、犯行態様からしてマル害の着衣を乾したのかも知れんが——ともかく、石油ストーブの至近に室内物干しが複数あったのは事実だ。ただ念の為に言えば、仁科邸一階には最新式のドラム式洗濯乾燥機もあったな、一軒家としては自然だが」

「要するに」ひかりはいった。「マル被らは監禁場所を生活空間にもしていて、だから直火を安易に用いていたのだと。だから石油ストーブなのだと」

「あと駄目押しで、黒いバンの走行状況の解析。かつて仁科らがホームセンターで『石油ストーブを購入した』事実が裏付けられている。当然、店舗側の販売記録とも突合済み」

「——ちなみに下北係長、『洗濯』『物干し』からの連想だけど、市松由香里さんの当夜の着衣って、何か有意なものが燃え残っている？」

「そりゃあ無理だ。今般のマル害の熱傷状況からして、マル害の着衣は燃え残らない。事実、下着とて燃え残ってもいない。マル害はそれだけ激しく燃えたよ。

ただ御嬢、事案が事案だ。そもそも事件当夜——いや問題の二週間——マル害がまともな服を着ることを許されていたかすら疑わしいぜ？」

「なら寝具とか防寒具とかは」

「布団というなら四組だけ。防寒具というなら男物のコートやセーターやジャンパーだけ。いずれも瀕死の残骸だが――だが要は、そんな人間用の装備品など、マル害に与えられてはいなかった。敢えて『寝具』というのなら、予断としては、一四畳の一部に敷き詰められた、適当な段ボール複数に週刊誌多数の類。それが敷き布団で、掛け布団は一切ナシ。マル被ども、まさか新聞を購読する世代でも性格でもねえし……」

「下北係長。当該監禁場所・二階セカンドリビング一四畳。その施錠の仕組みは？　そもそも施錠できるの？　またできるとして、当夜の実際はどうだったの？」

「前置きとして、施錠の類は金属部品から成る。だから再現が容易だ、比較論だがな。無論、御嬢も知ってのとおり、現場における金属部品の類は放火捜査のおたから故、徹底的に掘り起こし掻き分けて収集分別した。回収できた分は、割れていようが溶けていようが、昆虫標本も吃驚の緻密なコレクションにしてある。施錠部品の類に限らずだ。

――そして結論を言えば、現場は施錠できた。本来は施錠できる室じゃねえんだが、施錠できるよう改造されていた。扉について言えば、外から施錠することもできれば、内から施錠することもできた。その内鍵・外鍵、どちらも南京錠とダイヤル錠を組み合わせた、素人の日曜大工の結果ではあるが執拗なものだ。専用の鍵と番号がなければ絶対に開かん。

ここで、外から施錠するよう改造するのは当然だわな、監禁を伴う性犯罪だし。

ただ、内からも同様のレベルでガッチリ施錠できるようにしたのは……予断を言えば、『いかがわしい行為を完全な密室で安全に行うため』『第三者の突然の介入を排除するため』『行為の最中にマル害が逃亡できるチャンスを与えないため』と……あとこの種犯罪の特徴として、『マル害の入浴・排泄等あらゆる日常生活の権利を支配しているのを見せ付ける／知らしめるため』と考えられる。重ねて以上は予断だが、まあマル被の思考パターンをトレースすれば、そうなる。ちなみに窓が施錠できたことは言うまでもない。監禁だからな。ただ窓にあっては、さすがに外からの鍵は作ってねえ。その代わり、内鍵をワイヤと錠前でガッチリ固定し、そもそもマル被たちにすら容易には開けられないようにしてあった。これまた執拗だな。

といって、仮に窓が開いたとしても、悲鳴を上げられこそすれ、脱出・逃亡は不可能だ。そもそも現場は二階。だからベランダに出、そして骨折その他を覚悟すれば脱出自体はできるが……しかしそのときはもう動けんのだから、それ以上の逃亡なんてできねえわな。

都合好く『樹木や電柱が梯子になってくれる』なんて状況も無え。仁科家のちょっとした庭には、確かに大きな庭木があるんだが……そしてそれは、当該二階居室の窓から自然に眺められるほどの背丈があるんだが……残念ながら、ベランダからの距離が在り過ぎる。SATでも飛び移るのは無理だなありゃあ」

「成程そういえば」久々に上原係長が発言した。「最近では珍しい、大きな樹があったな。ただ変わった樹だった。俺は見たことのない樹……下北先輩、あれ何の樹か分かります？」

「それ、仁科徹の調べ官としては、当然仕入れておきたい手札だよな」下北係長が頷く。「そして実は、俺も何の樹か分からなかった……だから検証の合間、近隣住民に訊いてみたよ。いわく、甘夏の樹だそうだ」

「――甘夏ですか。ちょっと不思議なチョイスだなあ、何か曰くがありそうな」

「俺もそう思ったが、ただ庭木としてはそう珍奇でもないようだぜ、蜜柑とか甘夏とかは」

「ともかくも」ひかりはいった。「現場は施錠できる。そのように改造してあった――なら事件当夜の施錠状況は？　それも検証で、いえ消防活動でも割れるはずよね？」

「まさしくだ」下北が答える。「ウチの検証。消防サンの調査。どちらの結論でも『事件当夜、当該セカンドリビングは内から施錠されていた』『南京錠とダイヤル錠で施錠されていた』——

　いやこれは正確じゃねえな。

　正確には、『火災発生時、当該セカンドリビングは内から閉ざされていた』だ。というのも、最後まで閉ざされていたんなら、そう最後まで密室だったなら、仁科徹が焼死しなかったはずも無えからな」

「それもそうね」ひかりが頷く。「脱出してきた生き残りがいる以上、火災発生後、いつかの段階で扉は開いたことになる——先の報告どおり、窓からは逃げられないのだから」

「実際、当該セカンドリビングの扉には、バット・木刀・鉄パイプ・室内物干し等々で激しく乱打された痕跡がある。いや破壊された痕跡がある。というかそうした鈍器が……幸か不幸か……ナチュラルに存在していたからこそ、仁科は扉を破って脱出できたんだ」

「となると、セカンドリビングの南京錠とダイヤル錠は、とうとう開錠されなかったの？」

「そのとおりだ御嬢。南京錠もダイヤル錠も、ずっと施錠状態のままだった。

だからこそ、鈍器でガンガン扉を破るって話になる」

「扉を破ったのは、生存者である〈仁科＋権兵衛〉の二名？」

「それは断言できん。ただ、決定的に破ったのは仁科だ。

というのも権兵衛は、密室内で瀕死の所を消防サンに救助されたから。もうすっかり躯ごと、火と煙とに巻かれてな。その位置・状態からして、扉を破ろうとし続けていたとは思えんし、そもそも消防サンの救助があと三分も遅れていたら、権兵衛も死んでいたはずだ」

「すると、扉を破り続けそれに成功したのは、仁科徹のみ。

ただそうすると……仁科だけがほぼ無傷で玄関に現れたことをも踏まえれば、仁科の特殊性には強い違和感を覚えるわね。何故他の関係者は非道く燃えているのに、仁科だけが無事であり理性的だったのか……」

「それは当夜の、仁科の動静によるとしか言えん」下北はまた、調べ官の上原をそっと見遣った。「死んだ人間はどうとでも引っ繰り返せるし切り刻めるが、生きた人間を切り刻んで謡わせるのは御法度らしいからな」

「あと下北係長、当該扉の『南京錠の鍵』は発見された？」

「……残念ながら、検証班による懸命の発掘作業にもかかわらず依然、未発見だ。

誰の遺骸からもその付近からも発見されねえし、そもそも現場から発見されねえ。

実は一本、セカンドリビングの金属製ラック裏で押収できた鍵はあるんだが……それは手錠の鍵だった。マル害を戒めていた手錠の小鍵。まさか南京錠の鍵じゃねえ」

（現場は施錠状態のままだった。となると、①既に火勢が強く、ダイヤル錠を回す暇もなければ鍵を挿す暇もなかったか……）ひかりは脳内で実演をしつつ想像した。（……②あるいは、扉や錠前そのものに火が及び、炎・熱で開錠することが不可能だったか。それとも、③寝惚けていたりラリっていたり酩酊していたりして、正常な動作ができない状態だったか。いや、④火災だったら意識障害もあり得るか。

どのみち、南京錠の鍵がないとなれば、あとは扉を破る以外に脱出方法がなくなる……）

――ただ現場の密封状況・密室状況は確認できた。だからひかりはいった。

「これまでの報告内容、いずれも了解よ。

まとめれば――

着火物は、金属製のライター。燃料となったのは、ホワイトガソリン最大一二ℓ+灯油最大三六ℓ。まして、現場には直火ともいえる石油ストーブがあり、薪ともいえるボロ布にボロ雑巾にティッシュ、はたまた分厚いカーテンに段ボールに週刊誌まであった。しかもそれぞれ相当量があった。加えて、現場は南京錠+ダイヤル錠で密閉されていた。

……ここまで諸条件が揃うと、むしろ火災が発生しない方が不思議だけれど。

ただ『どうやって？』『何故？』については依然、分からないわね」

「検証・科学捜査・法医学の観点から断言できることは」下北係長はいった。「最初に燃え始めたのは、現場にいた関係者五名のうち――すなわち市松嬢、仁科、四日市、御園そして〈名無しの権兵衛〉のうち――御園光雄だ。着火点は、当該御園の右手・右腕だ。

実はこれが先刻、『着火物は御園光雄のライターだ』と断言した理由になる」

「生体着火？　それとも着衣着火？」

「ほぼ同時だが、生体着火が先んじる。というのも、着火物はオイルライターだからな」

「それを用いた際、発火したと。だから右手・右腕が燃え、ほぼ同時に着衣も燃えたと」

「そうなる」

「当該着衣は？」

「スエットの類だ。残渣から分かる。陳腐な衣類ほどよく分かる。

なお、マル被側は全てそう。ジャージ、スエットといった室内着あるいは寝間着の類。

加えて言えば、発火時はマル被側みな、仁科家の結構なお布団数組で雑魚寝状態――これも燃え残りの状況から分かる。布団は燃えても丸ごと消えて無くなりはしねえからな」

「そのとき市松さんはと言えば？」

「そりゃ既報のとおり、手錠を施された状態のままだ。またこれも既報のとおり、こっちは着衣も不明――残渣すら採取できなかったし、元々着用を許されていたのかも怪しい」

（そして彼女の『寝具』は、段ボールだの週刊誌だのだったとか……）

とまれ、布団で雑魚寝の状態からライターを用いるとすれば、それは。

「――要は御園の寝煙草ね？」

「そうだ。

まあ寝大麻かも知れんが……どのみち実に典型的だな。住宅火災の出火原因ランキング第一位は、必ずと言っていいほど煙草だから。もうシード権を与えていいんじゃないか？」

「ただ、寝煙草でいきなりの炎は上がらないわよ。あれが恐いのは、火種が落ちてじんわりじわじわ燻ることだから。だから数時間単位で燃えることだから」

「そこで、オイルライターさんの出番になる。

すなわち雑魚寝布団の近傍に、ライターオイルの缶があった。それも剛毅なことに四ℓ缶があった。感覚的には、人が撲殺できる図鑑ほどのサイズかな。だからまあ手持ちできるし、漏斗その他の百均グッズを使えば給油もできるが……俺だったらやりたくねえなあ、そんな小学生の理科の実験めいたことは。まして寝惚け眼で、布団に包まった状態では」

「ところが当該御園光雄は、蛮勇のある男だったと」

「蛮勇はあったが、手先の器用さは確実に無かったな……というのも、御園の右手・右腕を燃やした炎はたちまち、雑魚寝布団に引火したから。まあ自然の流れでも引火したろうが、火勢と残渣の分析から、布団と床に少なからぬホワイトガソリンが零れていたことが分かった。いや少なからぬどころじゃない。『四ℓ缶全部を倒したんですか？　ラリってたんですか？』って言いたくなるほどの量が零れていた。さっき俺が、手先の器用さ云々と言った所以だ。いやそれ以前の問題かも知れんが。

　だから自然の流れどころか、まさに『火に油を注いだ』ことになり、強烈な炎が一気に噴き上がる……」

「その油って、現場居室にあったホワイトガソリンで間違いないのね？」

「当然だ。断言できる。まして現場は密室。誰も入れない。何も持ち込めない」

「さて強烈な炎が噴き上がれば、雑魚寝の各位もそれは飛び起きるはず――」

「ああ御園は立ち上がった。四日市も立ち上がった。というのも、いずれも寝たまま焼死してはいないから――ただ炎が噴き上がったのはまさに布団だ。躯に密着する用具だ。ならその炎は、御園と四日市の躯を襲う。たちまちのうちに。そして両者の死体の姿勢等から、両者とも激しく暴れたと認められるが……それもまたよくない。実によくない」

「両者が暴れた密室は、薪には事欠かなかったものね。

　ボロ布、ボロ雑巾、ティッシュ、分厚いカーテン、段ボール、週刊誌……あとひょっとしたら、何らかの洗濯物」

「そのとおり。実際、現場のゴミ箱複数にもたちまち引火した。中の薪は元々油塗れだから——まあホワイトガソリンは揮発するのも早いんで比較的安全なんだが、お気の毒様にも当該ゴミ箱ときたら、キッチン用・蓋付きのデカい奴でなあ——これまた派手な竈に早変わり。あとトドメ。ポリタンク。石油ストーブ用の灯油三六ℓ……

そして御園らは、言ってみりゃあ自分で自分を閉じ込めてもいた訳だから、一四畳間をどう暴れ回っても逃げ場はねえやな。いやむしろ、トーチになった自分自身で、あちこち飛び火させてる様なもんだ。なまじ一四畳間だなんて、閉じこもっても生活に不便の無い広さだったのが災いしたな……

さて火達磨の御園らが暴れ回りゃあ、RCといえど、フローリングなり絨毯なりが燃える。すると壁紙のクロスが燃える。すると天井のクロスも燃える。天井が燃えりゃあ、火が横にサッと広がるから、部屋全体が燃え出すのもすぐだ。隣室へ火が伝うのもすぐ。

といって重ねて、外枠というか箱はコンクリート。

だから外枠へのダメージは少なく、内側のみの、まさに灼熱地獄になるって寸法」

「ましてそのとき、火災で酸素欠乏になるのもすぐ」ひかりは法医学のおさらいをした。「雑多な物件が発生させてしまう一酸化炭素中毒になるのもすぐ——すなわち窒息と中毒」

「……そもそもが、元々寝惚けてたか、ラリってたか。

それに加えて一酸化炭素中毒による意識障害、視覚障害、果ては昏睡。

解りやすく言やあ、自動車内の排気ガス自殺と一緒の状態だな。

無論、マル被らが一酸化炭素中毒になったって事実は、血液中の一酸化炭素ヘモグロビン分布で容易に立証可能。すなわち、暴れ回っている内に意識を失ってコテン、だ。

　だから、生きながらウェルダンなんて現象も起こる」

「ちなみに意識云々に関連して――マル被ら、飲酒はしていた？」

「御園と四日市は飲酒していた。死んでくれりゃあ解剖できる。だから分かる」

「あと一酸化炭素中毒とくれば、石油ストーブが点いていたかどうかも気になるけど？」

「実は点いていた。点いていた状態で引火したのかそうでないのかも立証できるからな。

ただ、火災原因が石油ストーブでないことは客観的状況から明白だ。火元は飽くまでオイルライターと煙草だ。それは全ての説明の土台だ」

「――ところで今まで、御園と四日市の動静しか話に出ていないけど、仁科と権兵衛は？」

「〈名無しの権兵衛〉が躯の九〇％だか九三％だかに大火傷を負っていて、生存の確率が五％いや三％も無いのは御嬢も知ってのとおり。だから〈権兵衛〉の現場における状態と行動は、ほぼ御園・四日市に準ずる。そりゃそうだ。既報のとおり、〈権兵衛〉だって両者同様、死んでいて面妖しくなかったんだからな。だから〈権兵衛〉の動静にさしたる疑問は無え。

　仁科については……何らかの事情で雑魚寝布団から離れていたと考えられるし、何らかの事情で燃え猛る仲間から遠ざかり見捨てたと考えられるが――でなきゃ大火傷してねえはず無えやな――そこは御本人に謡ってもらうしかねえな。これも既報のとおりだ」


井の頭六丁目殺人・放火事件捜査本部（ミニ検討４・前足）

「あと、マル被らの前足について教えて頂戴」

「事件の日以外に関しては、別途、捜報を呈覧する」下北係長はいった。「事件の日というか、事件前日だが、マル被らは一四〇〇強に起床。というのも一四二〇強、総員で例の黒いバンに乗り、吉祥寺駅前の繁華街へ繰り出しているからな。
以降、詳細を措けば、二〇一五弱まで皆で飲食・遊興。ファミレス、カラオケ、ぱちんこにナンパだ。同時刻あたりに仁科邸に帰り、以降少なくとも車両による外出は無えな。徒歩で外出しやがったとしたら何も分からんが——例えば近隣のコンビニの防カメは、どれひとつマル被らの姿を捕捉してねえ。無論、近隣住民等による目撃も一切ナシ。

　よって予断を言えば、腹も膨れたし暇も潰せたってんで、またもやマル害に対する欲望を遂げようとアジトに籠もったんだろう。実際、さっきナギが言ってくれた、当夜の精液等の物証もある」

「午後八時過ぎに帰宅して、以降ブラックボックス内。出火が翌午前一時弱ね？」

「そう。さんざマル害を嬲ってから、酒飲んで大麻やって布団にごろり。

　ラブホの休憩タイムが大抵三時間だし、統計的には行為そのものの平均時間は三三分なんて文献を読んだ気もするから……マル害には実に気の毒な言い方になるが……野郎らとしては思いっ切り、たっぷりと異常性欲を発散したろうな。それだけの時間はあったし、その流れには自然性もある」

「もちろん市松さんは、事件当日も仁科邸に監禁されたまま」

「そりゃそうだ。もし脱出できてたなら突発重大事案だ。その時点で即、一五〇名規模の捜本が起ち上がったろうぜ……

まあそんなアタリマエの話を抜きにしても、現場には手錠もあればガムテープも縄もあった。既報のとおり。また現場は外からでも〈南京錠＋ダイヤル錠〉で施錠できた。窓すらワイヤと錠前で固定してあった。これまた既報のとおり。そうした物証・状況からしても、事件当日、マル害が仁科邸から脱出できた可能性は零だ」

（市松さんの御家族の為にも、事件当日を含む市松さんの様子は解明したいところだが）ひかりは思った。（そしてそれはつまり、本件性犯罪においては、マル被どもの動静を解明することと表裏一体だが……）

それもやはり、生存被疑者・仁科徹の供述によるしかない。

ただここでひかりは、自分がすっかり等閑視してきたあるもの、あることに思い至った。

ひかりがそれを等閑視してきてしまったのは、ひかりが女であり、まさか強姦者の心理に通暁しているはずもなかったからだが……

自分を男として、強姦者として考えれば。

実におぞましく、しかし垂涎の的ともなる、とあるブツのことが気に懸かる。

「——ねえ下北係長。現場からスマホは押収できたの？」

「ああ押収できた。具体的には、マル被四名各人のものがな。ちなみにマル害のものは既報のとおり、マル害のローファーとともに、現場仁科邸一階の金庫の中にあった。

現場にあった以上、マル被四名各人のスマホの方は徹底的に焼けたし、御嬢も知ってのとおり、スマホのバッテリーってのは高温で発火しやがるからな。要は、火事でも焼けたし自分でも燃えた。だから押収できたのは、今やスマホというより『スマホ様のアルミ屑で樹脂屑』だ。いや爆発しているから既に『スマホ様』でもねえな。純然たるガラクタだ」

「ならマル被らのスマホの、データ復旧等は」

「内部ストレージに関しては絶望そのもの」

「クラウドなら？　特に動画」

「今も解析中だが、現在の所、本件事案の捜査に資するものは無えなあ……」

「あっ」退屈しきっていた水鳥警部補がいった。「ハコ管理官、そういうことですか～。下北係長、ハコ管理官が御所望なのは～、要は市松さんの、生前の……

……だって本件マル被の如き鬼畜なら～、鬼畜の王道として～、実用のためにも商用のためにも脅迫のためにも～、市松さんの動画を撮影しますよね～？　男は誰も血に飢えたケダモノだから～、下北係長だって上原係長だって～、その手の動画を愛好したことが無かったとは言わせませんよ～？」

「いや強いて愛好したことはホントに無えが……あれっ、俺それ説明してなかったか？」

「いや全然までですよ～」

「そうか、捜報には打った記憶があるんだがな。

——確かにそれは鬼畜の王道だわ。まあ俺も刑事なんて稼業が長いし、その思考経路は解らんでもない。だから本件に関連する動画があるかどうか、その精査を急いだんだが……結果は今言ったとおりだ。御嬢が御所望の動画は確認できねえ。

ただ」

「ただ～？」

「ただ現場には、ビデオカメラの残骸と、三脚の残骸があったんだわ。

　そしてその出所もすぐ割れた――

　黒いバンの走行記録。駅前のヨドバシカメラに行っている。なら店舗の防カメとジャーナルで、マル被らの動静も購入品も購入時刻も把握できる。詳細を措けば、『マル害が拉致されたと思しき日の三日後、四日市晃と御園光雄がそれを購入した』ことはすぐ割れた」

「今はスマホでも充分動画が撮れちゃいますけど～」薙はいった。「容量や画質の問題がありますし～、ズーム・オートフォーカス・手ブレ対策っていうんなら～、ビデオカメラの圧勝ですもんね～。クオリティに執拗る鬼畜なら～、ビデオカメラでしょうね～」

「あと無論」上原係長がいった。「こんな外道な犯罪の証拠を、自分のスマホに保存したり、自分が使えるクラウドに上げるのは、鬼畜にとって危険極まりない……今時の職質は、スマホの中身も確認するからなあ。

　そして市松さんは一七歳。無論だが一八歳未満者。その外道な動画なり画像なりを警察官に現認されれば、そのまま児ポル法違反で検挙されてしまうよ。マル被らは怠学して繁華街での遊興にも励んでいたから、職質検挙の可能性は大いにある。やはり、スマホよりビデオカメラ――その思考経路には自然性がある」

「となれば」ひかりはいった。「機器そのものより、記録媒体と動画にこそ興味が湧くけど？」

「残念ながら」下北はいった。「ＤＶＤ－Ｒ×二八枚が全部焼け溶けたよ、現場でな」

「その二八本の残骸が確認できたと」

「まさしくだ、御嬢」

（微妙に不可解な点はあるが……取り敢えずは、市松さんの魂にとって救いね）

犯罪の真実を求める被害者遺族と、無論、警察としては遺憾千万だが……

「下北係長。以上これまでの科学捜査・客観捜査結果を知っているのは？」

「警部補以下の実働員ならほとんど誰でも知っている。というのも、ほとんど全員が技師で図面引きだからな。そしてその口の硬さは保証する。そこは腐っても選抜メンバーだ。

あと警部なら和光主任官だけ。警視なら御嬢だけ。警視正以上は詳細を知らねえ。そうだな、諸報告は七割引き、いや八割引きにしてやっている所だ。だから上原、調べ官のお前も、仁科徹から巻く供述調書の決裁、同様の方針で頼むわ」

「――あら下北係長、学習してくれているわね？」

「吉祥寺署長は」下北はしれっといった。「刑事畑出身の癖して、まして警視正なんて重鎮にまでなりやがった癖して、未だ差し入れ一つ寄越さねえドケチだからなあ。

ま、ここは御嬢の肩を持っておいてやるぜ、あっは」


井の頭六丁目殺人・放火事件捜査本部（ミニ検討5・生存被疑者）

「じゃあ三〇分一本勝負の最後に真打ち。すなわち生存被疑少年・仁科徹の現状と供述」

「了解です。ザキさんも先刻御承知のとおり……」

「ちょっと待って上原係長。その昭和ドラマ的な綽名、ひょっとして私を指称するもの？」

「取り敢えず、ではありますがね」上原は微苦笑した。「御嬢もリニアもハコ管理官も、刑事としてはピンと来ないんで」

「……変な所で刑事魂を発揮しなくてもいい。時代の趨勢と若者の気風を学習して頂戴」

ひかりは少々憮然としつつ……しかし何処か人懐っこい、二回りも年上の上原に、『刑事と認められた』ことには素直に満足した。警察内でも、刑事はとりわけ上官を値踏みする。上官が女警、しかもキャリアの女警とくれば尚更だ。本件における真打ちたる上原の、まあ信頼を得られたことは、捜本を切り盛りするひかりにとって嬉しいことではある。まさかそれを顔に出す、しおらしい女ではないが。

(紳士的で、人情家肌)ひかりは思った。(将来の捜一課長か。確かに。ただ一課の刑事で癖の無い者などいない。普段柔和な分、べらんめえの下北係長より底が見えないわね)

(成程、上原も解ってきたな)下北は思った。(御嬢が、極めて執拗な猟犬だってことを)

(どんな理由でこんな異様な形をしているのかは知らんが)上原も思った。(この三〇分一本勝負のミニ検討からしても、ただ雛壇で能書きを垂れるお飾りキャリアじゃあなさそうだ……)

いやむしろ、管理職たる管理官としては、執拗すぎる。

この執拗さ細かさは、係長レベル、いや主任レベルのものだ。

(……ノンキャリアにも、捜本を昼食堂か晩酌の場だと勘違いしている管理官がいるというのに。この娘は、諸事自分の頭で咀嚼し再構成しないと気が済まんとみえる……成程、一人の刑事としては見所があるな。

ただ、管理職としてここまでの細かさはどうなんだ？

俺はまだ警部補だから、そのあたりの機微は解らんが)

ひかりと上原の視線が数瞬、鋭く交錯する。今この朝も、互いの力量を測るかのように。

ある意味、本件捜本の二枚看板である両者としては当然だ。担当管理官に、調べ官――

「被疑少年・仁科徹は」ひかりがいった。「今はまだ、吉祥寺大学附属病院よね？」

「そうです」上原がいった。「ザキさんも御承知のとおり、吉祥寺署のPC勤務員が、一旦はここ吉祥寺PSに任同してきたんですが――一酸化炭素中毒と精神的ショック、あと軽い火傷もあって、三時間もしない内に、該病院に搬送されました。これはやむを得ません」

「そうね。本件事案の重大性、そして少年一般の特性に鑑みれば、手続を無理押しするのは百害あって一利ない。特に、医師の加療を要する状態とあってはね。逮捕を急いだところで、どのみち即釈放で意味が無い……

故に該仁科徹は、我等が〈名無しの権兵衛〉と一緒の、吉祥寺大学附属病院にいると」

「無論病室も病状も違いますが。〈権兵衛〉は救急のICU、仁科徹は所謂特別病棟です」

「〈権兵衛〉は死線を彷徨っており、仁科徹はあらゆる意味での保護を必要とすると」

「メディアの垂涎の的ですからね。捜本でも、仁科の病室を知る者は限られます」

「任同当初の調べでは、仁科、一言も口を利いてはいないのよね？」

「既報ですが、そのとおり」上原係長はいった。「当初調べたのは、吉祥寺署の強行係長と捜一の巡査部長。病院搬送前に、かなり踏み込んだことを訊いてはいますが、完黙状態。事案の概要どころか、自身が仁科徹であることすら喋らなかった」

「病院搬送後は？」

「ザキさんと和光サンの御下命で、俺が調べ官に任ぜられましたんで、この三日、該病院に日参しています。そして病院側を説得し、また母親の承諾も得られたことから、病棟にある面談室で

——医師と患者とが所要の面談をする個室ですが——一日につき三時間一本勝負で、かつ、無論任意で取調べを実施中」

「結果は」

「お恥ずかしながら、依然見事な完黙中」

「それは極左の如き確信的なもの？　あるいは、精神的ショック等による虚脱的なもの？」

「俺は刑事部門しか知らんので表現に悩みますが、きっと前者のタイプ。

要は意図的な、何らかの決意・覚悟に基づいた完全黙秘。

成程、確かに事件発生当夜の調べにおいては、著しい精神的ショックなり虚脱状態なりが確認されたそうですが——捜一の巡査部長の言——だからむしろ『喋ろうとしても喋れない』様子だと見受けられたそうですが、俺が調べ官に任ぜられてからは違います。明白に『喋りたくないから喋らない』んです。

実際、担当医の判断でも、既に入院加療の必要性は乏しい、健康状態には問題ないとのこと。また医師・看護師等との意思疎通においても、母親との意思疎通においても——量の少なさは別論——特段の問題は見受けられないとのこと」

「普通に喋ろうと思えば喋れると」

「まさしく。要は、俺が嫌われているんですな」

「あらゆる意味でそんな軽口は早計よ。熟練の調べ官に対し、釈迦に説法でしょうけど。

引き続き釈迦に説法ながら、仁科徹の退院の許可は？　担当医はどう判断している？」

「今日にでも退院してよいと。

ただ実務上、病院の最終判断が今日。手続と実際の退院は、明日」

「所要の手続は、きっと親がするのよね？」

「母親の仁科杏子も病院に日参しています。該仁科杏子がすることになるでしょう」

「ちなみに母親って今、何処で暮らしていて何処から日参しているの？」

「あっそれは～、あたしから～」被害者遺族・加害者家族担当の水鳥警部補がいった。「マル被少年の母親・仁科杏子ですけど～、隣の調布市内にある～、実妹の戸建てで暮らしてます～。実は事件発生以前からそうです～。故に仁科杏子の拠点はそこ～。病院に日参しているのもそこからです～」

「そういえばナギ、仁科徹の父親――仁科親一にあっては、確か病気で」

「そのとおりですハコ管理官～。被疑少年の父親は～、何の因果か～、本件事件に関係なく～、持病で吉祥寺大学附属病院に長期入院中です～。仁科杏子が実妹の戸建てで暮らしているっていうのも～、その拠点の方が病院に近く～、夫の看護上好都合だからです～」

「だからこそ、一人息子の仁科徹が、燃えた一軒家で独り暮らし状態だったと」

「そのとおりで～、家族関係の詳細は既報のとおりです～」

「そして母親の仁科杏子は、明日も該病院にやってくると」

「そうですね～、明日はすぐれて～、無事退院する息子の為ですが～」

「なら」ひかりはいった。「その仁科杏子にとっては、悲しいこととなるけれど」

「はい」上原はいった。「明日の退院と同時に、仁科徹に係る逮捕状を執行します」

第2章

『旭日新聞』朝刊抜粋（翌朝、社会面）

……今日にも、任意で事情を聴いていた少年を監禁の容疑で逮捕する見込み。

捜査関係者によれば、この少年は地元の非行少年グループに所属しており、火事で死亡した少年らとは、万引きやひったくりをする仲間だった。また火事で死亡した女性1人は、この非行少年グループによって監禁・虐待されていた被害者とみられることから、警視庁は強制性交や殺人の立件を視野に、監禁と出火の経緯を慎重に捜査する方針……

警視庁本部・警視庁刑事部長室

事件発生の、四日後。

桜田門、警視庁本部。

言わずと知れた、東京都の警察本部である。

今、その役員たる刑事部長の個室に、個室の主と、九段・警視庁捜査第一課長がいた。

両者は、階級でいえば警視監と警視正である。

——刑事部長室は警視監の室にふさわしく、ひょっとしたら中央省庁の局長クラスより豪奢な内装と調度と面積を誇る。大きな窓からの都心の眺めも、まるで高級ホテルの如し。といってそれは両者にとって日常であり、今更何の感慨をもたらすものでもないが。

とまれ、両者はその刑事部長室の、雄壮で瀟洒な応接セットに座っている。

時刻としては、ちょうど捜本の上原警部補らが、仁科徹に係る逮捕状を執行する頃合い。そうした本題に関する報告が終わって、両者はいわば雑談をしている。

両者は奇しくも同い年であり、故に社員として全く同世代。普段から話は合う。

といって今現在の話の内容は、雑談としては若干ならず、深刻なものであった――

「箱﨑君には警電で、猛省を促しておきました。まったく、警視庁刑事部の沽券に関わる」

「いえ刑事部長」九段警視正はソファに座したまま深く頭を垂れた。「全て私の責任です」

「情報の管理は捜査管理のイロハのイ」刑事部長が嘆息を吐く。「だのにどうして、こんなド派手な漏洩を許すのか……」

この新聞記事。

被疑者が少年である事実はまだしも、『非行少年グループ』だの被害女性の『監禁・虐待』だの、そんな情報が捜査員以外から漏れるはずもなし。まさか被害者遺族なり加害者家族なりが、好んで吹聴するはずもなし。無論、公式に報道発表してもいない。

……現場刑事の口が軽いなんてのはこれまたイロハのイなのだから、本件のようなメディアの好餌にあっては、情報管理に慎重が上にも慎重を期さなければならない。それが、こんな記事を書かれてしまっては。捜査に悪影響があることこの上ないし、捜査以外の余計なコストが派手派手しく発生する。

ところが当の箱崎君ときたら、反省しているどころか、なんでも捜本の刑事に同道して被疑者の検挙に向かっている途上だとか……既に、指揮能力どころか管理職としての常識が疑われます。といって元々、あれは常識のある方ではないですが」

「いえ重ねて、捜本から重要な秘密が漏れたとあっては、これ全て所属長である私の責任です。関係捜査員全てとともに猛省し、また綱紀粛正を図ってまいります」

「――とは言いつつも不思議ですね」刑事部長は首を傾げた。「九段課長が着任してから、この手の情報事故は絶えて無かったんだけど。また和光班は、今の捜一でも特に粒揃いの、口の硬い優秀な班なんだけど。そしてまさかあのジト瞳無愛想仏頂面の箱崎君が、記者サービスなんぞするはずも無し。とすると」

「吉祥寺署員から、でしょうな。

あのような大規模署となれば、また事案が火災ともなれば、関係する署員は多数にわたります。記者サン連中としてもまあ、実弾を撃つ鴨を見出しやすかったでしょう。箱崎管理官の責任を云々するのも、酷といえば酷」

……そして実際に情報が漏れてしまった以上、直ちに犯人捜しをする意味も余力も無い。そこは老獪な二人のこと、既に犯人捜しの手筈は終えているのだが――それが警察だ――目下の最重要課題は無論、事件の早期解明に尽きる。よって、キャリアとしては常識人で知られた刑事部長は、事務的な確認だけをしてこの話題を締めようとした。

「今現在、仁科邸の状況はどうです？」

「御想像どおりのお祭り騒ぎです。メディアが一〇〇人規模で押し掛けている最中。

TVカメラにヘリ、あとハイヤーも絶讃大集合。吉祥寺PSが雑踏警備と交通規制中」

「その他の加害者の方にも押し掛けている？」

「いいえ。加害者の身元は幸い、現場に居住する仁科徹以外、漏れなかったようです。すなわち被疑少年のうち、四日市晃・御園光雄の自宅周辺には特段の目立った動きナシ。また被疑少年のうち、〈名無しの権兵衛〉の身元は我々でも知りません。なお当然、ネット警らを実施しておりますが、実名等を特定できた者はナシ」

「被害女子の関係は？」

「……残念ながら、どうやら今朝の記事と同時に、市松由香里さんの実名が漏れまして。ならメディアとネットに住所・学校・年齢その他が漏れるのも時間の問題。なら市松さんの自宅周辺が、これまた一〇〇人規模のお祭り騒ぎになるのも時間の問題。

市松さんは被害者ゆえ、無論、苛烈な糾弾なんぞにはならんでしょうが……ただ被害者遺族が苛烈な取材攻勢に遭うのは確実ですし、まして新聞に抜かれた『監禁』なる言葉に『非行少年グループ』なる言葉。面白可笑しく、莫迦の暇潰し対象に、それも大量の莫迦の暇潰し対象になってしまうことは必定。吉祥寺PSが既に警備計画を立案済みです」

「我々の責任を含め、あらゆる意味でやるせないね」

「特に被疑者が少年とあらば、そっちは少年法に守られる。圧倒的かつ徹底的に個人情報を暴露され生活の平穏を破壊されるのは、やるせなくも被害者の側ですからね……

まして、世論を沸騰させる凶悪な性犯罪とくれば」

「いずれにしろ、遺族支援班として二個分隊、いや一個小隊は必要でしょう。

――ところで九段課長。冷泉陽道サンを知っているかい？　元の、警視庁生活安全部長」

「はいもちろん。御退職後は今を時めく、都の副知事閣下でいらっしゃいますから。まして、そのポストにもう二年以上もしがみつき甘い汁を吸っておられる。結構な御身分です」

「……あまり好感情を持っておられないようだけど？」

「警視庁警察官の七期先輩を、いえ捜一課長の大先輩をどうこう批評するのもアレですが……先方が現役でいらした頃から、陽道サンとは、まあ反りが合いませんでしたな。個人的には、まさかあの人が警視庁ノンキャリアのトップに登り詰めるとは思いませんでした。ましてその後、警視庁の命運を握る、都の副知事なんぞに就任するとは……いやはや」

「私は個人的には接点が無かったんだけど、正直どういう方？」

「私も個人的な接点を避けるようにしておったので、詳しく物語れませんし物語りたくもありませんが……一言でいえば、部内政治や派閥作りが大好きな、まあ妖怪タイプ。失礼を承知で言えば、警察庁にこそふさわしい官僚タイプ。ただそうでなければ、生活安全部長だの交通部長だの警察学校長だのには成れんのかも知れませんが」

　警視庁の社長たる警視総監・副社長たる副総監はキャリアポスト。役員たる部長級とて、まさにこの刑事部長がそうであるように、キャリアポストが多い。故に今話題の、冷泉なる元警視庁警察官が生活安全部長にまで登り詰めたというのは、叩き上げの警視庁警察官としては、もう社長になったも同然である――ノンキャリアにはそれ以上のポストが無いのだから。

　まして、当該冷泉なる元生活安全部長は。

「まあ、毛並みも異様だからねえ……前の与党幹事長の、御三男でしょう？」

「故に今の、ええと……そう法務大臣の弟でもありますが。確かに異様な毛並みだ。都議だの秘書だのをやっておればよいものを、何の因果で警視庁警察官などになったのか……」

「恐らくはその政治力で、警視庁の実質トップの座ばかりか、警察庁キャリアでも前例に乏しい、都の副知事の座を獲た訳ですね――『治安問題担当の副知事』の座を。成程、御退職後も警視庁の命運を握っている。何故と言って、警視庁とはこれ都警察。そのオーナーは都。その副知事ともなれば実質、我等が警視総監と同格あるいはそれ以上……

といって与党の大立て者の実子とくれば、現役時代から、警察庁にそれは重宝されたでしょうがね。国会対策にせよ情報収集にせよ、こんな素敵な協力者は滅多にいませんよ。当然、警視長にまで昇任された方とあらば、警察庁勤務も数多こなしておられましょうが」

「……その、冷泉陽道副知事閣下が何か？」

「実は今朝方、私の所に架電がありましてね」

「えっ、刑事部長のところへ直に、いきなりですか？」

「あっは、警視総監以上の御方ともなれば、既にキャリアもノンキャリアもないでしょう」

「……それで陽道サンは何と？」

「吉祥寺区の四人焼死事案について、能う限り詳細を教えてくれと」

「なんとまあ――」警察文化に鑑み、九段課長は一瞬、絶句した。「――ＯＢたるの立場を弁えず、これまた非常識な!!　まして自身、かつては捜一課長すら務めている身……情報管理の重要性は、それこそ誰より知っておるでしょうに!!」

「まあ私も、守秘義務違反は犯したくないですから」刑事部長は苦笑した。「目下鋭意捜査中につき事案詳細は未だ判明しない旨、やんわりのらくら答弁しておきましたが……しかし『都知事にも御報告せねばならぬ重要事案だから』と、かなり粘っておられましたね。特に、被害者と被疑者の身元に強い御関心があるようだ」

「バカバカしい。幾ら『治安担当副知事』なるカンバンを掲げているとはいえ、現に捜査中の事案について、都知事なんぞに報告を入れる必要があるはずもなし。そんなもの、総理大臣にだって言いやしない。そもそも陽道サンが刑事部長のお立場だったなら、そんな言い訳、鼻で嗤って一分で電話を切るでしょうよ。

ただ、陽道サンは政治屋であるとともに能吏ですから、無駄玉は撃ちません、絶対に。

とすれば何か、陽道サンの個人的な興味関心を惹く事情でもあるのか……」

「そういえばこうも言っておられたなあ。『かつての捜一課長として、このような事案が警視庁管内で発生したのは慚愧に堪えないから』と」

「いやかつての捜一課長だろうが警察庁長官だろうが、もうOBなんだから知ったこっちゃないですよ。そこは分を弁えてもらわんと。

まったく厄介だな、何で大人しく、銀行だの航空・鉄道だの電力だのに天下ってくれなかったのか……ましてや『かつての捜一課長として』どころか『かつての通信指令官として』慚愧に堪えない不祥事があったろうに……!!

ともかく刑事部長。これは警視庁地元組の手落ちで非礼です。大変申し訳ありませんでした。

もし以降、陽道サンから何か言ってくる様でしたら、私なりウチの理事官なりで適当にあしらっておきますんで、そのまま電話を転送してください。正直、刑事部長はあまり接触なさらん方がいいです。これまた正直、あれは政治的妖怪ですからな。パワハラ型でもある。脳卒中だの心筋梗塞だので、謀殺された政敵は数知れず。まさに死屍累々……まあキャリアノンキャリアを問わず下をイビリ抜くんで、公平と言やあ公平ですが。

ともかく、刑事としては実に珍しいタイプです。

また閥を作るのが大好きで。まして警視庁の実質トップに登り詰めたんで、一時期『冷泉派に非ずんば人に非ず』といった時代が確かにありました。もう少し退職が遅ければ、私なんぞが一課長になることは無かったでしょう。ただ退職後の今になっても、冷泉派の残党は未だ隠然たる勢力を有しており……本人も危険ですが、残党もまた危険です。非主流派に転落しつつあるゆえ尚更です。警視級にも、いえ警視正クラスにも子飼いがいる。パッと顔が思い浮かぶほどには。

そんなこんなで、刑事部長はもう接触なさらない方がいい……」

「そうだったんですか。私は着任して日が浅いし、警視庁は久々だから、そんな情勢があるとは全然知らなかった――そんな情勢があるのなら、警視庁内とて油断はならない。一層の捜査情報管理が必要でしょうね」

「私の方でも一層の手立てを講じておきます、刑事部長。

ただあんまり悪戯が非道いようなら、最終手段が無いことも無いですよ」

「――というと？」

「人質がいますから」

「おっ、退職警察官の人質といったら、それは警察文化の華――」

「まさしくです刑事部長。世襲。警察一家の華にして宿痾。といって我が社の良い所は、役員令息(れいそく)でも客観試験を受けてなおかつ巡査から始めてもらう所ですが」

「ええと、どう考えても、お孫さんまだ成人する年じゃないだろうから……すると、息子さん又は娘さんが」

「ええ、我が警視庁の門を敲(たた)いて。ただ私、陽道(ようどう)サンとは極力個人的な縁(えん)を持たんようにしていたんで――お陰様でしばらく一課から出され、警察署回りが続きましたが――当該(とうがい)息子だの娘だのの詳細は知らんです。確か今、警察学校にいる最中だか出たばかりだか。どのみちヒラの巡査には違いありません。ハルト君だったかな。ハルコさんだったかな。そしてあの陽道サンとて子供は可愛いでしょうから、もし悪戯が過ぎるようなら、人質の方から泣きを入れてもらうことになるでしょう」

……九段は仔細(しさい)まで語らなかったが、それは語る必要がなかったからだ。如何(いか)に冷泉派なるものの影響力が残存しているとはいえ、警視総監も人事参事官もキャリア。巡査一人の生殺与奪(せいさつよだつ)など、鼻毛を抜きながら三秒でどうとでもなる。父親の政治力がどうあろうと、まさか新入社員の、しかもノンキャリアの処遇に困ることなど一㎜もありはしない。ましてキャリアは、警視庁の閥(ばつ)など意に介する種族ではない。

「成程(なるほど)了解しました」自身、大規模県警察の社長が務まる、警視監たる刑事部長が頷(うなず)く。「ただ念(ねん)の為(ため)、そうした情勢も箱崎君に注意喚起しておきましょう」

「有難うございます。私の方からも、以上のような特殊事情をレクチャーしておきます」

「それは助かる――ところで九段課長」

「はい刑事部長」

「ちょっとした疑義があります。

　さっき九段課長はこう言ったね、『通信指令官として慚愧に堪えない不祥事があった』と。文脈からしてそれは冷泉さんの不祥事だろうけれど、それってどんな不祥事？」

「……いかん、思わず告げ口のような真似を」後悔した捜一課長は、しかし首を傾げて。「そうか……あの不祥事、あの事件。あれは当時の武蔵野市の……だから今の吉祥寺区の事件だ。だからか。だからかも知れんです。陽道サンが今般の事件に興味関心があるのは」

「というと？」

「今般の事件で、古傷を掻き回されかねんからですわ。というのも――

　部長はそう、ええと、そうだ二六年前の〈武蔵野市兄妹殺人事件〉、御存知ですか？」

「武蔵野市兄妹殺人……ああ、無論記憶にあります。私は当時、警察庁刑事企画課で新任の課長補佐をやっていましたから。まさか事案に直接関与できはしませんでしたが、同じ刑事部門の人間として、それなりの噂話を聴き及びました。

　そうか、あれからもう二六年になるのか……

　まして思い起こせば、あれもまさに吉祥寺の事件。当時の、武蔵野署管内の事件。

　武蔵野市なんて閑静な所で、あんな陰惨で残虐な事件が発生するとは実に意外でした。

　そして考えてみるに、『監禁』という態様を見れば、今般の事件と類似する点がある」

「御記憶なら話が早い。

　そして私も当時、まさか直接の担当班ではなかったものの、捜一のまあその、若手警部補でした。故にやはり、それなりの噂話を聴き及ぶ立ち位置にありまして――

すなわちあの事件当時、現・冷泉副知事閣下は、通信指令本部の通信指令官の一人だったんです。そして二六年前と言えば、まだまだ通信指令業務が冷遇され、格下視されていた頃。だから通信指令本部の体制も弱ければ、ぶっちゃけ仕事もそれなりだった頃」

「そうだね、通信指令業務は――一一〇番関係業務は、実は外勤警察の担当分野だからね」

「故に冷泉通信指令官にとっては、あからさまな腰掛けポストですな。

だから――かどうかは知りませんが、冷泉通信指令官は、たまたま担当したあの事件で重大なミスを犯した。これ、メディアも通信指令業務なんぞに関心が無かったんで、言ってみりゃあアッサリ見過ごされ、そのまま警察としてもお咎めナシとなったんですが……

部長。部長はあの二六年前の〈武蔵野市兄妹殺人事件〉で、マル害のうち妹の方が、『監禁場所から一一〇番通報をしていた』『そして警察に救助を求めようとしていた』事実も御記憶ですか？」

「あっ、今思い出した」

「当該一一〇番通報が犯人らに、中途で妨害されたことは」

「うん、確か犯人らに受話器を奪われ、『間違いでした』とガチャ切りされたとか」

「まさしくです。そしてそのまま。ほとんどそのまま。まるで放置。

無論、基本のキの字ゆえ、一一〇番の再接続をして先方を呼び出しはしました。というか先方の電話を鳴らしました。ただ先方は誰も出ない。となると、令和三年の現在なら、少なくとも先方の肉声を確認するし、常識的には地域の警察官を臨場させますが……」

「だがそんな経緯は記憶していないね」

「そんな経緯が無いからです」

「……まさに放置？」

「誤報として処理。対応打ち切り。何らの確認もせず」

「そしてそれを判断したのが」

「当時の冷泉通信指令官です」

「……今の警察文化からすれば、懲戒処分は確実だよね？」

「初動と人安こそトレンドですからね。ただ二六年前は、残念ながらそうじゃなかった」

「もし通信指令官が、地域の警察官を臨場させていたなら――」

「――あの悲劇的な事件は、『殺人』事件にはならなかった可能性が高いです」

「そしてあの悲劇的な事件は、発生地も被害者も犯行態様も、今般の事件と似ているね。少なくとも、今般の事件と共通する要素を幾つも持つ」

「ここで、当該〈武蔵野市兄妹殺人事件〉は二六年前の――一九九五年の事件ですから、マル害とマル害遺族にとっては大変残念ながら、既に歴史です。警察的には、学校のヒラ巡査が、もう一端の警部になっていて面妖しくない歳月が過ぎている。僭越ながら、私自身とて警部補から警視正……」

「……私も警視から警視監だ。なんとまあ、顧ってみれば時間の過ぎるのが早いこと」

「とくれば、冷泉副知事閣下としては、〈武蔵野市兄妹殺人事件〉など、引っ掻き回して欲しくはない昔々の歴史」

「ただ、類似事案である今般の事件を契機として、〈武蔵野市兄妹殺人事件〉が再度、メディアやネットで華々しく取り上げられることになれば。そう、人々が歴史を事実として再認識してしまえば――」

「令和三年の判断基準が適用され、古傷がメスで裂開されて大手術される可能性がある。となりゃあ副知事の職は辞任。当然、他の天下り先も雲散霧消となりかねない。

……陽道サンが今般の事案の情報収集に躍起になっているのは、事案の詳細を知ることで、『両事件がどこまで似ているか？』『自分の過去の責任が追及される可能性はあるか？』を判断したいからじゃないでしょうか。政治屋は、こと保身となれば、生まれ立ての子鹿みたいになりますからな。無論、我々がそのぶるぶる踊りに付き合う必要性は皆無ですが」

「ただその〈一九九五年事件〉――武蔵野市兄妹殺人事件については、是非とも記憶を再整理しておきたくなりましたね。今般の事件で世論が沸騰するとなれば、過去の類似事件と関連付けられるのは必至でしょうから。

今後の報道対応を考えると、警察としてはまさか『そんなのもありましたねえ』『二六年前だから忘れてましたあ』とは絶対に言えない。それ自体が派手な燃料になってしまう」

「ならば部長、保管庫をガサりまして、当時の一件書類等を御用意――」

「――いやそこまでは。少なくとも今はよいです。

二六年前と違い、今は執務卓に座ったまま、膨大な情報が瞬時に獲られるようになりましたから。いや一九九五年と言えば、警察庁でもようやく一人一端末が始まった頃だなあ」

「現場ではまだまだ縦書き手書きの調書でしたからね。少なくともワープロ専用機の調書。ただ当時は、捜査書類の書式を上手くワープロ専用機で印字する設定が大変で……あれは一種の職人芸でしたなあ。成程歴史です。私自身、もうそんな時代のことを忘れている。

——いや失礼しました刑事部長、雑談が過ぎました。そろそろ退がります」

「では引き続き頼みます」

「しかるべく」


吉祥寺区吉祥寺本町五丁目・吉祥寺大学附属病院第四病棟

吉祥寺大学付属病院の、第四病棟。

その最上階は、所謂特別病棟となっている。要は、VIPルームばかりの階だ。

生き残りの被疑少年、仁科徹は当該最上階の、専用の個室にいる。

ちなみに同じく生き残りの、〈名無しの権兵衛〉は別病棟、救急病棟のICUにいる。

——第四病棟の最上階でエレベータを下り、上原・水鳥両警部補とともに、延々と白い廊下を闊歩してきた箱崎ひかり警視は今、仁科徹の個室前に到達するところ。両警部補は最後の事情聴取と、そして逮捕状執行の為ここに来たのだが……警視庁刑事部長を怒らせたとおり、管理官警視が自ら逮捕状の執行に同行するなど、警察署長が繁華街の職質に臨むような軽々しさである。まして、ひかりは無論常装のまま。すなわち吉祥寺署長の言う、『葬式専門アイドル』『墓守メイド』といったゴスロリファッション全開のまま。

故に、病室手前で警戒に当たっていた、二名の制服警察官はいった。その当然の義務としていった。ただ先ずは、ここ数日の顔馴染みである上原警部補にいった。

「……お疲れ様です、係長」

「オウ、今日もお疲れだな」

「そちらの個性的な方は？」

「バカヤロ」上原は人懐(ひとなつ)っこくいった。「俺の上司上官、捜一管理官の箱崎警視殿だぞ？」

「げっ」

「吉祥寺署員のひとかしら？」

「は、はい管理官……これで管理官って、マジかよ……

……いえ失礼しました。御下問(ごかもん)のとおり、小職(しょうしょく)らは吉祥寺PSの地域課員であります。小職は本来、公園交番の巡査。こちらの相勤員(アイキンイン)は本来、吉祥寺駅西口交番の巡査であります」

「あら、忙しいのに転用(テンヨウ)勤務で申し訳(わ)ないわね」

ひかりは微妙に首を傾げた。無論、詫びたのでも愛想を売ったのでもない。そんなしおらしいタマではない。ひかりが微妙に首を傾げたのは、彼女同様にしおらしいタマではない、吉祥寺署長の『しみったれた』態度を思い出したからである——

（捜本(ソウホン)に人出しができないほど、各交番は多忙なんじゃなかったかしら？）

そんなドケチ署長が、交番の繁忙期(はんぼうき)に、『被疑者の病室の警戒』などという、捜本(ソウホン)のための転用(テンヨウ)勤務に二名を動員する。しかも捜本(ソウホン)本体にでなく、いわば何処(どこ)の誰がやってもいい下働きに動員する——そこには若干ならず違和感があった。ただ本病院初臨場(はつりんじょう)のひかりが視るに、被疑者の病室は、その扉を大きく開けている。二名の制服警察官の任務は、室内にいる被疑者の、かなりガッチリした動静監視を含むようだ。

（逮捕前の任意被疑者を、二名の制服警察官が、あからさまな形で監視するとはね……）

　それは当然ひかりの命令ではなかったし、なら捜本の命令でもない。なら派遣元の、吉祥寺署長の命令であろう。ひかりはその刑事センスの無さに唖然としたが……しかし『逃走防止』は無論、自殺その他の『自傷他害防止』も警察の絶対の義務だ。任意性の確保もさることながら、そうした『身柄の確保』も重要極まる。このバランスは時に非常に難しいが、吉祥寺署長は後者に大きくウェイトを置いたということだろう。成程、今被疑少年に自殺などされては、所轄警察署長は懲戒処分ものである。

「お疲れ様ね。吉祥寺署長さまにどうぞよろしく伝えて頂戴――じゃあ入るわよ」

「あっ管理官、ちょっとその、つまりその、誠に恐縮至極なのでありますが……」

「何か？」

「……け、警察手帳を、ホントのホントに念の為、御呈示いただけたらと!!」

「なんですって？」

「ひ、被疑者の動静や警戒実施状況は、詳細にかつ逐一報告するよう、当署長から厳重に命ぜられておりまして。無論、面会人の詳細もでありまして。ましてその、何と申しますか、不審者は徹底職質せよとも命ぜられておりまして……これも任務でしてハイ!!」

「ふ、不審者」

「容姿が不審……いえお服装が奇抜、じゃなかった、お個性的だなあと……」

「あっは、職掛けられちゃいましたねザキさん。まあ適法です、警職法第二条第一項。

　まさか警察官たるもの、職の徹底拒否はせんでしょう？　おいお前ら、所持品検査も徹底しろよ。躯ベタベタ触ってもいいぜ。なんなら此方で女警も用意するしな、あっは」

「……上原係長、あなたが一言身元を保証すれば、それで足りる気もするけど？」

しかし巡査らは確かに、基本を励行し、上官の命令を遵守しているだけである。

――ひかりは素直に、これが世界唯一であろう、自身の『微笑写真』が貼付された警察手帳をぱかりと呈示した。そしてその警察手帳でそのまま、失笑に腹を抱えている警部補二名をぱかりと叩き、このしみじみした一幕劇を終え、仁科徹の病室に入った。

吉祥寺大学附属病院第四病棟・被疑少年病室

「おはよう、徹君」

上原は穏やかに言った。飄々とした口調は、室外の巡査に対するものと変わらない。

声を掛けられた仁科徹は、白いベッドの上に軽く腰掛けていた……

……顔を派手に伏せて。やはり無言で。上原ら三名の姿を、恐らく視野に入れていない。

その被疑少年の代わりに声を発したのは、当該ベッドの傍ら、質朴な丸椅子に所在なく腰掛けていた女性であった――ひかりの見る所、六〇歳代とも思える女性。とても小柄で、ほんとうに小柄で細身で、言葉を選ばなければ出し殻のよう。げっそり痩せた躯と顔は、強い憂いと翳りを帯び、その質素な服装とともに、死神にでも取り憑かれたかと思わせる。

といってひかりは、当該女性が実は五〇歳であること、故に、快活で精力的な上原とさして変わらぬ年齢であることを知っていた。更に言えば、当該女性の名前と身上すら知っていた。捜本を切り盛りする管理官としては当然だ――すなわち、眼前の『老婆』と言いたくなる悲愴な女性は、白いベッドに座す被疑少年の母親・仁科杏子である。

その仁科杏子は直ちに丸椅子から立ち上がるや、病室のキャスターテーブルをチラと見遣りつつ、もう顔馴染みである上原・水鳥両警部補に挨拶をした。深々と頭を垂れながら。いや、もはや土下座レベルで平身低頭しながら――

「お、おはようございます上原さん、水鳥さん。連日、大変御迷惑をお掛けしております!!　か、重ねてこの度のこと、ほんとうに……もう何とお詫び申し上げてよいか!!」

「いいえお母さん、どうぞ頭を上げてください、そんなことをしちゃあいけません……」

上原は引き続き穏やかだ。ひかりは其処に、自分の性格と年齢ではとても醸せない真摯さを感じた。警察はあらゆる意味で客商売だ。年輪を重ねなければできないことがある。

「……お母さんのお気持ちは解りますし、それはとても自然なことです。お詫びの心を持っていただくことは大事です。しかし――その対象は我々警察ではありません。

そんな御様子では、徹君も心配して悲しみます。どうぞ頭を、さあどうぞ」

「被害者の方やその親御さんのお気持ちを思うと……私自身……!!」

「お察しします。そしてそのお気持ちを大事になさる為にも、どうかお心を強く――」

上原は、病室のキャスターテーブルの上を眺めた。そして極めて自然にいった。

「――おっと徹君、退院の準備はどうだい？」

ひかりもキャスターテーブルを眺めるに、退院準備はとっくに終わっている様だ。そこには徹の、短かった入院生活用の荷が、ボストンバッグや紙袋に纏められている。丁寧にクリアホルダーへ挿し入れられた、事務書類も複数枚透けて見える。

仁科杏子はおろおろと悲しく、纏めた荷をチラと見遣っては上原の顔を見、また、上原の顔を見遣っては荷をチラと見始める……彼女の視線の往復運動は、仁科杏子が既に、『息子の今日これから』について説明を受けていることを物語っていた。ただ母親としては、どうにかこれら日用の品とともに、徹を解放して欲しいだろう。市民にとって『逮捕』というのは強烈なインパクトがある。まして息子の『逮捕』など、生涯で最も経験したくない悪夢だ。仮に、その息子がどれだけ凶悪犯罪を犯したとしても。仮に、その凶悪犯を育ててしまった負い目を感じているとしても。仁科杏子が今、どうにか息子と一緒に、家へ――彼女が生活拠点とする実妹の家へであろうが――帰りたいと考えるのも無理はない。

ただ、上原が今問うているのは極めて事務的なことである。

問われた仁科徹は顔すら上げない。故に仁科杏子は事務的な返答をする必要に迫られた。

「あっはい上原さん。手続は終わりました。会計も荷造りも、預け物の回収もです……」

「お医者先生は何か？」

「……いえ特段。最早治療を要する状態ではないから、お躯御自愛くださいとだけ」

「解りました」上原は自然に瞳を伏せ、淡々と告げた。「それでは――私と水鳥が御説明したとおりに」

「ならやはり徹クンは、いえ徹は……!!」

「既に御説明したとおり、これからは吉祥寺警察署でお話を伺います」

「その、どうにかこれまでの様に、警察でない所でしていただく訳には」

「それはできかねます、お母さん」

上原は、誤解を招く御為ごかしもお愛想も言わなかった。まして安っぽい同情や憐憫は売らなかった。それでいて人懐っこく、峻厳さや冷酷さを微塵も感じさせないのは、これまたひかりなどには足りぬ、刑事としての年輪が為せる業だろう。端的には、上原の態度はまるで僧侶か神父かベテラン教師のそれであった。

ただ。

それは、捜一の刑事たる上原が用いる仮面の一つに過ぎない。

それが理解できないほど、ひかりの年輪は足りなくなかった。

「――お母さん、この事案の真実は、すべて解明されなければなりません。

それができるのは、今や徹君とそして我々だけなのです。御理解ください」

「ど、どうか徹クンに無体なことは……

この子はまだ一七歳なんです!!　まして今、世間様が轟々とお叫びになっている様なそんな悪い子では!!　そんな残酷な子では!!　悪いのは全部私なんです、徹クンを独りにしていた私なんです!!　どうしても逮捕なさるというのならこの私をどうか、どうか……!!」

……仁科杏子はいよいよ、病室の固い床にほんとうの土下座をする。

そして激しく頭と上半身を上下させ、額をがんがんと床に衝突けながら哀願する。

全部私が悪いんです。全部私と夫が悪いんです。逮捕するなら私を――そう何度も何度も繰り返して。ここが特別病棟のＶＩＰルームでなければ、他の入院患者で黒山の人集りとなっただろう。そして病室に響く、仁科杏子の絶叫……

「……何ていう因果なの、ああ!!」

「お母さん」ひかりは仁科杏子の躯を支えた。激しい土下座と哀訴を止めさせる。「どうぞ頭をお上げになって。私達は真実を知りたいだけ。そして徹君を担当するのは、引き続きこの上原係長です。また引き続き、水鳥係長もお母さんの支援を致します——

両名については、ここ数日間で、きっと御信頼いただけていることでしょう。

——どうぞ、両名を信じて。

我々は、まさか徹君を責め苛(さいな)んだりはしません。端(はな)から邪悪と決めつけて、やってもいないことをその罪としておっ被(かぶ)せる気などありません。どうか今一度、上原なり水鳥なりの顔を御覧(ごらん)になって——そう警察組織でなくヒトをお信じいただいて——徹君のこと、徹君のこれからのこと、我々にお任せいただけませんか。御不安はよく解りますが、徹君が端(はな)から鬼畜ではないように、我々もまた拷問者(ごうもんしゃ)などではございませんから」

（……えっ、この人って）水鳥薙は滅茶苦茶訝(いぶか)しんだ。それはそうだ。（こんな常識人で、こんな浪花節(なにわぶし)だったっけ？　まして、これだけの文章量を一気に喋るだなんて。あたしとしては初聴(はつぎ)きレベルで異様だわ……このジト瞳(め)無愛想仏頂面(ぶっちょうづら)のゴスロリ管理官って、捜査本部での訓示ですら、数語一文で終わらせる偏屈者(へんくつもの)なのに）

薙が疑問に感じるのは尤(もっと)もだった。というのも、ひかり自身さえ自分の言動を訝(いぶか)しんでいたからだ——ひかりは衝動で動く女でない。また元々、他者への共感力に恵まれた方でない。ひかりは冷酷ではなかったが、冷厳であることを自分自身への鎖(くさり)としてきた。そんなひかりが、息子のため必死に哀訴する母親に感じた気持ち——それは上原にも薙にも解らなかったし、まして、ひかり自身にも完璧に解っていたという訳ではなかった。

ただ、言えることは。

ひかりは今、仁科杏子の姿を見、確実な衝動と共感とに襲われたということ。

そしてその衝動と共感は、ひかりの生い立ちに関係しているということ……

（……私は親を知らずに此処までできた。実の親の顔など知らない。ましてその愛情などは）

警察庁長官令嬢・箱﨑ひかり。

オクスフォードの名門カレッジに属して一七歳で学士。二〇歳で法学・科学の修士。東大の院では二二歳で法学博士・経営情報科学修士。その後国家公務員総合職試験を五指に入る成績でパスし、中央省庁たる警察庁に入庁した才媛にして鬼才。

現・箱﨑警察庁長官の、愛と期待と知性と財のすべてを一身に注がれた一人娘——

……世評ではそうされている。

しかし、今この病室にいる彼女の主観とすれば、そんなものは空疎すぎる嘘話であった。だからこそ彼女は激しい衝動と共感とに襲われ、まして……羨望と嫉妬にすら襲われた。

（親の愛というのは、このような形をとるのか）

そして、そのひかりは。

仁科杏子をどうにか立ち上がらせ、病室の丸椅子に座らせたとき。

確実に自分へと注がれる、強い圧のある視線を自分の背に感じた。

——彼女は顧く。

そしてその視線の主を現認する。

強い視線の主は……病室内の悲劇をまるで他人事として無視していた、仁科徹であった。

白い無機質なベッドに腰掛け、脚をぶらぶらさせ、我関せずと悲劇の演者すべてを無視していた仁科徹は……しかし今、箱崎ひかりを強く直視している。だから無論、ひかりと仁科徹の視線は、病室内の中空で激しく交錯する。まるで、上演中の舞台がいきなり固着してしまったかの様に、何秒も何秒も。だから、両者の様々な思いの火花とともに交錯していた視線のベクトルは、やがて、一本の細い細い架け橋になる。そう、三〇秒いや一分が過ぎたとき、ひかりと仁科徹は見詰め合っていた。そして正直、上原係長は愕然とした。

（どうしてだ……）上原はむしろひかりを睨んで。（……数日来の付き合いである俺とも、これほど視線を合わせたことは無かったのに。箱崎ひかり、仁科徹……何故だ？）

（この瞳、この顔、この挙動）ひかりは確信した。（やはり私の同族か。わざわざ上原係長らに同道した意味があった……この目で確認したいことは、確認できた）

——依然、無言のままの仁科徹は、今や物問いたげに箱崎ひかりを見詰めている。

中肉中背だ。

髪はややボサついているが、茶髪でもなければ染めてもいない。

ピアス、指輪、ネックレスその他の装身具も皆無。

単独で街を歩いていたなら、一点を除き、非行少年たるの特徴は見出せないだろう。

……その一点。

本来は穏やかな作りをしているであろう仁科徹の瞳は、ガラスのナイフが如き鋭利さと危うさに充ち満ちている。ひかりがその鋭利すぎる瞳に見出したのは、怒りと憎しみ、絶望と憤激、呪詛と僻み……そしてどうしようもない諦めと悲しみであった。そうした負の感情が、仁科徹自身にもコントロールできない波濤となって、彼の瞳で大嵐になっている。何かの契機があれば、突然に拳を突き出してきても、それこそナイフを突き出してきても面妖しくはないほどに。それほど仁科徹の瞳は鋭利で、そして危うい。

ただそれは無論、ひかりと仁科徹の瞳が正面衝突したからこそ分かったことで――

彼がずっと顔を伏せていた時点では、そのひかりですら窺い知ることのできなかったことだった。そしてそれは当然、今日この時点まで仁科徹と瞳を合わせることができなかった、調べ官の上原警部補についても言えることだった。その上原は嫉妬とともに思った。

（この娘は、被疑少年が自分と何らかの化学反応を起こすと睨んで……いや確信して、わざわざ逮捕状の執行に付いてきたというのか？　だとすれば、この娘は一体何者だ？）

ましして次の刹那、上原を更に啞然とさせる事態が生じた。すなわち。

「……あんた誰？」

「初めまして徹君。私は箱崎ひかり。上原係長の上官」

「……何その格好」

「鎧よ。私には隠さなければならない事と、守らなければならない物があるから――」

（なんと、喋らせやがった）上原は真実悔しがる。（この葬式専門アイドルみたいな格好、まさかマル被に口を利かせる為なのか？　ただ、湾岸区その他の捜本でも警視庁本部でも、ずっとこの手の格好で通していたと聴くが……だから、この事件の為ではないはずだが）

「――徹君、きっとあなたも同様に。

そうこれは鎧。あなたが被っている口無し仮面と一緒よ。学習しておきなさい」

「意味が解らない」

「それはどうかしらね」

「え」

「ただこれだけは予言しておく。徹君がその意味を知ったとき、徹君は必ず泣くと」

「なんだそりゃ……

　この警部補の人の上官ってことは、偉いのか？」

「いちおう管理官なるものをやらせてもらっている」

「ならキャリアか!!」

「あらそうよ、よく知っているわね」

（TVや漫画、映画の影響かしら～）薙は思った。（警察に詳しいわね～）

「……あんたみたいなのがいるから!!」しかし仁科徹は突然に激昂した。「あんたみたいな巫山戯たのが警察の偉い奴やってるから!!　だから俺は、だから俺達は……!!」

「だから俺達は？」

　しかしひかりの問いに、仁科徹は鼻息荒く沈黙した。

　依然、憤激やるかたない感はあるが……だから両肩を激しいリズムで上下させてはいるが……それはしかし、最後の理性でどうにか自制しようとしている様にも見受けられた。ひかりはそうした、最後の一葉のような一抹の理性を感じた。

　そして実際、三分強の怒りに充ち満ちた沈黙の後。

　その怒りの波動はそのままに、しかし無理矢理に抑制した口調で、仁科徹はいった。

「あんたみたいな巫山戯た警官がいるから、俺みたいなこの世のクソが生まれるんだ。

さあ逮捕するなら逮捕しろよ。鬼畜の家族が土下座してるのを見物して嬉しいか？　家族は関係ないだろ。ましてもう調べてるんだろ。この人は全然関係無いだろ」

「そんな、徹クン……」

思わず仁科徹を抱き締めようとベッドに寄った仁科杏子。

しかしここが潮時と見たひかりは、室内にいる総員に告げた。

「上原係長、ナギ、それではしかるべく執行して。確認したいことは確認した。

それからお母さん。

……私と一緒に、先にここを出ましょう。病院の御厚意で、面談室を借り上げています。

上原係長、当該面談室だけれど、まさか鍵は掛からないわね？」

「無論です、そのような室を選んでもらっています」

任意の、しかも少年である被疑者を密室に軟禁して取調べをするはずも無し。ひかりの質問は、ここ三日当該面談室なるものを使用してきた上原に対する、飽くまで確認に過ぎなかった。ひかり自身、自分の質問をさして重要視してはいない。しかし上原は今、ここ三日で初めて口を利いた仁科徹が、いよいよ肩をビクンとさせ、目を剥いてひかりを睨め上げるのを見た。そう、上原が思うに、ひかりの今の質問と上原の返答のそのタイミングで、仁科徹はまた生の感情を剥き出しにした。先刻の一幕劇では、それは激昂と憤激だった。だがそれから既に五分程度が過ぎた今、それは……

（なんてえ悲しい瞳をしやがるんだ）上原は衝撃を受けた。（そしてそれは、明らかにこの色モノ管理官の言葉によるもの……御本人にそれが分かったかどうかは別論だが。といって俺自身、未だ確信を持てるものは無い。今の会話の、何処に仁科徹は反応したか？）

ただ、用いられた言葉なり名詞なりは限られている。

——よって上原係長が、それについて検証班の下北係長に連絡を取っておこうと思い立ったとき、ひかりは自分の言葉のインパクトを知ってか知らずか、仁科杏子に淡々と告げた。

「お母さん、そこでしばし、今後のことを含め、一緒にお話をさせてください」

「けれど徹クンが!!」

「世界には御覧にならなくてよいことがあります。ましてまさか、今生の別離ではない」

「私も徹クンと一緒にゆくことは……!?」

「メディアが沸騰しておりますので、我々も今後の動線を緻密に設定しております。故にお母さんの御同道は、我々の警備計画を混乱させかねません。ですが重ねて御安心を。今現在、徹君にとって最も安全安心な場所は、何の皮肉もなく警察ですから。我々は世間の好奇の目や好奇のテロから、絶対確実に徹君を保護してまいります——

それでは」

かくて箱崎ひかりは、悲歎と心労とでボロボロになっている仁科杏子を伴い、ここ特別病棟の個室を先に離脱した。息子の逮捕手続の詳細など、母親に見せずともよいものだ。無論そこには、これ以上仁科杏子を動揺させ、爾後の事情聴取に悪影響を出したくはないという戦術的な判断もあったが……

ひかり自身が微かに吃驚したとおり、仁科杏子に対する、純粋な同情の方が大きかった。

（私、ここまでなまやさしい人間だったかしらね。

ただしかし『養子』『養母』なるキーワード。神経過敏になっているのは否めない、か）

吉祥寺大学附属病院第四病棟・患者面談室

同病棟、同最上階。

仁科徹の個室からは、ナースステーションその他の構造物を挟んだ奥にある面談室。

入院時なり書類作成時なり、はたまた各種テスト時なりに用いられる八畳ほどの室だ。

緑のリノリウムの床に、ベージュの丸テーブル、薄茶の木椅子。

スライド式の大きな扉をすべらせて閉ざせば、誰にも邪魔されない空間になる。

――箱﨑ひかりは仁科杏子を着座させると、今一度深くお辞儀して、自分も彼女の斜め向かいに楚々と着座した。非常識な女だが、常識の活用方法は学習している女である。

「改めて、警視庁捜査第一課管理官の、箱﨑警視です」

「警視さま、ですのね」仁科杏子は平伏するかの様に名刺を押し戴いた。「ではもう、警察署長さまクラスの」

「徹君もそうでしたが、お母さんも我が社にお詳しいですね？」

「実は近しい方……というかその……知人が警官さんをやっておられまして」

「あらそうでしたか。どのような方でしょう？」

「いえもう御退職されてＯＢさんですが、その、主人の知人です」

「そうですか」

ひかりは雑談内容にちょっと頷くと、さっそく本題に入った。ひかりは例えば吉祥寺署長をドケチドケチと非難するくせに、自分自身、時間と手数には極めてドケチである。もっとも、それが若いということだろうが。再論すれば、ひかりは未だ二六歳である。五〇歳である仁科杏子の、ほぼ半分しか人間をやってはいない。

「このような事態の最中、お時間を頂戴して恐縮ですが――
捜査本部の一員として、是非お母さんと直にお話ししたいと思い立ちまして。
無論、これまで捜査本部の水鳥警部補が、数多の調書を作成させて頂いております。私も管理職として、それを熟読しております。ですがやはり対面し、お顔を拝見しながらでないと、機微にわたる箇所や行間に埋もれた箇所が、クッキリ頭に浮かばない面もあります。物語の襞の内側、とでも申しましょうか」

ひかりは手数にドケチゆえ、まさか自分自身で参考人調べを励行する癖などない。あの警視庁刑事部長が諫言するように、ひかりは決裁官であって現場刑事ではないから。だがひかりは、ある意味どんな現場刑事よりも現場刑事的だった。すなわち、謎に思ったこと、疑問に思ったことは必ず解消する。必ず確認し裏を取り、合理的な説明を付ける――実にシンプルなタスクではあるが、『犯罪という物語を余す所なく説明・立証する』のが刑事の終局的な任務。謎を謎のまま放置する刑事や捜本は、必ず誤認逮捕や証拠品紛失をやらかすものだ。謎を謎のまま放置しない。見出した疑問は全て必ず解消する。重ねて、実にシンプルなタスクではあるが、それこそが刑事なり捜本なりの基本のキの字であった。

「……といって箱崎警視さま。私の知り得る限りのことは、もう水鳥警部補に」
「重複で構いませんし、新たな事項が無くとも構いません。

もっといえば、私は実は、お母さん自身のこともよく知りたいのです。そしてそれは面前での、瞳を交わしながらの対話によってしか実現できません。御面倒をお掛けしますが、是非御協力ください」

「そこまで仰有るのならば、こんな立場の私に否やがあろうはずもございません……

何なりと、お尋ねになりたいことをお尋ねくださいませ」

……言葉だけを採れば矍鑠たるものだが、無論『こんな立場』の初老の女性である。その口調は訥々として重く、数多の絶句そして折々での嗚咽が入り混じる。ただそれも当然だ。自分の息子が悪質な非行グループに属していたばかりか、選りに選って自宅において、一七歳の少女を二週間にわたって監禁・虐待していたというのである。正直、この仁科杏子の残余の生涯に、安息の日などただの一日も訪れないであろう。ここは『世間と空気』を何よりも尊ぶ日本である。ましてこのネット社会。仁科家に押された烙印は、半永久的に全世界へと喧伝される。仁科家の者は最早、この日本の地に座る椅子を持たない。

とまれ、仁科徹本人は別論、仁科杏子は加害者ではない。加害者家族である。仮に仁科杏子が事件当夜も――あるいは普通の家庭の如く継続的に――仁科邸で生活していたとなれば話は別論、その取調べも一日最低八時間コースが連続することとなったろうが……

しかし客観的事実はそうではない。それは既に裏付けられている。

故にひかりは、被疑者にするような取調べを行う必要がない。

また故にひかりは、話がより単純な、『事件当夜の動静』から質問を開始した――

「水鳥警部補も繰り返した質問になってしまいますが、再度お願いします。

火災発生当夜、お母さんは何処にいて、何をなさっていたのでしょうか？」

「まさに水鳥警部補にも幾度か御説明致しましたが、私は当夜……」

ひかりは既に採り出していた、〈警電公用多機能携帯電子計算機〉、所謂タブピーポの捜査書類アプリを起動させ、捜査報告書の書式に、仁科杏子の供述内容を箇条書きし始めた。といって警視が捜報を作成することなど通常、想定されない。それは警部以下、すぐれて警部補以下の仕事だ。故にひかりはただ、適当に選んだいわばメモアプリに、自分限りのスケルトンを、タッタタッタと乱打し始めたに過ぎない。そのひかりは思う。

（――成程、新たな供述はないけれど、既存の供述と矛盾する点もないわね）

ひかりは薙が作成した捜査書類の内容と、仁科杏子が今供述しひかりがメモっている内容とを、脳内で突合しつつ吟味した。

すなわち、仁科杏子いわく――

事件当夜は、隣の調布市の、妹の家にいた。というか、問題の『二週間』の以前からずっとそこで暮らしていた。ここ二年、火災で半焼した自宅には、所要の荷を回収したり、掃除・換気をする為に、月に一、二度出入りするくらいであった。そのわずかな出入りも、まさか半日には及ばない。短ければ三〇分、長くとも二時間程度である。そして問題の『二週間』の間、自宅に帰ったことはない。ちょうど、帰らなくともよいタイミングだった。帰っていればと悔やまれることしきりである。

事件当日は、いつものとおり午前一一時頃から、ここ吉祥寺大学附属病院にいた。それが面会開始時間だからである。用件は夫・仁科親一の看病というか、その付き添いをし、話し相手になること等である。夫の病状は、いわば低値安定であり、深刻な容態ではないが、それゆえ病院が治療・看護すべきことも多くない。だから家族との会話、あるいは家族と一緒に過ごす時間が何よりの薬になる。よって自分は面会時間の許す限り、そう面会時間が終了する午後八時頃まで、吉祥寺大学附属病院の敷地にいることとなる。無論、付き添いをし、話し相手になること等に加え、買い出しだの洗濯だのお医者先生との面談だの、すべきことは少なくない。夫の職場関係者が見舞いにくれば、その対応もある。

事件当日も、いつものとおりその午後八時頃、吉祥寺大学附属病院を出、調布市の妹の家に帰った。自宅には全く寄っていない。そして妹と一緒に遅い夕食を摂り、そのまま入浴・就寝。思えば就寝中、そう午前二時あたりには自宅が燃えていたこととなるが、自分はもう寝入っていたし、自分が妹の家を生活拠点にしていることは病院関係者しか知らないので——当然地元の警察も知らないはず——そんな大事件が、しかも自宅で発生しているとは露ほども知らなかった。それを知ったのは、翌朝の朝刊とTV番組によってである。朝刊だけでは自宅のことだと断定できなかったが、TV報道では映像が出る。燃えた自宅の映像にもう仰天し、訳も解らぬまま自宅に直行しようとしたが……妹に冷静に諫められ、先ずは吉祥寺警察署に電話を架けた。そしてそれが間違いなく自宅であること、まして徹クンが同署に保護されていることを聴かされ、また『直ちに吉祥寺警察署に出頭するよう』求められた。よって取るものも取り敢えず、調布市からタクシーで駆け付け……

「……後の流れは、きっとよく御存知のとおりです、箱﨑警視」

「はいお母さん。ウチの水鳥警部補から詳細、報告を受けています。

ですが私から、再確認もありますが、幾つか質問をさせてください。

――先ずは、その妹さんのお家ですが、お話によればもう二年もお暮らしだとか。失礼ながら、妹さんはそれをどのようにお感じなのでしょう？　お母さんの感じた範囲で」

「ああ、御想像されるようなトラブルや紛議はございません……というのも、実はそれは私の生家でして。妹が両親と暮らしていた実家なのです。そして今は父母とも他界しまして、そこで暮らしているのは妹夫婦だけ。しかも二世代同居でしたので、父母が用いていたスペースには事欠きません。義弟に当たる妹の主人も温和な方で、私の家の事情を知り、むしろ厚遇してくれております。故にもう二年も、余所様の世帯で暮らせております」

「お母さんの『お家の御事情』というのは、やはり御主人の」

「はい箱崎警視。私の夫・仁科親一の病気のことです」

「水鳥警部補から報告を受けている所では――」

「――全て御存知の警察の方に、今更隠し立てすることもございません」仁科杏子の小さな顔は、擦れたような皺とともに、悲しい諦めで溢れた。「所謂鬱病でございます。夫は私と同年の五〇歳でございますが、三五歳のとき、そう一五年前に鬱病を発症しまして。そのとき一年ほどの入院をして以来、低値安定の状態が続きまして……無論、発症前は、平凡ではありますが普通の暮らしをする、普通の勤め人でございました。ただ発症後は、職場復帰と休職とを繰り返すばかりか、今まさにしているように、時に入院治療までをも繰り返すことになりまして……職場の御配慮あって、より養生しやすい部署に異動させてもらったり、果てはより養生しやすい勤務先に転職させてもらったり、それはもう、諸々の配慮をしていただいたのですが……しかし今はまた、休職中で入院中です」

「今の入院の始期が、お話の『二年前』ですか？」

「まさしくです。今の職場でまた倒れたのが二年前。それからずっと此処におります」

「故にお母さんも、それからずっと、妹さんのお家から此処に通われる生活を続けたと」

「……独りあのコンクリートの家に残した徹クンには、本当に申し訳ないことをしました。謝っても謝り切れませんし、悔やんでも悔やみ切れません。ほんとうに、何の因果か」

――話の流れが、事件当夜のことから、極自然に家族関係へシフトした。

よってひかりは質問の真打ち、仁科家の家庭環境について話題を振った。

「立ち入った話で恐縮ですが、御主人のこと、そして徹君のこと。どのような些細な事でもよいので、今一度、私にも物語ってはもらえませんか？」

「既に御存知のことばかりと思いますが……」

「御本人から直接伺うことに意味があります」

「……それでしたらば。ほとんどが、重複になるとは思いますが」

仁科徹の父親・仁科親一は元々、新宿区役所の職員、自治体の公務員である。有名私大を出、気さくな性格と律儀な仕事ぶりで、区職員の内でも頭角を現していた逸材であった。実際、他の自治体ばかりか中央官庁へも出向＝レンタルに出されるほど、職場と周囲の評価と期待は高かった。ところが……三五歳と脂の乗り切ったとき、不慮の病に倒れる。妻の視点からすれば、明々白々に『激務が祟った』とか。

（仁科家にとっては悲劇的だけれど）ひかりは思った。（当時の日本の在り様を思えば、『激務が

崇る』のは自然極まる流れと言える。何故と言って）

成程一五年前と言えば、平成の折り返しを過ぎた頃。

そして当時の新宿区と言えば――いや日本の繁華街全部がそうだったのだが――あの歌舞伎町もド派手に荒れていたし、それ以外の区域でも、チャリパクどころか自動車盗、はたまたスリに落書き、自販機荒らしに恐喝、果てはひったくりや路上強盗までが、まさに花盛りも花盛り、百花繚乱状態であった。当時は、街頭犯罪の大ブーム期だったのだ。重ねて、日本の繁華街全部がそんな在り様であった。当時の刑法犯認知件数は、なんと二八〇万件超え。ちなみに令和三年の今、刑法犯認知件数はなんとその二五％ほど、七〇万件余である……

平成の折り返しの頃は、深刻かつ確定的に、『日本の安全神話はもう崩壊した!!』『日本は最早治安大国ではない!!』などと派手派手しく喧伝されていたものだ。

今二六歳のひかりは当時、小学生。元々、幼い頃からの英国留学が長かった云々もあって、実体験としてその治安崩壊クライシスを知らない。ただ、警察幹部としてその悪夢の時代の教養は徹底的に受けている。また同期や同級生からも、特に小学生の頃『最近の街では妙に警察官が多い』『最近の街では妙に職務質問が多い』と実感したなる逸話を聴き及んでいる。それは、当時を知る日本人に共通した記憶であろう。

とまれ、その全国的な治安崩壊の〈象徴〉が歌舞伎町であり新宿区であった。都にとっても区にとっても――警察機関でない自治体にとっても――最優先の政策課題は治安対策そのものであった。そう、自治体も企業もこぞって、ＯＢならぬ現役警察官の出向なり派遣なりを求め出したのもこれが契機。警察と他機関の連携、特に人事的な連携が発達し始めたのもこれが契機である。それが平成の折り返し点あたりの日本だった。ちなみに、防犯カメラが徹底的かつ執拗(しつよう)に普及していったのもそれが契機。未だ街頭の警察官が『職質シフト』を解いていないのもそれが契機……

　しかし今や、犯罪が驚異的に激減してゆく時代――毎年毎年、刑法犯認知件数の戦後最少記録が塗り換えられてゆく時代である。そんな『治安大国復権時代』しか経験していないひかりとしては、安全神話の崩壊云々(うんぬん)など、どこか異世界にある異国の物語を聴かされている気分になるが……そのひかりとて、もし当時を生きる警察官であったのなら、死に物狂いの超ブラック勤務を覚悟しなければならなかったろう。

　そんな時代背景に鑑(かんが)み――

　問題の仁科親一が激務ゆえ鬱病を発症したことも、極めて自然で頷(うなず)くより他に無い。

「さぞかし御労苦(ごろうく)が多かったと拝察します」

「いえ……もう一五年が過ぎますと、何処(どこ)か他人事(たにんごと)のようで実感も薄れ」

「御主人は、区役所勤務のとき倒れられたのですか？」

「そんな感じです」

「ちなみに公務員として出向の御経験もあるとのお話ですが、その出向先は」

「……既に水鳥警部補には申し上げましたが、大阪市と東京都庁です」

「あと、倒れられてその後、勤務先を移っておられる様(よう)ですが――」

「夫は、倒れた当時は無論休職。幾度か職場復帰をしたときも、区役所の、比較的負担の少ない部署に回していただきました。

ところが……

それでも入退院を繰り返すなど、職場に多大な御迷惑をお掛けしたこともありまして。故に、職場にも諸々御配意いただきまして。例えば区の図書館や博物館、あと都の遺失物センターといった所の職員として、繰り返しの再任用をして頂くこととなりました。といって、そのような事情のある者ゆえ、どこでも非常勤の身分で……要は一年ごとの契約社員と申しますか、所謂非正規雇用の公務員として……そう、使っていただいております」

「今現在も休職中でいらっしゃいますが、今現在は確か」

「はい、東京都庁の都民安全推進本部、なる部署で、やはり非常勤の職員をしております。といってこの二年、出勤できたことなど無いのですが」

「一年契約が更新され続けているのですか？」

「はい、有難いことです。有難く思わねばなりません。上司の方の……御配慮でしょうね」

「大変失礼ながら。

徹君のいた御自宅を見るに。また徹君が、金銭には全く不自由していなかったという報告を聴くに——所謂方便と申しますか、御家族の生計はどのように？」

「そ、それは……」不思議な感じで仁科杏子の目が動いた。「……そ、それは水鳥警部補にも御説明しておりますが……その、語るもお恥ずかしい話ですが、実はその、私の生家が元々農家でして、故に昔からの土地持ちでして……端的には不労所得です、お恥ずかしい。父は生前から不動産を活用しておりましたし、故にアパマンも駐車場も幾つか賃貸しておりましたし……また都市再開発その他で区画整理があり、その補償金も莫迦にはならず。その父が死に、ゆえに相続で幾許かのダメージを負いはしましたが、それを割り引いてなお、私の家や妹の家の生計が傾くことはなく……お恥ずかしいことです」

「いえそれはまさに御家庭の事情。何も恐縮なさることは無いと思いますが？」

「ただ……仮に我が家がそのような世帯でなかったら。夫の病気が病気です。私も仕事に出なければならなかったでしょうし、あの燃えた家も処分して、もっと身の丈に合った住まいを用意したことでしょう。

　すると……

　徹クンがあの、まあその、比較的広い家で、お金にも困らずバイトもせず、ぷらぷらとする事もなかったでしょう。だから徹クンが怠学をして、非行少年グループとよからぬ行為をする事もなかったでしょう。いえそもそも、私達がお金に糸目を付けず、徹クンを甘やかしてしまう事もなかったでしょう……

　そしてその天罰だと思いますが……いえ、被害者の親御さんにとっては当然の事でしょうが……どのみち私共はこれより最早、不労所得で左団扇などという生活はできません。私共の私財はすべて御遺族のもの。そう考えると、私共の家庭なり生計なりの在り方も、いったい良かったのか悪かったのか、もう訳が解らなくなるほど因果なものに思えます」

（――さっき一瞬、目が泳いだのは）ひかりは思った。（理由が解らないだけに不可解だ。というのも、既にナギが仁科家の口座関係はおろか、確定申告関係まで洗っているから）

　仁科杏子の供述は、九九％真実。仁科杏子の実家は確かに土地持ちの資産家だ。だからこそ、仁科徹が遊興のカネに困窮しないという優雅な話になるし、だからこそ、仁科杏子が働き手を失ったのに病院に日参できるという優雅な話になる。

（といって、極々微小な嘘話はあった。目が泳ぐにしては微小すぎる嘘話だけど）

カネの流れの捜査は、これまた基本のキの字だ。そして仁科夫妻は律儀で正直な確定申告をしているし、銀行口座はそもそも嘘を吐かない。ゆえに――自宅なり妹の家なりに千万単位の現金が隠匿してあるとでもいうのなら別論――仁科家の生計は『傾くことはなく……』どころか確実に『傾きつつある』ことが分かっている。そもそも相続税を二〇年の分割払いにしているほどだ。それに加え、あの仁科邸の土地は仁科杏子の親のものでも何でもなく――それなら調布市に家を建てたろう――建物ともども三五年ローンの対象。ちなみにそれは月額二五万円で、それ以上になるボーナス払いも設定している。まして夫が一五年前に倒れ、ボーナスどころか月々の給与、はたまた退職金も当てにならなくなった。

端的には――仁科家は、今夜の夜露や明日の朝食に困ることなど無いだろうが、既に資産を食い潰しつつあり、目下の家計収支を継続するならあと三、四年で路頭に迷うことになる。それが捜本の捜査結果であった。ちなみに基礎捜査として生計を解明したのは、本件の場合、仁科徹及び非行少年らの遊興費関連を精査する必要もあれば（それは監禁その他の虐待行為の原資でもある）、また事案が火災ゆえ、放火の可能性を――だから保険金詐欺の可能性を視野に入れる必要があったからである。もっとも保険金云々にあっては、本件の場合、純然たる潰しの捜査で打ち消しの捜査だが。それはそうだ。その犯人候補たる仁科夫妻の所在も、その前提となる火災原因も、極めて明白に立証されているのだから。

（しかし三、四年の内に路頭に迷うのは確かなこと）ひかりは追加捜査事項をタブピーポに打ち込んだ。（それでいて生活パターンを変えようとしなかったのは、資産家の御嬢様育ちの楽観主義ゆえか。それとも近々に、何らかの収入の当てがあったのか……といって、その実態がどのようなものであろうと、仁科家の財政的な未来は確定されてしまった。仁科徹が確定してしまった。そしてもう絶対に変動しない）

……市松由香里を酷たらしく嬲り、まして殺した以上、仁科夫妻が真っ当なヒトであれば六、〇〇〇万円ないし九、〇〇〇万円ほどの損害賠償が待っている。他方で仁科夫妻が鬼畜に転じれば、その追及を逃れる為の逃亡・潜伏・一家離散が待っている。

ひかりは、メモった追加捜査事項を早速ナギにメールしつつ、先刻の仁科杏子の目の泳ぎは、もしかすると巨額の損害賠償を恐れてのことかも知れないと思った。

（まして仁科杏子は実質、夫に何も相談できない身の上――）

そこに思い至ってひかりは訊いた。

「御主人には今般の事件のこと、何か御説明を？」

「とんでもない!!」仁科杏子は初めて生の感情を剥き出しにした。「夫の病は極論、脳が自殺を希望する病です。だのに……だのに家が燃えただの、徹クンが非行少年グループに入っていただの、あの家で……言うを憚る恐ろしい事をしてしまっただの、そんな凄絶なことを耳に入れでもしたら、即座に街道に出てトラックに飛び込みかねません……!!」

「するとお母さんお独りで、諸々背負ってゆかれると」

「私にも私なりの覚悟がございます」

「お察しします。

ましてここ二年の間も、実質的に、徹君と接触できていたのはお母さんだけ」

「といって、既に御説明したような生活を送っておりましたので、そう、実質的には独り暮らしをさせていた……いえ放置、放任をしておりました。これまたお恥ずかしい」

「御夫婦と徹君の、何と申しますか親子関係について、より具体的に御教示ください」

仁科親一・仁科杏子夫妻が、具体的にはどのように仁科徹と関わっていたか？　それがひかりの質問だったが……回答は極めてシンプルだった。要は『ほとんど接触が無い』。

――ここで、仁科親一については論を俟たない。仁科親一はこの二年、ここの病院に入院中だ。仁科邸に帰ることはできないし、実際そのような事実はなかった。時に許可され、あるいは治療の一環として指示される『外泊』も、その泊まり先は調布市の義妹の家である。まして、仁科徹の方でこの病院を訪い仁科親一を見舞うことなど皆無であった。

そしてその事情は、仁科杏子についても変わらない。仁科杏子のここ二年の拠点は当該実妹の家だし、仁科邸への帰宅は精々月に一、二度。それも多くて二時間程度。地元高校生である仁科徹は、父親が再び倒れた当初、まだそこそこ高校に通っていたが、それはすなわち、日中に仁科邸に帰ってくる母親と、ほとんど接点を持てなかったことを意味する。また仁科徹は、近時に至っては著しく怠学して遊興に勤しんでおり、それはすなわち、やはり日中に帰宅する母親と、ほとんど接点を持たなかったことを意味する。

またそれぞれ、日中以外は何をか言わんやだ。仁科杏子が寝泊まりするのは隣の市の実妹の家。仁科徹がそちらに寄り付くといったことも無く……

成程、ここ二年間の親子関係を纏めれば、『お恥ずかしい』『放置・放任』そのもの。

——ただ、ここ二年以前となると、話は微妙に違った。

無論、仁科親一は発症前ゆえ仁科邸から役所に通勤をしており、よって無論、仁科杏子が病院通いなどする必要も無かった。両親ともに、今は半焼した仁科邸で暮らしていた。さらに無論、その子たる仁科徹もだ。これすなわち——この多様性の時代、表現が難しいが——まあ『普通の家庭』である。

なお当時の仁科徹について言えば——良い意味で普通でない。というのも、ここ二年以前の当時の仁科徹は、比較的真面目な、どちらかと言えば内省的で思索的な少年だったからだ。年齢の割りに大人びた所のある寡黙な少年で、地元公立中学校でも成績優秀。また、父親の紹介で通うこととなった剣道道場でもそして剣道部でも、近隣中学に名の知れたエース級。飛びっ切りの優等生という訳でもなかったが、文武ともに普通以上。よい高校でいっそう自分を磨くことを、両親と学校から期待された少年であった。

ただ仁科親一の病状の悪化に伴い、両親が受験その他に関与できる余力が失われてゆく。結局、頑張れば日比谷なり西なり立川なり、飛びっ切りの進学校に行けたかも知れなかった仁科徹は……両親のバタバタのみが原因ではないにしろ……高校受験では挫折を経験し、自己の平均的な学力・成績からして甚だ不本意な、滑り止めの私立高校に通うこととなったのだった。

(ただ、それはもう捜本の基礎捜査で解明されている。

仁科杏子の只今の供述も、従前の供述と全く矛盾しない)

無論、仁科徹の学業関係も、基礎捜査のイロハのイである。

それはそうだ。何故怠学していたか。怠学の理由は何か。何故非行少年グループに属することとなったか。交友関係はどうだったか。これすべて本件事件の動機・情状の解明に必要だし、ましてこの病院のICUには〈名無しの権兵衛〉がいる。その身元が依然割れていない以上、学校関係の捜査は不可欠だ。故にひかりは、既に捜本が把握している事実を重ねて問うた。

「そうしますとお母さん。徹君が非行に走ったのも、学業における挫折が原因ですか？」

「いえ私共の監督不行届が何よりの原因ですが、ただ……

……それが一因で無かったと言うと、それは嘘になるでしょう。

私共が、もっと受験等のサポートをしていれば……しかし徹クンは一人息子ですし、だから私共、受験などといったものは初めてでしたし……恥ずかしながら、最近は高校受験にしろ大学受験にしろ、親と学習塾の綿密なサポートが必要不可欠であることを初めて知りました。それを知ったときは、もう遅すぎましたが」

――ここでひかりは、吉祥寺区に実家を有する地元人である。仁科徹の通う、私立万助橋高校の様子もそこそこ知ってはいる。頑張れば日比谷を目指せた少年には、まあ似つかわしくない高校だ。地元住民としては、バスにおけるマナーの悪さや学校周辺の吸い殻・落書きの多さが嫌でも目に付く。また警察官としては、万引き・大麻・チャリパク・ひったくりといった非行いや犯罪が少なくないことを知っている。令和の今時の、まして吉祥寺では珍しい『荒れた高校』だ。

そこで、恐らくは強い衝撃と挫折感とを味わった仁科徹が、身を堕としてゆくのは早かった。学業面では、既に一年生の夏休み前に怠学が始まり、部活面では、中学教師の勧めもあって継続することとした剣道部を、わずか二か月で退部している。高校側の生活指導も極めておざなりだった様で、そのようにドロップアウトしてゆく仁科徹が、何らかのフォローを受けた形跡は全く見られない。ましてや家庭においては父親が病に倒れ、母親が生活の拠点を移した。よってセカンドリビングまで備えるような、高額なRC住宅に独り暮らし……更に言えば仁科徹は、仁科杏子の財政方針により、『カネに糸目を付けない』形で甘やかされてもいた。昼ドラ的に言えば、温かい手作り料理の代わりに、一万円札が幾枚も用意されている状態。コンクリートの薄ら寒い家には、親兄弟どころか話し相手もいない。若い衝動を持て余す一方、それを発散させ衝突ける対象もありはしない。見通す限り、大学受験でも派手な人生逆転劇など生じ得ない。

……かくて一六歳・一七歳の少年が身を持ち崩す。成程、見やすい物語ではあった。

「お母さんは、徹君が非行グループに属していたことを御存知でしたか？」

「いいえ全く‼　お恥ずかしながら、そもそも会話を交わすことがほとんど無く……」

「時折、御自宅の掃除・換気をなさっていたとのことですが、御自宅が言わば非行グループの溜まり場になっていたことは？」

「特に二階のリビングが荒れておりましたので、徹クンがお友達を家に入れているんだな、ということは分かりましたが、それがまさか、このような事件を起こす子たちだったとは」

「二階リビング等で、徹君と会話をなさったことは」

「ここ二年で数えるほどです。一〇回にもならなかったと思います」

「――それは偶然でしょうか？

というのも徹君は基本、自宅にいる訳ですし。お互い、会おうと思えば難しくはない」

「ところが徹クンは、私が帰って来る頃合いなり時間帯なりになると、敢えて外出をしてしまう感じもありまして……行き違いになることも、最初から不在だったことも多々あり」

（だが仁科杏子としても）ひかりは思った。（敢えて接触したくはなかったのかも知れない。放任している負い目。受験の負い目。金銭でしかコミュニケーションできない負い目）

　自分の子と、二年に一〇回も話さないなど異様だ。それは仁科徹側の努力によるものでもあったろうし、きっと、仁科杏子の努力によるものでもあったろう。仁科杏子としては、自分の帰宅タイミングを固定させ、それを仁科徹に知らしめることなど容易いから……

「とすれば、非行少年グループのあらまし、特に本件の容疑者たちのあらましなどは――」

「――まさか存じ上げません!!　全く面識もなければ名前も家も知りません。まさかです。……これから被害者遺族さまへの償いがありますので、その親御さん方とはしっかりお話し合いをしなければなりませんが。故に、これから嫌でも知り合うこととなりますが」

「ならば、本件被害者さんに限らず、御自宅に女性が連れ込まれていた形跡は？」

「……実はございます。それは、洗濯物の籠なりトイレなりを見れば分かります」

「人数的には。時期的には。また期間的には」

「私がそれらを見た限り、ひとり。

　といってそれは、事件の被害者さまではありません。

　……火事から二〇日弱ほど前でしょうか。トイレ掃除のときに、『あ、女の子がいたな』と分かりました。ただ、直接見たり話したりしてはおりません……徹クン本人とも話せませんので。ですので、その女性がたまたまその日に遊びに来ていたのか、それともそれ以外の日に遊びに来ていたのか、はたまた日帰りなのかそうでないのか、そうした細かいことは全然分かりません」

（洗濯物があるのだから、一定期間に及ぶと考えるのが自然だろうに……）また呑気な、とひかりは思った。（……しかし市松由香里さんが拐取されたのは、事件発生の二週間前。それまで彼女は、全く普通で自然で幸せな高校生活を送っている。とすれば他にも、アジトたる仁科邸に連れ込まれた女がいる――マル被の四日市や御園、そしてもちろん仁科徹の年齢からして、それは若い女だ。

……当該若い女が『非行仲間』というならまだしも、非行仲間の『餌食』だったとするなら、それは本件犯行とともに確実に立件しなければならない重大犯罪ね）

――といって無論、マル被らの平素の素行や残虐な犯行態様からして、同種余罪の洗い出しなど、これまた基礎捜査のイロハのイだ。というのも例えば、窃盗や性犯罪は本質的に、余罪に充ち満ちているものだから。ゆえに捜本では既に、被害申告の有無を問わず、四日市・御園・仁科をマル被とする、強制わいせつなり強制性交なりの徹底した洗い出しを実行中である――そんなこんなで、捜本というのは人も時間も食う。

（ただ現時点、私が直接仁科杏子の瞳を見て確認したいことは、一点を除き終わったわ）

――故にひかりは最後の質問をした。

「実に立ち入ったことですが、徹君をお迎えになった事情・理由をお聴かせください」

「水鳥警部補にも申し上げましたが……それは何か、徹クンのやったことと関係が？」

「警察の都合で恐縮ながら、本人の生育歴は、犯行のバックグラウンドとして重要です。また裁判官もそれを重視します」

「……主人の、親一の縁者が病気に倒れまして。とても子供を養育できる状態でなくなり」

「またもや立ち入ったことですが、その御親戚の方というのは。また御病気というのは」

「何の因果か、病気というのは鬱病です」

(——確かに酷い因果だが)ひかりは思った。(仁科親一の血筋というなら、気の毒にも自然なことではある……鬱病の発症要因は雑駁にいって『環境要因』+『遺伝要因』。一定の遺伝子を受け継いでいれば、確率論だがそちらのスイッチがオンになる可能性が低くない。それが下地。その下地に対し、身体や精神の変調、はたまた何らかの大きなライフイベントによるショックが加われば——いよいよ、環境要因の方のスイッチがオンになってしまう)

両者が噛み合えば、純粋に科学的・化学的な現象として発症に至る。仁科親一の場合、当該ライフイベントによるショックとは『役所の激務に起因する過労』で間違いないが、その縁者なる者もまた、同様のショックでスイッチを入れてしまったのかも知れない。

「そしてその縁者と申しますのは、主人の遠縁の、今は京都に住んでいる女性です。

続柄が複雑で、正確に言うと長くなりますゆえ、私共はただ主人の従妹、主人の従妹とだけ呼んでおりますが。実際にはより親等が遠くなります。いずれにしろ夫の、そう仁科家の遠縁の女性」

「イトコと仰有ると、年上、年下……」

「私共より年下になります」

仁科夫妻がそろって五〇歳。仁科徹が一七歳。成程、というほどではないが辻褄は合う。

「今は、京都で御静養をしておられると」

「京都と言えど、海に面した鄙びた所でございますが。そこで静かに療養をしているとか。

病状からして、東京に出て来ることはございませんし、そもそも民法の定めがありますゆえ、徹クンとの縁は、法律上も生活上も完全に切れております。無論、経済上もです」

「お母さんたちが徹クンを迎え入れられたのは、時期的には――」

「徹クンが四歳のときです。その時季、その主人の従妹の病が大きく悪化しまして。……不幸中の幸いにして当時、徹クンはまだ幼稚園児。またその夫の従妹は結局、御主人とは離縁と相成りまして――すなわち徹クンは父親を失いまして。ならば『両親のそろった家庭での養育がよい』『そのような親族がいるのなら尚更』と、裁判所にもすぐお認めいただけまして。

　まして、その、何と申しますか……その夫の親族である従妹は、そうした諸々の事情で仁科家に戻り、ゆえに旧姓に戻っていたため、当時の徹クンも、その、つまり、要するに私共と同じ姓となっておりました。それもまた、徹クンに与える影響を少なくする事情だと、裁判所にもお認めいただけました」

「そして四歳の頃から一三年間、お母さんと御主人とで、徹君をずっと育ててこられた」

「無論です、我が家の子ですから」

「徹君はそれについて、何か思いを馳せるようなことは」

「……私共はその事実を伏せておく決意だったのですが、如何せん徹クンは当時もう四歳。それなりの記憶を持っている年頃です。そして徹クンは小学生の頃から、もうそれに気付いていましたし、ましてそれを、私達に問うことすらありました。

　あの子は地頭の良い、察しの良い子ですから……

　なら隠し通せるものでもありません。私共夫婦も、それを前提に徹クンと接することと致しました。重ねて、だからといって親子関係がギクシャクしたなどという事はございません。一切ございません。事実、中学までは何の問題もない子で……そして恐らくは、恐らくはそれまで、何の問題もない家庭だったと思いますから」

（仁科親一の不慮の病。仁科杏子の不在。受験の失敗。高校で朱に交わったこと……成程、時期的に中学までは何の問題もなかった。だがしかし、都でも有数の進学校を目指す剣道少年が身を持ち崩すには、ストーリーラインが短絡的かつ陳腐に過ぎる気もする）

ひかりはタブピーポに、更なる追加捜査事項を打ち込んだ。

二年前。仁科徹が身を持ち崩したとき、それを誘発する他の事件事故はなかったか？

例えば――

「京都の従妹さんなり、その御主人なりとは一切の接触が無いのですか？」

「はいもちろん。私共さえ詳細を知りませんので。まして徹クンとは断絶状態です」

「ちなみに従妹さん――徹クンの実母さんのお名前は？　また実父さんにあっては？」

「……ええと、その、お母さんにあっては、そうミオさんです。

ただ主人の側の遠縁ですし、また裁判も昔々のことゆえ、書けと言われると筆に迷ってしまいますけれど。また実父にあっては、そもそも実子と重病の妻を捨てるような非道い人ですから……ニナガワだかミナガワだか、姓だけしか覚えておりませんしそれも曖昧です。全てはもう、一三年前に終わっている事です。そうすべて終わっている事です」

……俄に語気を強める仁科杏子。

ひかりは最後に思い付いた追加捜査事項を打ち込むと、ようやく撤収準備に入った。

「踏み込んだことばかり、それも執拗にお訊きして申し訳ありませんでした。

　今後も何かと御迷惑をお掛けしますし、また世情からして大変な日々が続くと思いますが、御夫妻はまさか加害者ではありません。生活の平穏が脅かされるなど、何かのトラブルがありましたら、直ちに水鳥警部補に御連絡を。しかるべく対処致します。

　それでは」

「あっあの」

「――何か？」

「徹クンが私共の養子であることは、事件と全く、一切、微塵も関係ございません。私共家族は、そのことによる口喧嘩一つしたことがございませんし、主人が病に倒れたことも、私がその看護に出たことも、徹クンが養子であることとは全然、まったく無縁です。

　……そして、敢えて言えば、徹クンが仮に私達の実子だったとして、今の状態は何も変わらなかったと思います。要は全て私達夫婦の責任であって、徹クンが養子だからどうこう、ということは絶対にありません。絶対に。また徹クンが養子だろうと実子だろうと、その責任はまさに親として、主人と私とが、しっかり墓場まで背負ってゆくつもりです。

　ですので……ですのでどうか、その話題には触れないでください。徹クンは警察署で厳しいお調べを受けるのでしょうが、徹クンが養子だからどうこうという話はしないでください。どうぞ、どうぞ上原警部補にもその旨、箱﨑警視からお口添えくださいませ。

　事ここに至って、養子がどうだの実母がどうだの鬱病がどうだの、そんな酷い話を蒸し返しては、徹クンが余りに不憫すぎます……私共こそ真の意味で実の親です。実の親として何処ででも土下座しますし如何様な非難でも受けます。

どうぞそれをお酌み取りいただき、徹クンの過去を不必要にまさぐることだけはしないでください……箱﨑警視、後生です!!」

「……お母さんの御覚悟とお気持ち、捜査本部の責任者として学習しました。

それが事件と無関係ならば、警察は三流週刊誌でなし、御家族のほんとうに大事なものを踏み躙るような真似は致しません。というか正直、事件と無関係なことに人が割けるほど、我々は予算と体制とに恵まれてはおりません。その範囲で御安心ください」

ひかりは立ち上がって一礼をし――

いよいよ養子が検挙された五〇歳の母親を独り残して、病院の面談室を後にした。

無論、もう一度仁科徹の戸籍を確認しようと思い立ちながらである。

(当該戸籍。確かに『民法第八一七条の二による裁判の確定』とあった――

すなわち、法令にいう特別養子縁組。ならナギに言って、戸籍の遡及をさせておくか)

警視庁本部・警視庁刑事部長室

上原警部補と水鳥警部補が、吉祥寺大学附属病院において仁科徹を逮捕した頃。

すなわち、箱﨑ひかり警視が仁科杏子をじとじとと質問攻めにし始めた頃。

(……なんとまあ)

――九段・捜査一課長とのささやかな会議を終えた警視庁刑事部長は、自らの予言どおり、刑事部長卓上のネット閲覧専用端末で、話題に上った事件の概要を検索していた。そしてしばし絶句し、あるいはしばし慨嘆・憤慨していた。

（虫酸が走るとはこのことだ。また、唾棄すべき鬼畜とはこのことだ）

刑事部長が検索している事件というのは、無論、九段捜一課長と話していた〈武蔵野市兄妹殺人事件〉、両者が便宜的にいう〈一九九五年事件〉である。そして両者が言い合っていたとおり、刑事部長もまた、リアルタイムでこの事件を知ってはいたが……光陰矢の如し。また警察官にとっては犯罪も死体も強姦も、ひょっとしたら殺人も日常茶飯事。現に今、性犯罪を伴う殺人の捜査本部は、箱崎ひかりが担当しているもの以外も絶讃営業中である。それが刑事部門の常態だ。そんな常態が、一九九五年から指折り数えて二六年も続けば、流石に個々の事件の記憶は薄れる。まして刑事部長は当時、殺人を担当していた訳でもない。幾許かの噂話に触れ得た、しかし他所属の傍観者に過ぎない。となればその〈一九九五年事件〉に関する記憶は、結局の所、一般市民に毛の生えた様なものでしかない。

——だからこそ。

刑事部長は改めて絶句し、慨嘆し、憤慨した。

キャリアといえども警察官。警察官なる奇特な稼業をわざわざ選んだ者として、まして今現在は東京都における刑事部門の総責任者として、刑事部長は職業的正義感に富んでいた。その職業的正義感は、断じて吊しでない瀟洒なスーツを纏った彼の両肩を、激しい怒りで震わせた。その震えを、個人的正義感が一層強める。彼自身、人の子の親だ……

（確かにこれまでの警察人生で、様々な犯罪者を知り得たが……）それこそ箱崎ひかりの年頃には、彼自身が調べ官だったり令状請求者だったりした。（……これほどの鬼畜も、いや鬼畜らも実に珍しい。人面獣心、あるいはヒトの皮を被った悪魔という言葉があるが、そもそも『本当にホモ・サピエンスなのか？』すら疑われるレベルだ。当時はＤＮＡ型鑑定が導入されたての頃だから、それを物理的に立証するのは困難だったかも知れんが）

——刑事部長はくだらない冗談をさて措き、これまでの検索結果を脳内で整理し始めた。

事案発生は、もとより一九九五年である。一九九五年の、冬の終わり頃。

事案発生地は、これまたもとより武蔵野市、今の吉祥寺区である。

事案の概要は、結果的には殺人だが、罪名を列挙すれば暴行、傷害、略取、監禁、脅迫、強要、強制わいせつ、強姦等々と切りがない——

それを物語にすれば。

一七歳の女子高校生が、夜間の帰宅途上、①四名の男子高校生にいきなり拉致され、②五日間にわたり車両によって諸方を連れ回され、③当該車両内はもとより被疑少年の家、ラブホテル、果ては野外において性的な虐待を受け続け、④当該虐待によって意識障害等の状態に陥るや、⑤最早用済みとばかりに絞殺され、⑥その遺体は埼玉県の山中に埋められたというものである。

（具体的な犯行態様は、ええと……）

被害少女は自転車で帰宅中、当て逃げされたフリをした被疑少年Ａにより自転車を停められた。たちまち直近の車両に潜んでいた被疑少年Ｂが、通電装置で被害少女の意識を奪う。そのＢは、やはり車両に潜んでいた被疑少年Ｃ・Ｄとともに、被害少女を車両内に運び込む——被害少女とともに車両が走り去るまで実に三分以内の早業。しかも犯行時間帯は夜間。犯行場所は閑静な住宅地。ゆえに目撃者は皆無。被害少女の自転車も乗り去られた。無論警察も認知できず。

よって被害少女は、五日間の凄絶な性的虐待を受けることとなり、とうとうその末期には、脳機能障害・意識障害の状態に陥ることとなった。また当然ながら、物理的・身体的な創傷は数知れず……

（……既にこれだけで、本件事案、〈二〇二一年事件〉と著しく類似している。犯行態様といい動機といい、おまけに関係者の数といい。

まして類似の少年事件として、〈綾瀬コンクリート〉なり〈名古屋アベック〉なりを思い出すなあ――あれらの事件は確か、昭和最後の年かそのあたり。すなわち私がまさに大学を出、就職しようとする頃。だから、警部補を拝命する新入社員の頃）

――なんということだ。刑事部長は嘆息とともに独り言ちた。

自分の新人時代。自分の中堅社員時代。そして今の役員時代。

こんなにも類似事件が発生しているとは……

ただ改めて記憶を整理してみれば、結局の所この手の事件は『どの時代でも必ずある』『どの時代でも防げない』。それは、警察としても一警察官としても絶対に公言できぬことだが……しかし年端もゆかぬ獣、アダルトビデオと現実の区別も付かぬ鬼畜少年は、どの時代でも一定数存在し、どの時代でも無辜の生贄を血祭りに上げてきたのだ。そして被害者あるいは被害者候補にできることと言えば――これまた絶対に公言できないが――どうにか自衛して幸運を祈ることだけだ。

（各事件そのものにも慄然とするが、それが決してレアケースでないことがホラーだ）

こうした各事件は、殺人にまで発展した氷山の一角。だからこそ徹底した捜査が始まり、だからこそ早期検挙に至っただけ。もし事件が監禁と強姦に留まるのなら――性犯罪の当然の事理だが——警察に認知されていない暗数がある。それこそ山とある。

（……我が家は妻以外、男所帯でよかった。娘なり孫娘なりがいたら、とっくに胃潰瘍だ。あっ、といって男所帯だと、被疑少年ＡＢＣＤだのを出してしまう虞があるのか!!）

——引き続き刑事部長は暗澹たる気分のまま、被疑少年ＡＢＣＤらを含む〈一九九五年事件〉の登場人物なり関係者なりを整理した。

まず一九九五年事件の被害者は、①一七歳女子高生1だが、〈武蔵野市兄妹殺人事件〉全体としては、②その実兄1を含む。その、当時二五歳の被害者の兄はというと……実は被害少女の拉致後、『道に迷った妹さんを保護しているから迎えに来てください』『妹さんは自転車で転んで怪我もしているようです』『自転車事故を起こしてしまったようで、お年寄りを轢き逃げしてしまった、警察には言わないでほしいと頼んでます』なる甘言によって被疑少年らに誘き出され、やはり同じ車両により、たちまちの内に拉致されてしまったのである。重ねて、被害少女の拉致後に。だから、被害少女の監禁中に。無論、兄の拉致をするというのに被害少女を連れてゆくはずも無し（もちろん返してやる気も無し）。ゆえに兄が拉致されたとき、被害少女は被疑少年Ａの自宅で拘束されていた。彼女はその後も、駐車場だのラブホテルだの公園だのまたＡの自宅だの、諸方を五日間、連れ回されることになるのだが……

（被害少女の兄までをも同じ手口で拉致したのは）刑事部長は検索と整理とを続ける。（要は金銭目的・強盗目的だ。すなわち性的欲望は妹によって、金銭的欲望は兄によって果たそうとしたと。妹を完全に制圧下に置き、家族構成を訊き出し、すぐ迎えに来られる若い兄を、強盗のターゲットにした……そして『妹さんは怪我もしている』んだから、兄の交通手段は自動車となる。

その兄の自動車とは狩り場の暗がりで待ち合わせ、『妹さんの休んでいる所へ案内する』等と自動車を下ろさせ、そのままやはりお手製の通電装置で意識を奪う……）

　ここで、両親による捜索願の提出は、兄の行方不明後だ。両親の対応は、一手遅れた。

　一手遅れたのは、兄を誘き出した『デタラメ電話』が、妹の未帰宅後、さして時を置かず架かってきたからである。それは、①妹が結果としてさしたる財物を所持していなかったからだろうし、またどのみち、②『家族を誘き出して強盗をする』なる脚本がかなり早期から練られていたことを意味する。そしてそのデタラメ電話が早ければ早いほど、③家族の冷静さを奪える可能性も、家族が警察への届出を控える可能性も高くなるだろう——

　罪種はまるで違うものの、要は今で言うオレオレ詐欺、振り込め詐欺のノリそのものだ。

（もし兄を誘き出した偽電がなかったなら。あるいは、当該偽電がもう少し遅かったなら）刑事部長は思った。（両親は、いや両親と兄は、妹が未帰宅となってすぐ捜索願を出したろうし、故にそのときは、当該偽電など犯人からの電話とすぐ知れる……

　これも因果だな。人安事案では、一手の指し違いがまさに生死を左右してしまう）

　——とまれ、振り込め詐欺的なデタラメ電話は、見事に功を奏した。両親は兄に『怪我をした妹を迎えに行かせる』こととなり、また『事情があるようだから、警察への届出はしばらく控える』こととなってしまったのだ。その兄が結局、狩り場で失神させられ車両で搬送されたのは、もう調べ終えたとおり。ここで、東京東京と一口に言っても、郊外型の広大な店舗なり、無闇にだだっ広い駐車場なり、余裕で車が寄せられる公園の暗がりなどには事欠かない。東京には、都心を含め、地方都市より田舎めいた場所など無数にある——要は鬼畜の狩り場に事欠かない。

かくて、兄の所持する財物も、まして自動車も自由になる。

ゆえに早速ＡＢＣＤは、非行仲間やその先輩であるマル暴を通じ、自動車の処分を算段。

獲物たる兄は、やはり獲物たる妹がいるＡの自宅に連行し、財物どころか身ぐるみ剝いで、冬の終わりのその季節に、なんと全裸で風呂場に拘束。さすがに性的虐待の対象とはならなかったが、娯楽的な虐待の対象にはなったし――サンドバッグ等としてあらゆる暴力の対象になったし――度重なる感電は、意識障害や身体機能の障害をもたらす。食事など無論与えない。二五歳の兄は体力・腕力に恵まれた方だったが、少年四名、いや既に男四名に殴られ蹴られ刺され燃やされ、ましてあらゆる衣類を奪われ顔も口も手も脚も戒められ風呂桶に投げ込まれてしまえば、どれだけ体力・腕力があろうとどうしようも無い。

（加えて、更に卑劣なことには……）

兄は妹の、妹は兄の人質となる。そうなってしまう。

兄妹のそれぞれは、互いに安全が確認できぬ相手のことを思うなら、ＡＢＣＤのあらゆる命令を聴くより他に無い。どうしても兄妹が抵抗するそのときは、それぞれが拷問されている現場を目撃させればよい。いや、そうした状況の写真を貼り出すだけでよい。

（……五日間。この五日間。被害者の兄妹にとっては、言葉の厳密な意味どおりの地獄。

そしてこの地獄の内、問題の一一〇番があったのは……

公刊情報では、どうやら監禁四日目のようだ。

そう、当時の冷泉通信指令官、今の冷泉副知事がその処理を誤った、問題の一一〇番）

――ＡＢＣＤらは、先のデタラメ電話の成功に増長し、更なる偽装工作を施した。

すなわち、被害少女の監禁がAの自宅で行われているとき、被害少女を脅迫して強制し、『家出をするから警察には言わないで‼』『ずっと兄さんと一緒だから大丈夫‼』等々と、自宅に偽(ギ)電(デン)を入れさせたのである。監禁二日目に一度。監禁四日目に一度。

(そして、この監禁四日目のとき) 刑事部長は情報を整理した。(被疑少年らのスキを突き、被害少女は一一〇番をした。自宅に電話を入れさせられる傍(かたわ)ら、110も押せた)

それは幸い接続されたが……接続して数語も喋らない内に、被疑少年らに気付かれる。当然、被疑少年は『間違いでした』とガチャ切りをする。

……そして当該(とうがい)事案につき適正な判断・指揮をすべき冷泉通信指令官は、再接続だけしてAの自宅の電話を鳴らし、そして誰も出ないと見るや、そのまま対応を打ち切った。

(なんということだ。繰り返しになるが、令和三年の今では信じられん。所管(しょかん)交番の勤務員なり、所轄(しょかつ)署のPCなりを動かすだけでよかったのに。そんなもの、無線で一分の手数なのに。この時点、まだ兄妹はいずれも生きていたというのに……

ましてこの時点、既に監禁四日目だ。

被害少女はあらゆる意味で極限状態にあったはず。それがどうにか、最後の最後の体力と勇気とを振(ふ)り絞(しぼ)って、我が社に救いを求めたというのに……)

ああ『間違い』ね。そりゃ悪戯(いたずら)か誤報だよ。相手が出ないなら打ち切りだ。ほら一一〇番は、次の次の次まで滞留(たいりゅう)しているじゃないか。まったく、一一〇番のほとんどは悪戯(いたずら)か人生相談なんだよなあ――

――そう冷泉通信指令官が言ったかどうかは分からないが、時代の空気として、そう言ったと、考えても極めて自然だ。かつて、通信指令業務というのはそういうものだった。それが平成二〇年頃の、通信指令業務の大改革につながってゆくのだが……

（被害少女の、最後の慟哭は我が社に無視された。治安の最後の砦を任ずる我が社に。ましてその長兄の大警視庁に……なんということだ!!）

そして、その最後の慟哭は監禁四日目のこと。

被害少女が殺害されたのは、まさにその翌日、監禁五日目。ならば。

（ならば、無論予断で臆断だが、当該最後の慟哭が……最後の必死の抵抗が、ＡＢＣＤらに『殺人の橋を渡る決意をさせた』として何の矛盾も不思議もない。生意気な反抗の懲罰として。あるいは証拠隠滅として。ただこの一一〇番の対応＝通信指令本部の対応については、ネットでは何の意味ある情報も出て来ないから、それは現時点、まさに予断で臆断になる……しかし仮にそれが正しいとするなら、被害少女いや被害者両名を殺したのは、そうトドメを刺したのはまさに我が社ではないか!!）

そして事実、兄はＡの自宅で、洗濯ロープで絞殺された。

さらに、一人殺せば二人殺しても同じと思ったか、はたまた、残虐極まる性的虐待で被害少女がもう『性的欲望の対象ではなくなった』か……どのみち手前勝手で安易な判断により、兄が絞殺された日の夜、妹もまた洗濯ロープで絞殺された。

妹が絞殺されたのは、埼玉県の山中。先に調べたとおり、遺体の遺棄現場がその埼玉県の山中だが——そしてそれは兄の遺体についても同じだが——実は妹にとって、そこは遺棄された現場であるばかりか、殺害された現場でもあった。というのも、『家で殺せば掃除が面倒』『最初から墓に動かしておけば楽チン』だから。いやそればかりではない。ＡＢＣＤは埼玉県の当該現場で、ほぼ全裸に剝いた被害少女に、兄の遺体を埋める穴と……妹自身の遺体が埋まる穴を掘らせすらした。というのも『それが身内の義務』『それが奴隷の仕事』だから。

　無論、数多の残虐行為の果てに、無数の創傷はおろか意識障害すら生じさせていた被害少女のこと。まさか、ヒト二名を埋めるだけの穴が掘れるはずも無い。ＡＢＣＤとしても、自分の手が汚れるような下働きは最低限で済ませたい。よって兄妹の『埋め方』は、極めて杜撰にして安直なものとなり、それが結果として、大いに警察の捜査を助けはした。

（ただ、そんなことが兄妹にとって何の救いになろう？
私が被害者なら『死んでからより生きている内に事件を掘り起こせ!!』と七生祟るな）

　ここで、検挙されたＡＢＣＤの供述によれば……

兄の最期の言葉は『妹を家に帰してください』。

妹の最期の言葉は『早く兄の所へ行かせて』だったという。

（……成程、あの人格者の九段課長が、冷泉副知事をああまで罵るわけだ）

　気取るわけでなく、真実、万感胸に迫る思いに襲われた刑事部長は、真実、胸に迫る嘔吐感を堪えつつ、最後に被疑少年ＡＢＣＤらについての情報を整理した——

　ＡＢＣＤ、いずれも犯行当時一七歳。ＡＢは無職。ＣＤは高校生なるも怠学中。

犯行を主導したＡＢにあっては、最高裁で無期懲役が確定。

犯行に追随したとされたＣにあっては、最高裁で懲役一三年が確定。

同じく犯行に追随したとされたＤにあっては、最高裁で懲役五年以上九年以下が確定だ。

（我が国では、法令上、一八歳未満者に死刑を科すことはできないからな……）

無論その法令とは少年法だが。よって一八歳未満者の場合、無期懲役が最高刑となる。

それは当然、『最初から無期懲役を求刑されてそうなる』満額回答のケースもあるだろうが、他方で、『裁判官すら死刑を科したい鬼畜だが法令上罪一等減じなければならない』苦渋の判決であるケースもある。そして、関係判例その他の諸情報を突き合わせるに、〈武蔵野市兄妹殺人事件〉のＡＢにあってはまさしく後者であった。

（罪刑の相場としても、そうなろう）刑事部長は思った。（激しい議論があるとおり、我が国では裁判実務上、ヒト一人殺しても死刑になることはほぼ無い……）

すなわち、『一人殺しの罪』の相場は、悲しいかな無期懲役以下で安定している。

言い換えれば、『複数殺し』でやっと、初めて死刑の可能性が出てくる。

（そしてこの〈武蔵野市兄妹殺人事件〉は複数殺しなのだから、主犯格のＡＢについて『裁判官すら死刑を科したい』と考えたことは実務上も当然で、自然なことだ。

重ねて、法令上は、天地が引っ繰り返っても無理だが

まして、〈武蔵野市兄妹殺人事件〉から既に二六年が過ぎた今）

ＡＢＣＤ、いずれも釈放されているとある。

ＡＢの釈放は、ネットの情報を総合すれば、昨年のこと。

――ここで、我が国の無期懲役は終身刑ではない。刑期の定めが無い懲役だ。よって一定期間が経過すれば『仮釈放』があり得る。少年絡みだとまた議論が複雑になるのだが、一般論としては、無期懲役の場合、一〇年が過ぎると仮釈放があり得る。ただ、近時の世論は総じて厳罰化を

求める傾向にあり、よって近時の実務も、おいそれと仮釈放を認めない傾向にある。

（無期懲役で仮釈放される年季の相場は今、二〇年だ）

凶悪犯罪者となればその相場もまた変わろうが、元々が少年となればまた変わろう。

無論、前者は長期化の方向に、後者は短期化の方向に変わろう。

そうした相場のアゲサゲを引っくるめ、死刑相当だったＡＢが昨年二〇二〇年に――だから二五年で――仮釈放され社会復帰したことは、罪刑の実務感覚とすれば、理解できない現象ではない。ましてＣにあっては有期懲役なのだから、お勤めの期間は端から一三年と確定している。お恵みの仮釈放が無かったのなら、社会復帰したのは二〇〇八年。Ｄにあっては、そもそも少年法制特有の現象として不定期刑が採用されているので、その受刑態度によっては、二〇〇〇年に社会復帰していても二〇〇四年に社会復帰していても面妖しくない。

以上を纏めれば――〈武蔵野市兄妹殺人事件〉当時皆一七歳だった被疑少年らは、ＡＢにあっては四二歳のとき自由の身となり、Ｃにあっては約三〇歳のとき、そしてＤにあっては二二歳ないし二六歳のとき、それぞれ自由の身となった……

……ＣＤにあっては人生まだまだこれから。むしろ脂の乗り切った時季かそれ以前。いやＡＢとて、この高齢化社会、平均的には残余四〇年を生きられる。そんな事実は、『二五歳の前途ある青年』と『一七歳の前途ある女子高校生』を言語道断な態様で突然虐殺された被害者遺族としては、そう、胸が張り裂けんばかりの痛恨と侮辱の極みであろう。

（まして元々少年法で、実名その他の個人情報をガッチリ守られた少年被疑者らだ。

それがいよいよ仮釈放なり釈放なりされたとなれば、その前科前歴の情報はますますセンシテイヴになる。更生や社会復帰や、刑を終えた者の名誉に悪影響がある云々で。よって社会が知り得るのは、町田市か川口市に住んでいるらしいだの、既に結婚して娘だの息子だのまでいるらしいだの、週刊誌のゴシップ記事未満のゲナゲナ話でしかない……

被疑少年いや元受刑者の権利は、それは堅固に守られる。国民感情がどうあろうとだ)

――当時確か、週刊明朝と週刊文秋が法破りの実名報道に踏み切って物議を醸したが、そして少年法改正の気運を大いに盛り上げたが……個人情報の保護については結局、何も変わらなかった。令和三年の今も、それは変わっていない。

(他方で、被害者の個人情報を知るには、数秒の検索で事足りる。

被害者の個人情報は、この手の事件においてメディアの垂涎の的だし、まして被害者の個人情報は、被疑少年のように立法で保護されてはいないからな……)

とまれ、被疑少年の氏名を複数サイトで調べると、比較的多数用いられているのがAについて鈴木某、Bについて田中某、Cについて佐藤某、Dについて高橋某といった氏名だが……そんなものはどう考えても仮名だろう。

だが、それはちょっと珍しい現象であった。

(……今現在の風潮からすれば、全部実名が晒されていても面妖しくはないんだがな。

まあ其処まで真剣に調べる必要はない。例えば、国会図書館で雑誌を漁る必要すらない)

事は刑事事件。警察にそのデータが残らぬはずもない。警視庁刑事部長としては、一〇分程度もあれば実名その他の個人情報を知り得る――むしろ確定的に知り得る。微妙なのは、ABCDの現在の動静だ。ゆえに刑事部長はそれもまた、しばし検索に頼った。そしてまたもや深く慨嘆した。もし、突き合わせた複数サイトの記載を信用するなら……

〈武蔵野市兄妹殺人事件〉の被害者遺族、具体的には虐殺された兄妹の両親は、当然のことながらＡＢＣＤ及びその両親への民事訴訟を提起し、損害賠償請求を行った。ここで、そもそもそれは刑事手続でも何でもない民事手続だから、その訴訟費用は取り敢えず兄妹の両親持ちである。弁護士費用はもとより、民事訴訟の各種事務手続に要する費用も、膨大な事件記録を入手し精査する費用も、様々な書面を作成する費用も、関係者の出廷等のための費用も……とかく民事訴訟に要する諸々の費用は、損害賠償を勝ち取るまでは、訴えを提起する側の立替負担である。ここで費用というのは無論、金銭に限られない。人、時間、労苦、精神的苦痛……

だが〈武蔵野市兄妹殺人事件〉のような、加害行為も加害者も被害態様も被害者も明々白々な事件で、まさか兄妹の両親が敗訴するはずもなし。よってＡＢＣＤ及びその両親は、裁判所によって、亡くなった二五歳の兄について約九、〇〇〇万円の、亡くなった妹について約八、〇〇〇万円の損害賠償を、それぞれ支払うよう命ぜられた。ところが。

（……ところがだ。そこからが、鬼畜どものお決まりのパターン）

刑事裁判でも民事裁判でも口を揃えて反省と贖罪の弁を繰り広げる加害者・加害者家族だが……イザ自分たちが巨額の賠償をする段になると、あれほど並べ立てた反省と贖罪はどこへやら。いや自分たちの所在もどこへやら。住民票を移さず転居を繰り返し電話番号も乗り換え、姑息な離婚・養子縁組をして姓も変え、また預金の在処も登記の名義も変える。被害者遺族に約束した『居所の通知義務』や『家計の報告義務』などもガン無視。無論『毎月の分割振込義務』もガン無視。それだけでも許し難いことだが、中には直接請求をしても『ウチにそんなカネはない』『子供を前向きに生かしてやりたい』云々と盗人猛々しい居直りを決め込んでは、一〇年の消滅時効を――賠償の債務の時効を――狙う輩もいる。しゃあしゃあと『たった一度の過ちだから、総額の一〇％まで負けてください』などと、減額交渉を一方的に通知してくる輩もいる。そして事は純然たる民事ゆえ、警察の介入も国家の介入もない……というか許されない。要するに、被害者の『命の値段』、加害者のせめてもの贖罪のその『取り立て』は、またあるいは時効をストップさせるのは、これすべて、被害者遺族の費用負担と自主努力に委ねられているのである。

（そして実際、諸情報を総合するなら）刑事部長はしばし端末と格闘する。（殺害された兄妹の両親に、実際に支払われた損害賠償の総額は……ええと……）

実は二、〇〇〇万円強である。

市井の民からすれば大金だが、そもそも命の値段は約一億七、〇〇〇万円のはずだ……

（具体的な、支払い状況はというと）

Aの両親から三万円×七か月の振込、以降音沙汰なし。

BとBの両親は最初から無視、一円も支払ってはいない。

CとCの両親からは一〇〇万円の支払いが一回、以降音沙汰なし。

DとDの両親だけは、自宅を処分するなどして二、〇〇〇万円の支払いをしたが、それ以上の資力無く、月々三万円の振込を続けているとのことだが、現状定かではない。

……要は、〈武蔵野市兄妹殺人事件〉の被害者遺族は、息子と娘の命の値段の、一割強しか受け取れてはいないのだ。

そして現実問題、それ以上を受け取ることは不可能であろう。

ましてこうした事案の常として、民事訴訟を提起し損害賠償を求めた被害者遺族は、なんとさかしまに、心無い市民からの嫌がらせに晒される。さすがは世間と空気の国、日本だ。『子供が死んで丸儲けだな』『子供の命をカネに変えるのか』といった誹謗中傷が所謂炎上を起こす。実際の所、ほぼ全ての被害者遺族が丸儲けとは対極の状態にあるのに、報道された請求金額だけを見て、もうそれが手に入ったものと思い込む輩がいるのだ。

――だがしかし、被害者遺族が民事訴訟を提起するのは、無論贖罪を求める意味もあるが、その主目的は『事案の真実の解明』なのである。というのも、なんと刑事訴訟においては、被害者遺族は当事者でも何でもないのだから。刑事訴訟における当事者はもちろん被告人と国。国が被告人を裁くのが刑事訴訟の目的。よって細かい議論を措けば、そこに被害者の居場所は無い。

〈故に、直接の当事者として知りたい、話を聴きたい、戦いたい、反省の言葉が聴きたい、愛する者の最期の様子を語らせたい、国がしてくれなかった分まで真実を解明したい……そう願う被害者遺族としては、民事訴訟を提起するより他に無いのだ〉

そして、それは当然の事理で心情である。本件〈武蔵野市兄妹殺人事件〉でもそうだったのだが、被疑少年が幾通もしたためる被害者遺族へのお手紙や、特に民事訴訟の前に盛んになる被害者へのお焼香・お謝罪など、今やネットで幾らでも手に入るテンプレどおりのもの、弁護士に手取り足取り振り付けされたとおりのものでしかない。すなわち御為ごかしの上っ面のもので――小学生の読書感想文でもいま少し感動的だろう――故に被害者遺族を激昂させこそすれ、まさか、被害者遺族が期待する真摯な反省や、事案の詳細な説明を含むものではない。それを求めることができるのは、その可能性があるのは、民事訴訟だけなのである。

　とまれ、先の『訴訟費用の先払い』の問題もあれば、先の心無い『炎上』の問題もある。また民事訴訟までするとなれば、極論、仕事を諦め訴訟に専従する覚悟が必要だ。必ず読むべき資料だけでも、段ボール数箱いやそれ以上になるのだから。そして資料は読めば終わりという訳ではない。それを元に証拠なり主張なりを整えて初めて意味がある。また訴訟手続上、様々な段階で厳しい締切もある……

　そんなこんなで、民事訴訟自体を諦め、泣き寝入りを強いられる被害者遺族も少なくない。また仮に民事訴訟を提起できたとしても……それまでの平穏な市民生活・日常生活が激しく破壊されるから、さかしまに被害者遺族が疲弊し消耗し、あるいは混乱・惑乱する。そしてとうとう離婚だの一家離散だの、悲劇的な結末を迎えることすらある……

（……純然たる興味ではあるが、本件における被害者遺族は、一体どうなったんだろう？

それはネットでも出てこない。光陰矢の如しでもあれば、去る者日々に疎しだからな）

　事件発生時や起訴時、判決言渡し時には一〇〇人規模で押し掛けるメディアも、そうした物日以外、しかも昔々の事件ともなれば、最早見向きもしない。もっとも、被害者遺族のプライバシーを守る観点からは、見向きされない方が余程幸せだろうが。

　そんなことを感じつつ、警視庁刑事部長は、巨大な執務卓上の巨大な警電を採った。

「――ああもしもし九段課長、先刻はどうも。

　ちょっとお聴きしたいことがあるのですが、今大丈夫？　それとも塞がり？」

『もとより大丈夫です刑事部長。じき部内課長会議の時間ですが、一〇分程度ならば』

「ならシンプルな方から。先の〈一九九五年事件〉の被疑少年ら。これ実名分かります？」

『ちょっとお時間を頂戴できれば、直ちに調べさせます。ただ名字のみでよろしければ、それくらいは確か私の古い備忘録にもあったはず……ええと……あっこれだ。被疑少年ＡＢＣＤなる者は、それぞれ唐木、蓬田、栗城、美里ですね』

「有難う課長。では複雑な方の質問を。〈一九九五年事件〉の被害者遺族だけど、その詳細なり爾後の動静なりって解ります？」

『詳細となると、ちょっと……

ただ概要ならば噂を聴き及んで、幾許か記憶しております――故に伝聞情報となりますが。

すなわち被害者兄妹の父親は大手都市銀行の総合職、要は銀行のキャリア組でしたが、ゆえに被害者の家庭はかなり裕福でしたが……当該父親、〈一九九五年事件〉の衝撃と心労、あとその後の民事訴訟の負担と心労が祟りまして、確か事件の後……あれはええと、二〇〇八年だから……そう事件の一三年後に脳卒中、所謂クモ膜下出血で突然死。

ちなみにその頃、当該父親は、民事訴訟等の所為で退職していて無職でした。

まあ退職の原因は、他にも世間の好奇の目なり、世間のいわれなき非難なり、諸々あったでしょうが……ただ事件後三年もせずに退職した、いえ退職を迫られたと言いますから、御家庭の環境も激変。裕福どころか、著しく困窮する状態が続いていたとか聴きます』

「御夫人の方は？」

『奥さんは専業主婦です。そして健気なことに、どうにか気力を振り絞って、民事訴訟でも夫を支えるとともに、我が社にも諸々協力してくれて……娘さんの部活の絡みもあって、犯罪被害者遺族としての啓発活動なり講演活動なり各種審議会への参加なり、亡き息子・娘のためになると信じた活動を、御自分の、そう新名家の名前まで出して、それは懸命に行って下さっていたのですが……

ただ、その奥さんもお気の毒なことに、御主人が突然死したまさに同年……すなわち〈一九九五年事件〉の一三年後、列車ホームから転落して事故死。御主人の後を急いで追うように、世を去られました。

ただこれ、結果としては事故死と判断されていますが……それは自殺と断定できる要素が見出せなかった為に過ぎず、死体見分としてはまあ、かなり微妙だったとか。すなわち、遺書なり希死言動なりさえ確認できていたら、きっと自殺と判断されたはずの事案です』

「とすると、死体見分結果がどうあれ、著しい衝撃・負担・心労に苦悩していたことは」

『それは間違いありません。正直、御主人が銀行を辞めて訴訟等に専念するようになってから、夫婦間の諍いや、親族との諍いも絶えなかったそうですから……』

「そうすると、被害者遺族はその両親と、あと被害者兄妹の総計四名でよいですか？」

『あっ、いえ刑事部長実はその……つまりその……

何と申しますか、実はあと一名、同居の家族がおりました』

「……何か、言い淀むような御事情でも？」

『つまりですな、刑事部長。

これは絶対に警察限りの話、既に知ってしまった警察官限りの話……しかもできれば、それら警察官全てに忘れてもらいたい話なんですが……ただ、刑事部長ならば墓場にまで持って行ってくださると信じてお話しします。

　といって当時の私の立場からして、これまでどおりの噂話、伝聞情報ではあるのですが……』

「すなわち？」

『……当該あと一名の、同居の家族。要は被害者の、新名家の最後の家族ですが。

　名を新名弥生と言いまして、両親たる新名誠と新名美奈の末子となります。

　すなわち、被害者の家庭は結局五人家族で、〈一九九五年事件〉で殺されたのが長子の亮と次子の未来。また再論すれば脳卒中で突然死したのが父親の誠で、列車ホームから転落死したのが母親の美奈となります――これが、被害者家族の総員五名』

「すると最後に生き残ったのが、今仰有った末子の新名弥生。

　名前からして女性ですね？」

『はいそうです。故に、三番目の子供にして次女となります』

「その新名弥生についての、墓場まで持って行くべき噂話、伝聞情報とは？」

『実は当該弥生は、そう実は、この〈武蔵野市兄妹殺人事件〉の第三の被害者……

　いえ正確に申し上げれば、第零の被害者なんです』

「九段課長、俄に話がよく解らないのだけど。

　だって、〈武蔵野市兄妹殺人事件〉で殺されたのは確定的に二名――長子の亮と次子の未来の、二名ですよね？」

『それは確定的な事実で、まさか間違いありません。最高裁まで行っている事件ですから。

ただ……

実は当該弥生もまた、被疑少年らの犯行グループに誘き出され、その……姉の未来同様、著しい性的虐待を受けていたのです。

具体的には。

実は当該弥生も、被疑少年らが兄を呼び出したそのとき、兄に同道しておりまして……姉の未来のことが余程好きで、余程心配だったのでしょうが……ところがそれゆえ兄同様、たちまちＡＢＣＤに拉致されてしまった訳です。そして殺された兄妹同様、凄惨な虐待を受けました。無論のこと強姦も。執拗に』

「――えっそうだったの？　実は被害者は三名だったと？」

『まさしくです。殺人被害者が二名であっただけで、被害者総数は実は三名なんです。

そして、兄と姉が埼玉の山中に埋められているその最中――

どうにか当該弥生が監禁場所から脱出してくれたからこそ、警察も『行方不明事案の認知』でなく、いよいよ『殺人事件の認知』ができた。それが捜査の流れ。当該弥生が――生きた弥生が確保できたからこそ、一気に事件の解明が進み、殺人の翌日には被疑少年らを検挙でき、また兄と姉の遺体も発見できた。それが捜査の実際の、真実の流れなんです』

「……でもそんな情報、微塵も断片も片鱗も世間には流れていないけど？」

『それが被害者たる弥生とその両親の希望であり覚悟だったのです。まさに断腸の覚悟。

そして警察もどうにかそれに応えるべく、要は――禁じ手ではあるのですが――虚偽の報道発表をしました。敢えてしましました。結局拉致されたのは亮と未来の二名だけで、虐待を受けたのもその二名だけだと。幸いにして、末子の弥生は事件と無関係でいられたと。

その後の刑事裁判・民事裁判においても、弥生はそもそも現場にいなかった訳ですから、公判で争点になってもいなければ、証人としても証拠としても現れてきません。

ましてや、まさか被疑者側が弥生のことを吹聴するはずありません。そもそも弥生に係る犯罪だけでも重大犯罪なのに、ところがそれはまるで裁かれず、まるで『無かったもの』としてスルーしてもらえる。要は刑が軽くなる。更に言えば、被疑少年らもその家族らも、特に裁判が終わるまでは、被害者側の心情に最大限の配慮をせねばならん身の上ですから……無論、ポーズとしてですがね。当然、被疑者らの弁護士も懸命に、徹底的に、戦術的に、被疑者らの口封じと振り付けをしたはず。

よって――

なんと今現在に至るまで、弥生の両親の、悲壮な希望は叶えられているという訳です。

これこそが先刻、刑事部長に大変失礼な前置きを置いた理由。

関係警察官が、墓場まで持って行かなければならない残酷な真実』

「……新名誠・新名美奈夫妻は事件化を拒んだと。告訴も諦めたと」

『末子・新名弥生の強姦等については、まさしくです。

無論、親告罪でない部分については告訴が無かろうと立件できますが――結果として被害届も告訴もない、だから結果として被害者に処罰意思がないこととなる。まして、事件当時一五歳の弥生を世間の好奇の目に晒し、公判廷に立たせ、残酷な事実を証言させ、その公判記録を永遠に残し、だから言うを憚る性犯罪の被害者としての烙印を永遠に押す……それこそセカンドレイプ、サードレイプ、フォースレイプ以下省略です。
よって警察と検察の協議も直ちに整いまして、弥生の強姦等にあっては事件処理上『まるで無かったもの』となりました。これが真の顚末です、刑事部長』

「なんとまあ……やりきれないねえ……」

『弥生は唯一、そう唯一生き残ってくれた娘です。

ましてや一五歳の、全てがこれからの少女です。全てがこれからであるべき少女です。

その未来を考えれば、酷い言い方にはなりますが、顚末はベストでなくともベター……』

「唯一生き残った弥生だけど……その御両親は一三年後の二〇〇八年、揃ってお亡くなりになったんですよね？　なら当該弥生はどうなったの？　現在の動静って分かります？」

『これまた噂話で伝聞情報になりますが、故に、これまでの説明を全て引っくるめて固有名詞や年号、関係者の細かな動静に誤認・誤報があればお詫びしますが、確か弥生は……

母方の祖父の田舎に引き取られ、どうにか立ち直りを図りながら大学を出、すぐに当該田舎で大学の同級生と結婚したとか。ただ……ただあんな外道な虐待は、まさか生涯忘れられるもんじゃありません。まして男との結婚生活を始めたとなると、精神上……

これ以降は、伝聞の内でも更に確度の低い、これまで以上のゴシップにして風聞になりますが、だからお聴き流し頂くべき法螺話かも知れんですが。

……夫婦生活を破綻させ手首を切っただの、断崖から日本海の荒海に飛び込んだだの、自身の子供を虐待して精神科に入院しただの、ともかく凄惨な人生を送っている又は送っていたなる続報は、あります。

ただ重ねて、それらは確度の低い話……そして警察においても、〈武蔵野市兄妹殺人事件〉から二六年が過ぎた今、弥生の真実を知る者は絶無に近いでしょう」

「解りました九段課長。御多用のところ、雑談めいたことに付き合ってくれて有難う」

『いえ刑事部長。今後の報道対応上、〈一九九五年事件〉の情報整理は必要ですから。ただ重ねて、我が社では直接の担当以外、確たる捜査情報には触れられません。故に私が今御説明できることは、公刊情報レベルの内容に限られます。要は週刊誌レベルとほとんど変わりません。ですので刑事部長がお求めとあらば、保管庫をガサって一件記録を用意致します。そのときは御遠慮なく御下命ください』

「そう言ってくれると助かります。ではまた」

――刑事部長は警電の受話器を置いた。様々な感慨のこもった嘆息を吐く。

するとそのタイミングで、近傍の刑事部長連絡担当室に配置されている女性職員の一人が、開放されたままの扉をノックした。ちなみに警視庁刑事部長は役員たる警視監である。秘書業務等の連絡担当を務める職員も、まさか一人二人ではない。そして役員が電話中であるか不在であるか入室拒否中であるかは、役員動静一覧パネルで機械的・視覚的に把握できるようになっている。要は、刑事部長室の扉を今ノックした秘書嬢は、そのタイミングから分かるとおり、刑事部長の警電が終わるのをじりじり待っていたのであった。

「部長大変失礼いたします。実は今、急なお客様が……」

「――おや客？　確か今日の午前中、来客日程は無いはずだけど？」

「はい、ですので部長は所用で御対応できませんと繰り返し申し上げたのですが、その」

「いやいやいやいや、どうもすみませんな、部長……!!」

するとその『急なお客様なる者』が、むしろ秘書嬢を押し退（の）けるようにして、刑事部長室の荘（そう）厳（ごん）な絨毯（じゅうたん）を踏み荒らしてきた。大警視庁においては、断じて生ずべからざる椿事（ちんじ）である。いや民間企業においてもそうであろう。役員室に、アポ無しで、しかも承諾無くズカズカ入ってくるなどと。

そして、温厚ではあるがそこはキャリア。刑事部長は一瞬、近時まさか経験したことのない非礼に目を剝（む）き、その瞳を鋭く光らせたが……

「——ああ、なんだ後藤さんじゃないですか。

お客様だなんて、後藤さんまさかそんなお上品なものじゃないでしょうに、あっは」

「御無沙汰（ごぶさた）でした刑事部長……いやいや、そのうち『埼玉県警察本部長』あたりの辞令が？　それともあるいは『警察庁組織犯罪対策部長』とか？」

「また適当なことを。まだあと一年は警視庁で頑張りますよ私」

「まあ昔から、刑事部長は現場が大好きだから。特に、刑事部門の現場が」

「ま、ともかく後藤さん——」

刑事部長は執務卓を発ち、当該（とうがい）後藤なる者を、先刻（さっき）捜一課長が用いていた応接セットに導いた。無論、秘書嬢は珈琲（コーヒー）の準備のため急ぎ退室してゆく。五十路（いそじ）と見える不敵な眼鏡の不審者は、どうやら役員の、しかも古い馴染（なじ）みのようだ。おしぼりも付けなくては……

「その昔から、貴方（あなた）の夜討（よう）ち朝駆（あさが）けには泣かされたものですが……」刑事部長はソファに腰を落としながら微笑した。「……あの明朝（みんちょう）社の、しかも今や週刊明朝のデスクどころかノンフィクシヨン部門担当の取締役さんである貴方が、御自ら――しかもたかが警視庁の部長などに、いったい何の御用件です？」

「なら懐かしの若き日同様、率直に。

吉祥寺区の事件。そう仁科徹君の事件。

明朝社として警視庁に、確乎と仁義を切っておくべき事があります。すなわち――」

――五分後、当該後藤取締役は退室し。

刑事部長は、またもや叱責のため警電を採り、担当管理官のスマピーポを呼び出した。

（被疑少年の実態把握が、まるで、まるで、まるでできていない!!

そもそも仁科徹は依然完黙ではなかったか⁉　それがどうしてこんな話になる……⁉）

吉祥寺警察署・第1取調べ室

時は若干、遡る。

すなわち、箱﨑ひかり管理官が、仁科杏子を質問攻めにしていた頃。

またすなわち、今は激昂している刑事部長が、九段捜一課長と応接セットにいた頃。

――吉祥寺大学附属病院で逮捕状を執行し、被疑者・仁科徹を当署に同行してきた上原警部補・水鳥警部補らは、無論直ちに必要な逮捕手続を続行した。

それをシンプルに言えば――
①仁科徹に対し『どんな罪を犯したと疑われているのか？』『どんな行為をしたから逮捕されてしまったのか？』を説明するとともに、②仁科徹に対し『弁護人を頼む権利があるよ』『国選

弁護人を頼むときはこうだよ』『弁護人と会いたいならすぐ連絡するよ』と教え、そしてその上で、③仁科徹から本件についての数行の『弁解を聴く』。加えて、仁科徹が突発的に重要な供述をしそうなときは、実務上のテクニックとして、④『話したくないことは話さなくてもいいんだよ』と、供述拒否権——所謂黙秘権のことも告知してしまう。というのも、細かい話を措けば、その突発的なオハナシが弁解の範囲を超え、供述になってしまったら、④をしておかないとそれを証拠にできないからだ。なお、当初から供述を目指して話を聴くプロセスこそが世に言う『取調べ』である。取り敢えず今は違う。

——①②③そして時に④が、吉祥寺警察署における今般の、最初の最初の手続である。

無論全て、法令の命ずるところ。故に仁科徹に限らず、日本全国の被疑者に共通だ。

さてここで、①②④については仁科徹の協力を必要としない。①②④はいわば警察官の営業トークである。能書きは一方的に垂れればよいし、ましてその能書きの台本は、実は捜査書類そのものに印字されている。不動文字で、定型的に書式化されている。よって、①②④で問題が生ずるなど想像の埒外だ。

——ただし、③は違う。すなわち弁解を聴くこと——弁解録取は違う。

③はさかしまに、仁科徹の能書き、仁科徹のターンだ。

ここで、話はまだ弁解の段階。まさか供述ではないから、その能書きは、量的には三行四行で足りる。まして内容的には、『やったかやってないか』『弁護士はどうするか』そして時に『今の気持ち』『今の暮らし』だけで足りる。四〇字設定のワープロなら、二行ですむ情報量である。

またこの段階で、完全黙秘をする被疑者など稀。確信犯である極左なら別論、右の如き『やったかやってないか』等の内容は、九九％いや九九・九九％の被疑者が、手続の自然な流れとして——あたかも住民票の写しを請求するときに必要事項を記載するが如く——喋ってゆくものである。警察に反感を持つ者でも『俺はやってない!!』等々と怒るだろうし、冤罪被疑者であれば尚更『全く身に覚えがありません!!』等々と訴えるだろう。それらの者が『弁護士を呼べ!!』とくるのも、全く自然な流れである。ならまずこの段階で完全黙秘にはならない（なお極左が『やったかやってないか』についてすら完黙をするのは、絶讃戦争中である警察に、あらゆる情報の糸口を与えない為であり、それは戦闘行為の一環なのである）。

故に、一般論としても経験論としても、この弁解録取の段階から完全黙秘にはならない、はず、なのだが……

「おかしいよなあ」

——吉祥寺警察署、第1取調べ室。

スチールデスクを挟み、仁科徹と上原警部補が、一対一で向かい合っている。

室内奥側に座った仁科徹は、これまでの任意調べ同様、顔をずっと、確乎と伏せている。

飄々とした上原係長は、全く自然な笑みを浮かべつつ、それでいて確乎と仁科徹を見詰めている……

いや、見詰めているというのは正確でない。

この第1取調べ室には、警察官と被疑者の二名しかいないが、もし見物客がいたのなら、上原係長の視線が今何処に置かれているのか、自信を持って指摘するのは困難だったろう。

……上原係長は熟練の刑事で、また熟練の調べ官である。弁解録取ごときに動員するのが勿体ないほどの、熟練の調べ官。その瞳の醸し出す表情や陰翳は、時に複雑精緻な西陣織にもなれば、枯淡の境地にある水墨画にもなった。まして、上原の照準や標的が何処にあるかなど、知れたものではない。

もし見物客がいて、それが刑事であれば、その瞳の滲ませ方暈かし方に舌を巻いたろう。二六歳なる、恐いもの知らずの時季にいる箱﨑ひかり管理官とて、既に初対面の時点で、上原の瞳の懐深さに——縦深の底知れなさに、こっそり戦慄したほどだ。

「おかしいよなあ」

その上原は、Suicaを忘れたサラリーマンの様に、天気予報に騙されたOLの様に繰り返した。聴衆が一〇〇人いれば一〇〇人とも『あっ困った人だ助けてあげたい』と思う感じで。また、上原の牧歌的な笑顔。微妙に垂れ下がった眉と眦。まるでメトロと都営線の乗り継ぎが分からない、いや紙の切符の買い方が分からない、田舎のお婆ちゃんの如し。

「やっぱり、俺じゃ駄目かなあ」

——ここで、刑事一般の感覚としては、たかが弁解録取などに時間を費やしてはいられない。いよいよ逮捕した以上、厳しい時間制限も始まる。ただ上原係長ほどのベテランが、弁解録取書一枚作成できないというのは稀な事態だ。まして、実質的にはここ三日間、一日三時間ずつ、任意被疑者として付き合ってきた恋人でもある。

故に、そろそろ上原係長は仕掛けることにした。

瞳を暈かしたままで。牧歌的な笑顔と朴訥な口調のままで。

……ただそのおっさん臭さは、言うまでも無く仮面で演技である。上原は未だ四〇歳代半ば。

ましで箱崎ひかり管理官の前で、有能な猟犬としてハキハキと、キビキビと諸報告をしていたとおり、その性格は本来、緻密で詳細で、どちらかといえば鋭利だ。捜一の誇るエリート捜査員、といってよい。実際、今でこそ警部補だが、じき警部に昇任することも確実視されていれば、それどころか将来の捜一課長と目されているエース。上原の人懐っこさや人好きする態度は、ほとんどの被疑者がそれと見破れない、刑事的演技であった。といって、刑事は多かれ少なかれ自分の仮面を、それも複数枚使い分けられる仮面を持つもの。またそうでなければ、千差万別あるいは海千山千の被疑者を落とすことなど、まさかできるものではない。そもそもが、自分の犯した犯罪のことを喋々と自白したがる被疑者など皆無なのだから。その意味において刑事とは――特に調べ官とは、極めて特殊な営業職である。営業マンとしての技倆の無い方がおかしかろう。

とまれ、そろそろ上原係長は仕掛けることにした。

そして先ずは、様子見の勝負札から切ることにした。

「さっきさ、ザキさんに何か、怒ってたろ？」

「ああ、ザキさんってのは、あの葬式専門アイドルみたいな、そう管理官さんな」

「…………」

「徹君があれだけ怒るってなあ、この三日間の付き合いを考えりゃあ、尋常じゃねえよ」

「…………」

「まあ俺達としても、あの格好で、警視庁本部とか警察署を闊歩されるのはなあ……まあ実際、何でだか理由はよく分かんないんだけどな。何か気に障ったかい？」

「…………」

「ただ、おかしいよなあ。初対面のザキさんに、あれだけ感情を剝き出しにするってなあ」

「…………」

「ただ、もし気に障った、癪に障ったってんで無けりゃあ……

まあザキさん、徹君とは歳も近いしな。俺みたいなおっさんにゃあ言い辛いことも、そこは若者同士だ、何か言葉を衝突けてみたいことが、あるんかなあ」

「…………」

「もし、徹君がよかったら」上原は調べ官として心にも無いことを言った。「徹君のこと、ザキさんに担当してもらうから。何だったら、すぐ電話で呼び出してもいいぜ。俺としても、何が徹君の気持ちに触れたのか、何で初対面のザキさんにああまで食って掛かったのか、そりゃ理由が知りたいよ……

だって、あんなこと、この三日間で初めてだもんなあ。

でも俺としては、徹君の生の声が聴けて、実は滅茶苦茶嬉しかったけどな」

「…………」

「あんな風に、ザキさんになら、喋ってやってもいいって言うんなら――」

「…………」

上原係長は、極めて悠然としたリズムで言葉を紡いでいる。それは無論、刑事としての、また調べ官としての実績に富んでいたからだ。他の誰にも物言わせない、刑事としての実力を証明し続けてきたからだ。さもなくば、『少年一人カチ割れない』しかも『完黙までされている』刑事が、プロとしての恥や焦燥感を感じないはずもない。警察部内の相場観では、そんな仕事振りはぶっちゃけ警察署の駆け出し刑事レベル……いや無能な駆け出し刑事レベルでしかないのだから。

ただ――

上原ほどの玄人なら、まして既に被疑者と何時間も触れ合っている玄人なら、切るべき勝負札をもう幾枚も用意している。今箱崎管理官について喋ったのは、いわば前座の、しかもマクラで前口上だ。まさかここ一番の勝負を懸ける札ではない。無論、ここから雑談に入ってくれれば御の字だったが……

（それでも完黙。この三日間での観察どおり、意志は強いな。極めて頑固・強固だ。

とすればこのあたりで、あの〈悲しい瞳〉の説明をしてもらうことにするか――

――しかしそろそろ、宅配便が届く時間設定なんだがな）

ここで上原は、弁解録取書にただ『黙して語らず』とだけ記載した。またその署名指印欄も、『以上のとおり録取して読み聞かせたところ、黙して語らず、署名指印を拒否した』とのみ記載し、取り敢えず弁解録取のステージを終えた。

重ねて、特殊な営業マンたる刑事としては、これは恥だが……上原としては、刑事手続に問題がないのなら、こんなところで役にも立たぬプライドに執拗っている暇は無い。よって上原は、微妙に盛り上げを図ったテンションを、再び牧歌的な、農夫的なそれに引き下げた。そして微笑んだまま、人懐っこい嘆息混じりに、またもや繰り返した。

「おかしいよなあ」

……既に、様々な餌(えさ)は撒(ま)かれている。

故に、仁科徹が普通の少年だったなら、思わず、もう口に出してしまったはずだ――『何がおかしいんですか』『何ですかあの管理官』『別にあの人と話したい訳じゃ』云々(うんぬん)と。上原の語調・口調は、思わずそう答えたくなる陰翳(ニュアンス)を、計算し尽くしてのものだ。それに全く乗ってこない仁科徹は、成程(なるほど)頑固・強固といえた。そしてそれは、上原にあることを確信させてもいた。

「おかしいよなあ」

上原は茫洋(ぼうよう)とした雰囲気のまま、しかしその疑問が何を対象とするのか――ひかりには喋ったのに自分には喋らないという事なのか、それともまだ他に疑問があるのか、敢えて韜晦(とうかい)した感じのまま――いよいよ、逮捕手続の次のステージに移行した。

すなわち、所謂身上(いわゆるしんじょう)調書の作成であり、事実上、第一発目の取調べである。

そして事(こと)が取調べに移行すれば、今度は当然に、供述拒否権の告知が義務的となる。

「徹君、病院でも何度か言っているけどさ、自分が言いたくないことは言わなくてもいいからね。それは徹君の権利だ――ただ実際、この事件で生き残っているのは、徹君だけと言ってもいい。その徹君には、事件のこと、できるかぎり教えて欲しいとは思っているよ」

「…………………」

最初の取調べは、必ず身上(しんじょう)調書の作成――警察側で調書の形にする、被疑者の履歴書の作成である。そして、そこは役所のやること。調べ官が履歴書に記載すべき事項は、国家公安委員会規則でガッチリ決まっている。本籍、住居、職業、氏名、生年月日、年齢、出生地、位記(いき)、勲章(くんしょう)、年金、前科前歴、学歴、経歴、資産、家族、生活状態、交友関係、その他盛り沢山(もりだくさん)……

　そしてこの、身柄拘束後第一発目の調べでは、犯行当日の出来事を含む『犯行のあらまし』、そしてそれに対する『被疑者の認識』をも――悪いと思っているのかどうか等をも――身上調書に纏(まと)めてしまうのが一般である。すなわち、言い方はともかく、この段階で『ある程度、物語の外堀は埋められる』。

「出生地は、本籍地でよかったよな？」

「……………」

「位記だの勲章だのってのは、国から貰う賞状みたいなもんだけど」

「……………」

　盛り沢山の義務的な質問を経て、上原係長の問い掛けは事件そのものにも及ぶ。

「家から火が出たあの夜さ、徹君はいったい、朝から何をしていたんだい？」

「……………」

「でも、おかしいよなあ」

　――仁科徹は、盛り沢山の身上関係について全て黙秘した。まして犯行のあらましなど、一言も物語る様子がない。引き続き、顔を深く伏せたまま。だから、上原係長とは一切視線を交わさないまま……その立派な黙秘態度は、まるで、上原係長もここ第1取調べ室も、一切合切(いっさいがっさい)その瞳に映っていないかの様(よう)にも思われた。そうまるで、自分がこの世界でたった一人の、あるいはたった一つの物体であるかの様(よう)に。

　そしてその黙秘態度は、上原が既に判断を終えていたあることを、更に強く確信させもした。

　すなわち。

（この少年は、自分を守っているんじゃない）

――そもそも自分を守るのに、完黙などあり得ない。

例えば本籍・住居・職業・氏名・年齢といったものは、そもそも黙秘しても意味が無い。警察がそんなもの数分単位で割ることなど、一七歳の少年でも分かる。また位記勲章の類など『ない』の一言に決まっているし、学歴や家族も――既に母親が取り調べられている訳だから――これまた黙秘する意味が無い。

もっといえば。

もし『自分を守る』戦術を徹底しようとするなら、それこそ死人に口無し。事実上の生き残りが自分独りである今、雄弁に、徹底した自己弁護をこそ開始してしかるべきなのである。仮に、『黙秘は反省していないと判断されて後々不利になるかも』などという小洒落た理屈は知らないとしても、『キチンと説明して反省の言葉を述べれば有利になる』ことくらいは直感的に解るはず。まして、『具体的な言い訳の仕方によってはもっと有利になる』ということも。重ねて、事実上の生き残りは自分独りなのだから。

（それがどうだ。まるでガチガチの鎧を着込んだ様に、まるで自分から望んで猿轡をした様に、そうだ、自分から一切の情報が漏れるのを恐れているということは――

この少年は、自分を守っているんじゃない）

それが解らぬほど、上原は小僧っ子ではなかった。

そしてその判断は、身上調書についても完黙を貫き通されたことで強固になり確定した。

しかし、だ……

（被害者は死んだ。加害者仲間もほぼ全滅。成程、生死の境を彷徨っている奴が一名いるが……その生存確率は五％未満。なら常識的には、それらを守るも何も無いはずだ）

あと考えられるのは、養親である仁科親一・仁科杏子夫妻への負い目だが……特に、仁科親一が重病であることを踏まえれば……だがしかし。

（ただそのような良い子なら、むしろ養親に心配を掛けまいと、必要以上の弁明をするはずだ。少なくとも病院で見たとおり、仁科杏子にあれだけぶっきら棒な態度をとることは、これまた常識的には無いはずだ）

　子が警察と徹底抗戦している様を見て、親がどれだけ動揺し悲しむか、それが解らん歳でもないだろう……いや、ここまで意志堅固に黙秘している以上、そして上原の『言葉の撒き餌』にも一切引っ掛かってこない以上、仁科徹の地頭はかなりのスグレモノ。それは、本人の学歴あるいは受験歴によっても証明されているが――とまれ仁科徹は、養親の感情も警察の出方も、全て分析し理解できる地頭を持っているはずである。まさか無思慮で無鉄砲な、反抗のための反抗をする、素直な非行少年ではない。それはあり得ない。

（いやそんな奴だったら、俺は調べ官を下りるさ。つまらん役人仕事になるだけだからな）

　仁科徹は、外界の事情を全て踏まえて、それでもなお完全黙秘なる、自分を守るには極めて非合理な戦術を採っている。そう、堅固な堤防のわずか一角でも崩れれば、自分の大切なものが全てガラガラと崩れ落ちてしまう、そんな恐怖と覚悟すら感じさせるレベルで。

（とすれば、だ――

自分を守る気の無いこの被疑少年は、一体何を守っているのか？　一体何を守るつもりなのか？）

どうしても仁科徹が言いたくない、それ。

それをどうしてもカチ割るのが、捜一(ソウイチ)の調べ官たる上原の本懐(ほんかい)である。

因果な仕事といえばそうだが、自分は国家の猟犬であり、被害者の猟犬なのだから……

……熟練の調べ官であり猟犬である上原には、解っていた。人には、あるいは人の心には〈要(かなめ)〉がある。どれだけ堅固な鎧を身に着けようと、どれだけ堅固な堤防で心を取り巻こうと。人もその心も、たった一点、そうたった一点、ほんのわずかな鑿(のみ)の一撃で、全面崩壊に至る要(かなめ)を持つ。そこを突かれれば全面降伏に至る要(かなめ)を持つ。まさにダイヤモンドと一緒だ。他のあらゆる攻撃には無敵だが、職人が見分けたその要(かなめ)の一点を穿(うが)たれれば、嘘のようにあざやかに割れ、四散する。その要(かなめ)に鑿(のみ)を突き立てるのが上原の本務だ。

（ただ……聴取四日目にして、身柄拘束初日の今。

仁科徹のその要(かなめ)が何なのか、まだ俺には見えて来ない……せめて雑談ができればな）

故に上原係長はまたもや仕掛けていた。というのも——

コンコン。

ほぼ上原が望むタイミングで、第1取調べ室の扉がノックされたからだ。

そしてノックの主は、小声で上原に伺(うかが)いを立てる——調べ室は、調べ官の聖域だ。

そう、今は上原の聖域。補助官すらいない。上原は補助官を好まないし、今欲してもいない。

その聖域に闖入者(ちんにゅうしゃ)があるとすれば、それは上原の仕掛け、仕込みでしかない。

「……上原係長、今よろしいですか？」

「オウ、宅配便の荷かい？」

「はい、係長」ノックの主である、捜本の、捜一の巡査部長はいった。無論上原とは馴染みも馴染みである。上原のやり方も熟知している。故に、余計な情報は一切語らない。もし何かを語るとすれば、それも上原の意図的な仕込みだ――「検証班の、下北係長からの荷です。検証班いわく、確かに極めて不可解なので、引き続き徹底した捜査に努めるとのことでした――あと、こちらは和光主任官からのメモです、確認願います」

「ありがとよ。宅配の荷は、俺が責任を持って下北先輩に返す……退がっていい」

「了解」

――捜一の巡査部長が、猫のように機敏に退室する。重ねて、調べ室は調べ官の聖域だ。

上原は、まるで舞台の雰囲気が元に戻るのを待つように、その荷を半ば掌中に収めたまま、飄々と端末なり書式なり備忘録なりを脇に除けた。そしてスチールデスクの上に道を作ると、スッと自分の右手を掲げながら、小さな、透明な証拠品袋を仁科徹の眼前に翳す……

じっくりと翳される、小さな証拠品袋。

正確には、それに在中する小さな金属片。

無論、完黙中の仁科徹はといえば、その挙動にも金属片にも見向きもせず、深く顔を伏せたままだったが……

「おかしいよなあ……この鍵」

この台詞の変調は、抑揚といい間といいアクセントといい、見事としか言い様がなかった。上原がおかしいよなあ、を執拗に繰り返していたのは、まさにこの瞬間の為ではなかったかと思わせるほど——それは、当の上原にしか解らぬことではあったが。とまれ実際、ここで仁科徹の鎧(よろい)は軋(きし)みを立ててガチャついた。まさかその要(かなめ)を鑿(のみ)で穿(うが)たれた訳ではなかったが、鉄壁のガードはあからさまに崩された。

この鍵。

上原のその言葉に、仁科徹は深く伏せたままの顔を、反射的に、そう思わずといった形で上げさせられてしまう、釣り上げられてしまう——そして仁科徹の視線は、まるで小さな証拠品袋を摘(つ)まみ上げた上原の見えない糸に引かれるかの様(よう)に、斜め上方に固定されてしまう。無論、その証拠品袋の中の金属片を、まじまじと視認(しにん)する形になる。

「刑事が現場から掘り起こした、ほら鍵さ、この形。

あんな激しい炎に焙(あぶ)られて、かなり溶けちゃってはいるが。ただそのサイズと、ちょっとした検証からして——そう、市松由香里さんが掛けられていた手錠の鍵だと思うんだが。

どうだい徹君、それで間違い無いかい？」

「それは、ど……」

——しかしここで仁科徹は正気に帰った。急いで、いやむしろ激しく、再び元の姿勢に戻ってしまう。すなわち深く顔を伏せ、外界とのコミュニケーションを全て絶ってしまう。無論上原は引き続き、その伏せた顔の下にまでするりと証拠品袋を滑(すべ)らせ、無理矢理その溶けた鍵を見続けさせる。

というのも、上原には確信があったからだ。

要(かなめ)とまではゆかないが、要(かなめ)にまで自分を導いてくれるもの。少なくともその一つ。それは

〈鍵〉だと。それはあの吉祥寺大学附属病院の入院個室における、箱崎ひかりの台詞から解ったことだ。仁科徹の肩を激しく動かし、その生の感情を剥き出しにさせた台詞。『上原係長、当該面談室だけれど、まさか鍵は掛からないわね？』——その文章のうち、どう考えても本件事件において意味がある単語は〈鍵〉である。

　だから上原は、調べ室に入る前にその仕込みを終えていた。どうせ弁録は『黙して語らず』。なら身上調書も作成できやしない。するとその時間は、要の見極めに使うのがベスト。そして実際、上原はどうしても確認したかったものを確認できた。すなわち——

（病室のときと一緒だ。なんてえ悲しい瞳をしやがる……まだ一七歳の子供がだ）

　そしてそれは当然、病室のときと一緒で、〈鍵〉なるモノへの反応である。

　ただこの瞳は。この少年は。

（……ああ、七年ほど前の、練馬の一家心中を思い出すなあ。あれもやっぱり、放火だった。被疑者は主婦。旦那も旦那の親も、まして子供二人も殺して、ただ独り大火傷しながら救い出されちまった母親の……あの瞳とそっくりだ。あの被疑者は、確か当時四八歳だったか。アル中の旦那の浮気に、家庭内暴力。義母の辛い介護に、夜勤のパート。思わず手を出しちまった闇金。中年の俺には解りすぎる、人生の苦みって奴がギッシリ詰まった事件だったが……この仁科徹の瞳はなんとまあ、あの被疑者の瞳に瓜二つだ）

　一七歳の被疑少年にそんな瞳をさせる、その理由は何なのか。

　——取り敢えずその糸口は確認できた。それは無論〈鍵〉だ。

　まして今、完黙状態を破り、仁科徹が口走ったその言葉。その言葉の、断片。

それは、ど……

（それは、どうして……）いいや。上原は心中、首を振った。（……それは、どこで）

――文脈としては、後者の方が素直だ。

どうして、という理由を訊く意味なり対象なりは、パッと思い浮かばない。

どうして『見付かった』のかも、どうして『警察が持っている』のかも、余りにも当然過ぎて、今の切実な疑問としてはふさわしくない。

（なら決め打ちにはなるが、仁科徹の疑問はどこで、だ。

『それは、どこで』――すなわち『鍵は、何処（どこ）で』となる）

……ただそれも、仁科徹の立場に立ってみるなら、疑問としては余りにも当然過ぎる。仁科徹らは、燃えたセカンドリビングに市松由香里を監禁していた。その戒具（かいぐ）として手錠を用いていた。なら、その鍵が現場から発見されるのは、仁科徹の立場に立ってみるなら当然の事理（じり）だろう。でも今の疑問文は、どう考えても『それは、どこで』の方が自然だ。

まして〈鍵〉に対する、仁科徹の異様なまでに敏感な態度……

（要（かなめ）に近い。鍵に纏（まつ）わる物語を割るのは、仁科徹の鎧（よろい）を砕く一丁目一番地だ）

……この少年は、その鎧で、何を其処（そこ）まで守っているのか？

この〈鍵〉はまさに、その謎の扉を開いてくれるかも知れない。

――故に上原はアクセルを踏んだ。いよいよ、真打ちの勝負札を切り始めた。

それもまた、『おかしいよなあ』のあの単純で執拗（しつよう）な繰り返しが、ひょっとしたら緻密（ちみつ）な作戦によるものではなかったか――とすら思わせるものだった。成程（なるほど）捜一の警部補など、並大抵の刑事では務まらない……

　とまれ、上原は茫洋と続けた。

「だって、おかしいよなあ。

　こんな小さな、こんな小さな手錠の鍵だって燃え残ってるんだもんなあ……

　だったらさ。

　現場から、もっともっと大きい南京錠の鍵がまるで出てこないってのは、こりゃあ辻褄が合わないよなあ……南京錠の鍵の方が、でかいもんなあ……」

「……南京錠」

「そうなんだなあ、南京錠……」まさか畳み掛けはしない。上原はそんななまやさしい刑事ではない。「……実はこれさあ、徹君と話し始めてから俺、ずうっと気になってて。同僚の刑事に必死に頼んで、『とにかく鍵だ、とにかく鍵を捜し出してくれ』って言ってたんだけどね」

「……どうして」

「だってそりゃあ……その南京錠が開かなかったからこそ、徹君たちは、セカンドリビングの扉をブチ破らざるを得なかったんだろう？　室内の棒とかでさ、こう、ドンドンバンバン、ドンドンバンバンと。

　ということは、南京錠の鍵が、見当たらなかったたってことだろう？」

「…………………」

「確か、セカンドリビングの扉はさ、そう……内側から鍵を掛けてあったんだろう？　なら、南京錠の鍵もさ、セカンドリビングにあるはずだよ。ましてだよ、繰り返しみたいで悪いんだけどさ、ホラ……こんな小さな手錠の鍵だって溶けずに燃え残るんだ。だったら、もっと大きい南京錠の鍵が燃え残らない訳、ないよなあ……

俺刑事だからさ、火事の捜査とか、結構やらされるんだわ。そして意外にもね、ライターのバネや歯車なんてそのまま残るんだ。結構そのまま。それがなあ……南京錠の鍵なんてものが、消え失せるだなんてなあ……いや、例の葬式専門アイドル管理官ね、あれで無茶苦茶厳しい上官だからさ。俺、この疑問が解決できないと左遷かなあ。降格処分かも知れないなあ」

「……関係ないじゃないですか」

「えっ、ていうと……」

「南京錠なんて事件に関係ないです」

「俺もそうは思いたいんだけど……でも刑事ってのは、できるだけ現場の状況を再現するのが仕事でさ。

いや、もっと正直に言うよ。

これだけの人が焼け死んだってことは、最悪、『誰かがそう仕組んだんだ』って考える刑事が出てきても不思議じゃないだろ？　だったらさ、考え方としてはさ、『誰かが故意と鍵を隠した』――なんて物語も考えられるだろ？

そうでないならそうでなくていい。そうでないならそう言ってくれればいい。

俺はまずそれを信じるし、それで今の疑問や矛盾が解決できるか、前向きに考えるよ。

だけど今、ちょっと不思議な疑問や矛盾があって、今の所、それに何の説明も付けられない。ならそれは俺の宿題だ。まさか放ってはおけない。そしてその宿題を解決するには、どうしても徹君の協力がいるんだ」

——上原の話は、ホント半分ウソ半分であった。確かに現場の施錠状況を——当然鍵の在処も含め——解明することは必要であり義務であり任務だ。ただそれは検証班の物理的な課題であって、正直、上原としては其方にお任せ状態である。だから上原自身がどうしても解明したいのは、『何故、仁科徹が〈鍵〉なるキーワードに過敏に反応するのか？』という心理的な課題であった。鍵に関する物理的な物語は、少なくとも今の上原にとって会話促進剤に過ぎない。そして事実、この会話促進剤によって、三日以上も完黙状態を貫いていた仁科徹は、一言また一言と、上原にしてみれば襤褸を出しつつある。

故に、既に身上調書の作成を諦めていた上原は、その態度全てで仁科徹を傾聴した。その醸し出す傾聴の姿勢は、人懐っこい相槌と相俟って、更に仁科徹を語らせてゆく——

「ああ、南京錠の鍵……いったい何処に行ったんだろうなあ、おかしいよなあ」

「どろどろに溶けたか、いろんなバタバタで蹴り飛ばされたか……」

「……すると現場には無いのかなあ？」

「無くても、どうでもいいじゃないですか」

「ていうと……」

「だから、手錠の鍵も南京錠の鍵も、事件に全然関係ないじゃないですか」

「でもそれ、徹君たちが、あのセカンドリビングで使ってたんだろう？」

「そうですけど……そんなもの事件に関係ないです」

「手錠の鍵も、南京錠の鍵も？」

「……どうでもいいでしょう」

「誰かが隠したとか、知らない内に失くしたとか……」

「かも知れないです。今は覚えてませんけど」

「そうしたらさ。徹君が手錠の鍵と、南京錠の鍵を最後に見たのは……」

……この質問以降、そう話が事件の具体的な内容に及ぶと、仁科徹は再び深く顔を伏せ、すなわち鎧を纏い直し、堤防を塗り固め始めた。そのまま小一時間、上原のどのような質問にも答えようとしなかった。無論、雑談にも応じない。

しかし、最後に顔を思いっ切り伏せた刹那の、その瞳……

そこには、上原が観察するに、意外さと悔しさとが入り混じっていた。

言うはずなかったのに、という意外さと、言うべきでなかったのに、という悔しさが。

（——一丁目一番地一号としては、まあ上々だ）

仁科徹が悔しがるとおり、あるいはそれ以上に、上原としては手札を増やした。

——すなわち、鍵は本件事件において死活的な意味を持つ。

完黙状態だった仁科徹が、どうしても『どうでもいい』『事件に関係ない』と繰り返さざるを得ないほどに、死活的な意味を持つ。そしてそれは、誰かが隠したとか失くしたとか、そうした陳腐な物語ではない。何故と言って、その程度の物語なら、仁科徹としてもアッサリ認めるに吝かではないからだ。その程度なら実際、『かも知れないです』とは答えているのだから。いやそうではない。断じてそうではない。それ以上の、仁科徹としては絶対に事件との関係を知られたくない物語が、鍵にはある。

（といって、その物語が如何なるモノか、まだ俺には想像すらできないんだがな）

――仁科徹がまた完黙状態に入って、小一時間後。

上原はさりげなく、備忘録に挟んであった、和光主任官からの先のメモを見遣った。そして判断した。

（じき昼飯時。ならいったん、身柄は留置に返さないと）まして当該メモに記載された、ちょっとした特殊事情――（おや、この弁護士先生、逮捕直後に接見に来るなんて熱心だな。その意味でも潮時だ）

――どのみちこの御時世、先様がそう望むなら、弁護人との早期接見は世の習い。

取調べ中に応じる義務は無いが、義務が無いだけで、取調べを中断する例とて数多ある。

また弁護士先生とて、自営業として実に御多忙だ。警察署までお出ましになったとして、一時間も接見すればマトモな方。まさか二時間三時間に及ぶわけでなし。またまさか、手続がバタバタする最初の三日間、すべて日参するはずもなし――民事事件をどれだけ食って、どれだけそこで利益を出すかがノーマルな弁護士の経営手腕である。だから結局、『起訴までの二〇日に、まあ三日も来ればマトモな方』という相場観になる。

また依頼をする家族とて、税理士先生に頼んで確定申告をやってもらったり、司法書士先生に頼んで登記手続をやってもらったりするのと同様、相談料がこうで基本料金がこうで二回目以降の接見がこうで交通費がこうで検察との協議となるとこうで……といった『メニュー』に従い、いきなりの、思いがけない額の負担を強いられる。

そんなこんなの経済原理で、令和三年のこの御時世、ドラマや映画で観るような、警察と弁護人との丁々発止の遣り取りなどまず生じない。実際、所謂カツ丼どころか珈琲一杯すら調べ室では出さない――利益供与の自白誘導だと難癖を付けられるから自主規制する――時代である。警察の側も、七〇年近く実務が積み重なれば、弁護士先生からの自衛方策など、辞書が数冊できるほど編み出している。上原が飯時にわざわざ被疑者の身柄を留置に返すのも、実はその一環だ。

（しかし、このメモに記載された弁護士先生……母親の、仁科杏子が私選した弁護士先生。どうして、なかなかの有名所だ。業界の千両役者。東京の弁護士会でも既に重鎮。いや、まだ現役だというのが微妙に驚きではあるが……ただ弁護士に定年は無いからな）

当該弁護士は、どちらかといえば民事の大家で、交通事故・医療過誤・労働問題等々で損害賠償を勝ち獲る第一人者であったが……上原が警察官を拝命したての頃は、刑事事件でもかなりの誠実さと粘り腰とで鳴らした辣腕家であった。警察が、無論自業自得とは言え、当該先生に苦汁を舐めさせられたことも、かつては少なくなかった。ただ上原が階級を上げてゆくに連れ、すなわち時代を経るに連れ、その名を聴くことも無くなり……

（俺が記憶する限り、こんな大規模で特殊な刑事事件の弁護だなんて、実に久々の話だ。また……やはり微妙に驚きなのは、あの仁科杏子。こんな大先生に伝手があるとは）

仁科徹の父親・親一は公務員、しかも近時は非常勤の公務員である。自分の身に置き換えて考えてみても、イザというとき頼りになる弁護士先生、まして業界の重鎮先生など持たないはずだが……とはいえ、仁科家はかつて不労所得で裕福でもあれば、そう、『仁科徹の特別養子縁組』で裁判所の世話になったこともある。なら弁護士が入り用で、しかもその時分は金に糸目など付けなかったろう。重鎮先生との御縁は、そのときのものか……

(ただこの先生であれば、所謂無罪請負人の如き、対警察全面戦争など論外だろう。これまた俺が記憶する限り、警察がこの先生に負けた事例は、全部が全部、救いようのない手続的出鱈目をやったその報いのはずだから……)

すなわち、この先生にイデオロギー的な色は無いはず。

まして、仁科杏子の現在までの態度等から、まさか完全無罪など主張はしないだろう。

(いやそもそも、客観証拠の状況からして、そんな主張を肯んじる弁護士などいやしない)

――とはいえ、『だろう』『はずだ』で終わらせないのが良い刑事の気風である。

故に上原は備忘録に、当該弁護士と仁科家の関係を確認すべき旨、また当該弁護士の近況を確認すべき旨、隠語だらけのメモを記した後――またもや飄々と仁科徹にいった。

「よっしゃ、飯にしようか!!

お母さんが気を遣ってくれた、いい弁護士先生もちょうど会いに来てくれているし。

――弁護士先生ともよく相談して、今後、徹君がどうするかをよく考えてみてくれ」

「…………………」

(この種事件の弁護の王道は、どう考えても『反省と改悛と賠償』でしかない。その大前提は『自白と謝罪』だ――それすら解らん、イデオロギーの押し売りをするハイエナ弁護士であれば、その名前だけで、和光サンにも俺にもピンと来るものがあるはずだ。

なら、この重鎮先生が警察と揉め事を起こすはずもなし。

むしろ仁科家と御縁があったというのなら、俺以上に、仁科徹を説得してくれるかも知れん。

さして期待はしないが、さりとて接見後、まるで態度が変わらないとも思えん――）

それは予断だったが、経験論と常識論からすれば、まあ必然的な予断ではあった。

故に上原は、昼食後・接見後の衝撃をまるで予期せず、ひらりと挨拶をし調べを締めた。

「じゃあ徹君、また午後な」

「…………………………」

第3章

吉祥寺区井の頭六丁目地内・仁科邸周辺

上原係長が取調べをいったん締めた、ほぼ同時刻。

犯行現場、仁科邸。

仁科邸周辺は、言葉を選ばなければ狂宴の最中にあった。

その理由は、最早語るに及ばないが……

――被疑者が逮捕されたこと。

その被疑者は少年であること。

まして非行少年グループの一員であること。

取り敢えずの被疑事実は監禁でも、その監禁被害者は女子少年であること。

今後の被疑事実は監禁に留まらず、傷害、略取、脅迫、強要、強制わいせつ、強制性交等々と多岐にわたること。まして、捜査の推移によっては放火・殺人ともなり得ること。

加うるに、『捜査関係者』その他がチラホラ漏らす、極悪非道なその犯行態様……

それで報道が過熱しない方が面妖しいだろう。

既に仁科徹の逮捕以前から、そう仁科邸で火災が発生したその未明から、新聞・TV・雑誌その他の報道関係者が、いきなり一〇〇名規模で仁科邸に押し掛けてはいたが――ちなみに今般の事件だとこれは捜本の体制よりデカい――その熱気と勢いは、四日が過ぎてなお衰えることを知らない。いやますます派手に燃え猛っている。

現場たる仁科邸は……

そこは日本警察の長兄・大警視庁のやること。まるでマンションの大規模修繕の如く、外周に足場までガッチリ組まれた上、問題の二階部分を含め、ぐるりとカンバスの様な厚手のシートで覆い隠されている。今日この日も絶讃検証中である仁科邸内外の様子を、外から窺い知ることは全くできない。また現場は、中の上程度の閑静な住宅地である。まさか一〇〇名規模のお祭り騒ぎができる会場ではない。よって所轄警察署の吉祥寺署としても、交番部門の警察官や交通部門の警察官を動員できるだけ動員し、ロープ、テープ等で所要の規制線を張った上、あの赤いカラーコーンとあの黒黄のコーンバーで、所要の封じ込め区画を設けてはいたのだが……

実際上、封じ込められているのは警察関係者であり、また仁科邸の側であった。

――周囲に濫立するアルミの脚立。二段のもの、三段のもの、四段のもの、五段のもの……箱崎ひかりの背丈より大きなものもある。それがまるで、歪な銀の木立か、迷宮のようなジャングルジムになっている。現場のお祭り騒ぎを反映してか、蹴飛ばされているものも引っ繰り返っているものもある。そしてそこには無論、指折り数えるのがバカバカしくなるほどのカメラマンにＴＶカメラマンがいる。黒山の人集りとはよく言ったもので、無数のカメラ群と密集したヒトの頭が、わらわらと生きた黒い森になっている。その黒い森は、捜本の作業服姿や現場鑑識活動服姿が仁科邸を出入りする都度、わあっと黒い海月の群れのようになる。大きく蠢いては派手なシャッター音を響かせフラッシュを焚き、またTVカメラを右へ左へと跳躍・躍動させる。当然、レポーターの類にも事欠かない。

「あっ今、現場から捜査員が出てきました。段ボールの荷物を運びながら――」

「現場では連日、夜を徹しての鑑識作業が行われているところ――」

「あのシートの向こう、二階リビングが問題の監禁現場とみられ――」

「一七歳の少年らによる、前代未聞の凶悪犯罪に、地域住民の不安の声も――」

すさまじいシャッター音を鉦と太鼓の効果音として、レポーターの類の現場中継はいよいよ絶叫調を強めてゆく。成程、地域における凶悪犯罪に地域住民の不安が掻き立てられているのは事実だろうが、少なくとも今現在、火に油を注いでいるのは、そうした絶叫調であり効果音の方であった。

――そして無論それればかりではない。

駐車場ならまだしも、ほんのちょっとした空き地を見出しては、情容赦なさそうなメディアの中継車が、幾台も幾台も布陣している。フラッシュやライトと相俟って、夜はTDRの如くさぞ煌びやかであろう。当然、社旗を掲げた新聞社のハイヤーも数多いる。

――既に、近隣住民はスーパーやコンビニにさえ行ける状態ではないのだが……それでも何かの用事の際、やむを得ず家から出れば、獰猛な蜂が蜜に群がる勢いで、メディア人士がわっと押し寄せる。いや既に獰猛な蜂どころか、ヒトから成る波濤だ。そしてたちまちヒトの波濤で地域住民を揉みくちゃにしながら、またマイクやレコーダやスマホを突き出しながら、『地域住民の不安の声』『凶悪犯罪に憤る市民の声』『容疑者を以前から知る誰某さんの声』を、著しく誘導的で無理矢理な形で、どうにか引き出そうと大騒ぎ。

　要は、犯罪加害者の家とその周辺は、今や誰の人権も保障されない無法地帯である。

　加害者家族らの人権は言うに及ばない。事態の原因者であり最大の獲物である。また祭りで日常生活が脅かされる地域住民も、仁科邸の検証が終わるまでは……はたまた送致・勾留・起訴といった物日が終わるまでは、まるで灯火管制下のような耐乏生活を強いられる。また無論、日に夜を継ぎ、休日返上で現場活動をする警察官にそもそも人権は無い。まして、そもそも一〇〇名規模のメディア人士にすら人権は無い——彼等彼女等も生活を賭した、懸命で苛烈な生存競争の内にある。他社よりも早く。他社よりも多く。他社の知らないことを。それが終局の所、自分と自分の家族の飯のタネだ。そして実際、常識人ぶって眉を顰めながら報道ショウを食い入るように魅入る人種が絶滅しない限り……絶対に絶滅しないだろうが……彼等彼女等が望むと望まざるとにかかわらず、生活のための生存競争を止める訳にはゆかないだろう。我が国憲法の基本的考え方としては、メディアは国民の基本的人権に——国民の知る権利に奉仕するものである。その国民が人品怪しげな芸能人コメンテーターの御高説に一喜一憂する日々を続ける限り、それこそが国民の期待にして知る権利の行使。国民の側も、したり顔で単純にマスゴミ、マスゴミと非難できた立場ではないはずだ。

　まして。

　取り敢えず二三日後の起訴をもって事件報道が一段落したとしても、加害者家族と地域住民の受難はまさか一段落しない。踏み荒らされた現場周辺に、祭りの後のゴミの山。遠巻きにしていた他町内の皆様の、心無い噂話。

――そうしたいわば余韻に加え、直接的打撃もある。加害者家族にも、地域住民にも。今でこそ警察が現場活動中ゆえ封圧できているが、いよいよ警察が撤収したなら、今度は自称正義の味方らによる、各種嫌がらせを覚悟しなければならない。

仁科邸は夜が明けたら明けた都度、『鬼畜』『人殺し一家』『死んでわびろ』『レイプ魔の親』等々、言うを憚るペンキやスプレーの落書きだらけになっているだろうし、誹謗中傷ビラというなら当然のごとく大量かつ執拗に撒かれる。近場に適当な奴があるなら投石もあるし、近場に燃える物があるのなら放火・不審火の虞とて……過去の数多の実例からして……充二分にある。

加害者家族には『自殺用』として、ロープや針金が玄関前にプレゼントされることもある。自動車自転車の類など、車輪や外表を始め、まさか無事では済まない。謎の尾行をされることも、いきなり全速力で追い掛けられることも、駅のホームで体当たりされることもあるだろう。ピンポンダッシュをされることも、公道で突然『人殺し!!』と叫ばれることも、はたまた無断で高飛車な動画撮影をされることもあるだろう。

またそうした正義の制裁の対象は、仁科邸の加害者家族に限られない。

遠方の親類縁者友人を含め、二、三分置きの悪戯電話、脅迫電話、誹謗中傷電話、ガチャ切りの被害には事欠かないはずだ。あと職場への攻撃もよく利く。日に一〇〇件も『人殺し!!』『辞めさせろ!!』『クビにしろ!!』『監督責任は!!』などと絶叫する電話が架かってくれば、本来業務など打ち止めだ。職場の上司・同僚・部下とて、『残念な子を持ったお気の毒な親』なんぞに、やがて同情しきれなくなる。勤め人本人もいたたまれなくなる。そしてこのネット時代、『正義の電話』なら一日一〇〇件どころか一日三、〇〇〇件を実現するのも何ら難しくない……あるいは一日三万件も（そのときは、ハードの都合で繋がらなくなるだろうが）。今時レトロな『紙の手紙』とて、御親切にも香典袋等と一緒に、たちまち段ボールを埋めてゆける量になる。ましてそうした攻撃は何も職場関係に限ったことでなし。個人情報さえ入手できるなら、親類縁者友人どころか、仁科家の者と口を利いたこともない御町内の皆様までが、間接・直接入り混じった、多様で異様な攻撃にさらされかねない。またそんな惨状となれば、御町内の皆様とて、仁科家をいよいよ容赦しなくなる。間接・直接入り混じった、攻撃者の側に回るかも知れない……

要は、加害者家族は、遅かれ早かれ、村八分となり家を処分して夜逃げする以外にない。

――そして今、穏やかな春の真昼時に響く、ヘリコプター複数機の爆音。

バラバラバラバラバラ――バラバラバラバラバラ――

「あっすいません、御近所の方ですか。あのお家と普段のお付き合いは!?」

「少年の子について、御存知のことがあれば。普段の様子はどうでしたか!?」

「あのお家が非行少年グループの溜まり場だと聴いて、どう思いましたか!?」

バラバラバラバラバラ――バラバラバラバラバラ――

バシャバシャバシャバシャ。バシャ。バシャバシャバシャバシャバシャ。

首都高速４号新宿線・三宅坂ＪＣＴ近傍

同時刻、捜一管理官車内。

故あって、吉祥寺から東池袋あたりに向かう、箱﨑ひかり警視の管理官車内。

——いちおう管理職として、後部座席に座す箱崎ひかり。似合わないことこの上ないが。

さてそのひかりは。

嘆息とともに視聴していた〈警電公用多機能携帯電子計算機〉——所謂タブピーポの映し出す当該リアルタイム動画から、いったん目を離した。軽く目蓋を押さえる。

（直截に言って、地獄絵図ね）

仮初めにも捜査一課の管理官として、これまで幾度か経験してきた事態ではあるが……『複数少年』『非行グループ』『監禁』『性的虐待』『放火』『殺人』等々といった陰惨な役の揃った事件は、ひかりとしては初体験である。かつてひかりの名を上げた〈東京メトロ湾岸線連続殺人〉とて、これだけメディアを狂喜させる要素を胎んではいなかった。

（無論、加害者には加害者の、そして加害者家族には加害者家族の責任があるけれど）ひかりは思った。（それにしても、この集団過熱取材なる現象。要は私刑にも思えるが……成程ここは『世間と空気』を何よりも尊ぶ日本だ。『世間と空気』を騒がせた者に明日は無い）

……そのひかりの慨嘆を知ってか知らずか、仁科邸周辺の生中継を行っていたタブピーポから、聴き慣れた声がした。ひかりが思うに、若干疲労の色が濃い。まあ無理も無い。

「——どうだい御嬢、仁科邸の現状、こんな所でいいか？」

「ありがとう下北係長。現場活動で多忙な折、余計な仕事を頼んで悪かった」

「ああ実に、まったくもって、超絶的に多忙ではあるが……」

仁科邸の二階部分、カンバスだのシートだので覆い隠されたその中から、秘匿カメラ等で現場周辺の撮影を行ってくれていた下北がいった。無論、ひかりと和光主任官が切り盛りする捜本において、調べ官たる上原警部補と双璧を成す、検証班の下北警部補である。

「……そしてあと二週間は解放されないが、ただ御嬢、ガラクタ処理班としては嬉しい事もあった。というのも、上原も御嬢もこぞって、あれ捜せこれ捜せとまあ喧騒いんでな。火事現場の宝探しにゃ慣れてるが、ピンポイントでブツを指定されるとそりゃ焦燥るぜ」

「あら。上原係長御執心のブツは押収できたの？」

「いやそっちは全然だ。あんな大きさのブツ、発見できないはずも無いんだがな……

だから俺が嬉しがっているのは、むしろ御嬢御執心のブツが、それも複数、押収できたからだ。放火事案ではちょっと珍しい御注文だったたし、着衣から離れた形で存在しているってのも奇妙な状態だとは思うが――どのみち、御執心で御注文のブツには違いない。

――しかし、ホックねえ。ボタンねえ。ましてオスカンだのメスカンだの、スナップだの。

ま、女ならではの着眼点だな。俺だったら構造どころか、何が燃え残るのかも解らねえ」

「ともかく有難う、下北係長。ただそれ私が思うに死活的な証拠だから、他の金属片同様、しっかりと保管措置を講じておいて頂戴」

「何を今更。俺は二六歳の駆け出し刑事に証拠品管理のイロハを教わる気は無えよ。

で、悪趣味な現場覗きはもう堪能したか？」

――スマピーポでもタブピーポでも、市販の端末が可能なことなら全てできる。まして、そこは大警視庁の情報インフラ機器。あらゆる通信に用いられるのは――無線とＦＡＸの時代からそうだが――多重・秘匿・専用・対災害等を柱とする警察基幹通信網である。またひかりが望むなら、生中継のその動画を延々まるごとクラウドに保存することもできたろう。まさかする気はなかったが。

要は、これから故あって東池袋に向かうべく、既に吉祥寺を発ち首都高速高井戸ランプを越えた箱﨑警視は——管理官車にいながらにして、至極安全な態様で、下北係長が撮影してくる仁科邸及びその周辺の状況について、『現場覗き』ができるのであった。

「充分堪能させてもらったわ、人の業をね。下北係長はどうぞ現場活動に復帰して頂戴」

「ちなみにだが、純然たる野次馬根性の発露じゃねえよな？」

「私は必ず現場を踏む。自ら踏む。それがどのような事件であっても。さもなくば絶対に理解できないことがあるから。なら仁科邸なんて、踏むべき現場の最たるものよ。

といって、私の服装の趣味が全国中継されでもしたら、それはそれで違う火事になる」

「……何だ自覚はあるのかよ。だったら御趣味の方をどうにかされては如何ですかね？」

「いいえ駄目よ。これはこれで、死活的な意味を持つことがあるから——以上箱﨑警視」

ひかりは下北係長との通信を一方的に打ち切ると、その最中にも既に入電準備の整っていた、次なる動画をタブピーポに映し始めた。

吉祥寺区御殿山三丁目・市松邸周辺

吉祥寺区を象徴する井の頭恩賜公園の、すぐ近く。

上品な木立に古い橋がそれと教えてくれる、玉川上水がさらさらと流れるあたり。

吉祥寺南町、下連雀といった坪単価二〇〇万円ないし二五〇万円の高級住宅街と並び、あるいはそれを凌駕する上の上の住宅街が、ここ御殿山である。碁盤の目に区画された優雅な街区には、端的には『豪邸』が建ち並ぶ。あるいは規模として『豪邸』でなくとも、明らかに財を尽くした瀟洒な戸建てが軒を連ねる。このあたりは成城や田園調布と比較して全く遜色がない――と評される所以である。それでも其処から一〇分も歩けば、あるいはバスをわずか一停留所分用いれば、木造長屋に場末のスナックが出現しても何ら違和感がない。それが吉祥寺のカオスな楽しさでもある。地元出身者とされる箱崎ひかり警視は、無論そうした地域事情を知っている。

――ともあれ、本件事件の被害者・市松由香里の自宅は、ここ御殿山にある。ここ御殿山三丁目にある。そして当該地区の例に漏れず、彼女の自宅・市松邸は悠然たるものであった。他方で典雅でもあり、また大袈裟に言えば荘厳でもあった。その規模は、外観からして四世帯が暮らしてなお余裕あるもの。直ちに高級マンションなり高級社宅なりに転用できそうな広大さである――実際、この街区はその手のオサレな物件に事欠かないのだが。

また当該市松邸は手入れを怠っていないのか、歳月の重みに充ち満ちた蔦の絡まる御屋敷と言うよりは、鋭利で端正な印象を与える、平成風のあるいは令和風のスマートホームである。通行人が『あっ新築だな』と考えても不思議はない。

といって、この家の所有権者であるいわば戸主の市松廣樹は五九歳。その婿養子たる市松義之は四三歳。念の為だが、本件被害者の市松由香里というなら一七歳。

この家は、戸主の廣樹が建てたもの。またその孫娘たる由香里がずっと――結果としてはほぼその生涯を通じて――暮らしていたもの。故にまさか新築ではあり得ない。だから、この御殿山三丁目の市松邸が令和の新築の如き初々しさに充ち満ちているのは、被害少女の祖父・市松廣樹の、圧倒的な財力と余裕とを示すものと言えよう。

　さて、その市松邸の現状といえば――

　……幸いにして、悲惨を極めている、仁科邸のような状況にはない。

　それは、仁科徹が鬼畜の所業に及んだ『社会の敵』であり、他方で市松由香里がその毒牙に掛かった『無辜の少女』であるという、当然の事理のゆえではあった。

　加害者も加害者家族も私刑に遭って当然だが――それが我が国世間の空気だが――被害者や被害者遺族となると、話は全然違う。その現状を知りたい暴きたい嗅ぎ回りたいのが人の本質的な性にせよ、如何せん大義名分が弱い。知る権利は無論、被害者のことを知る権利でもあるが……そもそも知る権利は国民に奉仕するもの。それが憲法論だ。なら権利のオーナーたる国民多数が『そこまでやるか？』『そこまでは知りたくないよ』と感じているとき、加害者と加害者家族に対するような、社会的制裁とも呼べる取材方法はとれない。大義名分が若干ならず弱い。

　……だから幸いにして、市松邸周辺は、仁科邸周辺のような状況にない。

　それはまた、近時の常として、市松邸の門前に、官僚的ではあるが丁寧な『報道関係者御各位へ』なるメッセージが貼付された故でもあるだろう。それはメディア各社に、そして市松邸周辺のメディア人士に配布されてもいる。当該メッセージは、被害者遺族の肉声として、被害者を悼むべくそっとしておいて欲しい旨、だから過熱報道を控えて欲しい旨、また近隣住民の方々の生活に配慮して欲しい旨、切々と訴えていた。当然、市松家の弁護士が事務的に起案したものであろうが……しかし人情に訴える部分と、法令の威嚇力に訴える部分が絶妙にミックスされた、弁護士の腕前とセンスとを示す名文であった。

……だから幸いにして、市松邸周辺は、仁科邸周辺のような状況にない。

それはまた、このような最高級住宅地の場合、住民のプライバシー意識・セキュリティ意識が格段に強いからでもあるだろう。防犯機器は数多あり、私生活の侵害は直ちに証拠化される。またそもそも高額納税者の方々ゆえ、一一〇番通報もまさか躊躇などしない。実際、ひかりが側聞する限りでも、昨日までの三日間における当該地区からの一一〇番通報は、一日当たりまさか三桁を割ることが無かった。ここで、東京全体の一一〇番通報件数が、悪戯・誤報・生活相談の類を含め、一日当たり約五、〇〇〇件なのだから、市松邸周辺がどれだけ緊急通報のホットスポットになっているか、すぐ知れようというものだ。

……以上を要するに、幸いにして、市松邸周辺は、仁科邸周辺のような状況にない。

なら。

市松邸周辺が引き続き超閑静かつ超ハイソで在り続けているかというと——まさかだ。

それは、右の一一〇番通報件数が裏書きしていることでもあるが……

……市松邸周辺では、ワッショイワッショイのお祭り騒ぎがない分、ワイワイガヤガヤの蝟集騒ぎが発生している。

報道陣のアルミの脚立は、こちらではまるで壁なり陣なりを作るように濫立している。そこでは常に十指に余るメディア人が、カメラを提げつつパソコンを開き、胡座を掻いてはまるでそこが記者会見場か記者クラブであるかのように、バシャバシャ、バシャバシャと原稿を打ち込んでいる。あるいは、ああでもないこうでもないと画像を編集している。まるで動物園のようだ。それも不謹慎な動物園だ。何故と言って、犯罪被害者の自宅前だというのに——既に『陣を作った仕事場』である気安さからか――どうでもよさそうな雑談、あるいは、あってはならない談笑の華を咲かせているから。はたまた時折、名刺交換や近況報告の愛想笑いも見られるほど、和気藹々としているから。

それだけならまだしも――いやそれだけでも不躾極まるが――話を聴けそうな地域住民が出てきたと見るや、これまた十指に余る人数で押し寄せる。人垣どころか肉塊を作り、マイク等を短刀あるいは槍のように振り回しては『怒りの声』『恐怖の声』『悲しみの声』を拾おうとする。凶々しく巨大なカメラをざざあっと構えては、『住民の皆さんも不安を隠せない様子です!!』云々と――自身そのものが不安を生産しあるいは増幅しつつ――不安産業たるの本領を発揮しようとする。まして激烈なシャッター音とフラッシュは、この最高級住宅街にそぐわないことこの上ない。

元々が超閑静で超ハイソな住宅地ゆえ、中継車やハイヤーは陣取りに苦労している様だが……それが近隣駐車場・近隣コンビニ・近隣学校等々からの一一〇番通報になっているのだから、まさか共感できるはずもなし。というかそもそもお呼びではないし、どうしても来ると言うのなら、必要な拠点は事前に自前で借り上げるべきだろう。糧食にしろ拠点にしろ、兵站を自分で確保しようとしないのはメディアの悪癖である。警察より質が悪い。

まして数多の一一〇番通報の原因は、まさか駐車苦情に留まらない。まさかだ。

極めて多い原因が、無差別戸別訪問関係。厳密に言えば、建造物侵入となろうが……

これはすなわち、必ず先の仁科邸周辺でも実施されたことだが、メディアによる顔写真の捜索と押収である。またそのための聞き込み捜査である。今この瞬間、卒業アルバム業者なるものが大繁盛していることや、関係者のＳＮＳが徹底解析されていることは疑い無いが……しかしメディアも警察同様、必ず足で稼（かせ）ぐ地区（じどり）捜査をする。すなわち周辺地区を虱潰（しらみつぶ）しにし、関連情報は無論のこと、メディア特有のターゲット、『被害者・被疑者の顔写真』を是（ぜ）が非（ひ）でも入手しようとする。無論ここ市松邸周辺について言えば、市松由香里の顔写真が垂涎（すいぜん）の的（まと）となるのだが。そしてこれは虱潰（しらみつぶ）し捜査なのだから、ピンポンピンポンは夜討（ようう）ち朝駆（あさが）け何のその。また当然、地域住民すべてを絨毯（じゅうたん）爆撃。ましてやその用事が『被害者さんの写真ないですか？』と来れば、憤激（ふんげき）の余り一一〇番通報をしない方が無理というものだ。まあこれもまた、他社より早く、他社より多く、他社の知らないものを――という、メディア各社のブラック労働戒律（かいりつ）によるのだが。だから現場記者としては、その好むと好まざるとにかかわらず、また自分の倫理観にかかわらず、職と給与と実績のため、やるしかないことなのだが。

とはいえ他にも、集団過熱取材（メディアスクラム）に起因した一一〇番はある。腐るほど在る。

原因には事欠かないし、原因者は次々と投入されてくる……

……確保できた通行人が被害者と同級生あるいは同年代とくれば、それが少年でも肉塊を作って包囲して質問攻め。時に小学生がわんわん泣かされる事案すらある。固定電話がまだある家ならば電話攻め。ちなみに職場には必ずあるから、電話攻めに泣かされるのは……だから時として関係者の退職事案まで発生させるのは……関係者の職場への電話攻めとなるが。このあたり、被疑者と被害者の事情がほとんど変わらないというのはどういうことだろう。

また無論、メディアは前述のとおり地区（じどり）捜査もするので――だから地域住民にガン無視されることも多いので――結果としてのピンポンダッシュ事案も多くなる。いやそれならまだいい。乱暴にドンドンとノックして大声を出す。何分も何分も呼び出し続けて退去しない。果ては借金取りよろしく、ドアノブや新聞受けまでガタガタ、ガチャガチャ、ガシガシ言わせて威嚇にまで及ぶ。『居るんなら出ろよ』『居ないなら居ないって言え（!?）』『チェッ、居留守使いやがって……』なる押し売り猛々しい暴言も少なくないとか。

そもそも、ありとあらゆる態様で画像や動画を撮影し続けるのが先様のお仕事だから、撮影される地域住民としては雨戸を閉め続け、厚いカーテンを下ろし続けなければならない。犬の散歩やウォーキングなどは論外。通勤通学に買い物も厳しい。いや洗濯物を干しに出るのも車を洗うのも無理だ。

――そんな地域住民の、非日常に対する困惑を尻目に、どこまでも日常として蝟集、居座り、善意の押し売り、果ては恫喝紛いの行為が継続されている。

そして今、その頭上では。

さほど遠くない仁科邸の方をターゲットにした、ヘリコプター複数機の爆音が、やはり響き続けているところ……

首都高速5号池袋線・早稲田ランプ近傍

……箱﨑ひかり警視は、再びタブピーポから視線を上げた。

その乗る管理官車は、既に都心環状線・竹橋ＪＣＴを越え、いよいよ目指す早稲田ランプを下りようとするところ。出発地・吉祥寺区から目的地・文京区の某所までは、実は三〇分強の短いドライブだ。といって春の、しかも期末どき。首都高速は微妙に混んでいる。だからひかりは、むしろバタバタせずに、『被疑者宅』と『被害者宅』を電子的に現認することができた。

「ハコ管理官〜、こんなところでいいですか〜？」

「ありがとうナギ。現場の状況はよく分かった」

先般の下北係長に続き、秘匿カメラ等で被害者宅・市松邸周辺を撮影しつつ、リアルタイム動画を送信してくれたのは、捜本で被害者対策班の係長を務める水鳥薙警部補だった。

「かなりの接写だったけれど、よく面を割られなかったわね？」

「あたしが自分で言うのもアレですけど〜、キャフフフッ、『あたし女刑事です!!』なあんて強烈な自己主張をしちゃう野暮ったいパンツスーツ姿でなかったら〜、頭のネジも股関節も緩そうな〜、パパ活志望の女子大生で通りますからね〜、キャフフフッ。

御見物も〜、面じゃなくって面から下、しかも特定部位ばっか見てましたしね〜」

（確かに、ナギは三三歳にしては若く見える。まして栄誉ある警視庁捜一刑事の癖して、あの茶髪にあのネオソバージュ……）ひかりは自分のことはすっかり棚上げした。いやそもそも、自分のことを異装者と認識していない。（……いや、刑事としては褒められるべきなのか。街と群衆に、すっかり身を溶かすことができるというのは。ただ小生意気にも本人が言うとおり、まあその、ナギは私よりも躯のメリハリが利いている。だから実はかなりの美人なのに、街でも警視庁でも注目されるのは、成程特定部位ばかり）

その水鳥薙は物理的に早熟な方だったようで、小学生の頃から痴漢の被害に事欠かなかったとか。またそれに加え、ひかりもまだ詳細は聴けていないし聴くべきかどうか躊躇しているのだが——このジト瞳無愛想仏頂面の傍若無人女としては珍しい——水鳥薙は小学生の頃、まだ一〇歳にもなっていない頃、いよいよ痴漢どころでない本格的な性犯罪に巻き込まれたことが在るとか無いとか。ただそれを聴いたのは実は飲み比べの最中だったし、両者とも今の警視庁捜一(ソウイチ)が誇る蟒蛇(うわばみ)ゆえ勝負は白熱したしで、よってひかりとしても具体的な話は全然記憶に無い。いやそもそも具体的な話は無かったかも知れない。ただひかりが明確に記憶しているのは、そのとき聴いた彼女の志望動機――水鳥薙が警察官を、まして刑事を志(こころざ)したその動機だ。それはある意味当然ながら、性犯罪への憎悪であり、性犯罪被害者への支援であった……

（そういえば、その割りにナギ、こんな残虐非道な事件なのに比較的落ち着いているわね。といって元々、物事に動じないというか、どこか不思議に悟(さと)った感じがある娘だけれど）

「あれっ、もしも～し、ハコ管理官どうしました～？
また真っ昼間っから～、キャフフフッ、『ベルモット……』って呟(つぶや)きながらジンのストレートですか～？　イギリスではホントにそんなことやってるんですか～？」

「……御免(ごめん)ナギ。ついつい熱心に捜査情報の整理を始めちゃって。仕事熱心なのも罪ね」

「あっそうそう、そういえば～、追加捜査の御下命(ごかめい)～、幾つかありましたよね～？」

「忘れ去られていなくて嬉しいわ……目下の所、それぞれの進捗(しんちょく)状況はどう？」

ひかりは今度は真実、捜査情報の整理を始めた。といって今、薙に報告を求めている事項は、ひかり自身がかつて直接、メールで下命(かめい)した捜査事項である。それを想起するのは一秒で足りる。すなわち、

①被害者遺族＝市松家の詳細
②加害者家族＝仁科家の財政事情（当然に予想される困窮に備えていない理由）

③被疑少年＝仁科徹が身を持ち崩した理由（養父の病、受験失敗、悪友のみか？）
④被疑少年＝仁科徹の戸籍の遡及（特別養子縁組の詳細）

の四点だ。そして薙は被害者対策班の係長ではあるが、加害者家族の置かれる惨状を踏まえて、いわば加害者家族対策の任務をも担っている。これは事件発生当初からの任務付与だ。

「えぇっとですね〜、①の市松家の詳細については〜、概略、口頭でも捜報でも関係公文書でも御説明したとおりです〜。まして〜」

「――そうね、私自身が訊きたいことを訊く予定なのだから、取り敢えず追報は要らない」

「すると②ですが〜、口座記録その他からは〜、全く興味深い動きが出て来ませんね〜。もし仁科家の財政に何らかの援助があるとすれば〜、それは我が社で言う所の〜、怪しげな謎の茶封筒さんでしかないですよ〜」

（よく言うわ。これだから桜田門の鼻つまみ者なんて呼ばれる……
ナギも私も、まさか裏金貯金の恩恵を受けた昭和の警察官ではないというのに）

ただ薙が言いたいことは、警察官としてはよく解る。要は実弾・現ナマの遣り取り以外、仁科家への財政援助はあり得ないということだ。そしてそれなら何の記録にも残らない。

「あと③については〜、学校関係をベースに基礎捜査を継続してますけど〜、特にこれといった話〜、『ああそれなら不良にもなるわな』って話は〜、未だ聴取できていませんね〜。とはいえそれって〜、実は調べ官である上原係長の任務だと思うんですけどね〜」

「実質的な取調べはまさに今日からよ。上原係長には上原係長の戦場がある。
私達にできることは、調べ官のその戦いの為、できる限り外堀を埋めつつ、できる限り手持ち札を増やしてあげることよ。捜一の三三歳警部補殿に対し、釈迦に説法だけどね。

——そして私、仁科杏子と話をしていて思ったんだけど。

意図的かどうかは別論、仁科杏子がまだまだ口を割っていない家庭の内緒話はあるわ……必ずある。

そもそも外聞を憚る内緒話がない家庭なんて絶無だけど、仁科杏子の場合は——言い淀みが多い割りに、逆になんだか不自然な感情の盛り上がりもある。何度もある。ただ単に『残酷な加害者の親だから』という理由では解せない、不自然な感情の潮汐がある——

端的に言えば。

なんだかどうでもよさそうなところで興奮したり。そこは泣きが入る所でしょ、ってところで淡々としていたり。そんな不自然さ不可解さよ。そして私の人生訓は——」

「——それ幾つもあるんでナンバリングしちゃいますけど～、ハコ管理官の人生訓の第一は～、『全て不可解なことには理由がある』ですよね～？」

「学習しているわね。ならば引き続きの、関係先の範囲を拡大した基礎捜査を実施すること」

「……了解です～」

「何か不満が？」

「いえハコ管理官が担当管理官だと～、お仕事がたくさんあって嬉しいなあって～。

あと最後に④ですけど～、これ役所からの郵送待ってると下手したら一週間は掛かるんで～、吉祥寺区役所その他まで行って簿冊を閲覧して～、必要な写しを撮ってきました～」

「ええと、特別養子縁組の場合——」ひかりは英国法学修士で、我が国の法学博士である。といって別段、そこまでの学問が必要となる事柄ではないが。「——まず実親の戸籍から徹を除籍して、次に徹を筆頭者とする徹だけの新戸籍を編製して、最後に養親の戸籍に徹を入籍させるのよね、実親戸籍↓本人新戸籍↓養親戸籍の、戸籍の三段ステップ」

「そうです〜、これはまあ〜、良い意味でのロンダリングですね〜。

ですんで養親の〜、仁科親一の戸籍だけを見ても〜、徹の欄には『民法八一七条の二による裁判確定（略）仁科徹戸籍から入籍』云々としか記載されませんし〜、養子の養の字も出て来ませんので〜、サラッと読んだだけでは〜、特別養子縁組があった事実は分かりません〜。実親の名前その他も全然出てきません〜。

　その事実なり個人情報なりは〜、ハコ管理官が仰有った三段ステップを〜、徹だけの新戸籍〜、また更に実親の戸籍と遡っていって〜、初めて全部が解るようになってます〜」

「結果、徹の養親と実親は？　無論、既知の情報の駄目押しを含むけど」

「はいハコ管理官が駄目押しの偏愛者ってことは知ってますんで大丈夫です〜学習してます〜。そしてまさに駄目押しですが〜……どうして戸籍や住民票はルビを振らないんだろう、このキラキラネーム全盛期に面倒な……ええと、漢字と読み仮名の確認結果で〜、養親はにしな・しんいち及びにしな・きょうこ。

　実親の記載はというと〜、にしな・みお一名のみでこれは当然母ですね〜。現住所は京都府宮津市鶴賀以下省略。あっ、当該みおの字はちょっとかなりキラキラで説明しづらいんで〜、後刻書面でお見せします〜。

　で〜、この母親離婚してますんで〜、配偶者氏名なり従前戸籍なりから父親を見ると〜、にながわ・いちろう。こちらは極一般的な蜷川で一郎さんですが〜、駄目押しで後刻書面をお見せします〜」

（そこは仁科杏子の供述どおりか）実母の氏名、そして実父の姓はひかり自身が聴いている。

（まして、身分事項についても供述と矛盾しない。再論すれば）

徹の実母は仁科家の遠縁の女で、元々仁科姓とか。

それが蜷川なる男と婚姻して、徹を産んだ。

その後離婚して、仁科姓に戻った。

故に子の徹は今の『仁科徹』となった――成程、矛盾が無い。

というか仁科杏子も――どれだけ警察の基礎捜査のことを知っているか知らないが――まさか戸籍なり住民票なりの記載事項について、虚偽を申し立てる蛮勇は無いだろう。警察は役所。市区町村も役所。役所が役所の情報をたちまち嗅ぎ出してくることなど、常識以前の流れで道理である。また、ちょっと警察のことを知っている者なら、警察が他の役所の情報を――役所の情報に限られないが――紙切れ一枚で掠め獲ってくることなど先刻御承知だ。

とすれば。

（仁科徹は、その実父とも実母とも無縁で、法律的にはおろか、生計的にも徹底的に縁が切れている。そんな仁科杏子の供述は、現時点、疑うに足る要素を持たない……

ちょっと意外な結果ではあるが、ナギの言うことならまあ、信頼に足るわ）

実はひかりは、先の追加捜査事項の②③（仁科家の財政事情＋仁科徹の堕落理由）はどちらも、未だ捜査線上に浮上していない、仁科徹の実親と関係があるのではと考えていたのだが……

まして運が良ければ、仁科徹の不可解な完黙態度についても、当該実親と関係があるか、あるいは養親との不和等に由来するのではと考えていたのだが……

　だからこそ、仁科徹の二組の両親についての追加捜査を命じているのだが。

（――先走って読み違えたか。

　ただその場合、仁科杏子の供述態度の不審性・不自然性に説明を付けなければならない）

「それにしてもハコ管理官～」薙は訊いた。「ほんとうにお独りでよかったんですか～？　調書も巻かないとだし～、被害者遺族担当はあたしですから～、なんならこれから吉祥寺署長の署長車を使用窃盗して～、緊急走行で追い掛けますよ～、キャフフフッ」

「不要よ。独りで来い、隠密裡に来いというのが先様の御希望、いえ命令だから」

「御祖母様には幾許か話、聴けたんですけどね～。

でも途中から弁護士が入ってきて～、これからは祖父としか話すな、あと捜査本部の責任者としか話をしない――なんて小洒落たこと言い始めて～」

「いいえ、雛壇管理職をやっているより余程よい――

　被害者及び被害者遺族に係る『家族』『生計』『勤務先』『交友』その他の身上関係にあっては、既にナギがある程度訊き出してくれているし、訊き出した結果については、基礎捜査による客観的な裏付けが整いつつある。

　故に私のこれからの任務は、まあ顔見世興行よ。私としても顔と目を見ながら話したいし、捜本としても、被害者遺族の親玉に仁義を切っておく必要がある」

「こうした事件の被害者遺族としては～、かなり癖のあるタマみたいなんで～、キャフフフッ、いつもあちこちでするように～、無意識かつナチュラルに煽らないでくださいね～。

あと被害者及び被害者遺族に係る基礎捜査結果ですが～、ハコ管理官なら全部脳内に叩き込んであると思いますけど～、念為でこれまでに作成した捜査書類～、主要なものをハコ管理官のタブピーポに送信しておきました～」

「学習してきたわね。有難うナギ。じゃあまた捜本で」

「了解です～、以上水鳥警部補～」

被害者遺族宅の中継と、若干のミニ捜査会議は終わり――

箱崎ひかりはタブピーポの捜査書類アプリをタップした。成程、被害者及び被害者遺族に係る主要な捜査書類や、それに添付等された公用文・公文書が、既に送信され閲読可能になっている。ひかりは薙の要領の良さと抜け目無さを心中褒めながら、それらをさらさら瞳で追い始めた。といってその薙が言ったとおり、あらましは脳内に保存済みだ。微妙に特殊な事情はあるが、仁科家ほどには複雑でない。また被害者遺族ゆえ、まさか仁科家に対する捜査ほど執拗な捜査をする必要は無い。むしろ保護と支援の対象である。

（もし芥川の『藪の中』の如く、殺人被害者の声が聴けるのなら別論だけどね。

……しかし一七歳、一七歳でこんな過酷なことに。

被害者さん誕生日が、ええと……一〇月一〇日だから、一七歳の一年間の、ちょうど折り返し点を迎えようとする所。すなわち若い盛りで美しい盛り。『一七歳は人生で最も美しい季節』って、いったい誰の言葉で誰の詩だったかしら。ああそれとも、『一七歳は人生で最も美しい地図』だったかしら。警察官なんて殺伐とした稼業に精を出していると、人文学領域の記憶がぼろぼろと欠落してゆくから、人間として戦慄するわ。

ただ、市松由香里の一七歳と、仁科徹の一七歳が一緒の美しさを持つかというと——）

「箱崎管理官」すると運転担当の巡査部長がいった。「まもなく現着です」

「ありがとう。

用務に三時間は掛かる。それまで任解よ。待機時間はお子さんの就学準備にでも充てて」

「……えっ御存知でしたか!!」

「そんなに吃驚仰天されると」ひかりはルームミラーを見遣った。「部下思いの警視としては、人徳の無さに絶望するわ」

「いや箱崎管理官の美点って、まさか人情でも気配りでもお愛想でもないでしょ、あっは」

「————」

首都高速5号線・早稲田ランプを下りた管理官車は、今。

神田川沿いに広大な面積を誇る名門ホテル、『ホテル茶梅荘東京』へと滑り込んだ。


ホテル茶梅荘東京・最上階ロイヤルスイート

「失礼します」

「……どうぞ」

「初めまして、市松外務審議官。

警視庁捜査第一課で管理官を務めます、箱崎警視です」

「あなたが？」

「何か御疑問でも？」

「……いや失礼、掛けて下さい」

――『ホテル茶梅荘』の車寄せで管理官車を下りたひかりは、この名門ホテルが見事な日本庭園と、そして迷宮の如き動線を誇るのを知っていた。よって直ちにホテルスタッフと接触し、目指す一四階・ロイヤルスイートへの案内を求めた。木目と金と、緑の大理石とが典雅なエレベータは、一四階までしかボタンを用意していない。すなわち其処が最上階である。その最上階で下り、白と金と淡いグレーの廊下をテクテク歩いてゆけば、やがて客室番号の掲出されていない一室に行き当たる。客室番号が掲出されていないのは、当該室がこのホテルでは一室しかないタイプの部屋だからだ。すなわち一泊八〇万を優に超える、ロイヤルスイート。このホテルでこれより格上の室となると、最早一泊一五〇万ほどとなる、インペリアルスイートしかない。

　ここで、刑事コロンボ的に細かいことが気になる箱崎ひかりは、先の管理官車内で、今般の捜査対象が常宿とするという、ロイヤルスイートのザッとした調査も終えていた。といって、一定の警察関係者にとり、名門ホテルほど実態把握と協力関係ができている対象は無い。とりわけ東京でそれを営もうとするとき、事実上、警視庁と蜜月関係にあることは不可避で義務的である。葬式専門アイドルだの墓守メイドだのわるいまほうつかいだの（吉祥寺署長談）、とかく風体に難のあるひかりが、歴史と伝統あるこのホテルにいきなりの出入り禁止を食らわなかったのは、無論、警視庁警察官たるの警察手帳ゆえであった。

――ひかりは典雅にしかしモダンに迫り出した窓から、神田川沿いの桜並木が今を盛りと繚乱しているのを遥か眼下に眺めつつ、二室あるベッドルームを入れれば二〇〇㎡はあろうこのロイヤルスイートの、リビングダイニングエリアに侵攻した。スイートルームらしく、茶器の用意も菓子の用意も果実の用意も、ましてや酒類の用意も其処彼処に整っている。とはいえ、まさかそれは警視庁警視ごときの為に用意された訳でもなかろうが。

（……リビングダイニング、ね）ひかりは思った。（由香里さんが亡くなったのも、仁科邸のリビングダイニングだった。

先の一七歳の詩といい、たとえ一緒の言葉でも、皮肉なまでに意味する所が違うものだ）

そして彼女が、淡いロイヤルブルーの、どちらかといえばメリハリを欠いた箱﨑ひかりならば八名は座して歓談できそうな、壮麗なソファセットに腰を下ろそうとしたとき――

「警視庁の、女性の管理官さんですか。そしてそのお歳。所謂キャリアの方ですかな」

御苦労様です、とその第二の登場人物はいった。そしてこの一幕の登場人物はこれで終わりだ
――実はひかりが真っ先に目視確認したとおり、無駄に広い室内には三者しかいない。

「市松家と、市松外務審議官の顧問弁護士を務めております、三谷正一郎と申します。

以後お見知り置きを」

「……警視庁捜一の箱﨑警視です」ひかりは心中、首を傾げながら名刺を切った。名刺交換程度の常識なら、この傍若無人な女とて安売りする。しかし。「弁護士先生も同席されるとは、まさか存じませんでした。まして三谷先生と言えば、国賠訴訟のプロフェッショナル。先生に泣かされた役所も、先生に足を向けて寝られない役所も数知れぬはず」

そして確か三谷事務所には、警視庁警察官さえ――裁判担当の訟務課の警察官さえ、見習いに出されているはずだ。端的には、眼前の大学教授然とした禿頭と眼鏡の柔和な老人は、その

外貌に反し、とりわけ行政機関の最大の怨敵でもあり最高の師範でもあった。それは無論、プロの弁護士として、敵に回ることもあれば味方に付くこともあるからだ。

（するとこれは、業界の重鎮による不意討ちであることをも踏まえれば、牽制か……

ただ、不可解なのは。

何故被害者遺族が、いわば同盟者である警察を牽制する必要があるのか、だけれど？）

「ともかく箱崎君、取り敢えずどうぞ座りなさい」

「有難うございます、市松審議官」

「ちなみにここは」外務審議官も、眼下の桜を見下ろした。「祖父の代から我が家の常宿でもあれば、外務省として諸々の公務に用いる宿でもある。斯くの如く、春には梅や桜が、秋には紅葉の錦がそれは見事だが、無論セキュリティの観点からも何らの問題が無い」

「わざわざの御配慮ありがたく。御時間の方はどれくらい大丈夫でしょう？」

「念の為二時間の予定を組んではいるが、短ければ短いに越したことはない」

「了解しました」

……ひかりはナチュラルな箱崎君扱い・格下扱いを、どうでもよいものとして受け流した。実際、箱崎ひかりは警視庁でこそ管理官警視だが、霞が関官僚としては課長補佐未満。まさに小僧っ子である。他方で、眼前の長身痩躯な紳士——細く鋭い瞳にがっしりした輪郭、そして総じてパーツパーツの四角さが印象的なバタ臭い紳士——市松廣樹は、霞が関官僚としては社長級の、所謂省名審議官である。仮に警察の世界に移植すれば、なんとひかりの最高の上官、警視総監とぴったり同格。また警察庁長官と比較しても、僅差で劣後する程度でしかない。要は、市松廣樹は超顕官である。

（市松由香里さんは、確かに）ひかりは被害者の生前写真を想起した。（目鼻立ちのぱっちりした、くっきりと可愛らしい感じではあった。ただそれは何処までも和風の範囲に収まるもので、ここまで欧米的な顔をしてはいなかった――）

微妙な不可解さを感じたひかりは、この場の適宜なタイミングで、水鳥薙に、市松由香里の両親の写真を入手してスマピーポに送信するよう命じることとした。

（それにしても、威風堂々というか精悍というか。官僚というよりは、まして外務官僚・外交官というよりは、合衆国帰りの凄腕外科医とでもいった感じか。超絶的に実務的で、腕に自信ありという自負が見て取れる）

――やがて壮麗なソファセットに座す、関係者三名。

典雅で瀟洒な黒いテーブルを挟み、ひかりは三人掛けの片隅に。

そして市松審議官と三谷弁護士はその対岸、ひかりを斜め正面から見据える一人掛けに、それぞれ悠然と座る形になる。

「先ずは御多用の折、お時間を割いて下さったこと感謝致します、審議官」

「警察に協力するのは市民の、まして公僕の義務だよ――と、見得を切りたい所だが」市松廣樹は微妙な抗議を込め瞳を暈かした。「実際、犯罪被害者の側を、ああも執拗かつ粘着的に事情聴取するとは予想だにしなかった。私には公務があり、娘夫婦は御存知のとおりの事情があるから、ほとんど独りで対応したのは妻になるが……正直、あれの神経が保たんよ。たった独りの可愛い孫娘を惨殺されたばかりか、その思い出なり人生なりを根掘り葉掘り、それこそ生前の箸の上げ下ろしに至るまで、何度も何度も繰り返し喋らされる。たった独りの可愛い孫娘が、あんな残酷な死を迎えたその直後にだ。それは流行りの言葉で言えば、被害者に対する二次被害、いやセカンドレイプなるものとも思える――

まして、解剖なり検査なり調査なりで、まだ孫娘の遺体も警察に奪われたままだ。納棺どころか通夜・葬儀の日程も全く組めない。こんな非道が許されてよいのか」

「所要の捜査手続ゆえ……とはいえ御尤もなお腹立ち。

捜査本部の責任者として、どうにか事件発生一〇日後までには由香里さんをお返しできるよう手配致します。実際にはもっと、能う限り早く」

「当然のことだ。また、警視庁と捜査本部とに強く申し入れたことも忘れるな。

すなわち、被害者遺族である市松家の捜査にあっては今後、被害者の祖父たるこの私が――私だけが窓口になる。もっとも実務的には、三谷先生を介してということになろうが」

「御希望の段は充分学習しております。私共とて、被害者遺族のお気持ちを最優先した捜査をするのが本務で本懐。よりドライな話をすれば」ここでひかりは三谷弁護士をそれとなく見遣った。「我々の敵は自明にして一致している。その我々はまさか対立関係に無い。被害者と警察、被害者遺族と警察は同盟者。そして同盟者の意志を軽んじるのは愚の骨頂」

「結構」市松廣樹は自然と顎を反らせた。「ならば為すべきことをしたまえ、迅速に」

「それでは。

重複にわたる事項もありますが、寛いお心で御容赦ください、これも公務ゆえ」

「それが警察の遣り口らしいな。まあよかろう。できれば今般を最後にして欲しいがね」

――ひかりは三谷弁護士立会いの下、既に脳内で整理を終えている、市松由香里その他の身上関係を、市松廣樹に確認していった。

そもそも本件被害者・市松由香里一七歳の両親は、市松義之・市松明香里なる夫婦だ。その市松義之にあっては四三歳、市松明香里にあっては三七歳。そしてこの市松義之、実は市松家の――市松廣樹の婿養子である。

というのも、市松廣樹の市松家は代々の、外交官の家柄だからだ。

今現在五九歳の、在英国大使館の参事官や在合衆国大使館の公使まで務めた外交官、そして今や外務省の省名審議官にまで登り詰めた外務官僚である市松廣樹の、その父もまた外交官であった。まして市松廣樹の妻・市松未咲もまた、欧州某国の特命全権大使を務めた外交官・外務官僚の実娘である。霞が関で、外務省ほど血統血縁に執拗る役所はない。

……ところが眼前の市松廣樹には男子が無く、娘が三人あるのみ。

当該娘の一人が、本件事件の被害者の実母にして、市松廣樹の長女たる市松明香里だ。その結婚相手を、外務省内のキャリア外交官から求めようとするのは――警察庁キャリアの文化だと『笑えるほどあり得ない』御伽噺で貴族趣味だが――外務省の文化としては超絶的にノーマルである。このような経緯から、市松明香里の婿として白羽の矢が立ったキャリア外交官こそ、今の市松義之、旧姓でいう木佐貫義之なのであった。

以上を纏めれば――

被害者・市松由香里の両親は、市松義之・市松明香里夫妻。

母方の祖父母が、市松廣樹・市松未咲夫妻となる。

そして眼前の市松廣樹が英国大使館参事官なり合衆国大使館公使なり、華麗にして枢要なポストを経ているごとく、その寵愛と庇護を受けていること確実な婿養子・市松義之も、EU代表部の一等書記官なり財務省主計官補佐なりの華麗にして枢要なポストを経て、現在は、やはり在合衆国大使館参事官の職にある。

(故に今現在、被害者の両親はまさか吉祥寺の市松邸にはいない。ワシントンにいる。あの御殿山の御屋敷にいるのは、市松廣樹夫妻と、被害者の市松由香里さんだけだった)

——被害者の両親は、無論、急遽帰国の途に就いた。

ただ枢要なポストは当然、激務を伴う。事実上我が国が最重要視する、在合衆国大使館の課長級ポストともなれば尚更だ。両親の帰国には、まだしばしの時間を要する。それが祖父母から事情聴取をする所以であったし……そもそも両親は在外勤務ゆえ、ここ二年の被害者の様子も被害者の生活も知りはしない。それを最も知る近親は、被害者と同居の祖父母なのである。ひかりはその、被害者の同居の祖父たる市松廣樹に訊いた。

「——由香里さんが、御両親とともにワシントンで暮らさなかったのは何故でしょう?」

「中学生までは、両親とともに海外生活をさせていたのだが……むしろ海外生活の方が遥かに長かったな……ただ最後に帰国したとき、編入した中学校で友人に恵まれたようだ。そうした人間関係が、高校受験後に今の私立女子高へ入った後も続いた。まして由香里は部活にも熱心でな。故に、日本で学業と部活とを是非とも続けたいという話になって……義之君も明香里も折れたというか、それならそれもよし、と割り切った様だ。

そしてその判断には、何の誤りも過ちも無かったと思うが……

結果論としては、実に酷い形で、由香里の命運を分けたことになろう。

事実上、親の役割を果たしていた我々祖父母としても慚愧に堪えない。予備校だの部活だので、帰宅が一〇時近くになることを許していたのだからな。といって吉祥寺の治安に鑑みれば、それが零時であろうと翌二時であろうと本来、女子高校生に何らの危険も無かったはずなのだが……それが、こんなことに」


「首都の治安を預かる警視庁の一員として猛省しております。改めて深くお詫び致します。ちなみに由香里さん、御学友との人間関係が良好だったとのことですが、親しいお友達のお名前やお住まいなど、もし御存知でしたら――」


「いやそこまでは。

我々夫妻も海外生活が長いゆえ、孫の私生活にズカズカと足を踏み入れる文化を持たん。まして由香里はそのような必要の無い子だった。独立心旺盛ながらも――箱入り娘ゆえの気負いだったかも知れんな――とかく自分で自分を律すること厳しい子だった」


（――そもそも由香里さんが在学していた私立井の頭女子高等学校は、伝統ある名門進学校だ。吉祥寺界隈では、特に規律と風紀に厳格な女子高として定評がある）


「ただ……同じ部活のエンドウさん、ムトウさんという姓の子は、しばしば家でも見掛けたな。

両者以外でも、遊びに来てくれた友達は数多いはずだが……

しかし、私が本省勤務から帰宅する時間帯でもよく見掛けたのは、その両者だ。

由香里が行方不明となってすぐ、通り雨が幾度か降る中、矢も楯もたまらず家に駆け付けてくれた子でもある。確か家も近所のはずだ。また、由香里と同じ部活のムトウさん曰く、当夜は門限の三〇分前に学校を出たとのことで、それでムトウさんもエンドウさんも、大層心配してくれた……

　これを思うと、成程、由香里が常々言っていたとおり。その二人が、日頃から、親にも言えない事とて胸襟を開いて相談できると誇っていた、由香里の大親友の二人といえようか」

（エンドウ……エンドウ。ナギの捜報を脳内で総浚えするに、円藤歌織という子がいた。また、ムトウの方も同様……きっと武藤栞という子だ。いずれも学校の同級生）

「――ちなみに由香里さんの部活というのは？」

「幾度か話したとおり、ボランティア部だ。管弦楽部との兼部だが。
だから清掃活動に募金活動、様々な介護介助の支援に……ああ、御社関係では交通安全運動だとか、事件事故の当事者・遺族の講演会だとかに協力していたはずだ。それがなんと……自分自身が事件事故の当事者になり、まして最早語ることすらできんというのは、運命の皮肉も辛辣に過ぎようが」

「その由香里さんが突然行方不明になったときは、さぞ驚愕し、心配されたでしょうね」

「既述のように、自己を律すること篤い子だ。こうまで断言すると、孫可愛さに目が眩んでいると笑われようが……しかし学校の教師の誰に訊いても話は同じだ。勤勉で真面目で努力家で、それでいて嫌味がなく明るい子。いささか世間知らずの箱入りな所はあるが、自らそれを補うべく、様々な経験を積もうとしていた視野の広い子……

　まして、学業に予備校に部活にと多忙ながら、ただの一度も門限を破ったことが無い子だ。それがなんと、通学用の自転車や当夜の雨合羽ごとこの世から消え失せたというのだから、それで仰天しない方が面妖しかろう。まして実の孫とはいえ、今ワシントンにいる婿の子でもある。

つまり我々祖父母には、婿の義之君に対する絶対の責任があったのだ。

だから当夜、由香里が門限を三〇分過ぎても帰宅しなかったので――」

市松廣樹は、市松由香里が拉致されてからの問題の二週間のことを、雄弁に物語った。ひかりは頷きながら話すに任せた。その物語なら既に、水鳥薙その他の被害者対策班員が、微に入り細を穿って録取し調書化している。そしてひかりとしては現在、その物語に特段の疑問を感じてはいない。ましてその物語の真実は、今口を利ける唯一の目撃者であり証人である――無論のこと被疑者である――仁科徹にしか語れないことである。

故にひかりは、ここではただ市松廣樹が話すに任せた。

被害者遺族にとって感情の吐露は重要だし、今ひかりが興味関心を有するのは、まさにその被害者遺族の在り方である。顔を突き合わせ、瞳を見詰め、市松家の在り方を知る。それは、生前の被害者の在り方を知ることでもあり――

――ドライに言えば、仁科徹を攻め落とす大役を担った調べ官＝上原係長の、勝負札を増やすことでもあった。仁科徹を攻め落とす切り札となり得るのは、その仁科徹の一七年の人生において最大のインパクトを残した、市松由香里なる少女の在り方である。

すなわち、『市松由香里とは、いったいどのような少女であったのか？』。

故にひかりは、約三〇分後、徐々に話題の軌道修正を図り始めた。

「――すると、そんな非道な犯罪とはまるで無縁だった、由香里さんですが。

親御さんというか保護者さんから見て、どのような人生を歩まれていたのでしょう？

「雑駁な質問で恐縮ですが、できるだけ自由に物語って頂くのがよかろうと思いまして」

「僭越な物言いにはなるが……客観的には、俗に言う『何不自由無い人生』を送っていた」

「それは物質的にも、精神的にも――」

「そうなる。金銭的な困窮は味わわせたことがない。また心身ともに充実した時季だった。

学校関係については述べたとおりだが、付言すれば生徒会長もやっていた……

あの子は、責任感と正義感がそれは強い子だったから。

それは我が家が、市松家が代々、カトリックであることとも関連しているかも知れんな」

「すると由香里さんも？」

「そうだな。少なくとも義之君まで三代外交官の家、三代カトリックの家だ。由香里も自然、そのような環境で育ち、そのような倫理観を育んだことになる」

（父も祖父も曾祖父も外交官。要は、親子三代外交官）ひかりは関係する捜報をまた想起した。

（まして実は、母の妹二人も外交官に嫁いでいる。すなわち眼前の廣樹の三人娘は、被害者の母である長女の明香里を含め、皆が外交官を夫とした。そして長女の明香里が、長子たるの立場から、市松家を継ぐこととなった訳だ）

……ただ明香里・義之夫妻には一人娘の由香里しかなく、その由香里は無論故人である。他方で、明香里の妹二人は男子を儲けているから、今後の市松家は――外交官らの華麗なる一族は、妹二人のいずれかが継いでゆくこととなろう。

「由香里さん、特に御病気などは？」

「全く無い。健康そのものだった。それは本当に嬉しい事だった……義之君の手前も。

敢えて言えば難産だったそうだが……そして私も妻もそれを聴いて、せめて娘だけでもとまでハラハラしたものだが。ただ生まれてこの方、病気の経験といえば風邪くらいのもの。大した怪我も無い」

「海外生活が長かったとのお話でしたが、文化的な問題などは」

「家族親族ひっくるめて、外交官ばかりだからな。海外生活を当然のものとして育った。文化的な問題というなら、むしろ日本語・日本文化の体得の方にあったろうが……無論、東京で高校受験をする程ゆえ、最終的には何の問題も無かった。まあ、実は私の妻が京都の元公家の出ゆえ、加えて妻が由香里に選んだ家庭教師も京都の縁者だったゆえ、話し言葉の折節や咄嗟の反応に京都弁のニュアンスが出ていたが、そんなもの日本語のコミュニケーションに何の問題ももたらさない」

「京都に御縁があったとのことですが、由香里さん、そもそものお生まれはというと」

「幾度か喋っているが、また当然に戸籍を調べているだろうが、カナダだ――」

（そうカナダ。由香里さんの出生地は『カナダ国オンタリオ州オタワ市』、これすなわち）

「――由香里が生まれたのは、義之君が在カナダ大使館の三等書記官だった頃だからな。そうそう、義之君がカナダで勤務した三年間の、ちょうど折り返し点のあたりだ」

「ええと、立ち入った事になりますが、私も官僚の端暮れゆえ……」

……由香里さんの御両親、義之さんと明香里さんですが、御年齢からして早婚ですね。まして三等書記官といえば、今の私の身分とさほど変わらない若手ポスト。加うるに、由香里さんがお生まれになったのも、令和三年の感覚からすればお早い」

「そうも言えようか。

ただそれは娘と義之君の決断だし、我が家の気風からすれば、外務省の後輩を婿に迎えることができるのはまさに本懐だ。すなわち、娘夫婦の結婚が早かろうが出産が早かろうが、まさか我々の側に文句が在ろうはずも無し。

まあ確かに、身籠もった旨を聴いて、これまた実に肝が潰れるほど吃驚したものだが……若者同士のことだ。特に不思議がる流れでもあるまい」

「先に『難産だった』と伺いましたが、戸籍からして御出産もカナダ」

「当然そうなる」

「外交官の方の奥様は、御出産のときは御帰国されるものとばかり――」

「そのような文化はないよ。それは当事者夫婦の決断ひとつだ。ましてカナダは先進国でもある。医療面での不安はない」

「ちなみに、明香里さん以外にも御嬢様が――外交官の方の奥様である御嬢様が、それもお二人おられますが、いずれも御夫君が在外勤務の折に御出産を？」

「……在外勤務の折、というなら確かにそうなろう」

「またちなみに、どちらの国でしたか？」

「何に関係するのか解らんが、また何故そこまで立ち入るのか解らんが、それぞれベルギーと合衆国――ブリュッセルとロサンゼルスだ。これまた確かに、先進国ではあった」

微妙な不可解さを感じたひかりは、いよいよ会話の合間を縫い、ブラインドフリックで、先の『市松由香里の両親の家族写真』の入手に加えて『市松廣樹の他の二人の娘が子を出産したのは何処か？』を基礎調査させることとし、たちまち所要のメールを打ち終えた。そして指先と口先がまるで別個のイキモノであるかのように、しれっと質問を続けた。

「そう、先進国。実は私、そこにも立ち入った疑問を感じてしまいました。というのも。

私の同級生の雑談等を聴くに、三等書記官として先進国に勤務をするのは、恵まれた方ではないかと……他省庁のことはよく存じませんが、官僚の最初の修練先は、よりハードな現場となるのが一般ですから。飽くまでも例えば、発展途上国とか」

「その後の義之君の活躍を見れば、必ずしも不思議がる流れではないよ」

（自分自身もいわば英米派。しかも英国参事官・合衆国公使まで務めた派閥の領袖。そして無論カナダは英米圏――若くして素直に婿入りしてくれた後輩へ、結婚祝いなり婚約祝いなりがあったとして、それこそ『不思議がる流れではない』わね）

それはひかりの予断だが、著しい根拠のある予断ではあった。

というのも、婿の義之はそれ以降、やはりＥＵ一等書記官・合衆国参事官のポストを獲ているのだから。また財務省への出向とくれば、人を出す側の省庁のメンツに懸けて、エース級を投入するものだから。

――これすなわち。

被害者の父・市松義之の出世街道は、眼前の外務審議官・市松廣樹が煌々と照らし出したものである。またそうでなければ、わざわざ外交官を――自分の役所の後輩を婿に迎える意味が無かろう。

「ちなみに、由香里さんと御両親の関係は、どのような」

「何らの問題は無かった。

　確かに東京とワシントン。距離的・物理的に離れているから限界はあるが、今は令和の代。リアルタイム動画を含め、物理的に遣り取りする機会も手段も充分にある。故にまさか険悪な仲ではなかったし、由香里が常識の範囲を超えて寂しがることも、常識の範囲を超えて不満を漏らすこともなかった。妻が既に述べたことだと思うがね」

「その由香里さんのお名前って、御母様の明香里さんがお付けになったものですか？」

「……えっ、そんなことまで捜査に関係するのか？」

「何が捜査に活きるかは、警察の神様のみぞ知ることですから。

　そしてお亡くなりになった由香里さんからは、どのようなエピソードも聴けませんから」

「被害者の生い立ちなり素行なりは、犯罪の捜査に関係あるまい？」

「ところがそうでもないのです。

　特にこの場合は、『由香里さんが全く無辜の被害者であり、故にその素行にも態度にも生活にもその他諸々にも何らの問題が無かった』と立証しておくことに、極めて重要な意義があります。裁判官とてその立証を有難がるでしょう。

　何故と言って、それは『被疑者の悪質性・残忍性』と、まさにコインの両面ですから」

「だから孫の、名前の付け方まで訊くと？」

「捜査では、『開けて吃驚玉手箱』という現象なり情報なりがわんさとございます」

「……はぐらかされている感が否めないが、まさか重要な秘密でなし、まあよかろう。

　まさに御想像のとおりだよ。娘の名が明香里で、孫の名が由香里なのだからな。

といって……何を邪推しておるのかは知らんが、我が家が義之君を疎略にしていた様な事実は無い。断じて無い。それは義之君の諸公務におけるサポートについてもそうだが」

（やはりか）

「義之君の諸私生活についてもそうだ。それはそうだ。義之君は我が家の跡取り息子だ。礼を尽くして招いておいて、まさか疎略にするはずも無し……

　そして、どのみち警察の神様のため、何でもかんでも捜査しているのだろうから直截に言うが——義之君の御実家は、まあ裕福な方ではない。結婚当時からいや大学生の時分から片親の御家庭で、大学にも奨学金で通った苦学生だった。母君は地方で、父君から引き継いだ小さな文具店を営んでおられる。そのような事情から、娘夫婦の財政面は全て市松家が支えてきた。外交官は何かと物入りだが、客観的に言って義之君にこれまで恥を掻かせたことなど一度も無い。それはそうだ。それは既に我が家の恥なのだからな。

　また娘も……由香里の母親も、当初は予期もしなかった段取りの見合い結婚である気後れもあってか、はたまたかなり歳が違う遠慮もあってか、結婚からこの方、いや婚約からこの方、義之君を尻に敷くなど論外も論外。あたかも戦前の嫁の如くに——要はあたかも義之君の所有物の如くに、貞淑かつ柔順な配偶者で在り続けてきた。今や本省課長級の外交官である義之君を、ありとあらゆる内助の功で献身的に支え続けてきた。誓って言うが、義之君が我が家において居心地の悪い思いをした事などただの一度もなかろうよ。あるはずがない。正直、義之君が実子ならば……また此方から三顧の礼で迎えたエースでなければ、私はきっと、義之君の娘に対する大胆で率直な態度に、幾度か叱責さえ加えただろうよ。

ま、まあそれはともかく……

要するにだ。

娘夫婦は、由香里の両親は、私がそのように感じるほど古風で謹厳で、いわば日本の古き善き家庭を営んでいた。少し触れたとおり、過剰なまでにね。そして由香里の自己を律すること篤い、勤勉で真面目で努力家で明るい性格と素行は、その両親の在り方に影響された所が大きい。今でこそ東京とワシントン。高校時代を通じて物理的な接触が無かったが、由香里本人にも何らの問題が無かったばかりか、その両親にも何らの問題は無い。

あるはずがないだろう。

純然たる被害者と、純然たる被害者遺族だ――」

「ならば――ここ三〇分強で私自身はまだ拝聴できておりませんが――被疑少年あるいは加害者家族へのお怒りなど、そう純然たる犯罪被害者遺族としての御感情がありましたら」

「そっ……」市松廣樹は絶句した。「……そんなもの改めて語るまでも無かろう!!　激怒の一言に尽きる、そうそれだけだ!!」

「それだけ」

「……百万言を費やしても表現できぬ悲憤があると、こう言えば解るかね⁉」

「いえ左様でございましょう、至極御尤も」

「……よいかね。これは君の部下の、あの水鳥警部補なる執拗な者にもようく言って聴かせたことだが、しかし再論しておこう。よいかね。二度とは言わん。

由香里は／純然たる／犯罪被害者で、娘夫婦は／純然たる／犯罪被害者遺族だ。

もし裁判官が求めるというのなら、ここはゴシックの太字にして、ポイントなり級数なりも特大にした上、アンダーラインで強調でもしておいてくれたまえよ。二度とは言わんぞ!!」

「審議官」ずっと沈黙を守ってきた、三谷弁護士がいった。「まあ本題ではないですな」

（……いやそうでもない）ひかりはしれっと思った。（省名審議官なる顕官にまで登り詰めた百戦錬磨の外交官が、二六歳の小娘相手に、これほど感情を剝き出しにするはずも無し。

それは、同様の事項を執拗く執拗く訊いたナギのお手柄でもあるけれど。

市松外務審議官の娘夫婦についての供述態度は、だから由香里さんの両親についての供述態度は、私を出迎えたときの悠然たる態度に比べ、俄に著しく不可解だ。そして）

そして、すべて不可解なことには理由がある。

だからひかりは、ちょっとだけ火に油を注いでみることにした。

「それだけ夫唱婦随な奥様が、よく娘さんのお名前を『由香里』になさいましたね？」

「……いやそれとて義之君の希望だよ」

「あらそうなんですか？」

「それはそうだ。かなりの年下でしかも見合い結婚。周囲からは政略だとか閨閥だとか、心無い陰口も叩かれる。何より娘自身が、表現に迷うが、惚れっぽいというか思い込んだら一途というか……『この人に付いて行く』と決めたら頑として梃子でも動かないほど強情ではある。まあ御嬢様育ちゆえの、静かに忍ぶ強情さなんだが。

そんなこんなで、娘としては、まさか由香里などという名前を付けようとは思っていなかった。だからちょうど身籠もったのが分かった頃、季節と夫の名前にちなんで、『由春』『夏行』

『美春』『里夏』のいずれかにしようと決めていたんだ。しかし娘が日本を離れる前、だからカナダに赴任する前、それを断乎として否定したのは義之君の方だ。まして『由香里』を決め打ちで主張したのも義之君だ。そもそもあの娘の性格からして……」

「審議官」三谷弁護士が微妙に語調を強めた。「まあ本題ではないですな」

「失礼」市松審議官はハッと我に帰る。「確かに本題ではない。まるで本題でない」

「なら本題に立ち帰りまして、御家族の次に、御学友のエンドウさんとムトウさんは……」

……ひかりは今現在どうでもよい煙幕を、約一〇分間展開した。

そう。

(すべて不可解なことには理由がある。娘の命名なる、運命的なイベントなら尚更だ)

ただ今現在、ひかりがそれを嗅ぎ付けたことは、市松審議官にも三谷弁護士にも知らしめる必要が無い。というか、恐らくはブレーキ役の三谷弁護士が同席する中、これだけ市松審議官が感情的になってくれたのは――重ねて薙の仕込みもあるが――かなりの僥倖だ。三谷弁護士としては、依頼者の口に貼るガムテープを用意したい気分だったろう。

(ましてそのブレーキ役の存在自体も、私の人生訓を裏書きしてくれる。

お口にチャックをしたいその理由。お口にチャックをしたいその中身。それはさて?)

故にひかりは、どうでもよい煙幕を展開し終えた後、最後の質問をしれっと投げた。

「それではこれで失礼させて頂きます。

審議官、御多用の折の真摯な御協力、警視庁を仮に代表して深く御礼申し上げます――

最後に、どうしても私共なり被疑者なりに仰有りたいことがあれば」

「言いたいことはもう言った。二度と言わんともう言った」

「でしたわね。ならばそれを深く肝（きも）に銘（めい）じまして、辞去いたします。

――あっといけない。

審議官、由香里さんの御父様、旧姓は何でしたかしら？」

「それならミサ……いやミサキ、いやタヌキ……」

「おやおや、審議官」三谷弁護士が苦笑した。「キサヌキさん。木佐貫義之さんですよ」


首都高速４号新宿線・新宿ＩＣ近傍（きんぼう）

――管理官車内。

吉祥寺警察署・捜査本部への帰途（きと）。

渋滞とも言えぬちょっとした停車の間、ひかりはスマピーポで薙に警電（ケイデン）を入れた。

「あっ、ハコ管理官お疲れ様です～あたしです～」

「せめて官姓名（かんせいめい）は名乗らない？　警務要鑑（ケイムヨウカン）にもあるでしょ、警電のかけかたの項。

――ちょっと、被害者遺族について訊きたいことがあるの」

「もっちろん了解です～。

といってハコ管理官。管理官としては被害者遺族の御印象、如何（いかが）でした～？」

「……一言（ひとこと）でいえば、不可解ね」

「ですよね～？」

「三〇分強も延々、犯罪被害者たる孫娘のことを吐露（とろ）しておきながら――

加害者たる被疑少年に対する怒りも、その家族に対する怒りも、此方から水を向けなければ喋りもしないなんて。捜査本部から代表者が来ているのだから、警察への怒りも引っくるめて、三〇〇分は激情の独演会になっても面妖しくはないだろうに」

「といって〜、憤っていない訳でもないですよね〜。あたし市松廣樹にも奥さんの未咲さんにも幾度か会ってますけど〜、激しいショックを感じていることは間違いないです〜」

「市松未咲の調書は読んだわ。そしてむしろ其方はさほど不可解でない。

憤り、激しいショック――確かにそうよ。

そして市松未咲の場合、それが比較的自然に、仁科徹あるいは仁科家への怒りに結び付いていた。それは数多の供述から読み取れる。

ただナギ。私が思うに、特に市松廣樹にあっては。そしてきっと、市松未咲でさえ」

「そうです〜。そうした憤りなり激しいショックなりが〜、どこか抽象的っていうか〜、理屈的っていうか〜、理路整然とし過ぎている感じがするんですよね〜。

――まあ外交官と外交官令嬢の夫妻ですから〜、まして、外務省に出向した警察官数多いわく省内でも有名な政略・閨閥優先のイエ主導型結婚だったそうですから〜、あたしたちみたいな純然たる肉体労働者と違って〜、世俗を超越したインテリ性なりおハイソ性なりがあるんですかね〜。

こう、胸の内から溢れ出る生の感情が無いっていうか〜。

犯罪被害者こうあるべし、っていう自己規定に則って喋っているっていうか〜」

「ほぼ同感」しかしひかりは注釈を付した。「といって私が感ずるに、市松廣樹・未咲夫妻が孫娘を――本件被害者を愛していたことは間違い無い。廣樹の瞳の動き。未咲の調書の行間。それらはいずれも肉親としての愛情を胎んでいる。それは間違い無い」

「キャフフフッ、恐い恐い……九段課長が日々零しているとおり……」

「――一課長が？　すなわち？」

「曰くですね～、『箱﨑のヒトを見定める瞳には狂いが無い』『実は二六〇歳の魔女なんじゃないかと思える』『あれで自分の服装をも見定めてくれれば御の字なんだが……』とのことでして～、キャフフフッ」

「女性に対して戦慄すべき暴言ね。警視庁セクシュアル・ハラスメント所属責任者とは思えない狼藉だわ。警察が大好きな、極めて適当なホットラインに内部告発したくなる」

「とはいえあたし思うに～、九段課長の指摘は事実ですしね～。

すなわちあたしも～、そんな審人眼のあるハコ管理官と同意見です。肉親として由香里さんを愛していたことに疑いは無いです～。

――市松由香里さんの事実上の保護者だった～、祖父母夫妻。ただその愛が～、上手く表現できないんですが『ワンクッション置いたもの』っていうか～、そう、不思議な手触りなんですよね～。どこか直接的じゃない」

「なら被害者対策班のナギとしては、その理由をどう分析しているの？」

「極めて暫定的には～、『実の父母』と『実の祖父母』の違いがあるのかなあって～」

ここで重ねて、本件被害者・市松由香里の『実の父母』はワシントンにいる。少なくとも今帰国の途上だ。市松由香里をここ二年ほど現実に養育してきたのは、『実の祖父母』である。故に今薙が言いたいのは、市松由香里の父母たる『義之＝明香里』夫妻と、祖父母たる『廣樹＝未咲』夫妻の違い——要は、被害者の直の親たるかどうかの違いだ。成程、直の親と祖父母とでは、確かに薙のいう『ワンクッション』の違いがあるだろう。

（ただ、家族の情愛の極々一般論としては）ひかりは思った。（実の子よりも、孫の方をこそ溺愛するものではないか？　しかし今、被害者の祖父母は被害者を溺愛はしていない、ように思える。それが『不思議な手触り』『ワンクッション』となっているし、故に『何故か加害者への怒りが抽象的で理路整然』ともなっている……）

……他方で、もちろん被害者の祖父母は被害者の保護・養育に怠りなかったし、その水準は我が国でもトップクラスと言ってよかろうし、事実、市松由香里は何不自由なく育ってきた。また事実、市松由香里の性格・信条・素行・学業等には何らの問題点も翳りも無い。それらはまさに肉親の情の現出だろうし、ましてそのことは、『放置状態』に置かれていた被疑少年・仁科徹の境遇と、あざやかすぎるコントラストを成しているといえる。

（故に、まさか祖父母夫妻の側に、被害者を疎んじ、放置し、憎み、あるいは虐待などする理由は無い。微塵も無い。また事実として、そんな傾向も行為もありはしなかった。

そんな虐待等は無論、祖父母夫妻のハイソな社会的地位からして、想像に難いことだが——それよりも何よりも、そんな虐待傾向なり虐待行為なりがあれば、まさかそれを見逃す我が社ではない。これまた、仁科家の状態を無慈悲にしかも容赦なく曝け出す我が社のことなのだから）

以上を要するに——

祖父母夫妻は被害者を愛していた。それは確実。肉親として、確実に孫を愛していた。

だがその祖父母夫妻は、世間の祖父母が孫を愛するようには、被害者を愛してはいなかった。これはまだ推測。ただ参考人調べや調書からして、合理的根拠のある推測である。まして、その理由が解らない……その『不思議な手触り』『ワンクッション』の理由が。

（著しく不審ではないが、もちろん不可解ね。そして、全て不可解なことには理由がある）

よってひかりは薙に訊いた。

「ナギはもう、由香里さんの御両親とは話をしているのよね？」

「はいハコ管理官～。

といっても国際電話でですし～、主として話せたのは～、お母さんの市松明香里さんの方ですけど～」

「御母様、どんな感じだった？」

「号泣、号泣、また号泣です～。はたまた激昂、激昂、また激昂です～。

発話の八〇％ないし九〇％はそのいずれかでしたね～」

「――なら主として話せなかった、御父様の方は？」

「そうですねえ～」

薙はまさかこれが雑談だとは思っていない。彼女の隠している爪は実は鋭い。そこは惚けていても捜一の刑事だ。故に薙は、ひかりの情報関心を察知した答え方をした。

「敢えて言えば～、感じられたのは『衝撃、困惑、動揺、恐怖』といったあたりですね～」

「その言葉の遣い方からして、父義之の態度は、母明香里の態度と明白に異なるわね？」

「まさしくです～」

「被害者の父・市松義之の態度はそう、祖父・市松廣樹と類似するもの？」

「ん～」薙は微妙な間を置いた。「娘・由香里さんに対する不思議な手触りがある。その点においては類似しますね～。ただハコ管理官、義之の娘に対する不思議な手触りには～、廣樹の孫に対する不思議な手触りとは～、また違った何かを感じましたね～」

「すなわち」

「廣樹を理路整然型とすれば～、義之は絶望型・諦め型ですかね～。

あたしの超個人的な感想でよければ～、義之は本件事件・由香里さん殺しのこと、何かの天罰なり報いなり不可避の破局なり、そんな感じでとらえていると思いますよ～。だからさっき～、『衝撃、困惑、動揺、恐怖』って言葉を遣ったんです～」

「不可避の、破局」ひかりは数瞬、理解に苦しんだ。市松由香里が殺されたのは別段、運命として定められていた事でも、人生における必然でもないから。まさかだ。「由香里さんが殺されたのは、まさに通り魔に遭ったようなもの。それが『不可避の破局』『天罰』『報い』であるはずもなし――

ナギの、その超個人的な感想の根拠はある？」

「はいハコ管理官～、たった一言二言ですが～、当該市松義之、こう言ってましたから～。曰く～、『栄達ばかりに目が眩んだその報いだ』と。『自分がもっと毅然とした男だったら、こんな運命にはならなかったはずだ』と。

またこれですが当然、衝撃、困惑、動揺、恐怖の感情とともに言ってましたね～」

「……取調べができたなら、その意味内容をもっと追及し解明できたんでしょうけどね」

「確かに、このままじゃあ供述の意味内容が明確を欠きますからね～」

「敢えて解釈すれば、『仕事人間で娘を放置した報いだ』『仕事人間で娘の躾を怠ったからこんな運命になった』云々の後悔ととれなくもないけれど……でも疑問点が三つある。

第一。当該娘は、自分及び自分の実家より財力ある義父に委ねておいたのだから、婿たる義之がそこまで自罰的・自虐的になる理由が解らない。常識的に言って、遠くワシントンから娘の躾も何も無いでしょうし、由香里さんは、父親の職業を幼い頃から理解していた訳だし。ましてそもそも義之自身、中央省庁の課長級なる顕官よ？　そんな萎らしいタマかしらね？」

「そしてきっと疑問点の第二として～」ひかりの思考経路を学習している薙がいった。「何故義之が『困惑』『恐怖』を感じるかですね～。そりゃ実の娘さんがこんな酷い悲劇に見舞われれば～、先ずは状況に困惑もするし犯罪に恐怖も感じるでしょうけど～、それって～、娘の悲劇そのものに対する感情のはずですよね～。

ところがどうして、真っ先に『自分の職業人生』『自分の性格』を反省するだなんて～、被害者遺族としては～、いささかならず変わったタイプですよね～。そう、真っ先に『自分が』『自分が』となる感情の動きがよく解らない。

ましてよくよく考えてみれば～、恐怖っていう感情自体、被害者遺族としてはよく解らない感情の動きですよね～。もちろん～、被害者が加害者を恐怖するのは解ります～。はたまた～、被害者遺族の特に女性が加害者を恐怖するのも解ります～。ただ市松義之って、ハコ管理官御指摘のとおり、中央省庁の顕官ですよね～。まして市松家には～、あの剛腕にして重鎮の三谷弁護士まで付いてます～。財力＋社会的地位＋人脈……普通に考えて、市松義之が恐怖している理由って～、よくよく考えてみれば不可解ですよね～」

「無論、被害者遺族も『世間と空気』の猛攻に晒される」ひかりはいった。「市松義之・在合衆国大使館参事官がそこまで自分が自分がの人間ならば――端的には俗物ならば――やがては義父同様の外務審議官なり、あるいは外務事務次官なり、終局的には駐米大使なりに栄達するその出世街道が踏み荒らされる恐怖に喘いでいる、のかも知れないわね。

　ただそれは予断だし、ましてその予断が正しかろうと、父親についての第三の疑問点は残る」

「すなわち～？」

「ナギは言ったわね。被害者の祖父・市松廣樹と、被害者の父・市松義之の、市松由香里さんに対する不思議な手触りについて。そして廣樹は被害者遺族としては『理路整然型』に過ぎ、義之は『絶望型・諦め型』に過ぎると」

「はい言いました～」

「それって要するに」ひかりは断じた。「演技を続けているか諦めているかの違いだけで、由香里さんの悲劇については、だから被疑少年とその家族については、どっちも心底燃え上がるような激情的な怒りを感じてはいない――ってことよね？」

「まあそうですね～。それは由香里さんのお母さん＝明香里さんの態度と比較すれば～、あからさま過ぎるほどあからさまですね～。所詮、お腹を痛めて産んだ母親と～、それ以外の男共とは～、所謂基本的価値観が違うんですかね～」

「――おっとナギ、そんなこと言って仕事をサボろうとしても駄目よ。

　自分でも信じていない分析を喋々するのは止めて、市松由香里さんに対する基礎捜査、もうちょっと観点を変えて踏み込んでみて。例えば出生の具体的状況、親族の具体的状況、両親の具体的状況等々、諸々の知りたいことができたし、これからも陸続とできるはず。端的には私、『市松由香里』の一七年の生涯を、御本人と同程度に知りたいの」

「それ物理的に無理ですよ～。てか念の為ですけど～、由香里さんはマル害ですよ～？　その基礎捜査は、監禁の二週間分＋αで充分……マル被らの犯行・情状を立証するに足りる程度で充分。これ、警部補が警視に講義する内容じゃないですよね～？」

「ナギ、私の人生訓の第二と第三は？」

「……はいは～い、水鳥警部補了解で～す!!」

警電は先方から切れた。というのも薙は当然、嫌と言うほど学習させられてきたから。

箱崎ひかりの人生訓の第二は、〈疑問を疑問のままで終わらせない〉。

箱崎ひかりの人生訓の第三は、〈事件は基礎捜査に始まり基礎捜査に終わる〉だ。

首都高速４号新宿線・永福ＩＣ近傍

引き続き、ひかりの管理官車。

じき首都高速を下り、一般道を吉祥寺署に向かうことができる、そんな辺り。

――今度はひかりがスマピーポで呼び出された。警電番号を確認し、受話ボタンをスライドさせる彼女。

「お疲れ様、下北係長」

「報告一件だ」下北は前置きを省いた。いつもどおりだ。「俺の検証班で解析している、ほら、被疑少年ら四名の、携帯電話の架電記録(ジャーナル)についてなんだが」

（仁科＋四日市(よっかいち)＋御園(みその)＋〈権兵衛(ごんべえ)〉のスマホそのものは燃え屑(くず)となったけれど――）ひかりは頭を切り換える。（――無論、架電記録(ジャーナル)の解析に問題は無い。メールその他の解析にも問題は無い。よって検証班は、仁科ら三名と――〈権兵衛〉はまだ人定が割れていないから照会しようが無い――被害者一名について、先ずは(ま)ここ一か月分の諸データを解析中、だったわね）

「うち仁科徹の架電記録(ジャーナル)に、ちと興味深い通話があってな。それで警電(ケイデン)を入れた」

「これすなわち？」

「女との通話がある。それが唯一となる、女との通話が」

「――他は全て男との通話だと？」

「ここ一か月分にあってはそうだ」

「成程(なるほど)それは興味深いわね、下北係長。

なら当該(とうがい)女、いったい何者？　もう割っているんでしょう？」

「えんどう・かおり。

サークルの円に以下省略で円藤歌織(えんどうかおり)なる女……いや、一七歳の女子高校生だ」

「極めて興味深い」

「だろうな。俺の方でもナギに確認をした。なんでも、マル害の方の関係者だとか？」

「まさしく」

水鳥薙は被害者対策班の係長に任ぜられている。そして薙に対するひかりの要求水準がブラックなのは先のとおり。よって薙は当然、被害者の交友関係を捜査しているし、事実、それに関する捜報も幾つか打っている。ひかり自身、先の市松外務審議官からの事情聴取において、まさにそうした捜報を思い出してもいる――

（そう、円藤歌織と武藤栞。被害者の親友ふたりだ。学校の同級生ふたり）

ただし、今話題に出たその円藤歌織は重ねて、『被害者側』の関係者である。

それが、『被疑者側』いや被疑者そのものである、仁科徹と架電していたとなると……

「下北係長、当該架電の詳細を教えて。まず何方から何方への架電？」

「仁科徹のスマホから、円藤歌織のスマホへの架電だ」

「何時？」

「マル害監禁の二週間の、その一〇日目になる」

「時間帯と通話時間」

「当該日の深夜一時……〇一一五から〇一三五までの間、約二〇分」

「それぞれの発信地」

「仁科徹にあっては、あの仁科邸。円藤歌織にあっても、その自宅と考えて矛盾ナシ」

「念為。マル被と円藤歌織との通話はそれが唯一で、女との通話もそれが唯一なのね？」

「そのとおり。マル被のスマホについて、既に解析できた一か月分にあってはそのとおり」

「例えば――四日市又は御園と、その円藤歌織との通話ってある？」

「無いな。御嬢の性格を察して言えば、市松由香里と被疑少年らの通話も無えよ」

「同様に、円藤・市松らと被疑少年らとの、メールその他のテクストの送受信は」

「それも無い。一切無い」

「纏めれば――ここ一か月分という限定は付くけれど、また〈権兵衛〉は別論だけど――『被疑少年ら』と『被害者側』の接点は、〈仁科徹＝円藤歌織〉のスマホ通話、その一点・一箇所のみだと」

［まさにそうなる］

（微妙に不可解ね）

――マル害・市松由香里が被疑少年らと接点を持っていなかったのは、むしろ道理で自然だ。何と言っても、これは通り魔的犯行なのだから。捜査や後々の面倒を避けるべく、赤の他人を襲撃するタイプの犯罪なのだから。

だがしかし、それを言ってしまえば……

（当該円藤歌織と被疑少年らが接点を持つことに、何の道理も自然性もありゃしないわ）

市松由香里と被疑少年らがそれまで赤の他人だったとすれば、それは常識的に考えて、円藤歌織についても言えることだ。常識的に考えて、円藤歌織と被疑少年らは赤の他人でなければならない。しかし今、『架電記録』なる客観証拠でその常識が覆されたとあらば、ひかりが不可解に感じるのも当然だろう――もっとも、今ひかりが感じている不可解さは、他にも数多あるのだが。そう、この客観証拠は真実、謎に充ち満ちている。

［――被害者関係は俺の縄張りじゃねえが、当該円藤歌織に直当たりしろって言うなら、ナギにそう伝えておくぜ？］

「それはいい」

［ていうと？］

ひかりはタブピーポを操作した。ナギの捜報(ソウホウ)で、円藤歌織の住所を確認する。

「瞳(め)を見ながらでないと、解らないことってたくさんあるもの。そうでしょう?」

「……ああ。御嬢の人生訓だな。〈視線百遍(ひゃっぺん)〉」

まあ、それに千遍騙(せんぺんだま)されて育つのも刑事だが……

そう言い掛けた下北はしかし、苦笑しただけで警電(ケイデン)を切った。

ひかりと違って能書(のうが)きは嫌いだったし、何より、その蛇足(だそく)が年寄り臭く思えたからだ。

吉祥寺区・井の頭六丁目地内(チナイ)

仁科邸のある、井の頭六丁目。

とはいえその仁科邸からは、それなりの距離がある某(ぼう)バス街道。

現場とは幾つもの街区で隔(へだ)てられているため、メディアの喧騒(けんそう)も此処(ここ)までは届かない。

すなわち、周囲は常日頃と変わらぬ日常の中にある——

その、常日頃と変わらぬ日常の中。

仁科邸を所管(しょかん)する駐在所に勤務するその制服警部補は、老骨に鞭(むち)打ち、とある横断歩道の直近で、駐留警戒(ちゅうりゅうけいかい)をしていた。といってそれは、堅い業界用語だとそんな表現になるが、柔(やわ)い業界用語なら要は警らの一環。一般用語なら、要は立ち止まっての警戒活動である。

此処(ここ)はバス街道ながら幅員(ふくいん)が狭く、また、利用者のとても多いバス停があり——バス停の真ん前に複数のマンションが濫立(らんりつ)しているのだ——おまけに、当該(とうがい)バス停直近には大きなカーブがある。言い換えれば、横断歩道の利用者が実に多い癖(くせ)して、車からすれば横断歩道の視界が実に悪い。この警部補の所管区の中では、交通事故多発地帯である。

故に彼は、警らの機会を使って、駐在所から一㎞ほど離れたこの横断歩道に来ては、駐留警戒による交通事故抑止を図っていたのであった。無論、道行く自動車の態度が目に余れば、歩行者等優先義務違反で切符を切ろうとも思っているのだが。ただその反則金九、〇〇〇円が、まさか彼の懐に入るわけでなし。どのみち警らのついでともあって、彼の熱意はさほどでもなかった。

これまた、変わらぬ日常の出来事といえる。

（これ見よがしに、防犯カメラでも付けたらいいのに。ただ防カメがあるのは、この辺りだとマンション周りだけだ。まさか公道には無い。だからこうして、住民からジロジロ盗み見られつつ、バカみたいに立ち尽くしつつ、生体防犯カメラをやらなきゃならん……

とはいえ、公園交番で花見客の相手をするだの、捜査本部に吸い上げられて警視庁本部の捜一バッジどもに扱き使われるだの、そんなブラック勤務に比べりゃあマシな方か）

しかし、当該警部補がそうぼやきながら、定例の駐留警戒を開始して五分ほどすると。

――彼としては、実に非日常的な出来事に遭遇した。

「す、すみません、おまわりさん」

「……ハイお嬢さん。どうしました？」

そう、自転車小脇にずっと立ちんぼしている警察官に語り掛けてくる客など、まさか日常的ではない。遠目に、サッと『あら何かあったのかしら？』と盗み見る者ばかりだ。それが日常だ。ましてや声掛けをするのは、大抵が警察官の側である。

だのに、まさか逆バンカケされるとは。おまけに、その語り掛けてきた客とは――

警部補が一瞥するに、高校生ないし大学生の、要は若い娘である。

制服姿であれば高校生と断言できたろうが、しかし街に溶け込むような私服姿。故に彼女は、この警部補の警戒心を全く惹起しなかったし、それどころか、その記憶力をも全く刺激しなかった。この警部補が思ったのは、『どうせ地理指導だろう』の一点のみである。ところが。

「あの、実はこれ、拾い物なんですけど」

「……その角封筒かい？」

「はい、彼処の」若い娘は手で指し示した。「バス停の待合所に、置いてあったんです」

「えっ、あのバス停に待合所なんて在ったかな……

ああ、あれ、あれですか、成程」

警部補は横断歩道に程近いバス停をまず見遣り、次に、そのバス停に程近い石造りのブースを見遣った。そして得心し、頷いた。

（成程。あれは、あのブースは、確か最も新しいマンションが建ったとき……

……『露天にベンチ』だけだったこのバス停の、そう一〇mほど後方に、当該マンションの私道と一体化した形で、新設された待合所だ。一年前、いや六、七か月前だったかな？）

仮にもこの地を所管区とする地域警察官として、警部補はそれが『待合所』であることも、それが設置された経緯も知ってはいた。ただ、そのあまりにもオサレな外貌に、バス停からの距離に、マンションとの一体性……他の交番の勤務員であれば、『あの石造りの小屋は何だろう？』『何であんな所にブースがあるんだろう？』と首を捻ったに違いない。この警部補自身とて、その台詞どおり一瞬、若い娘の言葉を理解し損ねたほどである。

――ともかく、警部補は態勢を立て直した。そしていった。

「こほん。ええと、この角封筒を、あの待合所で拾ったのかい？」

「そうなんです。

私、サークルの先生の家に遊びに来たんですけど、通り掛かりにふと見たら……この茶色の角封筒だけがポツン、と置かれていて。だから交番に持って行こうとしたら、ちょうどお巡りさんがいてくれて。だから」

「ずっと置いてあったのかな？」

「ずっとだと思います。ずっと。だって先生の家に行くとき見て、しばらくお邪魔して、また帰るときに見たらやっぱりあって。だから、二時間ほどは置いてあったはずです」

（正義感と道徳心溢れるいい子だが、警察としては、ちょっとなあ……）

老齢の警部補は、実に日常的な考え方をした。端的に言えば、面倒臭がった。

（拾得物の取扱いとなれば、必ず交番に帰所して、施設内でやらないと）

だから彼の場合は、いったん、自分の駐在所に帰らなければならない。それがルールだ。ただ、彼の警ら時間は始まったばかり。まして、この若い娘は自転車も持たず徒歩だから、連れ立って帰所するとなると、距離的にも時間的にも厄介である。当然、連れ立って帰所するのも厄介なら、そこから手続をして一五分二〇分を浪費するのも厄介。

（そこからまた此処に帰って……

いやしかし、売上のためには職質にも励まないといけない。何と言っても月末だしなあ）

警部補は老齢のゆえもあり、ある意味素直に迷い、面倒がった。

だから思わず、一分ほども考え込んでしまった。

微妙な沈黙が続いた、その一分——

——するとそのとき。

「ノゾミさん、どうしたの？」

「あっコダマ先生、どうして」

「今コンビニに行こうと思ったら、ノゾミさんが何と、お巡りさんに捕まっているから」

「いえ捕まるだなんてそんな」

警部補は新参(しんざん)の女を見遣った。歳の頃、二〇歳代後半か三〇歳代前半か。成程(なるほど)、教職らしい、公務員めいた野暮(やぼ)ったいパンツスーツ姿である。バカでかいサングラスは如何(いかが)かと思うが、別段職質対象者でもないし……

「ええと、ノゾミさんの先生で？」

「ええ。ノゾミさんの剣道部の顧問ですけど。ノゾミさんが何かしましたか？」

「とんでもない。今時(いまどき)感心にも、拾得物を届けてくれた所でしてね」

「あら嬉しい。立派な教え子を持って鼻が高いですわ。それじゃあこれで。さあノゾミさん」

「あっあの……!!」警部補は最低限の良心を発揮した。「……ちょっと待って下さい!!」

「あら、まだ何か？」

「もし御時間(おじかん)があれば、一緒に中身を見てから……所謂(いわゆる)お礼金の問題もありますし……」

「えっ、でもノゾミさん、ええと、あなた確かこれから予備校でしょう？」

「は、はいコダマ先生、実はこれから予備校なんです」

「ということで、もし何か手続があるのなら、私が代わって致しますけど？」

「いえこれは拾得者御本人でないと……そして原則、警察施設でないと……」

「えっそうなんですか!!」ノゾミなる娘は素直そうに困った。「どうしよう、鎮台予備校に遅れちゃうかも……私、他のサークルの子に聴いたんですけど、部活で道路掃除とか河川掃除とかしたとき、管轄の駐在さんが、その場で落とし物預かっていってくれたって……」

「あっ、そうでしたそうでしたぁ!!」

警部補は焦燥てて言った。

所管区にある学校が奉仕活動をするとき、交通事故防止等のため随伴するのは自分だったし、その際——大きな声では言えないが——手続をごにょごにょする為に、現場限りで拾得物を取り扱ってしまったことも何度かある。そのごにょごにょは、所管区にある学校の生徒なら知っていて面妖しくないし、事実、眼前のノゾミさんは、ソースや経緯まで交えてそのことを訴え始めている……

　ましてそれは、手続をごにょごにょした結果であるから、これ以上触れられては困るし、そもそも自分の態度を疑問に思われても困る。それはそうだ。我が国の法令上、一円玉も金塊も、割り箸一本もダイヤの指輪も、手続としては同じ処理をしなければならないのだから。所有権の対象となるブツであれば、それが何であれ、手続をごにょごにょすることはできない。バレたら懲戒処分ものである。もちろん、この警部補に金塊やダイヤをごにょごにょする度胸など在りはしない。これまで現場限りで処理してきたのは、精々が五〇円玉だの、朽ちたイヤホンだの、そういった、度胸が無くてもインチキできるささやかなブツにすぎない。

まして、それを警部補が自分でガメる訳でなし。ただ面倒臭いから、自分自身が拾った公務拾得扱いにして、そう、生徒さんの手間を省いてやっているだけなのだ。

（そうだ、これはいつも奉仕活動のときやっている、生徒さんの為の親切と一緒……）

「ほら、どのみち世に言う公務拾得にできるし」コダマ先生は理知的にいった。社会の先生か何かだろうか。「報労金も所有権取得権も要らないし。まして私の教え子、とても急いでいるし」

「そうですよね～。

じゃあノゾミさんとしては、お礼金も、落とし主が出てこなかったときのこの角封筒も、その中身も一切要らないということでいいね？　ほんとうにＯＫだね？」

「はい全然、全く要りません」

「それじゃあ私限りで処理しますが……一応、中身だけ一緒に見ておきましょうか」

「……はい、それは構いません」

何の変哲も無い、事務書類用の茶封筒、角封筒。

しかしそれは、微妙な膨らみ方からして、確実に何かを胎んでいる。

故に警部補は路上で、立ったまま、その中身を自分の掌に落とす――

「――銀盤。ＣＤ……いやＤＶＤかな？　それが二枚。プラスチックケース入り」

「もちろん」ノゾミさんは繰り返した。「いりません」

（文字その他の記載は、ナシか。

敢えて言えば、プラスチックケースの背の側。背の側になる方の、紙の片隅……右下片隅に『×』みたいな殴り書きがあるが。しかしそれさえ、小指の爪ほども無い大きさ）

……新品ではないようだが、外表からは遺失者の情報など何も拾えない。なら中身を視るしか無いのだろうが、それは署の会計課の仕事であって、外回りのこの警部補の仕事ではない。また、この警部補がとるべき手続は初動の段階に限られるので、そもそも中身を視るのかどうか、そうした今後の実務にも全然興味は無い。

（とはいえ、忘れ方が忘れ方だし、ブツも包みも特徴的だから、きっと遺失者はすぐ出てくるだろう。まして、拾得者は完全に権利放棄したんだから、俺の公務拾得で処理してしまっても結果オーライ。何の問題も発生しやしない。生徒さんも、先生さんも助かる）

よって警部補は、機嫌良く室外の敬礼までしながら、最後にいった。

「ノゾミさん、どうもありがとうございました、警察として適正に処理しておきます!!」

「どうかお願いします」

「さあノゾミさん、急がないと。予備校に遅れてしまうわ。それじゃあ警部補さんこれで」

「先生も、どうもありがとうございました!!」

ノゾミさんとコダマ先生は、たちまち警部補の視界から消えた。というか警部補の方で、その行方などに興味が無かった。どのみち、ちょっとした混乱はあったにせよ、会話の開始からお開きまで、わずか三分四分でしかなかった。そんな人助けの一幕劇である……

……はず、だったのだが。

この時点で、警部補はまだ知らない。

そのＤＶＤ－Ｒに記録された動画が、驚天動地のものであることを。

だから――みすみすノゾミさんとコダマ先生を逃した自分が、警視庁本部の捜一バッジどもに、ガンガンのガンガンのガンガンのガンガンに気合いを入れられ吊し上げられてしまうことを。

とまれ……

吉祥寺警察署捜査本部、垂涎の証拠動画は、このように警察の手に渡ったのであった。

吉祥寺警察署・第1取調べ室

時刻は、幾許か遡る。

——すなわち、箱﨑ひかり警視があの『ホテル茶梅荘東京』で、刑事コロンボ的に市松外務審議官をイラつかせていた頃。

事実上唯一の生存被疑者・仁科徹は、留置施設でコロッケとカレーの昼食を終え、また、母親が私選した民事の大家の大御所弁護士との接見も終えると、午後二時ジャストから、またこの吉祥寺警察署・第1取調べ室に入った。

ちなみに逮捕被疑者には、少年であろうがなかろうが、所謂取調べ受忍義務がある。取調べの場においてどう供述拒否権を行使しようと自由だが——まさに仁科徹が駆使しているとおりだ——しかし逮捕被疑者が取調べそのものを拒むことはできない。その権利はない。故に、既に逮捕被疑者となった仁科徹がここ第1取調べ室に入るのは、法令上も実務上も必然的で不可避である。無論、仁科徹の調べ官たる上原警部補にとっても、この闘技場で午後の試合が行われるのは、必然的で不可避である。

——ただ。

既に諸々の段取りと仕込みを終え、完黙を含むあらゆる展開のシャドーボクシングまで済ませていた、上原係長は……

仁科徹を、改めて調べ室に入れ。

また、改めてデスク越しに少年と正対したとき。

（何だ、この邪悪な気配、壮絶な気配は？）

……上原係長は、おぞましいほどの悪い予感に囚われた。

無論それは、必然的でも不可避でもなかった。むしろ突然で異常である。

捜一のエース刑事として、これまで五指に余る被疑者を事実上、死刑の執行室へと導いてきたほどの上原だが……

（ここ四年ほど、これほど背筋を悪寒が走ったことは無い）

……久々に感じる、どうしようもなく凶々しい圧。

悪意。

ここで、上原は犯罪者そのものを恐れない。調べ官は教誨師でもあるから。連続殺人犯人であろうと、マル暴であろうと半グレであろうと、国会議員であろうと死体性愛者であろうと、誰も皆上原の大事なお客様であって、まさか恐れるべき対象ではない。上原が恐れるのはただ、警察組織全体からたった独りに全権委任された調べ官たるの責を――被疑者を完落ちさせるその責を――果たし得ないことだけだ。

そして、今上原が感じている、この種の悪意は。

（そうだ、あれからもう四年にもなるか……）

……今を去ること四年ほど前。

すっかり完落ちさせたと確信していた、妻殺しの殺人被疑者に、結果として一八日間、騙され続けてしまった苦い思い出。上原はそれをまざまざと想起した。今上原が感じている悪意は、そのときの凶々しさと類似している……とても類似している……

その事件の、調べ官を務めていたとき。被疑者取調べの、一九日目の未明。

上原は、なんと自宅の布団内で、被疑者の供述の致命的な矛盾一点にハタと気付き——それは当該妻の使用していたイヤホンの形状に関する矛盾点だったが、詳細は措く——丑三つ時にガバリと跳ね起きるや、余りの恐怖のため、冷や汗をサウナの如く流したのだった。

それはそうだ。

逮捕被疑者の取調べにはタイムリミットがある。雑駁に言えば二〇日＋αだ。そこで相手の玉を詰め切れなければ、調べ官の完敗。致命的な矛盾点を見逃せば、それまでの数多の自白調書など、公判でオセロの如く引っ繰り返って真っ白になる。此方は詰め切らなければならないが、被疑者は矛盾一点でも立証できれば判定勝ちなのだ。

まして、取調べ一九日目でこれまでの被疑者調書をまるごと書き改めなければならないなど……まるで『後は王手を掛け続ければよいだけの棋譜で、突然手持ちの駒が、こっちの王一枚にまで減る』のと同義である。ほとんどの調べ官が、いや主任官も管理官も『負けました』と言わせられる状態……そして轟々たる『誤認逮捕』『冤罪』の糾弾……

（個人的には、泥を被るなど恐くない。俺独り腹を切れば良いなら、ただ腹を切るだけだ。

……問題なのは、俺独りの所為で黒が白くなり、だから被害者が泣き、真実が泣くこと）

上原が感じる恐怖、上原が流す冷や汗とは、刑事の内でもそういうものだ。

この対局、自分が勝たなければ日本警察のいや被害者の負け、という恐怖……

それが日本全国の、全国警察の、調べ官という稼業ではあるが。

——とまれ、上原が今、久々に感じる悪寒は、刑事の内でもそういうものだった。

(盤面が引っ繰り返るとき、よくこういう空気になる……)

ただ現状、盤面は未だ序盤戦のはず。任意調べに三日。強制に移って初日。

まして仁科徹は、時にガードを崩されることがあったとはいえ、基本、完黙状態。

(なら、盤面が引っ繰り返るも何も、そこまでの指し筋がまだ無いんだが……)

——被疑者と、デスクを挟み。

上原係長はしかし顔色一つ変えず、尻まで垂れた冷や汗をその尻で微かに拭きながら、基本、完黙状態である仁科徹を見遣った。ここ第1取調べ室に入ってから、仁科徹は従前どおり、顔をずっと、確乎と、派手に伏せている……

いや、伏せていた。

そして今。

蛇が鎌首を擡げる如く、仁科徹のその顔がゆっくりと……じっとりと上がる。

やがて。

仁科徹の瞳が、ここ四日間で初めて、意図的に、故意と、上原係長の瞳を直視する。

(この瞳は……決意?

俺の脳内データベースだと、この瞳は、この空気感はいや圧は、何らかの決意だが……

しかしこの、あからさまともいえる悪意は何なんだ?)

　……ここで、上原係長が先に口を開いてしまったのは、得体の知れない壮絶な、その悪意に耐えかねたからだった。それは、経験豊富であるが故の現象だった。もし上原が刑事二年目の駆け出しだったなら――そもそも調べ官にはなれないだろうが――むしろそんな悪意だの悪寒だの凶々しさだの、微塵も感じなかったろう。だから、何も知らないが故の自然体でいられたろう。とまれ、上原の刑事としての鋭敏さが、ここでは悪手に繋がった。

「徹君、どうしたんだい。昼飯食って気持ちが変わったかい？
　ようやく向き合ってくれて、俺としては嬉しいよ……で？」

「――紙とペンを、貸してくれませんか？」

「そりゃ構わないが」無論、上原は自傷他害の虞ナシと踏んでいる。「何か書きたいのかい？」

「はい」

「何を？」

　仁科のペースだ、と思いつつ、上原としては乗らない訳にもゆかない。正直、此方にとっとと調書を巻かせて欲しい所だが、今は完黙からの転換点でもある。この段階で『僕のやった事』といった手書き上申書を確保しておくのも、供述の任意性を確保する観点からは悪くない。いや悪くないどころか定石の一つでもある。なら、仁科のペースに乗っても大損は無いはず……

「――いったい何を書きたいんだい？」

「全部です」

「全部、って？」

「僕のやった事、全部です。自分の言葉で、手書きで、しっかり書きたいんです」

「それはつまり――」

ドンピシャリの一手が打たれ、上原は内心だけで渋面（じゅうめん）を作った。嫌な流れだ。御提示のタイトル名からして、弁護士先生のアドバイスか。それにしても唐突に素直になったが。いや唐突というか激変だ。これまで喋っていなかった分、短い言葉の一つ一つが実に雄弁で流暢（りゅうちょう）に思える
……嫌な流れだ……

「――それはつまり徹君が、市松由香里さんに何をしたか。あるいは、徹君が家の火事とどう関係しているか。そういったホントのことを全部、教えてくれるってことかい？」

「ハイそうです。それを、しっかり書きたいと思います。いけませんか？」

「いけないどころか、俺としては嬉しくて、ホラ、もう指先が震えちゃうほどだけどさ。

でも全部書くとしたら、そりゃ少なくともここ二週間分の、しかも五人分の記録だから、徹君腱鞘炎（けんしょうえん）になっちゃうよ。そうだな、原稿用紙一、〇〇〇枚超えの大作になっちゃう。

だから、この午後は、どうだろう――

話を、大事なテーマだけに絞って。

それも、そうだなあ……Ａ４一枚紙（がみ）ずつにして。

先（ま）ずは、だいたいのところを、書いてみちゃあどうかな？

大事な部分を、要約した感じのものを、そう何枚か、書いてみちゃあどうだろう？

その方が、全部を書くにしても、それが大事なメモや見取り図になってゆくと思うし。

そうしたら俺も、その見取り図を踏まえて、徹君の喋ること、書類にしてゆきやすいし。

まあ全部を書くのは、そりゃ無理だよ。だから俺がいる。

二人で一緒に、徹君の説明を、話し合いながら、きちんと纏(まと)めてゆこう。だから――」

「――いやだから取調べしたいんでしょ？」

「は？」

「大丈夫です上原警部補さん。僕は僕で書きたいことを書くつもりですけど、上原さんも上原さんで――ええと供述調書でしたっけ？――必要な書類を好きなだけ作ってください。僕は全部喋る決意ですし、質問には何でも答えます。署名指印(しょめいしいん)とか、喜んでします。要するに、上原さんのメモ取り仕事もパソコン仕事も全然邪魔しません。

だってどのみち、ほとんど同じ物が仕上がりますから」

「……同じ物、とは」

「嫌だなあ、まさに言い当ててくれたじゃないですか？」

仁科徹は微笑んだ。決意と、悪意に充ち満ちた感じで。

「原稿用紙一、〇〇〇枚超えの、大作ですよ」

「意味が解らないな」

「だから紙とペンだって!!　貸して下さいよ早く!!

僕が書くんですよ、本を出すんですよ、僕のやった事を、全部、ノンフィクションで!!」

(――何だと？)

「さっき来てくれた弁護士先生を通じて、明朝社(みんちょうしゃ)からの返事があったんです。

ノンフィクション部門の後藤取締役が、出版契約を約束してくれたって……!!

早速(さっそく)、書き始めなきゃ。だから紙とペンを貸してくれって言ったんですよ。

上原さんにも一冊、あげますね。ていうか、上原さんのことも書かないといけないや。

あとオンラインサロンとかメルマガ、有料ブログの企画もあるし、忙しくなりますよ。

タイトル、どんなのが良いかなあ……」

「……なあ、話を整理させてくれないか。

要するにだ。逮捕されている間に、監禁事件や殺人事件のことを、本の原稿にすると？」

「だってそれ、僕にしか書けないですもんね。

印税は二〇％だそうです。すごいや、聴いていた話の倍だ。さすが明朝社」

「一七歳の、罪の無い女子高校生に、虐待の限りを尽くしたことを、出版すると？」

「やっぱりそれが売りですよね。

後藤さん言ってたらしいです。エログロをちゃんと書けって。生々しく書けって。正直、売上に響くからって……一〇万部なんてすぐでしょうね。一〇〇万部？　五〇〇万部？

――そんなわけで、僕も記憶を整理したいんで、取調べには協力しますから、上原さんもタイトルとか章立てとかリアリティとか、色々アドバイスしてください。もしできたら、捜査のこととか法律用語とか、監修してくれても。そのときはもちろん監修代を払います」

「……言語道断の性的虐待を繰り返した、鬼畜（きちく）の所業（しょぎょう）を自分自身で発表すると？」

「あっそれだ!!　それですよタイトル!!

〈鬼畜　少年N〉〈鬼畜の宴（うたげ）　少年TN独白録〉〈YIさん事件　鬼畜の二週間〉……

……じゃあ取り敢えず、貸すもの貸してもらって。

ああ留置場、九時消灯らしいんで、取調べはちゃんと法律どおり、一日当たり八時間以内にしてください。そうすれば書く時間ができる。あと弁護士先生が言っていたのは……そうそう、上原さんには法律で、僕の心情を傷付けない義務や、僕に恩情と理解を示す義務があるんですよね？　少年については、国家公安委員会がそう決めているんですよね？

　そのあたり、どうかよろしくお願いします。だって、鬼畜にも心がありますもん」

「早速だが、一つ教えてくれるか」

「言ったでしょう、何でも喋るって。

　さっきまでは明朝社さんからの返事、ハッキリしなかったから、先に上原さんに独占取材させてあげる訳にはゆかなかったんです……偉そうに黙秘とかして、ほんとスミマセン」

「市松由香里さんに対し、言っておくべき事はあるか？

……おっと、これは取調べじゃないぜ。これは俺の好意だと思ってくれ。

　というのもこれこそが、君にとって、最初で最後の問いになるべきものだからな」

「市松由香里さんには本当に申し訳ないことをしたと心から反省しています。これから印税でたくさんお金を稼いでそのうち何割かをお詫びにあげます。僕は生涯市松さんの苦しさや悲しさを忘れず一生罪を償ってゆきます。これから僕が結婚するとしても僕に子供が生まれるとしても生活が苦しくても世間から何を言われようとも罪を償う心を大切にしてゆきます。釈放されたら真っ先に市松さんのお墓参りとご焼香に行き御家族の人に土下座して許してもらえるまでそこで」

　上原はボールペンを放り出した。聴くに堪えなかった。歴戦の上原にしてそうだった。

（記憶力は実に良いようだ。調べ室に、投げる匙なんてものが在れば傑作だったな……

　いやむしろタオルか、必要なのは）

第4章

『週刊文秋』当該週号

……鬼畜。外道。血に飢えたケダモノ。

犯人と確定した、これら少年3人。どう悪し様に呼んでも飽き足らない。いったい何故、こんな残虐非道なことができるのか？　いったい何故、Iさんはわずか17歳で人生を終えなければならなかったのか？　名門女子高に通い、管弦楽とボランティアに励んでいたIさんの、苦痛と無念はいかばかりか。そんな健気な女子高校生を、容疑者たちは嬉々として監禁し、誰もが言葉を失うほどの暴行を加え、モノとしてなぶりもてあそんだのだ。

捜査の現状に詳しい警察関係者は語る。

「Iさんの監禁は実に2週間に及んだ。亡くなったとき胃の中身は空っぽ。体重は40キロにまで激減していた。まともに食事を与えられておらず、太腿と脛の太さが一緒なんじゃないかってほど痩せ細っていたんだ。これだけでもひどい虐待だが、当然それだけじゃない。

監禁生活のしつけや脅しのため、あるいはただ娯楽のため、Iさんを拳で殴る。足で蹴る。特殊警棒や木刀や鉄パイプで殴る。それも全身にわたってだ。膵臓なんかひどいもんだった。おまけに検視のとき、左目が飛び出していたほか、前歯2本がぽきりと骨折していたし、頭蓋骨も割られて脳も出ていたんで、さすがの捜査一課の刑事たちも言葉を失っていたほどだ」

もちろん、17歳と18歳の野獣3人が、そんなリンチだけで満足するはずがない。

警察関係者は苦々しげに言葉を続ける。

「まさに血に飢えたケダモノたち、女に飢えたケダモノたちだ。女性を性的欲望の対象としか考えていない。Iさんが言葉にできない暴行を受けたことは言うまでもない。アダルト動画で行われているような変態的な行為を、さんざん試されたことは遺体が証明している。複数でレイプする。縄や手錠やガムテープで拘束してレイプする。膣にいろいろな異物を挿入する。ペンやマジックで躯に猥褻な落書きをする。もちろん少年3人がそろって、嬉々としてやったんだ。実際、遺体として発見されたそのときも、Iさんの口の中には少年たちの精液が残っていた。最後の最後まで、Iさんが亡くなるその夜まで、ケダモノたちの暴行は続いたんだ」

そのような言語道断の性犯罪のさなかも、罪のないIさんに対する凄絶なリンチは続く。

「信じられないのは、火を使った拷問だ。Iさんは監禁の2週間、ずっと火あぶりの拷問を受けていたことが検視で分かっている。肩、胸、背中、尻に大麻を吸った煙草の火を押し付けたり、油を直に肌に塗りつけて金属ライターで着火したり。もちろんそうなるとただの火傷じゃすまない。火傷がじくじくとただれ、膿や血がどろどろとにじむ。言い難いが、その傷がもう異臭を放っていたほどだったとしても不思議はない。

まして容疑者の少年たちは、薬缶の熱湯をIさんに注いだりしたし、スタンガンや手製の通電装置を使って、Iさんに電撃を加え感電させていたことが分かっている」

17歳と18歳の少年といえば、今の時代、既に大人である。実際、容疑者には剣道部のエースもいた。そんな屈強な『大人の男』3人に突然誘拐されたIさん。厳重に施錠された監禁部屋に押し込まれたIさん。たった1人で戦っていたIさん。そんなIさんに、いったいどんな抵抗ができたろう？　これを書いている記者とて、抵抗できる自信がない。Iさんが2週間もの間、脱出できなかったのは至極当然である。抵抗できなかったIさんには、何の責任もない。猛獣の玩具にされてしまっていたIさんには、何の落ち度もないのだ。断言しよう。Iさんは100％の被害者で、容疑者たちは100％の加害者である。いや社会の敵である。人の子の親なら誰でもそう思い、誰でも賛同してくれるはずだ……

……我々の社会はこれまでも、このような少年たちによる凶悪犯罪に脅かされてきた。綾瀬コンクリート殺人。名古屋アベック殺人。いやなんと同じ吉祥寺でも、有名な『武蔵野市兄妹殺人事件』が1995年に発生している。やはり17歳の女子高校生らが惨殺された、あの1995年事件だ。

これについては、既に世論も記憶を呼び起こして激しく沸騰（ふっとう）しているから、改めて論じるまでもなかろう。問題はその詳細ではない。むしろその詳細を論じることは、1995年事件の被害者遺族を汚し、苦痛を呼び覚ますことゆえ、本誌としては断固として差し控える。また、激しく沸騰している世論にも、怒りの対象は『今回の事件と犯人なのだ』と強く呼び掛けたい。1995年事件を再論し、被害者遺族の生活を土足で踏み荒らすことは、絶対に自制すべきと呼び掛けたい。それは、緊急の問題から論点を逸らしてしまうことにもなりかねない。

そうだ。我々の緊急の問題は、1995年事件から26年が過ぎてなお、鬼畜少年たちに対し、抜本的な対策を講じていないことだ。野獣たちがいまだ、ほくそ笑みながら、新たな獲物を虎視（こし）

眈々と狙い定めながら、我々の社会を闊歩していることだ。何の罪もない、純然たる、100％の被害者であるIさんは、その命をもって我々に警鐘を鳴らしてくれたのだ。我々はIさんの尊い犠牲を無駄にすることなく、我々の将来を見据え、将来において二度とこのような鬼畜の所業が繰り返されないよう、いよいよ待ったなしの少年法改正をはじめ、あらゆる対策をすぐに講じてゆく必要がある。そうだ、特に少年法の改正は、絶対に今度こそ実現されなければならない。

本誌はそのキャンペーンを開始する……

……なお、本誌は驚くべき情報をキャッチした。なんと主犯の少年1人が、本誌のライバル社による呼び掛けに応じ、『独占手記』を出版するというのである。この少年は、容疑者のうち唯一の生存者だが（編集部注・生存者はもう1人いますが、意識不明の重体で、そもそも犯行に関与していたのかどうかも明らかではありません。ゆえに本誌では、容疑者を3人としています）、あろうことか、Iさんをいかに誘拐し、いかに監禁し、いかに暴行したか、その全てを赤裸々に描いて、ノンフィクション書籍を出版するというのだ。今その少年は獄中で、原稿を精力的に執筆中というう。もちろん営利出版、商業出版するのだ。そして印税を稼ぐのだ。自分がアダルト動画そのもののレイプをしたIさん、今や何の説明も糾弾もできないIさんの様子を、ほしいままに公表しようというのだ。殺害の後においてなお、Iさんの魂を辱めようというのだ。

にわかに信じ難いことである。人の心があればできないことである。

ゆえに本誌は被害者遺族に代わり、激怒とともにその少年に呼び掛ける。

少年よ。手記の出版を中止しないのであれば、我々は我々の社会を自衛するため、君の実名と写真を公表する。それはあらゆるメディアによって全世界に拡散され、君の人生を終わらせるだろう。実名報道等を禁じる少年法など、我々の激怒の前に意味を持たない。

この決意の一環として、本誌はまず、君のイニシアルを公表する。

少年ＴＮよ、我々の警告を真剣に受け止め、言語道断の犯罪を猛省し、言語道断の出版を中止するのだ。さもなくば我々は君を、少年ＴＮを許しはしない。人権は人に認められるものなのだ。そして今の君は、人ではなくただのケダモノなのだ……


吉祥寺区井の頭七丁目地内・私立井の頭女子高等学校近傍

仁科邸炎上から、一週間後。

仁科徹の逮捕からなら、三日後。

ちなみにこれは、仁科徹の所謂ワン勾留が始まった日でもある。

ワン勾留で一〇日間。ツー勾留でもう一〇日間――それが我が国被疑者の、警察署ホテル暮らしプランだ。楽天トラベルなり一休なりに喩えれば、プランを選択してくれるのは検察官。予約を確定してくれるのは裁判官。宿泊施設は、九八％の確率で警察署の留置施設。一日当たり一万四、〇〇〇人のお客様が宿泊なさる、そんな宿泊予約システムである。少年たる仁科徹とて、逮捕に至ればこのシステムに――機械的に――乗ることとなる。

――さて当該日。時刻は正午を一、二分過ぎた所。

私立井の頭女子高、通用門前。

無論この高校は、本件マル害・市松由香里の通っていた高校だ。

それはすなわち、彼女の親友であった、円藤歌織の通う高校でもある。

――そのキャンパスは、ちょっと詰まった感じもあるが、総じて広大だ。
ちょっと詰まった感じがあるのは、群れ並ぶ戸建てのド真ん中に建っているから。
周辺はギッチリとした住宅街。市松邸のある御殿山といったハイソなエリアでなく、どちらかといえば仁科邸のある井の頭六丁目に近い。地番が近いから当然だが、小綺麗な中流感のあるエリアとなる。といって新興住宅地の如き整然とした趣きはない。新旧も様々、意匠も様々、規模も様々な住宅が、あたかも公立中学校の生徒のような多様性を示しながら、地元で静かに根を張っている……

　私立井の頭女子高は、そんなエリアにぽこんと移植されたかの如く、それだけが箱庭のような別世界を作っている。それが先の、『ちょっと詰まった感じもある』キャンパスの印象につながっている。住宅の群れの海に浮かぶ、壺中の天地。

――警視庁捜一・水鳥薙警部補は、そんな井の頭女子高の、通用門前にいる。

（三面あるグラウンドはどれも広い。テニスコートもバスケットコートもある。校舎はざっと眺めるだけでも四棟あるし、それぞれが複雑な構造物を成している。新築っぽい棟は、さて図書館か自習室か……
　春休み期間なのに、制服体操服の生徒が多い。すなわち部活も盛ん。成程私立っぽいな）

「――こんにちは、何か御用でしょうか？」

「あっ警備員さん、どうもすみませ～ん」

　通用門をガードする守衛室から出て来た警備員に、薙はもちろん警察手帳を見せずに、笑顔を見せた。身形も当然薙のいう『野暮ったいパンツスーツ姿』でなく、どちらかといえば軽薄にオサレなＯＬ風である。また首からは、学校側から入手済みの、保護者証入りパスケースを下げている。薙は被害者対策班の係長だ。警備員は別論、所要の学校関係者とは既に馴染みである——といってこの真昼時、薙は別段学校関係者に用事があるわけではなかった。いやむしろ、学校関係者にも他の生徒にもあまり目撃されたくない。

「実はここで～、姪と待ち合わせをしてるんです～、極めて怪しくてすみませ～ん」

「いえそんなことは」警備員は保護者証を見遣った。「守衛室でお座りになりますか？」

「ありがとうございます～、でもお忙しいでしょうから全然お構いなく～」

「解りました。生徒さんの自転車にお気を付けて……」

（しっかり誰何するのね。そこも私立っぽいな。

まあ、メディア関係者その他の有象無象があたりを嗅ぎ回っているから無理ないけど）

さて、ささやかすぎる一幕劇の後、薙がチラリと腕時計を確認していると——

視線を上げたその刹那、通用門から延びる校道の奥から、一人の少女が駆けてきた。

井の頭女子高の、古風だが瀟洒な、黒と白のセーラー服姿。どちらかといえば、小柄。校則をキチンと守る方なのか、髪も古風に、後ろでさくっと束ねて下ろしているだけだ。

そして、その駆け方。

年齢特有の、箸が転んでも可笑しい感じは微塵もない。とても急いでいる様で、でもとても急ぎたくない様で——要するに躊躇と警戒とが滲み出ている。まさにその駆け方で、薙は彼女こそ待ち人本人であると確信した。だからちょこんと軽く手を挙げ、微笑んだ。

「あっ、こんにちは～」

「……こ、こんにちは」少女はスマホで時間を確認しながらいった。「水鳥警ぶ……じゃなかった、水鳥さんですか？」

「うん、電話した水鳥薙～」

少女が言い淀んだように、周囲に警察官だと知られるのは好ましくない。薙は本人確認の為、胸元から今度は警察手帳をチラリと見せた。そのまま流れる様な所作で名刺を切る。

「確かに……」けれど少女は慎重だった。「……ええと、私が誰だか分かりますか？」

「うん分かるよ」むろん薙は小声でいった。「サークルの円にフジの花の藤以下省略の円藤歌織さん一七歳。お誕生日は一〇月二日。住所と電話番号はかくかくしかじか。御両親のお名前と御職業はかくかくしかじか。通学方法は自転車で部活は中学時代からずっと茶道部。担任の先生と顧問の先生のお名前はかくかくしかじか――」

「うわ、ありがとうございます、もう充分です。

そこまでの話、警察の人しか知らないはずですから。

……ここ数日、変なインタビューとかで、ストーカーみたいに追っ掛け回されたり粘着されたりした友達も少なくなくて。それも、警察を騙ったり警察のフリをしたり。非道い」

「といってあたしもこれから歌織さんの時間もらっちゃうから～、あんまりデカい顔もできないんだけど～……電話でお願いしたとおり～、三〇分一本勝負で～、ちょっとだけ話を聴かせてほしいんだ～」

「じゃあ、周りでも歩きながら……」

「ううん。幾ら静かな住宅街でも～、それじゃあ歌織さん安心できないだろうから～、あたしの車で三〇分のドライブ。駄目かな？」

「いえ大丈夫です。気を遣ってくださって、ありがとうございます」

「じゃあ今、車呼ぶから～」薙はスマピーポを出しつつ、ハッ、と我に帰った。「そうだ。実はあたしの上司が一緒なんだけど～、ほらあたしたち二人一組で動くからなんだけど～、でも～、あらゆる意味で警戒しないでね～!!

　その上司そもそも女だし～、あたしより若いからむしろ歌織さんと話が合うかもだし～。

　まあその、ほんのちょっとだけ、何て言うか服装に難があって吃驚するだろうけど……

　まさか我が社の社員とは思えないってメリットもあるしね!!」

都道14号三〇m道路『東八道路』

「ナギ、経路は任せる。杉並でも三鷹でも府中でも、適当に流せる所を流して」

「水鳥警部補了解です～。あとハコ管理官～、管理官車動かしてもらってすみませ～ん」

「あらナギでもそんな警察官っぽいこと言うのね……微妙に吃驚」

　――箱﨑ひかりの、捜一管理官車内。

　薙が詫びたとおり、管理官警視自身の手によって井の頭女子高まで運ばれた当該車両は、無論その運転手を代え、郊外型のバイパス道路をゆるゆる走っている。都内ゆえボトルネックはあるものの、郊外に出れば出るほど幅員も広がり、個々の車は自然と交通流に溶け込んでゆく――三〇m道路、などと俗称される所以である。

　運転席には、水鳥警部補。

後部座席に、箱﨑警視と円藤歌織。

——要は今現在、この管理官車は、簡易の困りごと相談室であった。

とはいえ、自然と交通流に溶け込んでいる上、仮に誰かが車内を熟視しても……セーラー服を着た少女にパパ活系ＯＬ、そして葬式専門アイドルが見えるだけ。管理官車がどれだけ野暮ったく武張っていても、これが警察関係車両であり、まして簡易の困りごと相談室であるなどと思うギャラリーは絶無だろう。

（ううん、円藤歌織さん自身、まさかハコ管理官が超絶エリート警察官僚だなんて思えないだろうな、キャフフフッ）

薙が秘かにキャフキャフしたとおり、とても真面目でとても大人しそうな円藤歌織は、管理官車に乗ってからというもの——いや箱﨑ひかりを現認してからというもの、ひたすら目を白黒させるばかり。まあ実際、ひかりの墓守メイド（吉祥寺署長談）ファッションといえば、コートにジャンスカにリボンにタイツにブーツに小帽子に……とかく諸々が激しく白黒しているのだが。いや肌も恐ろしいほど真っ白なら、姫カットの濡れるような髪も真っ黒である。もし円藤歌織が、パニエの下の真っ黒い手錠や警棒や拳銃を目撃したのなら、あまりの取り合わせに、いよいよ目を黒々させて卒倒するかも知れない。成程、服装に難のある女である。

——そんなわけで、円藤歌織はただ唖然としている。

するとその歌織の眼の前に、歌織の主観としてはいきなり、テイクアウトのフードパックが突き出された。歌織がその中身を見るに。

「歌織さん、きっとお昼まだよね？

アトレで生春巻き盛り合わせを買ってきたの。六人前。一緒に食べてくれない？」

「あっはい」

「飲み物はルイボスティーか、ジャスミンティーか、シンプルに緑茶か——」

（何故ゴスロリなの？　何故生春巻きなの？　何故六人前なの？）

「——ああ烏龍茶もあるわ。ちなみにナギの分は買い忘れた、飲料食料ともども」

「それだけ飲み物があって〜、生春巻きも六人前で〜、買い忘れも何も無いですよね〜。要は生春巻きをたくさんガメたいだけで〜、要はフードテロでパワハラですよね〜」

「それで歌織さん、ドレッシングならチリにオーロラに胡麻（ごま）があるけど」

「ガン無視ですね〜」

「今日の私としては、オリーブオイルとレモン、ガーリック風味な気分ね——さあどうぞ」

「い、いただきます」しかし円藤歌織は、懸命に勇（ゆう）を鼓（こ）して訊いた。「こ、これって……ドラマでいうカツ丼ですか？　その、つまり、あれです、どうだカツ丼食うか、そろそろ正直になれ、お母さんもお墓で泣いてるぞってあれ」

「——ぶぐっ!!」

　ひかりは真実、嫌味無く、仰天（ぎょうてん）して吹き出した。口内調味の段階に入った生春巻きも、一緒に飛び出そうになる。ひかりは——この傍若無人（ぼうじゃくぶじん）な女にしては珍しく——焦燥（あわ）てて当該飛び出しそうになった生春巻きを逆に丸呑みすると、とんでもない誤解を解くべく急いで言った。

「そ、それは全然違うわ、心底違う、警察の神様に誓って違う」

「でもこれ、取調べ……」

「それも違う。ただの事情聴取よ。聞き込みでも意見交換でもヒアリングでも何でも良いけど。私、まさか歌織さんを取り調べたりカツ丼で釣ったりスチール机を蹴り倒したりする気は無いわ、微塵も無い。だって、歌織さんは容疑者でもなんでもないもの。

――私の真意を解ってもらう為に説明すれば、令和三年の今では、取調べの規制や監督がとても厳しいの。こんな野放しの野良施設で容疑者の取調べをやったら、やった私が懲戒処分の対象になるわ。はたまた、カツ丼だろうが生春巻きだろうが緑茶一杯だろうが、提供した私が懲戒処分の対象になる。

私まだ警察でやりたいことがあるし、お給料を減らされるのも嫌だから、もし歌織さんが容疑者とか犯罪者とかなら、正々堂々と逮捕状を突き付けて警視庁本部に引っ立てる。だからこれは取調べじゃないし、まして歌織さんは容疑者じゃない。それは解って頂戴」

「だけど、ええと、あの……管理官さん、じゃなかった警視さんは……」

「箱崎ひかりよ。職名も階級もいらない。どちらかといえば、下の名前で呼んで欲しい」

「……でもひかりさんは、由香里の事件について、私に訊きたいことがあるって」

「それはそのとおりよ。より正確には、由香里さんの事件について、由香里さんの親友だったあなたに訊きたいことがあるの。容疑者とかじゃなく、親友としてのあなたに」

「……それは」歌織は生春巻きをただ見詰めながら、数瞬絶句した。「どんな」

「じゃあ端的に」ひかりは突然急所を突いた。「あの少年からの電話。その内容を教えて」

「えっ」

「由香里さんを監禁した、犯人の少年。あなたはその少年と電話で会話した。そうよね？」

「……はい」

「そのことについて、全部教えて欲しい。

　正直に言う。私はそれについて、『少年から歌織さんに電話があった事実』その一点しか知らない。それについて、他の事実は何も知らない。だから知りたい。全部知りたい。

　更に正直に言う。私はあなたを救いたい」

「私を、救う」

「あなたが由香里さんの親友なら、今隠し事をしているのは、ほんとうに辛いことだと思うから。あなたがそんなにも私や警察を恐れている様に、今隠し事をしているのは、ほんとうに恐いことだと思うから」

「私が、隠し事を……」

「――由香里さんの事件は、由香里さんにとっても誰にとっても、一七歳には酷すぎる。そんな酷い事件を許したのは私達警察。由香里さんにはどんなにお詫びしてもお詫びしきれない。だからせめて、この事件の全容を解明して、犯人にしっかり罰を与え、由香里さんの魂を癒やしたい。そう、酷すぎる責め苦を味わった由香里さんの魂を癒やす為、私はこの事件の真実を解明したい。それが猟犬としての私の義務。私は今その為に生きている」

「――――」

「だから、歌織さん。

　あなたにも真実を語って欲しい。由香里さんの魂を癒やす為。そしてそれはきっと、あなたの魂を癒やすことにもなる……あなたの魂が負ったその重荷、私にも担がせて。私の仮説が正しければ、それもまた、一七歳には酷すぎる重荷のはずだから。お願いよ、歌織」

（果たしてこれが本心なのか）薙は思った。（断言できないのが、この女の恐い所だ……）

「あ、あの人からの、で、電話は」

「……うん」

「ほ、ほんとうに、非道いもので……ああ!!」

「大丈夫。私もナギも女よ。警察官である以前にね。警察の男共に知られたくない秘密は、私の責任で私が地獄まで持ってゆく。私いちおう捜査本部の責任者だから、そのくらいは余裕綽々でできるわ」

「だけど、裁判って誰でも傍聴できるって聴きました。

裁判の記録も、いつかは読まれてしまうって聴きました。だから」

「あなたの秘密を、どうしても裁判の証拠にしなければならない時だって、由香里さんもあなたも誰も、傷付かない形に整えることができる。重ねて、私いちおう捜査本部の責任者だから、そのくらいも余裕綽々でできるわ。

だから、どうか私を信じて教えて。

少年からの、その電話って。ほんとうに非道かった、その電話って」

「……きょ、きょ、脅迫だったんです!!」

「少年からの」

「はい」

「少年は、じゃあ電話で、あなたに――」

「ひ、非道い電話でした。ほんとうに、恐い電話でした。ほんとうに今も……恐いです。あの仁科徹の、やったこと。そして私が、やってしまったこと」

「ええと、歌織、あなたとその仁科とは、そもそも――」

「いいえ全然知らない人です‼　全然知らない人でした‼　今だって顔すら知りません‼」

「そうすると、全く無縁だった、赤の他人の一七歳の男から、あなたのスマホに――」

「あの夜突然、電話が架かってきたんです‼　し、知らない番号だったから、普通だったら絶対に出ないで無視するんですけど……あの夜は、まさかとても無視できませんでした」

「というのも、それは――」

「そうです。由香里が行方不明になって、確かもう一〇日も過ぎた頃で……きっと御存知だと思うんですけど、私とあと栞って子が、学校でもクラスが一緒の親友で。だから、二人で由香里の通学路を一緒に動き回ってみたり、御殿山の由香里のお家に行ってみたり、ボランティア部や管弦楽部の子に話を訊いてみたり……とにかく必死に由香里のこと捜してたそんな最中だったんです。だから、突然の知らない番号からの電話だったんですけど、ひょっとしたら、まさか、と思って出たんです」

「そうしたら、その相手が――」

「犯人の、仁科徹でした」

「本人が、そのように名乗って――」

「あっ、いいえ、もちろんそうじゃないです。ニナガワとかミナガワとか、そんな名前を名乗りました。そこはよく聴き取れなかったです。いいえ、すぐに吃驚する異常なことを喋り始めたんで、もう動転して名前なんてどうでもよくなっちゃったというか……後から、町内の仁科さんの家で、そうあの大きな甘夏の樹がある仁科さんの家から由香里が見付かったって聴いて、ああホントは『仁科』って名前なんだって分かったんですけど、だからつまり」

「だからつまり、当夜は偽名を使ったその仁科は、あなたが吃驚(びっくり)する異常なことを――」

「――そ、そうです。

仁科徹はいきなり、もういきなり、由香里が自分の家にいるって言い出したんです!!

あなたの親友の市松由香里さんが自分の家にいるんだって、そう断言したんです!!

異常ですよね。吃驚(びっくり)しますよね。もう一〇日も行方不明になっている由香里が、あの御嬢様育ちの躾(しつけ)のいい由香里が、正体不明の男の家にいるだなんて……

……そ、そして、そして。そして恐ろしい事を。仁科徹は信じられない事を!!」

「歌織、落ち着いて。よく解るわ。ゆっくりでいい。言えることからでいい」

「に、仁科徹は言いました。

自分は暴力団の命令で市松由香里を拉致(らち)ったんだと。自分の他に何人も仲間がいると。市松由香里を拉致ったのは、組織に、その、女を上納するためだと。だから市松由香里はもう……もう非道いことをされていると。いい歳の女が一〇日もずっと監禁されているんだから、何が起こったかは、女のお前なら解るだろうと。そして暴力団の命令である以上、市松由香里はもう家には帰れないし、仮に逃げ出したなら、組織が家を燃やして家族を皆殺しにするだろうと。

ただ」

「ただ」

「仁科徹は、こう続けたんです――

ただ、市松由香里はこの一〇日で、すっかり躯が弱ってしまったし、大きな怪我もしてしまったし、何より精神状態がおかしいんだと。す、スタンガンを頭に使い過ぎたからかも知れないが、もうまともに受け答えができない状態にまでなってしまったと。それは、仁科としては実に困ると。市松由香里は、その、つまり……商品だから、このままでは組織に上納できないし、かといって海外に売り飛ばすこともできないと。だからこのままだと、市松由香里を……

由香里を、こ、殺して!!

由香里を殺して!!　後は埼玉の山か茨城の海に始末するしかなくなると!!」

「……そういって、ニナガワこと仁科徹はあなたを、卑劣極まる形で脅したのね。

由香里さんが危険だと。由香里さんを殺すしかないと……そして吃驚した、あなたは」

「私もう、暴力団とか商品とかスタンガンとか埼玉の山とか、もう何が何だか!!」

「すっかり動揺したあなたに、仁科は――」

「と、取引を、と、取引を持ち掛けたんです!!」

「取引っていうと、それは――」

「お前が代わりになれって!!」円藤歌織はいよいよ号泣した。「市松由香里を殺したくなかったら、お前が市松由香里の代わりになれって!!

もしお前が今から指示する所に独りで来るなら、暴力団に掛け合って、どうにか市松由香里を解放してやるって。今ならどうにか生きたまま、家に帰してやれるって。お前が俺の家に到着したなら、市松由香里は本人の家近くに放置しておいてやるって。それは、仲間内でもリーダーである俺が保証してやるって。俺に必要なのは、ちゃんと生きている商品だからって。お前が俺の言うことを素直に聴くなら、もちろんお前の命は保障するって。そして、俺達も市松由香里の失敗で反省しているから、暴力団に掛け合って、お前が素直である限り、怪我や食事にも気を遣うし、時折なら家族に会わせてやってもいいって。俺と付き合って、俺の恋人として同居することにするから、自然な形で家族と離れられるって。そのあたりの話は、暴力団の先輩も一緒になって、上手いこと言いくるめてくれるからって。そもそも俺の家はお前の家からも遠くないし、広々とした一軒家が自由に使えるから、生活はこれまでとほとんど変わらないって。お前の素直な態度が確認できたなら、暴力団に掛け合って、俺の恋人として、買い物や外食だって許可してもらうようにもできるんだって。お前が人間らしい生活ができるかどうかは、お前の心掛け一つだって……

　だ、だから、今すぐ指示する所にやって来て、市松由香里の代わりになれって!!」

「そうやって、仁科は恐いことや甘いことを織り交ぜながら、あなたを動揺させ、あなたを誘(おび)き出そうとしたのね。

　でもそんなこと、まさか、とても信じられないわよね――」

「ひ、ひかりさんの言うとおりです。

　女を商品としてしか見ない悪魔。しかも親友をもう一〇日も監禁して、言葉にできない程(ほど)の仕打ちをしている悪魔。そんな悪魔の言うことなんて、まさか、とても信じられません。でも……でも私が言うことを聴かないなら、由香里は埼玉の山か茨城の海です。いいえそれ以前に、電話の時点で、もう命に危険がある状態です。仁科の取引を受け容れ、仁科の言う待ち合わせ場所にすぐ行かないと、親友の由香里が……!!

それに、時々電話の向こうから、聴き慣れた由香里の声が!!

――それは朦朧としていたり、いきなり悲鳴になったりしましたけど、私、由香里の声を聴き違えるはずありません。まして擦れ声で、『歌織、トオルさんの言うことを聴いて、お願い……』なんて小さな悲鳴まで聴こえるんです!!　今思えば、それってきっと、私を極限状態に追い込むために、わざと由香里に非道いことしていたんです。今思えば、どこか演劇かドラマみたいだったし。けど電話の最中は私、仁科の思いどおりに混乱して、訳が解らなくなって、ホント極限状態で……」

「そんな、ほんとうにギリギリの状態の中で、電話は結局、どうなったかというと――」

「さ、最後に仁科徹は、井の頭公園脇の待ち合わせ場所を指示した後、こう言いました。

ここまで喋った以上、もうお前に選択肢はないって。

もしお前がこれから指示する場所に来なかったら、しかもすぐ来なかったら、市松由香里が組織にどう廃棄処分されるか、自分にも分からないって。おまけに……もしお前がこのことを警察にチクったら、お前はもちろん、お前の家族を皆殺しにしてお前の家は焼くって。いや暴力団ならそれ以上のことだってすぐやってのけるって。近所や親類にまで迷惑を掛けたくないだろうって。だから、お前にはもう悩んだり迷ったりする時間は無いんだって。家や家族のことを思うなら、親友の命のことを思うなら、俺の言うことを聴き、取引を受け容れるしか無いんだって……

……でも、ただ、けど、でも私は。

だって……

ああ!!　あの仁科……何て悪魔なの!!　仁科徹って男、いったいどこまで悪魔なの!!

あんなこと!!　あんなことどうして!!　どうしてあんなことができるの……!!」

「……御免なさい歌織。私は確認しなければならないわ。とても残酷なことを――結末を」

「そうですひかりさん!!　私は行かなかったんです!!

私は……私は自分可愛さに由香里を売ったんです!!

由香里が非道い目に遭うことを知りながら、自分だけは非道い目に遭いたくなくて、由香里を悪魔に売り飛ばしたんです!!　悪魔の為すがままに任せたんです!!」

「歌織は、呼び出された場所には行かなかったし、だからもちろん仁科の家にも――」

「行かなかったんです!!　行けなかったんです!!　だからもちろん仁科の家なんかにも連れて行かれなかったし、だから由香里が捕まっていたその家のこと、全然知らなかった、知れなかった、分からなかった……たまに自転車で、無意識に通り過ぎるだけの、町内の普通の家で、そんな恐ろしい事が……そして私はそんな運命から逃げて……

　私もう気付いたらスマホを切っていて電源すら落としてて。気付いたらそうなってて。だからすぐ一一〇番したり由香里の御祖父様たちに連絡しなきゃいけなかったのにベッドに潜り込んで枕を被ってずっと隠れて震えてて!!　せめて匿名でもいいから誰にでもいいからホントのことを話していれば!!　由香里だってきっと絶対死なずに済んだのに!!　それどころかこんな大事なことを、今日の今日まで、今の今まで黙ってて!!　私……私……

　そうですひかりさん!!　私が由香里を殺したんです!!　だから私は容疑者なんです!!」

「いいえ違うわ」

「ち、違いません!!　全然違いません!!　私は最悪の人殺しで親友殺しの犯人なんです!!」

「いいえ」ひかりの声は不思議と凍(い)てついた。「違うのよ」

「え」

「ちょうどドライブも二〇分を過ぎた。学校まで送るわ。故にこれが、最後の確認になる。

――歌織。

仁科徹の深夜の電話(でんわ)は、脅迫電話だった。それはあなたに奴隷となることを命ずるものだった。断れば由香里さんの命はなかった。けれどあなたは結果としてそれを断った――

これがあなたの重荷？　私はそれを一緒に担いでよい？」

「……は、はいそうですひかりさん。でもそれを担いでゆくのは、私だけ」

「いいえ、違うのよ。

だからお願いする。あなたのスマホ。私に貸して。今此処(ここ)で」

「私のスマホ？」

「担がせてくれないのなら奪い取る」ひかりは断言した。「乱暴な猟犬で御免(ごめん)なさい」


吉祥寺警察署第1取調べ室・公用端末ディスプレイ（供述調書1）

……僕らが由香里さんを誘拐したのは、これまで何度も言ったとおり、三月頭のその日のことです。時間は、一〇時一五分を過ぎた頃です。場所は、井の頭公園のすぐ近くの住宅地です。具体的には、住宅地の広いバス街路が、旧道に変わるあたりで、たくさんの小道が迷路のようになっているあたりです。そうした小道が、ちょっと歪んだ十字路になっている所です。その十字路は、周りの小道に比べれば場違いなほど大きくて、由香里さんを騙して誘拐するのに都合が良かったです。というのも、僕らは黒いバンを駐車させなければならなかったし、その歪んだ十字路に自転車を置かなければならなかったからです。

もちろん、最初から市松由香里さんという女の子を狙っていた訳ではありません。その、静かで寂しい旧道とか十字路とかを通学で通る、制服の女の子を狙っていました。そこは古くからの住宅街で、そこを通学路にする女の子が絶対にいることを知っていたからです。

僕らが待ち伏せを始めてから、最初に自転車で通り掛かったのが、市松由香里さんでした。由香里さんは、吉祥寺では有名な女子高のセーラー服姿で、自分の自転車を漕ぎながら、小道から歪んだ十字路に入ろうとしました。

僕らは、前もって、通り掛かった女の子を騙して誘拐するため、その十字路に罠を作っておきました。通り掛かった女の子が自転車を停め、自転車から下りるように仕向けました。具体的には、十字路で、仲間が交通事故に遭ったフリをするのです。仲間が、自転車ごと轢き逃げされたフリをするのです。十字路に仲間の自転車を転がしておき、仲間自身は膝や足を庇って、蹲りながら苦しんでいる演技をするのです。もちろん、獲物となる女の子がいつ十字路を通るかは分からないから、その演技を始めるタイミングは、十字路のちょっと手前に停めた、僕らの黒いバンから、スマホで指示をします。

黒いバンで指示をしたり待機をしたりしていたのは、僕と、四日市と、鈴木さんです。

転がしておいた自転車の近くで、タイミングを計っていたのは、御園です。

そのような役割になったのは、僕らの中でも御園が武闘派の脳筋で、最初に由香里さんを捕まえて気絶させるのにふさわしいという話になったからです。

その由香里さんが、僕と四日市と鈴木さんが乗る黒いバンの横を通り過ぎたとき、計画を実行することが決まりました。具体的には、リーダー格で、監禁場所を用意できる僕が、計画の実行を指示しました。すぐに御園は十字路で演技を始めました。そして目論見どおり、由香里さんはとても慌てた感じで、とても心配した感じで自転車を停め、自転車を下りました。

もちろん、交通事故に遭った様子の、御園を助けるためです。

由香里さんは確か、僕が聴き取れた範囲では、「どうしたんですか、大丈夫ですか!!」「何があったんですか!!」「怪我をしているんですか⁉」と言葉を掛けながら、御園の元へ駆け付け、御園を介抱したり、スマホで一一九番したりしようとしました。御園はもちろん低い声で、自分が自転車ごと車に撥ねられたことや、このあたりの道を全然知らないことを説明し、とても困っている様子を演じました。すると由香里さんは確か、僕が聴き取れた範囲では、「大変だわ!!」「轢き逃げだなんてそんな非道いことを……!!」「すぐに救急車を呼ぶから安心してくださいね!!」と言葉を掛けながら、悲鳴や呻き声を上げ続ける御園のため、スマホを出したり、スマホの灯りで御園の膝や足を確認したり、自分自身も十字路に蹲ったりしました。僕はそれを見て、ああ良い子だなあと感心しました。

由香里さんはすっかり騙されました。僕らにとっては絶好のチャンスでした。

さっきまで黒いバンに隠れていた僕と四日市と鈴木さんは、もう黒いバンを降りています。そして三人とも、リーダー格の僕の指示で、もうこっそり、由香里さんと御園に近付いています。

こっそり近付いた僕は、御園とアイコンタクトしました。御園はいよいよ、由香里さんの注意を、もっと惹き付ける演技をしました。僕が振り付けをしたとおりにです。だから僕は、もうすぐ近くまで接近していた由香里さんの長い髪を持ち上げ、そのセーラー服から伸びている首筋に、いきなりスタンガンを使うことができました。いきなり気絶させられる強さで、容赦なく使いました。スタンガンの臭いと、由香里さんの髪のとてもいい匂いは、今でもハッキリ覚えています。

　由香里さんは僕が思ったとおり、たちまち横転しました。気絶したかどうかは分かりませんが、全然躯が動かせない状態になりました。涙や涎も拭けない状態だったのを、よく覚えています。僕と一緒に黒いバンから降りた四日市が、「今夜もスタンガンが冴えてるな!!」みたいな歓声を上げたので、僕は慌てて「大声を出すな、スマホを取り上げろ、あと落ちている物を拾って回収しろ」と命令しました。といって、回収しなければならなかったのは、そのスマホと、由香里さんの鞄、スクールボストン、自転車くらいのものでした。夜道を皆のスマホで照らしながらしっかり確認しても、由香里さんが着ていたセーラー服から落ちた物は、一つもありませんでした。

　僕らは急いで、そのセーラー服姿の由香里さんを、四人掛かりで、黒いバンの中へ積み込みました。由香里さんは、全然抵抗しませんでした。声が出せる状態でもありませんでした。微かに「どうしてこんなことを……」「いったい誰なの……」「家に帰らないといけないのに……」との言葉が聴こえましたが、僕らの知ったことではありません。念の為、由香里さんには猿轡を嚙ませ、手錠を掛けた上で、まるで荷物みたいに、黒いバンの二列目に押し込みました。そのとき由香里さんが躯を動かし始めたので、というかそんな感じがしたので、僕が、二度目のスタンガンをお見舞いしました。仲間内では小心な四日市が、「あんまり感電させると、またバカになっちゃうんじゃないか？」みたいなことを言いましたが、僕はどのみち由香里さんを何度も感電させて楽しむつもりでしたから、「バカになったらバカになったで使い道はある」みたいなことを言い、ブルっている四日市を牽制（けんせい）しました。あと御園は、僕ほどではありませんが、女の子を虐（いじ）めるのが好きですから、ちょっと心配した素振りもしましたが、結局最後までニヤニヤしているだけでした。

僕が由香里さんにスタンガンを使ってから、由香里さんを黒いバンに詰め込むまで、三分と掛からなかったと思います。

僕と鈴木さんが、黒いバンで、由香里さんと一緒に僕の家へ行くことにして、御園は自分の自転車で、あと四日市は由香里さんの自転車で、それぞれ、僕の家へ来ることになりました。誘拐したときは、目撃者なんていない場所、いない時間帯だということに自信がありましたし、警察官がパトロールや職務質問をしない場所、しない時間帯だということにも自信がありました。もちろん、黒いバンも自転車も、職務質問とかされず、無事僕の家に到着しました。

これが、由香里さんを監禁した二週間の始まりです……

「……まだよく解らねえな。特に、その鈴木さんのことが解らねえ」

「もちろんそれは、僕がやった事と一緒にすぐ説明しますよ、上原さん」

……二週間の間、僕らは由香里さんでたっぷりと楽しみました。

由香里さんは意識を取り戻してから、しばらくは気丈に振る舞っていて、「早く家に帰して」「今なら黙っていてあげるから」「こんなことをしたら警察が黙っていない」云々言っていましたが、何度かスタンガンで躾をしましたし、恥ずかしい落書きを、裸の肌にペンやマジックでいろいろ書き込みましたし、あと、口答えをしたり抵抗したりすぐに命令を実行しなかったりしたら、特殊警棒とか木刀とか鉄パイプとかバットとかで、無茶苦茶に殴られるということも、躯に教え込みました。何度も何度も繰り返して蹴り倒しもしました。特に武闘派の御園や、小心者の癖にイキがりたい四日市は、躾というより娯楽として由香里さんに暴力を振るっていました。

それももちろん僕が認め、僕がやらせたことです。御園や四日市に、容赦ない暴力を振るうような、そんな度胸はありません。監禁場所も監禁資金も僕が用意していますから、自然、僕がリーダー格になります。色々準備しなきゃいけないんで、お金がたくさん要りました。縄とか手製の通電装置の電線とかクリップとか、オイルライターのオイルとかのため、お金が要りました。あと、皆で観賞して楽しい動画や、由香里さんの口封じをするための動画を残さないといけないので、高性能ビデオカメラに録画用のＤＶＤも必要になります。その資金も僕が出しました。熱湯用のストーブも買いました。

もっとも、例えば、由香里さんの食費なんて全然気にしなくてもいいので、その点は楽な監禁でした。そういえば、人間があんなに簡単に痩せてゆくなんて、思いもしませんでした。あんまり痩せるんで、このままでは使い物にならなくなると、困ったほどです。エナジードリンクとかカロリーメイトとかは、素直にしている限りは、キチンとあげたんですけど、由香里さんはどんどん痩せました。ガリガリの女を撮影して、動画がグロくなるのは嫌なので、適当な缶詰とか菓子パンとかを、無理矢理口に押し込んだこともありました。カップ麺を食べさせたら、吐き出したので、キチンと掃除させた後スタンガンで躾け直しました。

最初は気丈に振る舞っていた由香里さんも、僕らの本気や、僕らの暴力が分かると、物の一日二日で大人しくなりました。少なくとも、僕ら四人の要求することに、素直に応じるようになりました。四日市と御園は女好きなので、暇さえあれば由香里さんを使っていたと思います。というか、それも僕の許可制になっていたんで、僕がレイプを繰り返したのと一緒です。僕自身は、たぶん一日三、四回は由香里さんとセックスしたり、由香里さんに口でしてもらったと思います。というか、二週間も一緒に暮らしていたので、もう回数には意味がありません。とにかく、由香里さんは頑張ってくれました。由香里さんは、とても献身的で良い子です。我慢強くて、とても嬉しかったです。

でも、あまり由香里さんに興味を示さなかったのは、鈴木さんです。といって、僕と一緒の回数くらいは由香里さんで楽しんでいましたが、鈴木さんには仕事がありましたから、僕ら高校生なり無職なりといつも一緒になって、由香里さんと遊ぶ訳にはゆかなかったのです。鈴木さんは仕事で、だいたい四日に一度、多くても三日に一度、僕の家に来ました。そして泊まるときは一日半くらい、僕の家にいました。

その鈴木さんのことは、実は僕にはよく分かりません。四日市と御園の知り合いです。四日市と御園が『先輩』『鈴木先輩』『鈴木一人（かずと）サン』と呼んでいた人です。見た感じ、確かに僕ら未成年とは違って、社会人ぽかったです。四日市と御園によれば、新宿の暴力団員だか、暴力団関係者とのことで、表向きは飲食店に花を売る仕事をしているとのことでした。普段からニット帽にサングラス、マスクのことが多く、由香里さんで遊んでいるときも素顔ということが少なかったので、前に刑事さんにお渡しした、似顔絵以上のことは何も分かりません。ただ暴力団員だか暴力団関係者だか、そうしたこともあって、警察のことにはとても詳しかったです。防犯カメラの位置とか、スマホの安全な使い方とかを、特にガサツな四日市と御園に、よく指導していました。例えば、誘拐現場に防犯カメラが無いことは、僕も確認していましたし、暴力団員だっていう鈴木さんも保証してくれました。鈴木さんはそうした仕事上、防犯カメラにはとても詳しかったし、警察の職質とか取締りとかにも、とても詳しかったです。ですから僕らは、あの夜も、安心して罠を仕掛けることができました。安心して逃げることもできました。

また、僕自身、よく知らない人とはいえ、二週間もの付き合いなので、それなりに会話をしました。身元は全然分かりませんでしたが、確かに、頼れる人だと思いました。もし由香里さんが死んでしまったとしても、鈴木さんがどうにかしてくれるだろう、という安心感すらありました。鈴木さんも、そんなことを仄めかしていた記憶があります。この鈴木さんについては、刑事さんによれば、まだ全然身元が分かっていないとのことですので、これから思い出したことがあれば、全部正直にお話しします。僕はきっと無期懲役でしょうから、今更暴力団とか権力とか、恐くありません。

ともかく、鈴木さんはそうした頼れる人で、鈴木さんが仲間にいてくれたから、僕ら未成年三人も、安心して由香里さんを虐めることができました。最初は、スタンガンとか、特殊警棒とか木刀とか鉄パイプとかバットとかを使っていたんですが、なんだか由香里さんも無反応になってきましたし、感電のショックで頭がぼうっとしてきた感じもあって、だんだん、プレイが面白くなくなってきました。だから、僕が四日市と御園と話し合って、せっかく思いどおりになる玩具があるんだから、もっと過激なことをして楽しもう、その方が動画も面白くなるぞと、そう提案したのです。

その、もっと過激なことというのは、もちろん火責めです。

それを始めたのは、監禁五日目か六日目だったと思います。由香里さんがまた食事をもどしてしまったので、罰として、僕の大麻煙草の火を、由香里さんの胸に押し付けたのです。それをきっかけに、由香里さんがちゃんとトイレをすることができなかったり、命令した格好をすぐにとらなかったり、命令した行為をすぐにしなかったり、とにかく反抗的だと思えることをしでかす都度、由香里さんを大麻煙草で根性焼きするルールになりました。最初は、胸とか股とかお尻とかに、辱めのためにやったんですが、次第に、肩でも背中でも腕でも、どこでも根性焼きするようになりました。しっかりと火傷の跡が残るようにやりました。どのみち、僕らから逃げてもまともに生きられないと思い知らせるためです。おまけに、痛がってどうにか逃げようとする由香里さんの動きがホントに愉快で、誰もが笑っていたのを思い出します。もちろん、由香里さんは手錠で動けなくしていたので、絶対に逃げられはしません。

その根性焼きは、すぐに、ライターでのリンチや、薬缶の熱湯でのリンチになりました。ライターは、直火で焙ることもありましたが、僕はそんなんじゃ生温いと、四日市や御園をけしかけて、四ℓ缶で用意していたライター用のオイルを、由香里さんの肌にどくどく垂らして、率先して由香里さんの肌をどんどん焼きました。手錠を軋ませてのたうち回る由香里さんの、芋虫みたいなヘンテコな動きは、とても滑稽で忘れられません。ただ、何日も時間が経つに連れて、由香里さんの火傷が膿んできて、嫌な匂いのどろどろを垂らしてきたので、監禁場所のリビングダイニングが臭くなるし汚くなるしで、ムカついて、またスタンガンで電撃を加えたり、手製の通電装置で、乳首や耳やあそこを感電させたりもしました。けどあんまり躾の効果はありませんでした。ちょっとやりすぎて、由香里さんの受け答えとか、セックスのときの反応とか、いろいろな身の動きとかが、ぼうっとした感じというか、マヌケた感じというか、バカになった感じというか、とにかく、普通の人間の態度じゃなくなってきたからです。

あと、由香里さんの態度がボケッとなってきたのは、監禁当初から使っていた、覚醒剤のせいもあると思います。気丈に振る舞って気丈に抵抗していた由香里さんが、覚醒剤を打たれるとまるで奴隷になるのは、リーダーとしてほんとうに痛快でした。その覚醒剤は、暴力団員という鈴木さんが、用意してくれたものです。僕や四日市や御園には、覚醒剤を手に入れるルートがありません。また、由香里さんに覚醒剤が使えればそれでいいんで、それがどこからどうやって来たのか、鈴木さんに確認したことは一度もありません。もちろん鈴木さんには、リーダー格で金庫番でもある僕が、キチンと代金を支払いました。ともかく、覚醒剤を使うと由香里さんはフラフラになり、ほとんど前後不覚で、おまけに、すごく気持ちよくセックスを楽しめるようになるのです。それは、由香里さんにとってもきっと、幸せなことだと思いました。どうせ監禁されて言うことを聴かされるのなら、楽しい方が良いに決まっているからです。由香里さんは処女でしたから、二週間でいきなり経験した激しいセックスとかを考えれば、なおさらです。覚醒剤でも打っていないと、とても楽しめなかったんじゃないかと思います。クスリを使うとかいった、由香里さんを楽しませる面白い動画のアイデアも、僕がリーダーとして、率先して出しました……

「……聴いている限り、嬉々としてレイプ等を主導したのは徹、君なんだな？」

「そうなんですよねえ。だって四日市と御園はビビりだし、ちょっと頭が足りないし」

「問題の、鈴木さんは？」

「鈴木さんは子供じゃないですから。僕らの羽目外しの悪戯に、まあ付き合ってやるか、といった感じでしたね。

といってあの人、あんまり喋らない人で……思い出したことがあればまたお話しします」

吉祥寺警察署第1取調べ室・公用端末ディスプレイ（供述調書3）

……それでは、僕の家が燃えたあの夜のことについてお話しします。

僕ら四人と、由香里さんは、監禁場所の、リビングダイニングにいました。

そもそも、その日は、正午過ぎの、だいたい二時頃に皆で起きて、だいたい二時半頃、皆であの黒いバンで、吉祥寺に遊びに行きました。由香里さんは手錠で繋いでありますし、その頃は、もう昼も夜も意識を朦朧とさせていたので、口と手足をガムテープでグルグル巻きにしておけば、由香里さんをただリビングダイニングに放置しておいても、逃げられる心配はありません。だから僕ら四人は、その日の日中、ファミレスやカラオケやぱちんこやゲーセンで遊び、由香里さんは、監禁場所に独りでいました。

僕らが僕の家に帰ってきたのは、その夜の、だいたい八時過ぎ頃です。

　そしてもちろん、独りで放置してしまっていた由香里さんと、また遊ぶことにしました。ガムテープを剝がし、手錠も外して、まずは僕から、そして四日市、御園の順番で、由香里さんとセックスしたり、由香里さんをからかったり虐めたりしました。といって、もう二週間も由香里さんで遊んでいます。正直、由香里さんには飽きてきました。だから、夜の一二時前には、くたくたになった感じの由香里さんを、裸のまま、特に縛ったりしないままそのまま放置して、四人とも、リビングダイニングの布団に入りました。誰もがウオッカでさんざん酔っ払っていたこともありますし、由香里さんには逃げる気力なんてなさそうでしたし、あったところで、窓どころかリビングダイニングのドアすら鍵を掛けています。その鍵は、武闘派の御園が肌身離さず持っています。監禁が二週間にもなれば、手錠なんてほとんど要らないほどです。もちろん由香里さんには、「逃げれば家族を皆殺しにして家を焼く」「警察にバレればお前も家族も暴力団が皆殺しにする」「言うことを聴かなければ埼玉の山か茨城の海で殺す」などなどと、散々脅しを掛けてもいます。実際、監禁の最初の内は気丈だった由香里さんも、すっかり僕らの奴隷になっていました。その日のその夜、最後に僕と四日市と御園が由香里さんをレイプして、そしてその口で僕らの性器を掃除させたときも、まるで、生きている玩具みたいな感じでした。寝入る前、由香里さんの口がだらしなく開いていたのを覚えています。

　そんな感じで、火事のその夜、僕らは日付が変わる前に、四人が四人とも布団に入りました。リビングダイニングは広いので、布団を四組敷いても余裕があります。嫌な匂いを放っていた、段ボールで適当に寝かせていた、由香里さんとも距離を取れます。といって、僕らの布団はずっと敷きっぱなしの状態だったので、最初はキチンと四組敷かれた布団も、その夜になると、もう雑魚寝のような感じになっていました。

僕がリビングダイニングの火の手に気付いたのは、今思えば、日付が変わって、夜中の一時前ごろのことだと思います。というのも、もう部屋が炎で照らされていたとき、リビングダイニングの掛け時計を見たら、ちょうど一時くらいだったからです。

ともかく、最初の火の手は、御園が寝ていた布団から上がりました。というか、御園が寝ていた枕元から上がりました。

僕がウオッカに酔った頭のまま、いきなり叩き起こされた嫌な感じのまま、『うおっ』『うわっ』と変な声のした方を見ると、やっぱりウオッカで酔っ払ってそのまま寝入っていたはずの御園が、右腕というか右手を燃やしながら、布団の上を転げ回っていたのです。そして、燃えていたのは、御園の右手だけではありませんでした。御園の枕元が、もう派手に燃え上がっていたのです。もちろん御園は布団の上を転げ回ったので、火はどんどん布団に燃え移ってゆきました。

僕は慌てて立ち上がり、何が起こったのか知ろうとしました。それは難しくありませんでした。というのも御園の枕元の炎の中に、ライターオイルの四ℓ缶と、百均の漏斗と金属ライターと、あと灰皿があったからです。激しく燃える炎の中に、それらが垣間見えたからです。そして僕は、御園の悪い癖をすぐ思い出しました。御園は寝煙草というか寝大麻をするし、おまけに、オイルライターのオイルを、四ℓ缶から給油するのです。今、その御園の枕元から火が出たというのなら、御園はオイルを零した上、それに寝煙草の火種を落としてしまったに違いありません。実際、ライターオイルの四ℓ缶は、御園の枕元で、バタリと真横に倒れていました。それだけで、かなりの量のオイルが流れ出たのが分かりました。

僕が立ち上がったのとほとんど同時に、四日市も鈴木さんも立ち上がりました。その四日市は、御園の隣に寝ていたので、布団の炎と御園の躯の炎とで、すぐにジャージを火塗れにしました。ただ、御園とは距離のあった僕と鈴木さんは、どうにかそうなることを免れました。

しかし、リビングダイニングには、他にも燃えるものがたくさんありました。石油ストーブ用の灯油もそうですし、由香里さんにオイルを垂らすとき、オイルを掃除したボロ布、ボロ雑巾、ティッシュの山もありました。もちろん、オイルをたくさん吸った奴です。そんなわけで、ティッシュとかを満載にしたゴミ箱は、幾つかあったんですが、たちまち全部燃え始めました。灯油のポリタンクも燃え始めました。火の手は、由香里さんの寝ていた段ボールの方にも及んで、その段ボールも、布団代わりの週刊誌もどんどん燃え始めました。そうした炎は、御園と四日市が暴れ回ったこともあって、すぐに床や絨毯や壁や天井に飛び火してゆきました。リビングダイニングの一四畳は、僕が立ち上がってから数分で、炎の海になりました。由香里さんの姿も、たちまちのうちに見えなくなりました。

そして僕らは、そもそもウオッカをガブ飲みして酔っ払っていました。いきなりの火事で叩き起こされて、まだしっかり目も覚めていませんでした。そんな中、御園と四日市がもう火達磨だったことは、お話ししたとおりです。だから、言ってみれば生き残りの僕と鈴木さんは、どうにか二階リビングダイニングから逃げ出そうとしました。けれど、不思議と躯が言うことを聴きませんでした。意識も、目も、頭も不思議とフラフラしました。今思えば、火事の毒ガスの影響があったんだと思います。それは、僕も鈴木さんもそうだったと思います。

事実、鈴木さんはいったん立ち上がったのに、そしてどうにかリビングダイニングの内鍵を開こうと、鍵を持っていた御園に近付いたり、御園を消火しようとしたり、御園の枕元をまさぐったり、必死の努力をしていたのに、そうやって激しく動き回ったせいもあってか、僕が見るに、あまりにアッサリ、あまりに突然、コテン、と卒倒してしまったからです。そして、そのまま御園の近くで、やっぱり炎に呑まれてゆきました。鈴木さんは、鍵を見付けるどころか、ドアに近付くこともありませんでした。ただ結果として、火事現場で御園が燃え死んだのに、同じ火事現場で、しかもその近くで鈴木さんがどうにかこうにか助かったというのは、このように、燃えた時間が長いか短いかの違いがあったからかも知れません。とにかく、鈴木さんも、何もできずにアッサリ倒れました。

といって、御園が肌身離さず持っていた、リビングダイニングの南京錠の鍵がなければ、僕もまた、火に巻かれて死んでしまいます。もうお話ししたとおり、リビングダイニングの窓は、ワイヤと錠前でガッチリと固定してしまっていましたし、だから僕たち自身にだって五分一〇分では開けられませんし、とてもそんな余裕はありませんし、開けたところで、外は二階ベランダです。骨折を覚悟しなければ、家から脱出はできません。だから、どうしてもリビングダイニングのドアを開ける必要がありました。そのドアのダイヤル錠を、ダイヤルを回して開き、そのドアの南京錠に、御園が持っていた鍵を挿す必要があります。けれど僕は、鈴木さんの努力が無駄に終わったのを見ていましたし、その頃にはもう、御園に近付くどころか、御園がどこでどう焼かれているのかもハッキリ見えないほど、火が燃え猛っていました。もちろんダイヤル錠のダイヤル番号は知っていましたが、南京錠が手に入らないのでは話になりません。

だから僕は、由香里さんを虐めるのに使った木刀に鉄パイプ、そして室内にあったバットや物干しをどうにか捜し出すと、リビングダイニングのドアを叩き壊して破ろうとしました。要するに、御園が肌身離さず持っていた、南京錠の鍵を捜すなんてことは諦めました。そのあとまた意識が薄れてきたので、それから先のことは記憶が曖昧です。僕は気が付いたら、家の玄関先にいました。玄関先に、ふらりと出ていました。近所の人が介抱に近付く中、制服の警察官の人が玄関先にやってきて……

「……何故その南京錠の鍵を、リーダー格の君でなく、御園が持つことにしたんだ？」

「御園は武闘派で脳筋だから。なら万が一のときでも、まさか由香里さんに鍵を奪われる様なことはないから。だからです」

「なら、由香里さんに使っていた手錠の鍵は？」

「それも御園に持たせてました」

「火事が起こったとき、由香里さんを助けようとは思わなかったのか？」

「思いませんでした」

「何故」

「何故って……どのみち火の海の中で、もう全然姿すら確認できなかったし、おまけに」

「おまけに？」

「あっは、正直に言うと、そのときは四日市や御園に罪をなすりつけようと思ってたんで。証人っていうか、被害者にはいなくなってもらった方がいいかなって思って。それに由香里さん、あんな無茶苦茶なことばかりされて、あんな無茶苦茶な動画まで撮られた以上、きっと『もう死にたい』って思ってるかなって……

　そのせっかくの動画も、御園のバカの寝煙草の所為で全部パアですけど。ああ勿体ない」

吉祥寺警察署刑事課別室（事件記録等保管庫）

「久々に吐きそうだ」捜本の和光主任官が、刑事焼けした声でいう。「虫酸が走る」

「やっぱり男でもそうなの？」ひかりの声も、珍しく沈痛だ。「微妙に安心したけど」

「……若かりし日に、保安課が押収してきた無修正のアダルト動画を横流ししてもらったなんて事は、そりゃ私の世代の警察官なら、誰だって経験していますがね。ただ……不謹慎な言い方になっちまいますが、例えばゾンビもののエンタテイメントが好きなのと、根っからの死体性愛者とじゃあ、ヒトとしての在り方が全然違うでしょう。スプラッタ映画が好きなのと、自分で死体を切り刻むのが好きなのと、それも全然違うでしょう。そもそも私、映画ならゾンビものもスプラッタも嫌いですがね。

　今の喩えで言うなら、この動画はあたかも人肉食の現場を延々録画したようなもんです。いや実際、被害者を食べている。被害者の誇りも魂も。要は、究極の人肉食だ」

　――吉祥寺警察署、刑事課別室。

　といって実際的には、事件記録や未送致証拠の保管庫である。

　幸いにして、刑事課本室とは物理的に隔てられており、施錠もできる。

　よって、仁科徹のワン勾留が始まったこの日の夜、仁科徹の取調べあるいは独演会が終わってから、管理官と主任官と調べ官とで、とある動画の上映会が始まったのであった。ひかりとしては検証班の下北にも同席してほしかったが、今夜も現場で肉体労働とのこと。また、ひかりの悪友たる水鳥薙は、ひかりがドンドン出す宿題の処理に大童。故にこの、超絶的なベテラン刑事――というか刑事の棟梁――である和光主任官をして『吐く』『虫酸が走る』と言わしめた凄惨なドキュメンタリーを、視聴せずに済んだのであった……

「和光警部、〈管理官＝主任官〉として組んで、それなりの付き合いになるけど」ひかりはいった。「あなたがそれだけ多弁なのも、あなたがそれだけ怒っているのも初見だわ」

　　オラ、もっとしっかり腰振れよ!!

　　どうしたんだホラ、いい声出せよ、もっといい声をさ!!

　　　（す、すみません……御免なさい一人様、晃様、光雄様……）

「失礼ながら、管理官はまだお若いですが……私、いちおう人の子の親ですんで」

「あら、お子さん御嬢様だったかしら？」

「いいえ、大学生の糞餓鬼ですがね」和光警部が、事務椅子の上で固太りの躯をグッタリさせる。

「同世代の若いのが、こういう人肉食を平然とやらかすのを見ると……堪らん」

　　オイ由香里チャン、手ぇ抜いてんじゃねえぞ!!　久々の、徹様の■■だぞ!!

　　お前の大好きな、徹様の■■■■■■■■■ほらっ!!

　　　（は、はい大丈夫……ちゃんとできます、できるから……だから……）

「生前写真と突合するまでもないですね」調べ官の上原警部補がいった。「布団の両脇で歓声を上げ、行為を煽っているのは四日市晃と御園光雄」

「無論、行為に及んでいるのが仁科徹で」和光主任官が、火を灯していない煙草を咥(くわ)える。「行為に及ばれているのが市松由香里さん。幸か不幸か、高画質の六〇分×二枚。成程(なるほど)、生前写真と突合するまでもない」

「そして、言い方は非礼ながら」上原警部補がいう。「〈仁科＝由香里さん〉の組合せは、最初から今の今までずっと変わりませんね。あと撮影者も変わらなければ、囃(はや)し立てるギャラリーの組合せもまた変わらない。すると、このDVD－R二枚というのは」

「仮題を付けるとするなら」ひかりはプラスチックホルダーを摘まみ、泥水のような珈琲(コーヒー)を啜(すす)った。「そう『仁科徹、市松由香里を犯すの巻1・2』ね、これまでの内容からして」

「ザキさん、この二枚が、ちょうどそれだったっていうのは偶然ですかね？」

「どうかしら。仁科邸の検証結果を考えると――そう燃え溶けてしまったDVD二八枚のことを考えると――偶然にしては組合せが良すぎだし、出来過ぎているとも思うけど。ただ、他の二八枚の内容なんて永遠に分からないしね。現時点では何とも言えないわ」

脚が邪魔だぞ、■■■■■■■■もっと角度考えろよ!!

今度は引っ繰り返して――違うって、■■■■■■広げて撮るんだってのﾞ!!

（あうっ!!　み、光雄様■■■■■■……スタンガンはあうっ!!）

「見切れてはいるものの」上原警部補がいった。「四日市と御園の姿は分かる。確実に録画されている。仁科と市松さんは、クローズアップされているから言うに及ばず。しかし」

「〈名無しの権兵衛(ごんべえ)〉こと仮称・鈴木一人(すずきかずと)にあっては」ひかりがいった。「歓声等も、顔躯(かおからだ)も全然収録されてはいないわね。そしてそれは」

「まさか偶然じゃない」上原警部補も充電していない電子煙草を咥えた。「そもそも被疑少年らは四名ですから、なら誰がこの動画の撮影者なのかといえば、それは動画に出演していない残余の一名――〈鈴木さん〉で決まり。だからその顔躯は映らない。しかし、これだけ四日市と御園が盛り上がっているというのに、合いの手一つ入れないってのはなあ」

「顔躯を記録させないのと同様、肉声をも記録させないという確たる意志があるから？」

「でなきゃあ、この乱痴気騒ぎの中、二時間近くも押し黙っているなんてあり得ませんよ」

「それにしても」ひかりはいった。「四日市と御園のはしゃぎ振り。ほぼ無言で腰を振っている、仁科徹が聖人に思えるほどよ。よくもまあ、人間をああまで殴れるものね。まして、手錠を施した人間をああまで殴れるものね。おまけに、女の躯にあんな落書きまで」

「あの手錠……」和光主任官が顔を顰めた。「……かつて報告があったとおりですな。我々の装備品に酷似した、黒い手錠。それほど本格的で、剛毅な奴。いや、ましてあの特殊警棒。あれはもう特殊警棒じゃない。警棒そのものです。黒い警棒。伸縮式の警棒」

「そういえば、最悪の事態を考えれば、警察装備品の流出品なんじゃないかって話も出ていたわね。ネットで売買されている類の。それについて検証班の検証結果は出ている？」

「検証班の下北も、東奔西走してますんで……未だ報告はありません管理官。ただ弁解をすれば、装備品の流出は警察不祥事ではありますが、本件事件の本筋とは無関係ですんで。

とはいえ無論、凄惨な事件に警察不祥事の油が撒かれるとなっては一大事ですから、捜査一課長を通じて人事第一課に依頼をし、装備品の随時監察を実施してもらいました。すなわち、警視庁本部及び警視庁全警察署の、要は装備品を貸与されている全職員についての、『ぬきうちいっせいもちものけんさ』です。九段捜査一課長には、各所属長に対し、『詳細は申し上げられないが、重要事件に関係する虞があるので、徹底的に、慎重が上にも慎重な検査を実施していただきたい』旨の内翰まで出してもらっています」

「で、もちものけんさの結果は？」

「遺失している装備品は、手錠であろうが警棒であろうが、いえ警笛一本であろうが皆無とのこと。またネットで純正の警察装備品が売買された形跡は、人事第一課が調査した限り、これまた皆無とのこと」

「まあ装備品の遺失だなんて、手錠の小鍵一本でも、制ワイシャツ一枚でも懲戒処分ものだものね。ましてあの人事第一課がやらせたとなれば、対象者は確実に、装備品の現物を眼前に提示させられただろうし。時間が許せば通常点検も行っただろうし。なら、警察署ぐるみで隠蔽をするというのなら別論――どんな署長にもそんな動機なんて無いけれど――装備品の遺失を誤魔化すことなんてまずできない」

「よって検証班の報告を待つまでもなく、この動画にも映っている手錠なり警棒なりは、模造品、レプリカの類と思われますが――下北には引き続き、その正体を確認するよう下命します」

「箱崎警視了解。

とまれ、そんな拷問器具を嬉々として行使しているのが四日市＋御園。他方で、やはり正体を割りたい〈権兵衛〉と主演男優の仁科は、成程、『押し黙っている』と言いたくなる程の無口ぶりね。とはいえ仁科は少なくとも、喘ぎ声や鼻息を出している。他方で我等が〈権兵衛〉は、セルフ猿轡でもしているんじゃないかって程の無音ぶり」

お掃除タイムだ、しっかり■■■■何まだ気取ってるんだ!!　ヌルいぜ!!
■■なんだぞ、■■なんだぞ……お前自分の立場解ってんのか⁉　躾不足だな!!
（熱いっ!!　ああっ!!　私は、私は一人様や晃様の……ああっ!!　■■）

「そもそも、被疑少年らに覚醒剤を供給するなど」上原警部補がいった。「〈鈴木さん〉の悪質性は段違いですからね。ただ……暴力団員云々が嘘だとしても、そんな段違いの悪党である〈鈴木さん〉が、前科前歴を持たないっていうのは解せないことです。指紋も足跡もDNAも『ヒットなし』とは」

「和光主任官。組対には〈鈴木一人〉のこと、関連情報とともに照会済みね？」

「はい管理官。Z号は無論のこと、伝手をたどって名のあるマル暴刑事複数にも当たっておりますが……これがまるでヒット無し。新宿を根城にして、表のビジネスもしていて、まして覚醒剤を取り扱っているともなれば、まず組対の方で実態把握できている筈なんですが。これまた解せんことだ」

お願いはどうした!!　徹様!!　徹様お願いしますってお強請りだよ!!
お前もたっぷり喜んでたって証拠なんだからな、しっかり喘げ、嬉しがれ!!
（徹……さん……徹さんお願い、します……どうか、全然思い切り……
私は、大丈夫ですから……あっ!!　あうっ!!　痛……いいです……!!）

「ただ、こんな動画を嬉々として――いえ平然と撮影しているとくれば」ひかりはいった。「覚醒剤云々がなくとも、桁違いの異常者で、筋金入りの性犯罪者ということは解るわ。よって、既に実施してもらってはいるけれど、性犯罪前歴者に係る捜査を再度徹底しましょう。それも、先ずは吉祥寺区に縁(えん)の在る者について。

　というのも、〈鈴木さん〉がこれほどの筋金入りならば、また私が聴き及んでいる情報が確かならば、公然となったかどうかは別論、必ず性犯罪の前(マエ)をやらかしている筈(はず)だもの。故に、埋もれている性犯罪被害者、泣き寝入りを強いられた性犯罪被害者の掘り起こしも必要。結果は私に即報(ソクホウ)して」

「了解です、管理官。

　……で、この悲劇としか表現できない不条理ＤＶＤ。後どれくらい続きますかね？」

「六〇分モード×二枚が、お陰様で九〇分以上視聴できたから、もう三〇分弱の辛抱よ」

「それにしても!!」和光はまた違う意味で憤然とした。「こんな重要な証拠の出所が分からんとは!!　吉祥寺署の地域は一体何をやっとるんだか!!」

「和光主任官、このＤＶＤ－Ｒ二枚組って、確か――」

「――そうなんだ、上原係長。

　井の頭公園のあの辺りを所管する駐在所の警察官が、誰とも分からん少女から提出を受けたもの。当該(とうがい)少女曰(いわ)く、所管区内の某(ぼう)バス停近くで拾得した物(ブツ)とのことだが……

　こんなものが、何の意図も無く置き去られるものか。

　こんなもの、被疑少年四名＋被害者一名しか知らん物(ブツ)、まして被疑少年四名しか用意できん物(ブツ)だ。いや更に、事実上唯一の生き残りである仁科徹にしか用意できん物(ブツ)だ。他は死者か死者も同然だからな。しかしその仁科徹にこんなものが用意できたはずも無し、バス停だのに置き去れたはずも無し――そりゃそうだ。仁科徹は事件発生当初から手ぶらで入院したんだし、その四日後にはそのまま逮捕されてここ吉祥寺署にいるんだからな。

　しかしそうすると、ド派手な矛盾が生じる。
　①このDVD－Rは仁科徹にしか用意できなかったのに、②その仁科徹にはそんなもの用意することができなかった、という矛盾が。とくれば」
「何者かが、被疑少年ら四名しか持っていなかったはずの動画を持っていたんだから」上原警部補がいった。「我々はひょっとしたら、事件の筋読み・事件の組立てそのものを見直さなければならない――具体的には、第五番目の被疑者あるいは第六番目の被疑者等々、これまで全く把握できていない、第三者単数又は複数を想定しなければならない。ところが」

「それは科学捜査の結果と矛盾するわ」ひかりはいった。「現場たる仁科邸に、問題の二週間のあいだ居住していたのは、〈仁科＋四日市＋御園＋鈴木〉の四名と由香里さんのみ。仁科邸に出入りをしていた母親の仁科杏子ですら、リビングダイニングに足を踏み入れてはいない。

　もっとも、徹底した科学捜査をしたのは問題の二週間の、しかも居住者と呼べるほどの長期滞在者についてだから――例えば、問題の二週間のうち三〇分だけ滞在したとか、はたまた問題の二週間以前に滞在したとか、そんな話になってくると、『登場人物は五名だけだ‼』とは断言できなくなるけれど。

　でも、それを言い換えれば、要は」

「犯罪のディープな証拠であるこのような動画を入手できた者など」上原係長がいった。「現実的には想定できない」

「そうなる。

ディープな監禁仲間・強姦仲間でもない者に――例えば三〇分程度滞在したくらいの者に――流出したら検挙されること必定な、最重要の動画をくれてやるはずもなし。そもそもこの動画は、由香里さんを監禁し強姦し続けている内は、被疑少年ら四名限りで秘匿し続けなければならないものだし。そうでなければ、娯楽にも脅迫にも使えないわよ。

仮に、万々が一、動画の一部を売り払うなどしなければならないときも、警察による捜査・検挙に備えて、必要な動画加工をするはずだし、その時間的余裕は腐るほどあった。要は、『生・無修正』のDVDを仁科邸外に流出させるなど――それも二枚・二時間分を流出させるなど、被疑少年らとしては論外のはず。言ってみれば、その動機がまるで無い」

「ただ現実に」和光主任官がいった。「『生・無修正』は仁科邸外に出ている、こうして」

　誰の█好きなんだ？　一人様か？　やっぱりぶっとい徹様か？

　アッハハハ、アハハハ、此奴人間並みに照れてやがるぜ!!　ほら御褒美だぞ!!

　（あっ、クリップは……電気は、その器具は!!　それ本当に……あぁっ!!）

「和光主任官」上原警部補がいった。「そもそもこのDVD－R二枚って、下北先輩の検証班が現場で発掘してきた、DVD－R二八枚の――」

「ああそうだ、同一規格・同一製品と見て矛盾ない」和光主任官は答えた。「そもそも量販品の、ありふれたDVD－Rだし、二八枚の方は現場で燃え溶けているから、一〇〇％の保証はできかねるが――

ケースの形状なり挿入されていた紙ラベルなりは、現場で発掘された二八枚の奴と全く一緒と考えられる。後は予断になるが……問題の『二八枚＋二枚』で三〇枚だよな。そして『二八枚セット』なるものはたぶん無えだろうし、なら一〇枚単位で買っても三〇枚単位で買っても、燃え溶けたのが二八枚で、燃えなかったのが二枚。帳尻は合う。

ましてこの二枚。そのケースとDVD。仁科徹本人の指紋がクッキリ採取できちまった。もっと言えば、四日市＋御園＋〈権兵衛〉の奴もだがな」

（あと、そのDVDのケース。正確には、背に挟まれる紙ラベルというか紙片）ひかりは思った。（録画内容その他を記載できるあれ。この四角い紙片の、右下片隅。ここの『×』のように見える殴り書き、小指の先ほども無い殴り書きは何なのか？　いや角度的には、『＋』なのかも知れないが……）

「――主任官、それ以外の指紋はありました？」

「それが全く出て来ねえんだわ。まして吃驚、外包みの角封筒からも出て来ねえときた。警察官に提出された角封筒からも、第三者の指紋が出て来ない。というか当該角封筒からは、誰の指紋も出なかった……となると当然、拾得者は、まさか純然たる通り掛かりの一般人じゃねえわな。自分又は自分達の指紋が残らない様な、小細工をしているんだから。

……まあどのみち、『仁科徹の明瞭な指紋』なる科学捜査の結果からして、今夜の上映会の主役であるこのDVD－R二枚の出所は、仁科邸で確定なんだが」

「ただ主任官、そうすると――」

「そう、話が元に戻っちまうんだよなあ……仁科邸の、誰も持ち出すはずが無えんだから!!

……畜生め、これだから地域警察官ってのは。

拾得物の取扱いは警察施設内でやる。拾得者と拾得物を確認しながらやる。ここ何年も交番なんかに出ちゃいねえ俺だって知ってる基本のキの字だ。そして基本のキの字を守っていてくれりゃあ、そうノーマルな平均的警察官として仕事してくれてりゃあ、拾得者はすぐ確保できたんだ。少なくとも、駐在所の防犯カメラで面(メン)を押さえられたんだ。なら、相手はまさか暴力団員でも半グレでもなし、顔認証システムその他にヒットする。なら、もっと詳しい拾得の経緯も分かれば……一体何故、ノゾミさんだのコダマ先生だの、そんな偽名を使ったかも分かったろうに!! 畜生め、それどころか似顔絵一つ描けんときた!! どんな記憶力してやがるんだ、外回りの警察官の癖(くせ)に!!

——いやシンプルに、誰かがただ拾ったなら拾ったでいいんだ。それがたまたま重要な証拠品だった。別段何も不自然じゃねえわな。ところがだ。その拾った誰かさん、なんと偽名を用いるわ、どう考えても交番・駐在所の防犯カメラを警戒しているわ……となると、当該(とうがい)ノゾミさんなりコダマ先生なりが、何らかの形で本件事件に関与していたことを疑わない訳にもゆかん!! その潰(つぶ)しの捜査でまた人も時間も割かれる!!」

　オラ顔を上げろ、いい顔して見せろ、ここが一番の魅せ所だぞ!! ニッコリ笑え!!

　もっと■■自分で■■■生温(なまぬる)いことするな、サボるな!!

　(徹さん……■■までお願いします……このままじゃまた……

　熱い!! 熱いです!! 火はどうかあうっ!!)

「主任官。当該(とうがい)ノゾミさんなる者とコダマ先生なる者。その追及捜査というか行方調査。取り敢えず学校関係を当たるべきだけど、なら被害者対策班のナギにやらせているの?」

「いや、水鳥に当たらせようと思ったんですがね。

これ管理官の御下命でしょうか、何でも、加害者家族と被害者遺族の掘り下げ捜査に大童とかで——仕方無いんで、私の伝令なり庶務係なり、直轄部隊を使って当たりました」

「その結果は」

「近隣の学校の剣道部顧問に、コダマなる女教師はいませんでしたし、近隣の鎮台予備校に通う女子少年に、ノゾミなる娘はいませんでした。まあ前者が虚偽である時点で、後者は指摘するまでもないんですが。念為で申し上げれば、当然吉祥寺区だけを調査した訳じゃありません。隣接自治体である杉並、練馬、世田谷、調布、小金井、西東京あたりを引っくるめて総当たりしました。無論東京の就学事情からして、当該女子少年が例えば都心の学校に通っているというケースも自然ですが……

　ちょっとアレな駐在所員を狙って仕掛けている様子からして、ノゾミ・コダマとも地元に精通している者、地元関係者と考えるべきでしょう。無闇に対象を広げても無意味です」

「全く同感」しかしひかりはその根拠を今は秘した。「故に両者が敢えて偽名を用いたことも、両者が敢えて防カメを避けたこともほぼ確定する……近隣の防カメやドラレコは？」

「現時点、全て空振りです」和光は紫煙の代わりに嘆息を吐いた。「バス会社やタクシー会社は当然潰しました。近隣の防カメ、特にバス停周囲のマンションの防カメも徹底的に潰しました。結論、それらしき二名のヒット無し……

　運に助けられた面もあるでしょうが、そもそもが交番・駐在所の防カメを警戒し避けている両者です。周囲の防カメ事情にも、それなりに通じていると考えるべきでしょうし、だからこそ、とうとう仕掛けたと考えるべき」

「全く同感」ひかりはいった。「ただ今度は、その両者が仕掛けた動機、それが解らない。というのも、今の今まで継続しているとおり、このDVD－R二枚の動画は、仮題『仁科徹、市松由香里を犯すの巻1・2』であってそれだけでしかない。よってもし、この動画を警察に渡したいというのなら、その動機は『仁科徹の犯行を証拠立てる』『仁科徹の悪行を証明する』ことでしかない。

　ところがよ。

　そこまで仁科徹を罰したいと考えている人間であれば、この動画を、今絶讃自己炎上中の週刊文秋なり週刊明朝なりにくれてやればよいし、そのときは取材源を絶対に守ってくれる。警察に身元を割られる虞なんて皆無よ。でもノゾミ・コダマ両名はそうしていない。わざわざコストとリスクを覚悟して、この動画を警察の手に渡している。いいえ、もし両名がそこまで仁科徹を罰したいと考えているのなら、このネット時代、動画を適当にアップするだけでよいはずよ。当然、我が警視庁が威信に懸けて消すだろうけど、もちろん消せば消すだけ増えるしね。

　とすると。

　このノゾミ・コダマ両名は、『仁科徹の犯行を証拠立てたい』『仁科徹の悪行を証明したい』と考えているにもかかわらず、何故かその為に最も効果的な方法を選ばない、奇特な人々ということになる。警察には何かを伝えたいけれど、動画による社会的反響や社会的制裁までは望まない、摩訶不思議な人々ということになる。

　一体それは何故か？

……私には俄に解答が思い浮かばないわ」

「管理官、ノゾミ・コダマの両名は、市松由香里さんの名誉を絶対に守りたかったんじゃないですかね。だから由香里さんを冒瀆するような動画を、メディアには売らなかった。ネットに上げもしなかった」

「それは納得できる指摘だけど主任官、容易に反論できる指摘でもある。すなわち動画を徹底的に加工すればよいだけよ。素人でも、市松由香里さんの顔をまるで隠すなんて今時、朝飯前だわ。声もまた然り。固有名詞また然り。躯というなら、怪我や激瘦せでまるで違ったものになってしまっていたし。極論、由香里さんの部分は真っ白にしてもよいし。いえ、約一二〇分の加工が面倒だというのなら、そもそも約一二〇分なりDVD－R二枚なり、そのボリュームがおかしいのよ。仁科を罰するためというなら、いえ仁科の悪行を証明するためでもいいけれど、動画の長さは三〇分、ううん一〇分でも充分なはず。切り取りでも編集でも、それだけあればお腹一杯よ。

そう考えると、何故約一二〇分なのか、何故二枚なのか、そこもまた不可解ね」

そして、全て不可解なことには理由がある。ひかりは心中、人生訓の第一を繰り返した。

「まして、ザキさん」上原警部補がいった。「当該ノゾミ・コダマ両名がどうやってこの動画を、このDVD－R二枚を入手できたのかも謎ですよ。これは先刻の、『被疑少年らが持ち出すはずが無い』『被疑少年らが流出させるはずが無い』っていう議論の裏返しですが――

これほど致命的な犯罪の証拠を入手できたからには、当該ノゾミ・コダマのいずれかあるいはいずれもは、被疑少年らと致命的な、密接な関係にあった。これは確実です。おまけにこれ、『現場で撮影された動画を遠隔地でダウンロードした』とかじゃないですからね。科学捜査の結果や枚数の帳尻からして、確信水準で『現場で撮影された動画そのもの』『それを現場で焼いたもの』です。ならこのＤＶＤ－Ｒ二枚は、①監禁現場である仁科邸から、②当該ノゾミ・コダマの手に渡ったもの。

けれど重ねて、被疑少年らがこれを持ち出すはずも無し――

また仁科邸の監禁現場は、まさに監禁現場ゆえ、それはもう厳重に施錠されていました。まさか無関係の第三者が、ＤＶＤなんぞを盗み出せるはずも無し。いやそもそも、ＤＶＤ二八枚が在ったのは監禁現場そのものですから、ＤＶＤに触れたっていうんなら、監禁されていた市松由香里さんと接触したはずです、必ず。そんな由香里さんをまるで無視したっていうのは、『わざわざ仁科に不利になる証拠を警察にだけ届けてくれた』当該ノゾミ・コダマ両名の行為からして、著しく謎です。

――以上を要するに。

ザキさんの指摘どおり、ノゾミ・コダマの動機も解らなければ、ノゾミ・コダマの動画入手方法も解らない。こうなる」

「あっ、そういえば主任官」ひかりはいった。「動画の流出、情報の流出って話で思い出したんだけど。あなたもあの週刊文秋読んだわよね？　ほらあの記事よ。私あれ一読したとき、ちょっと信じられない思いがしたんだけど？」

「そりゃ私もですよ管理官……」捜本の現場監督、捜本の棟梁である和光警部は慨嘆した。

「……あれもまた矛盾なんだなあ。箱﨑管理官、俺は、いえ私は、今回の捜本、粒揃いの、選りすぐりの精鋭部隊だと思っとります。だから断言しますよ。あんな週刊文秋ごときに、捜査情報のソの字も漏らす奴はいない。もっとも、吉祥寺署から人出ししてもらっている分については、若干、断言する力が弱くなりますが……それでも勤評（キンピョウ）や身上書（しんじょうしょ）で、そして署の刑事課長を通じて、かなり綿密に基礎調査をした警察官たちです。まして今回の帳場（ちょうば）は三〇名規模と、比較的小さいですしね。不肖（ふしょう）私の目もよく届きます。

要するに、今現在、捜本（ソウホン）で働いてくれている連中に、あんな捜査情報を、そうあんな詳細な捜査情報を漏らす奴はいませんよ。絶対にいません。ところがどうして……!!」

「検証班の責任者・下北係長ですら全部暗記しているかどうか疑わしい程（ほど）の、もうほとんど検証調書・実況見分調書そのものと言える程（ほど）の捜査情報が、ズバリそのままリークされてしまっている。これは事実」

「……リークとは思いたくありませんが、結果からして認めざるを得ません、管理官」

「和光主任官。あなたのその長い刑事戦歴で、ここまでの情報漏洩（ろうえい）は経験ある？」

「断言します。ございません。ただの一度も。

如何（いか）に刑事の口が、そう公安太郎（ハム）さんあたりと比べて滑（なめ）らかとはいえ、捜査書類そのものを手渡ししたかの如（ごと）き不祥事は、ただの一度も経験したことがありません」

「なら私が感じているとおりの異常事態ね。ただ……

そこまでの異常事態そのものが、そう、絶対に通常の捜本（ソウホン）では発生しないはずの異常事態そのものが、私の好奇心を強く刺激するわ。ましてやあの記事。全体をよくよく精査すれば、あからさまに面妖（おか）しな記載もある。

そこの藪（やぶ）を突（つつ）けば、あるいは立派な蛇（へび）が出てくるかも……」

「すると管理官は、情報漏洩の犯人捜しをなさるおつもりで？」

「まさか」ひかりは複雑な苦笑をした。「覆水は盆に返らないもの。和光主任官。私が今、盆に入れたい逃した魚はね、剣道部のコダマ先生と鎮台予備校のノゾミさん、その両名よ。貴重な動画を、だから重要証拠を提供してくれた素敵な協力者でもあれば……指紋も身元も本心も私達から隠したい、そんな小癪な挑戦者でもあるから」

「だから駐在所の地域警察官は真っ当な仕事をすべきだったし!!」和光主任官はひかりの言葉を受けまた憤慨した。「だから吉祥寺区の住宅街もお高くとまっていないで防カメをもっと整備すべきだったんだよ……!!　ああ、そういえば思い出すなあ。吉祥寺区さんは防カメ、あんまり熱心じゃなかったんだよなあ……」

「――あらそうなの、主任官？」

「そうなんですよ、管理官。

　駅前さんとか商店街さんとかは乗り気でしたけど、町内会さんレベルとなると、どこも皆さんプライバシー意識が大層強くて。まあ実際、凶悪犯罪なんぞは滅多に無いんですが、だから此方もデータで説得するのが難しかったんですが……ただこの辺り、二〇一〇年に一度くらい、地域社会を震撼させる事件が起こるんですよ。あの〈一九九五年事件〉に触れるまでもなく。またこの〈市松由香里さん事件〉に触れるまでもなく。そしてイザそうした大事件が起こったとき、防カメの布陣が弱いっていうのは、真実悔やまれます」

　……ひかりはその、和光警部の発言の陰翳にささいな疑問を感じた。故に、彼女の人生訓の第二に基づきすぐ訊いた。

「和光主任官、和光主任官って生粋の刑事のひとよね？　捜一で主任官を張っている位だもの。けれど防犯カメラの設置なりその推進なりって、あれ生安の縄張りじゃない？」

「ああ、それはですねザキさん――」上原係長が陰惨な空気の中、努めて笑った。「――実はこう見えて和光主任官、まだ少壮の警部補時代……あれはもう一六年も一七年も前だったかな……ブルドーザー的破壊力を乞われて、生安にレンタルされたことがあるんですよ。生安の、それも犯罪抑止対策本部に。

　そこで、まだ防カメなんてものが新宿歌舞伎町で試験運用されていただけの頃、いわば『防犯カメラ教』を警視庁管内に布教させるべく、東京中の駅だの商店街だの繁華街だのを東奔西走したんです。

　御本人は、刑事であることにプライドを持っていますから一切実績を語りませんが……実は和光主任官って、生安部門はもとより警視庁本部でも知る人ぞ知る、『警視庁防犯カメラの祖』『防犯カメラ民間普及の祖』なんですよ」

「オイ珍しく持ち上げるじゃねえか、上原よ？」

「だってこの話すごく嫌がりますもんね、主任官」

「……相変わらず人を食った奴だ。そうでなきゃ被疑者は食えんがなあ。

ま、俺みたいなアナクロ刑事としちゃあ、刑事は人と会ってナンボ、会った人を誑してナンボだ。それが何と、自分で率先して、『動画見りゃ分かる』『検索すりゃ分かる』『ボタンポンで分かる』仕組みに変えちまったんだからなあ。もっとも当時、俺はたかが警部補だ。鬼みたいなパワハラ上司の、しかも余所者イビリに耐えながら――警視庁本部は縦割りがすごいからなあ――

死屍累々となってゆく同僚を見ながら、右も左も分からんままに馬車馬をやっただけだ。そうだ。あの頃。平成の折り返し点の頃。あの頃はあらゆる意味で戦争だった……刑法犯、特に街頭犯罪が鰻登りで、『日本の安全神話が崩壊した!!』なんて声が、警視庁でも警察庁でも毎日聴かれた悪夢の日々……あっそうだ。あの頃。

箱崎管理官、こんな席でアレですが、一つ願出がありました。実は私――」

「もう止めろ!!　もう使い物にならねえよ!!　こんな女、クソ面白くもねえ!!

和光主任官の願出は、凄惨な動画からのとある声に遮られた。

特に上原警部補をビクリとさせた、その声の主は――

「躯はガリガリだし、頭もおかしくなりかけてるし、もう捨てちまおうぜ!!

これだけ脅しておけば、動画も腐るほどあるし、警察なんかに行けやしねえよ!!

（……仁科、徹）ひかりも微妙にビクリとした。というのも。（そういえば、この二時間近く。この一二〇分近くの動画で、仁科徹の台詞が聴けたのはこれが初めて……かも知れない。台詞というと語弊があるけど、明確な言葉というか、意味の通じる声というか。

そうだ。私の記憶が確かなら、仁科徹がこれほどハッキリと文章を喋ったのは、この一二〇分近くの動画で初めてのことだ。これまでずっと、喘ぎ声なり鼻息なり、そんな音しか出してはいなかった）

ひかりは記憶を整理した。

――この一二〇分近くの動画。DVD‐R六〇分×二枚の『仁科徹、市松由香里を犯すの巻1・2』において、強姦者は仁科徹。強姦される者は市松由香里。布団の両脇で囃し立て、けしかけ、命令し、歓声を上げるのは四日市晃と御園光雄。そして動画に登場しない撮影者は、〈権兵衛〉こと仮称・鈴木一人である。

ひかりは記憶を整理しながら、上原に訊いた。

「上原係長。この約一二〇分の動画と、これまでの仁科徹の供述。

——何でも最近の仁科徹は、完黙どころか独演会を開催している様だけど、その仁科徹の饒舌な供述に鑑み、何か矛盾点は無い？」

「俺も当然、そういう要が欲しくて、由香里さんに手を合わせつつ動画を凝視しているんですが」

「要？」

「いえそれは刑事の話」上原は無意識ながらしれっといった。「ともかく動画を凝視しているんですが……矛盾点は皆無です。記憶違いも皆無。人間ですから、まして少年ですから、結果的に供述が矛盾したり変遷したりするのはむしろ自然なんですが……そう、不自然なほど野郎の供述そのまま。ちなみに御手記そのままでもありますが」

「ああ、明朝社から独占出版するって手記ね。それ、上原係長にも読ませてくれるの？」

このクソ女、使いすぎて汚えし臭えし、火傷や生傷は気味が悪いし!!

俺はもっと胸がデカくて締まりのいい女がいいんだよ!!　やる気出ねえよ!!

「はいザキさん、読ませてくれますね。むしろ極めて積極的に、我と自ら。

——実は最初は、雑談めかして、俺の方から頼んだんですよ、読ませてくれるかって。どうせ嫌がるか、嫌がらせで秘密にするか、どっちかだと思ったんですけど……ところが、自分から進んで調べ室に持ち込みたいって言うし、自分から進んで感想を教えて欲しいって言うし。あまりに素直なんで、頼んだこっちが吃驚しましたよ。

露悪趣味でもあるのか、俺と何かの取引をしたいのか、それとも胸に秘めた企みがあるのか。はたまた純粋に、手記の精度を高めたいだけなのか。それもまだ割れていませんが」

「とまれ、本件動画の内容は、供述調書の内容とも手記の内容とも矛盾がないと」

「そう言えます。野郎さん、自分が市松由香里をどうレイプしたかは、まあ話はレイプだけじゃないんですが、実に具体的、網羅的かつ詳細に述べ、あるいは著述していますからね。もちろんそれらのボリュームというか情報量は、この約一二〇分の動画よりも多くなりますが――何せ前者は二週間分ですから――ただ重なり合う範囲で考えれば、供述・手記とこの動画とに、何の矛盾点も要も見出せません」

　　おいおい由香里チャンよ～、大好きな徹様、徹御主人様に嫌われちゃったぜ～!!

　　お前、徹様に見捨てられたら埼玉の山だぜ、茨城の海だぜ!!　しっかり奉仕しろ!!

　　（徹さん……ご、御主人様、どうかもっと、もっと、うう、激しく……

　　でないとまた、一人様たちは薬を……私薬は……あの薬は絶対嫌!!

　　あれだけは……ああっ、もうおかしくなる……徹さん、だからもっと!!）

「具体的に言えば、例えば行為の態様ですね。供述どおり、手記どおりです。レイプするときのセックスの体位に、所謂手淫・口淫のさせ方――管理官の前で何ですが、このあたりは実に個人的主義が反映されますから。浮気がバレるのは大抵しゃぶり方の変化だとか。いや耳学問ですが。

他にも、風営法に規定する所謂性具を用いたかどうか。用いたとしてどのように用いたか。あるいは、スタンガンや熱湯やライターで責め苛んだかどうか。したとしてどのようにしたか……こうしたリンチの態様にも、事が凄惨であるだけに、そう痛みを想像させるものであるだけに、『自分のやり方』『自分の好み』が出ます。また、こんなリンチはセックスほど一般的な行為ではありませんから、ゼロベースで自由に供述させれば、それ自体が秘密の暴露になります。言い換えれば、『やった犯人しか知り得ない』、任意性と信用性の高い秘密の供述になります。

そして事実、この動画を視る限り、スタンガンの使い方なり、ライターの使い方なり、それぞれの使用部位なり……意外に攻撃回数は少ないなと思いましたが、攻撃スタイルはまさに本人の供述どおりです。まあ攻撃回数が少ないのは、動画を視る限り、ギャラリーの四日市と御園の方が、自分達流のリンチで盛り上がりすぎている所為でしょうが。横合いからこれだけ物理的な合いの手を好き放題入れられちゃあ、仁科としては集中して楽しめんでしょう」

「レイプの態様。リンチの態様。この動画はまさに、仁科徹の供述を裏書きするものだと」

「そうですザキさん。

はたまた、そうした諸々の行為に対し、由香里さんがどのようなリアクションをしたか。

以上の諸点を付き合わせても、野郎の供述とこの動画には、矛盾が無いどころか、互いが互いを補強し合います。無論、動画は供述内容を補強しますし、供述内容もまた『動画の解説』『コメント』『背景・内心・動機の吐露』として動画を補強します。

これらを要するに」

「仁科徹の供述に嘘は無い」ひかりは慎重に言葉を継いだ。「と信ずるに足る動画である」

「まさしく」

「……まだ切り札は見せないと？」

「え？」

「私の人生訓の第四。視線百遍」

……もういいだろ。乾いちゃって擦り切れて使い物にならねえよ。気味が悪い。

俺の番はもう終わりだ。俺はもういい。一人さん、俺はもう此奴、充分です。

（お前が良いなら良いよ。俺としても、いいもん見せてもらったしな。
　俺の端末にも、バックアップは撮れたし。
良いよ、抜けよ。確かに汚えから、風呂にでも入れてやりなよ）

（あっあの、大丈夫です、独りで……できたら独りで……）

（なあ徹、また死のうとすると厄介だから、今度はちゃんと監視しろよ。
　由香里チャン、また莫迦なことしたら、ロシアンルーレットの刑だよ）

……此奴、そろそろ捨てましょうよ？　なあ晃、あと光雄も、もういいだろ？

だってさ、そろそろ死ぬぜ……俺、殺人とかで捕まるのは嫌だよ。

捨てるって言っても、やり方によっては、此奴の金持ちの実家から身代金が取れるし、

俺のちょっとした伝手で、此奴売り飛ばすこともできる……

（徹、お前がそうやって由香里チャン甘やかすから付け上がるんだぜ～）

（といって由香里チャン、くくっ、徹のときはヤル気が全然違うけどな!!）

何だったら、此奴のスマホ画面を撮影したあれ。チャットにメール。あれ使えば、また

此奴から此奴の友達を手繰ることだってできるし。どうすか一人さん？


（それ、お前が本気だったら、俺は考えてもいいよ。

　でも徹、此奴を一番殺したがってるのはお前じゃねえか……だろ？）


それはそうす。俺此奴、ほんとマジで許せないんで。すげえムカついてるんで。

此奴の甘えた人生、ふざけすぎてるんで。だから散々、いたぶってやった……

ただぶっちゃけ、ここまでやったら、もう殺した以上のことかなって。

此奴もホント、ここまでやったら、反省していると思うし。もうボロキレだし。


（オイオイ、やっぱ徹って、由香里チャンにベタ惚れなんじゃね？）


（いやいや、まさか違うだろ……

　だって俺が徹だったらよ、こんな鬼畜に惚れるなんてあり得ねえもん）

「私の人生訓からすれば上原係長。あなたの視線を解析するに、何か美味しいモノを――

そう、要を見出したのかな、って思って」


「ザキさん、今の所、それは御大層な買い被りですし――

――手札のショウダウンをするのに、管理官も係長も、警視も警部補もないでしょう？

ザキさんも刑事なら、刑事同士フェアプレイでゆきましょう。切り札を出すなら、同時」


「ちなみに、検視官とも検証班とも協議が整ったわ。

すなわち、由香里さんの御遺体を市松家にお返しするのは明日、勾留第二日目。

また顧問弁護士の三谷先生から側聞した所によれば、御通夜は明後日、勾留第三日目。

御葬儀が明明後日、勾留第四日目の予定よ」

「すみませんザキさん。今の何処(どこ)が『ちなみに』なのか解らなかったんですが？」

「あら上原係長。話の流れからして、手札のショウダウンをする日の擦(す)り合わせよ？」

「……趣旨了解(シュシリョウカイ)」上原は瞳を暈(ぼ)かした。正直ムカつきもした。こんなキャリ公の小娘に挑発されるとは……「じゃあ和光主任官。俺これから野郎の供述、もう一度精査してみるんで。今夜はこれで」

「オウそうか。週刊文秋だのノゾミ・コダマだの〈権兵衛〉だの、解(げ)せない点は多いが、生存被疑者は実質、仁科徹しかいない。引き続き、上原流の丁寧な立証を頼むぜ」

――上原警部補はどこか戯(おど)けた感じで室内の敬礼をすると、飄々(ひょうひょう)と手を挙げ、陰惨な上映会が開催されていたここ、吉祥寺署刑事課別室を後にした。

残されたのは、捜本(ソウホン)の現場監督と、捜本(ソウホン)の管理職。

「――あら、そういえば和光主任官。何か私に願出(ねがいで)があったんじゃなかった？」

「おっと、そうそう、そうでした。

いかんですなあ、加齢は。次から次に情報が入ってくると、最新の奴しか思い出せん。

まあそれはともかく……

実は明日の午前中、半日休(きゅう)を――いえ二時間休(きゅう)を頂戴したく思いまして。よって私の休暇等実施簿に、管理官のハンコを頂戴できればと。イヤ帳場(ちょうば)が動いている真っ最中に、主任官としてお恥ずかしい限りなんですが」

確かに、捜本(ソウホン)が動いているときに年次有給休暇など、刑事としては不可解である。ましてひかりは、和光主任官のことをよく知っている。捜本(ソウホン)が動いているとき、身勝手にブラブラ単騎駆(たんきが)けをするひかりと違って――むしろそんなひかりの身勝手の所為もあって――誰よりも長く帳場にデンと構えている、責任感ある現場監督にして大番頭だ。事件発生後少なくとも三週間は、親が死んでも年休など申請しないだろう。

そして、全て不可解なことには理由がある。

「もちろん全然問題無いわよ。ただ――年休申請に対する禁じ手で申し訳ないんだけど、不快でなかったら、理由を任意で教えてくれる？」

「あっは、不快も何も。管理官の良い所は、心根が真っ黒ですけど裏の無い所ですから。

――いえ実は、当該二時間で、吉祥寺大学附属病院へ行ってこようと思いましてね」

「えっそれって公務じゃないの？　ズバリ、仁科徹の入院先だった所だもの。何かの裏付け捜査？」

「というより全くの私用で。入院者の見舞いです。

これ、仁科徹と全く無関係かというと、必ずしもそうじゃないんですが……じゃあ本件捜査と直接関係があるかっていうと、それは甚だ疑問でして」

「――珍しく迂遠ね和光主任官。そもそも、当該見舞うべき入院者というのは誰？」

「仁科親一です」

「仁科親一って、それ徹の父親よね……ならやっぱり公務じゃない」

「捜本の刑事として用事はありません。昔々の、元の同僚として挨拶に行くんですわ」

「ちょっと話が見えないわね。だって仁科親一は元々、新宿区役所の職員でしょう？」

「それが実は――

まさに先刻お話しした、防カメ関連の仕事の折。そう私が生安の、犯罪抑止対策本部にレンタルされていた折。その仁科親一と、まさに同僚として机を並べていた経緯がありまして。当時は歌舞伎町関連の仕事も多く、新宿区役所からの出向者である仁科親一には、それは大いに助けられたものです。仕事上は、恩義があると言ってもいい位」

「……ちょっと待って。ならマル被の父親と和光主任官は、そもそも旧知の間柄？」

「いえそれだったら、まあ特異動向でないにしろ参考情報ですんで、水鳥の捜報に一行二行、関連事項を記載させておきますよ。いえそうじゃないんです。まさに一六、一七年前に机を並べたきり。以降は賀状の遣り取りすらありませんでした。ですんで、旧知の間柄なんて言うよりは、『そういえば仁科親一ってあの時の……』って位の、まあ先様も此方の顔を覚えちゃいない位の、そんな関係性ですわ」

「なら何故今になって挨拶なりお見舞いなりをするの？」

「ほら仁科親一の病気って、鬱病じゃないですか。そして仁科杏子の供述調書を読む限り、その発症はちょうど当時です。確か、今を遡ること一五年前とか……ここで管理官。先刻私が申し上げたこと、御記憶でしょうか。すなわち、当時は鬼みたいなパワハラ上司の、しかも余所者イビリがあって――」

「――当時の和光警部補としても、死屍累々となってゆく同僚を見ながら、右も左も分からないままに馬車馬をやったと。ええ覚えている、けど。

えっ？

そうすると、話の流れからしてまさか、仁科親一が鬱病に倒れたっていうのは――」

「実は当庁の所為、だと確信します」和光主任官は深い嘆息を吐いた。「私は、仁科親一が倒れる前に刑事部門に復帰させて貰えましたんで、その倒れた状況なんて、実体験としては語れませんが……他方で、まさに余所者である仁科親一が、どれだけパワハラー型上司にイビリ抜かれたかは、実体験として語ることができます。あれは傍で見ていても非道かった……まあ当該上司、当時から著名なクラッシャーでパワハラーだったんですが。

そんなわけで、仁科親一が一五年前に鬱病に倒れ、まして一五年後の現在も入院を含む闘病生活を強いられているっていうのは、私としては、当庁の所為だと確信します。

――同じ『被害者の会』の会員としては、万感胸に迫るものこれあり。

また、賀状の遣り取りすら無い関係性ですが、顔を見ながら二言三言も話をすりゃあ、それは机を並べた間柄ですんで、当時のことも思い出すでしょう。嫌な思い出を喚起しちまうかも知れませんが、私としてはこれは奇縁で因縁です。会って一言詫びたいですし、まして息子の仁科徹が、これだけ『社会の敵』として集団リンチに遭っている状況。

それは徹の自業自得とはいえ、もしですよ、もし仁科親一が鬱病に倒れず、エリート公務員として順風満帆な生活を営んでいたら……

……仁科徹が放し飼いになり、よってこれほどの鬼畜の所業に及ぶことは、きっと無かったはず。少なくとも、その可能性は無視できないほど大きい。そして重ねて、その因果ドミノの最初の牌を蹴り倒したのは当該パワハラー型上司……いえ我が警視庁です」

「成程ね」

ひかりは大きく頷いた。またよからぬことを企んだのだ。

今、ひかりの脳内では――

仁科徹を病院で逮捕した日、キャリアの大先輩である警視庁刑事部長と、ひかりの所属長である九段捜一課長から警告を受けたその内容が、まざまざと再生されている。ひかりとしてはそんな警告、ぶっちゃけどうでもいい陳腐な内ゲバで陳腐な不祥事に過ぎないと思っていたのだが……灯台もと暗し。足元の女房役警部の瓢箪から、こんな駒いや手札が出て来ようとは。

「和光主任官。そういう事情があるなら私も、二時間休を取って同行するわ」

「えっ箱崎管理官がですかい。ただ私思うに、箱崎管理官は本件とは、その、無縁かと」

「私の人生訓の第二は？」

「……〈疑問を疑問のままで終わらせない〉」

「と、言う訳よ。それに公務じゃないとすれば、公用車は使えない。実はそれも丁度よい。というのも私、近々にバスを使用したいと思い立っていたから。可能であれば、井の頭六丁目を経由して、吉祥寺大学附属病院に行ける路線が望ましいわね」

ひかりは捜本の責任者である。まして上位階級者である。いったいひかりが何を狙っているのか、和光警部には微塵も解らなかったが……どのみち和光に否のオプションは無い。

「……了解しました。然るべき路線を検索しておきます。管理官とのデート、久々ですな」

ひかりはまた大きく頷くと、今後の『詰め将棋』の棋譜を考えつつ、当該パワハラー型上司についての情報を諸々訊き出すや、今夜のところは吉祥寺警察署を後にした。

（由香里さんのお葬式の日に、さて間に合うか。本件事件、それまでに詰むや詰まざるや。

あれだけ調べ官のプライドをズケズケと煽った以上、私もいよいよ手札を揃えないと。

……そろそろ、捜一課長にも動いてもらう頃合いか）

第5章

吉祥寺警察署・第1取調べ室

仁科邸炎上から、八日後。

仁科徹の逮捕からなら、四日後。

仁科徹の所謂（いわゆる）ワン勾留（こうりゅう）の、二日目。

時刻としては、捜本（ソウホン）の朝会（あさかい）が終わり、管理官も主任官もこぞって『謎の年休』を取得してしまった、そんな午前中。

——無論本日も、調べ官の上原警部補は、被疑者の仁科徹と対峙していた。それが上原の任務だ。

といって、完黙（かんもく）時のような、ギリギリした緊張感は無い。

既に仁科徹の取調べは、彼の独演会の場と化しているからだ。

仁科徹には、仁科徹の信念があるようだったし……

当然、上原にも自分に課した鎖（くさり）がある。自分に課した、数多（あまた）の宿題もある。

それは上原のいう要（かなめ）、切り札に繋（つな）がるものだ。そう、上原にはその確信がある。

（しかし、この多弁、この雄弁）上原は顔色一つ変えず訝（いぶか）しんだ。（被疑者が饒舌（じょうぜつ）になるのは、鎧を纏うためだ。鎧を強固にするためだ。それは無論、自分の身を守るためだ。死刑なり無期懲役なりが待っているとなれば尚更だ……仁科の場合、死刑はあり得ないが)

　ただ、自分の身を守ると言った所で。

(こうも己の、鬼畜の所業を喋々と語りまくって、今更一体、何が守れるというのか?)

……いや、どう考えても仁科徹に我が身を守る気など無い。皆無だ。微塵も無い。

　まして被害者は死に、共犯者も九九%の確率で全滅。事件当事者の生き残りは、実質この仁科徹独りのみ。

(なら、何かを守るもへったくれも無いはずだ)

　――それどころか、死人に口なし。

　当事者がほぼ全滅した以上、仁科徹は事件について、どんな出鱈目な抗弁もできる。どんな荒唐無稽な弁解もできる。そう、無茶苦茶で良いのだ。何故と言って、仁科徹にはそれを立証する義務が無いのだから。その義務は捜査機関だけにある。仁科徹はこの場合全能の作家で、捜査機関はこの場合、それに振り回される無力な校閲者である。

(特に『密室での二週間』、燃えちまった密室での二週間なんて、幾らでも好きに作文ができるし、好きに小説が書ける。幾ら科学捜査科学捜査と言った所で、それは『パズルのピース』を確定するに過ぎない。『パズルのピース』はそれ自体、何も語ってはくれない。真実を解ろうというのなら、絶対に、語りと解釈が必要だ……)

　そして重ねて、仁科徹とすれば、どんな出鱈目も無茶苦茶も喋れる。どんな自己弁護もできる。もしあのDVD-R二枚、そう謎の拾得者が警察に流した動画さえなければ、極論、仁科徹としては『僕は監禁場所を貸しただけです』『僕はレイプなんて一度もしていません』『もちろんリンチなんて論外です』と強弁し続けることもできたのだ。

　まして、全ては密室での出来事。そうした強弁を突き崩すには、科学捜査による物証に加え、どうしても、仁科徹の語りと解釈が必要となる。そう、それが世に言う自白だ。警察が自白を重視するのは、まさか警察がドＳだからではない。犯罪の真実という物語を語れ、解釈できるのは、この世に被疑者だけだからである。またそれを解明しなければ、刑事裁判に負け、被害者の無念を晴らすことができなくなるからである。

　……裏から言えば、被疑者の語りと解釈がなければ、犯罪の真実という物語は永遠に完成しない。そして本件事件の場合、仁科徹はそうすることもできた。謎の動画なる邪魔者は出てきたが、引き続き出鱈目を、荒唐無稽を、無茶苦茶を並べ立てることはできた。

（そうだ。入院時の会話からして、何故か警察に詳しいとみられる仁科。またナギの基礎調査の結果からして、相当の地頭を有すると考えられる仁科。事実、ノンフィクション小説まで執筆したいという仁科……

　その仁科からすれば、詭弁を弄して警察を煙に巻くなど朝飯前のはずだ。共犯者に被害者に犯行現場に……いや全てが燃え、理想的な証拠隠滅ができている事からすれば尚更だ）

　だったら先ずは、黙秘や否認や言い訳から始める。それが自然だ。上原でもそうする。

　事実、逮捕の日まで、そう取調べ開始四日目まで、仁科は貝の如き完黙状態だったのだ。

　――しかし今現実に行われているのは、自白の大安売りをする独演会。

　まして不自然な態様で、自白を裏付ける謎のＤＶＤも出現している。

よって独演会の語りと解釈は、犯罪の真実という物語として、今や確定しつつある。

(……調べ官としては、万々歳なのかも知れんが)

それはそうだ。全てを知る生存被疑者が、嬉々として事件の全容を自白しているのだ。それを支える、御立派な物証もあるのだ。どのみち〈権兵衛〉が生き残る確率は三%も無い。ならばこの事件、被疑者・仁科徹一名の、厳重処分を願う送致で終わりだ。それが家裁限りで終わるということは、このような残虐な事件の場合、およそ想定し難い。まず間違いなく通常裁判所で、通常の刑事裁判となる。そして確信水準の蓋然性で、無期懲役。

(調べ官としては、何の苦労も困難もなく、事件は早期解決、万々歳なのかも知れん……

……そうだ。

もし俺が、仁科徹を逮捕したあの日、あんな悲しい瞳を見ていなかったならな。

もし仁科徹が、あの日の取調べで、南京錠の鍵にあれほど動揺していなかったならな)

——当初、完黙を維持していた仁科徹。

悔しいことに、その要を……あるいは要の一部を穿ったのは、あの箱崎管理官だ。

箱崎管理官が『鍵』の話題に触れたとき——それは真実偶然だったはずだが——ともかくも仁科徹は、心の鎧を激震させた。上原はそれを察知して、その直後の取調べで『南京錠の鍵』の話題を衝突けた。

(そこからだ、仁科徹があれこれ弁解を始めたのは)

仁科徹の口を無理矢理開かせたのは、『南京錠の鍵』なるキーワードである。まして、思わず口を開かされた仁科徹があのとき見せた、意外さの表情、悔しさの表情——そう、『言うはずがなかったのに』という意外さと、『言うべきでなかったのに』という悔しさ。

それを上原は確実に看破した。

そのとき上原は確信したのだ。

当該南京錠の鍵は、仁科邸リビングダイニングを内から施錠していた当該南京錠の鍵は、本件事件において、死活的な意味を持つと。当該南京錠の鍵は、仁科徹にとって、絶対に事件との関係を知られたくない、そんな物語を持つと。

——それは確かに、仁科徹の頑強な鎧を砕く要の、一丁目一番地一号だった、絶対に。

そしてその真実は、物語は未だ微塵も語られてはいない。隠されている。

そう、隠されているのだ。守られているのだ。あの雄弁の裏に。あの饒舌の陰に。

(まして、南京錠の鍵に加え、例えばあの二枚のＤＶＤ－Ｒ。あの動画。

あの動画は異様だ、要になり得る……)

いやそればかりじゃない。

(仁科徹が独演会で語っていること。明朝社に渡す手記に書いていること。

それもやはり矛盾を胎んでいる。要になり得る。

……さて、いよいよ俺に牙を剝き、俺に挑戦をしてきた箱崎ひかり警視。これらを何処まで見切ったか？)

あの底知れない、二六歳のエリート小娘とは思えぬ壮絶な瞳をした、箱崎管理官。

奇抜な異装で何らかの壮絶な秘密を隠し、守っている箱崎管理官。

……あの不気味で不可解な女なら、ＤＶＤには気付いたかも知れない。

　ただ、仁科徹の供述内容についてはどうだろう？　あの女は上原ほど、仁科徹の調書にも手記にも精通してはいないはずだ。上原はもう、それらを暗唱できるほど読み込んで解析している。別段自慢にもならない、それが取調べ官というものだ。この点、上原には絶対の自信がある。故に、仁科の独演会の内容は――その隠された脆弱性（ぜいじゃくせい）は、仁科本人に対しても、箱崎ひかりに対しても、強い切り札になるはずだと思えた。そうだ。調べ官の面目に懸けて、被疑者にも駆け出し刑事にも、負ける訳にはゆかない。

（――仁科徹の雄弁の裏には、饒舌（じょうぜつ）の陰（かげ）には、依然として頑強な鎧（よろい）があるが。それを砕く要（かなめ）が、俺には朧（おぼろ）気（け）ながら見える……俺には見える。鎧（よろい）を砕く要（かなめ）の一丁目一番地には、一号のみならず二号、三号以下省略が、絶対にある。そしてそれは）

　ここで上原警部補は、逮捕の日、箱崎ひかりが意味深に言っていたことを思い出した。

　　私には隠さなければならない事と、守らなければならない物がある

　　徹君、きっとあなた同様に

（同感だよ、箱崎警視。
　生憎（あいにく）、貴女（あんた）が抱えている荷物の方は皆目（かいもく）解らんが、だが仁科徹については全く同感だ）
　仁科徹には、絶対に隠さなければならない事がある。絶対に守らなければならない物がある。
　一丁目一番地一号、二号、三号、四号、五号……

（事件はまだ、何も解決しちゃいない。俺達は――いや俺は騙（だま）されている。
　そんなことは、許せん。
　このまま仁科を無期懲役にして堪（たま）るか。そんなものは調べ官の大敗だ。それが許せるか）

──その憤慨は無論、被害者たる市松由香里の魂のためであったが、しかし。

「じゃあ徹、改めて、まだよく解らないことを訊かせてもらうぜ？」

「大歓迎ですよ、上原警部補。僕もまだまだ喋り足りないですから」

今、茫洋とさせた、普段のトボけた瞳を仁科徹に向けつつ、上原は臓腑の芯を煮やした。

（そして勝つのは調べ官だ。まさか仁科徹でも、箱崎ひかり警視でもない）

吉祥寺警察署・署長室

当該日、午後二時。

この時刻、役職に鑑みれば異例ながら、何のアポイントも無いままに、警視庁刑事部捜査第一課長・九段警視正は、同じ警視正である吉祥寺署長の下を訪った。

「いや署長、御多用中に突然、申し訳ない。

なんでも午前中はずっと、春の交通安全運動の根回しで、関係機関めぐりだったとか？」

「なんのなんの。そのような営業仕事、東京中を東奔西走なさる捜一課長に比べれば──

まして、私とて捜査本部を立てておる身。九段課長と意見交換ができるのは頼もしい」

「……やはり箱崎が、御迷惑を掛けておりますか？」

「引き続き面妖な格好で、現場や管内を闊歩しておりますよ。我が警視庁でも、まこと栄誉ある捜査一課管理官とは思えぬ態度で素行ですなあ。あらゆる意味で、軽薄に過ぎる。和光主任官の気苦労いかばかりか。もっとも、あんな墓守メイド姿では、道行く誰もが当署関係者とも警視庁警察官とも思いますまい。それだけが、当庁と当署の救いですかな」

「これは手厳しい。箱崎の手綱、所属長として締め直しておきましょう――ところで署長」

役員たる捜一課長は、やはり役員である署長が勧めた、豪奢で荘厳なソファに座した。そのまま悠然たるリズムで、署長秘書嬢が丹精込めて二度淹れ直した、銘のある緑茶をそっと啜る。そして本題に入る。

「実は署長、今日はお詫びに参上しました」

「……と仰有ると？」

「捜査本部の最高指揮官たる捜一課長として、許されざる失態がありました故」

「すなわち」

「被疑者が死んだのです」

「は？　仁科徹がですか？　しかしそんな急報は全然――」

「いえ仁科徹ではありません。御記憶ですか。本件には生存被疑者が二名おります……いえ、おりました」

「というとまさか――」

「然り。我々の言う所謂〈名無しの権兵衛〉ですが、今朝方――正確には午前一〇時二〇分、死亡が確認されたのです」

「な、名無しの権兵衛というと、それはあの。ぜ、全身大火傷で、吉祥寺大学附属病院に……その救急病棟のＩＣＵに入院していた、鈴木一人なる者ですな？」

「然り。もっとも被疑者死亡ゆえ、当該者が鈴木一人なる者であるのかどうか――いや当該者がそもそも何者であるのか、その解明はいよいよ絶望的となりそうですが」

「鈴木一人が、吉祥寺大学附属病院で、死んだ」

「被疑者死亡は刑事と捜本の完敗です。犯罪最大の証拠を永遠に失ったという意味でも、被害者の無念に報いる術が無くなったという意味でも。

よって、唐突な訪問で無礼千万ながら……

急ぎ胴元署の吉祥寺署長に、お詫び申し上げるべく罷り越した次第。

この失態、どうぞお許し願いたい」

「捜査本部からは、何の報告もありませんでしたが？」

「箱崎も、署長に合わせる顔が無かったのでしょう。そこは二六歳の小娘ゆえ」

「なんとまあ、あの〈権兵衛〉が死んだとは……」署長は暗い嘆息を吐いた。「……それにしても、捜査本部から私に何の報告も無いとは。確かに箱崎管理官は、私をただのハンコポン機械だと思っているのか、ただただ捜査書類を投げてくるだけで、重要事項の報告になど来やしないが。それにしても、被疑者死亡なる重大局面について、胴元側に何の説明も無いとは!!」

「それについても、被疑者死亡の事実そのものと併せ、このとおり深く謝罪致します署長」

「いや、其処まで頭を下げられては……」署長は役員の微笑みを取り戻す。「……そもそも私が怒っておるのは箱崎管理官の素行についてであって、まさか捜一課長に含む所は無い。まして、成程事件捜査において被疑者死亡ほどの打撃と敗北はないが、それとて今般は、言わば自然の為せる業。そもそも当該鈴木一人にあっては、救急搬送当初から『生存率三%未満』と断言されておりましたからな。そのような超絶的な重傷者がいよいよ死んだとて、それはまさか捜一課長の御責任ではありませすまい。

　突然の凶報ゆえ吃驚致しましたが、そして捜査本部を立てている警察署として急遽対策を講じねばなりませんが、ここまで御丁寧に仁義を切って頂いた以上、捜一課長には怒りも無ければ不信もありません。在るはずが無い」

「署長にそう仰有って頂けると、狭い肩身も幾許か、警察体操でもして開く気になれます。

　ああそうだ。超絶的な重傷者。超絶的な重傷者といえば」

「……ハテまだ何か？」

「いや、〈権兵衛〉の担当医がしていた雑談なんですがね。

　そもそも当該〈権兵衛〉、吉祥寺大学附属病院でなく、ええと確か……そうだ、西国分寺の都立救命救急センターに搬送されていれば、ひょっとしたら斯くも儚い最期を遂げることは無かったんじゃないかと」

「……ほうほう」

「というのも、その担当医曰く――当該都立救命救急センターには、『火災の熱傷にかけては神の腕』と定評のある、熱傷治療のスペシャリストがいるらしいんですわ。実際、去年も躯のなんと五〇％を焼いた誰某を、見事救命した実績があるとか。故にもし〈権兵衛〉が西国分寺の方に搬送されていれば、少なくとも私が今日、署長に謝罪に来ることは無かったでしょうなあ。吉祥寺と西国分寺は、地図でイメージするほど遠くありませんし。

　ところがどうして。

漏れ聴く所によると、なんとまあ〈権兵衛〉にとっては不運なことに、〈権兵衛〉が燃えたその当夜、まさにその西国分寺の近くでも、ド派手な熱傷の患者が出たそうで。そう、まるで別人の、しかし同様に躯を焼いてしまった男性患者が出たそうで――その患者というのは何でも、近くの河川敷で油を被って自分に火を着けた、自殺未遂者なんだそうですわ。こうなると当夜、神の腕先生は、そっちの自殺未遂者に掛かりきり。幾ら〈権兵衛〉が躯の九〇％だか九三％だかを焼いてしまった超絶的な重傷者でも、当該神の腕先生の治療を受けることはできない。

　そしてそれが結果として、〈権兵衛〉の命運を分けた。そんなちょっとした因果話です」

「何の偶然か、何の因果か解りませんが、自然の為せる業というのは時に残酷ですなあ」

「ちなみに署長は、当該自殺未遂者なり、当該都立救命救急センターなりのことは御存知でしたか？」

「いや全然。確か当夜は無線指令も静かで、そんな事案なんて片言も流れなかった」

「そうなんですよねえ」捜一課長は頷いた。「私も『火付け盗賊殺人担当課長』ゆえ、特に火事については敏感である様にしとるんですが、当夜はそんな自殺未遂事案についての無線指令など、片言も流れなかった。

　微妙に気になったので、管轄の小金井警察署に確認をしたら――当該自殺未遂者、一一九番をしとらんのですよ。無論一一〇番もしていない。なら何で瀕死の焼死寸前者が都立救命救急センターに行けたんだと訊いたら、家族による自力受診・自力対応の結果だとか。

　まあ、純然たる自殺未遂は犯罪じゃありません。そして本件では、極めて社会的信頼性のある家族複数が『何の事件性も無い』と断言したそうなんです。まして警察としては、そもそも事案認知すらできない状態だった——そりゃそうだ、通報が無かったんだから。なら、結果として小金井署が何の対応もしなかったとして、其処に問題があるとは言えません。また結果として、警察無線が全く静かだったのも道理至極です」

「でしょうなあ」吉祥寺署長は冷めた緑茶を啜った。「ま、警察としては正直、さしたる興味関心を持つべき話でなし。また当該自殺未遂者は結局、神の腕先生に診てもらうことができ、よって〈権兵衛〉の様には死なずに済んだ……

——そう、まさしく御指摘のとおり。

純然たる自殺未遂は、犯罪でも何でもなし。まして本人が結果として生き残ったなら、『事件性が無かった』ことは、まさに本人がお医者先生に言うでしょう。なら小金井署にも警察にも、まさか落ち度なんてない。

というかそもそも、警察と何の関係もないし、警察に何の影響もない事案ですなあ」

「まさに御慧眼のとおり——」捜一課長は淡々と言った。「——若干の事実誤認を除けば」

「というと？」

「何の偶然か、何の因果かは解らんのですが、自然の為せる業というのは時に不可思議。

この真昼時……正確には午後一時三〇分頃でしたか。当該自殺未遂者、死んだんですわ」

「——は？」

「警察としては正直、さしたる興味関心を持つべき話でもないんですが。

西国分寺の都立救命救急センターで治療を受けていた当該自殺未遂者の男性なるものも、まさに今日この日、〈権兵衛〉同様に死んだんです」

「なんと」

「吃驚されるのも御尤も。私もいささか吃驚しましたなあ。何せ御署にお邪魔するその課長車内で、和光主任官から、そんな報告というか雑談の警電が入りまして。

何でも和光と箱﨑、今日は仲良く、吉祥寺大学附属病院に出向く予定が入っていたとか。何を嗅ぎ回っているのか、課長の私も知らんのですが……丁度良かったといえば丁度良かった。というのも無論、まさに当該病院で、〈権兵衛〉死亡に伴う諸対応が必要になりましたから。

故に和光と箱﨑は、現地で〈権兵衛〉対応をするうち、奴の担当医からそんな雑談を聴いたと、まあそんなどうでもいい流れですわ。そう、其方は実にどうでもいい雑談です。目下の最重要問題は当然、〈権兵衛〉の永遠逃亡なのですからな」

「成程そのとおり。

ただその雑談、その担当医の雑談、内容に誤り在りませんかな？

――というのも、『数奇な怪我をした二人が数奇にも同日に死んだ』など、偶然が過ぎるというか、話が出来過ぎている感もありましょう？」

「あっは、これが箱﨑からの警電なら、アレ一流の面白くもない悪趣味な冗談だと斬って捨てる所ですが……幸か不幸か今日はアレ、和光と一緒ですからな。和光は頑固一徹の刑事です。まさか、箱﨑と一緒になって悪巫山戯などしませんよ」

「確かに。和光君は誠実で実直だ。あんな腐れジト瞳の、生意気で悪趣味な小娘とは違う」

「おっと、関係機関回りでお疲れの所、思わぬ長っ尻をしてしまいましたな。

では署長、私はいったんこれで――最後に今般の事態につき、重ねてお詫び致します」

「いえいえそれはもう済んだ話ゆえ。ではこれで。道中お気を付けられて」

捜査一課長・九段警視正がゆるゆると署長室を辞去する。

その精悍な姿を、署長室の扉の前まで見送って——

吉祥寺署長は、荘厳で巨大な署長席にどっかり腰を下ろした。警電を採り上げる。

そして秘書嬢を呼び、午後の出張予定を伝え、再び警察署を離れる準備をした。

吉祥寺警察署・第1取調べ室

「ええと、だから、徹たちが由香里さんを誘拐した時刻は——」

「何度も言ってますけど、当日夜の、一〇時一五分を過ぎた頃です」

「そして、例の場所に罠を張って、最初に通り掛かったのが——」

「由香里さんでした」

「それが、ターゲットとなり得る女の子だと分かったのは——」

「吉祥寺では有名な女子高の、黒と白のセーラー服姿だったからです」

「特に、視界を遮るものとかは？

いや、誘拐したそのときでなくても、その前後でもいいんだけど」

「いえ見通しはよかったですね。街頭の灯りは弱かったですけど、目も慣れていましたし、特に曇っていたとか月が隠れていたとか、そんなことは当日夜、ずっと無かったですし」

「そうすると、そのとき自転車で交通事故に遭った演技をしていたってのは、ええと——」

「御園です」

「そのとき他の三人は、だから、あの黒いバンの——」

「例の黒いバンの中で、指示をしたり待機をしたりしていました」

「御園は、ずっと地べたに？」

「だいたいは立って待ち伏せてましたけど、指示があってからは地べたに転がりました」

「成程ねえ……御園は何か文句を言わなかったかい？」

「いいえ別段」

「別段文句は無かった、と——で、由香里さんが罠に掛かって、その御園の元へ駆け付けたと。ええと、すると、その由香里さんは何て言っていたんだったっけ？　確か——」

「僕が聴き取れた範囲では、ですけど、『どうしたんですか、大丈夫ですか!!』『何があったんですか!!』『怪我をしているんですか!?』と言葉を掛けていましたね」

「そういえば、由香里さんって、御園が交通事故に遭ったことを説明したときも、幾つか言葉を掛けていたよなあ。それって確か——」

「これまた、僕が聴き取れた範囲では、ですけど、『大変だわ!!』『轢き逃げだなんてそんな非道いことを……!!』『すぐに救急車を呼ぶから安心してくださいね!!』と言葉を掛けていましたけど？」

「そうした由香里さんの言葉、発言、会話……それに何か違和感を感じたり、不思議に思ったり、特に気付いたことってあるか？　どんな細かいことでも、小さなことでもいいよ」

「いいえ別段。良い子だなあって思いましたし、すっかり騙されてくれたなあ、上手く行ったなあって思いましたけど。それ以外は何も」

「要するに、言ってみりゃあ、由香里さんの反応は——極普通の言葉で発言だったと？」

「そうですね。何の不信も警戒もない、極普通のトーンで普通のニュアンスでしたね。といって、御園はそりゃ、交通事故に遭った演技をしていましたから、由香里さん、普通に慌てていたし、普通に焦ってはいましたけど。それって当然の事ですし」

「普通のトーンで普通のニュアンス、っと——で、由香里さんにスタンガンを押し当てたのは、確か」

「僕です」

「ええと、具体的には、どうやったんだったっけ？　徹は、由香里さんに近付いて——」

「はい、すぐ近くまで接近して、由香里さんの長い髪を持ち上げて、由香里さんのセーラー服から伸びている首筋に、いきなりスタンガンを押し当てたんです」

「ええと、そうすると、髪を持ち上げると、すぐに首筋が——」

「そうなりますね。由香里さん髪は長かったですけど、ぐっと摑んで纏めて持ち上げれば、特に邪魔にはならなかったですね。そういえば、とてもいい匂いだったなあ」

「由香里さんは、コートとか着ていなかったのかな？」

「着ていませんでした。いい春の夜ですし。着ていたら、犯人の僕が一番覚えてますよ」

「制服以外、何も羽織っていなかったから、だから——」

「いきなりスタンガンが使えたし、いきなり由香里さんを横転させられたんです」

「ということは、由香里さんは、御園の介抱をしている最中、突然地べたに横転して——」

「そうそう。気絶しないまでも、全然躯が動かせない状態になっちゃいました」

「その由香里さんを、それからどうしたかって言うと、ええと、確か徹たちが――」

「四人掛かりで、例の黒いバンの中に積み込みました」

「そのときの、由香里さんの反応はと言うと――」

「僕が覚えている範囲では、『どうしてこんなことを……』『いったい誰なの……』『家に帰らないといけないのに……』って言葉が聴こえました。だから念の為、由香里さんには猿轡を嚙ませて、手錠も掛けた上、荷物みたいに黒いバンの二列目に押し込みました」

「そのトーンっていうか、ニュアンスには、何か気になること、気付いたことは？」

「いいえ別段。とても自然な反応で、無理のない反応だと思いますけど？」

「徹以外の、四日市や御園や鈴木さんも、何の違和感も感じていなかったのかな？」

「仰有る意味がよく解りませんけど――由香里さんの反応については、僕も、他の誰も、何のコメントも無かったですよ。それ以上に、とっとと誘拐を終えないとだし」

「由香里さんを、四人掛かりで黒いバンに入れたとき、他の三人は、何か文句を言ってはいなかったのかい？　あるいは、徹自身が感じた不満なり不愉快なりでもいいけどさ」

「由香里さんは可愛いタイプでしたから、不満も不愉快も何もありませんよ。僕も含めて、誰もが嬉々として躯に触っていたと思いますよ」

「躯っていうと、制服というか――」

「有名な女子高の、セーラー服ですね」

「現場で、特に汚れはしなかったんだろうか？」

「いいえ別段。

多少の土埃は付きましたが、積み込むときに気になる様な汚れとかは無かったです」

「あと、由香里さんの躯を運ぶのと一緒に、確か徹たちは、現場で――」

「そうです。現場に落ちている、証拠になりそうな物を回収しました」

「もう一度確認するけど、それは、ええと――」

「由香里さんが一一九番通報をしようとして出した、由香里さんのスマホ。由香里さんが落とした通学用の鞄に、スクールボストン。あと、由香里さんの乗って来た自転車です」

「それで全部だった？」

「そうですね。夜道を僕ら四人のスマホで照らしながらしっかり確認しましたけど、由香里さんが着ていたセーラー服から落ちた物とか、そうした物は一つもなかったですね」

「そして結局、由香里さんを黒いバンに入れてから、四人がどう動いたかって言うと――」

「僕と鈴木さんが、黒いバンで、由香里さんと一緒に、僕の家へ行くことにしました。

あと、現場には自転車が残っちゃいますから……

御園は自分の、交通事故の演技に使ったあの自転車で、あと四日市は、由香里さんが残すこととなった自転車で、それぞれ僕の家へ来ることになりました」

「由香里さんの自転車は、大きく転がった？」

「あんまり記憶にないですけど、大きな音とかは立たなかったはずなんで、由香里さんが停めたとき、道に立てたままだったと思います」

「ええと、そうすると――御園の自転車の方は、さすがに転がっていたんだよなあ？」

「そうですねえ、自動車に轢き逃げされた、っていう演技をしてましたからね」

「それだったら、ええと――御園は自分の自転車で現場を去るとき、何か文句は言っていなかったのかな?」

「……仰有る意味がよく解りませんけど、自分で自分の自転車を回収するのは当然だし、急いで現場から消えなきゃいけないしで、まさか文句を言う状況にはなかったですよ」

「成程、成程……そうすると当然、恐らくは立てっ放しだったという、由香里さんの自転車に乗った四日市としても、別段――」

「別段何も。記憶に残るリアクションは無いです。そりゃ女の自転車なんで、乗りにくいし職質とかを警戒しなきゃいけないって問題はありましたけど、誘拐は成功したんだし、これからしばらくお楽しみが続くんで、やっぱり文句をいう状況にはなかったですよ」

「ふうん……

おかしいよなあ」

「えっ何がです?」

「いやいや此方の話だけどね」上原警部補はいった。「俺の脳内でそれを再現してみるとさ、うーん、何だかやっぱり……おかしいよなあ」

「何処がです?」

「何処がって、そりゃあ」上原は心底困った顔をしてみせた。「全部さ、そうだろう?」


吉祥寺警察署捜査本部・雛壇(ミニ検討1)

当該日。若干時間は遡り、午前一〇時二五分頃。

無論、捜一課長と吉祥寺署長の歓談以前であり、また、日がな一日上原警部補が仁科徹と対峙している、その真っ最中のことである。

二時間休を取得していた和光主任官とひかりは、令和の公務員らしく律儀に、ひかりが望むバス路線で、二時間休の終わるそのちょうど五分前に捜本へと帰ってきたのだった。

「あっハコ管理官～、和光主任官～、年休お疲れ様でした～」

「微妙に面妖しな言い回しだけど」ひかりは水鳥薙を見遣った。「そして別段疲れてもいないけど、確かに歯応えのある成果物はあった——まして、今日これからも」

「また何かよからぬことを企みましたね～」

「あなたほどではないけどね、ナギ」

「え～っ？」

「和光主任官」ともかくもひかりは命じた。「仁科親一の供述を踏まえた、証拠固めの方は私がする。これからする。主任官は大急ぎで被疑者の逮捕状。令状請求手続をお願い」

「……私としては管理官、先様が先様ですし、もう少し外堀を埋めたいと思うんですが」

「既に都立救命救急センターの医師に頼んで、血液・皮膚・毛髪・尿その他の鑑識資料は確保できている。幸いにして、指紋すら一部採取できている。指紋の照合はもう終わる頃合い。他の鑑識資料にあっても、簡易鑑定の結果が昼下がりには出る。

なら、当該者が被疑者である立証に躓くことはあり得ない。これすなわち、決行よ」

「ですが当該者を検挙することはできません。検挙したところで即刻、釈放手続となる。何せ、被疑者の状態が状態ですから」

「そちらの本命の方は、逮捕状だけ用意しておけばよい。まさか都立救命救急センターでの執行だなんて、私もそんな無駄なことを想定してはいない。都立救命救急センターで逮捕状を執行したいのは、当該者を隠避してきた被疑者の方――犯人隠避の被疑者の方よ。本命がまさに都立救命救急センターにいる以上、そしてそちらに搬入された経緯が極めて不審である以上、犯人隠避の逮捕状は必ず出る――どんな裁判官だって駄々捏ねやしない。

さあ、私が思うに残り時間は四時間程度。大至急・超特急で御札、ゲットしてきて頂戴。

あと、警視庁本部の情報管理課に仁義を切った上で、情報通信部の、そうね、情報技術解析課に、所要の調整とお願いと脅迫をして頂戴。〈権兵衛〉の端末がクラウドに上げているあらゆるデータ、その任意提出をさせて。断るようならガサって差し押さえるのみ」

「了解しました。令請に手慣れた奴を二、三名動員して、管理官が昼飯のフォーを片付け終わっている頃には、お手元に出揃うようにしましょう……

しかし、よもやこんな形で〈権兵衛〉が手繰れてしまえようとは」

「そもそも最初から胡散臭い話ではあったわ。ましてあの動画の内容と、捜査本部への人出しの問題――まあタネ明かしはバスでしたとおりよ。ともかく大至急・超特急でお願い」

「いや箱﨑管理官の御下命は全てそうですがね。いずれにせよ和光警部、了解です」

狐に摘まれた様な和光警部が、ひかりの座した雛壇を去り――

朝会などとっくに終わっている今、雛壇に座している他の捜査幹部などいない。

外回りでない捜本の刑事たちは、銘々の島で書類仕事に図面仕事、幾許かの検討に没頭中だ。

要するに今、雛壇は捜本の中でもエアポケットになっている。しかるべき上座に座したひかりと、その傍(かたわ)らに自然と立った水鳥薙と……二人の会話に注意を払う暇人(ひまじん)など、切った張ったの帳場(ちょうば)には今誰もいない。まして当該(とうがい)二人は、警視庁本部の奇人変人鼻つまみ者で通っている。

だからひかりはいった。しれっといった。

「ナギ、あなた私に報告をサボっていること、あるわね？」

「ええ～っ、これだけハコ管理官に忠実なるあたしが、ですか～？」

「それも複数件ある」

「俄(にわか)に思い出せませんけど～？」

「……私は其処(そこ)まであなたを見括(みくび)ってはいない。

また其処(そこ)まであなたに見括られるのも癪(しゃく)だわ」

「すなわち～？」

「水鳥薙警部補。被害者遺族・加害者家族担当係長のあなたに訊く。

先(ま)ずは、些末(さまつ)な事から――

あなたの報告忘れの、第一。

私、市松由香里の両親の写真を入手して私に呈覧(ていらん)するよう命じたはずだけど？」

「あっすみませ～ん、純然たるポカで～」薙は自分のスマピーポ画面に、複数枚の写真をスキャンしたものを画像表示した。「入手できたのは～、こちらの四枚になります～」

「由香里さんと一緒に写っているのも、二枚あるわね――」

「何か不可解なことでもありましたか～？」

「いえ別段」

そう、既に不可解なことは無い。それは最早ひかりにとって駄目押しだったから。結論。市松由香里は、バタ臭い欧米的な祖父・市松廣樹とも似ていなければ、如何にも官僚的で如才ない、やはりどこか欧米的な父・市松義之とも似ていなかった。市松由香里の、目鼻立ちのぱっちりした、くっきりと可愛らしい印象は、しかし何処までも和風の範囲に収まるものだ。それは写真を熟視するに、成程、母・市松明香里との類似性を感じさせるが。

（といって、母親と酷似しているかというと、まさかだ。恐ろしく機械的に割り切れば、母親との近似性はそれこそ五〇％前後……無論、私の感覚的な数字だけれど）

ひかりは第一の宿題を片付けると、早速次の宿題に取り掛かった。

「ナギ、あなたの報告忘れの、第二。

私、市松明香里の姉妹二人について――由香里さんの叔母二人について、それぞれ子を何処で出産しているか、調査回答するよう命じたはずだけど？」

「あっ、それについても基礎調査を終えてます～。それは～、関係書類を持ってくるまでもなく覚えてます～。

すなわちですね～、市松明香里の姉妹＝由香里さんの叔母さん二人ですけど～、既報のとおり、それぞれ男子を儲けてまして～、それぞれ戸籍によれば、どっちも『東京都武蔵野市境南町』が出生地ですね～」

「でしょうね。これすなわち、吉祥寺エリアにおいて出産関係で定評のある武蔵野赤十字病院で決まりよ。あの市松廣樹、どうせ調べれば分かることに、余計な捜査資源を使わせて。

そしてナギ、どうせ調べれば分かることと言えば、ここからがむしろ疑問の真打ちなのだけれど――

　あなたの報告忘れの、第三。

　被疑少年・仁科徹の実母。これ捜査関係事項照会で当然、本籍照会終わっているはずよね？関係戸籍、全部見せて頂戴」

「ああ、後刻（ごこく）書面でお見せするってお約束したアレですね〜。すっかり忘れてました〜。でも新規情報は何も無いですよ〜。すなわち仁科徹の実母にして実親は『にしな・みお』。現住所は京都府宮津（みやづ）市鶴賀（つるが）以下省略。またこの実母の離婚前の配偶者氏名、すなわち仁科徹の実父は『にながわ・いちろう』で〜」

「煙幕は其処（そこ）までよい。そしてあなたは断言したわね。

　当該（とうがい）『にしな・みお』。みおの字がちょっとかなりキラキラで説明しづらいから、だから後刻（ごこく）書面でお見せすると――

　そして私思うに、今がその時、今がその後刻よ？」

　ひかりの性格を熟知している薙は、無論抵抗しなかった。

　自らが使用しているデスク周りから、所要（しょよう）の捜査書類と戸籍とを雛壇に持ってくる――

「っていうことはハコ管理官〜。ハコ管理官は、気付いちゃったんですね〜」

「成程（なるほど）、戸籍にはふりがなを振らないし、住民票にも振るべき義務は無い。

　だからどうしてもあなたが当該（とうがい）実母を『にしな・みお』だと主張するのなら――この捜本（ソウホン）で加害者家族対策の元締めをしているのがまさにあなたである以上――仁科徹の実母は『にしな・みお』で通ってしまう。養母である、仁科杏子もガッチリと口裏を合わせているしね。

少なくとも、一見して本件捜査に関係のない当該（とうがい）『にしな・みお』に係る情報が、この超絶的に多忙な捜本（ソウホン）で、不審に思われたり不可解に思われたりする可能性は極めて低い」

「……はずだった、んですけどね～」

「実は優秀な刑事であり優秀な猟犬であるあなたが、こんな報告忘れをしたり、いいえ、当該（とうがい）ひらがなに係る漢字をどうにか一言二言（ひとことふたこと）説明しようとしなかったり、そんないい加減な仕事をするはずがない。

私は其処（そこ）まであなたを見括（みくび）ってはいない。まだ遅くはないわ。いよいよ学習しなさい」

「でも～、あたしがこれを絶対に見せたくなかった理由って～」薙は関係戸籍をひかりに手渡した。「今のハコ管理官ならもう～、すっかりお見通しなんですよね～？」

ひかりは関係戸籍を視線で精査した。そして悪戯（いたずら）っ子を叱る瞳（ひとみ）で、薙に告げた。

「成程（なるほど）、あなたは嘘は言ってはいない。

当該（とうがい）『みお』の漢字。これをキラキラと表現すべきかどうかは別論、特殊な読み方を当てているのは事実だから。

けれど、あなたは嘘を言わないまでも、黙ることで私を騙（だま）した。というのも、『にしな』の字。姓の方。これが私達にとって馴染（なじ）みの『仁科』でないことは、あなたほどの刑事とすれば不審で、特異事項よね。にもかかわらず、つい先刻も顧（ふりかえ）ったとおり、あなたは名がキラキラ云々（うんぬん）という説明を強調することで、私の注意を姓から逸（そ）らそうとした。事実それは成功した。私は私で、『にしな』なら仁科に決まっていると思い込んで、それ以上報告内容を詰めるのを忘れていた」

「ならハコ管理官は何時、それを思い出されたんですか～？

そして何時、御自分の注意を『にしな』の姓の方に向けられたんですか～？」

「今朝方、和光主任官と一緒に、仁科徹の養父たる仁科親一を見舞ったそのときよ。

病室には当然、仁科徹の養母たる仁科杏子がいた。

――そのとき私は思い出した。

かつて仁科杏子が、そう仁科徹の逮捕の日、徹の実母には触れてくれるなと、異様な強さで哀願し警告したことを。またその実母の名前を、言い淀みつつ、躊躇しつつ、『私共と同じ姓の』『ミオ』さんだと渋々告げたことを。その仁科杏子の、不可解な態度……まして、何故かそれと軌を一にする、あなたの意図的なサボり。そう、逮捕の日から四日を過ぎても戸籍の報告をネグった、あなたにしては不可解な態度。そして全て不可解なことには理由がある。

これらから、『仁科徹の実母には何かある』と思わないほうが面妖しいわ」

「そして今、その字面が判明した以上。いいえ、ハコ管理官の推定が裏書きされた以上」

「当然、あなたたちが執拗る『にしな・みお』とは何者か、掘り下げて詰めることになる」

「というか当然、もう詰め終わっている」

「世代からして詳しいと思ったから、捜一課長に直当たりしてみたわ。結果は大当たり」

「するとハコ管理官はもう～、『仁科徹』なる少年が何者か～、解っちゃってますね～？」

「そうね。

何故、仁科杏子が『仁科徹』の正体をあれだけ隠したかったのかも。何故、仁科杏子があれほどまで仁科徹の『因果』に絶望し絶叫したのかも。何故、仁科徹がまさに『一三年前』、仁科親一の養子となったのかも。何故、病魔に倒れ非常勤しか勤められない仁科親一が、仁科徹の『弁護士』に損害賠償請求の大家、業界の千両役者にして重鎮である大先生を用意できたのかも。

そしてナギ。

管理職たる私が短時間の事情聴取で理解できたことは、実働捜査員でしかも加害者家族担当のあなたなら当然、理解どころか熟知できたはずよ。

だからそれも、あなたの報告忘れの第四になる——

すなわち。

仁科徹の当該実母は、今京都にいるらしい。当該実母は病に倒れており、その病とは何の因果か鬱病であるらしい——既に何の因果もへったくれも無いんだけどね。そして私が先述の協力者から訊きだした所によれば、当該実母＝あなたたちの執拗る『にしな・みお』は、断崖から日本海の荒海に飛び込んだだの、自身の子供を虐待して精神科に入院しただの、凄惨な人生を送ってきたらしい。またその当該実母は、三兄弟というか三兄妹であったらしい。具体的には兄を亮、姉を未来、そして自身を『みお』と言うらしい。ここで私の協力者さんは、兄を亮、姉を未来と呼んでいたあるいは読んでいたけれど……それが社会一般での読み方というか通り名らしいわね……ただ、もし兄の名が、その亮という漢字の読み方が、亮であったなら？」

「それは予断が過ぎるっていうか～、牽強付会が極まっている感じですけどね～」

「だってこれ、あなたや仁科杏子の定番の遣り口だもの、社会一般の読み方に紛れて——そう誤読の方があまりに人口に膾炙しているのを奇貨として——そっちの誤読の方がホントで、実は本名は読み方が違うってこと、しれっと誤魔化すって手口だもの。

だから。

もし、あなたたちの執拗る『にしな・みお』の実兄が実は亮であるのなら。

当該実兄の『とおる』こそ、仁科徹に引き継がれた、『にしな』家由来の名前。

『にしな』家の命名規則に従った、命名に合理性がある名前。

こう考えて何の矛盾も無いわ」

「でもそれって～、当然といえば当然ですよね～。

だって～、『とおる』はみおさんの、実のお兄さんの名前ですもんね～。

他方でみおさんの御主人はと言えば～、結局離婚に至っている様に～、家庭を顧みるタイプでも～、家族を誠実に愛するタイプでもなかったみたいですしね～。

だから～、夫に由来する名前でなく～、兄に由来する名前を付けたんですね～」

「そうすると、ナギとしても――」ひかりは関係戸籍を翳した。「――仁科徹のトオルは、実母たる新名弥生こと新名弥生の兄、新名亮から引き継がれたものと考えるに吝かじゃないわね？」

「ですね～。事ここに至れば～、グウの音も出ないですね～」

「それは当然、新名亮なり新名未来なりが何者なのかを大前提とした意見ね？」

「そうなりますね～」

「よくもまあ、ヌケヌケと」

しかしひかりは怒らなかった。まさか薙とて、この秘密を起訴の日まで――あるいは仁科徹の取調べが終わる日まで、隠し通せるなどとは思ってはいなかったはずだから。自分の人生訓を最も仕込んだその生徒は、今の所、薙である。薙はひかりの粘着的な性格を、充二分に学習し終えているはずだ。

（秘密を知った私を、ナギがどう説得しようとするかには一抹の興味があるが……）

「まあ、三兄妹が亮、未来、弥生——だなんていう時点で、ハコ管理官の不可解センサーを逃れられるなんて、まさか思わなかったですけどね～」

「そうね、三兄妹の実母なら美奈だそうだし、実父なら誠だって話だもの。すると三女だけヤヨイというのも不可解だし、父親の名からしてリョウも——不可解ではないにしろ——違う読み方ができないかどうか、若干ならず興味が湧くわ。まして誠の孫といえば、徹なんだものね。

もっとも、私の協力者を務めてくれた捜一課長すら、そんな昔々の因果話、改めて深く詰めてみようとは思わなかったそうだけど。ましてその因果話の主役は『新名家』『新名亮』『新名未来』だっていうのが、世間の二六年間信じて疑わない常識になってしまっているし。新名家自身も、犯罪被害者としての啓発活動・講演活動・各種審議会への参加においては『新名』の名前というか読み方を貫いてしまっているし。おまけに『新名弥生』はそもそも〈一九九五年事件〉の当事者ではないことにされてしまっているしね。それを考えればナギ、あなたが王手を掛けられない可能性も、そう私を体捌きし続けられる可能性も、まあ丁半博打ほどはあった。でも対局の感想戦として言えば、今後はこの手、使えないわよ。というのも今、戸籍にもふりがなを振る法改正が絶讃検討中だそうだから。私を嵌めようとした度量に免じ、学習させてあげる」

「ならハコ管理官の詰めは～、これで終わりですか～？」

「まさかよ。あなたに衝突けるべき疑問が残余二つ、あなたを難詰すべき確認が残余一つある」

「引き続き執拗ですね～。これすなわち～？」

「残余の疑問の、第一。

仁科徹は二年前、突如として身を持ち崩して非行に走った。

――その理由が何か、あなた知っている？」

「加害者家族担当のあたしに訊く以上～、それはきっと～、ハコ管理官が想像しているまさにその理由だと思いますけど～、実は裏付けはまだ取ってないです～、出張旅費も掛かりますし～」

「なら近々に出張を組まないといけないわね。幸い住所は分かっているし。

なら残余の疑問の、第二。

仁科徹は何時、自分が何者であるかを知ったのかしら？　これは第一の疑問と密接に関係するはずだけど？」

「それにあっては～、想像すらできかねますね～」

「……まだそんなことを」

「え」

「私は自分の運転手すらさせる者を其処まで見括ることはない。いい加減学習しなさい。

だから、難詰すべき確認と併せて、あなたに最後の機会を与えれば――

私かつて、あなたに確乎と命じたはずよね？　厳密に再現すれば、
　私、『市松由香里』の一七年の生涯を、御本人と同程度に知りたいのって、そう命じおいた筈よね？」

「えっでもハコ管理官、今あたしがギチギチに詰められているのって〜、加害者家族の〜、そう仁科家と新名家の物語ですよね〜？」

「そのとおり。

けれど、私の予断と憶測と、私が把握しているあなたの身上とが確かならば。

それは、成程仁科家と新名家の物語ではあるけれど。

それと同時に、市松家と美里家の物語でもあれば——

まさに水鳥薙自身の物語でもあるわよね？」

「……どうして」薙は数瞬、演技を止めた。止めさせられた。「そんなことまで」

「美里家に関しては、やはり命名規則よ、市松由香里の、そのあり得べき名前から。

水鳥薙に関しては、あなたが刑事となったその理由から——

それを過去に向かって掘り返すなら、あなたが存外優美な趣味を持っているから。

それを現在の謎と照らし合わせるなら、私が今朝バスに乗って、見たい物を見たからよ」

吉祥寺警察署・第1取調べ室

「じゃあ徹、問題の二週間の、最後の夜について訊くけどさ——」

「はいどうぞ、何でも」

「確か最後の夜も、由香里さんをレイプしたんだよな？」

「はいそうですね」

「それは、徹も含む四人で？」

「はい、もう申し上げたとおりですけど、まずは僕から、そして四日市、御園の順番で、由香里さんとセックスしたり、由香里さんをからかったり虐めたりしました」

「確か、手錠を外したり――」

「そうですね、ガムテープも外したり。だって口が使えなきゃ面白くないですから」

「そういえば、そのレイプの後で、確か――」

「ああ、そうです、由香里さんに、キレイに口で掃除してもらいました」

「それは確か、徹と、あと――」

「四日市と御園ですね。鈴木さんは大人で、乱痴気騒ぎには飽きていた感じでしたから」

「ともかくも、由香里さんへの虐待が終わったのが、ええと――」

「何度も言ってますけど、夜の一二時前です」

「そのまま全員が、ええと――そうだ、ウオッカで散々酔っ払ってから寝入ったと」

「そのとおりです。もちろん由香里さんは違いますけどね」

「その由香里さんはと言えば、確かもう、くたくたな感じになっていて――」

「そうですね。もう逃げる気力も、逃げる手段もないですから、裸のままで、さんざん楽しんだその格好のままで、特に縛ったりしないで、そのまま放置しました。だから、具体的には分からないですけど、由香里さんも、適当な時間に勝手に寝たはずです」

「そして火の手が起こったのは、その出所は、ええと――」

「御園が寝ていた布団。というか、御園が寝ていた枕元です」

「徹はそれを、確か、酔った頭のまま見て――」

「はい、ウオッカに酔った頭のまま、燃え上がる枕元と、布団の上を転げ回る御園と――だから、どんどん火が布団に燃え移ってゆくのを見ました」

「その火事の原因はというと、それは――」

「御園の寝煙草(ねたばこ)というか寝大麻と、あと、その御園が、オイルライターのオイルを四ℓ缶から給油しようとして、オイルを派手に零(こぼ)したことです。実際、そのライターオイルの四ℓ缶が、御園の枕元で、バタリと真横に倒れていたのは――だからそれだけでかなりの量のオイルが流れ出たことは、もう喋ったとおりです」

「だから、御園はもう火塗(ひまみ)れで、あとの仲間はって言うと――」

「御園の横に寝ていた四日市は、すぐにジャージを火塗れにしていましたね」

「でも、徹と鈴木さんがそうならなかったのは、要は――」

「それは、御園とも四日市とも距離がある所で寝ていたからです。あのリビングダイニングは一四畳で、由香里さんには半畳もあれば充分ですから、それだけの距離を置けます」

「ただ、徹のこれまでの話からすると、由香里さんもまた――」

「寝具の段ボールとか週刊誌とかと一緒に、どんどん燃え始めちゃって」

「ええと、じゃあ、由香里さんの姿を、最後に確認したのはって言うと――」

「まさにそのときですよ。そのとき。御園を見て、四日市を見たとき。自然な流れで由香里さんの寝具の方を見ると、もう由香里さんの姿はすっかり炎の中で、たちまち躯(からだ)なんて見えなくなりました」

「そうすると結局、現場で動けたのは――」

「僕と鈴木さんの二人だけです。ただどっちも、ウオッカをガブ飲みして酔っ払っていましたし、いきなりの火事で叩き起こされて、まだしっかり目も覚めていませんでしたし、あと、火事の毒ガスの影響で、意識も目も頭もフラフラする感じでした。言ってみれば、まともに動ける状態じゃなかったですね」

「けれど、鈴木さんは確か、御園の方に近付いた。それは何故かって言うと――」

「御園が肌身離さず持っていた、南京錠の鍵を捜すためです」

「そのために鈴木さんは、必死の努力をしたんだよな。御園の火を消そうとしたり、御園の枕元をまさぐったり――」

「そうですね、もう必死の、懸命の、命懸けの努力をしていました。だからこそ、そうやって激しく動き回った結果、火事の毒ガスとかの影響で、あまりにアッサリ、あまりに突然、コテン、と卒倒してしまったんです。まさに、御園の布団の近くで」

「その間、徹は何をしていたんだい？」

「……鈴木さんに協力して、南京錠の鍵を一緒に捜そうとしたんですけどね。でも御園の辺りは火の勢いが強く、結果、その鈴木さんにも火は燃え移って、鈴木さん火達磨(ひだるま)になっちゃって……要は僕、結果としては、ただ鈴木さんが動き回るのを眺めていたんだと思います。実は、火事の毒ガスとかの所為(せい)で、そのあたりは、記憶も意識も曖昧(あいまい)なんですけど」

「でも鈴木さんと一緒に南京錠の鍵を見付けなきゃ、現場からは逃げられないだろう？」

「後から理屈で考えればそうですけど、あのときの鈴木さんの燃え方を見ていれば、上原さんだって、鈴木さんや御園に近付こうだなんて思いもしないはずですよ。それに、火事の毒ガスのことを別にしても、僕は寝起きでしたし、ウオッカでさんざん酔っ払った後のことでしたし。躯（からだ）がまともに言うことを聴いてはくれないです。

　事実、僕は現場では誰も助けられなかったし、まして鍵を捜すだの、由香里さんをどうこうするだの、到底無理でしたよ」

「確認だけどさ、問題の南京錠の鍵は、御園だけが、肌身離さず持っていたんだよな？」

「はいそうです。武闘派で脳筋の御園に持たせることが、いちばん安全だからです」

「確か由香里さんの手錠の鍵も――」

「はいそうです。同じ理由で、南京錠の鍵と一緒に、御園にずっと持たせていました」

「それは、火災当夜もそうだったのかな？」

「そうなりますね。あの二週間の間、いきなりルールを変えた記憶はありませんから」

「成程（なるほど）、成程（なるほど）……

　そうすると結果、火事のとき徹がとった行動は、要するに」

「由香里さんを虐（いじ）めるのに使った木刀に鉄パイプ、そして室内にあったバットや物干しを捜し出して、リビングダイニングのドアを叩き壊して破ったこと、ですかね」

「そうした器具は、火事の中でもすぐ見付かったのかい？」

「そのあたりは、もう意識が薄れていて、記憶も曖昧です。
ただ結果として、ドアを叩き壊すための道具が見付かったのは、事実ですから」

「そうした道具でドアを叩き壊して、それで――」

「何度か喋ってますが、薄れた意識のまま、そう曖昧な記憶のまま、気が付いたら家の玄関先にいました。玄関先にふらりと出ていました。そして、制服の警察官の人の職務質問を受けました」

「ええと、近所の方と警察官の言う所じゃあ、近所の方が介抱に近付いたらしいけど――」

「そうなんですか。それも全然、記憶にありません」

「するとその後は、その、制服警察官に連れられるまま――」

「ハッキリ気が付いたらここ、吉祥寺警察署にいました」

「近所の方なり、警察官なりと喋った、その内容は何か覚えている？」

「いいえ全然、微塵も」

「あっ、あと当夜の徹の格好は、ええと、ラフな室内着にラフなサンダルと、あと持ち物――」

「いいえそれだけ、服と靴だけです。酒飲んで寝入っていましたし、家から焦燥て飛び出してきた訳ですから、当然それだけになりますよ」


吉祥寺警察署捜査本部・雛壇（ミニ検討2）

「その～、突然出てきた『美里家』っていうのは何なんですか～？

市松家と美里家、っていったときの、その『美里家』って一体～？

そしてあたし自身が～、その『美里家』と関係があるってどういうことでしょう～？」

「私は、臨時の協力者を務めてくれた捜一課長から聴いた。新名家と、新名弥生こと新名弥生の物語を。これすなわちナギ、あなたが熟知しているとおり、仁科家と新名弥生の、だから仁科徹と新名弥生の物語でもあるわね――

ここで。

捜一の者なら誰でも知っていることを再論すれば、ナギ、あなたはピアノとヴァイオリンの名手よ。またあなたは、転勤が多かった親の都合だとかで、吉祥寺の街にも吉祥寺警察署にも慣れているとか。事実、私を署内で案内するときなど、あなたは確かにこの警察署の動線に詳しかった。ところがどうして、その吉祥寺警察署そのものでの勤務経験は皆無で、むしろ『招かれざる客として、吉祥寺署に御迷惑を掛けたことが一杯ある』との弁。

その招かれざる客なる立場って、どんな立場だったのかしらね？

またその吉祥寺署に掛けた迷惑って、どんな迷惑だったのかしら？

またここで。

私の酒精混じりの記憶が確かならば、あなたは小学生の頃、そうまだ一〇歳にもなっていない頃、本格的な性犯罪に巻き込まれたことがあるとか。その具体的な内容までは多分、未だ教えて貰えていないけれど――しかしそれこそが水鳥薙をして警視庁警察官を、まして警視庁刑事を志させた志望動機だということは教えて貰えた。より具体的には、『性犯罪への憎悪』や『性犯罪被害者への支援』こそが、あなたの職業選択を決定付けた志望動機であると教えて貰えた――

さらにここで。

あなたが小学生の頃、そうまだ一〇歳にもなっていない頃というなら、あなたの三三歳なる現年齢からして、それは二四年前ないし二七年前の話。西暦にすれば、一九九四年ないし一九九七年の話――ナギあなたが『性犯罪への憎悪』を痛感し、『性犯罪被害者への支援』を自己に誓ったのはそんな時季よ。これをシンプルに言い換えれば、あなたが『本格的な性犯罪に巻き込まれた』のもそんな時季となる。

――でも微妙に不可解よね。『本格的な性犯罪に巻き込まれた』なるフレーズは。

何故と言って。

それは本格的なる深刻な形容詞を付されているのに、にもかかわらず、巻き込まれたなる第三者的な動詞で結ばれているんだものね。そう、犯罪に巻き込まれたというのなら、交通事故じゃあるまいし、その主語人物は、犯罪の主たる当事者ではない。それを主として経験した、最大の当事者ではない。予断とともに更に言えば、あなたはそれを実際に経験した当事者ではない――そして覚えているなら思い出して頂戴、全て不可解なことには理由がある。あなたがそんな『深刻にして第三者的な』『切実でどこか当事者性を欠いた』、そう、矛盾するような不可解な表現を使ったことにも必ず理由がある。あなたが私への各種報告を敢えてネグったのと同様に、必ず理由がある。

なら、当該(とうがい)本格的な性犯罪を実際に経験した当事者って、一体誰のことかしら?

加うるに。

ナギ、もしあなたがピアノとヴァイオリンの名手だというのなら、どう考えてもあなたは、幼年期から音楽的に適切な早期教育を受けている。そしてそれは常識的に考えて、街の、専門的な音楽教室においてということになるでしょう。

ここで、一九九四年ないし一九九七年という、先の時季の問題。

まして、あなたが被害者遺族にしろ加害者家族にしろ、『関係先の範囲を拡大した基礎捜査を実施しろ』と命ぜられたとき私に垣間(かいま)見せる、微妙な不満と躊躇(ちゅうちょ)。

おまけに、あなたの職業的志望動機に鑑みて、今般の市松由香里さん殺しって、その凄惨さから言っても非道ぶりから言っても、どれだけあなたを義憤で激昂させたって不思議じゃないわよね。ところがどうして、あなたは常時、比較的落ち着いている。成程、確かに普段から物事に動じないあなた、どこか不思議に悟った感じがあるあなただけど――そしてそのどこか『不思議に悟った感じ』は、今にして思えば充分な理由がある性格形成なのだけれど――とまれ、『本格的な性犯罪に巻き込まれ』、故に『性犯罪への憎悪』から警視庁刑事を志した水鳥薙、そんなあなたにしては、実に不可解なほどの落ち着きぶり」

「……そして、全て不可解なことには理由がある」

「そのとおり。ましてその理由を解明する攻め口には事欠かないわ。

ピアノとヴァイオリンの名手云々。幼少時の本格的な音楽教育云々。

過去に巻き込まれた本格的な性犯罪云々。一九九四年ないし一九九七年なる時季云々。

勤務経験が無いのに吉祥寺署に詳しい云々。吉祥寺署の招かれざる客となった云々。吉祥寺署に迷惑を掛けた云々。

はたまた、あろうことか。

私に対し、冷静な仮面を被った演技をしている。私に対して必要な報告をネグっている。

――そう、あなたに纏わる不可解な物語を解明する攻め口には事欠かないわ。

ここで。

あなたが隠せるものなら隠したかった、公文書ではふりがなの無い『新名弥生』。

その姉はもう解明されているわね、『新名未来』よ。

そして当該新名未来が何者であるかは——兄の新名亮と併せ数十秒調べれば——たちまち理解できる。たちまちの内に。幸か不幸か、検索するとき単語にふりがなは振らないものね。だからこそナギ、あなたはどうにか警察も世間も誤解させたかった。そんな超絶的な有名人である新名未来と新名亮なる者は——そうメディアもネットも誤解したままである様に、またそれを仁科杏子も悲願としていた様に——『しんみょう・みき』及び『しんみょう・りょう』なのだと、まさか『にしな・みき』及び『にしな・とおる』ではあり得ないと、そう誤解させたかったのでしょうね。

いずれにしろ、当該新名未来。

漢字だけを数十秒調べれば、高校時代、管弦楽部でピアノを弾いていたことはすぐに割れる。割れるなんて言葉は基礎調査の神様に申し訳ないわね。往時を記憶する日本人にとって、それはある種の常識だから。けれど当該者がピアノ以外の楽器も嗜んでいたことは、流石に往時を警察官として記憶する捜一課長に聴かなければ分からなかった。とまれ、管弦楽部とくれば、それがヴァイオリン、だったと考えて何の矛盾も無い。そして既に高校時代においてピアノなりヴァイオリンなりを嗜んでいたとするのなら、これまた幼少時に、街の、専門的な音楽教室において適切な幼児教育を受けていることは確実——独学のピアノやヴァイオリンで、管弦楽部に所属して活躍することはできないもの」

「——これすなわち？」

「ナギ、あなたと当該新名未来は、吉祥寺の音楽教室において面識があったという事よ。あなたの生育歴はまだ洗っていないけど、新名未来は幼少時から吉祥寺育ち——当時の武蔵野市育ちだったのだから。その音楽教室はハイソな武蔵野市にあったに決まっている。そこでナギ、あなたは往時一七歳の新名未来に対し、往時七歳の少女として、少なくとも好感を持っていた。私の予断と偏見が確かならば尊敬、憧憬、ある種の恋慕といったものさえ。ただ、あなたの感情の襞を立証する必要はまるで無い。あなたと新名未来に確たる接点があったことを理解すれば足りる」

「……往時七歳のあたし、というのは？」

「言い換えれば、二六年前のあなたね」

「いえそういうことじゃなくってですね」

「いえ更に言えば、一九九五年のあなた。

更に言えば……もう言葉を重ねる必要も無いけれど……新名未来の事件を、憎むべき本格的な性犯罪を、リアルタイムで経験してしまったあなたよ。その意味での事件関係者だったあなたよ。警察としては参考人未満だったでしょうけどね。だから吉祥寺警察署に、往時の武蔵野警察署に押し掛けて招かれざる客となったし、あなた自身、警察官となった今にして思えば、関係捜査員なり関係警察官なりに迷惑を掛けた。

それ故に。

あなたは水鳥薙個人として、まして捜本の被害者対策班の係長として――職務上関係者の身上を洗い戸籍その他を精査する捜査員として――当然に仁科徹の実母たる『新名弥生』が何者であるかを知った。当然にその姉である『新名未来』が何者であるかを知った。

言い換えれば。

極悪非道な鬼畜の所業に及んだ仁科徹なる者が、その実、一体何者であるかも知った。

ここで、もし。

仁科徹の実母が世間一般で誤読され、誤称されている所の『しんみょう・やよい』だと露見してしまえば。そこからあなたの大切な通称『しんみょう・みき』を手繰られるのは数十秒の内。まして仁科徹の事案は、少年による略取・監禁・強制性交・傷害・脅迫・強要その他ナンデモアリの凶悪犯罪。ただでさえ世論は炎上し沸騰している。集団過熱取材も井の頭公園の桜以上に花盛り。そもそも少女監禁・強姦というその犯罪態様が、メディアの強い関心と過去の記憶を惹起してしまっている……

その過去の記憶を脂ぎった手で掻き回されるのはナギ、あなたにとって、それだけで到底耐え難いことのはずよ。ましてそれ以上に、メディアが、いえ誰でもいいわ、誰かが仁科徹の正体を、だから仁科徹が通称『しんみょう・やよい』の実子でありあなたの大切な通称『しんみょう・みき』の実の甥であることを知ってしまったとしたら。

往時を記憶する日本人にとって、『しんみょう・みき』は一〇〇％の被害者であって、微塵も、寸毫も非難されるべき者ではない。まして私は、協力者を買って出てくれた捜一課長から聴き出した。実はその『しんみょう・やよい』もまた、姉同様の鬼畜の所業の対象となり、だから一〇〇％の被害者であって、これまた微塵も、寸毫も非難されるべき者ではないと。しかし『しんみょう・やよい』の凄惨な性犯罪被害にあっては――被害者家族としては屈辱的で憤懣遣る方ない妥協ながら――御本人の名誉と将来の為、メディアに対しては無論、公判においても徹底的に秘匿され、無かったこととされたと。私はそう聴いた。

要は、二六年前の事件こそ、あなたが警視庁刑事を志した理由で――

だからどうしてもあなたが『新名未来』及び『新名弥生』を守りたかった理由よ。

天国にいる、一〇〇%無辜の被害者たる未来が、一〇〇%の加害者たる鬼畜の実甥を持つこと

この世の地獄を生きている、一〇〇%無辜の被害者たる弥生が、一〇〇%の加害者たる鬼畜の実子を持つこと

それだけは……そんなことだけは隠してあげたかった。そんな酷すぎる犠牲を払った、死者と生きる死者とに、二六年を経てなお新たなリンチが加えられるような事態は、どうしても避けてあげたかった。これがあなたのずっと隠してきた、大切な大切な物語」

「……成程、仁科徹の仁科家と、新名弥生の新名家、そしてあたしの物語は解りました。

ただハコ管理官は、それ以上に、奇妙なことを仰有ってましたよね？

すなわち、それは市松由香里さんの市松家と、ええと……ミサト家の物語でもあると。

まして其方の物語でさえ、あたし自身と関係があると。いえ既に、あたし自身の物語だと」

吉祥寺警察署捜査本部・雛壇（ミニ検討3）

「だってそのとおりでしょう？」

「……いわば告発を受けているあたしとしては、御説明を聴く権利があると思いますが」

「それもそのとおり。

よってここで整理すれば、仁科徹は養子、市松由香里はそうではない。

だから仁科徹の家族関係ほど、市松由香里のそれは不可解ではない、はずだ、った。

――そう、私が由香里さんの養育者である祖父・市松廣樹の不可解な発言を聴くまでは」

「当該不可解な発言とは？」

「第一。関係捜査員が既知のとおり、由香里さんの誕生日は一〇月一〇日。ところが祖父・市松廣樹の証言によれば、実母・市松明香里が由香里さんを身籠もったと知ったとき、ちょうどその季節と夫・市松義之の名にちなんで、子の名を『由春』『夏行』『美春』『里夏』のいずれかにしようと決めていたとか。

　まずこれだけで、女としては不可解よね？」

「……ハコ管理官も女だったんですね？」

「生物学的にはたぶん確実ね。そして市松廣樹は生物学的にも社会学的にも純然たる男よ。

　何故と言って、由香里さんの誕生日は一〇月一〇日、秋真っ盛り。由香里さんとその母親がヒトならば、身籠もったのは年末年始。なら懐妊を知ったのは、知る気があったなら遅くとも二月初旬。でも二月初旬って真冬でしょう？　そこからどうして『春』『夏』が出てくるの？　二月を『早春』と考えた、なる苦しい言い訳も想定できるけど、それなら『夏』もまた使用漢字候補に挙がっていたことの説明が付かない。微妙に不可解だわ」

「懐妊を知ったのが遅くて、『春』『夏』だったという物語は成立すると思いますけど？」

「あるいは懐妊を隠していて、隠し切れなくなったのが『春』『夏』だったという物語も成立するわね。といって実はこれ、すぐに述べる様に出鱈目の積み重ねだから、ナギがそんなに恐い顔をしなきゃならない様な、そんな真摯な検討を要する論点じゃないんだけど。

けれど、議論の便宜の為、敢えて真摯な検討を続ければよ。

子の名を『男女共々』想定していた事実からして、懐妊を知ったのは未だ性別が判然としない時期だと考えられるでしょ。要するに、懐妊を知ったのは極めて妊娠早期でしょ。まさか『夏』なる漢字が飛び出てくる余地の無いほどにはね。するとどちらかと言えば、ナギの『懐妊を知ったのが遅かった』説より私の『懐妊を隠していた』説の方が若干、説得力に富む気がするわ。念の為に言えば、出鱈目の積み重ねにこんな検討は要らないけど」

「意味がよく解りませんが、ならどうして市松明香里が……由香里さんの母親が、自分の懐妊を隠さなければならなかったんです？　ハコ管理官は何故、そんな説を出すんです？」

「それこそが市松廣樹の不可解な発言の、第二となる。

すなわち、懐妊の報を知った市松廣樹は『これまた実に肝が潰れるほど吃驚し』、結局由香里さんが難産だったことを知ったときも、『それを聴いて、せめて娘だけでもとまでハラハラしたものだった』とのこと。

でもこれって、懐妊・難産のどちらについても、いよいよ孫を迎えられた祖父としては、それほどまで吃驚しハラハラする以前に『喜ぶ』『安堵する』『感謝する』べき事態じゃない？　だって本人曰く、若年だったことそのものは不思議がる流れじゃなかったんだもの。ならどうして、市松廣樹は由香里さんの命名について不可解な説明をした上、由香里さんの誕生そのものについても、何ともネガティブな感情しか説明しないの？」

「……まだ仰有る意味が解りません、ハコ管理官」

「なら市松廣樹の不可解な発言の、そう、第三になる。

市松廣樹が娘・市松明香里から、『由春』『夏行』『美春』『里夏』なる孫の名前候補を聴かされたのは、既に述べた懐妊を知ったときである以上に、『娘が日本を離れる前』『だからカナダに赴任する前』なのよ。これ、本人自身が興奮しながら断言している。けれどこれまた不可解だわ。第一・第二の発言以上に不可解よ。

何故と言って。

市松廣樹曰く、結局由香里さんが生まれたのは、父である『義之君が在カナダ大使館の三等書記官だった頃』『義之君がカナダで勤務した三年間の、ちょうど折り返し点のあたり』なんだもの。これを言い換えれば、結局由香里さんが生まれたのは、市松明香里夫妻が離日してから一年半後となってしまう。そんな莫迦な話があるはずも無い。もし市松廣樹が真実を語っているとすれば、そのとき由香里さんの懐妊は離日後のはずだし、故に懐妊を知ったのも離日後のはずだし、故に『由春』『夏行』『美春』『里夏』なんて名前候補を聴かされたのも、当然離日後のはずだもの。

――この、不可解な発言の第三を纏めれば。

市松廣樹は何某かの理由で、由香里さんに係る懐妊時期も出生時期も隠したがっている。その正確な月日について嘘を重ねているが為、また自身が生物学的に男であるが為、由香里さんに係る懐妊時期・出生時期について訊けば訊くほど出鱈目を塗り重ねていってしまう。ここで無論、不可解な発言の第一は第三の変奏曲だし、だから嘘に嘘を塗り固めるものだし、不可解な発言の第二は、そんな嘘や出鱈目の動機原因となる、由香里さんに係る懐妊・出生へのネガティブ感情よ。

そして。

そのようなネガティブ感情に基づいて、市松廣樹は何をしたか？

それが市松廣樹の不可解な発言の、第四となる。

すなわち市松廣樹は断言した。外交官の妻だからといって、出産時に帰国するような文化はないと。それは当事者夫婦の決断ひとつだし、まして先進国であるなら医療面の不安はないと。ところがどうして。その市松廣樹には三人の孫がいて、その母親は市松明香里を含め全て外交官の妻なのだけれど――あなたが基礎調査してくれた事よね――三人の孫のうち、ただ独り由香里さんだけが外国生まれ。要は、御本人の大層な御題目にかかわらず、海外出産で生まれたのは何と由香里さん独りだけ。すなわち、由香里さんの出生地は『カナダ国オンタリオ州オタワ市』。他の孫二人にあってはいずれも『東京都武蔵野市境南町』、要は出産に定評のある武蔵野赤十字病院よ。そして念の為に付言すれば、他の孫二人が武蔵野赤十字病院で出生したその折、外交官たる旦那はといえば、ブリュッセルとロサンゼルスで在外勤務をしていたわ。

――この、不可解な発言の第四を纏めれば。

市松廣樹は何某かの理由で、由香里さんだけは海外出産させたかった。

海外出産を避けることは容易だったし、実際、他の孫二人は信頼できる国内病院で出産させているのに――しかし由香里さんだけは、日本と切り離された地で生まれてほしかった。これを不可解な発言の第二＝謎のネガティブ感情と併せ考えれば、まるで『初孫である由香里さんを疎んじるが如くに』そう願い、そうした。

またそれは当然、不可解な発言の第一＋第三＝由香里さんに係る懐妊時期・出生時期の隠蔽と密接に関係してくるわ。それはそうよ。何時誰が何処でどのように生まれたか？　それを隠蔽するというのなら、市松廣樹が当時から既に外務省の顕官であったことを併せ考えれば、母親の海外逃亡ほど理想的な隠蔽方法は無いものね。世によくある話でもある」

「ならお訊きしますけどハコ管理官、市松廣樹は――だから、由香里さんの両親たる市松義之・市松明香里夫妻もでしょうが――何故、由香里さんに係る懐妊時期なり出生時期なり、はたまた出生の具体的状況なりを、そうまでして隠蔽しようとしたんですか？」

「そこで市松廣樹の不可解な発言の第五にして、いよいよ最終のもの――

　何故、市松義之と市松明香里の子に、『由春』『夏行』『美春』『里夏』なる名を付けようなんて話になったのか？　結果的にその子は女の子で、結果的にその子は母親にちなんだ『由香里』になったけれど、それは夫・義之の断乎たる希望でそうなったとか。まして夫・義之は、妻・明香里が考えた『由春』『夏行』『美春』『里夏』を断乎として否定し、決め打ちで自ら『由香里』と名付けたとか。加うるに、そのような夫の態度さえ無ければ、子の名は『由春』『夏行』『美春』『里夏』で決まっていたはずだったとか」

「……それの何処が不可解なんです？」

「再論になるけど、それらの命名候補は『季節と夫の名にちなんで』明香里が考えたもの。ここで『季節』は、時期こそ不審だけれど、でも言語としては何らの不審が無い。だって準備されたのは春・夏・春・夏でただそれだけだから。そこにさしたる含意は見出せない。

　他方で、極めて不審なのは……いえ不可解極まるのは、『夫の名』よ。

『由春』『夏行』『美春』『里夏』。

　由・行・美・里の、どこに夫の名があるの？

どこに義之があるの？

確かに読みはある。ヨシ・ユキがね。けれど敢えて義・之を避ける合理的な理由は無い。例えば『義春』でも『夏之』でも、違和感無いどころか立派な名よ。また例えばそれらは、祖父・市松廣樹と被っている訳でもなければ、そもそもその廣樹には娘しかいない以上、近い家族で名前被りが生じるなんて事態もないはず。

仮にそれがあったとして、そのとき調整しなければならないのは春だの夏だのの方よ。

何故と言って――

由香里さんの実母の明香里は、『あたかも戦前の嫁の如くに』『あたかも義之君の所有物の如くに』『貞淑かつ柔順な配偶者で在り続けてきた』『義之君を、ありとあらゆる内助の功で献身的に支え続けてきた』『過剰なまでに』『日本の古き善き家庭を営んでいた』のだもの。

また義之＝明香里夫妻は見合い結婚で、しかも何故か市松家の方が立場が弱く、だから義父の廣樹が興奮し憤慨するほどに、『娘夫婦の財政面は全て市松家が支えてきた』『外交官は何かと物入りだが、客観的に言って義之君にこれまで恥を掻かせたことなど一度も無い』『義之君が我が家において居心地の悪い思いをした事などただの一度もなかろう』『あるはずがない』『此方から三顧の礼で迎えたエース』なのだもの。

それだけ夫唱婦随の義之＝明香里夫妻が、就中明香里が、『夫の名』にちなんだ命名候補を挙げるとき、夫の名の漢字を一切用いないというのは不可解極まる。まして本来、婿養子であって実家も著しく倹しい義之が――加えて義父とは同じ外務省の先輩後輩の立場に立つ少壮の義之が――明香里の命名候補を断乎として拒否するのも不可解極まれば、明香里の意志も明香里が用意した字面も一切無視して、『由香里』だけを決め打ちで主張するのも不可解極まる」

「けれどそれは結局、義之＝明香里夫妻にしか解らない夫婦の決断で、夫婦の機微ですよ」

「まさかよ。まさかだわ。あなたがそれを本気で主張していないのがせめてもの救いね。さもなくば私、自分の審人眼に、まるで自信を失くしていたでしょうから。

——私は敢えて指摘しなかった。メインディッシュは最後に取っておいた。

季節を除けば、由・行・美・里。『由春』『夏行』『美春』『里夏』。

うち由・行はまだ救いがあるわ。義之と、読みだけは同じくするから。

けれど、その意味で全く、まるで、微塵も救いが無いのは『美』と『里』よ。

……この『美』と『里』。一体全体、突如として何処から飛び出てきたの？

命名規則である、夫の名とも季節とも関係が無い。

億兆を譲って、『美』をヨシと読ませているなら別論、今度は読みすら確定的に無視しているんだもの。とすれば、『美』も『里』も命名規則を無視していると考えるしかない。そして執拗く再論すれば、この命名候補を練り上げて提示したのは妻の明香里の方よ。更に執拗く再論すれば、そもそも命名候補全てを通じて、夫・義之の名前なんて実質、用いられてはいないんだけどね……

明香里の、この無視。

義之の、断乎たる拒否。

そして市松廣樹らがどうにかして隠したい、由香里さんに係る懐妊・出生の秘密……

――ここで。

明香里は見合い結婚。義之としてはそれを足掛かりに、そう外務省の閨閥をフル活用して、外務官僚としての出世階段を昇ってきた。結婚が決まってから即座に、先進国であるカナダに栄転が決まったほど。その家庭における諸態度も、義父をして『娘に対する大胆で率直な態度に』『此方から三顧の礼で迎えたエースでなければ』『幾度か叱責さえ加えただろう』などと失言させるほど傲慢。婿養子の引け目なり遠慮なりは皆無。まして今現在、既に基礎調査が終わっているとおり義之は四三歳、明香里は三七歳なのだから、由香里さんが生まれたのは、それぞれが二六歳と二〇歳のとき……

……改めて数字を弾いてみれば、二一世紀にしては珍しい早婚で若年妊娠よね？

義之がどれほどすさまじく、『白い巨塔』的な、『華麗なる一族』的な野心に充ち満ちていたとしても、よ。

それこそ今の由香里さんと大きく変わらない女子大学生を、まして今の私と、全然変わらない若年官僚の身のまま――だから職業人生の見通しなんてまるで不可知な身のまま、さっさと妻に娶ろうだなんて思うかしら？　また社会常識で考えて、当時既に外務省の顕官であった市松廣樹が、娘・明香里の『二〇歳妊娠』あるいは『二〇歳できちゃった婚』だなんて、世間体や外聞や社会的地位からして認めるかしら？　まさかよ。まさかだわ。

――けれど。

結果として市松廣樹はそれを認めたばかりか、娘の早婚を能う限りバックアップし、ましてや娘の若年出産をもある意味、バックアップしている。懐妊時期・出生時期・妊娠の態様・出産の態様を隠蔽するという、歪な形ではあるけどね。
　それは娘・明香里の性格――『惚れっぽい』『思い込んだら一途』『この人に付いて行く、と決めたら頑として梃子でも動かないほど強情』『御嬢様育ちゆえの、静かに忍ぶ強情さ』といった性格に根負けしたのかも知れない、けれど」

「けれど？」

「ぶっちゃけ、その愛情の対象に、若干ならぬ疑問がある」

「……すなわち」

「そんな性格の発露が、『由春』『夏行』『美春』『里夏』であるはずがないという疑問。

　これを裏から言えば。

そんな性格の発露は、由・行・美・里の字なのではないか？

より具体的には。

由・行・美・里の字を持つ誰かこそ、明香里の真の愛情の対象だったのではないか？

――ここまで考えて私は、市松廣樹の失言を思い出した。

私が市松廣樹の事情聴取を切り上げるときの、その失言。

すなわち私は訊いた、由香里さんの父親の旧姓は何かと。

　すると市松廣樹は『ミサ……』と言い淀んでから、冗談めかして、巫山戯るように、そう俄に婿養子を軽視するかの如く、『ミサキ、いやタヌキ……』などと言い繕った。でもタヌキはやり過ぎよ、三顧の礼で迎えた大事な跡取り息子のはずだものね。正しくは木佐貫、木佐貫義之というらしいけど、それは正直どうでも良い。問題は当然、市松廣樹が咄嗟に『タヌキ』とまで婿を貶めてまで言い繕わなければならなかった、『ミサ……』の方」

「ハコ管理官が、其処まで棋譜を進めているのなら。

　由香里さんの父親の姓も、もう解っちゃったんでしょうね」

「そうね。明香里が執拗った漢字の組合せと併せ考えれば、『美里』しか無いわね」

「そして粘着的な性格をしているハコ管理官としては、本件事件の関係者の内に、そう仁科徹の監禁・強制性交等事件の関係者の内に、『美里』なる者がいないかどうか精査した」

「いえそれは外れ。精査するまでも無かったわ。

だってそれって、先刻散々議論した『新名弥生』『新名未来』と、そしてそれがお望みなら『新名亮』と、密接に……そう密接が上にも密接に関係している名前だもの。だから、私の臨時協力者を務めてくれた捜一課長が、直ちに思い出してくれたもの。

　――そうよ、ナギ。

あなたの大切な新名未来に、地獄の責め苦を味わわせて殺害までした輩。

仁科徹の実母である新名弥生に、地獄の責め苦を味わわせて生きながら殺した輩。

一九九五年当時の、所謂被疑少年ＡＢＣＤ。

それぞれ唐木、蓬田、栗城、美里なる者……

市松明香里が愛してしまったのは、そしてその実娘まで産んでしまったのは、当該美里なる元被疑少年よ。

ここで、由香里さんは享年一七歳、二〇〇三年生まれ。

このことから。

由香里さんの実の父親と目される当該『美里』は、私が捜一課長から聴いた所謂被疑少年ABCDの内、

①最高裁で懲役五年以上九年以下が確定し、
②故に二〇〇四年までには社会復帰していたとして、
③故に二六歳までには自由の身になっていたとして、
④故にその時分には市松明香里と交際していたとして、

全く勘定が合ってしまう唯一の、諸条件を満たすたった独り、少年Dのはずよ。

なお——これ捜一課長もパッと思い出せなかったんだけど——でも命名候補の漢字からして、元少年Dのフルネームは『美里由行』又は『美里行由』で決まり。漢字はそれしか無いもの。調べれば直ちに分かることだけど、其処までは本件捜査上、どうでも良いこと。でもナギ、あなたにとっては既に常識よね。それどっち？」

「由行、の方です」薙の声は微妙に震えた。「ですが以上を要するに。ハコ管理官の推定としては、本件被害者・市松由香里さんとは、すなわち……

仁科徹の伯父と伯母とを殺し、仁科徹の実母を生きながら殺した、凶悪な少年犯罪者、一九九五年当時における少年Dの、血を分けた娘であった、と？

言い換えれば。

本件事件における一〇〇％の犯罪被害者は、まして殺人の被害者は、二六年前に鬼畜の所業に及んだ、一〇〇％の犯罪加害者・殺人加害者の実の娘だと？」

「そう考えて矛盾は無い。

あなたが見せてくれたこの家族写真。由香里さんは母・明香里にしか似ていない。それすらも酷似しているというほどではない。まして市松廣樹にすら似ていない。明香里がそんな由香里さんを懐妊したと知って、市松廣樹が『肝が潰れるほど吃驚した』のは、市松廣樹が事情を知りあるいは事情を調査させたとすれば当然のこと。また市松廣樹が当該事情を知ったとすれば、筋目の良い相手との交際・婚姻を急ぎ、筋目の良い相手に父親となってもらうべく諸々企むのも当然のこと。どれだけ膝を屈しても、どれだけ三顧の礼を尽くしてもよ。じき由香里さんの出産を海外で行わせることとしたのは、外務官僚たるの立場を以てすれば、その方があらゆる改竄・隠蔽・保秘のため有利となるから。その由香里さんの難産を知って市松廣樹がせめて娘だけでもとまでハラハラしたのは、『いっそのこと……』『堕胎は無理だが死産ならば……』という恐ろしい希望があったから。その由香里さんに、一九九五年の事件なりその犯人たる実父なりを忘れさせる為、敢えて長期の海外生活を送らせることは、市松廣樹としては児戯に等しい。なお、一〇〇%の被害者遺族である市松廣樹が、一〇〇%の加害者に対しても加害者家族に対しても、どこか消極的で受動的で、どこか演技掛かった怒りしか示さないのは——まして警察を実力を以て牽制できる、警察最大の怨敵にして最大の師範でもある大物弁護士先生を駆り出しているのは——絶対にその事情を察知されたくないから。一〇〇%の、無辜の被害者である由香里さんが、実は殺人犯の元少年Dの実娘だなんて、市松家の名誉に懸け、死んでも死守すべき絶対の秘密だから」

「ここからはあたし、ほんとうに知らないんですけど～」肩の荷が下りたか、薙が口調を普段どおりに戻す。「何故、市松廣樹は孫の堕胎を考えなかったんでしょうか～？」

「娘・明香里の、元少年Ｄ＝美里に対する恋慕が、それはもう強烈で深かったのかも知れない。

何と言っても明香里は『惚れっぽい』『思い込んだら一途』『この人に付いて行く、と決めたら頑として梃子でも動かないほど強情』『御嬢様育ちゆえの、静かに忍ぶ強情さ』云々があるらしいから。

また一般論としては、まだ比較的純粋で、きっと恋に恋するような、人生の苦味なんて想像もできない、そんなわずか二〇歳の女よ？　何事につけ、反対されれば反対されるほど、いっそう燃え上がる年齢でもあるしね。

ただ、そのような性格や年齢を前提としなくとも、堕胎は当初から論外──

何故と言って、市松家は代々続くカトリックの家だもの。堕胎は宗教的に論外」

「あっ成程～」しかし薙は首を傾げて。「二〇歳の花嫁を迎えることとなった市松義之、往時の木佐貫義之ですけど～、まさか事情を知っていたんですかね～？」

「当初は知らなかったと考える。すなわち近時の言葉でいう托卵、まして妻と義父ぐるみの托卵だったと考える。

すると、外務省の社長級にまで登り詰めた市松廣樹のこと、そこは権謀術数をめぐらせて……まあそんな高尚な話でもないけれど……明香里と義之の交際をいよいよ加速させ、所謂男女の仲の実績を相当数、作っておく必要があるわね。結果として義之が、官僚としては実に早婚、その花嫁は二〇歳──だなんて、一歩間違えばスキャンダラスでもあるそんな物語を受け容れたのは、それはまあ、男としての心当たりが当然、それも数多、あったからでしょ」

「けれど、少なくとも由香里さんを『由香里』と名付ける頃には、義之の不可解な態度からすれば、義之はその恐ろしい事情をとうとう、知ってしまった……」

「同感。

知った原因が、明香里・廣樹その他による明示の承認であるのか黙示の承認であるのか、明示の承認であるとして何を何処まで謡ったのかは、それこそ当事者のみぞ知る所だし、まさか捜査上の興味は無いけどね。

とまれ、義之は相当程度の事情を知ってしまったし、考えてみれば秘密が保たれていたのは短い間、そしてそうなった責任の大部分は明香里にあると考える。

……というのも、明香里は未練が在り過ぎよ。

『由春』『夏行』『美春』『里夏』だなんて、事情がありますって吹聴している様なものだわ。まして突然に、自分達夫婦の娘について、

『由香里』だなんて、明香里の名をこそ引き継がせることとした
義之の名はと言えば、ただの一字たりとも用いさせなかった
そんな義之の断乎とした出方からすれば、それまでの交際・結婚・妊娠・夫婦生活の全てを引っくるめて、既に相当程度の事情を知ってしまったと考えるべき」

「由香里の『由』は、そんな事情のある『由』。

まして『明香里』の子であって、義之とは微塵も関係が無いと……」

「由香里さん急逝の報に接した明香里が『号泣、号泣また号泣』『激昂、激昂また激昂』だったのに対して、義之はそれを『何かの天罰』『不可避の破局』のようにとらえていた。これはナギ、あなたの基礎調査結果よ。ましてその義之が吐露した感情はといえば、ただただ『衝撃、困惑、動揺、恐怖』。

無論、後者は不可解よ。いえ、不可解だったわ。

ただ、義之の物語が解った今となっては——

そう、①所謂托卵を結果としては甘んじてこなし、②外面では由香里さんを愛する良い父を演じさせられ、③何不自由無い幸福な家庭を営ませられ、④その対価としてあらゆる栄達・立身出世を満喫しつつある中で、⑤立身出世の人質・担保としてきた由香里さんが残虐非道な形で急逝した……なる、義之の視点からの物語が解った今となっては。

『何かの天罰』も『不可避の破局』も、はたまた『衝撃、困惑、動揺、恐怖』も、まさか不可解ではない。むしろ、市松家においてはとても人間的な人間なのかも知れないわね」

「さて〜」薙がいった。「こうして〜……」

「被疑者・仁科徹とは何者なのかが解った。

被害者・市松由香里とは何者なのかも解った。

——ではその数奇で残酷な運命が、本件事件にどう関係しているのか？

完全なブラックボックス内で行われた、本件事件の全容解明にどう影響するのか？

例えば。

仁科徹の当初の頑強な完黙と、仁科徹の現在の放恣な饒舌。

それはそうした不可解を説明してくれるものなのか？

それとも。

それは純然たる偶然、純然たる運命の悪戯で、神の骰子の皮肉に愕然とする他ないのか？

——ナギ。あなたは独自にその神の骰子の悪意を知り、仁科徹への……少なくとも仁科徹側への『思い遣り』として、そして無論市松由香里さんへの『思い遣り』として、独自にそれを秘匿し誤魔化そうとした訳だけれど。ましてそれは、具体的には『被疑少年の忘れられた実母を秘匿し誤魔化す』『被害者とまるで縁の見出せない実父を秘匿し誤魔化す』ことなのだから、仁科杏子や市松廣樹やその弁護士らの懸命の努力と併せ、成功する可能性が決して少なくはない試みなのだけれど。

そうした、関係者の懸命の努力。

新名弥生や美里由行の存在を、秘匿し誤魔化そうとする懸命の努力。

それを考えたとき、当然ながら、それら関係者のみならず……

仁科徹本人が、自分の正体を知っているか？

そして市松由香里さん本人が、自分の正体を知っていたか？

——ナギ。あなたはそれらを重要な疑問とは考えなかった様だけれど、ところがどうして。仁科徹は依然、あの上原係長の指し筋をひらりひらりと躱しながら手前勝手な独演会を続けている。だから仁科徹は依然、隠したいこと＋守りたいことを保持し続けている。このことからして、当該疑問は——そう被疑者被害者それぞれが自分の正体を知っていたかという疑問は——私としては絶対に解明しておきたい、最優先課題の一つよ」

「ハコ管理官を騙していたあたしが言うのもアレですけど〜、それは最も解明が難しい課題の一つですよね〜。だってそれを知っているのは仁科徹独りだけで〜、仁科杏子・市松廣樹その他のあらゆる関係者でも〜、仁科徹の心の中を供述する訳にはゆきませんから〜」

「そこで」ひかりは断じた。「あなたと私が円藤歌織から強奪してきた証拠が役に立つ」

「あっ、成程……」薙はひかりの思考にすぐ追い着いて。「……あれは確かに、仁科徹の鎧を穿つ要の一つになり得ますね〜。だって〜、仁科徹の立場や状況からすれば矛盾に充ち満ちてますもんね〜」

「……そうしれっと指摘されてもリアクションに困るけどね。

だってナギ、私と一緒にあれを解析したからこそ、あなたはより一層、仁科徹と市松由香里の正体を隠し通す気になったんだものね。そうでしょ？

けれどまあ、あなたのその、上原警部補流の指摘は極めて正しい。

仁科徹の城壁を瓦解させ、裸の心を露出させるには弾薬が必要よ。客観証拠という弾薬がね。

そして円藤歌織のスマホから回収したデータはその弾薬になる。その弾薬の一つになる」

「上原係長には〜、もうあの解析データを聴かせたんですか〜？」

「ううんまだ」

「それこそしれっと外道ですね〜」

「これは真剣に、そうでもないわ。

というのも私、確保すべき客観証拠をあと少なくとも三つ、想定しているから。だからあの解析データはまだ、ショウダウンの時を迎えてはいないから。

――私思うに、それら全てが揃って初めて、仁科徹の城壁は瓦解する。また私思うに、上原警部補も私に秘した切り札を数枚、用意しつつある。ならショウダウンは、両者の役が成立してからでも遅くはない。というかその方が、全容解明にも捜査経済にも資する」

「ちなみにハコ管理官が想定している、残り三つの客観証拠って何ですか〜？」

「第一に、これから和光主任官が逮捕状とガサ札を執行して確保できるブツ。

第二に、これから私が京都に出張することで回収できるブツ。

――故にナギ、すぐに時刻表検索をして。捜一課長の決裁が下り次第、新幹線に乗る。

新名弥生の子、仁科徹。美里由行の子、市松由香里。京都こそ、その恐るべき結節点となった可能性があるから。それ、仁科徹は言うに及ばずでしょう？　けれど市松由香里もまた、彼女の諸々の属性を考えると、運命の旅を試みた可能性がある……大いにある」

「了解です、ハコ管理官～。

念為ですけど～、あたし鞄持ちとして随行しましょうか～？」

「旅の連れが欲しいのは事実だけどナギ、出張旅費を倹約する観点からも、出張先で緊急の宿題を見出した場合に備える観点からも、あなたには、東京で臨戦状態でいて欲しい」

「ハコ管理官って～、宿題は夏休み前に終えてないと癇癪起こすタイプですもんね～」

「それでええと、捜一課長はこの午後二時から吉祥寺署長と歓談予定ゆえ、入室前にとっ捕まえて、決裁の花押を捥ぎ取るとして――

一五〇〇台と一六〇〇台の、のぞみ号をピックアップ。当然東京駅の駅チカで、バインミーとソフトシェルクラブを買ってゆかないといけないから、若干の余裕も持たせて頂戴」

「それも了解です、ハコ管理官～。

――ってあれ？　ハコ管理官が想定している残りの客観証拠って～、確か三つでしたよね～？今の所、二つしか教えて貰っていないような気がするんですけど～。それって、先生を騙そうとした悪い生徒に対する～、お仕置き的な嫌がらせか何かですか～？」

「まさかよ。冗談じゃないわ。嫌がらせというなら、私は収益の上がる嫌がらせしか好まない。唾液の無駄遣い（むだづか）は嫌いよ。そろそろ学習しなさい。だから改めて、悪い生徒に対する、そうまだ隠し事をしている悪い子に対する嫌がらせをすると——

私が想定している、残りの客観証拠。その最後、その第三はね。

武藤栞（むとうしおり）が生涯背負ってゆこうとしているその重荷よ。

——そう、由香里さんの親友のいま一人の、武藤栞。

彼女は、やはり由香里さんの親友・円藤歌織がそうしようとしていた如く（ごと）に、一七歳には酷（むご）すぎる重荷を負っている。よって新幹線で弾丸出張をし終えたら、私はそれを強奪しにゆく。のぞみ号で一泊一日の強行軍を終えたなら、私はそれを回収する、絶対に。それが私の切り札、私の最後の証拠よ。

その最後の証拠。最後の一手。それできっと、この棋譜（きふ）は王手詰めになる」

「ええっと〜、ハコ管理官、それの何処（どこ）があたしに対する嫌がらせなんですか〜？」

「えっ、執拗（しつよう）に繰り返しているとおりでしょう。新幹線、新幹線、のぞみ号、のぞみ号と。

のぞみ、ひかり、こだま。

幾ら無粋（ぶすい）な公務員とはいえ、命名規則が安直に過ぎるわよ。ねえコダマ先生？」

「うわっ!!

……って今のはひょっとして鎌掛け（かまか）でした？　安直に過ぎる部下の動揺を見るためのアクティブソナーとか？」

「それも冗談じゃないわ。

あなたにもう、グウの音も出させない証拠が揃ったから喋ったの」

「で、でもこの嫌がらせで〜、どんな収益が上がるんでしょう〜？」

「もう隠し事は許さない。そして私が武藤栞を攻略するのも、邪魔をするのも許さない。

全てがバレた以上、今後の詰め将棋では絶対確実に私の命令にしたがって貰うわよナギ、いいわね？」

「了解しました!!」薙は見透かされた秘密にも、話題の組立てにも心底脱帽した。「水鳥薙警部補、箱﨑警視の指揮下に復帰します!!」

「重畳」

吉祥寺警察署・第1取調べ室

「そうすると、由香里さんの監禁とか、レイプとかを主導したのは、徹本人なんだな？」

「それ何度も何度も繰り返し言ってますけど、そのとおりで間違いありませんよ」

「だったら結局、いちばんレイプやリンチの回数とか頻度が多かったのは――」

「当然僕になります。結局、四日市や御園はビビりですし、鈴木さんは淡泊でしたし」

「けれど最年長は、その鈴木さんだろう？　鈴木さんが、最優先にならなかったのかな？」

「最年長って、それ実際の所は分かりませんよ、上原さん。

確かに年上っぽい雰囲気はありましたけど、とにかく喋らない人でしたし」

「ただ、鈴木さんは確か、自分は暴力団員だという様なことを――」

「そう、暴力団員だか、暴力団関係者だか言ってましたけど、それも実際の所は分かりません。ただ、そうだったとしても不思議じゃないです。覚醒剤が用意できたとか、防犯カメラに詳しいとか、如何にもそれっぽかったですし」

「念の為だけど、徹自身は、暴力団なり半グレなりヤクザなり、そうした筋の人間とは関係なかったのかい？」

「そうした筋っぽいのは、鈴木さんだけですよ。僕も四日市も御園も、そうした筋の人とは縁が持てなかったです。所詮、一七歳のチンピラですし、正直、地元のそうした筋の人にスカウトされるほど、実績も活躍もなかったですから。だから、そうした筋っぽい鈴木さんのスキルやノウハウは、すごく有難かったです」

「鈴木さんには、敬語を使っていた、のかい？」

「そこは流れで。そうだったこともあれば、そうでなかったことも」

「あっそうだ。徹たちは確か、由香里さんに、自分達のことを呼ばせるときは――」

「ええと、様付けのことですかね。そうですよ。由香里さんには奴隷の立場を思い知らせないといけないから、僕ら四人のことは徹様、晃様、光雄様、一人様って呼ばせてました」

「必ず？」

「それが躾で、ルールでした」

「名字を使わなかったのは――」

「もちろん本名を特定されないためですよ」

「由香里さんって、現場が君の、仁科家の家だってこと、分からなかったんだろうか？」

「表札なんて確認させませんでしたし、リビングダイニングにだって、名字が分かるものを置くはずないです。外に連れ出して遊ぶときも、夜、しかも目隠しで移動させましたし」

「あとさ。由香里さんをレイプして、そのレイプしたっていう事実で、また由香里さんを脅したと思うんだけど。そのときさ、今時のことだから、きっと脅迫材料を――」

「ああ上原さん、動画のことが言いたいんですね。

そのとおりですよ。レイプとかリンチの状況を動画に撮影しました。そもそも、高性能ビデオカメラや録画用のＤＶＤのことは、もう話したじゃないですか。その購入資金も、僕が出したって話しましたよ。

だって、『由香里さんとの楽しい動画』以上の躾と脅迫材料って、そうは無いですもんね」

「そうすると、動画の撮影を提案したのは――」

「僕になります。ぶっちゃけ、お金を使うとなれば僕ですから。

家庭環境とか、もうすっかり調べてますよね？　すっかり調べたとおりですよ」

「ＤＶＤはどれくらい買ったんだい？」

「量ですか？　ＤＶＤ－Ｒを三〇枚買いました。四人分だから、それくらいかなあって」

「それって結局、二週間でどれくらい使った？」

「いやそれが、精々八、九枚かな。要するに、一〇枚未満。一人当たり、たった二枚程度」

「買った枚数に比べると、少ない様な気もするなあ。まして監禁は、二週間だからなあ」

「正直、由香里さんが頭、変になっちゃってて。だんだん、リアクションが楽しくなくなってきたんですよ。食べ物吐いたりするし、それ以外の粗相もあるし。おまけに、怪我したり痩せこけたりしてからは、もうグロ動画で。

　だから正直、撮影して記録して楽しむ、なんて感じじゃなくなってきたんです。

　といって、八、九枚分も撮影すれば、脅迫材料としては充分過ぎるほどですしね」

「結局、そのDVD−R三〇枚は、どうなったんだろう？」

「さあ。それは何とも。ただあれだけの火事ですから、録画したものも、使ってない新品のものも、全部一緒にどろどろになっちゃったんじゃないですか。

　ただもし、上原さんが、実は燃え残りを回収しているなんて話だったら――

　どうせ生々しいホントの所を、それはじっくり視られちゃったでしょうから、かなり恥ずかしい気もしますけど。でもまあ、ホントの記録だから仕方無いです。僕がリーダー格だったって事は、ぶっちゃけ、いちばん出演している主演男優も僕だったって事ですしね」

「最後にそれらのDVD−R三〇枚を、要はディスクそのものを目撃したのは何時だい？」

「あっ、それは確実に覚えています。監禁の間ずっとそれを入れておいた、リビングダイニングの本棚で見ました。火事当夜、寝入る前も、そこに揃ってているのを見ましたね」

「えっ、三〇枚キッチリを？　火事当夜に？」

「いや、だって置き場所は決まってますし、誰もそんなの整理し直す気の利いた奴はいませんし、誰も監禁場所から持ち出す理由がないですし。ていうか、そんなの持ち出してたら、警察に職質とかされたときヤバいじゃないですか。上映会をやるなら、ビデオカメラででもTV画面ででも、リビングダイニングでポテチ食いながら気楽に楽しめる訳ですし」

「徹が知らないなら、実は四日市・御園・鈴木さんが持ち出していたなんていう事は――」

「ないですね。
ていうかそれを持ち出していたとしたら、もう裏切りですよね。生々しいホントの所を、誰かに視せるか、複製するか、売り飛ばすってことだから。それは要は、由香里さんを徹底的にレイプしたりリンチしたりした証拠を、外に漏らすってことでしょ。僕としてはそれ、自分にとってものすごく不利な証拠をバラされるって意味で、強烈な裏切りですよ。

そんなの許せないし、四日市や御園にそんな度胸があったとは思えないです。

鈴木さんだって、暴力団員なら暴力団員でいいですけど、監禁場所だなんて絶好の金庫から、すさまじい証拠、すさまじい儲けのネタであるＤＶＤ－Ｒを、まさか持ち出したりしないですよ。何度も言ってますけど、あの人、自分を守ることにかけては徹底してましたしね。

そりゃ、由香里さんを上手くどうにか処理できたら、その後は鈴木さんのルートで商品化して販売することになったんでしょうけど。それは当然そうですけど、でも火事が起きた夜って、まだ由香里さんを監禁し続けるつもりだった夜ですからね？」

「ちなみに些末な疑問だけどさ、そのＤＶＤ－Ｒ。もう動画を記録した、八枚だか九枚だか。それって、未使用のディスクと区別する為に、何か書いたりしてあったのかい？　というのも、量販品だから、何か印を付けておかないと新品と区別が付かないだろうなって」

「ああ、そういえば、アレ何て言うのかなあ……プラスチックケースの背表紙っていうか、背に挟む紙のジャケットというか。あの白い薄い紙ペラの右下に、記録済みの奴には『×』を付けてましたよ」

「へえ、そうなんだ。で、そのバツってどんなバツ？」

「どんなもこんなも。適当に、殴り書き走り書きでピピッと書いた、X字型の印ですけど。紙に書きましょう。こんなXで、こんな〆みたいな感じですよ」

「成程、成程……例えばそれが、『＋』とか十字になったりとかは？」

「あっ、ねえ上原さん、やっぱり燃え残りがあったんですか？」

「……いや俺は取調べ官でさ、家の検証班じゃないから、そう具体的には知らないんだけどね。ましてXなり×なりって記号は、詳しく聴いてないもんだから」

「ええと、それを、紙のジャケットというか、ケースの背に挟む紙の――」

「適当に書き殴りましたからねえ。ピピってチェックを入れた。それだけの話ですよ」

「そうですね、紙の右下にチェックを入れましたね」

「紙のジャケットに、内容とか日付とかは――」

「まさか、そこまでは書きません。動画の内容って要は、レイプやリンチの状況と、由香里さんのリアクションだけですし。動画の日付っていうんなら、中身視れば分かりますし」

「あっそうそう、そういえば、そういえば。

由香里さんのリアクションとか、レイプやリンチの状況とかは、俺に話してくれている以上に、例の手記にも書いているよな？」

「それ、上原さんにも読んでもらってますけど？

ていうか上原さんに喋っている事と、僕の手記の内容と、まるで一緒のはずですけど？」

「うんそれはそうなんだ。俺もそれはそう思う。けど、飽くまで確認としては……

それに関連して、週刊文秋サンにも、そうだなあ、弁護士先生でも通じて、情報提供しているのかい？」

「……ていうと？」

「ホラ、徹の手記を独占出版するのは、ライバル社の明朝社だろう？　けれど恐らく徹も知っているとおり、週刊文秋もまた、実に詳細で、克明で、生々しい事件記事を掲載しているからさ。ひょっとしたらそっちにも、と思ってさ」

「上原さんがまさに言ったとおり、文秋と明朝がライバルだなんて、高校生の僕にとっても常識ですよ。で、僕は明朝社の後藤取締役と出版契約を交わした訳ですから、当然、後藤取締役としては釘を刺しますよね。他社、特に文秋には絶対に協力しないようにって。後藤取締役としても、社内に秘密のチームを作って、特に文秋には情報漏れが無いようにするって言ってましたよ。


当然僕としても、由香里さんのために沢山の印税を稼がなきゃいけない訳ですから、後藤取締役の言うことは、そりゃ契約でもあるし、守らないといけないですよね」

「要するに、徹としては、週刊文秋とは――」

「今の所、無縁で無関係ですし、僕が協力する理由って何かあります？　といって、大して間違ったことを書いてはいない様だし、僕の広告宣伝をしてくれるのは有難いことですし。おまけに、あっは、これから倍額用意してくれるって言うんなら、明朝社さんから乗り換えてもいいのかなって思ったりもします。真実は僕が知る一つだけだし、それは結局、どの出版社から出しても変わらない訳ですから」

「ええと、そうすると、確認だけど、大して間違った事は書かれていないと――」

「週刊文秋ですか？　はいそうです。弁護士先生とかに、確認するかぎりは。
でもそんなこと、とっくに上原さんがチェック済みでしょ？」

ＪＲ西国分寺駅バス五分『都立救命救急センター』一階南側エントランス

――所用は終わった。

できるだけ地味なチョイスをした英国製スーツを、できるだけ目立たぬよう翻す。

採尿・採血エリアを片目に待合ラウンジを進み、この病院の南側エントランスを目指す。

（……事情が事情ゆえ、此処には警察官を配置できていなかった。まさか、できやしない）

故に急遽、担当医に架電し問い合わせたのだが――

神の腕先生は、派手な急患で大童だとか。おまけに緊急手術だか何だかで、電話口にさえ出てくれない。ならばと看護師その他に問い合わせても、全く要領を得ない上、電話などでは個人情報をお伝えできないと来た。何とお役所的な。

まして。

（事情が事情ゆえ、此方に警察官を急派することもできなかった。それも、まさかだ）

本件は、絶対が上にも絶対の秘密だ。これが漏れれば、自分の職業生命にも天下り生命にも、いやきっと物理的生命にさえかかわる。

どれだけ信頼できる自派閥の警察官とて、こんな秘密を知ってしまえば、そのあまりの非道さと非常識さに愕然とし、監察か捜査本部に即報するだろう。さもなくば、そのあまりの商品価値と破廉恥とに北叟笑み、自分を脅迫し強請りに掛かるだろう。

——そんな通報も脅迫も論外である。

この秘密は成程自分の秘密でもあるが、胴元はまさか自分ではない。そう、これは自分限りで片付けられるそんななまやさしい問題ではない。この処理に失敗し、この秘密が露見するに至れば、自分が失脚するだけならまだしも……

(胴元もまた、ド派手な失脚を免れない。

あの御方を、私が失脚させてしまうことになるのだ。そんな失態、容赦される筈も無し)

だからだ。

だから自分の職業生命どころか、文字どおりの生命すら危機に晒されている……

——それは真実、久々に舐める、中間管理職の悲哀であった。

既に全能神とも言える自分が、まさか警部・警部補クラスの悲哀をまた味わおうとは。いや最早、巡査クラスの悲哀といってよい。というのも——何度も何度も繰り返して痛感しているとおり——事情が事情ゆえ、数多いる部下の、全能神として思いのままになる筈の部下の、ただの一人も使うことができなかったからだ。

(正確に言えば、運転担当たる巡査部長を一名、動員したが……)

それとて、できることなら避けたかった。避けられなかったのは、既に全能神とも言える自分が——故に黒塗りの公用車まで与えられている自分が——突然バス・タクシーを用いるなど、それ自体が超特異動向だから。悪目立ちしすぎて、誰の記憶にも残ってしまうから。社会的地位が在り過ぎるというのも、それはそれで面倒なものである。地味なスーツ姿で外出できたのが、せめてもだ。

（あの巡査部長には、大恩ある警視庁ＯＢの、病気見舞いだと告げてはおいたが……）

そしてまさか現段階、それを疑われる理由は全く無いが。

もし、運転担当が何かを察知した気配があるようなら。

（サテ、警部補昇任試験に手心を加えるよう段取りするか。はたまた、無理押しで都庁か区役所にでも人事交流に出して隔離するか。ただいずれにしろ、あからさまで不自然だ）

だから部下を使うのは嫌だったのだが、自分の立場に鑑み、運転担当だけは仕方無い。

そしてその運転担当とて、まさかこの病院内に同道させ、随行をさせてはいない。

一時間後に、南側エントランスの適当な所へ公用車を乗り付け、自分をピックアップしろと命じただけだ。その後、西側駐車場か立体駐車場で休んでいるか、適当に何処かを流しているかは、自分の関知する所ではない。肝心なことは、当該巡査部長が病院外にいる限り、絶対に、病院内における自分の動線や所用を目撃するのは不可能だということだ。これは、病院なるものの機能と構造からして、物理的に不可能である。

（そして現時刻、当該指定した一時間後だ。まったく、無駄にハラハラさせおって……）

——重ねて、所用は終わった。

自分がこの病院の南側エントランスを目指し歩いているのは、それが理由だ。

待合ラウンジを抜ければ、そこはもう外。

当然、最低でも五分前には、公用車が何時でも発車できる状態でスタンバっている筈。

何も問題は無い。

（そう、何も問題は無い……結果としては）

というのも。

今し方、実際に見舞った患者は、成程確かに依然として『生存率三％未満』ではあったが、とにもかくにも生きていたから。ベッドサイドモニタで、その生存をこの眼で確認できたから。なら結果として、何も問題は無い。病状に異変が無いこと。それが最重要だ。

これについて、ようやく接触できた担当医曰く――『ええと、そうだ今日の、ええと、そうだ午後一時三〇分頃、なんというか、そのまあ、危篤状態に陥らなくもなかったんですが、そもそも常時危篤状態ですからまあそこは表現の問題で、いやともかく、御依頼のとおり、じゃなかったお引き受けしている患者さんですが、結果として、ずっと一命を取り留めておられますよ、午後一時三〇分頃云々というのは、だからその、確かに危篤と言えば危篤で、我々としても患者さんの状態に嘘を吐くというのはちょっと無理な訳で、だからその、結果としては今現在も生きておられます、御覧のとおり、それでは急患もありますので、これにて失礼、どうぞ御大事に』とのこと。

（神の腕先生。若いのに、泰然自若とした威風があったのだが……

今日は何だか、自棄に焦燥てていたな。不可解にも、私との接触自体を避ける感じで）

――とはいえ、所用は終わったのだ。

ある意味で、自分が大事に預かっている患者は、まだ生きている。

同僚がもたらした戦慄すべき凶報は、なんとまあ、あざやかな誤報だったのだ。

（ここまであざやかな誤報だったというのは、またそれをああも断言していたというのは、微妙に不可解なことではあるが。そうだ。ああまでの断言がなければ、まるで駆け出しの巡査よろしく、これほどバタバタすることなど無かったものを……）

とはいえ、自分としては巡査の如く駆け付けない訳にもゆかない。正直、その凶報を聴いたとき、緑茶の茶碗を持つ手がブルブル震え、今にも中身を制服とソファにブチ撒けてしまいそうだった。それはそうだ。あの断言は、その凶報は、自分の職業生命と物理的生命を断崖絶壁に立たせる、超絶的な緊急事態の発生を意味したのだから。

（死亡したということ自体が重大問題だし、その上、死亡したなら死亡したで、最後に意識を取り戻したり何か口走ったりしていないかが重大問題。まして、最後に検視班なり検視官なりを欺き通さなければならないのも重大問題……

そう、まこと超絶的な緊急事態だった。

……何故そんな不可解な誤報・虚報が流れたのか、未だに理解できんが）

ただ、しかし。

経緯は何だかよく分からないが、そして生存率は入院以降変化していないが、とにもかくにも患者は生きているのだ。今の自分としては、だから能う限りの迅速さで駆けつけて来た自分としては、とにもかくにも満足すべき状況である。それもそうだ。ある意味で自分が大事に預かっているこの患者が、自分も察知できないまま、唐突に野垂れ死んでしまったとなれば。

（死人に口なし、ともゆかない。どうしても、死体見分をクリアする必要があるからな。

また死人に口なしで、仮に秘密こそ守れても、やはり私の失脚は免れまい……

あの恐ろしい妖怪……いやあの御方であれ、そこは人の子の親。千の倉より子は宝か。

こんな因果な秘密を背負ってしまった点では、子は三界の首枷とも言えようが）

親の愛、親の因果。子は宝、子は首枷。

何処かで誰かが検討をしていた様な論点を、ふと思索してしまっていたからか、公用車に急ぐべき歩調が、いつしか緩んでしまっている……地味なチョイスをした英国製のスーツ姿は、まだエントランスに達するどころか、待合ラウンジを抜けてもいない。どうせ思索するなら、先刻感じた不可解さをこそ、もっと思索すべきだったのだが……

そう、くだんの担当医に悪辣な陰謀を施した、何処かの誰かなら憫笑したろう。全て不可解なことには理由があると。疑問を疑問のままで終わらせるなと。しかしながら、当該英国製のスーツ姿は、疑問を疑問のままで終わらせてしまった。まして、自分自身が不合理で不可解な物思いに沈んでしまった。自然、イタリア製の靴の足音がスローダウンする。

よって、当該者がエントランスに達するどころか、待合ラウンジを抜けてもいないとき。

いや、やにわに当該者の眼前に立ち塞がり、エントランスへの前途を扼してしまう。

――待合ラウンジにデンと座していた、固太りのスーツ姿が一人、やにわに立ち上がる。

(……何だ此奴、いきなり⁉　半グレかひったくりかっ⁉)

まして、ラウンジに溶け込んでいたスーツ姿が二人、たちまち当該者の後背をも扼した。

(イヤ挙動からして、警察官……刑事だ。しかしこの太鼓腹のデブ、不躾な奴め‼

もし管轄署の小金井PSの莫迦だったら、署長に気合いを入れてくれるわ。たかが警視署長の癖に、小生意気な真似を……ってえぇ？)

ところが、当該者の真正面にデンと立ち塞がった太鼓腹のデブが、誰かと言えば……

「……なんだ、誰かと思えば和光警部じゃないか‼」

「ええと……ホント久々なんで、忘れちまったなあ……」

「オイ何を言っとるんだ。君は捜本(ソウホン)設置署の、警察署長を忘れたのか。

君とは日々、捜本(ソウホン)の朝会で顔を合わせているだろう」

「あっ、いえそういうことじゃございません吉祥寺署長。

私これでも捜一の警部だの主任官だのに成らせて頂きましたので、自分自身で逮捕状を執行するなんざ久々のことでしてハイ。手続がどうだったかなあ、などと考えておりまして」

「ああそうだったのか……

って何だと、逮捕状を執行する？」

「……ええと、逮捕の地番は確認したし、逮捕の日時は本日午後四時〇五分っと。

署長スミマセン段取り悪くて。それではこちら、逮捕状です——無論、署長のですわ」

「わ、私を逮捕⁉　罪名は……犯人蔵匿(はんにんぞうとく)ぅ⁉」

「御閲読(ごえつどく)のとおり、要は監禁被疑者・冷泉陽人(れいぜいはると)の隠れ場所を提供した、犯人蔵匿の罪です。

まあ冷泉陽人は冷泉陽人で、関係箇所のガサ札が出ていますし、署長御自身の捜索も、これからここで実施しますが。

——ともかくも逮捕状記載の内容、御理解いただけましたでしょうか？

イヤ釈迦(しゃか)に説法(せっぽう)ですが、それも手続ですんでハイ」

「まさかだ‼　まるで意味が解らんぞ‼　そもそも冷泉陽人というのは誰なんだ‼」

「ええっ、そりゃ吉祥寺警察署長としてアルマジロな大失言でしょう、本音で吃驚(びっくり)」

「い、意味の解らん茶番に付き合っている暇(ひま)は無い‼」

選りにも選って役員たる警視正署長を逮捕するなどと……あの腐れ墓守メイドの所業か!!　貴様等絶対に許さんぞ!!　ああ、こんなことを仕出かして、あの御方がどれだけ怒り狂うか……まさかこれから我が警視庁で生きてゆけるとでも……!?」

衝撃と動揺から、思わず、咄嗟の現場逃亡を図ってしまう吉祥寺警察署長。

しかし和光はしれっと、署長のイタリア製の革靴を、官品のゴム底靴で絡め取った。

すってんころりん、と病院の床を舐める警視正・吉祥寺警察署長――

「ええと、残るは確か『逮捕時の状況』だったな？」和光は部下の刑事らに言った。「そうだな、ありゃあ、こうとでも書いとけ――

逮捕状を示したところ、被疑者は「まるで意味が解らんぞ」「貴様ら絶対に許さんぞ」「これから我が警視庁で生きてゆけるとでも思っているのかこのクソが」と本職らを痛烈に威迫及び罵倒しながら、脱兎のごとく逃走を図ったマル。以上だ。

――さあガサもだぞ、管理官があれこれと喧騒い、急げ!!」

京都府宮津市鶴賀六二六二の一『宮津橋立病院』三階病室

その翌日。

仁科邸炎上から、九日後。

仁科徹の逮捕からなら、五日後。

仁科徹の所謂ワン勾留の、三日目。

時刻としては――管轄警察署長も担当管理官も欠いた捜本の朝会が終わり、刑事らの書類仕事や肉体労働がもう酣となっている、そんな午前中。

ちなみに署長は、突然の病気入院で病欠。

担当管理官は得意の単騎駆けで、前日午後一〇時にはここ、京都府宮津市入りした。

故に場所はというと、当該宮津市の総合病院、宮津橋立病院となる――

「……警察の方ということで、致し方無いですが」当該病院の、ベテラン看護師はいった。「本来の面会時間ではありませんし、本来は面会制限の掛かっている患者様ですので」

「了承しています」病院廊下の窓から、微かに日本海を見遣った担当管理官はいった。「御許可を頂戴でき、警視庁として深く感謝している旨、担当医さまに再度お伝え下さいますよう。

お具合の方は、どのような感じなのでしょうか？」

「正直、ここ数年はお窶れになってゆく一方です。極最近も、それはとても熱心にお手紙を書いている途中、疲労か興奮か、意識を失われることがありまして。

……できましたら、三〇分以内でお願いします。三〇分でも長すぎる程なのです」

「充分です」

看護師は、意地悪からでなく純粋に不満気、いや不安気だった。箱崎ひかりとしても、その心情はよくよく理解できた。

――そう、ひかりは既に担当医からも、この看護師からも事情聴取を終えている。

可能な限り遡って、これまでの面会記録も確認している。

それらによって、ひかりはもう、片道五時間の弾丸出張によって目論んでいた成果物の、五〇％以上を確保できていた。故に、看護師が不安がるような取調べをする必要など無い。

（しかし、この曇り空、鉛の海、灰色の世界……
英国暮らしで訪れた、北アイルランドを思い出すわね。悲しい小雨、冷たい霧、痩せた土地。
戦場の街でしおれる、色褪せた英国国旗）
——そんなひかりは当該看護師に導かれ、彼女が面会すべき患者の入院個室へと向かう。

　汽車にのつて
　あいるらんどのやうな田舎へ行かう……

病院廊下の窓の外は、この三月にいよいよ雪でも降るのではと嘆息が出るような、そんな灰色の空と海。もう、壮絶と言ってよい程だ。ひかりは京都の日本海側は初めてである。その初めての、予想外に荒ぶる空と海とに、知らず、幼い頃に聴き及んでいた詩を口ずさんでしまう。

　　窓に映つた自分の顔を道づれにして
　湖水をわたり　隧道をくぐり
　珍らしい顔の少女や牛の歩いてゐる
　あいるらんどのやうな田舎へ行かう

（珍しい少女や牛の歩いている、あいるらんど。

すっかり忘れていた。こんな詩だったのか。幼年期の記憶というのは、恐ろしいわね）

「どうぞこちらです、箱崎警視さん」

「ありがとうございます」

看護師が、そしてひかりが目的の病室に入る。

質朴で手狭で、ノスタルジックな個室。

けれど狭隘な印象は無い。

それは今、看護師が先触れの会話を交わしている、この個室の主があまりに蚊細いからだ。いや今、看護師の精一杯の明るい言葉をただ受け流している女性患者は、蚊細いというより、既に質量を感じさせない。傍若無人・傲岸不遜で鳴らしたひかりだが、当該女性患者を一瞥し……そしてたちまち愕然とした。

（基礎調査結果では、四一歳のはずだが？）

何処か虚ろな白いベッドを背上げし、小さな紙の冊子を読んでいる当該女性患者は、警察官たるひかりの眼力を以てしても、六〇歳代にしか見えない。ひかりはその外貌にたちまち愕然としたが……しかしその外貌を作り出した彼女の人生を思うと、彼女が既に魂の抜け殻、魂の影法師となってしまっていることに、微塵の不可解も感じはしなかった。

（ただ……不幸中の幸い。極力、刺激となる外界の情報からは遮断されている。治療上、意図的にそうされている。すなわち、彼女は市松由香里さんの事件を全く知らないはず）

それはそうだ。彼女はもう二六年間、そう一九九五年から二六年間、文字どおりの地獄にいる。言葉を選ばなければ、生ける屍にされてしまった彼女にもう、俗世の雑音は必要無い。むしろ有害である。だからこのようなあいるらんどの、このようなノスタルジックな個室が、彼女の世界の全てだ。

そして。

それはこのような個室を幾年も幾年も確保するなど、できるかぎりの環境を整えてきた、仁科杏子＝仁科親一夫妻の尽力による。故に仁科杏子らは、それなりの資金を必要とした。その資金の不可解な基盤は、既に和光主任官らによって解明されつつある所。

とまれ。

仁科杏子＝仁科親一夫妻がこの女性患者と強い接点を持つ以上、仁科徹がそれを察知したとして、何ら不可解でない。仁科徹は地頭がよく、ひかりの分析するところ咄嗟の行動力にも富む。まして高校生だ。片道五時間の旅路など何でも無い。

（けれど、でも。

まるで接点が無かったはずの市松由香里さんまでが、この磁場に引き寄せられるとは。

そう、汽車に乗った、珍しい少女……

神の骰子なるものは、どうやら悪意と嗜虐心の塊ね）

「じゃあ私はこれで。お帰りの際には、ナースステーションへお立ち寄り下さい」

「了解しました。重ねて御協力に感謝します」

――看護師は、複雑な響きのする足音とともに退室する。

何処か虚ろな白い個室で、いよいよひかりは、その女性患者と二人きりになった。

ひかりはむしろ、勇を鼓して訊く。二六歳のひかりには、彼女の物語は重すぎる。

「おはようございます。

新名弥生さんですね？」

「おはようございます。ええと、東京の、なんでも、警察の方とか……」

「はい。警視庁の刑事をしている、箱﨑ひかりと申します」

「東京の、刑事さんが」新名弥生は諦めのように微笑んだ。それは凄絶だった。「私に、まだ何か?」

「いえ、お尋ねしたいのは昔のことではありません。そうですね、ここ二年程のことです」

「……刑事さん、ここが私の世界の全てですの。二年前も、二〇年前も変わりませんわ」

諦めのような嘆息を吐いた新名弥生は、ベッドで開いていた小さな紙の冊子を閉じる。

その刹那、ひかりの瞳は猟犬の如く光った。

――それは古い、古いアルバム。セピアの写真を挿した、紙の写真帳だったからだ。

(任務とはいえ、喜んでしまう自分が何とも下品ね。我ながら、犬というのは度し難い。ただ。

以降三〇分、新名弥生が何を語ろうとも語らずとも――私の京都出張任務は、完了した)

吉祥寺警察署・第1取調べ室

「それじゃあ徹、もう一度、火事の夜について教えてくれ」

「上原さんも粘りますねえ。何度訊いても同じ事なのに。真実はいつも一つですから」

「あっは、これも仕事だからな、付き合ってくれよ。

さて火事の夜、そう、最後に由香里さんをレイプしたときのことだ。これまでの話だと、また徹の手記でも、それをしたのは誰かって言うと、ええと――」

「僕と四日市と御園ですよ。鈴木さんが参加しなかったので、むしろよく覚えています」

「そのとき、あれは、確か口でも――」

「そうですね。キチンと口で掃除させました。それが躾で、ルールでしたから」

「ええと、これまでの話と手記からすると、確かそのまま――」

「そのまま放置して寝ました」

「由香里さんを」

「はい」

「そのとき由香里さんの様子はと言えば、ええと――」

「何度も言ってますけど、最後に見たときは、口がだらしなく開いていて、逃げる気力なんてとてもなさそうな感じ？」

「手足とかは？」

「こう、もう、くたっと、バタッと、べしゃりと投げ出していて。ああもちろん裸です」

「そんな様子だったってことは、由香里さんに、鈴木さんの覚醒剤も使っていたのかい？」

「いいえ、火事の夜は使ってません」

「それはどうして？」

「いや記憶にないです。その夜は、そういうプレイじゃなかったっていうか。その程度のことです」

「なら、由香里さんを特に縛ったり、拘束したりとかは？」

「もうそんな必要無かったですよ、由香里さんのクタクタな状態からして」

「へえ、そうなのかなあ……」

「へえ、何がです？」

「いや、というのもな。俺は取調べ官で、由香里さんの御遺体を調べてないから詳しくないんだけどな。どうも火事当夜、由香里さんは、それは非道く殴られた形跡があるようでさ。ただなあ。クタクタの、ふにゃふにゃの、グッタリしている女の子を非道く殴る理由なんて、ちょっと想像できないだろ？　だからひょっとして、由香里さんが当夜、激しく抵抗したとか懸命に逃げようとしたとか、そんな特別な事情があったのかもって思ってさ」

「いや全然。

というのも、非道く殴った云々(うんぬん)って、それレイプのときにやったんですよ。レイプと一緒にリンチもしますし。そうそう、由香里さん、抵抗するとか逃げるとか言うよりは、何だかすごく投げ遣りで、すごく無気力で、『もうどうとでもして』『もう好き勝手にして』みたいな調子に乗った態度だったんで、ふざけるなコイツ、しっかりお勤めしろって、ああ、ボコボコに殴った気もしますね」

「当夜？」

「当夜」

「誰が？」

「そりゃ僕がですよ。もちろん四日市と御園もしましたけど、それは僕の命令があったからだし、そもそも率先して、いちばん激しく叱って殴ったのは僕です。示しを付けないと」

「ええと、でもそんな話は確か、これまでの調書にも手記にも無かった気が――」

「由香里さんを殴って躾(しつ)けるなんて当然のことだから、気にもしてなかったし、だから言いそびれたんでしょう。空気吸ったとか水飲んだとか、いちいち手記には書かないでしょ」

「成程(なるほど)、成程(なるほど)……でも水ならぬウオッカは飲んだんだよな？　それは手記にも書いてある」

「はい飲みました、それは水でもないんで、ちゃんと何度も話してますけどね」

「そのウオッカは確か、四人全員が――」

「はい、四人全員がガブ飲みしてかなり酔っ払いました。かなり盛り上がりましたね。まあ、僕が気を遣って盛り上げたんですけど。だからそのままバッタリ寝入った。だから火事に気付くのも、火事から逃げるのも大変だった。僕ずっとそう言ってますよね？」

「いや、繰り返すけど俺は取調べ官でさ、例えば最初に徹と話をした制服警察官じゃないから、ハッキリしたことは言えないんだが――そうそう、最初に徹を確保っていうか保護した、あのパトカーの警察官にしてみれば、徹からは酒気を感じられなかったそうなんだ」

「僕実は酒には強い方で。もちろん痛飲したのは事実ですけど、だから火事のときも酔っ払ってたのは事実ですけど、じゃあ酔っ払っているように見えたかって言うと、たぶん全然そうは見えなかったと思いますね。おまけに、火事で物が燃えたり焦げたり溶けたりするすごい臭いがしていたし、消防車からの水だか泡だか、よく分かりませんが、それも薬品の臭いがしましたし。僕の酒の臭いなんて、感じる方がおかしいんじゃないですか？」

「成程（なるほど）、そりゃそうだ、確かにそうだ……」

あっ、そういえば。ちょっと話を戻して、当夜の由香里さんの様子。

由香里さんは『ああもちろん裸云々（うんぬん）』って所だけど、俺、かねがね疑問に思っていたんだ」

「へえ、何をです？」

「監禁の二週間。問題の二週間。由香里さん、普段は服を着ていたのかい？　それとも裸だったのかい？」

「そりゃ外に連れ出して遊ぶときは、拉致(らち)ってきた当時の学校の制服を着せてやりましたけど、リビングダイニングでの日常生活では全部裸ですよ。それも躾でルールでした」

「ずっと？」

「ずっとです。恥ずかしがるから便利ですし、逃げられないから便利ですし」

「寒くなかったのかな？」

「石油ストーブもありましたし、一四畳とはいえ人間が五人も集まってますからね。それに、由香里さんが寒かったかどうかなんて、僕らが考える事じゃないっていうか」

「でも、服を着せてやることはあった」

「はい、お話ししたとおりです」

「洗濯とかもしてあげたのかい？」

「ていうと？」

「いや、これも家の検証班の刑事たちから漏れ聴いたんだけどさ、リビングダイニングには、窓枠用の室内物干しや、服を吊り下げられる室内物干しがあったって話だから」

「そういえばありますね。ていうか燃えちゃったはずですけど。でもそれ、僕ら四人の洗濯物に使う奴で、まさか奴隷の由香里さんが使う奴じゃないですよ。まして、奴隷の服がどれだけ汚れようと知ったこっちゃ無いです」

「ええと、でも君ら四人の洗濯って言うんなら、室内物干しなんて要らないんじゃないかなあ。だって、徹の家の一階には、立派な一軒家にふさわしい、最新式のドラム式洗濯乾燥機が――」

「ああ、あれ乾燥機の調子が悪いんですよ。目一杯(めいっぱい)動かしてもいつも生乾(なまがわ)きなんです。ところが、ほら上原さん、僕らリビングダイニングの窓をガッチリ封鎖しちゃったでしょう？　だから、ベランダに出て物干しだなんて、まるでできなくなっちゃってて。それで、室内物干しを使っていたんですよ」

「成程、成程……あと由香里さんさ、お風呂とかはどうしたの？」

「あっは、流石にあれだけやれば汚くなりますし、汚いのは僕ら嫌ですから、薄汚くなってきた都度、一階の風呂を使わせてやりました。もちろん僕の許可制です。もちろんじっくり観察して、逃げられない様にするし、恥ずかしがらせる様にします」

「ええと、要するに、徹が由香里さんの入浴の世話をしてあげたと？」

「いや実際には四日市と御園がするんですけどね。そんな下働き、僕は面倒で嫌ですよ」

「さて、そうすると……

　ああそうだ、これも疑問だったんだ。そうだった。いや、年取ると物忘れがキツいなあ。

　——あの鍵」

「え」

「あの鍵さ」

「……どの」

「鍵って言やあ、そりゃあもう」

「由香里さんの手錠の鍵ですか」

「おお、手錠の鍵、そうそう、それもか……

手錠の鍵って、確か御園光雄が肌身離さず持っていたんだよな？」

「そうですよ」

「肌身離さず」

「そうですって」

「それ、おかしいだろ、」

「何がです」

「いや」上原は勝負を掛け始めた。「おかしいだろ、」

「だから何がおかしいんですか」

「解ってるんだろ」

「……いいえ全然」

「そして何でも話してくれる、何でも書いてくれる仁科徹くんよ、俺に教えてくれ。

現場に存在していた鍵は、今お前が敢えて強調した、手錠の鍵だけじゃないよなあ？

さあ、何でも正直に、たった一つの真実を、引き続きしっかり話してくれ。

――現場に存在していた、もう一つの鍵。ありゃ何の鍵だったかな？」

「……南京錠の、鍵です」

「それを持っていたのは？」

「御園です」

「肌身離さずだな？」

「そうなりますね」

「なら当夜もだ」

「そうなります」

「南京錠の鍵も、手錠の鍵も、御園光雄が、当夜も、肌身離さず持っていた、成程。それ、おかしいだろ」

「だからどこがです!!」

「イヤ知ってるだろう、解っているだろう。そりゃそうだ、何処がも何も。だって俺、お前の逮捕当日にもこれ訊いたもんな？　まさか忘れちゃいないよな？」

「――――」

「そしたらお前、ムキになって言ったよな、南京錠なんて事件に関係ないですって」

「ムキになんて!!」

「そしてお前はこうも言った。南京錠の鍵、消えた南京錠の鍵についてこうも言った。

　どろどろに溶けたか、いろんなバタバタで蹴り飛ばされたか……

　無くても、どうでもいいじゃないですか
　手錠の鍵も南京錠の鍵も、事件に全然関係ないじゃないですか
　そんなもの事件に関係ないです。どうでもいいでしょう
――ってもうバレバレじゃねえかよオイ!!　年寄りの記憶力舐めんなよコラ!!

関係はあるんだよ!!

関係は大アリだ!!

んなこたぁ最初から解ってんだ!!　お前の瞳ぇ見りゃ解るんだよ!!　ましてお前自分で宣言してるじゃねえか!!　僕は全部喋る決意ですし質問には何でも答えますゥって、小洒落たこともう

約束してるじゃねえか、アァ⁉

……さあ思う存分謡ってくれ。独演会の再開だ。邪魔して悪かった。

当夜、手錠の鍵は何処にあった？」

「知りませんね」

「そりゃそうだ。というのも逮捕当日の調べでお前、俺にその行方を訊いた位だからな」

「なっ」

「俺の記憶が正しければ、お前は手錠の鍵の燃え残りを見たとき、俺にその在処を訊いた。それは部屋の何処に在ったのかってな」上原は調べ官の倫理ギリギリの所を突いた。調べ官は被疑者を騙さない。それは法令上の義務である以上に調べ官の誇りである。今の上原の断言は、冒頭のフレーズが無ければ結果的には嘘になる。しかし鍵は勝負所だ。上原は倫理ギリギリの所を突いた。「ああそうだ、俺の記憶が正しければ、『手錠の鍵は、何処で？』って俺に訊いてきた。これすなわち、手錠の鍵は部屋の何処で見付かったのかって疑問。これすなわち、お前は当夜の手錠の鍵の在処を知らなかったって事実だ。

――おかしいだろ。

手錠の鍵は御園光雄が肌身離さず持ってるルールだったんだろうが‼　なら手錠の鍵は御園光雄の遺体・着衣から発見されるに決まってるだろうが‼　ならお前が改めてその在処を訊くなんてこと、おかしいだろうが‼」

「そんなこと事件に関係ない‼」

――ところがこれは前座話なのだ。すなわち上原の本命は別に在る。

故に、上原は予定どおりの緩急を付けてクールダウンした。調べ官は指揮者でもある。

「……なあ、徹。

手錠の鍵を御園光雄が持っていたなんてのは、嘘だよなあ。

少なくとも、当夜手錠の鍵を御園光雄が持っていたなんて、嘘だよなあ」

「――――――」

「だったらさ、徹。

同じ事がさ。

……南京錠の鍵についても言えるだろう？

手錠の鍵が御園の遺体・着衣から発見されてないから、お前の説明は嘘になる。

なら、南京錠の鍵も、そうだろう？

南京錠の鍵が御園の遺体・着衣から発見されていないので、お前の説明は嘘になる。

なあ、徹。

南京錠の鍵を御園光雄が持っていたなんてのは、嘘だよなあ。

少なくとも、当夜南京錠の鍵を御園光雄が持っていたなんて、嘘だよなあ。

だったらさ、徹……」

上原は裂帛の気合いを入れた。

「南京錠の鍵は何処にある!!　南京錠の鍵を何処へやった!!」

「どうして!!」仁科徹は、かつてひかりに対してした以上に激昂した。「どうしてそんなに南京錠の鍵にこだわるんです!!　それが市松由香里と何の関係があるって言うんです!!　僕が鬼畜の所業をした悪魔だってこと、もうすっかり全部明らかでしょ!!　警察としてはそれで充分でしょ!!　なんだって……なんだってあんたはそうやって、南京錠の鍵に、あの南京錠の鍵なんかにこだわるんだ……解らないよ!!　誰のためになる!!　何のためになる!!　どうしてあんたは、そんな、警察にとっても全世界にとっても、もうまるでどうでもいいことを、そんなに執念深く嗅ぎ回るんだ……土足で!!　市松由香里も誰も、もうどうしようもないっていうのに!!　俺という犯罪者と市松由香里という被害者の物語に、そんな南京錠の鍵なんて、もうまるで意味が――」

「――いや意味は在るんだよ、徹」上原は頷いた。「俺はその、お前の涙の意味、そこそこ解っているつもりなんでな」

「はっ、今度は泣き落としですか⁉」

「まさかだ、真剣な大人を侮辱するな」上原は断じた。「俺は市松由香里に誓ったんだ。市松由香里の最後の望み。俺が叶えてやると誓ったんだよ――お前を救ってやるとな」

　昼食の時限を迎え、上原はいったん、仁科徹を留置施設に帰した。

　自身は再び第1取調べ室に籠もり、出前のチャーハンを眼前にしばし熟考する……

　やがて上原はおもむろにスマピーポを採り出した。信頼する同僚に架電する。

「ああ下北先輩飯時にスミマセン、上原ですが」

「おう上原調べ官ドノ。今日は何やら盛り上がってるみたいじゃねえか。もう山場か？」

「耳が早いですね」上原は苦笑した。近時の取調べ室は、常時開扉が基本である。盛り上がれば、すぐ外に響く……「実は下北先輩に、願出が一件あるんですが」

「――情勢から考えて、かねてから御執心の例のブツだな？」

「まさしくです。ただ当然ながら、まだ発見には至っていないんですよね？」

「そりゃそうだ。アレはお前の切り札なんだろ。発見に至れば至急報を入れているさ。

いや、御嬢の執拗っていたブツの方は、どうにか回収できたんだが……というかお前も御嬢も、自棄に金具というか金属類に粘着しているな。サテ偶然なのかどうなのか」

「ザキさんもなかなか手の内を見せませんからね。悪い刑事根性を体得してら。

いやそこで下北先輩、実に図々しい願い出なんですが――

事件当夜の、ＰＣ勤務員に当たって頂けませんか。最初に仁科徹を確保した地域警察官。

――これまでの調べからして、ブツをチャリしたのは、玄関でなければそれ以降。

しかし検証班の下北先輩がいちばん御存知のとおり、玄関付近には影も形もなかった。

すると当夜のＰＣ近傍か、その走行経路か。故に、ＰＣ勤務員に状況を再確認する必要があるんです――本来、先輩を顎で使っていないで、俺自身がやるべきなんですが」

「いやそれは仕方無えよ。調べ官が、引き当たりでもないのに日中ブラブラしてたら恥だ。

だから全然構わんが……

ただ、当夜のＰＣの位置なんかは容易に判明するにしろ、走行経路全てを検索するとなると、そりゃ大仕事だぜ。といって俺の直感じゃあ、其処までの必要があるとも思えんが？」

「いやまさしくそうなんです。

というのもお見込みのとおり、走行中のＰＣからブツをチャリするのは実際上、不可能ですから。その防止は職質最大の課題の一つ。それは地域警察官なら当然押さえておく基本のキの字。

すると同様に考えて――」

「――同様に考えて、PCそれ自体の中にチャリしたなんて話も無えわな。それってそもそも捨てた事にならねえし、ましてPC勤務員は勤務終了後、徹底的にPCの洗浄と清掃をするからな。ありゃ徹底的だ、病的だ。なら、PC内のブツが発見されないはずも無し」

「とすれば、当夜のPCの走行経路のうち、実は灯台もと暗しなのが――」

「おっと、そうなるかあ。まあ警察としては恥ずかしいことだが、側溝、駐車場、駐車場からの動線、あと動線近傍の物陰にゴミ箱……いや警察署ってのも、誰がいつ掃除してんのか分からない、魔窟めいた所があるからなあ」

「二四時間三六五日営業だ、ってのも大きいんでしょうがね。

　まして本件だと、仁科徹は当夜、まだ任意段階のしかも少年。身体捜検も動静監視も、そうそう厳しくする訳にはゆかない。いやそもそも、仁科徹を任同してきた当該PC勤務員からすれば、当時はまさか、仁科徹が殺人の被疑者だなんて知らなかったんですからね。

　そう考えると、やっぱり灯台もと暗しかなあと」

「了解っ。該PC勤務員より詳細聴取の上、ボランティアを兼ね、警察署裏庭その他の清掃活動に従事します!!」

「ホント忙しいとこスミマセン!!　付近入念な検索を願います!!」

「もちろん貸しだぜ？」電話越しに、下北の苦笑が聴こえた。「お前が一課長になったら、そんときゃ俺が女房役の理事官だ、いいな？」

吉祥寺警察署刑事課別室（事件記録等保管庫）

今般の事件捜査において、陰惨な上映会が開かれるのは、決まって此処だ。

――同日。時刻は午後八時。

今宵参集したのは、箱崎警視、和光警部、上原警部補、水鳥警部補の四名。

かつて、謎のノゾミさんから提供された『吐きそうな』『虫酸が走る』ＤＶＤ－Ｒの解析が行われた様に、今宵もまた、『吐きそうな』『虫酸が走る』動画が絶讃上映中である。

まして今夜のＤＶＤ－Ｒは、なんと四枚……

……不幸中の幸いは、当該四枚の出所が、今度は謎でないこと。

そして先の〈ノゾミさん動画〉二枚が、鑑賞者諸氏に耐性を付けていたことだった。

すなわち当該四枚の出所は、東京都警察情報通信部。

また当該四枚の内容は――先の二枚とは明らかに別物にせよ――端的には、市松由香里が強制性交等されているそのドキュメンタリーである。

もっとも、その出所には若干の注釈が必要だが――

「和光主任官」ちょうどひかりが訊いた。「我等が〈名無しの権兵衛〉こと、冷泉陽人巡査。当該冷泉巡査が、あろうことか警視庁の公用クラウドに上げていた動画。それを全て焼いたのが、これら四枚のＤＶＤ－Ｒ。それに相違ないわね？」

「間違いありません、管理官」和光が断言した。「情通の、情報技術解析課の支援を得まして、当該冷泉が保存していたあらゆる公用データを解析しております。よって、当該冷泉が公用端末で撮影・録画した、市松由香里さん被害に係る強制性交等の動画は、情通に焼いてもらったこれら四枚分が全て。

事が事ゆえ、執拗（しつよう）に確認をしました。欠損も見落としもありません」

「しかしまあ……」上原警部補がしばし絶句した。「……我等（われら）が〈名無しの権兵衛〉。あの火事で躯（からだ）の九〇％以上を焼き、未だ生存率三％なる生死の境（さかい）を彷徨（さまよ）っている〈権兵衛〉。指紋でも足跡でもＤＮＡでも、防犯カメラの顔認証でも身元の割れなかった〈権兵衛〉。

――成程（なるほど）、身元が割れない訳だ。

警察官には前科前歴が無い。前（マエ）が無いなら捜査資料もヒットしない。コロンブスの卵だ」

「まして当該（とうがい）冷泉って～」水鳥警部補がいった。「ここ吉祥寺警察署の～、交番の警察官ですもんね～。動機はともかく～、熱心に地域の実態把握ができる立場ですもんね～。

吉祥寺署の地域警察官の時間割がどうかも～、吉祥寺署のＰＣの警らコースがどうかも～、絶好の職質ポイントは何処（どこ）かも～、防カメの整備状況はどうかも～、まして『犯罪を実行しやすいのは何処（どこ）か？』すら、熱心に勤務すれば分かっちゃいますもんね～」

「――ザキさん、冷泉については、もうショウダウンの時でしょう。

ザキさんが〈名無しの権兵衛〉の正体を割った理由。そして吉祥寺署長こそが〈名無しの権兵衛〉を匿（かくま）っていると知った理由。実戦教養（ジッセンキョウヨウ）として、全部教えてくれませんか？」

「それこそ上原係長、あなたのいう〈コロンブスの卵〉を直感したということもある。

――指紋でも足跡でもＤＮＡでも防カメでもヒットしない者。それは逆に、『前科前歴が徹底的に、絶対的にクリアな者』と仮説できる。絶対に前科前歴が無いとくれば、その筆頭に挙がる者は警察官でしょ？　私達、誰だって拝命（はいめい）時に徹底した身体検査をされるし、前科前歴が付けばすぐ失職か懲戒免だし。要は、現役の警察官に前科前歴があるなんてあり得ないこと。他の公務員では、残念だけどそうはゆかない。ましてそれ以外の職業では……

ただそんなの、安手のミステリの、下手糞な短編みたいなオモイツキよ。

そして私達に必要なのは、オモイツキでなく客観証拠」

「ひょっとして管理官」和光主任官が訊いた。「その客観証拠って、まさに先の〈ノゾミさん動画二枚〉ですか？」

「あっ意外に……じゃなかった失礼、立派なお腹同様に鋭いわね、和光主任官？」

「そりゃ私も気になりましたもん。これでも管理職ですしね。

警察官にとってもその管理職にとっても、装備品は鬼門です。かつて管理官が仰有ったとおり、制ワイシャツ一枚の遺失でも懲戒処分。それがどうして。先の〈ノゾミさん動画〉で映し出されていた手錠に警棒。いずれも我々の装備品に酷似したもの。剛毅な黒い手錠に伸縮式の黒い警棒だなんて、そんなものが管内に出回っているとなりゃあ、警察署長は誰もが不眠症になりますわ。

だからこそ私も、人事一課に随時監察までお願いして、警視庁全警察官の『ぬきうちいっせいもちものけんさ』まで実施して貰った訳ですが――」

「――そしてその結果が」

「そうです管理官。

人事一課によれば『遺失している装備品は、手錠であろうが警棒であろうが、いえ警笛一本であろうが皆無』とのことでした。要は、失くなっている装備品などありゃしない」

「なら、これもコロンブスの卵理論よ。

遺失はない、流出もない。誰もがキチンと自分の装備品を使っている。ならば。

まして〈権兵衛〉は自身『由香里チャン、また莫迦なことしたら、ロシアンルーレットの刑だよ』なる特徴的な発言をしている。手錠、警棒ときたら次は無論拳銃よね。ならば。

我々の装備品に『酷似した』手錠及び警棒なるものは、酷似どころか装備品そのもの、ホンモノの警察官が実際に貸与された装備品そのものでは――と仮説できる。

そう、ホンモノの警察官。コロンブスの卵理論。

そしてそれは、客観証拠ではないけれど主観証拠で裏付けできる。すなわち仁科徹は、取調べにおいてこう供述しているわ。曰く――『鈴木さんはそうした仕事上、防犯カメラにはとても詳しかったし、警察の職質とか取締りとかにも、とても詳しかったです』『鈴木さんは仕事で、だいたい四日に一度、多くても三日に一度、僕の家に来ました。そして泊まるときは一日半くらい、僕の家にいました』。前者は注釈不要よね。そして後者は四交替制の仕事を、そう交番の警察官と同様の勤務を強く類推させる。

まして客観証拠というなら、科学的に立証されている、由香里さんに対する覚醒剤使用の事実がある。それをふんだんに調達し、安定供給しているのは〈権兵衛〉。でも我が国で覚醒剤の安定供給ができるとくれば、それは暴力団その他の犯罪組織の者か、それらと密接に関係しその実態を知る捜査関係者か、それらから証拠品を押収する捜査関係者でしょ。

さすれば、当該鈴木さんこと〈権兵衛〉はホンモノの警察官で、その使用する手錠・警棒まして拳銃は警察官の装備品そのものでは――と強く仮説できる。

ところが」

「そう、それ以上が私にゃ解らなかった……」和光は首を捻った。「……というのも、人事一課の結論と、我々の捜査結果が矛盾しますから。そりゃそうです。問題の手錠と警棒は、現場・仁科邸で使用されていた。それは動画視りゃ分かる。まして手錠にあっては、火事現場・仁科邸二階リビングダイニングから、現物が押収されとるんです。

　てえことは。

　それがホンモノの装備品だとするなら、『遺失している装備品は、ある』んです。我々の捜本が、現に押収しとるんです。だから、それがホンモノの装備品だとするなら、例えばどこかの警察署長から、『遺失している装備品がある!!』という緊急の報告が無けりゃおかしいんです。ところがどうして、そのような報告は皆無……」

「でも和光主任官、その議論をしたとき私、こう言ったはずよ――『装備品の遺失を誤魔化すことなんてまずできない』『警察署ぐるみで隠蔽をするというのなら別論』とね」

「――げっ。それじゃあのとき既に管理官は、吉祥寺署長こそが怪しいと!?」

「そ、そんな莫迦な。私松本清張みたいな千里眼の超能力者じゃないから……

ううん、そのときはまだ、漠然とした疑惑と仮説しか持ってはいなかった。

　ただ。

　恐らく捜本で、私だけが知るとある事情、とある情報があったの。

　――すなわち、事件認知の三日後。ここ吉祥寺警察署に、三〇名規模の〈井の頭六丁目殺人・放火事件捜査本部〉が立ち上がったとき。私は捜本の雛壇で、幸か不幸か吉祥寺警察署長と隣り合わせた。そのとき吉祥寺署長は——当時は意にも介さなかったけど——顧(ふりかえ)って検討すれば、実に不可解なことを喋り始めた。曰(いわ)く、

捜本(ソウホン)の庶務にレンタルするお約束だった『巡査1』ですが、大変恐縮ながら、その枠は捜一(ソウイチ)の方で埋めてくれませんか？

なかなか目端(めはし)の利(き)く、捜本(ソウホン)の庶務にピッタリの若手警察官で、この機会に刑事の仕事を見習わせようと思っておったのですが……人出しをする側の、『公園交番』から苦情が出まして。ほら井の頭公園は花見の季節でしょう？　今が年間でもとりわけ繁忙期(はんぼうき)なんですわ。雑踏警備に迷い子、遺失拾得(イシツシュウトク)に酔客(すいきゃく)のトラブル。まあ各交番・駐在所どこもそうですが。無論、調整がつき次第、当署の者を出します。捜査本部体制表はどうか現状のままで。当署員分が1欠(ケツ)となっておるなど、九段捜一課長の手前、申し訳が立たんですからな

とのこと。ゴチャゴチャ言っているけど、シンプルに言い換えればこれは、

①吉祥寺警察署の、公園交番の若手警察官一名を
②公園交番から切り離し、捜査本部の庶務係で勤務させる予定だったが
③その予定を取り止め、そのまま公園交番で勤務させるとともに
④名簿上は、捜査本部で勤務していることにしてほしい

という図々しい申出(もうしで)よ。入金をせず、領収書だけ切らせるようなインチキよ。無論、警視であり捜本(ソウホン)の管理職である私が、警視正である捜本(ソウホン)設置署の署長の申出に叛(さか)らえはしない——という組織文化を前提とした強要でもある。といって和光班の庶務係は優秀だから、警察署のまして交

番の若手巡査1がいなくて捜本が1欠になっても、私としては警電ケイデンFAXの紙詰まりほども気にはならない。だからほぼ即答で了解した。

けれど。

先述の〈コロンブスの卵〉を直感するうち、また署長の言い訳が実際には大嘘だと知るうち、私は吉祥寺署長の申出の、真の意味にして邪悪な意味に気付いた……あっと、署長の言い訳が大嘘だというのは自明よ。というのも、

Ⅰ　各交番は、特に公園交番はとりわけ繁忙期なのに

Ⅱ　吉祥寺署長はその公園交番の警察官を含む交番警察官を、しかも二名

Ⅲ　まして、何処のどんな警察官がやったって構わない

Ⅳ　吉祥寺大学附属病院における仁科徹の監視警戒に動員していた

んだものね。そう、署長は私に明々白々な嘘を吐いた。無論そこには邪悪な意味があった。

すなわち」

「とある若手の、交番警察官一名を〜」薙がいった。「実際上、消失させちゃうってことですね〜。当該とある交番警察官一名が〜、実の所は何処でどんな勤務をしているか〜、いいえ、実の所は何処で生きているのか死んでいるのか〜、それすら分からない様にすることですね〜」

「まさしくよ、ナギ」

「なんてこった」和光が吐き捨てた。「捜査本部と交番。全く別個のユニット。お互い何をやってるのか知りゃあしない。捜査本部は臨時編制のＰＴだから。だから人出しを強いられた公園交番は『ああ、彼奴は捜本に召し上げられて、事件の目途が付くまで帰って来ないんだよなあ

……』とずっと思う。実はそんな人出しを受けていない捜査本部は、『本来ここで勤務している筈（はず）の巡査の子は、忙しいという公園交番でバタバタしてるんだろうなあ……』とずっと思う。実際上は、管理官が仰有（おっしゃ）ったとおり巡査1なんて物の数じゃありませんから、捜本（ソウホン）としてはそう思い浮かべることすら稀（まれ）でしょうが。これを要するに」

「公園交番の同僚らは、当該（とうがい）巡査が捜査本部で勤務していると信じる」上原警部補がいった。

「捜査本部の刑事らは、もし興味があったなら、当該巡査が公園交番で勤務していると信じる——何せ、警察署の全能神である警察署長様がそう断言しているんだ。そもそも疑う理由が無い。まして疑うきっかけが無い。何故と言って」

「〈捜査本部体制表〉は現状のままだから、ですね〜」薙がいった。「すなわち捜本（ソウホン）の名簿上は、当該（とうがい）巡査は依然、捜本（ソウホン）で勤務していることになってるんですからね〜。で、重ねて捜本（ソウホン）のあたしたちは、そんなの気にもしないと〜。吉祥寺署長、ケチ臭い悪（ワル）ですね〜」

「とまれ、当該（とうがい）若手巡査1は」ひかりがいった。「消えた巡査1となった。何処（どこ）へ？」

「そして当該（とうがい）若手巡査1は」上原がいった。「吉祥寺署長が消した巡査1となった。何故？」

「吉祥寺署長が自分の部下である巡査1を消したとなれば」ひかりは続ける。「そんな不可解なことをする理由が必ずある。まして、警察署から巡査1を何処（どこ）へともなく隠した、逃した、というのなら——それはそうよね、これどう考えてもダマテンの悪謀（あくぼう）だもの——さかしまに、吉祥寺署長の動機・秘密・後ろ暗さとは何かを考えればよい。

　ここで、再論だけど。

　吉祥寺署長は、吉祥寺大学附属（ふぞく）病院における仁科徹の警戒に、この時季貴重な交番警察官を、しかも二名動員していた。加えてそれら二名には、任意被疑者の動静監視とは思えないほどの、ガッチリとした警戒を任務付与していた。警戒員の証言がある。『被疑者の動静や警戒実施状況は、詳細にかつ逐一報告するよう、当署長から厳重に命ぜられておりまして。無論、面会人の詳細もでありまして。ましてその、何と申しますか、不審者は徹底職質せよとも命ぜられておりまして……』なる証言がある。いえそもそも、任意被疑者の少年を、屈強な制服警察官二名がガン見で監視するってそれどういうセンスなのよ」

「当然〜」薙がいった。「管理官の不可解センサーが発動しますね〜」

「当然、仁科徹なり吉祥寺大学附属病院なりは」ひかりは上原の瞳を見た。「吉祥寺警察署長の大嘘・吉祥寺警察署長の悪謀・吉祥寺警察署長の鎧を穿つ要——と考えられる。少なくとも吉祥寺警察署長は、仁科徹を外界・部外者から徹底的に隔離しようとしていた。そしてその仁科徹といえば、任意段階から不可解な、頑強な完黙状態だった。

これすなわち、仁科徹は、致命的な情報を記録したハードディスクである。

——ならば、当該致命的な情報とは何か？

無論それは、こんな大きな事件だから数多あるけれど、特に吉祥寺署長に関連して言えば、当該致命的な情報とは——①屈強な制服警察官二名をして仁科徹にプレッシャーを掛けさせ、②それら警察官に仁科徹の動静を『詳細にかつ逐一』報告させ、③それら警察官に闖入者を徹底職質させ排除させるなど、そんなあからさまなことをしてまでも、絶対に防衛しなければならなかった致命的な情報よ。端的には、仁科徹が完全黙秘している情報のうち、それがバレれば吉祥寺署長自身の身の破滅となる致命的な情報よ。

ました。

吉祥寺署長にはそもそも、本件事件認知以前から――そう市松由香里さんが行方不明になったもうその当初から、本件事件を隠蔽しようとしていた気配がある」

「えっそうなんですかい⁉」和光が目を剝く。「けど管理官そりゃどういう意味です？」

「その経緯にあっては、検証班の下北係長が詳しい。私は下北係長から報告を受けたから。

すなわち。

由香里さんの行方不明者届が吉祥寺警察署に提出されたのは、由香里さんが略取されたその翌朝よ。細かい日付の問題を抜きにすれば、監禁の二週間の開始時点と言っていい。ところが吉祥寺警察署は、監禁の二週間において、まるで警察活動をしてはいない。何せ、由香里さん本人から幾度か、『家出するから捜さないでほしい』なる電話が架かっていたのに――これは被疑少年らの脅迫と偽装工作によるもので、架電に使用されたのは由香里さん本人のスマホ、架電させた場所はまさに現場たる仁科邸――だのに吉祥寺警察署は、架電記録の捜査なり位置情報の解析なりをまるでしなかった。結果として完全にネグった。こんな稚拙な偽装工作など、指先ひとつ・書類一枚で架電記録等の捜査をすれば直ちに露見し、だから、由香里さんの身柄がどうにか保護される確率は極めて高かったというのにね」

「そうか……」上原は顔を顰めた。「……相談事案・人安事案は署長決裁・署長指揮事案」

「吉祥寺警察署の、だから吉祥寺警察署長のこの任務懈怠は、人命を軽視する由々しきものだし、当然懲戒処分の対象よ。そして役員・警視正たる吉祥寺警察署長は、そんなこと億も承知のはず。だのに身命と職を賭してまで謎のサボりをした。すなわちこの不可解な任務懈怠は意図的で、結果的に被疑少年らを守ったもので、だから後ろ暗い秘密で、だからバレたら致命的な情報を胎むものよ。それはそうなる。当然そうなる。

……けれど、そこからがまだ解らなかった。

仁科徹と吉祥寺警察署長。この両者の関連性が、この両者の結び付きがまるで解らなかった――あの週の、週刊文秋を読むまでは」

「週刊文秋？」和光主任官が訊く。「あの週の週刊文秋ってアレですか？　鬼畜、外道、血に飢えたケダモノ云々って罵声から始まる、そのまあ、何と言うか……ぶっちゃけ捜査情報ダダ漏れの記事。また、仁科徹が独占手記の出版を中止しないなら、仁科徹の実名と写真を公表するって息巻いてたあの記事」

「まさしくよ、和光主任官。

そしてあの週刊文秋の記事。あれには実に不可解なことが多々あった。それは明日以降の調べでも解明されると思うけど、現時点、吉祥寺署長と被疑少年らとの関係のみに絞って検討をするなら――

そもそもあの記事は、吉祥寺署長のリークに基づくもので決まりよ。

何故と言って、あんなの、諸々の検証調書、実況見分調書その他の捜査書類の内容そのものだもの。私は、諸決裁をしているし諸報告を受けているからよく解る。あの記事の、〈警察関係者〉なる者が語っていること。胃の中身が空っぽだの、体重が四〇kgだの、太腿と脛の太さが一緒だの、ピンポイントで膵臓がどうだの、左目が飛び出していただの、前歯二本が骨折だの、頭蓋骨が割られて脳が出ただの、異物挿入があっただの、口の中の精液だの、火事発生当夜もレイプがあっただの、大麻煙草の火を押し付けただの、火傷から膿が滲んで異臭を放っただの、熱湯を注いだだの、スタンガンや手製の通電装置を使っただの……そんなの捜査書類そのものをリークしたとしか考えられない。ピンポイント過ぎる。具体的過ぎる。表現の一致が在り過ぎる。

――他方で、当該記事には、リークとしては不可解な点もある。

例えば、由香里さんをリンチしたときのホワイトガソリン、ライターオイル。当該警察関係者はそれを『油』としか表現していない。また例えば、由香里さんに使用されていた『覚醒剤』なるスキャンダラスで俗受けするもの。だから週刊誌が高く買いそうな情報。当該警察関係者はそれをまるで語っていない。

と、いうことは」

「週刊文秋に情報をリークしたのは～」薙がいった。「捜査書類なら閲読できるし入手できるけれど～、あたしたち実働員レベルの常識には何故か疎い誰か――ってことですね～」

「成程確かに」和光がいった。「覚醒剤の話なんか、検証班の下北は書類に落としてもいない。調べ官の上原も、供述調書の決裁を意図的に遅らせているよな？」

「いやいや主任官」上原がいった。「それ下北先輩が取り決めた事なんですよ。科学捜査・客観捜査の情報は、警部補以下だけで共有するんだって。まあ主任官と管理官には教えてやってもいいが、でも『刑事畑出身の癖して、まして警視正なんて重鎮にまでなりやがった癖して、未だ差し入れ一つ寄越さねえドケチ』である吉祥寺署長には、諸報告を七割引きいや八割引きにしてやるんだって――

そう、結果として、警視正以上は詳細を知らない。

そしてこれについては、俺が作成しつつある供述調書も全く同様です。というかそう取り決めました。ですよねザキさん？」

「そのとおり。私も立ち会った」

「おお恐え、警察で警部補の下剋上ほど恐えものはねえなあ……」和光は戯け半分、呆れ半分でいった。「……結果、吉祥寺署長には八割引きの報告しか上がっていなかったと。結果、被疑者調書の内容すら上がっていなかったと。なら結果、吉祥寺署長に上がっていたものと言やあ」

「キチンと捜査書類の形に浄書されたもののみ」ひかりがいった。「それはそうよ。捜本は警察署に立つ。なら、どれだけ報告はネグれても、浄書された捜査書類だけは、胴元である吉祥寺署長の決裁を受けない訳にはゆかない。吉祥寺署長にハンコポンして貰わない訳にはゆかない。だから私自身、『謎の巡査の1欠』だなんて舐めた仕打ちを受けたときも、大人しく署長の顔を立てない訳にはゆかなかった」

「まあ、管理官が大人しく顔を立て云々には、合理的な疑いを容れる余地がありますが」和光がいった。「ともかくも纏めれば――①週刊文秋にリークをしたのは、実働員である警部補以下の警察官ではない。②週刊文秋にリークをしたのは、科学捜査・客観捜査の結果を詳しくは教えて貰えなかった警察官である。③週刊文秋にリークをしたのは、浄書された捜査書類にしか触れ得なかった警察官である。

成程、吉祥寺警察署長はその条件を全て満たしますね。リーク犯だと断言はできないにせよ、状況証拠は真っ黒黒ですな」

「まして、当該週刊文秋の記事。更に不可解な点がある」ひかりはいった。「これは此処にいる誰もが、一読して感じたはずよ。何故と言って、被疑少年を三人、三人と繰り返しているんだもの。被疑少年は仁科＋四日市＋御園＋〈権兵衛〉の四人でしょう？　そして警察はそれをキチンと報道発表しているわ。だって事件認知翌朝の朝刊は、ちゃんと、被疑少年の数も死亡者の数も重傷者の数も正確に報道しているもの。被疑少年は四人。そこにまさか誤解の生ずる余地は無い。

にもかかわらず週刊文秋が、そしてリーク犯が三人、三人と繰り返しているのは不可解。なら其処(そこ)には必ず合理的な理由がある。

そして、報道発表と朝刊が触れているのに、週刊文秋が触れていない、そんな『被疑少年一名』というのは――」

「〈名無しの権兵衛〉こと、鈴木一人こと」上原がいった。「冷泉陽人(れいぜいはると)巡査ですね」

「当然そうなる。

何故と言って、週刊文秋がいう少年三人は、週刊文秋曰(いわ)く『一七歳と一八歳の野獣三人』なんだもの。これすなわち一八歳の四日市と、一七歳の仁科＋御園よ。そもそも〈名無しの権兵衛〉は身元不明、警察でも身上(しんじょう)が割れず、よって年齢を報道発表できはしなかった。だから年齢を決め打ちで書かれた『犯人と確定した、これら少年三人』なる者は当然、仁科＋四日市＋御園の三人となる。

裏から言えば。

週刊文秋が、そしてリーク犯が隠蔽(いんぺい)したかった残り一名は、冷泉陽人巡査で決まり。

もちろん初動の段階では、だからあの週刊文秋が出た段階では、〈名無しの権兵衛〉としか解らなかったけど。でもここで初めて、警察部内のリーク犯が、〈権兵衛〉をどうしても隠蔽・隠匿したがっていることは解った。そしてこの〈権兵衛〉に係る不可解な陰謀は、もちろん〈権兵衛〉を守るもので、だから後ろ暗い秘密で、だからバレたら致命的な情報を胎むものよ。

あらら、すると、この不可解な陰謀は――」

「吉祥寺署長が〜、由香里さん事件をガン無視した陰謀とまるで一緒ですね〜」薙がいった。「吉祥寺署長が〜、仁科徹を監視・隔離したその陰謀とまるで一緒でもありますね〜」

「それにまして」上原がいった。「吉祥寺署長が巡査一名を消したその陰謀とも一緒だな。まさに週刊文秋でも、被疑少年一名を消そうとしているんだからな」

「まさしくよ上原係長。まさしく。

此処で〈消えた巡査一名〉と〈消えた被疑少年一名〉が、吉祥寺署長を軸にリンクする。

吉祥寺署長がどうしても隠蔽・隠匿したい、その一名。

――けれど。

当初から、私達は〈権兵衛〉を確保しているわ。そして〈権兵衛〉は逃亡できない。躯の九〇%以上を焼いて生存率三%未満の〈権兵衛〉は、吉祥寺大学附属病院の救急病棟のICUで意識すら無い状態。逃亡どころか、口を利ける状態にすらない状態。そのような被疑者を『隠蔽する』も『隠匿する』も無いはず……捜査本部が確実に所在を知っているという点においても。今更何処かへ隠密裡に搬送などできやしないという点においても。

要は、絶対に隠せやしない。

でも、絶対に隠そうとしている。

喩えるなら、誰もが知っている獄中犯人を、誰にも知られず海外逃亡させる様なもの。そんな莫迦なこと、映画じゃあるまいし、できるはずがない以前に、考えるはずがない。

――これは矛盾よ。

けれど役員・警視正たる吉祥寺署長まさか莫迦ではない。

なら、吉祥寺署長の真意は何か？　吉祥寺署長の陰謀の真実は何か？

――ここで、私は遅蒔きながら、事件当初から明らかだった、とある椿事に気付いた」

「ザキさん、そりゃアレですね、西国分寺の都立救命救急センターでしょ？」

「あっそうか!!」和光主任官が額を叩いた。「あのもう一人の、火傷重傷者……なんてこった。確かに椿事だ。忘れていた方が莫迦だ。

管理官。それは事件認知当夜、〈権兵衛〉以外にもう一人、救急搬送されていた火傷重傷者がいたっていう椿事……小金井警察署管内の河川敷で、油を被って火を着けた自殺未遂者がいたって、そんな椿事のことですね？」

「そのとおりよ和光主任官。

考えてみれば空々しすぎる偶然なのだけれど、仁科邸炎上の当夜、躯を派手に焼いた重傷患者は二人いた。一人は無論、吉祥寺大学附属病院に救急搬送された〈権兵衛〉。もう一人は、今和光主任官が言った経緯で、西国分寺の都立救命救急センターに救急搬送された誰某。まして後者は、熱傷治療のスペシャリストで、熱傷にかけては神の腕――と定評のある医師の治療を受けることができている。西国分寺の都立救命救急センターには、警察官にも名の響いた、当該先生が勤務しているから。他方で前者は、〈権兵衛〉は、『自殺未遂事案の発生が微妙に先』だったから、残念ながら当該神の腕先生の下へ搬送されず、結果、吉祥寺大学附属病院に入院することとなった……

だけど。

当該神の腕先生の治療を要するってことは、躯の九〇%以上を焼いている〈権兵衛〉と同様の重体ってことよね？　だってそうでなければ、そんな切り札先生は瀕死の〈権兵衛〉にこそ使われた筈でしょう？

でもねえ。

そんな空々しい椿事がこの世にある？

一年三六五日の同一日によ、ましてほぼ同時刻によ、おまけに隣接自治体でよ、同じ熱傷の重体で同じ瀕死の状態にある男性が、二人発生するだなんて。冗談が過ぎるわ。まして和光主任官自身がかつて言っていた様に、自殺未遂者の男については『無線が全然騒いでいない』のよ。何故かと言えば、自殺未遂事案では一一〇番も一一九番も無かったから。またそれは何故かと言えば、家族が自力で病院に連れて行ったから。ましてその家族なるもの、極めて社会的信頼性がある何者からしいんだけど、『自殺未遂には何の事件性も無い』って断言したとか。ただ捜査一課の管理官として、いえ刑事として言えば、家族の証言なんか知ったこっちゃ無いわよね？　家族が火を着けた可能性だって大いにあるんだもの。自殺未遂者は碌に口を利けないんだもの。ところが病院も、まして管轄の小金井警察署もアッサリ引き下がったってことは、だから無線も全く黙ったってことは、当該家族がとても特殊な存在で、当該家族の証言がとても特殊なものだったから――

ってもう、ここまで婉曲に言わなくとも事実は明白よね」

「当該家族は警察官ですね～。おまけに～、小金井警察署を黙らせる事のできる警察官ですね～。そして小金井警察署は警視署～、吉祥寺警察署は警視正署ですね～」

「まして今」上原がいった。「言わば〈権兵衛A〉と〈権兵衛B〉が存在すると解った。吉祥寺大学附属病院の、権兵衛A。西国分寺の都立救命救急センターの、権兵衛B。そして吉祥寺署長が狂言まで演じて神の腕先生による治療を求めたのは、権兵衛Bの方」

「するてえと」和光がいった。「吉祥寺署長が守りたかったのは、権兵衛B。吉祥寺署長が最高水準の治療を施そうとしたのも、権兵衛B。吉祥寺署長が隠蔽・隠匿したかったのも、権兵衛B。

　無論、我々がずっと被疑者と信じて確保していたのは、権兵衛A。

　ぶっちゃけ、吉祥寺署長としては死んでもかまわない、権兵衛A。

　とくりゃあ、先の管理官の〈消えた巡査一名〉〈消えた被疑少年一名〉の議論とはすなわち」

「成程ですね～」薙が頷く。「替え玉作戦だったんですね～。権兵衛Aは、どっかの馬の骨さん～。権兵衛Bこそが、真打ちだったんですね～」

「以上を整理すれば」ひかりはいった。「①諸経緯から、被疑少年のうち〈名無しの権兵衛〉が〈吉祥寺警察署公園交番の冷泉陽人巡査〉であると最初から知っていた吉祥寺署長は、②無論それが重大極まる警察不祥事となることから、また、どうしても当該冷泉巡査を守らなければならない痛切な事情があったことから、③冷泉巡査が躯の九〇％以上を焼き、したがってその身元確認がまるでできないことを奇貨として、④火災消火現場の混乱に乗じ、被疑者のすりかえを実行した。こうなるわ。

当然、警察部内に派閥を一にする協力者がいるでしょうね。

その協力者らは、ナギのいう馬の骨さん——これ私もまだ身元を割っていないのだけど——要はまるで本件事件とは無関係な若年男性を、冷泉巡査と同程度に焼いた。そして当該若年男性を、和光主任官のいう権兵衛Aとして——だから仁科邸から搬送された本件事件の被疑少年として——仁科徹とともに、吉祥寺大学附属病院に押し込んだ。

ここで。

当該若年男性が口を利く心配は当面無いが、他方で仁科徹は口を利けてしまう。よって直ちに、仁科徹を制服警察官二名による厳重な監視態勢下に置くとともに、冷泉巡査については何も語らぬよう、何らかの威迫を加え沈黙させた。これで捜査本部は、替え玉の権兵衛A、本件事件とはまるで無関係な権兵衛Aを、非行少年グループ四名の最後の一名と思い込む。事実、ずっと思い込んできた。

並行して。

ホンモノの冷泉巡査は、身元の分からぬ権兵衛Bとして、熱傷について最高水準の治療を望める、西国分寺の都立救命救急センターに運び入れる。捜査本部に認知されては厄介だから、一一〇番も一一九番もしない。病院や管轄警察署に疑われては厄介だから、ここは吉祥寺署長本人が『事件性ナシ』の説明をして、権兵衛B＝冷泉巡査を純然たる気の毒な自殺未遂者に仕立て上げる。無論その身元も——どのみち嘘八百だけど——キレイに証明してみせて、まさか〈吉祥寺警察署公園交番の冷泉陽人巡査〉であるとは分からない様にする。というか、誰も身元を疑ったり調べたりする気を起こさない様にする。警視庁の役員たる吉祥寺署長にはそれができるし、まして、吉祥寺署長にこのようなことを強いた派閥の長にはもっとそれができる。両者ともに、関係書類で身元をキレイにデッチ上げることなど児戯に等しい。

　これで捜査本部は、被疑少年の最後の一名＝ホンモノの〈名無しの権兵衛〉＝権兵衛B＝冷泉巡査が、実は西国分寺に蔵匿されているなど、夢にも思わなくなる。というか、被疑少年の最後の一名がすりかえられていることなど、気付けるはずも無い。それはそうよね。先述のとおり捜査本部は、『吉祥寺大学附属病院に被疑少年の最後の一名を確保している』と、ずっと思い込んできたのだから……

　けれど。

　そのままでは当然マズい。マズ過ぎる。

　――だって冷泉巡査は警察官よ、公務員よ。それが西国分寺に、見通しの立たない長期入院をすることとなった。無論、長期にわたって欠勤することとなる。ここで、冷泉巡査は吉祥寺警察署の警察官だから、署の全能神である吉祥寺警察署長は、長期不在の言い訳なら腐るほど用意できる。

　ただ、同僚たる公園交番の勤務員はどう思うかしら？

　また、仕事上関係のある吉祥寺署員はどう思うかしら？

　突然の異動だと言い訳をするにしろ、突然の急病だと言い訳をするにしろ、それは心配するでしょうし、幾許かは不審に思うでしょう。異動というなら、異動先に連絡されるかも知れない。異動時は引き継ぎが付き物だものね。急病というなら、病院に接触されるかも知れない。お見舞いを考える人もいれば病状を案ずる人もいるでしょうから。

そう考えると、冷泉巡査は『ブラックボックス』に埋没して貰うのが最も良い。ここで、刑事部門出身の吉祥寺署長は、そして同様に刑事部門の大ボスであった派閥の長(オサ)は、経験から来る妙案(みょうあん)を思い付いた。

そう、冷泉巡査を、捜査本部と胴元署の狭間(はざま)に消してしまえばよい……

公園交番なり吉祥寺署員には、『冷泉巡査は捜査本部で扱(こ)き使われている』と言う。

その捜査本部には、『人出しをする予定だった冷泉巡査は公園交番に帰す』と言う。

要は、ＰＴには『出せなくなった』と言い、現所属(げんしょぞく)には『ＰＴにずっといる』と言う。

――するとどうなるか？

少なくとも事件が解決するまで、はたまた解決せずに捜査本部の体制が縮小されるまで、誰も冷泉巡査の不在を不思議に思わなくなる。公園交番勤務員や吉祥寺署員は、『捜査本部で頑張っているんだろうなあ……』などと思いを馳せるだけ。捜査本部員は、『捜本(ソウホン)に来るっていってた巡査、結局来ないままだったな……』などとサラリと流すだけ。

まして吉祥寺署長らにとって僥倖(ぎょうこう)だったのは、冷泉巡査が捜本(ソウホン)の庶務係に配置される予定だったことよ。

もしそうでなく、実働捜査員として配置される予定だったなら……

誰かとペアを組むなり、班としてチームを組むなりしなければならない。現に今、検証班なり被害者対策班なりを編制しているとおりにね。そして結果を出して貰わなければならない。現に今、下北係長なり上原係長なりが日々私や和光主任官に報告を入れてくれているとおりにね。

――要は、実働捜査員が不在だとか、そもそも人出しが為されていないとか、そんなことはすぐバレるし、そもそも捜本と署の紛議になる。

でもそれが、実働捜査員ではなく庶務係員なら？

ましてそれが、見習いレベルの若手巡査ときたら？

私自身が思ってしまったとおり『どうでもいい』『文句を言うだけ莫迦らしい』となる。

また、狡猾なことに。

捜査一課長とも親しい、刑事部門出身の吉祥寺署長としては当然、今の我が和光班の庶務係が、極めて優秀であることも承知の上。だから、署から巡査一人を出さなくたって、仕事は回るし文句なんて出ないことも織り込み済み。駄目押しで、〈捜査本部体制表〉にはちゃんと『冷泉巡査は捜本の庶務係員』であることを明記させておく――

かくて。

吉祥寺署長は冷泉巡査を消した。

消えた冷泉巡査は、西国分寺で、気の毒な自殺未遂者となっている。

まさか、本件事件と関連付けられてはいない。

よって、被疑少年の最後の一名も消えた。

まして、吉祥寺大学附属病院には身代わりがいる。

冷泉巡査を消したこと＝被疑少年最後の一名を消したことが、気付かれるはずも無い」

（しっかし、よくもまあ……）和光は慨嘆した。（……これだけ矜羯羅がった陰謀の蜘蛛の糸を、叩き上げの俺達を差し置いて、独りで解いちまうもんだ。湾岸署の捜本のときも思ったが、箱﨑ひかり管理官、異能のお人であることは間違いない。

……惜しむらくは、何でも自分でやりたがる癖だなあ。キャリアのお人なだけに惜しい。人の上に立つってことは、要はやらせてみるってことだ。それはつまり、できるけど我慢するってことだ。その我慢の年輪が、ホントの階級章になるんだが。

ただ俺もまだ、管理職見習い中。偉そうなこと言える身分じゃねえ。じゃあ俺が二六歳のときどうだったかって言やあ、交番の洟垂れ巡査長だったからなあ……）

「こうやって考えてみると――」上原がいった。「――あの逮捕の日。ザキさんがキャリアだってこと、仁科徹はすぐ指摘した。ただ『管理官』だって言った時点ですぐ指摘した。普通、階級と職名と年齢と、まして採用区分の関係なんて、一七歳の少年には分かりませんよ。また自棄に警察に詳しいなあと思いましたが、〈名無しの権兵衛〉の正体が割れれば納得です。非行少年グループに、なんとまあ警察官がいたと」

「とは言いながら、上原係長」ひかりはいった。「私が想定するあなたの棋譜、あなたの指し筋。いいえ、あなたの調べの妙味。それらからして、少なくとも『週刊文秋』の不可解な点は、もう看破して手札に入れていたんでしょう？」

「何とも御返事しかねますけど――部下の調べを立ち聴きするのは趣味が悪いですよ？」

「あっ、あと非行少年グループといえば」ひかりはしれっと苦情を流した。「ねえナギ、冷泉巡査――冷泉陽人って何歳だったかしら？　まさか今逮捕できやしないから、年齢その他を詰めていなくて」

「それがなんと～、管理官と同級生の二六歳ですよ～。だから～、非行少年グループとか～、非行少年とかって表現も～、今後は若干悩みますね～。ただ無事蘇生してくれたなら～、一八歳未満の仁科徹とは違いますから～、死刑適用も可能になるんで～、俄然嬉しくもありますね～」

「えっまさか同級生とは。でも確か駆け出しの巡査クンよね。歳行ってない？」

「ええとですね～、野郎確か一浪一留なんで～、拝命が二四歳なんですよ～。だから巡査三年生で～、学校入校期間を抜くと～、実働巡査二年生弱ですね～」

「成程……それは確かに駆け出しの若手警察官ね。法令的にはともかく、警察官としては少年だわ。けど確かに『非行少年グループ』『非行少年』なる用語は……冷泉巡査の年齢を考えても、また当然に予想される組織内地位を考えても、修正を迫られる表現ではある」

「だけどザキさん」上原係長がいった。「組織内地位――とくれば、吉祥寺署長のことも、その派閥の長のことも気になりますよ。しがない警部補の俺でも、レイゼイなる名前はそりゃあ、刑事部門の人間として、ホント嫌々ながら耳胝なんで……成程、御令息が確か今、警察学校にいるとか警察学校を出たばかりとか、風の噂に漏れ聴いてはいましたが」

「まさか、此処へ来て、あの冷泉陽道サンが出てくるとはな……!!」和光主任官はまた慨嘆する。「元の、我が警視庁生活安全部長。すなわち、元の警視庁ノンキャリア頂点。まして御退職後の今では何と、東京都の副知事閣下だ。なら我が警視総監と同格かそれ以上だ。そこまでの権力闘争を制覇した政治的妖怪。また、悲鳴と悪名の轟いた超絶的なパワハラーにしてクラッシャー。かつては無駄に恵まれた政治力で、警視庁刑事部を滅茶苦茶にしてくれたもんだが……なんとまあ、それのみならず、先の与党幹事長の御三男にして、今の法務大臣の弟ときた。それどんなバケモノだよ。ゴルゴ13じゃねえんだぞまったく。

その冷泉陽道サンの実の息子が、俺達の〈権兵衛〉にして被疑少年最後の一名、冷泉陽人巡査だったとは!!」

「冷泉元生安部長については〜、捜一課長も〜、そうウチの課長も〜、いつも苦虫を噛み潰したように吐き捨ててますもんね〜。退官後も未だに『パッと顔が思い浮かぶほど』『警視級にも、いや警視正クラスにも子飼いがいる』って、吐き捨ててますもんね〜」

「まさしくだ」上原も吐き捨てた。「唯々諾々と犯人蔵匿に加担するような、そんな忠実な警視正署長がいる位だからなあ……ただ裏から言えば、本件事件を隠蔽しようとした犯罪組織において、吉祥寺署長の組織内地位は決して高くない。その犯罪組織が我が警視庁、の一部、でもある、というのは真実恥ずかしく情けない話ですがね」

「最上位の黒幕が都の副知事だなんて〜、なんだか社会派のミステリみたいですね〜」

「実際、私が捜一課長から警告を受けていた所でも」ひかりがいった。「当該冷泉陽道、事件認知当初から、警視庁の捜査状況に重大な関心を抱いていたらしい——当該者が被疑者の実父だと分かった今では、むしろ当然の動向と言えるけどね。

その捜一課長曰く、冷泉陽道は、ウチの刑事部長に直に電話を架けてきて『吉祥寺区の四人焼死事案について、能う限り詳細を教えてくれ』と迫ったとか。まして、とりわけ御執心だった情報は『被害者と被疑者の身元』だったとか」

「それも当然の動向です」上原はいった。「被疑者の身元って、そりゃ我が子の身元だし」

「警察が当時、どれだけ知っているか、分かっているか確認したかったんでしょうね〜。

またそんなにドキドキしていたのなら〜、同時並行で子飼いの〜、冷泉派の警察官を使って〜、諸々の隠蔽工作や情報工作を実施したでしょうね〜」

「そうねナギ。隠蔽工作の真打ち、〈権兵衛のすりかえ〉のみならず――

例えば週刊文秋に対し、吉祥寺署長を通じて所要のリークを実施した。週刊文秋が執拗に『三人』『三人』なる情報を繰り返しているのは当然、『四人目』を隠蔽したい冷泉陽道の情報工作と考えられる。他にも、そのような情報工作の結果と思しき、筆致の不可解さが複数点見出せるけどね。

また例えば、元警視庁ノンキャリア頂点たるの権勢を濫用し、警視庁本部の、そう少年育成課・少年事件課にも所要の情報工作を行っているはずよ。というのも、かつてナギが報告してくれた様に――

『仁科・御園・四日市の三名にあっては、学校でもあるいは地域でも札付きの悪餓鬼で、所謂不良仲間、怠学仲間である』

『仁科・御園・四日市の三名が、メンツの固定された非行集団である』

旨は、たかが警察署レベルのチンピラの情報でありながら、警視庁本部にガッチリ実態把握されているわね。ところがどうして……『四人目が非行集団に加わった』という情報を含め、『四人目』のこととなると、同種情報でありながら、警視庁本部はおろか地元の吉祥寺警察署にも一切の情報が無いのよ。幾ら四人目が実は警察官で、組織から自己防衛を図る術に長けているとはいえ、これは不可解だわ。①そもそも警視庁本部がそんなローカルな情報にピンポイントで詳しいというのも不可解だし、まあ何らかの事情で詳しいなら詳しいでもいいけど、それならそれで、

②四人目のことだけピンポイントで全然知らないというのも不可解よ。ということは」
「これすなわち〜、わざわざ警視庁本部に〜、『三人』『三人』なる情報を流した誰かさんがいるって事ですね〜?」

「しかし厄介だな!!」和光主任官が呻った。「既に吉祥寺署長を検挙した以上——署長の留置委託先は管理官と私しか知りませんし、警察組織内外を通じ、不慮の病にて職務遂行不能云々として説明しておりませんが——吉祥寺署長が突如として行方不明になった旨は、当然、陽道サンの既に知る所でしょう。いや陽道サンとしては当然、息子に係る隠蔽工作が露見したと判断しておるはず。その陽道サンは都の副知事であるばかりか、先の与党幹事長の三男にして今の法務大臣の弟。また警察部内においても、冷泉派は未だ我が警視庁において隠然たる勢力を維持している。要は、役員クラスとて信用できない。

……こうなると管理官、まさか実の息子である陽人をどうこうするとは思えませんが、しかし事件を潰すのは実はカンタンです、『被疑者を殺しゃあいい』。被疑者が死ねば事件は立たない、絶対に。まあ釈迦に説法ですが。

そして残る被疑者は、事実上」

「仁科徹、ただ独り」

「よって先刻、小職の独断ながら、捜一課長に意見具申を致しました。

第一、今後署長代行が派遣されるならば、その方の身体検査の万全を期して頂きたい。

第二、機動隊その他による吉祥寺警察署の重点警戒を、直ちに開始して頂きたい。

これらを強く願い出ましたが……

しかし、いよいよ吉祥寺署長を検挙したからには、もう全面戦争ですわ。

したがいまして、管理官。

捜査本部としては、仁科徹の絶対生存・絶対確保を最優先課題とするとともに、私は別論、管理官及び中核捜査員の徹底防衛を図らねばなりません。管理官もどうぞ御身御自愛あって、これまでのような自由闊達な単騎駆けをどうぞお慎みいただき……」

「趣旨了解」

（絶対了解してねえよなあ……）和光は嘆息を噛み殺した。（……誰だ、こんな便利な警察用語を編み出しやがった奴は!!）

「そして和光主任官、上原係長、ナギ。ながら議論をしている内に……

この酷い上映会も、やっとお開きになるようね」


そう、今宵ここ事件記録等保管庫にひかり・和光・上原・薙が参集したのは、そもそも動画を解析する為である。無論、〈名無しの権兵衛〉こと冷泉陽人巡査がスマピーポで撮影・録画し、警視庁の公用クラウドに保存していた、市松由香里被害に係る『吐きそうな』『虫酸が走る』動画の解析だ。

そのボリュームは、ＤＶＤ－Ｒにして四枚。

ただ、実時間にすれば二時間であった。

四枚の内、一枚が一時間。残り三枚は、それぞれ二〇分ずつ。

そしてひかりがお開きを宣言したように、今、最後の一枚が残り三分を切っている。

――各人が〈名無しの権兵衛〉こと冷泉陽人巡査の議論に熱中している感もあったのは、和光と薙にしてみれば、動画のあまりの悲しさから来る、胸の内の慟哭(どうこく)を隠す意味があったろう。ひかりと上原にしてみれば、動画のあまりの情報量から来る、胸の内の昂揚(こうよう)を隠す意味があったろう。ひかりも上原も、その対局相手(たいきょく)は被疑少年・仁科徹であるが、既に終盤戦(しゅうばんせん)とも思えるこの段階、仁科徹を詰める棋譜(きふ)を完成させるのは……仁科徹を王手詰めするのは、自分であると信じて疑わない。その意味においては、ひかりと上原もまた、互いを好敵手とする頭脳戦の真っ直中(ただなか)にいた。

〈考えてみりゃあ〉和光は思った。〈被疑者がなんと警察官だって言うんなら、ヤバい証拠は公用端末・公用クラウドに保存するのが一番だ。何方(どっち)だって、まさかガサられるはずも無し。その手のヤバい動画とて、風営(フウエイ)関係は言うに及ばず、他に幾らでも保存されている。スマピーポでもタブピーポでも、市販の端末にできることは全部できるし、動画を延々、まるっとクラウドに保存するのもまた容易い。

ましで実際この冷泉、〈ノゾミさん動画〉の中で明言してたじゃねえか。『俺の端末にも、バックアップは撮れたし』ってな。ただ燃えた仁科邸から押収されたスマホには、そう被疑少年四名分のスマホには、まさか公用端末なんて無かった。在ったら即座にバレるし、即座に下北が報告を入れたはずだ。

するてえと、冷泉は仁科邸で、公用端末と私用端末を使い分けてたって事か。

まあ私用端末からじゃあ絶対、警察基幹(きかん)通信網にはアクセスできねえからな。

だが、絶対に市松由香里関連の動画を防衛(ボウエイ)する気が在ったのなら、撮影も保存も、公用端末・

公用クラウドだけにしたはずだ。仁科邸のビデオカメラを使用することも無かったろうし、それを市販のＤＶＤ－Ｒに焼くことも無かったろう……

　そうすると、この公用クラウドに保存した二時間分の動画、ファイルにして一時間×１と二〇分×３の動画は、仁科邸のビデオカメラで撮影した〈ノゾミさん動画〉あるいはＤＶＤ－Ｒ三〇枚とは、まるで違った意味を持つってことになるが……さてその意味とは

（一時間×１の動画ファイル。これは）上原は思った。（主演男優を、『一人様』こと冷泉巡査とする動画ファイルだ。そして動画中の、その冷泉の悠然たる態度と言い、ありとあらゆる態様のセックスが試みられていることと言い、また……プレイとしてのもの以外、市松由香里を攻撃するような行為が見出せないことと言い、これは主演男優が後刻、個人的に楽しむ為の記録と考えてよい。ライターなりスタンガンなりが脅しでしか用いられていないのも、だから真剣なリンチが行われていないのもそれを裏付ける。〈ノゾミさん動画〉と違って、ギャラリーたる四日市・御園・仁科らが囃し立てるということも無いからな。いやその三名は、むしろ『一人様』の純然・柔順たるアシスタントだ。

　他方で。

　残余の二〇分×３の動画ファイル。

　これらはその数字と、非行少年グループの組織内地位から予想されたことだが、主演男優をそれぞれ四日市・御園・仁科とする動画ファイルだ。そしてこの３のファイル、各々二〇分の動画ファイルは……これはお楽しみどころか、純然たる犯罪の記録だ。悠然たる、ありとあらゆる態様のセックスだなんて悠長な話じゃない。純然たる強制性交、純然たる傷害、純然たる強要の

記録。『晃様』を主演男優とする二〇分間も、『光雄様』を主演男優とする二〇分間も、性的好奇心をそそるどころか、同情心と憐憫しかそそられはしない。感じられるのは被害者の苦痛と屈辱、加害者の悪意と嗜虐心だけだ。

これらはまさか、後刻のお楽しみの為の動画じゃない。

あのDVD－R二枚の〈ノゾミさん動画〉同様、連中がどうやって被害者を虐待し、嬲り、辱めたかの……そう証拠だ。鑑賞用の動画じゃない。証拠とする為の動画。

実際、屈辱的な落書きは言うに及ばず、スタンガンをこれでもかと実用に供しているし、主演男優のそれぞれが、由香里さんに覚醒剤を使用している。また囃し立てるギャラリーも、ライターオイルの、あれは四〇〇㎖缶か、それを両手に持っては被害者の肌に垂らし、平然と火を着けてもいる。その缶も、相当数を買い込んでいるのが動画から分かる……そしてそうした凄絶なリンチの様子は、どれをとっても『一人様』の、一時間×1の動画ファイルでは確認できなかったものだ。

さすれば。

『一人様』の為の一時間動画と、『晃様』らの為の二〇分動画が意味する所は、もう自明。

ましてそれら全てが、市販のDVD－Rなどでなく、絶対にガサられるはずも無い警視庁の公用クラウドに保存されていたとなれば、尚更だ。それにアクセスできるのは、被疑少年ら四名のうち唯一、『一人様』こと冷泉巡査のみなのだから。

故に冷泉は、これら動画を用いて――）

（制服に、体操着に、特殊な下着に水着）薙は思った。（テンプレのバカというか、チープなエロ動画を視すぎというか、想像力が欠如しているというか……ああ、あんなに乱暴にしたらセーラー服の胸当て、スナップボタンが取れちゃうじゃない。あれ結構ヤワいのよね。夏に襟をぱたぱた扇ぐだけで胸当て外れちゃったり、ボタンそのものが飛んじゃったり。

……一人様はそれらコスチュームの全部をお楽しみになっているし、徹さんその他の三名も、それぞれの好みかどうかは知らないし知りたくもないけど、被害者を全裸にする以外のセックスをも撮影している。動画自体に記録された撮影日時はそれぞれバラバラだから、そうすると、しみじみする話ながらお洗濯が気になるし、制服ってあれ高いから、燃やされちゃったりすると大変よね。

ただこの陰惨な上映会の記憶を整理するに、由香里さんのセーラー服を使えたのはどうやら、一人様だけのよう。そして一人様の動画はお楽しみ用に違いないから、まさか由香里さんのセーラー服は、四〇〇㎖缶だの四ℓ缶だののライターオイルで汚されてもいないし燃やされてもいない。ただ、それだってまさか由香里さんを無事帰してやる為じゃない。どう考えても、一人様が何度も何度も楽しむ為だ。実際、どうとでも入手できる体操着だの水着だの怪しげな下着だのは、勝手気儘に燃やされたり破られたりしているし。ただ制服が無事ってことは、脱出に用いられる可能性も高いってことだから、由香里さんの靴同様、それは厳重に隠匿していたはず……

他方で、体操着だの水着だのいかがわしい下着だのでは、ましてそれらが破損しているとくれば、そんなのそのまま脱出に用いることはできない。それらはさほど警戒する必要は無い……

だからか。

一人様の一時間動画に出現している、由香里さん自身の下着。特殊でも怪しくもいかがわしくもない、由香里さん自身の普通の下着。それは他の……誰の二〇分動画だったかは忘れたけど……他の徹さんら三名の動画でも確認できた。厳密には、窓際の、室内物干しのあたりに平然と干してある様子が確認できた。成程、一人様の御趣味でその再利用が必要となれば、お洗濯するしか無いわね。

ただ、微妙に不可解なのは……

……被害者対策班・加害者家族担当班のあたしが記憶する限り、晃様にも光雄様にも姉妹はいない。また吉祥寺署長の逮捕後、冷泉陽人巡査の身上記録を確認したけれど、冷泉陽人にも姉妹はいない。仁科徹については言うに及ばず。

とすると……そう、微妙に不可解なのはあのお洗濯の仕方だ。例えば窓際の、室内物干しの隣のハンガーに干した、由香里さん自身のブラジャー。あれは、ワイヤーとカップの形を丸く整えてから、ストラップの形も伸ばして整えてあった。そして左右のカップの中央で二つ折りにし、ストラップやホックが下に垂れる様に、ハンガーの真ん中に掛けてあった……けれど、どれだけ窓を頑強に封鎖してあったとしても、由香里さんにカーテンや雨戸へ接触されるような事態なんて、冷泉としては認め難かったろう。リビングダイニングのドア同様、由香里さんを窓へ近付けるのは、冷泉としては論外だったろう。窓に近付くことができたとすれば、被疑少年ら四名のみ。

これって、ハコ管理官の口癖じゃないけど微妙に不可解だわ。というのも（ほとんどの動画に共通して）ひかりは思った。（強制性交等が終われば、どのみち由香里さんは全裸にされ、手錠で戒められている。先の〈ノゾミさん動画〉だと、入浴等を許される場合もあったようだが――しかし少なくとも今夜の動画について言えば、特に冷泉を除く三名の二〇分動画について言えば、レイプとリンチの終了後、由香里さんはそのまま拘束されてしまっている。

そう、事件認知当夜の状態どおりに。

すなわち、右手に片手錠。手錠の輪のもう片方は、背丈ある重いラックの金具なりパイプなりに掛けられ、当該重いラックごとでなければ室外には出られない状態。無論、手錠そのものもガッチリ施錠されている。これすなわち、〈ノゾミさん動画〉と併せ考えれば、監視付きの入浴等の許可が無ければ、常態として手錠による拘束を受けていたものと考えられる。着衣も許されていなかったものと考えられる。まして、二〇分動画で確認できる様に、覚醒剤まで使用されていたとあっては、逃亡は著しく困難となろう……ただ、一時間動画ではその覚醒剤使用を含め、犯罪がまるで記録されていないという事実は、一時間動画と二〇分動画の性質の違い、用途の違い、そして冷泉陽人の邪悪な意志を確信させるに充分だ。

――加うるに、ここで重要な点は。

誰が手錠を掛けたかだ。換言すれば、誰が手錠の鍵を持っていたかだ。

冷泉を除く三名の二〇分動画によれば、当該施錠をしたのは成程、鍵の管理をしていたなる御園光雄。各々の二〇分動画の最終盤では、その御園光雄こそが、全裸の由香里さんに右手錠を施しながら、もう片方の輪もキチンとラックに掛かっているかどうかを確認し、また、鍵を選ぶように手持ちの金属片ふたつを確認している。そう、鍵を選ぶようにだ……二〇分動画で確認できる限り、御園光雄は手錠の鍵と、それより大きな金属製の鍵を管理している。

サイズなり素材なりから考えて、大きい方はくだんの、南京錠の鍵と断定してよいだろう。御園光雄は二種類の鍵を、キーホルダーなり金属輪なりに通し、それを自らのジャージのファスナーなり紐なりに結び付けあるいは固定している。動画の解像度からして、その固定の状況を厳密に解析することは困難だけれど……どのみち二種類の鍵を管理していたのは御園光雄。それを由香里さんに奪取されないよう工夫して身に帯びていたのも御園光雄。これは間違いない。さて、それが事件認知当夜も同様だったとすれば、いよいよ）

吉祥寺警察署・捜査本部前廊下

「あっ、上原係長～、すみませ～ん」

「……どうしたナギ。まだザキさんと一緒じゃなかったのか？」

「いえ、今夜はハコ管理官、昔からのお友達と予定があるとかで～」

「帳場が立っているってのに、担当管理官としてはまた余裕だな？」

「さて、どうですかね～」

……薙は上原の軽口の裏に、微妙な警戒と、圧倒的な余裕とを感じた。上原としては、自分の優位を疑ってはいない様だ。既に幾つかの悪戯を看破されている薙としては、あの性悪女にゆめゆめ御油断めさるな——と警告したくもなったが、市松由香里への深い同情は別論、この事件の結末、この『調べ官と管理官との一騎討ち』の結末は、実に興味深くもある。だからナギは、強い警告などはせず、ちょっとした裏情報を流すにとどめた。

「ハコ管理官曰く～、今夜の御予定が終われば仁科徹は王手詰みだそうですから～」

「其奴ぁ楽しみだ。管理官御自ら被疑者を完落ちにしてくれるって言うんなら、俺としては久々に、年休簿でも借りてこようかって気になれる。帳場が立って一週間で全容解明なら、熱海だろうがハワイだろうが、捜一課長も喜んでハンコポンしてくれるだろうよ」

「やだもう上原係長～、火花バチバチ飛ばす相手はあたしじゃないでしょ～」

「……で、何の用だナギ」

「実はちょっとだけ、教えて頂きたい事が」

「ザキさんの愛弟子のお前に、俺が教えてやれる事なんてあるのかね？」

「じゃあ端的に。上原係長って熟練の調べ官ですから～、それはもう人生経験が豊かだと思うんですけど～……」

スカートの干し方、吊し方って御存知ですか～？　例えば、ハンガーを使ったとき」

「はあ？」上原は数瞬、絶句した。「スカートのって……ハンガーへ物を干すのに特別な方法があるのか？　それこそ、デニムなり綿パンなりと変わらないんじゃないのか？」

「実際に、スカートをハンガーに干してみた事は～？」

「無ぇなあ。警察官なんざやってると、人生経験が乏しくなっていけねえやな」

「あっ丁度いいところに和光主任官～」

「──何だナギ。上原としけこむならラブホにしてくれよ。署の道場なり更衣室なりだと、管理職までが懲戒処分になるんでな」

「いやそんな警察お決まりの不倫ジョークはどうでも良くってですね～」

薙は、上原にしたのと同じ質問を和光にした。要は、先刻までの上映会に参加した男性二人に同じ質問をしたのだった。そして無論、和光の答えは――

「んなもん俺の知ったことかよ。拙宅のババアについて申し上げても、何の自慢にもならねぇが、まさか俺がスカートなんざ洗ってやった事ぁ無えし、まして俺が洗濯物を干してやった事も無え。クリーニングに出しゃあ、ハンガーに掛かった状態で返って来るだろうしな。そもそも物をハンガーに掛けるなら、左右両端を引っ掛けるに決まってるじゃねえか」

「ですよね～」薙は頷いた。まあ、そんなもんだ。「ちなみに和光主任官～、御家族にお姉さんや妹さんは～？」

「ウチは男三人兄弟だ。三人目が生まれたとき、母親が無念がって号泣したほどだ」

「上原係長にあっては～？」

「弟が一人だけだな。ちなみに警察お決まりの本官兄弟だけどな。でナギ、これって新手の昇任試験か何かかい？　それとも俺達の身上実態把握かい？」

「まさか～。ただあたし～、上原係長がどうしてもってお願いするんなら～」

この刹那。

上原係長のスーツの懐で、そのスマピーポがぶるぶる震える――

たちまちその着信画面を一瞥した上原は、薙と和光とをサッと捨て置いて、誰の姿も確認できない薄暗い階段の踊り場まで駆けた。

（上原にも毎日毎晩）和光はその身を思い遣りながら捜本へと去る。（苦労を掛けちまってるなあ……俺はせめて、上原や下北が動きやすい様に、政治的環境を整えんとな。まずは、そう神奈川県警察だ）

（あ～あ、上原係長行っちゃった……）薙は微妙に残念がりながら和光に続いた。（どうやら気付いてない様だし、ハコ管理官なら絶対に見破った大事な手札のこと、コッソリ教えてあげようかなあと思ったのにな。ま、これも試合の流れ、勝負運か）

もちろん両者の物思いなど知らぬ上原係長は、階段の踊り場で試合の流れが自分に来ていることを直感しつつ、急ぎ着信ボタンをスライドさせた。発信者は既に分かっている。発信内容も、もし、自分の猟犬経験から来るこの直感が確かならば……

「ああ下北先輩スンマセンお待たせして。上原です」

「もうじき日付も変わるってのに、急かして済まんな」

「殺人の帳場に日付もクソも在りませんよ」上原は苦笑した。そんなことを億も承知なのは先様である。「それに、ずっと先輩を急かしているのは此方ですからね……で」

「発見した」

「ありがとうございます!!」

「警察署裏の、署員用駐輪場の奥に転がってた。ＰＣから署内への動線からして、警察署庁舎内に入る直前、投擲したと考えて矛盾無い。成程、灯台もと暗しだ。異動期の大掃除まであのままだったら、誰かが遺失物扱いしちまって、会計課の倉庫で三か月は眠ることになったろうよ」

「客観証拠は……客観的裏付けは在りますか？」

「はっ、立派な口利くようになったじゃねえか」下北も苦笑した。上原は、此方の仕事水準など億も承知である。「もちろんある。第一に指紋。第二に微物。ただし皮膚片と思しき微物にあっては、ＤＮＡ型鑑定にもう少し時間が掛かる。ま、指紋が出てくれたから多少のお預けは構わんだろう？」

「当該指紋。誰の指紋ですか？」

「そりゃあもちろん、先ずは御園光雄……」

「先輩、此処へ来て意地悪はナシですよ!!」

「スマンスマン、あんまりお前が期待してるもんだから、つい。

——そうだ、お見込みのとおりだ。

御園光雄に加え、仁科徹の指紋が出た。たまたま指先が触れた——なんて形じゃなく、しっかり把持した形、しっかり自分自身で確保していた形でだ。そして念の為だが、ブツの最終の占有者は仁科徹になる。というのも、発見の経緯からして当然ながら、仁科徹の指紋が御園光雄の指紋をすっかり上書きしていると視て矛盾ないからな。最近は、重複指紋の分析も楽になった」

「ちなみに余人の指紋は？」

「無え。ブツに触れたのは、指紋のみからすれば御園及び仁科の二者だけだ。

——しかし、ホッとしたぜ。

御嬢御執心のボタンだのホックだのは見付けたのに、付き合いの長いエース上原の大事なブツは未発見とくりゃあ、俺は将来の理事官どころか、一課長の運転担当いやお茶汲み担当だからな。

幾許かは役に立てたんなら嬉しいが？」

「それどころか。これで王手詰め、完落ちですよ。有難うございました下北先輩」

「……御嬢が御執心だったブツの詳細、教えとこうか？」

「いや大丈夫です」上原はスマピーポを顔から離した。「俺の投了図に影響ありません」

吉祥寺駅公園口・予備校『笠井塾』至近路上

同日、午後一〇時四〇分頃。

場所は、吉祥寺駅公園口の先。ほぼ東西に大きく流れる、井の頭通り。

井の頭通りに面する予備校『笠井塾』が入るビルの、その手前路上。

——いよいよ自転車に乗り、自宅へ帰ろうとしたその女子高校生は、自転車のペダルを漕ぎ出そうとしたその刹那、やにわに後方から声を掛けられた。

「今晩は」

「……？」

「吉祥寺警察署です。防犯警戒をしています。御協力ください」

（制服の、女警さん……）

彼女はやむなく自転車を停める。当該女警の流暢なボディランゲージに流されるまま、サドルから下りる。彼女は思わず、自転車に載せた女子高の鞄とスクールボストンをサッと見遣った。もし、これが職務質問という奴なら。

「御存知のとおり、最近、女子高校生さんを対象とした痛ましい事件もあって」当該女警は淡々と言った。「警戒を強めているし、警戒を促しているし……できるかぎりの情報収集もしているの。少々御時間を頂戴して、お名前を訊いてもよい？」

「……武藤、栞です」

「ムトウ、シオリさんね。ムトウは武術に藤の花、シオリは本の栞でよい？」

「はい」

「念の為、在学する高校は」

「井の頭女子高等学校です」

「じゃあ、あのお気の毒な」

「はい、確か……市松さんという娘と一緒の学校です」

「えっ、なら学年というかお歳は？」

「一七歳の、二年生です。じき三年生ですけど」

「あら、なら市松さんとはお友達だったとか？」

「いえ、特に親しかった訳じゃありません。名前を知っている程度です」

「これからお家に帰る所？」

「はい、予備校での自習が終わった所です」

「御住所は？」

「井の頭六丁目の……」栞は生徒手帳を見せる。「……このマンションに住んでます」

「あら、このマンションといえば、新築の」

「はい」

「確か、吉祥寺に出るバス街道も近い」

「そうですね」

「でも通学は自転車なの？」

「バスは時間が読めませんから。駅前は渋滞もすごいですし」

「雨の日は?」

「雨の日も、レインコートで自転車です、あっ、傘は差してません」

「いやそれは……でも、いろいろ濡れて大変でしょう。

ましてや確か、あのマンションは、バス停と直結していた様な」

「いいえ、直結しているのは待合所で、しかも、その待合所とバス停はちょっと遠いんです」

「あらそうだったかしら。でもあのバス停に、待合所なんてあったかしら」

「皆そう言います、バス停と距離が在り過ぎるんで」

「私、全然気付かなかったわ」

「うちのマンションと一緒に建ったばかりで。地元の人でもなかなか気付かないとか」

「でも栞さんは知っている」

「はい、うちのマンションと一体化してますから。朝、自転車で家を出るとき必ず見ます」

「そうなの。もう夜も遅いけど……朝も早いの?　部活とかは?」

「夜が遅いのは、予備校の関係です。ボランティア部だから、朝練とかはありません」

「有難う、ノゾミさん」

「……え?」

「栞さん、あなたのその視線と……そうどうしても鞄が気になって気になって仕方が無いその視線と、正直に教えてくれたあなたの個人情報。これで私も確信できた。あなたは私のお客様、謎のノゾミさんこと、市松由香里さんの親友の武藤栞さんで誤り無いとね」

「ど、どういうことですか⁉」

「自己紹介がまだだった。私、市松由香里さんの事件の、捜査本部に勤務する刑事。より正確には——警視庁捜査一課の、箱崎ひかり警視というの。改めてよろしく」

「ええっ‼　そんな……」

「あっ、こう言い換えた方がよいかしら。

あなたに悪知恵を付けたナギの、そうコダマ先生こと水鳥薙警部補の上官よ」

「そんなはず……だ、だって箱崎さんというのはもっと‼」

——しまった、という感じで栞が口に両手を当てる。

「いえ、もう帰ります、これ職務質問とかじゃないんなら、私帰れますよね？」

「ううんそうはゆかない。というのも。

あなたが提出してくれたDVD‐R二枚からは、あなたの指紋が採取されたから」

「そんなはずありません‼　だってナギさんも私も……あっ」

「……古い手で御免なさい。そう嘘よ。ナギも栞さんも、そんなあからさまな証拠を残すはず無いものね。

ただ、それを措いても不自然なのは——

あなたが私のこと、既に知っているという事実よ。ナギはこう警告したんでしょうね。ド派手なゴスロリ刑事が事情聴取に来たら、油断のならない性悪女だから余計なことは一切喋らないように——とかなんとか」

「そ、それでわざわざ変装を……」栞は素直に混乱した。「……あっ、でも警察官の人だから、変装はしてないのか」

「制服だなんて、ホント久々だったから、ウエストが微妙に心配だったけれど」

「……なら、私をそうやって油断させて、私を逮捕しに来たんですか？」

「まさか。栞さんは私思うに、何ら犯罪に当たる行為を行ってはいないもの。私の判断ではね。ただ、栞さんが絶対に手放せないその証拠、仁科徹の刑事事件に係るその証拠を、私が明確にお願いしたにもかかわらず引き続き蔵匿（ぞうとく）し続けるとなれば……それが仁科徹に有利となるか不利となるかを問わず、刑法第一〇四条に規定する証拠隠滅罪が成立しかねない。

私はそのような事態を恐れる。

いえ私がもっと恐れているのは栞さん、それがあなたの人生と魂にとって、酷（むご）すぎる重荷で在り続けることよ。

私は既に知りつつある。

あなたが市松由香里さんの為（ため）、そして仁科徹の為（ため）、一七歳の女子高校生にとっては壮絶に過ぎ、残酷に過ぎる重荷を負い、ましてそのことをずっと隠し続けているのだと。

まして私は知っている。

あなたの親友の円藤歌織さんもそうしてきたし、円藤歌織さんが私にその重荷を強奪されたこと、きっとあなたは知っているのだと。それはそうよ。円藤歌織さんは当然、親友のあなたにド派手なゴスロリ刑事のことを話したでしょうし、だから、仮にナギの警告がなかったとしても、あなたはずっと私のことを警戒していたでしょうから」

「……箱崎警視。もし私が、何も知らないと、何も持っていないと言い張ったら？

ＤＶＤ－Ｒ二枚のことも、歌織が渡した音声記録のことも知らないと言い張ったら？」

「それが栞さんの覚悟なら、私はそれを尊重したい。

ただ私は、さっき卑劣な嘘を吐いた分、よりいっそう丁寧に真実を語る必要がある。

すなわち。

栞さんがその覚悟を貫くとすれば、仁科徹は最悪の鬼畜、最悪の悪魔、最悪の強姦者として、未来永劫糾弾（きゅうだん）され続けるでしょう。肉体は無期懲役に、魂は死刑になるでしょう。いえ私は知っている。それこそが仁科徹の望みだと。だから栞さん、あなたも歌織さんも、仁科徹の望みを叶えるべく、あるいは私に嘘を吐き、あるいは警察を騙（だま）す形で証拠を流し、あるいは、仁科徹と由香里さんにとって死活的な証拠を蔵匿（ぞうとく）している。でもね栞さん、あなたがその覚悟を貫く限り、たとえ仁科徹の希望が叶ったとしても、仁科徹と由香里さんの魂が救われることは無い、絶対に。ましてあなたの魂が救われることも無い、絶対に」

「……何故」

「真実はしあわせを約束しないけれど、真実から逃げれば不幸にしか行き着かないから」

「もし、その真実がほんとうに悲しく、ほんとうに残酷で皮肉なものであってもですか？　まして由香里は死にました。だのに、そんな酷（むご）い真実をハッキリさせる意味なんて……」

「ある」

「……だから何故⁉」

「私がこれまでの捜査でその一七年間を熟知した、市松由香里だったらこう思うからよ。

武藤栞にも、円藤歌織にも、仁科徹にも、誰にも不幸になってほしくはないと。

その誰にも、墓場までいえ天国まで引きずって行くような、そんな重い鎖、重い荷物を課したくはないと。自分を守る為に、愛する人々の魂を雁字搦めにする真似はしたくないと。むしろ自分が死んだ今、せめて生き残った人々には、肩の荷を下ろし、楽になってほしいと……皆の真実を生きてほしいと」

「それは、でも!!」

――現時刻、午後一一時近く。

平日でもあり、また花見客のルートは遠い。駅近くのこの辺りは、しかしバス街道でもない。よって普段どおり、人の流れも車の流れも乏しかったが……

栞とひかりの、両者だけがその意味を知る悲壮な一幕劇は、若干ならず、通行人の耳目を欹てつつあった。口を開き掛けては閉じる栞も、その耳目を気にし始める。それはそうだ。ここは凄絶な女子高校生監禁殺人のあった街で、二人はまさにその当事者だ。

栞があらゆる意味で次の発言を躊躇した、その刹那。

――駅前のロータリー側から、井の頭線のガードを潜り、一台のＰＣが乗り付けてきた。

いや、思いっ切り駆け込み、滑り込んできた。

ものすごいドリフトで。

タイヤが豪快にしかし芸術的に軋む音――

（……すごい、すごい綺麗なパトカー）栞は思った。（こんなの私、見たこと無い。でも何だろう、この爆音……音楽の爆音？　それも、パトカーから？）

そして狙い澄ましたように、ひかりと栞の対峙するその眼前にピタリ停車するそのＰＣ。

二人の瞳を赤々と染めるパトライト。

夜の帷幕の黒に、それを斬り裂く赤色灯。濡れるように艶やかな、ＰＣの白。

そして今、そのＰＣから降り立ってきたのは――

「ひかり御無沙汰っ、元気だった？」

「うんエリカ、あなた同様にね――微妙に遅刻よ？」

「うわホントだっ、ゴメ～ン」新たに登場した女警は舌を出した。「今夜はこの子の御機嫌がねっ、そりゃもう、あんまりいいもんだから!!」

「確かに乗り心地のいいＰＣを一台、とはお願いしたけれど……」ひかりは嘆息を吐いた。

「……まさか、我が警視庁に三台しか無い〈Ｚ〉とはね」

前方から見たときの、美麗ながらも凶悪な顔。後方に目を転じれば、どう考えてもスポーツカーというか、モータースポーツ仕様。というか、パトライトその他の赤色部分と、ＰＣお決まりの白黒ツートンカラーがなければ、何処かの峠かサーキットを爆走していてもまるで違和感が無い、その流麗さ美麗さ豪快さ……

これはまさにひかりが慨嘆したとおり、大警視庁が有する総数一、三〇〇台ＰＣのある意味頂点に立つ、警視庁最速・日産モータースポーツインターナショナル仕様〈フェアレディＺ34・ＮＩＳＭＯ〉型ＰＣ、所謂Ｚパトカーであった。

そして、そのＺパトカーから降り立ってきた女警とは。

〈箱﨑警視とは、また違う制服……〉栞は思った。〈……ライトブルーの、ダブルの上着にマフラー。金線のあざやかなパンツに、ブーツ。機動隊とかとはまた違うような。でもこのノリノリの音楽は何だろう？　パトカーって、音楽かけて乗っていいの？）

「エリカ、警察不祥事になるから音楽は切って頂戴……というか音楽かけられるのね？」

「魔改造してみたのっ!!

純度一〇〇％の緊走（キンソウ）アタッカーとくればこれよっ――ゆべらべらせっ!!　ゆべらべらび、ぎ〜んざぺいやっ、とう、ぺい!!」

「あ、あなたが元々、箱根で一番恐ろしい公道ランナーだったってことは知っていたけど、取り敢えず今夜の任務付与（ニンムフヨ）だけさせて頂戴。だって私も踊りたくなっちゃうものそれ」

「ひかりのパラパラはキレッキレだもんねっ。ＴＤＲのクラブミッキーで愕然（がくぜん）としたわ!!」

「……栞さん。この如何（いか）にもライダーっぽい制服から分かるとおり、此方（こちら）は所謂（いわゆる）白バイ隊員で、私のゴスロリ友達でもある護国寺（ごこくじ）エリカ巡査部長」

「は、初めまして」

「こちらこそっ。ひかりの友達は私の友達よっ」

（友達……？）

「八交機（ハチコウキ）のエリカと言えばね栞さん。私より背丈は頭ひとつも低い癖（くせ）に、普段は三〇〇kgはあろうかという白バイ〈ホンダＶＦＲ八〇〇Ｐ〉をママチャリの如（ごと）く乗りこなす警視庁最速、〈白い彗星（すいせい）〉として名高いのよ。けれど、ただ今夜は……」

「ＰＣが必要だったんでしょっ？　それでひかり、私は栞さんを緊走（キンソウ）で搬送すればいいの？

何処（どこ）までっ？　ひょっとして峠越えアリ？　いよいよこの子の三六九六ccに二六一kW／七四〇〇r/minで、エリカゾーンのすごみをきわだたせる夜っ？」

「ううん全然。

今夜のエリカの任務は、この子の自転車を御自宅まで搬送することよ。御自宅の住所その他は
たった今、スマピーポでメールしておいたわ」

「……じ、自転車？」エリカは唖然（あぜん）とした。「い、いわゆるバイシクル？」

「それはそうでしょ。さもなくば栞さん、明日の通学に困っちゃうし……

そもそもエリカが調達してくれた〈Z〉、どう見ても後部座席無いし。だからどう考えても二
人乗りだしね。むしろ丁度（ちょうど）良かったわ」

「け、警視庁最速と謳（うた）われた私がっ……しかもこの格好で、自転車……」

「私と栞さんは〈Z〉で三〇分ていど流すわ。その後、吉祥寺警察署で合流しましょう。

エリカ今夜は空いているのよね？　署の道場は空っぽなはずだから、そこで踊り教えるわ。だ
から、ね？」

「もうっ、ひかりは一度決めたら聴かないから……

……護国寺巡査部長、栞さんの自転車を御自宅まで搬送しまっす‼」

「じゃあ栞さん、助手席に。安心して、キチンと御自宅までお送りするから。

更に安心して。温かい蓮茶（チャーセン）と弱醱酵緑茶（チャーサン）も用意してあるから。苦美味（にがうま）でオススメよ」

〈Z〉の助手席側ドアを優美に開ける、ひかりのボディランゲージ。

激レアなPCを遠巻きにした人集（ひとだか）りを尻目に、ひかりの微妙に危なっかしい運転で、稀有（けう）な
〈Z〉は井の頭通りを後にした。

中央自動車道・調布ＩＣ以西

　高速道路に乗ったひかりと栞の〈Ｚ〉は、流麗に東京西部へ進んでゆく。

　調布飛行場・味の素スタジアムを過ぎ。府中競馬場を過ぎ、サントリー工場を過ぎ。

　何かの歌にあった、滑走路のような高速道路。街の灯（ひ）を遠景に、美女（フェアレディ）は駆け抜ける。

　……まさか多弁でないひかりに、やがてそっと語り掛けたのは、武藤栞の方だった。

「由香里は、苦しんだんでしょうか」

「それは――あの火事の夜のこと？」

「私……何もできなくて」栞の声は激しく震えた。「由香里がどうやって……死んだかも、今の今まで全然分かってあげられなくて。今夜の家族葬の御通夜（おつや）でも、せっかくお招きいただいたのに、どんな言葉を掛けてよいか解らなくて」

「それはそうよ。由香里さんが亡くなったときのその状況は、まさか報道発表されてはいないし」まして、と淡々と告げる箱崎ひかり。「栞さん、当夜仁科家の近くにいたあなたもまた、仁科家の中の状態を知ることまではできなかったしね」

「全部、御存知（ごぞんじ）なんですね、全部」

「でなければ、私はあなたに辿（たど）り着いてはいない」

「由香里はあの夜も、非道い暴力を振るわれたって……」

「それは事実。

　でも栞さん、あなたはきっと誰より知っている。

　それがリンチなどによるものではないと。

ましてそれが、仁科徹やあなたの本意でもなかったと」

「……由香里は助かるはずでした。でも結果、火に呑まれて死んでしまうなんて。助かるはずだった由香里が、どれだけ苦しんだかと思うと‼」

「残酷な話になるけれど」ひかりはいった。「由香里さんは当夜、手錠で戒められた状態のまま、監禁場所を脱出できずに焼死した。生きたまま焼かれるのは、それはほんとうに苦しかったと思う。けれど私の推定が――いえ私の断定が確かならば、そこには由香里さんの覚悟があった。その覚悟は由香里さんの苦痛にもかかわらず、由香里さんの魂を、幾許かは救ったと私は信じる。

そして。

由香里さんが手錠で戒められている――なんていう状況は、まさかあなたたちが想定していた状況ではなかった。そうよね？」

「……そのとおりです」

「あなたたちは当夜、由香里さんを脱出させる予定だった」

「そうです」

「だから当夜、某所でどうにか仁科徹と接触できたあなたは、急ぎ伝えられた事の顚末を知って愕然とした……といって、当該接触はあまりに短く、だから先刻あなた自身が語っていたとおり、当夜仁科家で何が起こったか、その全貌を知ることは到底できなかった」

「それもそのとおりです。

私がどうにか知り得たのは、由香里が……由香里が脱出しはしなかったこと。その大まかな経緯。そしてそれを裏付ける、由香里の気持ちの一部です」

「由香里さんの気持ちの一部というのは——由香里さんの遺書ね？」

「……そこまでのことを」

「さっき職質めいたことをしたとき確信した。鞄に執拗(こだわ)るあなたの視線から確信した。

けれど栞さん。

あなたが〈DVD－R二枚〉を確保したノゾミさんだと分かった瞬間、あなたがそれ以外の大切なものをも確保していると推定するのは困難ではない。仁科徹から〈DVD－R二枚〉があなたに渡った以上、それ以上に大切なものもあなたに渡り、故にあなたがそれをずっとずっと守り続けていると推定するのは、極(ごく)自然な流れよ。

そして。

私には解ってあげられている、と思う——

当該(とうがい)〈DVD－R二枚〉が警察に提出された理由も。

さかしまに、当該(とうがい)〈大切なもの〉を警察に提出できはしない理由も」

「ゆ、由香里は一〇〇％の被害者で、仁科徹は一〇〇％の犯罪者です。だから‼」

「仁科徹の最後の意志は、そうだけど。

でも栞、市松由香里の最期の意志は、必ずしもそうではないはずよ。でしょ？」

——ここでひかりは、幸か不幸か魔改造された〈Z〉のオーディオを用い、自分のスマピーポに保存されているとある音声記録を流した。ハッ、と躯(からだ)を硬直させる武藤栞。

……大丈夫。落ち着いて聴いて。私は大丈夫だから。歌織よりホント大丈夫だから。全然気にしないで。全然我慢できる。歌織が何も悪く思う必要は無いの。それに、もう一〇日も過ぎて、連中も私に飽きてしまっている。さっき言ったとおり、逃げる計画もできている。だから落ち着いて聴いて。四日後、ちょうど二週間が終わる夜。できれば栞と一緒に、あの大きな甘夏の樹がある家の近くに来て欲しいの。今考えているのは、夜の一二時くらい。もう少し遅くなるかも知れないけれど。でもそのお家から火事が出る。歌織の証拠とかも、私の証拠とかも、すっかり燃やしてしまう火事が出る。さっきの人が、そのようにしてくれる。大丈夫、信頼できる。信頼できる理由があるの。だから歌織のことも私のことも、綺麗さっぱり火が消してしまう。だからあと四日の我慢だよ。そして火事になったら私、その人と一緒に玄関から逃げる。歌織と栞は、そのまま私を連れて逃げて。着の身着のままで、ちゃんと制服が用意できるかどうか見通せないから、できればコートとか、躯が隠せるものと、あと念(ねん)の為(ため)、靴を用意してくれると嬉しい。逃げる先は、さっきの人が、受験生だってことで、駅前のホテルを確保してくれている。そこまで運んでほしいの。けれど、騒ぎがどうなるかによっては、そんな動きができなくて、歌織か栞のお家にいったん隠れるかも知れない。だから、御両親にそれとなく、夜中の出入りがあることをお伝えしておいて。大丈夫。あの人がすっかり協力してくれるから。それはさっき直接説明して貰ったとおりだから。絶対に上手くゆく。私は生きて帰れるし、歌織に非道いことをした連中は焼け死ぬ。少なくとも、人質みたいにされている動画は全部燃やす。もう何も無かったことになるの。歌織のことも、私のことも。ううん、怒ってなんていない。私がこうなるのは、そして私がさっきの人と出会うのは、きっと神様が、ずっとずっと前から決めていたことだから。だから私達ずっと友達だし、歌織のこと怒ってなんていないよ。全然だよ。そして私、その人のことも、歌織のことも栞のことも信じているから。だから絶対に秘密、絶対に秘密で、四日後の深夜、二人で私を迎えに来て。私がその人と玄関から飛び出してくるのを、どうか待っていて……

「その人の、大急ぎの指示説明と合わせ、約二〇分の通話。今流したのは、触りの五分だけど。

――この、触りの五分。

由香里さんの言葉が途切れ途切れで、考え考えで、しかも時折呂律が回っていないのは、きっと覚醒剤かアルコールの影響ね。メールなりチャットなりのテクストにしなかったのも、それが原因と考えられる。それでもこれだけの内容を伝達できたのは、由香里さんの意志の強さと、由香里さんがまるで暴力に屈服してはいない事実を証明しているわ」

「……歌織が録音していた、由香里からの電話ですね？」

「そう。当然歌織としては、あなたとも急いで協議し検討した由香里さんからの電話」

「仁科徹のスマホから、歌織のスマホに電話があった。それは警察ならすぐ捜査できると思います。

けれどまさか、その内容なんて分かるはず無いし、その録音だって、歌織がその場の判断で急いでしたもの。警察に録音なんて在るはず無い。まして歌織は、警察が電話について捜査に来たらどう説明するか、そのカバーストーリーだって用意できていたはず。だってそれは、歌織と私とで練り上げたものだから。

――ならどうして箱崎警視は」

「ひかりでいい。極めて個人的には、同世代だと思いたいもの」

「……ならどうしてひかりさんは、そのカバーストーリーが嘘だって解ったんですか？　まして何故、その電話は仁科徹からの脅迫電話なんかじゃなくって、由香里からの助けを求める電話だったなんてこと、解ったんですか？」

「成程、歌織は最初言ったわ。それは由香里さんの身代わりになるよう、そう由香里さんの身代わりになって監禁されるよう、自分を脅迫する電話だったって。

　けれど常識で考えて、そんな莫迦なことはあり得ない。

　性犯罪の身代わりになる為これから出て来いって脅迫を、選りに選って深夜、午前一時一五分にするマヌケはいないもの。もしそれが真実、監禁なり強制性交なりの犯人だったなら、そんな時間帯に閑静な住宅街なり公園周りなりをブラブラしていたくはないでしょうし、脅迫相手の女子高生だって、深夜の一時過ぎに家人を欺くなどして外出するのは大変よ。仮に出て行こうと決意したとして、どう考えても出足の鈍る恐い時間帯だわ。そんな脅迫なり誘き出しなりをするなら、時間帯が一二時間は間違っている。犯人の安全性を考えても、被害者の動きやすさを考えても、防カメに注意しつつ白昼堂々がベストよ」

「だ、だったとしても、それが由香里からの電話だったなんて……」

「性犯罪の身代わりになる為これから出て来い、なる脅迫電話。それが午前一時一五分から午前一時三五分までの、約二〇分に及ぶだなんて莫迦なこともあり得ない。もしそれが真実、犯人からの電話だとしたら、電話は短ければ短い方がよいもの。万一想定される警察捜査のことを考えてもそうだけど、『由香里さんを預かっている』『お前と交換する』『集合場所はかくかくしかじか』『来なければ家族を殺す云々』――そんなの長くとも五分あれば充分な情報量だし、何も長口上の大演説をして、脅迫相手にわざわざ落ち着く暇を与えてやることは無いしね。振り込め詐欺じゃないけれど、効果的に脅迫をしようと言うのなら、情報量は必要最小限に絞り、言い切り型で脅迫相手を突き放して、恐怖に基づく悪い想像を精一杯働かせて貰うのがベスト。まして、どう考えても脅迫相手との『会話』にはならないのだから、そうほとんどが一方的な『通告』になるのだから、約二〇分を費やすなんてむしろ至難の業よ。

加うるに。

諸情報から判断して、自己を律すること篤い由香里さんが、そう極めて正義感と責任感の強い由香里さんが、それが歌織であれ栞であれ、親友を身代わりにするプランを受け容れるはずも無い。そう、どれだけ脅されようと電話口で『歌織、トオルさんの言うことを聴いて、お願い……』なんて台詞を吐くはずが無い。

おまけに。

歌織は当該電話において、脅迫相手なる者から『ニナガワ』『ミナガワ』なる偽名しか聴いてはいない――という設定。無論、中途で今の『トオル』なる名前が出てくる――という設定ではあるけれど。けれどこれらの設定からすれば、歌織が脅迫者のことを断定的に『仁科徹』と語っているのはやり過ぎよ。

だって被疑者は少年。実名報道されていないんだものね。

成程、御町内の火事で派手に焼けたのが『仁科さん』だってことなら誰でも分かるでしょうけど、そこの一人息子が『仁科徹』だったなんてこと、歌織が知っているはずも無し。それはそうよ。歌織曰く、『全然知らない人でした!!』『今だって顔すら知りません!!』なんだもの。これらを要するに、歌織の設定からすれば、歌織が認識できた脅迫相手はニナガワトオル又はミナガワトオルであって、まさか仁科徹ではあり得ない。ましてや、トオルなる名前から仁科なる姓を手繰るのも無理。というのも、実名報道されていない被疑少年四名の内には、ひょっとしたら他にもトオルが一人二人いたって別段不思議じゃないものね――けれど何故か、歌織は断定的・確定的に、脅迫者は仁科徹であると強弁している。いえ何故か、歌織は仁科徹のことを知っている。

そして、駄目押し。

私人様のことは言えないけれど、今時の女子高校生が『甘夏の樹』をそれと識別できるとは思えないわ。そこで念の為調べるに、甘夏に関して言えば、今の季節は剪定時期。開花時期は二か月後の五月頃。収穫時期は次の年末の一二月頃――なら、あの大きな樹を一瞥しただけで『甘夏』と分かるはずが無い。ううん、私自身を基準にすれば、仮に花や実を現認したとして、それが『甘夏』だと断言できはしないでしょう。まして被疑少年らとて、そこを自宅として育っていないなら、それが何の樹か知りもしないし興味も無かったはず。若干の捜査情報を漏らせば、そもそも監禁場所の窓は潰され塞がれていたしね。だのに歌織が、そう仁科家を『たまに自転車で、無意識に通り過ぎるだけの、町内の普通の家』としか認識していないはずの歌織が、『町内の仁科さんの家で、そうあの大きな甘夏の樹がある仁科さんの家から由香里が見付かったって聴いて』云々と発言するのは極めて不可解よ。

と、すれば。

歌織は『甘夏』のことを誰から聴いたのか？

それは相当程度の蓋然性で、それをよく知る仁科徹から聴いたのだろう。これは予断。

しかし歌織は何故か、仁科徹のことを知らないフリを続けていた。これは事実。

まして、指摘するのが悲しい事実だけれど――

……仁科家の某家人の証言があった。

仁科邸炎上の二〇日弱ほど前、仁科邸に、女性が連れ込まれていた形跡があったと。それは、洗濯物の籠なりトイレなりを見れば分かったと。人数的には一人だと……するとそれは当然、由香里さんではない。由香里さんが監禁されてしまっていた期間は、仁科邸炎上以前の二週間だから。また本件非行少年グループの性癖からして、当該女性は若い娘だと仮説できる。そして、当該女性は非行少年グループに属してはいない。まして実は、被疑少年の一人がこのような発言をしている――

『何だったら、此奴のスマホ画面を撮影したあれ。チャットにメール。あれ使えば、また此奴から此奴の友達を手繰ることだってできるし』

とね。これは極めて特徴的な発言よ。というのも、『また……手繰ることだってできる』のだから。『また』なのだから。ということは、被疑少年らは以前にも、『餌食にした若い娘から、そのスマホ内のデータを濫用し、新たな餌食を手繰る』という行為をしたことがある。確実にある。実際、歌織はそのような脅迫を受けたと私に証言しているわよね。そう、そのような脅迫を受けたと、けれど自分は行かなかったと……でもそんな歌織が、同時に私に絶叫してもいた。すなわち、あんなこと!!　あんなことどうして!!　どうしてあんなことができるの……!!
私は……私は自分可愛さに由香里を売ったんです!!　由香里が非道い目に遭うことを知りながら、自分だけは非道い目に遭いたくなくて、由香里を悪魔に売り飛ばしたんです!!　悪魔の為すがままに任せたんです!!

と絶叫していた……

　とすれば。

　指摘するのが、ほんとうに悲しい事実だけれど」

「……仰有ってください」栞はいった。「それが、お仕事なら」

「何故か甘夏の樹を知っている、円藤歌織。何故か仁科徹を知っている、円藤歌織。実は歌織こそが、本件監禁事件・本件強制性交事件の、第零番目の被害者だった。……由香里さんほど深刻な物的外傷を負っていない事実からすれば、歌織の監禁期間・虐待期間は二週間を大きく下回るとは思うけれど、とまれ。

　最初に非行少年グループの餌食になってしまったのは、由香里さんではない。歌織だった。まして非行少年グループは卑劣にも、歌織の言葉尻でもとらえたか、歌織の体調上の問題でもあったのか、なんと由香里さんに人質交換を申し出た。正義感と責任感の強い由香里さんは、歌織を救う為、喜んで自らを犠牲にした。たぶん、栞あなたには、いえ他の誰にも相談せずに、そう決意しそう実行した。よって仁科邸炎上の二週間前、歌織は解放され、同時に由香里さんの監禁生活が始まってしまった」

「そ、そこまでのことを」栞は唖然とする。「こ、言葉の端々から……そこまでのことが解ってしまうなんて!!　ましてそれは当然、歌織がひかりさんに音声記録を渡しちゃって、だからもう全部を喋っちゃう前のことですよね!!」

「さして自慢できる話ではないわ。そもそも警視庁管内においてそのような悪魔を跳梁させてしまったのが痛恨にして破廉恥の極みだし。歌織にはもうしたけれど、栞、由香里さんの親友たるあなたに改めて謝罪する。無能な警察で、ほんとうに申し訳ないと。私達の無能の所為で、一七歳のあなたたちを、斯くも苦悩させ絶望させてしまったと――

また。

さして自慢できる話でもないのは、私が仁科徹の供述を詳細に知る立場にあるからよ。そして仁科徹の供述はといえば、ぶっちゃけ嘘だらけ。無論、由香里さんを略取というか拉致したその状況も嘘だらけ。どう解析しても、由香里さん略取シーンはデッチ上げよ。なら、由香里さんはどのような経緯で仁科家に入ったのか？　ここで、第零の被害者の存在と、由香里さんの性格と、あと全部を喋る前の歌織の『脅迫電話』の嘘を掛け合わせれば、由香里さんが第二の被害者であると結論付けるのは、そう困難なことじゃないわ」

「そして、全部を喋る前の、歌織の動揺と絶望からすれば」

「脅迫電話の物語は、真実に立脚した嘘だということも結論付けられる」

「それは、歌織に対する脅迫電話なんかじゃなかったと解っちゃう――」

「――だとすればそれは何か？

まさに監禁現場たる仁科徹の自宅から、まさに監禁被疑者たる仁科徹のスマホを用い、まさに第零の被害者たる円藤歌織に架けられた深夜一時過ぎの電話とは？　諸状況から察するに、寝入っていたであろう監禁仲間に察知されず、だから市松由香里にとって安全な態様で、約二〇分もの間にわたって謀議をしていたその電話とは？　まして、謀議の相手方たる円藤歌織は、市松由香里が其処にいることを知っているばかりか、市松由香里にどんな虐待が加えられているかも知っている。それはもう解っている。なら、市松由香里の親友である円藤歌織が――自分の身代わりに親友を差し出してしまった円藤歌織が――考える事はたったの一つよ」

「どうやって、由香里を救出するか、ですね……」

「それしかない。それ以外、忌まわしい性犯罪の被害者となってしまった歌織が、忌まわしい非行少年グループの一員である仁科徹と、約二〇分もの間にわたって謀議をする、そんな理由も動機も必然性も無い。

　もし仮に、仁科徹と円藤歌織の間に、そのような文脈の、そのように特殊な共犯関係が成立していなかったのなら……仁科徹からの架電など、歌織にとって一分一秒たりとも耐え難いものだったはずよ。そんな電話を約二〇分も継続させるなど、常識と道理に反する。またそのような特殊な共犯関係を前提とすれば、『甘夏』なる特殊なキーワードが出てきた事にも納得がゆく」

「そして歌織が落ちれば、私もその特殊な共犯関係に入っていたとすぐ解る……」

「といって、歌織が何も喋ってくれなくとも、私は栞と接触するつもりだったし――

　そもそも栞が当該特殊な共犯関係に入っていたことは、捜査の初期段階で確信できた」

「そ、それは何故ですか？　私が、歌織とも由香里とも親友だったからですか？」

「まさかよ。

　それは第一に、あなたこそが謎のＤＶＤ－Ｒ二枚を『提出』してくれたノゾミさんだと確信できたから」

「あっそういえばそのことが。でもそれはどうして――」

「当該ノゾミさん。どうしても当該謎のＤＶＤ－Ｒ二枚を警察に『提出』したかったけれど、絶対に身元を割られたくはなかったノゾミさん。だから防犯カメラも警察施設も避けようとしたノゾミさん。そのノゾミさんに、どうやってＤＶＤ－Ｒ二枚を警察に流すか、悪知恵を入れたのはウチのナギよ。ナギには諸事情から、市松由香里さんと仁科徹を守りたいそんな動機があったから。捜査本部で被害者対策班の係長をやっているそのナギが、ノゾミさんこと栞、あなたに接触するのはそもそも任務でもあるし児戯にも等しいこと。ましてナギときたら、あの現場では身元を隠さなきゃいけないってのに、管轄の駐在所員をせっつくあまり、若干の警察用語も喋ってしまっているしね……とまれ、ナギはあなたの切なる事情を知り、あなたの力になりたいと強く願った。だからナギとあなたは、どうやったら身元も外貌も割れない形で、当該ＤＶＤ－Ｒ二枚を警察に流せるか謀議した。あなたがナギをそうまで信頼したのは、そもそもナギに、後輩女警その他の若い娘に慕われる不思議な魅力があったことも一因だけど、ナギが警察の専門知識を惜しげも無く提供したことも大きい。そう、外回りの警察官に、警察施設以外で遺失物の取扱いをさせてしまえば、その提出者の個人情報なんて一切残らないとね。このナギの専門知識と、実はあなたの人生経験が、絶妙に化学反応した――

　そう、ボランティア部の部活動よ。

　ボランティア部が道路掃除や河川掃除をするとき、交通事故防止などの為、管轄の駐在所員が同道してくれる。そして、ぶっちゃけどうでもいい感じの落とし物なら、現場限りで、何の面倒な手続も無く受理してくれる……もちろん書類作成も無ければ個人情報の確認も無い。

栞、あなたは部活動の経験からそのことを知っていた。

そしてナギは、実はそれはインチキである旨を、だからその実績を強く訴えれば管轄の駐在所員も黙ってブツを受け取るしかなくなる旨を、入れ知恵した。また万一のことを考え、自身もコダマ先生として、駐在所員を黙らせるべく活躍した。

ここで、栞が正直に、当該二枚のＤＶＤ－Ｒを入れた角封筒は『彼処のバス停の待合所に、置いてあったんです』なんて喋ってしまったのは、吉祥寺に詳しいナギとしては、うわっと仰け反る程の失言だったと思う。というのも、先刻私自身が確認したとおり、当該待合所を『バス停の待合所』だなんて表現できるのは、井の頭六丁目地内の地元民くらいのものだから。私実際に年休を取って当該バス停を実査したけれど、そのとき当該待合所の構造と立地を現認して、ノゾミさんは井の頭六丁目地内の住民であると確信したわ。

まして当該ノゾミさんには、どうやらボランティア部の知識がある。

既に、ナギと昵懇の仲でもある。

となれば、捜査本部が当然入手している住所からして、武藤栞さんに着目しない方が面妖しいわ。ちなみに最優先で疑うべき女子高校生となれば栞、あなたか歌織だけれど、歌織は中学時代からずっと茶道部。ボランティア部とは縁が無い」

「……水鳥警部補を巻き込むような事をしてしまって、申し訳なかったと思っています」

「いえそれは超絶的にどうでもいいわ。結果としてはちょっとした悪戯程度にしかならなかったし、あなたがそうまでして身元を割られたくなかった理由も解るしね。

とまれ、謎のＤＶＤ－Ｒ二枚を提出した、謎のノゾミさん。

ここで、当該謎のＤＶＤ－Ｒ二枚は、どう考えても炎上した仁科邸にあったブツよ。

栞、あなたはそれを、どうしても警察に渡したい状況に迫られた。

いいえ、警察に渡さなければならない状況に迫られた。

――ところが。

誰がどう考えても、非行少年グループの一員などではない、だから被疑者側ではない、むしろ被害者側の、まして被害者の親友でしかないはずの栞が、当該謎のＤＶＤ－Ｒ二枚を所持している理由が無いわ。

事件認知当夜、炎上した仁科邸は直ちに警察と消防とによって、言わば占拠され確保された。その後警察は徹底した検証を実施しているのだから、まして度を超した集団過熱取材も発生しているのだから、まさか栞が現場に入れたはずが無い。それ以前に、純然たる被害者の親友でしかない栞が、仁科邸にあったブツに触れられるはずが無い。

にもかかわらず、栞は当該ブツを持っている……

成程、身元を割られては困るわね。素直にＤＶＤ－Ｒ二枚を持って行ったりしたら、何故被疑少年らしか触れ得なかったはずのブツを持っているんだって、まさに被疑者に対するような苛烈な取調べを受けるかも知れないもの。出所。経緯。経路。所持・隠匿の動機。被疑少年らとの関係性。栞としては、どうしてもそれらを説明せざるを得なくなる。

ところが」

「……そうですひかりさん。それらは絶対に説明できません」

「そう、栞の心情としても説明できなかったし、ましてその説明は禁じられた。というか、それを説明しないよう哀願された。哀訴された。

　あなたはそれに感じ入った。だからまたもや〈特殊な共犯関係〉に入った」

「私がノゾミを演じたと解った時点で、私が恐ろしい秘密を黙っていると、ましてそれが誰の為なのかも、見抜いた……」

「繰り返せば、第一の理由としてはそうね。

　だって当該ＤＶＤ－Ｒ二枚の内容は、どう考えても極めて恣意的・作為的なものだし、だから何故当該二枚だけが選択されたのか、そう『×』だか『＋』だかが記載された当該二枚だけが選択されたのか、すごく想像力を刺激されるし――おまけに冷静に考えてみれば、当該ＤＶＤ－Ｒ二枚が栞の手に渡った経緯、栞の手に渡ったその場所って、ピンポイントで一箇所しか無いものね。

　そして栞。

　あなたの〈特殊な共犯関係〉、あなたの恐ろしい秘密、あなたがそれを死んでも守ろうとする動機。それを確信できた理由は、もう一つある」

「すなわち」

「すなわち第二に、これまた栞、あなたがボランティア部に属していることよ。無論、親友である由香里さんと一緒にだけれど。そしてあなたたちの、井の頭女子高等学校のボランティア部は、先述の清掃活動のほか、募金活動、様々な介護介助の支援、交通安全運動を実施している上、事件事故の当事者・遺族の講演会に協力したりもしているわね。ここで私、いちおう警察官だから、その当事者なり遺族なりというのは、犯罪被害者・犯罪被害者遺族をいうものだと解る。近時においては犯罪被害者の法的地位が見直され重視され、また、犯罪被害者・犯罪被害者遺族による啓発活動・講演活動・各種審議会への参加も活発になっている。これは周知のこと。

　するると。

　栞とナギが〈ボランティア部〉を触媒として化学反応を起こした様に、由香里さんと新名誠・新名美奈夫妻が、〈ボランティア部〉を触媒として化学反応を起こした可能性がある、大いにある」

「も、もうそこまで!!」

「ここで当然、新名誠・新名美奈夫妻とは、世に言う〈一九九五年事件〉の被害者遺族、世に言う〈武蔵野市兄妹殺人事件〉の被害者遺族よ。更に言えば、その三人の息子・娘を残虐極まる形で、残虐極まる鬼畜どもによって殺害されあるいは強姦されてしまった被害者遺族よ。そしてもう当然に栞も知っているとおり、その残虐極まる鬼畜どもは所謂少年ＡＢＣＤなる者だけど、うち少年Ｄなる者は美里由行なる男性。これらが殺害・強姦をした被害者のたった独りの生き残りは、新名弥生という女性。世間では、ずっと新名弥生で通っているけどね。

　ここで、特に。

　この美里由行なる男性が、市松由香里さんに致命的なインパクトを与えた。

　――もう少し詳論すると。

　新名誠・新名美奈夫妻は、〈一九九五年事件〉の被害者遺族として、全ての被害者・被害者遺族の為、しんみょうなる世間の誤読は誤読そのままに、熱心な啓発活動・講演活動・各種審議会への参加を行っていた。これは確定している事実。残念ながら、御夫婦のいずれも二〇〇八年に逝去された。これも確定している事実。なら、新名誠・新名美奈夫妻と由香里さんが直接接触したことは無い。由香里さんが井の頭女子高等学校で、犯罪被害者の支援もするボランティア部に入ったのは、その一〇年余も後のことだものね。これも確定している事実。ただ……当該ボランティア部の活動を通じ、特に被害者支援活動への協力を通じ、由香里さんがまさに地元で発生した〈武蔵野市兄妹殺人事件〉に係る講演録なり手記なり著書なりに触れた可能性はある。これは予断。当該事件について更に興味関心を抱き、リアルでもネットでも様々な調査研究を行った可能性はある。これも予断。そのような独自の調査研究を通じて、いよいよ少年Dとは――美里由行とは何者かを知ってしまった可能性はある。これも予断。ひょっとしたら、美里由行に会いに行ったことすら在るかも知れない。これも予断。

――けれど。

由香里さんは当該〈武蔵野市兄妹殺人事件〉のたった独りの生き残り、そう、残酷かつ悪虐極まる強姦被害者の、新名弥生に会いに行ったことがある。これは確定している事実。何故なら私は京都に行ったから。京都に行ってその物証を確保してきたから。

すると。

最後の事実が物証を以て確定した時点で、延々と述べてきた全ての予断もまた、ほぼ確定した事実となる。何故と言って、新名弥生というゴールに辿り着くには、私が予断として指摘してきたルートを――唯一、美里由行に直接会ったかどうかを別論として――踏破せざるを得ないからよ。

だから。

そのルートによって。

由香里さんは自分が何者かを知ってしまった。新名弥生なるゴールで、答え合わせもできた。

それは無論、自分の親にも、育ての祖父母にも言えない重大な秘密……

自分がそれを知ってしまったとは絶対に打ち明けられないという意味での、重大な秘密。

由香里さんはそれを知ってしまった。

――ボランティア部の活動でね。

そのボランティア部には栞、あなたがいる。由香里さんの親友のあなたが。『日頃から、親にも言えない事とて胸襟を開いて相談できると誇っていた、大親友』のあなたが。

だから私は確信した。この第二の理由でも確信した。あなたの〈特殊な共犯関係〉、あなたの恐ろしい秘密、そしてあなたがそれを死んでも守ろうとする動機を、確信した」

「だからとうとうやってきた」栞は瞳を潤ませた。「私が絶対に渡せないものを、奪いに」

「それが猟犬よ」

「……歌織が言っていました。ひかりさんは……恐い人だって。

私達が死んでも隠し通そうとするものを、絶対に奪い取ってゆく恐い人だって。

だから、きっといつか、栞の下にもやって来るよって。そして……そして……」

「御免なさい」ひかりは微かにミラーを見遣った。「その時が来たわ」

「……さっき、ひかりさんは言いましたね。

真実はしあわせを約束しないけれど、真実から逃げれば不幸にしか行き着かないって」

「ええ」

「私……私、この真実を明らかにしても、不幸にしか行き着かないってそんな気がして」

「由香里さんだったら、どう思うかしら。もし由香里さんが、あなたの立場に立ったら」

「それは、でも……!!　卑怯です!!　由香里は、由香里の気持ちは確かに……でも!!

そんなこと、ああ、許される事じゃ……!!　まして報道だって裁判だって、こんなこと明らかになったら、誰もが由香里のこと……ああっ!!」

「──仁科徹がそう言ったのね？」

「ち、違います、私自身が心からそう信じているんです!!」

「栞、あなたは優しい人。

畢竟(ひっきょう)、自分の幸せにも不幸にも関係が無いのに、そうまでして由香里さんたちのこと、思い遣っている……ほんとうに大切に思っている。自分がここで堰(せき)を切ってしまえば、死んだ由香里さんに天国で合わせる顔が無いと、心からそう恐れている。

けれど。

もう解っていると思う。私は知っている。

仁科徹の望むこと。市松由香里の望むこと。そして武藤栞と円藤歌織の望むこと。

それらは微妙に異なっている……

そしてあなたは市松由香里の為(ため)、市松由香里の最期の意志をそうやって隠して、仁科徹と共犯関係に入った。そう、市松由香里の最期の望みを、そうやって隠し続けて。

それがあなたの正義だから。

それがあなたの覚悟だから。

……だけど。

酷いことを言う。それは市松由香里をもう一度、炎の中で殺すことよ。

あなたがそれを隠し続ける限り、それはあの紅蓮の炎に燃え尽きたのと同義になる。

そう、市松由香里の最期の言葉。

あなたがそれを火にくべ、それを焚いてしまうことになる。

市松由香里がもし生きていたなら、今この時こそ絶叫したであろうその言葉を――

……栞。

言葉は人が生きた証よ。

言葉を焚く者は、やがて自分の魂を焚くことになる。

ましてあなたはまだ一七歳。平均的に考えて、残余七〇年を生きなければならないわ。

だけど、このままでは。

あなたは自分の魂を火にくべたまま、誰も知らないその拷問を、七〇年も生きなければならない。絶えず煩悶しながら。絶えず自分の覚悟に呪われながら。ほんとうにこれでよかったのかと。ほんとうにこれが彼女の為だったのかと。そうよ栞。あなたの残余の人生は、そんな重い荷物、重い鎖にずっと縛られることになる。

まして、それだけの秘密よ？

酷いことを繰り返すわ。それは絶対にあなたの耐えられるものではない。市松由香里がその人生を懸けて紡いだ言葉、その永遠の墓守をするだなんて、まさか常人の耐えられるものではない。そんなまやさしいものではない。私は責任ある大人として、そんな地獄の責め苦を、一七歳のあなたに与える訳にはゆかない」

「だからって、今さっき会ったばかりの貴女（あなた）に!!」

「それもそうね」

「――え？」

「どれだけ言葉を重ねようと、所詮（しょせん）は一時間にも満たない縁（えん）。喋っている私も、時々自分の言葉の空疎（くうそ）さに辟易（へきえき）するわ、正直」

「ええ？」

「浪花節（なにわぶし）の説得だなんて、私みたいなイカれた猟犬には似合わないって事。

だから私、約束をすることにするわ、あなたが私を信じてくれるような、そんな約束」

「よ、よく解りませんけど……

でもどんな約束だって、所詮は空疎な言葉じゃないですか」

「こればっかりはそうでもない、と思う、私は。

そしてこの約束を実現する為（ため）にこそ、私は栞、今あなたの持っているブツが欲しい」

「そんなもの持ってないって言ったら？」

「それはあり得ない。何処（どこ）に隠しても安心できるものではない。誰に預けることもできやしない。絶対の秘密、誰もが一瞥（いちべつ）して解ってしまうその秘密は、肌身離さず持っているより他に無い。でもそんな議論はどうでもよい。というのも栞、あなたはそれを出したくなるから。五分後には私それを確保しているから。私にはもうその投了図（とうりょうず）が見えている」

「そんなこと、よくも!!」

「あなたが人生でいちばん隠したいもの。それを求める以上、私も職と人生とを賭する。だから一度だけ私の脚本を教える。願わくは即断即決して。すなわち、私はその遺書を使って、仁科徹を――」

「そこまでして!!」

「その遺書があればできる。無ければできない。警察側の事情と手口は説明したとおり」

「かくて真実を知った警察は納得し――ましてや市松由香里の魂も、仁科徹の魂も、武藤栞の魂も救える。そうじゃない?」

「……本気、ですか⁉」

「……ほんとうに、できますか?」

「市松由香里の制服のスカーフに誓って、できる」

――武藤栞は、その膝の上で固く抱いた鞄を開き。

赤、黒、白が目映いフェアレディZ34は、無許可の緊急走行で中央道を遡行していった。

吉祥寺警察署五階・道場至近

同日。

時刻は、午前零時近く。

箱崎ひかりがくだんの〈Z〉で帰署してからしばし。

水鳥薙警部補は、捜査本部から階段を用いて此処、吉祥寺警察署五階の道場前までやってきた。日本の一、二〇〇警察署で道場を持たない警察署は無い。といって薙は、自身は剣道選択だが、別段剣道の稽古をしに来た訳でも柔道の稽古をしに来た訳でもなかった――

（あのハコ管理官が）薙は訝しんだ。（警電に出ないなんて、ましてや道場に籠もるだなんて、どういう酔狂だろう。柔道選択だってチラと聴いたことがあるけど、キャフフフッ、まさか朝稽古を熱心にやるタイプじゃないし）

吉祥寺警察署は決して新しい警察署ではないが、大規模署・警視正署ゆえ、それなりの道場を備えている。彼女は言わば三和土でパンプスを脱ぐと、ちょっとしたホールを思わせる密封式の扉をグッと開いた。ギュウウ、と鳴って開いた扉の眼前には、典型的な形で、板張りの間と畳敷きの間がある……

ただ。

薙が密封式の扉を開いたとき、既に彼女の鼓膜は大音量の、ノリノリの、重低音の利いた謎の音楽に蹂躙されていた。そして、何故か道場の照明は落とされている。此処は五階ゆえ、窓から街灯が差し込む訳でもない。残る照明は、純然たる、玲瓏たる月灯り星灯り。

――その、純然たる月灯り星灯りの下で。

ガンガンに鳴り響くダンサブルな、しかし何処かレトロな音楽に乗って。

箱崎ひかりは踊っていた。

瞳が闇に順応してくるに連れ、いよいよ全貌を現してくるその奇々怪々な踊り……

（ぽ、盆踊り？

けれど、このノスタルジックな曲。とても小さい頃、耳に挟んだことがある様な)

無論、幼少期に適切な音楽教育を受けていた薙が、そうヴァイオリンとピアノの名手である薙が、パッと指摘できる音楽でもなければ踊りでもない。ただ、眼前の箱﨑ひかりの挙動を、その一挙手一投足をどう表現すればよいのだろう。

(キレッキレで、ぬめぬめで、ノリノリでしかも躊躇が無い。なんだろう、このド派手な盆踊りみたいなダンスは。

確か、今夜は珍しくも制服で出掛けたはずだけど……何時しかいつものゴスロリで、何故か顔色一つ表情一つ変えず、一定のパターーンをひたすら繰り返す、この謎のド派手な盆踊りは何？)

――とまれ、それが何であろうと、薙の瞳はひかりのキレッキレさに釘付けになった。

まして、適切な音楽教育を受けてきた薙は、ひかりが当該謎の盆踊りのどの拍も外していなければ、どのトメも、どのコンボも決め損ねてはいないことに気付いた。

(そして、笑わない、弾まない、ひるまない。どんな踊りだよそれ。ふしぎなおどりかよ。マクンバかよ……微妙に、あぶないし!!)

「――お疲れ様です水鳥先輩っ」

「うわ吃驚した!!」突然背後を取られた薙は飛び上がった。「あれっ、八交機のエリカじゃない。先月の、お医者先生合コン以来だね。っていうかいつもみたく、縄張りの立川あたりを官製速度超過違反で流しているんじゃないの？　また吉祥寺警察署くんだりに何の用務？」

「私ひかりとは長い友達なんですけどっ、今夜はひかりにパラパラを教えて貰う約束で!!　かもんざおどり!!　かもんざおどりとっ!!」

「あっ、パラパラ――」

薙はようやく謎のゴスロリ盆踊りの正体を認知した。三三歳の薙としては無理も無い。パラパラ最後のブームは彼女が幼稚園児かそれ以下の頃である。ただそれを言うなら、今二六歳のひかりはその時、生まれてもいない筈だが。だのに何だこのキレッキレは。

「最近また流行ってるんですよ!!　令和の第四次パラパラブームとかで。お家で踊ろう、っていうのが最近の世相にウケたみたいですねっ!!

ただ実際の所は、今度同期の披露宴があるんで、その余興にしようかなって。今更てんとう虫のサンバでもないですし……私個人的には、昭和の懐メロの方が趣味なんですけどっ。

それは～まぎれもなく～エリカ～♪」

「ま、まあそれで、あの笑わない、弾まない、ひるまないふしぎなおどりを習っていると」

「ま、全然笑わない能面パラパラは、ひかり独特の流儀だと思うんですけどねっ!!」

（それにしても、微妙に困った――）薙は嘆息を吐いた。マクンバは終わる気配を見せない。

（――下北係長が、警電に出させろって喧騒いんだけどな。何でも、御嬢に頼まれた例の金属片、明日手渡せばいいのか云々って）

ただ、捜査本部が立って一週間。捜査員は無論、泊まり込み真っ盛りの時期である。薙自身もそうだし、下北もまた然りだ。今宵もあと二時間は、捜査書類を睨みながら日本酒でも呷っているだろう。そう考えれば、ひかりはひかりで、今日この日を終える儀式をしているのかも知れない。

「……しっかしまあ、ノリノリね。それなりの御縁だけど、こんな特技を持っていたとは」

「ただノリノリすぎて、どうやらひかりゾーンに入っちゃったみたいで。ほとんど瞑想か宗教的儀式ですね。習うどころか、もう私の姿も瞳に入ってません。それに」

「それに？」

「……何か今度担当している事件、深く思うところが在るみたいで。だから、ゾーンへ」

ここで薙は、爆音として流れ来る音楽の歌詞を、聴き取れる範囲で和訳した――

　　危険な夜になる　絶対に離れるな
　しっかりできるように祈れ
　新しい世界を見せてやる
　しっかり付いて来い　危険な夜になる

「――エリカ、この曲の名前何だっけ？」

「もちろんNIGHT OF FIREですよ先輩」

（火の夜）ド直訳をした薙はしかし、ひかりの儀式の意味が少し、解った気がした。（火事の夜。危険な夜。それはつまり……）

「――ナギ」

「は、はいハコ管理官!!」

「どうやら、下北係長の準備も」踊りは止まらない。顔の向きも変わらない。何故こんなにヌルヌルと不気味なのか。「終わったみたいね？」

「そ、そうなんです。で例のブツ、明日手渡せばよいのか——って警電がじゃんじゃん」

「そのとおりでよいと伝えて頂戴。

あとナギ、円藤歌織の音声記録。上原係長には渡した？」

「はい、ハコ管理官の下命どおりに」

「重畳。

そして日付も変わった。今日が何の日か解る？」

「……もちろんです」

「なら決着を付けましょう。

危険な夜に、いったい何があったのかを」

ひかりの腕が、頭上鋭く弧を描いたと思うやぐるぐるり一回転し——

敬礼の如きトメをビシリと決めたとき、たっぷり余韻を味わってから、ひかりはいった。

「あと当然、危険な夜の仕込みもしないと。そうでしょう？」

第6章

吉祥寺警察署・第1取調べ室

仁科邸炎上から、一〇日後。

仁科徹の逮捕からなら、六日後。

仁科徹の所謂(いわゆる)ワン勾留(こうりゅう)の、四日目。

「おはよう徹。さて今日も元気よく始めようか」

「毎日毎日、お仕事お疲れ様です、上原警部補」

「それでな」

上原はいきなり勝負に出た。

デスクを挟んで対峙する仁科徹の眼前に、とある金属棒をドン、と置く。

透明なビニールの、証拠品袋に入ったその金属棒とは無論——

「これ何だろう？」

「……何かの鍵、みたいですね」

「徹に見覚えは？」

「特に無いです」

「んなわけねえだろ!!」いきなり激昂（げっこう）するのも、無論脚本どおり。「もう一度訊く。もう一度だけだ。心して返事しろ――これは何だ？　これは何の鍵だ？」

「だから知りませ」

「んな訳ねえだろ!!」

上原はここでとある捜査書類と、とある拡大写真を出した。

「逮捕されれば指紋を取られる。ホラこれが逮捕時のお前の指紋な。

それから此方（こっち）。これはこの書類にあるとおり、この金属鍵から採取された誰かの指紋。

――何処（どこ）をどう見てもピタリ一緒だろうが!!

ということは。

お前はこの金属鍵にベッタリ触れているんだよ!!

ましてたまたま指先が触れたなんてそんななまやさしい触り方じゃねえ。ガッチリ握ってガッチリ摑（つか）んでいるんだよ。でなきゃこんなにクッキリとした、キレイな指紋が付く訳ねえだろうが!!　お前は今日の今日まで俺を散々騙（だま）してきたが、どっこい指紋は嘘を吐かねえんだよ!!　その指紋はハッキリ証言してんだよ、僕は仁科徹くんに触られましたってな。僕を持っていたのは仁科徹くんですってな……

……なあ、徹。

お前が最初からこれを恐れてたのは解ってたんだ。

それこそお前を逮捕したそのときの瞳（め）の動き、言葉の端々（はしばし）から解っていた。

だから俺はこれを必死で捜し――

とうとう見付けた。何処でだと思う？」

「……さあ？」

「この警察署の裏手の、警察署の駐輪場の奥だ。そして警察を見括ってもらっちゃあ困る。その発見位置、周囲の人の動線、落ちていた角度その他の格好……投げ捨てなきゃ、そうは落ちないって形で存在していた。誰かが警察署に入るとき、その動線上から投げ捨てなきゃそうは落ちないって形で存在していた。なお発見時の写真はこれだ、動画はこれ。

そして更に、警察を見括ってもらっちゃあ困る。指紋の付き方から、最後にこの金属鍵に触れたのは誰かすら分かる。お気の毒様だが、重複指紋の分析や、指紋付着時期の分析は、科学警察の中でも特に躍進著しいジャンルなんでな。そしてもちろん――

この金属鍵に最後に触れたのは徹、お前だよ。

この金属鍵を警察署の駐輪場目掛け投げ捨てたのも徹、お前だ。

そしてお前がこの金属鍵を警察署で投げ捨てたって事はだ。お前がこの金属鍵を警察署まで携帯していたって事を意味する。投げ捨てられていたのは裏庭だから、真っ当なお客様として正面玄関から警察署を訪問した時じゃねえ。ならお前がこれを投げ捨てたのは、お前が被疑者様として警察署に同行されたその時だ。そう、そのタイミングはお前の家が燃えたあの夜であってそれしか無い。そのときお前はこの金属鍵を携帯していたんだから、この金属鍵はお前が乗っていたPCにも存在していたし、お前が逃げ出してきた家の玄関でも存在していたし、だから、元々は市松由香里を監禁していたあのリビングダイニングにも存在していた事になる。経路を遡行すればそうなる。警察署裏庭～地域警察官のＰＣ～仁科家玄関～リビングダイニングだ。まして、リビングダイニングには大事な金属鍵が二本存在していた事が分かっている。お前が億も承知のとおり、〈市松由香里の手錠の鍵〉と〈リビングダイニングの南京錠の鍵〉の二本だ。しかしお前が億も承知のとおり、〈手錠の鍵〉はその燃え残りがリビングダイニングから発見されている。するど残るのは〈南京錠の鍵〉でそれしか無え。

そしてこの南京錠の鍵には、お前の指紋がクッキリ付着している。

ましてこの南京錠の鍵を警察署裏に投げ捨てられたのは、この世界にお前唯独りだ。

――ふう、ガラにも無い演説をするのは疲れるぜ。

だから徹よ、いよいよ物言う証拠も登場してくれたことだし、ここは敬老精神を発揮して、いよいよホントの事を教えてくれ。お前の口から教えてくれ。

これは何だ？　これは何の鍵だ？」

「錠前の鍵っぽく見えますが、何の鍵かは全然分かりません。

僕の指紋が付いていたって話ですが、僕には全く身に覚えがありません。以上です」

「オイオイ徹君よ。物的証拠が、科学的証拠がある以上、もうどれだけ否認こいても、検察官も裁判官もハイそうですかと納得しちゃあくれねえぜ？　これまでは、お前の嘘八百を突き崩す証拠が無かった。だからお前の嘘八百にもそれなりの意味が在った。だが今、物理的にかつ科学的に『持っていた』って事実が証明されちまったんだから、お前の嘘八百には何の説得力も無くなるし、むしろ重大な秘密を隠しているってことが立証されちまうんだよ。俺はもちろん、検察官も裁判官もその重大な秘密を知りたがるだろうし……

それをどうしても謡ってくれねえってんなら、お前の心証、ド派手に悪くなるぜ？

それをどうしても謡ってくれねえってんなら、俺や検察官や裁判官が描いた物語の方が、真実だと認定されかねないぜ？　そうこの〈南京錠の鍵〉で、お前と俺の立場は逆転したんだよ。お前は自由に物語を並べ立てられる立場から、俺達に物語を決められる立場に転落したんだよ。お前が何も物語らねえって言うんなら、俺達はその旨だけ記録して、俺達が科学的で合理的だと思う物語をお前に押し付けるだけだ……地頭の良いお前のことだから、自白が無くとも、そう客観的な状況証拠だけでも、検察官や裁判官さえ納得すれば有罪、それが世界の真実として確定しちまうってこと、充分理解している筈だよな？」

……上原は調べ官の禁を破り、刑事として心にも思っていない大嘘を演説した。上原は熟練の調べ官である。調べ官の任務は真実の自白の獲得である。状況証拠の積み重ねだの、捜査側の描いたストーリーの押し付けだの、そんなものは調べ官の敗北、大敗北でしかない。仮に警察組織がそれを是としても、上原としてはそんなもの死んでも許せはしない。だから上原の、今の大嘘の演説はまずもって『ブラフ』であり、かつそれと同時に、上原が想定する指し筋を、仁科徹に指させる為の『釣り』であった。そして果たせる哉、一七歳の仁科徹は、上原が既に読み切っていたその手を指した。指してくれた。

「……勝手に物語を作りたいって言うんなら、そうすればいいじゃないですか。警察がそうだと思いたい物語を裁判に出すって言うんなら、どうぞそうしてください。何度も言いますけど、真実はたった一つ。僕はそれを最初から正直に喋っているし、手記にして公表するとも断言しています。なら、どっちがホントの真実なのか、裁判で白黒付ければいいじゃないですか。そんなことして、大恥掻くのは上原さんだし警察だと思いますけど？」

「へ〜えそうかい」上原は数拍置いた。そして再び、調べ官の禁を破っていった。「じゃあ俺は、いよいよお許しも頂戴したことだし、俺が真実だと思う物語を諸々の書類にして、もちろん公判にも出すし、もちろんオトモダチの記者連中にもド派手に流すことにするよ――

被疑少年・仁科徹は、監禁中にベタ惚れしちまった市松由香里に唆されて、そうその肉体に説得されて、市松由香里に指示されるまま、唯々諾々と非行少年グループを裏切り、仲間を焼殺したうえ市松由香里を独占しようと企てた云々ってな。そうだろ？」

「なっ」

「市松由香里も、イヤ純然たる被害者かと思いきや……甘っちょろい坊ちゃん育ちの仁科徹が要と見るや、他の三人とは俄然違った媚態で仁科徹を籠絡した上、脱出の手筈を整えさせたり、他の三人を焼き殺させたり、自分の恥部となる動画等々を焼き払って証拠隠滅を図らせたり……いやいやどうして、純然たる被害者どころか放火殺人の主犯だったとは。そして惚れた弱みのある仁科徹なら、手違いで自分が焼死してしまった後も、完全黙秘したり出鱈目なストーリーをデッチ上げたりして、自分を何処までも守ってくれる……」

「……違う」

「いやはや、なんともはや……

手玉に取られた仁科徹くんもド派手な甘ちゃんだが、これと睨んだ男を確実に堕とす市松由香里なる女もマア、ド派手に大したタマだわ。そうだろう徹？」

「違う!!」

「南京錠の鍵を、ずっと室内着のポケットに入れてたって事は、それを御園光雄から奪ったって事だし、監禁場所を開けるつもりだったたって事だもんなあ。それは非行少年グループとしては裏切りだし、それで誰が得するかって言やあそりゃ市松由香里だけだもんなあ。ましてお仲間三人が三人とも、大事な大事なＤＶＤ‐Ｒやビデオカメラやスマホごと燃えちまったとくりゃあ、それで得するのもマア、市松由香里だけだもんなあ。そしてとうとう生き残ったのがお前独りとなると、誰が市松由香里の肉体に説得されたかも、既に明々白々ってもんだぜ。ああ有難え、もう自白なんぞ要らんわ」

「違う!!」

「ところが悪事はできぬもの、仲間殺しも証拠隠滅も成功したが、肝心要の愛する市松由香里は炎に巻かれて死んじまった……オイオイいったいどうしたい？　計画の一番大事な部分が御釈迦じゃねえか。甘っちょろい坊ちゃん育ちの仁科徹くんとしては、三人殺しの大火にビビって腰が抜けたか？　それともアレか、これで市松由香里と邪魔者ナシに何でもイチャラブできるって嬉しくて嬉しくて気が急いて、思わず手錠の鍵でも取り落として、それが煙か火に巻かれちまったんかい？」

「違うったら!!」

「何処がどう違う!!」今や上原は真剣を抜いた。「俺の瞳を見て言ってみろ!!　今の物語の何処が違う!!　市松由香里の真実って何だ!!　仁科徹の真実って何だ!!　そう、お前が其処までして守りたい、仲間三人を焼き殺してまで守りたい、市松由香里と仁科徹の真実って何だ!!

——お前が今の今まで語ってきた嘘八百なんてのはな、今俺が喋った虫酸の走る様な三文芝居の茶番劇と全く一緒なんだよ!!　それでいいのか、それでいいのか!!　お前が市松由香里と仁科徹のホントのホントの真実を今此処で語らねえ限り、全ては藪の中、誰にでもどうとでも三文芝居の茶番劇が書けちまうんだよ!! それでいいのか!!

お前が命懸けで愛した市松由香里の物語をお前自身が辱め貶めてそれでいいのかよ!!

徹、俺は……

お前がその南京錠の鍵で――いや手錠の鍵でも円藤歌織との会話でもライターオイルの四ℓ缶でもウオッカでも市松由香里の制服でも何でもいいが、ともかくもお前が当夜、市松由香里をどうにか脱出させたかったこと、解っているつもりでいる。解ってやれているつもりでいる。その為に殺人まで決意したことを。だから結局の所、市松由香里の命さえ助かれば自分はどうなっても良いとまで決意したことを。

……なあ、徹。

お前がどう感じているかは知らん。お前がどんな知識を持っているのかも知らん。

だが徹。

取調べ官と被疑者ってのはな、少なくとも俺にとっては、敵同士じゃないんだ。

取調べ官と被疑者ってのは、被害者の最期の真実を一緒に綴る、同志で仲間なんだよ。

結果、そうなれないことも在る。それは取調べ官の無能で無力で、だから税金泥棒だ。

だが徹。

俺はお前となら一緒にやれると信じている。

そこまで必死なお前なら、俺の必死さも絶対に通じると信じている。

だから本音で喋っている。今は駆け引きナシの、真剣の本音でだ。

俺はお前と一緒に、俺達がそして俺達だけが確定できる、仁科徹と市松由香里の真実を綴(つづ)れると信じている。そしてそれは、俺達のそして俺達だけの義務なんだよ。人の真実を確定する、絶対の権利で義務なんだよ。それが被疑者と取調べ官だ、いやお前と俺だ。

……下らん能書(のうが)きを垂れたな、俺も歳だ。

最後に一言。

徹、俺に手伝わせてくれ。お前がその地獄から這い出るのを。頼む徹、お願いだ」

「け、けれど」仁科徹の声は震えた。「でも、それは」

「お前が俺を信じてくれる限り。お前が俺の同志で仲間になってくれる限り。

俺もお前を裏切らない。お前が命を懸けて守ろうとするものを、踏み躙(にじ)らない。

——徹、俺が思うに、お前が命を懸けて守ろうとするものは、大きく二つある。

一つは無論、市松由香里の名誉だが。

今一つは徹、優しいお前の事だ、仁科親一＝仁科杏子夫妻の今後だな？　お前の養親の、今後だ」

「だけど、そのことを、そのことは」

「安心しろ徹。鈴木一人(すずきかずと)こと冷泉陽人(れいぜいはると)巡査のことはもう割った。

非行少年グループの主犯・首魁(しゅかい)は冷泉陽人巡査だと解明されたし、それを匿(かくま)ったり誤魔化(ごまか)したりしてきた警察幹部も逮捕された。今後も芋蔓式(いもづるしき)に逮捕されるだろう。徹・四日市・御園を恐怖と権力で支配してきた冷泉陽人はもう終わりだし、その父親もじき失脚(しっきゃく)する」

「ほんとうですか、警察官を、警察が逮捕したんですか、そんなこと在るわけ無いって」

「お前あの箱﨑管理官を見ただろう。あの人に警察の常識が通用すると思うか？」

「そ、それは確かに……でも、陽人サンの父親が逮捕されたってなれば!!」

「仁科親一＝仁科杏子夫妻の今後が心配になるな、それは解る。

というのも、仁科家の財政を支えてきたのが冷泉陽人の父・冷泉陽道(はるみち)副知事だからな。

――お前の養父・仁科親一は新宿区役所の公務員だった。それが不幸にして警視庁本部に出向した際……お前の養母はそれを『東京都庁』と誤魔化していたが……冷泉陽道の酷(むご)いパワハラに遭(あ)い、鬱病にさせられたばかりか正規公務員としての職まで失った。そして其処(そこ)にどのような取引なり交渉なりが在ったのかは解明していないが、結果から逆算すれば、お前の養父は怨敵(おんてき)である冷泉陽道の財政的支援を受けることとなった。未だ重い病に苦しむお前の養父が、何故か一年更新である非常勤職の契約を打ち切られていないのも、その職歴において矢鱈(やたら)と警察外郭団体なり警察関連団体なりにポストを用意されているのも、また、お前の養母が資金源は不明ながらも財政的に余裕のある生活を営みつつ養父の看病に専念していられるのも、明らかに冷泉陽道の作(さ)為(い)によるしその強い意図が働いている。それは仁科親一にとっても仁科杏子にとっても、だから仁科家にとって屈辱的なことではあったが、それ無くしては仁科親一の入院生活はおろか、お前の養育さえままならなかったことは事実だ。

ましてや俺が漏れ聴くに、仁科杏子は本件事件を受け、何やら『私にも私なりの覚悟がある』と強い決意をしていたとのこと。また、家庭の事情を根掘り葉掘りして悪いが、実際には家計が『傾きつつある』のに、何某(なにがし)かの資金源を当てにしている気配があるとのこと。

これらのことと。

鈴木一人こと冷泉陽人巡査が、そう冷泉巡査がなんと警察官でありながら、まして都の副知事の息子でありながら、略取・監禁・強制性交・傷害・強要・覚醒剤使用と何でもござれの凶悪犯罪者であった事実を踏まえると。

——仁科杏子は、非行少年グループの首魁が冷泉陽人巡査だと知っていた。

そして夫・仁科親一と息子・仁科徹の今後の為、その秘密と引き換えに、仁科家への財政支援を今後とも確保するよう、いや従前に増して財政基盤を強化するよう、冷泉陽道副知事に働き掛けたと考えられる。

いやこれは正確じゃないな。むしろ逆だ。

冷泉陽道副知事は、その社会的地位と悪辣な性格からして、むしろ積極的に、放蕩息子の件の口封じとして、巨額の財政的援助を改めて申し出たと考えられる。今後予想される民事訴訟における巨額の賠償金のことも併せ考えれば、そして事実上、徹お前こそが冷泉巡査の代わりに裁判と社会の生贄となることも併せ考えれば、冷泉家＝仁科家が巨額の資金を介していわば『隠蔽の共犯』になったことも、自然な流れで無理からぬ流れだ。

仁科杏子としては、愛するお前を独り生贄にするなど耐え難かったろうが……今述べた事情もあれば、夫・仁科親一の療養のこともある。ましてお前が凶悪な被疑少年として検挙されたのは、既に社会の誰もが知る公然の事実だ。『最初から独りで身代わりになってくれ』というのと、『もう逮捕されているんだからあと一人分の罪も被ってくれ』というのでは、無念は無念ながら、心理的ハードルが違うだろう。

加えて。

徹、お前は優しかった。お前は優しい。養父の病気のことも、養母の家計のことも熟知していた。具体的には、仁科家が存続しているのは怨敵たる冷泉陽道副知事の援助による、それが無くなれば仁科家の総員は路頭に迷う、ということを熟知していた。

そう、本件事件の前からだ。

いや、お前が冷泉巡査と組むようになったのは――お前が冷泉巡査に接近され、その一党にされたのは――そのような、仁科家と冷泉家の事情があったればこそと考えられる。冷泉巡査としては、自分こそが仁科家のスポンサーであるつもりだっただろうからな。

とまれ、そのような冷泉家からの援助。

それを考えたとき、徹お前は冷泉巡査に叛らうことができない。また冷泉巡査が警察官でありながら、凶悪犯罪に手を染めているその悪辣な事実も、絶対に漏らす訳にはゆかなくなる。いや冷泉巡査個人はどうでもいい。その背景にいる冷泉陽道副知事と、その提供する資金のことを考えれば。要は、自分を四歳の頃から愛しみ育ててくれた養父母のことを考えれば。ド腐れ外道である冷泉陽人の秘密を、守ってやらない訳にはゆかない――

徹、これがお前の命を懸けて守ろうとする大切なものの、その一つだ。そうだろう？」

「そ、そうです」

「冷泉巡査についてどう思ってた」

「殺してやりたいって思っていました。親父の仇……仇の息子で、まして僕を……僕を散々、顎で使って利用して。親父とお袋の家までも。でも上原さん、これがバレたら。たとえ陽人サンいや冷泉の父親が逮捕されたとしても。親父は、お袋は……仁科の家は」

「その心配は解る。そして刑事は一切の便宜供与ができないから、だから俺個人として、できる限りの奔走をする。

　ましてあの箱﨑管理官な、ああ見えて実は警察庁長官令嬢だ――冷泉経由で、あと親父さんの病気の件で、また縁あって警察の剣道道場にも通っていた経緯から、警察の事情に詳しい徹なら解るだろうが――冷泉陽道副知事以上の、政府高官の娘だ。ホントのことを語り始めたお前を、そして仁科家を、まさか無下にはしないだろう。

　あと徹。大人を舐めちゃいけない。親父さんにしろお袋さんにしろ、むしろお前の今後の為に、死ぬ気で養生するし死ぬ気で働くだろう。それが人の子の親だ。お前の優しい気持ちは解るが、今は御両親のことを信じて、そう――

　お前が命を懸けて守ろうとする大切なものの今一つ、市松由香里の物語に集中してくれ」

「……散々、出鱈目を並べ立てて来ました。正直、今更何処から喋ればいいのか」

「じゃあ、俺がどうしても最初に確認したいこと、素直に答えてくれるか？」

「もちろんです」

　上原の人情に嘘は無い。

　ただ上原は、まさか情に流されるほど素人ではなかった。情理を尽くし、被疑者を落とすのが調べ官の任務である。そして上原の理は、とあるリトマス紙を用意していた。仁科徹が、これに正しく反応するのなら……

「徹。お前がこれまで供述してきた、市松由香里さんの誘拐の状況。

　そう、事件認知の二週間前、午後一〇時一五分過ぎに云々、閑静な住宅地の十字路で云々、黒って話だ。あれについて、今のその気持ちに基づいて、俺に言うべき事があるなら言ってくれ。何でも自由に言ってくれ」

「あれはまるで嘘です。全部嘘でした」

「例えば何処が。全部言ってくれ」

「……上原さんが取調べで何度も確認していたとおりです。そう、上原さんが実は見破っていたとおりです。そもそもそんなシーン、そんな誘拐は無かったんです。だって、僕らが由香里さんを誘拐したっていうその夜は、幾度か通り雨が降っていたそんな夜でしたから。僕は、もうお見通しの事情があって外に出たんで、その雨のことはよく覚えています。

なのに、自転車通学の由香里さんが、雨合羽とかレインコートとかを着ていなかったはずがありません。僕らが由香里さんをスタンガンで気絶させたって言うんなら、由香里さんの首筋にスタンガンを当てたって言うんなら、雨具を剝いだシーンが無きゃおかしい。僕らが由香里さんの所持品を回収したって言うんなら、やっぱり雨具のことが一言も出て来ないのはおかしい。いいえ、そもそも交通事故に遭ったフリをした御園が、濡れた地面に文句も無く転がっていたというのも変ですし、由香里さんを担ぎ上げた僕・冷泉・四日市・御園が水や泥に濡れなかったというのも変です。それはもちろん、スタンガンで気絶させられて十字路に倒れたという、由香里さん自身の服や躯についてもそうです。

ましで。

僕は由香里から聴いて知っています。由香里の家の門限は午後一〇時。そして由香里はその門限を破ったことが無い。なら、由香里が待ち伏せの十字路に、午後一〇時一五分過ぎに通り掛かったということ自体、そもそもあり得ないことです。

そして、駄目押しで……

由香里は、京都出身のお祖母さんと、京都出身の家庭教師さんの影響で、話し言葉に時々、京都弁が出るんです。まして咄嗟の反応をするときは尚更です。その由香里が、交通事故に遭った人を見て吃驚したときや、急いで救急車を呼ぶとき、あるいは悲鳴を上げたり抗議をしたりするときに、標準語を喋るはずありません。

……あれだけ何度も何度も確認をしていた上原さんのことだから、こんなこと全部見破っていたでしょうが、これだけ僕が嘘に嘘を重ねて誘拐シーンをデッチ上げたのは、最初からそんなもの無かったからです。僕らはそんな形で由香里を誘拐してはいません。僕らはもっと卑劣なことをしたんです。というのもその夜、僕らは既に円藤歌織さんという女の子を」

「いやちょっと待ってくれ」

「いいえ言わせて下さい。僕らは既に円藤歌織さんという女の子を家に監禁」

「だから、だから待て」

「どうしてですか。だって上原さんもう知ってるじゃないですか。円藤さんと僕の、だから円藤さんと由香里の電話だって、もう知ってるじゃないですか。だから僕らは先ず円藤歌織さんを……そしてその身柄と引き換えに、由香里を。僕がその雨の夜、外に出ていたってのはまさに由香里を家に回収する為で」

――上原は今知った。上原のリトマス紙。それはまさに略取の嘘だ。略取の嘘をどう撤回するかだ。上原はそれで徹を試した。結果はシロだ。徹は全て喋った。上原が詰めたかった論点を、何と全て喋った。今徹は真っ白だ。落ちている。徹は完落ちしている。まして訊いてもいない第零(ゼロ)の被害者、円藤歌織のことまで喋り始めている。

それは、しかし……

(何てこった)上原は拳(こぶし)で額を突き上げた。(落とされたのは、俺の方だ……)

事件の真実を解明するのが、調べ官の任務だが。

この世には、言葉にしてはならない言葉もある。

語ることで、誰もしあわせにしない物語がある。

そして、上原が既に見切っている真実を思えば。

だから、徹が絶対に守りたかったものを思えば。

(このまま調書を巻けば、完落ちした仁科徹は全てを謡(うた)う、絶対に。

真人間が、真正直に、事件と真実の為(ため)だけに、洗いざらい全部を謡う。

事件と真実の為(ため)だけに。

何て御立派(ごりっぱ)な話だ。反吐(へど)が出る。もちろん俺に。何てこった。

……今更しゃらくさいが、俺は、畜生、正義なるものの為(ため)に二〇年以上を生きてきた。

ならこれが正義なのか？

いいいか、いや、か。

事件と真実の為(ため)だけに、一七歳の少年を身ぐるみ剝(は)ぐことが？

今や俺の為(ため)なら何でも喋る、臓腑(はらわた)の底だって引っ繰り返してみせる少年に、こんなにも愛する者を持つ少年に、裸踊りをさせることが？

……それは、調べ官の勝利で本懐だが。

大の大人としては下衆の下衆だ。成程俺はただの犬だが、下衆な犬には成れん）

「……上原さん？　上原さん？」

「いやいいか徹、よく聴け」上原が調べ官を下りたのは、警察人生初のことだった。「俺は知っている。俺は解っている。お前がやった事も。お前がこれから喋ろうとする事も。

だから。

ここからは、改めて、確実に、送致する調書にする。

管理官にも捜査一課長にも、いや検察官にも裁判官にも読まれる調書にする。

つまり。

これからは、誰にでも読まれてしまう物語を編む。

お前が自由に供述する限り、その内容が全て記載されてしまう物語を編む。

いいか。

お前が自由に供述する限りだ。

そしてそれが客観証拠・科学証拠と矛盾しないなら、俺はそれを真実として確定させる。上司上官にもそうさせるし、まして検察官だの裁判官だのはどうとでもなる。お前が自由に供述する限り、そしてそれが客観証拠・科学証拠と矛盾しない限りだ。

そうやって編まれた物語、そうやって作成された供述調書が、最後に残る真実となる。

……徹、よく考えろ。

今までの嘘を、矛盾を、変遷を。

そしてそれを潰せ。誰がどう読んでも、矛盾の無い調書ができる様に。

俺が言えるのも、俺ができるのも此処までだが——

俺は乗った。お前が市松由香里の魂の為だと信じることを、今しろ。意味は解ったな？」

「けど上原さんそれは!!」

「成程お前は不良でチンピラで強姦者で殺人者だよ。でも俺は惚れたんだ、お前の覚悟に。

俺を完落ちさせたからには、何の矛盾も無い調書を、一発勝負でだ。頼むぜ」


吉祥寺警察署第1取調べ室・卓上（手書き供述調書）

……そのような訳で、由香里さんを誘拐したとき、雨は降っていませんでしたが、その夜は何度か通り雨があったので、道路が濡れていて、水溜まりができていたりしました。だから、由香里さんを気絶させるとき、由香里さんはレインコートを着ていましたし、気絶した後で道路に残った持ち物にも、前に言ったもののほか、レインコートが残ることになりました。それはすぐ、燃えないゴミに出しました。回収が翌朝だったので、もう見付からないと思います。また、特に由香里さんが気絶して道路に倒れたとき、由香里さんの制服や髪が、道路の雨水とかで濡れたのをよく覚えています。交通事故に遭ったフリをしていた御園も、濡れた地面に横たわることになり、不満を言っていたから尚更です。不満と言えば、僕と一緒に由香里さんをあの黒いバンに運び込んだ冷泉と四日市も、手が汚れるとか服が汚れるとか、文句を言っていました。僕自身、調子に乗って一緒になって文句を言っていたので、それもよく覚えています。由香里さんを運び込んで、誘拐現場から離れたのがだいたい午後九時四五分ですから、結局、由香里さんが罠を張った十字路に自転車で入ってきたのは、午後九時四〇分ちょっと過ぎくらいだと思います。それが記憶に残っているのは、由香里さんを黒いバンに運び込み終えたそのとき、全部で何分掛かったんだろうと、目撃者のこととかが心配になって、自分を安心させる感じで、スマホのボタンを押して時間を確かめたからです……

……僕ら四人が女の子を誘拐したのは、由香里さんをそうしたのが初めてで、それ以前に、誰かを誘拐して監禁していたというようなことはありません。一度、四日市か御園の彼女が、僕の家に泊まりに来たことがありますが、それは彼女ですから、むしろ非行仲間のようなもので、レイプとかリンチとかいう話にはなりません。その女の子は、僕としては初対面で、カスミとかサオリとか名乗っていた同年代の子でしたが、正直好みのタイプでもなかったし、さっき少しお話ししたように、四日市のことも御園のことも、もちろん冷泉のことも実は好きじゃなかったので、カスミだかサオリだかとも、大して話をしませんでした。むしろ、家をラブホテルのように勝手気儘(きまま)に使われて、不愉快に感じた記憶があります……

……ただ、もうお話ししたとおり、由香里さんの監禁が一〇日目くらいに入ってくると、由香里さんの精神状態もおかしくなってきましたし、躯(からだ)の怪我とかも非道いことになってきましたので、由香里さんのスマホのデータを使い、同級生とかの連絡先を割り出して、由香里さんの身代わりを用意しようという話になりました。由香里さんを無事に帰して欲しければ、お前が代わりに指定した場所まで来い、と脅迫をする計画も、具体的に話に出ました。

実際、由香里さんの親友と思われた、円藤歌織さんという女の子に、そうした脅迫電話も架けました。架けたのは僕です。そしてそれは、ほとんどノリの、思い付きの計画だったので、思い付いた深夜の一時過ぎに、後先考えず、いきなりその円藤歌織さんに電話しました。しかし、僕の方の電波状態が悪いのか、円藤さんの方がそうなのか、声が遠かったり小さかったり途切れたりして、最初の一〇分くらいはまともな会話になりませんでした。だんだんまともな会話になってからも、円藤歌織さんの驚きがとても激しかったのと、僕自身も、偽名を使い誘拐の犯人になるなんて状況にビビっていたので、お互いが何度も絶句する感じで、やっぱり、なかなかまともな会話になりませんでした。それが、脅迫電話の長く続いた理由です。また僕が、もうお話ししたとおり、仲間内で始終回し飲むウオッカで酔っ払っていたことも、脅迫電話に時間が掛かった理由だと思います。そして結局、電話の最後の五分か三分あたりで、ようやくお互い、話の中身が理解できる感じになったのです。でも、ビックリして動揺して、まして由香里さんの監禁についてすごく激しく怒った円藤歌織さんが、そんな脅迫に応じるはずありません。すぐ警察に通報するとまで言われたので、僕の方が焦り、「警察が来たらすぐに市松由香里を殺す」「警察に通報しても殺す」「そのときはお前の家族も殺すし、お前の家に火を着ける、お前の個人情報がバレていることを忘れるな」「警察に通報しないなら、市松由香里は殺さないし、じき無事に帰してやる」と大急ぎで口止めしました。そのとき精一杯悪ぶりましたので、円藤歌織さんがすっかり恐怖して、警察にも誰にも言えなかったのは無理の無いことだと思います。

　ただ、もし計画が上手く行っていて、円藤歌織さんが僕の家に監禁されることになり、由香里さんのようにレイプやリンチを経験することになったとすれば、それは許されないことです。それをやっている時は、欲望とノリと勢いで、罪悪感なんて感じなかったはずですが、全部正直にお話しする気持ちになった今では、もし円藤歌織さんもそうしてしまっていたなら、ほんとうに申し訳ないことだし、人間として恥ずかしく情けないことだし、どんな形でも、しっかり謝りたいと思います。認めてもらえるなら、せめてお金での償いをしたいと思います。それは正直な気持ちです。

　といってもちろん、繰り返しているように、脅迫計画や身代わり計画は失敗したので、結局、円藤歌織さんは事件にはまるで関係ありません。円藤歌織さんが、僕ら非行少年グループにレイプやリンチをされたなんて事実はありません。ただ前に話したとおり、とても恐くてとても悲しい思いをさせてしまったので、円藤歌織さんが求める、どのような償いでもしたいと本気で考えています……

　……今日は、ここからは、前にも増して、ほんとうのこと、現実に起こったこと、実際に感じたことといった、真実を正確にお話しします。

　まず、僕ら非行少年グループのことについて、ほんとうの事実をお話しします。僕と四日市と御園は、元々同じ高校の、私立万助橋高校の生徒でした。そして元々、学校でも地元でも知られた非行仲間・不良仲間・怠学仲間でした。一歳年上で一八歳の四日市がリーダー格、剣道部の僕よりガタイのいい御園が武闘派、僕が知恵袋で資金源、といった役どころでした。三人で一緒に様々な非行・犯罪をして、とうとう四日市が鑑別所に送られたこともあります。そのとき、弁護士とか示談とか損害賠償とかで四日市を助けたのが、ウチのお袋なので、また、三人で動く時あらゆることにお金を出すのが僕なので、四日市がリーダー格だとか、御園が武闘派だとかいっても、本来、それほどの上下関係はありませんでした。まして、僕は知恵袋役だったので、むしろ、四日市や御園にあれこれアドバイスをしたり注意をしたりする立ち位置でした。あとは、もうお話しした親父の職場のこと、親父の病気のこと、警察の剣道道場のこととかで、なんとなく警察のことに詳しかったのも、僕が四日市や御園に、一目置かれていた理由だったかも知れません。

それがガラリと変わったのは、鈴木一人(かずと)こと冷泉陽人巡査が現れてからのことです。

最初、冷泉は、警察官の家庭訪問を口実に、三人の溜まり場となっている僕の家にやってきました。非行少年の実態把握と更生をする、とも言っていました。しかしそれはどこまでも口実で、冷泉としては、交番勤務をサボる拠点を作るのが目的だったのです。自然、泊まり勤務のときも日勤のときも、制服のまま、だから警察官の装備品をまるごと装備したまま、僕の家に入り浸るようになりました。警察官の装備品にはマンロケ機能もあるとかで、あまりに長時間にわたることはありませんでしたが、それでも勤務中の警察官とは思えないほど、僕の家でサボりをし始めました。

そして、徐々にそれができる理由も解ってきました。

それは、あの用心深くて悪賢い冷泉のことですから、四日市にも御園にも告げなかったはずですが、僕だけには告げてきました。何でも、冷泉の父親は都の副知事で、警視総監くらい偉く、ましてとても権力を持っている、トップクラスの警察ＯＢだから、冷泉の一番上の上司である吉祥寺警察署長も、まるで頭が上がらないとそう言うのです。普段から、最高の上官である吉祥寺警察署長も、自分の悪行を幾らでも揉み消してくれているというのです。僕はそれを聴いて、冷泉の、公務員としては無茶苦茶なサボりや身勝手、まして装備品の持ち出しにも納得がゆきましたが、冷泉は何と、更に僕を仰天させることを言い始めました。

そうです。実は僕の親父を、仁科親一をパワハラで病気にまでしてしまったのは、自分の実の父・冷泉副知事だというのです。もちろん、それは厳しかったけど適正な指導で、病気になんてなったのは、お前の父親が弱かったからだとも言いました。まして、そのような弱いお前の父親を哀れんで、今日の今日まで仁科家に捨て扶持をくれてやっているのも冷泉副知事で、だから、詰まる所は俺なんだぞとも言いました。

僕は、自分の親父が何故倒れたのか、その理由が常軌を逸したパワハラだということまでは知っていましたが、まさかその『犯人』が今の都の副知事であること、まして目の前の冷泉がその『犯人の息子』であることなど、夢にも思いませんでした。そしてそのことを、パワハラ被害者の息子に平然と、いえ、薄ら笑いを浮かべながら流暢に喋る目の前の冷泉に、得体の知れない不気味さと恐さを感じました。

その不気味さと恐さは、そのとき、僕がハッと解った事実からも生まれました。

僕はそのとき、ハッと解ったのです。

冷泉巡査が僕の家に狙い澄まして上がり込んで来て、自由自在に、勝手気儘にアジトとして使い始めた理由が解ったのです。

それはもちろん、アジトそのものと、そこにたむろする非行少年グループを使って悪事をしたい、という動機もあったと思いますが、それよりも何よりも、僕がそれを拒否できない、と知っていたからなのです。要は、事実上あの家を管理というか支配している僕が、こと冷泉巡査と冷泉家には、絶対に叛らえないと知っていたからなのです。それはそうです。仁科家の生計は、とりわけ親父の療養は、冷泉家からの捨て扶持で賄われています。それを止められれば、病気の親父を含め、一家が路頭に迷うかも知れません。まして確実に、親父の職は奪われてしまうでしょう。冷泉家は、仁科家のスポンサーなのです。当然そのことを熟知している冷泉巡査は、悪事のためのアジトと手足を求めていたというのもありますが、むしろ、絶対に自分の言うことを聴く奴隷を求めていたのです。そして僕は、格好を付ける訳ではありませんが、親父とお袋のことを思うと、そうした奴隷にならざるを得ませんでした。

　このように、冷泉が僕らの前に現れてから、非行少年グループの性格は一変しました。

　堂々と制服姿で現れたり、拳銃や覚醒剤まで持ち込んで来る冷泉に、四日市や御園はすっかり心服してしまいました。また、若くてまだ下っ端とはいえ、現役の警察官が味方に付いてくれたのですから、ちょっとの注意で、悪事は安全にやり放題です。大麻に事欠くことも無くなりましたし、チャリパクや万引き、恐喝やひったくり、果ては民家・商店に泥棒に入るのもやりたい放題です。かつて知恵袋役だった僕に取って代わって、冷泉は防犯カメラの配置だとか、防犯意識の低い店舗だとか、逃走方法・逃走経路なども指南し始めました。どうやって被害者を泣き寝入りさせるかとか、どうやって事件を揉み消すかとか、そうしたことも具体的に指導し始めました。もちろん冷泉本人としては、そんな非行少年の犯罪そのものに、興味なんてありません。お金なら、幾らでも手に入るのですから。だから、冷泉がいつしか僕らのボスとして君臨し、いつしか僕らを顎で使って様々な犯罪を犯させていたのは、ハッキリ言ってストレス解消のレクリエーションだったと思いますし、そうでなくとも、僕らを犯罪集団として一蓮托生（いちれんたくしょう）にするのが目的だったと思います。

　事実、僕らは冷泉が現れてから一か月もしない内に、そして冷泉によって犯罪に慣らされている内に、冷泉を頂点とする、冷泉の命令なら何でもする『冷泉グループ』みたいなものになってゆきました。もちろん、僕らは冷泉が現れる前から様々な非行・犯罪を繰り返していましたから、冷泉独りを悪人にするつもりはありません。冷泉が現れる前についても後についても、自分達がやってしまった事については、しっかり罪を償って、責任を取らなければならないと今は考えています。だから僕が言いたいのは、僕らが悪質だったことを当然認めた上で、冷泉が僕らを、もっと悪質に仕立て上げたのだということです。そのことの責任は、冷泉にも僕らにもあるということです。

　ただ、今はもう全部ホントのことを喋る気持ちですから、『冷泉グループ』の実態について言えば、冷泉がボスで後は全員奴隷でした。奴隷と言っても、別に冷泉にリンチされたりする訳ではありません。でも気持ちが奴隷というか、冷泉の言う事なら何でも聴くし、冷泉が恐くて堪（たま）らないし、だから反抗するとか異論を述べるとか、そうしたことがまるでできない状態にありました。そうした意味での奴隷です。

　まして冷泉は、僕と冷泉の関係、仁科家と冷泉家の関係を、四日市と御園には漏らしませんでしたが、でもあらゆる態度で、自分こそが僕の主人であり、僕が自分の犬であることを、あからさまに示しました。となると、物事を深く考えない四日市と御園が、それを真似して、だんだん僕のことを軽んじてくるのも自然な流れです。だから『冷泉グループ』では、冷泉が別格の神様で他は全部奴隷だけれど、奴隷の中では、何だか僕が一番下のような扱いを受けることになりました。僕はもちろん、親父のこととか、四日市にも御園にも知られたくはないんで、黙って冷泉に服従するようになりました。

　こうして、僕の家は非行少年グループの溜まり場から、『冷泉グループ』の犯罪拠点になってゆきました。そのことは、吉祥寺警察署長も知っていたはずです。吉祥寺警察署長は、大事な御曹司のお世話係だからです。冷泉が、警察官のスマホで、吉祥寺警察署長と電話しているのも何度か見ました。だからあの事件の夜、吉祥寺警察署長がいち早く『事件のヤバさ』を察知したのも、普段から、冷泉の動向を大切に見守っていたからだと思います。少なくとも、『御曹司が頻繁に使っているアジトが燃えている』ということは、すぐさま察知できたでしょう。管轄の、警察署長なのですから。

　そんな感じで、警察署長すら公認したわけですから、仁科の家は、僕が管理というか支配している家なのにもかかわらず、何でも冷泉の思うままにされました。四日市と御園の態度も、冷泉に倣って増長してゆきました。ハッキリ言って、由香里さんを誘拐する時点では、僕は、『冷泉グループ』内のパシリで金蔓のような位置にまで転落していました。もちろん冷泉はお金になんて困ってませんでしたが、『冷泉グループ』の活動資金を出すほど親分肌じゃなかったですし、むしろドケチでしたから、日常の資金や犯罪の資金は、全部僕が出すよう命令されていたのです。まして、僕は金蔓ですから、資金は出させられるけど、それをどう使うか、何をどう買うか、そんな当然のことを決める立場にさえありませんでした。

　このような感じだったので、細かいことを言えば、例えば、由香里さんを撮影するビデオカメラとかも、僕は資金を出しただけで、何の意見も言えず、実際に買ってきたのは四日市と御園ということになります。地元警察もきっと、僕が非行少年グループのリーダー格だなんて、分析していなかったと思います。むしろ、リーダーは誰なのかを捜していたと思います。ただそれは、冷泉が現役の警察官であり、その父親が権力者である以上、ほぼ絶対に解明されることが無かったと思います。冷泉自身も、「親父が警視庁に工作してくれている」云々と自慢していましたので、結局、リーダーについては不明のままだったと思います。僕がこれまでずっと、「自分こそがリーダーだ」「自分がリーダー格だ」という嘘を吐き続けてきたのは、そうした事情から、その嘘がバレることは無いと信じていたからです。また、僕が何故そのような嘘を吐き続けてきたのか、その理由はまたすぐ後で説明します。

いずれにしろ、僕はリーダーだのリーダー格だのでないどころか、四日市や御園にも軽んじられるパシリでした。もちろん冷泉の奴隷で犬でした。なので、また細かいことを言えば、例えば、由香里さんに僕ら四人の名前を呼ばせるときも、由香里さんに強制したルールは『名前＋様付け』だったのに、だから由香里さんは『一人様』『晃様』『光雄様』と呼ばなければならなかったのに、僕だけは『徹さん』だったのです。このことは、またすぐ後で説明する『DVD－R二枚』がもし警察の手で回収されていれば、きっとたちまち確認してもらえると思います。

ただ、誤解してほしくないのは、僕の正直な気持ちです。

僕は自分が奴隷で犬でパシリだったから、罪が軽いとか責任が無いとか言うつもりは全然ないのです。どのみち僕は、すぐ後で説明するとおり、仲間三人を放火で殺そうとし、実際二人は殺し、まして何の罪も無い一〇〇％の被害者である由香里さんをも殺してしまいました。いえそれ以前に、冷泉に命令された云々に関係無く、由香里さんを、異常な形で、激しく、執拗に、残酷にレイプしてリンチしました。それは、冷泉がどうとか、四日市・御園がどうとか、そんなこと全然関係ありません。僕はそれを止めようと思えば止められましたし、家から逃げようと思えば逃げられましたし、警察に、匿名ででも実名ででも通報しようと思えばすぐできました。そうしたことを一切しなかった僕は、冷泉・四日市・御園とまるで同罪です。今は、法律的なことはよく解りませんが、由香里さんに対する犯罪については、ぜひ、冷泉・四日市・御園と同じくらいかそれより重く罰してほしいと思っています。まして、できることなら、もしできることなら、少年法を改正してもらって、これも法律的なことはよく解りませんが、一七歳である僕にも、死刑が適用できるようにして欲しいとほんとうに思っています。死刑の日までできる限りの償いをして、そしてやっぱり死んで、市松由香里さんと由香里さんの御家族にせめてものお詫びをしたいと考えています。もう一度言います、僕を死刑にしてください。それが無理ならどうか法律を変えてください……


……それでは、一番重要なこと、由香里さんを殺してしまったあの夜のことをお話しします。

まずは、その夜に至る経緯、『冷泉グループ』と由香里さんの経緯について説明します。

本来なら、由香里さんの監禁はもっと続くはずでした。由香里さんの精神状態も、躯の具合も怪我の非道さも、もうほんとうに申し訳ない状況になっていましたが、冷泉には由香里さんを解放するつもりなんて全くありませんでしたし、由香里さんが『使い物にならなくなれば』アッサリ殺して、埼玉の山か茨城の海に始末するとまで公言していました。

それが突然、家が火事になり、四日市と御園が焼け死に、冷泉も全身大火傷で口も利けない状態になった。まして、由香里さんすら焼死してしまった。このようなこと、偶然に起こることじゃありません。そうです。そこには僕の意志と僕の行為がありました。それを今から詳しく説明します。

僕は『冷泉グループ』の最下層だったので、自然、由香里さんの日常の世話係みたいなものになりました。監禁の二週間を通じてそうでした。由香里さんがトイレに行くとき一緒に行って監視をしたり、由香里さんが風呂を使うとき一緒に行って監視をしたりしました。そうすると、由香里さんと一番接触し、由香里さんと一番会話をするのは、僕になります。そして、由香里さんはとてもキレイな子です。とても可愛い子です。だから冷泉のお眼鏡にも適い、二週間も監禁・虐待されることになったのです。そして由香里さんの美しさは、由香里さんがどれだけレイプやリンチで傷付いても、僕にはまるで変わらないように思えました。いえそれどころか、あんなに残酷で、あんなに醜悪な仕打ちを受けているのに、そして心も躯もボロボロのはずなのに、由香里さんの魂というか、芯というか、本質はまるで変わりませんでした。由香里さんは、苦痛に悲鳴を上げることはあっても、苦痛に屈服することはありませんでした。ましてや冷泉・四日市・御園・僕に屈服することはありませんでした。それどころか、僕らのことを「可哀想な人達」「こんな形でしか女を抱けないなんて」「誰もが暴力で奴隷になると思ったら大きな間違いだよ」「こんなことをして、御家族がどれだけ、いつまで苦しむか考えたことがあるの」等々とまで言ってのけました。そんなことが、二週間の内で何度もありました。たとえ覚醒剤を打たれ、薬の力で屈服させられてしまったときも、意識が正常に戻れば、抵抗する心を持ち続けていました。それを言葉にする勇気がありました。だけど当然それは、特に冷泉のプライドや嗜虐心を刺激します。だから当初予定していたよりも、そう例えば他の誰かに、それほど冷泉の眼鏡には適わなかった誰かに、いえ別に誰でもいいですけど、とにかく他の誰かにやるような感じで考えていたよりも、ずっとずっと、もっともっと、激しく陰惨で凄惨なリンチが始まりましたし、その度合いも、どんどんどんどんエスカレートしてゆきました。集団心理とか、チキンレースとか、根性を見せるとか、そんな身勝手で幼稚な心理も、そうした過激化の原因だと思います。けれど、もう一度言えば、どんな悲惨な状態になろうとも、由香里さんは絶対に屈服しませんでしたし、だから、自分を奴隷にすることがありませんでした。

　僕は、冷泉の奴隷である僕は、そんな由香里さんの強さを見る内に、そして自分の情けなさ恥ずかしさを思う内に、なんというか、そうです、由香里さんを尊敬するような、由香里さんに憧れるような、なんだか由香里さんを守らなきゃいけないような、そんな不思議な気持ちになってゆきました。

　いえ、正直に言います。

　僕は、由香里さんを誘拐しレイプしリンチした犯人なのに、一〇〇%の加害者で鬼畜なのに、一〇〇%の被害者でしかも強く美しく在り続ける由香里さんのことを、大事に思うというか、大切に思うというか、由香里さんのことを思うと胸が熱くなるというか、いいえ、恥ずかしさと身勝手さを捨てて言えば、由香里さんのことを愛するようになってしまったのです。

　ましてや、僕は日常の世話の機会に由香里さんと二人になれますから、恥ずかしくも、身勝手にも、由香里さんにその気持ちを告白してしまったのです。

「助けてあげたい」「逃がしてやる」「俺は、君のことが好きになってしまった」とか言って。最初はまるで無視されたので、より一層気持ちが高まって、「君を解放すれば僕の気持ちを信じてもらえるか」「一緒にここを出よう」「君がこんな目に遭っているのは耐えられない」とか言った言葉を、機会あるごとに繰り返しました。

ただ、僕は一〇〇％の犯人で、由香里さんは一〇〇％の被害者です。あれほど酷い虐待を加えた当の犯人に、由香里さんが良い感情を持つはずもありません。由香里さんはあまり返事をしてくれませんでしたが、数少ない返事を思い出せば、「冗談は止めて」「あなた自分のしていることが解っているの」「あなたみたいな卑怯な男に媚びるくらいなら死ぬ」「私の躯を支配できても、私の心は自由にならない」「私はそれを証明してみせる」とか言いました。要は絶対拒否、絶対拒絶、完全不信で軽蔑の色すらありました。また要は、由香里さんが僕の愛に応えることなんてまさかありませんでした。

といって、僕はもう独りで燃え上がっていましたから、拒絶されればされるほど気持ちが高まります。由香里さんが凛々しい姿を見せるから尚更です。そしてその由香里さんをどうしようもなく愛するに至った僕は、もう、由香里さんが冷泉だの四日市だの御園だのに汚されることに、我慢ならなくなりました。自分自身も、由香里さんを無理矢理レイプしたり、面白半分でリンチを加える気にならなくなりました。というか、物理的にそれができなくなりました。

そんな僕の気持ちは、由香里さんにはまるで伝わりませんでしたが、あの狡猾で悪辣な、冷泉の知る所となりました。それはそうです。リンチにもレイプにも積極的に加わらなくなったからです。といって、あの冷泉も、まさか『僕が由香里さんを心底愛している』とまでは気付かなかったと思います。怖じ気づいたか、人質に情が湧いたか、せいぜい『好みのタイプだから非道いことができなくなった』程度に認識していたと思います。というのも、もし冷泉が『僕が由香里さんを心底愛している』と気付いていたのなら、僕が警察に垂れ込むおそれも、僕が由香里さんを逃がすおそれも想定したはずです。だから冷泉としては、僕を危険分子として警戒し、僕をもリンチの対象とするか、果ては埼玉の山か茨城の海で口封じするか、とにかく、用心深い防衛措置をとったはずだからです。しかし、冷泉がそこまで気付き、そこまで警戒する様子はありませんでした。だからこそ、その冷泉がとうとう焼かれる、あの火事の夜になったのですが。

いずれにしろ、僕がレイプにもリンチにも積極的でないことから、僕に心境の変化があったことには、勘付いたと思います。

そこからです。あの狡猾で悪辣な冷泉が、僕・四日市・御園の『レイプ動画』『リンチ動画』『犯罪動画』を証拠として撮影するようになったのは、そこからです。もっとも、由香里さんの虐待の様子は、監禁当初から例のビデオカメラで撮影して、DVD-Rに焼いていましたが、しかしビデオカメラを高価な玩具として楽しんでいた四日市・御園の動画の量に比べ、僕の動画の量は少なく、DVD-R一枚分にもなっていませんでした。要は、『四日市がレイプ等をする動画』『御園がレイプ等をする動画』に比べ、『僕がレイプ等をする動画』は、量的にとても少なかったのです。ましていずれも、由香里さんの口封じと、後々の気晴らしのネタ、という意味しか持っていませんでした。ところが冷泉は、僕の心境の変化に気付くや、また、僕の動画の量が少ないことに気付くや、ぶっちゃけ『もっと生々しいドキュメンタリーを撮影して、手下たちが犯罪に嬉々として参加している証拠を残そう』と考えたのです。いえそれどころか、どうやらそれを警察専用の、僕らには絶対にアクセスできないクラウドに上げて、『何時でも僕らを脅迫できる材料にする』『僕らが絶対に裏切れない理由にする』ことまで考えたのです。ここで、冷泉自身も自分の『レイプ動画』を撮影し保存していましたが、それはもちろん誰を脅迫するためのものでもなく、また自分の犯罪の証拠を残すためでもなく、純粋に由香里さんの泣き叫ぶ様子などを鑑賞して楽しむためでした。結果として確か、冷泉の鑑賞用動画が一時間分ほど。僕ら三人の証拠動画が、それぞれ二〇分ほど。これは、警察の方で捜査してもらえればすぐに分かると思います。

こうして、『レイプ動画』『リンチ動画』『犯罪動画』の意図的な撮影会が始まりました。冷泉は自分の、警察官用の端末でそれを撮影し、編集していたようです。そして冷泉は、誰よりもまず僕の動画を残したいと考えたはずですが、僕はそれだけは絶対に避けたいと考えました。物理的に、できそうになかったということもあります。だからどうにか四日市と御園をけしかけて、二人の動画を先に撮らせ、僕はカメラ係を務めるという流れに持ってゆきました。どのみち由香里さんにしてみれば、非道い話ですが。そして身勝手ながら、カメラ係を務める僕も、もう精神状態がおかしくなりました。秘かに愛する由香里さんが、四日市だの御園だのに、目の前で汚されているのです。自分もその一味なのです。そんなカメラ係の僕を見て、冷泉はニヤニヤ笑っていました。まして、やがて僕の番も来ます。僕は、身勝手ながら泣きそうな思いで、必死で由香里さんを汚しました。僕にやる気が無いのは、全員に分かりました。だから四日市も御園も、あれやこれやと囃し立て、けしかけ、横合いからリンチをしたりしました。でも後で自分の動画を確認すると、自分の内心にかかわらず、まるで僕が自発的に由香里さんをレイプ・リンチしたようにも見えて愕然としました。懸命に悪ぶって、由香里さんを罵倒したり貶めたりする台詞を吐きながら、どうにか由香里さんを解放するよう、『身代わりを用意する』『身代金が取れる』『その筋に身柄を売り飛ばす』といった出鱈目を言っては冷泉らを説得したのですが、僕が熱くなればなるほど、冷泉らは冷やかしに掛かるだけだし、まして、由香里さんを解放するなんて夢にも思っていません。このことが、僕にある決意をさせました。それが、火事の夜につながってゆきます。

この、僕の動画を撮影するとき、カメラ係を務めたのは冷酷な冷泉です。僕の動画を飛びきりのものにしたい、という動機もあれば、自分が『証拠動画』『脅迫動画』に映り込む訳にはゆかない、という動機もあったのでしょう。由香里さんにとってはもちろん地獄、僕にとっても拷問である僕と由香里さんの撮影会は、合計して二時間分くらいになったと思います。それでも結局、それぞれ一〇時間以上が撮影された四日市と御園に比べれば、圧倒的に量が少なかったのですが。そして四日市・御園・僕の動画は、第一に、冷泉が各二〇分版に編集して警察のクラウドに上げ、第二に、冷泉が僕らに命じて全部をＤＶＤ－Ｒに焼かせました。ＤＶＤは、それぞれのジャケットの片隅に、それぞれの名前のイニシアルを書いて識別しました。僕の場合は『ｔ』という字になります。このバッテンあるいはプラスみたいに見える字も、僕の分のＤＶＤ－Ｒ二枚も、後で説明する事情から、警察の人はきっともう見ていると思います。

まして冷泉は、そうやって警察の装備や施設を悪用するばかりか、ロシアンルーレットの刑とか言って、なんと由香里さんに本物の拳銃を突き付けることまでしました。僕が言えた身分じゃありませんが、警察官のすることじゃありません。加えて親父の、仁科親一のパワハラの怨みもあります。コイツはその犯人の息子なのです。それがのうのうと、権力ある警察ＯＢの親父や吉祥寺警察署長らに守られて、悪事の限りを尽くしているのです。僕は、警察っていうのはどれだけ腐った組織なんだと絶望しました。話が逸れますが、僕が逮捕された日、キャリアの警察官である箱崎管理官さんに激昂したのは、そんな心の動きがあったからです……

……ではいよいよ、火事の夜、殺人の夜そのものについてお話しします。

といって、細かいことの繰り返しになりますので、ここでは、これまで僕が嘘を吐き続けてきた部分と、じゃあ実際の所はどうだったのかに絞って、お話しします。

火事の夜、最後に由香里さんをレイプしたのは、四日市と御園です。僕が率先してやったとか、性器を口に含ませたとかいうのは嘘で、それは、警察の人が由香里さんを調べれば、きっと分かってしまったことだと思います。そんな嘘を吐いた理由は、すぐに説明します。

この最後のレイプのとき僕は、物理的にできないという言い訳で、要は性器が勃起しないという言い訳で、それに参加しませんでした。そもそも由香里さんをレイプしたくなかったですし、その夜は、いよいよ、かねてからの計画を実行に移す気だったからです。

その計画というのは、そうです、由香里さんを脱出させ、『証拠動画』を破壊し、レイプ・リンチの現場を丸ごと消してしまうという、そんな計画です。だから火事、だから放火、という話になります。燃やし尽くすのが一番で、そしてそれ以外にアイデアが思い付かなかったからです。仲間たちも動画も、由香里さんが僕の家にいたという痕跡も、一気に消してしまうというのなら、焼き払うのがベストだと思ったからです。由香里さんが非道いレイプ・リンチの被害に遭ったということ自体、そのときの僕にとっては、絶対に守るべき秘密です。警察の捜査のことは詳しくは分かりませんが、髪の毛一本・皮膚の一欠片だって、きっと採取できる。そうなると、由香里さんが脱出できても、由香里さんの秘密は、きっと捜査され解明されてしまう。もちろん、捜査の結果、自分が逮捕されたり無期懲役になったりするのは全然構いませんし当然の報いですが、由香里さんをこれ以上苦しませ悩ませるのは、絶対に嫌でした。だから、髪の毛一本・皮膚の一欠片まで処分できる手段を、選んだのです。

計画実行の日が、監禁二週間目のあの夜になったのには、理由があります。

由香里さんの精神状態や健康状態から、もうこれ以上由香里さんに苦痛を与える訳にはゆかないぞ、という焦りがあった一方で、いったん由香里さんに覚醒剤が使われてしまうと、由香里さん自身の意識が危うくなり、『急な脱出計画に協力できる状態になくなってしまう』という不具合もあったからです。すなわち、計画実行のあの夜・あの日は由香里さんに覚醒剤が使われませんでしたし、幸運にも、それ以前の覚醒剤の影響も無いと確認できたので、それが決行の引き金になったのです。残念ながら、それまではどうしても、この覚醒剤問題のせいで、チャンスがなかったのです。

さて、計画では仲間に死んでもらいます。なら、火事を起こさないといけません。でも火事があれば、まして人が死ねば、絶対に捜査の手が入ります。そう考えると、『何故火事が起こったか?』のストーリーを、考えなければなりません。

僕はそれを、もう御存知のとおり、『御園の寝煙草とライターオイルの不始末が、リビングダイニングのライターオイルや灯油に引火して、人間ごと室内を燃やし尽くす大火事になった』というストーリーにすると、そう決めました。もちろん、デッチ上げの大嘘ですから、全部、僕がそういう結果に見えるよう計画し、準備し、細工を施したことになる訳です。

それを具体的に話します。

当夜、僕は、監禁期間中の毎晩どおり、仲間たちにウオッカを痛飲させました。そうした支度(したく)をするのは僕ですから、何も怪しくはありません。どんどん酒を注いでやるのも、毎晩どおりです。もちろん自分はというと、バレないように、舐める程度に飲んだだけで、途中からは、同じ無色透明の、水ばかり飲んでいました。由香里さんを虐待した後、仲間たちが満足して、大酒を飲んでバタリと寝込むのも毎晩どおりで、お決まりのパターンです。だから、その晩も仲間がグッスリ寝入ることに、全然不安はありませんでした。ただし、計画に事故は付き物ですから、イザとなれば、親父の飲み残しである眠剤(みんざい)を砕いてウオッカに混ぜようと準備をしていたのですが、幸いその必要も無く、仲間たちは、日付が変わる前には、全員素直に熟睡しました。疲労困憊(ひろうこんぱい)の由香里さんも、苦しそうではあるけれど、もう寝息を立てていました。

さてそこから僕は、点けっぱなしになっていたリビングダイニングの灯りを最小限に絞りつつ、また、スマホの光源も頼りにして、まずは御園のジャージから、『手錠の鍵』と『南京錠の鍵』をコッソリ剝(は)ぎ取り、無事回収しました。それらは確かに御園が管理していたものですが、肌身離さず持っていると言った所で、ジャージの紐(ひも)や金具にキーホルダーを結わえ付けてある程度の話です。念(ねん)の為(ため)ペンチも用意してありましたが、ハサミだけで充分用が足りました。これで由香里さんの右手の手錠も外せますし、リビングダイニングのドアも開きます。ドアの南京錠のダイヤル番号は、仲間の誰でも知っていたからです。というのも、例えば、夜中にコンビニに行きたいときなどは、御園を叩き起こして南京錠の鍵だけ借り、後は自分でダイヤルを回すことになっていたからです。

　僕はそうやって、御園から『手錠の鍵』『南京錠の鍵』を無事回収し、それを室内着のポケットに入れました。そして、いよいよ前もって準備しておいたとおり、ライターオイルの四ℓ缶を使って、御園の右手とライターを、派手に油漬けにしました。熟睡している御園は、起きる気配も見せません。本当は、仲間が普段から使っている、小さな四〇〇㎖缶を使いたかったのですが、それはできませんでした。というのも、少なくとも『リビングダイニング全体を焼き、由香里さん以外には死んでもらおうとする』以上、かなりの燃料が必要だったからです。もちろん御園だけでなく、雑魚寝している布団ごと、冷泉にも四日市にも、確実に焼け死んでもらわなければなりません。なので、『火達磨になった御園が暴れて布団全体に引火した』というストーリーと矛盾しない範囲で、布団にも、たっぷり油を注ぐ必要がありました。あともちろん、ＤＶＤ－Ｒとか、由香里さんの髪の毛といった諸々の証拠にも、確実に燃え尽きてもらわなければなりません。その自然な飛び火ルートも、作らなければなりません。だから、後々の警察捜査で突っ込まれるかも知れないとは思いつつ、誰もが使っていた小さな四〇〇㎖缶でなく、それなりに大きな四ℓ缶を、それも幾つか、使わざるを得ませんでした。この矛盾は、きっと警察の人にも見破られたと思います。

　さて、とうとうホワイトガソリンまで、それもたっぷりと注ぎ始めたとなると、当然、リビングダイニングが、かなりガソリン臭くなります。だから、仲間たちが起きる危険があります。ですので僕はすぐさま、『御園の寝煙草』『御園の給油ミス』というストーリーと矛盾しないよう注意しつつ、別に用意していたマッチで、御園の右手に火を投じました。何の躊躇もしませんでした。すると御園の右手は、いえ御園はたちまち燃え上がり、期待どおり、寝惚けながら暴れ回ってくれました。期待どおり、油塗れの雑魚寝布団を火の海にしてくれました。期待どおり、四日市をも火達磨にしてくれました。

ここで、現場のリビングダイニングは一四畳と広さに余裕があり、だから僕らは由香里さんを、雑魚寝布団からはかなり離れた所で生活させていました。これはもう御存知のことだと思います。しかしこれはすなわち、火を着けた僕もまた、由香里さんの下へ駆け付けたとき、雑魚寝布団からかなりの距離を置けるということを意味するのです。そうした『避難場所』や、由香里さんを連れた僕の『動線』も、事前に、じっくりシミュレーションしておきました。実際、由香里さんと僕の安全は確保できていました。もちろん、唯一の脱出口である『リビングダイニングのドア』は、極力燃え残るように、油の動線・火の動線を計算してあります。ここでまた、リビングダイニングが一四畳だ、ということが幸いしました。すなわち、『仲間たちはまさかドア近くには寝ない』『広々とした具合のいい所で寝る』という偶然、だから、『火事の最初の頃は、火達磨になった仲間たちはドアから離れている』という偶然が、幸いしたのです。

といって、目の前にあるのは火達磨であり火の海です。身の危険もあれば消防通報のリスクもあります。というか消防車が来るのは数分の内、どう考えても一〇分以内でしょう。僕は急いで『手錠の鍵』を握り締め、由香里さんの躯を揺さぶり、頬を叩くなどして目覚めさせようとしつつ、同時に、由香里さんの右手の手錠を外そうとしました。すると由香里さんは、朧気ながらも目を覚まし、自分の右手を見ました。右手の手錠が外されようとしているのは、手錠のままの生活と手錠のままの就寝を強いられていた由香里さんであれば、すぐ気付いたと思います。いえ、それに気付いたからこそ、結果として、朧気だった意識をたちまちハッキリさせたのです。だからもちろん、由香里さんは、リビングダイニングの火の海も見ました。当然、由香里さんは僕に訊きました。「どうして」「何があったの」と。僕は答えました。「火事になった」「君を逃がす」「急いでこのジャージを着てくれ」と。そうです。僕らは由香里さんに全裸での生活と就寝を強いていましたから、脱出するとなれば衣服が、それも急いで着られるような衣服が必要になる訳です。事前に、由香里さんに、脱出計画や放火計画のことを打ち明けられていればまた違ったのでしょうが、脱出の決行日のタイミングは、さっき言ったとおりの事情で予測できません。まして、僕は由香里さんに唐突で、身勝手で、一方的な告白をしてしまっているので、由香里さんはむしろ怒って、僕に心を閉ざしてしまい、告白以前のような会話ができなくなっていたのです。あと、由香里さんに脱出計画や放火計画のことを教えてしまうと、冷泉らによるリンチの際、それを喋ってしまうか喋らされてしまうおそれもあります。覚醒剤のことを考えれば尚更です。だから由香里さんは、とうとう決行日まで、そうあの火事の夜まで、脱出計画や放火計画のことを何も知りませんでした。そんな訳で僕は、由香里さんに急いで適当な服を着せようとしましたし、僕が放火したとかどうとか説明が面倒なことを言わず急いで「火事になった」とだけ告げましたし、すぐに逃げないといけないことだけ急いで言いながら、由香里さんの手錠を外そうとしていたのです。

計画に狂いが生じたのは、その瞬間でした。

なんと、半ば火達磨になった冷泉が、しかし御園や四日市ほどには燃え猛っていなかった冷泉が、リンチ道具だった鉄パイプを持って、完全に油断していた僕に殴り掛かってきたのです。熱気と殺気と怒鳴り声を感じた僕は、思わず、そしてどうにか、脳天への一撃を躱すことができました。しかしあろうことか冷泉は、僕が身を躱したスキを突いて、僕と由香里さんの間に立ち塞がりやがったのです。そう、半ば火達磨になりながら、僕と由香里さんの間に立ち塞がりやがったのです。そして、躯が燃える苦しさからか、あるいは、『明らかに由香里さんを逃がそうとしている』『だから放火までしている』『だから仲間殺しまでしている』裏切り者の僕への激怒からか、それは解りませんが、とにかく、もう滅多矢鱈に、その鉄パイプを振り回しやがったのです。それで僕を殴ろうとし、家具や窓を壊そうとし、ましてなんと、由香里さんを激しく殴り付けやがったのです。いえそれどころか、鉄パイプが熱くなったのか火に巻かれたのか、それが摑めなくなったと思いきや、やっぱりリンチ道具だった特殊警棒や木刀やバット、果ては物干しと、武器を次々に持ち換えてまで、とにかく自分の周りへの滅多矢鱈な攻撃を、絶対に止めようとしなかったのです。もう意識もハッキリしてないだろうに、絶対に止めようとしなかったのです。

　僕は後悔しました。

　小さな後悔は、『冷泉を出火元にしなかったこと』です。御園の寝煙草というストーリーは、何の理由も必然性も無い思い付きでした。敢えて言えば、御園が一番抜けているからやりやすい、といった安直な理由しかありませんでした。本当はもっとしっかり事態をシミュレーションしておいて、本当は『生き残ったら一番ヤバい奴』をこそ最初の出火元にして、最初に火達磨にしておくべきだったのです。

でもそんなことは小さな後悔でした。

もっと大きな、そして致命的な後悔があります。

そう、僕は我武者羅に周りの破壊だけを続ける、燃える冷泉を見ながら、人生で最大の後悔に襲われました。人生最大の後悔二つに襲われました。

それは第一に、冷泉に襲撃されたとき、手錠の鍵を落としてしまったことです。

その手錠の鍵は、あまりに小さかった。まして、僕らを取り巻き始めた黒煙に巻かれた。おまけに、燃え猛る火の海は熱気の風を寄越すばかりか、出鱈目に回転する強すぎるサーチライトみたいになって、灯りをくれるどころか、僕の目も感覚も激しく眩ませます。いえそればかりじゃありません。燃えながら暴れまくる冷泉は、とうとう由香里さんの周囲にも火を撒き散らし、だから由香里さんの周囲も炎に包まれました。もう、あんな小さな鍵を拾い当てることなど絶望的になりました。そして手錠の鍵が無ければ、絶対に由香里さんを逃がすことができません。由香里さんがそういう状態で拘束されていたのは、きっと警察の方も御存知だと思います。

でも実は、その後悔も、鍵を失ったと知った次の瞬間の後悔に比べたら、まだ可愛いものでした。

そうです。

僕の第二の後悔、それは由香里さんが、冷泉によって、殺されたか、もう殺されたも同然の状態にされてしまったことです。

我武者羅に周りの破壊だけを続ける冷泉は、もうまともな意識も無かったでしょうが、やはり我武者羅に、由香里さんを攻撃し続けたのです。鉄パイプ、木刀、特殊警棒、バットといったりンチ道具で、あるいは室内物干しで、由香里さんの全身がそれはもうボコボコに、ほんとうにボコボコに殴打されているのが分かりました。火の海や火の壁越しの目撃にはなりましたが、そのボコボコさはすぐに、たちまち理解できました。というのも、特に印象に残っているものがあるからです。それについてお話をするのは、ほんとうに、ほんとうに悲しくて悔しくて申し訳なくて残念なのですが、特に印象に残ったものというのは、由香里さんの飛び出した目に折れた歯、へこんだ頭です。そうした画像の、フラッシュバックみたいなものがあります。あまりに酷いので、記憶を消したいくらいです。その由香里さんのボコボコな怪我の状況は、警察の人がきっとよく御存知だと思います。

それからのことは、余りのショックで、ほんとうに記憶が曖昧です。

何をしてよいのか、何をするべきなのかも、もう解らなくなったからです。

確か、暴れまくる冷泉に、どうにかして、手近な生き残りの油缶をブチ撒けました。

冷泉はそれで、とうとう、やっと、四日市や御園のような丸焼けになってくれました。

冷泉は、その時点で行動不能になったと思います。僕は殺せたと思いました。ただ今にして思えば、僕は甘かったです。冷泉は燃えるのが遅かったし、燃え方も弱かったし、まして四日市や御園が死んだ後も行動できているのですから、いっそのことトドメを刺しておくべきだったのです。しかしさっき言った大きな後悔と大きなショックで、それも思い付けず、結果として冷泉を生き残らせてしまったのは、正直、残念で悔しいことです。

そして由香里さんは、もう炎の中。もちろん裸で、片手錠をされたまま炎の中。

そんな由香里さんを呆然と見ながら、証拠を消さなきゃ、と思いました。

証拠を消さなきゃ、というのは、恥ずかしいことですが、『僕の犯罪の証拠を消さなきゃ』という意味です。この気持ちについて、正直に説明します。

由香里さんを助けられなかったのなら、もう仕方無い。由香里さんが監禁されていた事実も、由香里さんが非道いレイプや非道いリンチをされていた事実も、言葉にできないような辱めを受けていた事実も、警察に分かってしまう。なら大きく報道されてしまう。由香里さんを助けられなかった上、由香里さんの名誉も守れなかった。そんな僕は、もうすっかり絶望して、せっかく真っ当な人間に戻りつつあったのに、また鬼畜に成り下がって、どうにか自分のことを守ろうと考え始めたのです。少なくとも、『非行仲間三人を殺して、まして由香里さんをも死なせてしまった責任者には、なりたくない』と考え始めたのです。これは、今にして思えば、本当に卑怯で卑劣なことです。

けれど僕は、そう考えてしまったので、さっそく、本棚でまだしつこく燃え残っていたDVD－Rを、そうまだ火に巻かれていなかったDVD－R二枚を、摑んでいました。例の、『t』の記載があるDVD－R二枚です。そうした理由は、すぐ説明します。

次に、現場を脱出しなければなりません。どうにかリビングダイニングのドアのたもとに接近できた僕は、室内着のポケットから南京錠の鍵を出し、どうにか南京錠のダイヤルを回そうとしました。ところが、たくさんの手違いでマゴマゴしている内に、火の手はいよいよリビングダイニングのドアにまで及んでいます。鍵を使うどころの騒ぎではありません。仕方が無いので、手近な棒の類を、必死で捜して必死で摑んで必死でドアにガンガンぶち当てました。そうやってドアを破壊して、どうにか燃えるリビングダイニングを後にしました。

そして一階に下りたとき、一階の金庫の中に隠してあった、由香里さんのスマホを回収しました。一階部分は、まだそんなに火が回っていませんでした。スマホを回収するのは簡単でした。そうした理由も、すぐ説明します。

そうやって由香里さんのスマホを回収してから、玄関に向かいつつ、そのスマホの電源を入れました。由香里さんから訊き出していた、親友の女の子の番号に電話を架けるためです。幸運にも、変な時間なのに、その女の子は電話に出てくれました。僕はその女の子に、「火事で由香里さんが」「大変なことに」「急いで来て」「場所は……」みたいなことを喋りました。喋り終えたら、由香里さんのスマホを火に投じました。そうした理由も、すぐ説明します。

僕がやがて、燃える家の玄関から外に出たのは、もう警察の人も御存知のとおりです。

それどころか、『僕が玄関を出たとき、誰かと接触した』『一見野次馬のように見える誰かと接触した』ということも、きっともう御存知でしょう。あんな火事の現場です、目撃者はたくさんいましたから。

その接触相手。それこそが電話で呼んだ、由香里さんの親友の女の子です。

ここでいよいよ、僕が卑怯にも企み、卑怯にも実行した行動を、説明します。

僕はこう考え、企みました。

監禁やレイプやリンチは、どう考えても誤魔化せない。けれど、放火殺人は誤魔化せる。少なくとも僕はそう考えました。じゃあ、放火殺人をどう誤魔化せばいいか。

そうです、敢えて監禁やレイプやリンチの主犯・リーダーになり、鬼畜の所業を平然と行ったと自ら吹聴して、それについては何でも自白し、できることなら本まで出版することにして、稀代の強姦魔・稀代の性犯罪者になればよいのです。結果として由香里さんを焼死させてしまったことも、悪びれず自白すればよいのです。

そうすれば、メディアもド派手に採り上げてくれるでしょうし、そこまで自分の悪辣な犯罪をしれっと自白する少年が、実は『四人の放火殺人者でもあった』とは、まさか読み切れないし読む気も起こさない。僕はそう考えたのです。

そもそも『御園の寝煙草』『御園の給油ミス』というストーリーは描けていますし、生き残りが僕しかいない以上、まして証拠が現場ごと燃えてしまった以上、それで押し通せる。僕はそう考えたのです。これが上手く行けば、冷泉殺し・四日市殺し・御園殺しは、全部御園のせいになるし、これが上手く行けば、無期懲役すら回避できるかも知れません。

この企てを考え付いた僕は、自分がどれだけ悪辣で残酷で無慈悲な性犯罪者であるかを、強くアピールする必要に迫られました。だからです。だから自分の『犯罪動画』である、『t』の記載があるDVD－R二枚を、由香里さんの親友の女の子に、玄関先で手渡したのです。ただ、あまり玄関先で話をする時間はありません。警察も消防も来ています。だから僕は急いで彼女に言いました。自分が、由香里さんの監禁犯でありレイプ犯であることを説明してこう言いました。「俺に復讐したいなら、この動画を、俺が逮捕された最高のタイミングで警察に渡せ」と。「これは監禁犯でありレイプ犯である俺しか持っていない証拠動画だから、重大証拠を手に入れた警察は絶対に喜ぶ」と。「どう警察に渡すかは勝手だが、犯人から貰ったなんてバレたら、犯人との関係を警察に疑われるぞ」と。

その親友の女の子と話したのは、それが最初で最後ですが、まして物の二、三分で彼女とは離れたのですが、僕の『犯罪動画』が警察に渡ることには、確信がありました。というのも、こんな経緯でこんな物を手渡されれば、彼女は絶対に動画を視るし、だから絶対に憤激して、僕を重罪人にしよう、僕に厳罰を加えようと考えるに違いないからです。

そこまで仕組んだ僕は、気付いたらパトカーに乗っていました。

そしてそこで、危ういミスに気付きました。そうです。結局使うことができず、だから室内着のポケットの中に入れっ放しになってしまった、『南京錠の鍵』です。こんなものを隠し持っていたら、僕が火事からの脱出を計画していたことはたちまちバレるし、なら、僕が火事を計画し火事を起こしたこともたちまちバレます。僕は放火殺人犯になる訳にはゆかないので、それは困ります。だから、どうにも処理に困って、警察署でパトカーを下りたとき、できるだけ遠くの物陰に届くよう投げ捨てました。それが重大な証拠だと見破られ、だから僕の放火殺人が見破られることになったのは、その謎と経緯を解いた、上原警部補さんが一番御存知です。また、実は最初から、『これが僕の致命傷になるかも』と恐れていたからこそ、僕の逮捕の日、箱崎警視さんが『鍵』というキーワードを口にしたとき、あんなに派手に動揺して興奮してしまったのです。

いずれにしろ、以上が、あの火事の夜、ほんとうに起こった出来事です……


……僕にとっては不幸にして、冷泉はしぶとく生き残りました。

そして、これは幸か不幸か、何だかもうよく解らなくなっているのですが、どんな因果か、冷泉家と僕の利害が一致することになったのです。というのも、冷泉の父親・冷泉陽道副知事は、どうしても冷泉の悪行を隠したいし、できることなら冷泉の身元をも隠したい。他方、僕は僕で、自分こそが性犯罪の主役にして強姦のリーダーであり、自分こそが一番由香里さんに悪辣なことをしたんだと、強くアピールする必要がある。なるほど、冷泉の父親が、吉祥寺警察署長を介して、『自分と口裏を合わせないか』と提案してきたのも道理です。いえそれ以上に、どうやって冷泉の身元を隠すか、どうやって僕の鬼畜ぶりを強調するか、その具体的な計画すら持ち掛けてきました。

その計画というのは、例えば、僕が漠然と考えていた『強姦手記の出版』です。僕は、お袋が苦心しながら捜してくれた弁護士先生に、その提案を明朝社に取り次いでくれるよう頼みました。しかしそれと同時に、吉祥寺警察署長も、だからその裏にいる冷泉副知事も、僕のアイデアに大いに賛同し、秘かに明朝社とコンタクトを取りました。出版の企画が極めてスムーズに通ったのは、僕のアイデアのインパクトもさることながら、吉祥寺警察署長と冷泉副知事の政治的工作があったればこそです。

また例えば、今言った計画の一環として、冷泉副知事と吉祥寺警察署長は、警察の内部情報を週刊文秋にもリークしました。正確に言えば、僕と談合しながらそうしました。週刊明朝と週刊文秋はこの手のスクープの両雄ですから、どっちも利用しようとしたのです。どっちも利用して、僕の鬼畜ぶりを強調するとともに、都合の良い情報だけ取捨選択して、冷泉巡査を守り通そうとしたのです。ところが、吉祥寺警察署長は、経緯はよく知らないのですが、捜査本部の具体的な情報にどうも疎い所がありました。それに加えて、いざ『明朝にも流す、文秋にも流す、僕も情報源だし冷泉家も情報源だ』なんてことになると、そうしたパッチワークには、様々な綻びも出てきます。よくよく検討すれば、不思議な部分も出てきます。

　それは例えば、僕を派手派手しく糾弾（きゅうだん）した週刊文秋の記事が、ものすごく微（び）に入（い）り細（さい）を穿（うが）った記事のくせに、重大証拠であるライターオイルなりホワイトガソリンなりのことをただ単に『油』としか書いてはいない、といった点です。しかしこれはやむを得ません。僕としては放火なり放火殺人なり、とにかく『火』のことに注目されたくはなかったからです。そこはサラッと流して欲しい所だったのです。

　また他の綻（ほころ）びとしては例えば、『証拠動画』『レイプ動画』『リンチ動画』の撮影の話など、鬼畜の所業としてはトップクラスのものなのに、週刊文秋の記事が何故かそれに一言も触れていない、といった点があります。しかしこれもやむを得ません。冷泉副知事としてはカメラなりＤＶＤなりクラウドなり、とにかく『動画』のことに注目されたくはなかったからです。それは当然、警視庁の公用端末だとか、警視庁の公用クラウドのことを死んでも隠蔽（いんぺい）したかったからです。

　いえもっと言えば、そもそも週刊文秋のその記事が、非行少年グループのことを『三人』『三人』『三人』と連呼しているのは、これも当然、四人目の冷泉を隠し通したい冷泉副知事と吉祥寺警察署長の情報操作です。

　ともかく、変な形、嫌な形ではありますが、冷泉家と僕の利害は一致しました。だから僕は、事あるごとに、週刊文秋のその記事は正しいと、その記事は真実だと、上原警部補さんに力説しました。ただ実際にその記事の内容を知ったとき、やっぱりパッチワークがバレるかなと心配もしました。というのも、繰り返せば、その記事はものすごく微（び）に入（い）り細（さい）を穿（うが）ったものなのに、僕自身に科学的な知識が足りないせいで、捜査の細かいこととなると、専門用語を使うべきなのに日常用語ばかりになってしまっていたからです。そうした弱点を補う意味もあって、例えば、由香里さんが冷泉にボコボコに殴打され酷い姿になっていたのを、さも自分の暴力のせいだと、上原警部補さんに力説したりもしました……


「……不味いな」上原はいった。「円藤歌織さんの事があるから、略取の場面も、脅迫電話の場面も弄り難いが……しかし電話にあっては、録音が残っている。まして当該録音を確保しているのは俺じゃねえ、ザキさんだ」

「あの陰湿で粘着的な、ジト瞳無愛想仏頂面のゴスロリ管理官が」

「それを捜査書類に落とされると、お前の今の供述調書には、まだ派手な矛盾が……」

「ただ円藤歌織さんのことや、脱出計画のことを赤裸々にしてしまえば、それは」

「それはそれでお前の力作の意味が無くなる、が……

ただザキさんは、録音データのみならず、まだ何か客観証拠を」

「――呼んだ？」

既に共犯者として謀議していた、上原と徹。

突然の声に、両者はハッと、常時開扉の取調べ室の入口を睨んだ。

「上原係長」そして魔女は告げる。「捜本の管理官警視として命ずる。

あなたを仁科徹の取調べ官から解任するわ」

「ザキさん……いや箱崎警視。あんた、自分が何やってんのか解ってるのか？」

「其処を退きなさい、上原警部補。既にあなたは調べ官でも何でもない」

「お前は!!」上原は激昂した。「神聖な調べ室に……土足で!!　調べ中に、管理官も上官も警視総監もクソも無え!!　調べは調べ官のものだ!!　それは誰にも踏み躙ることのできん神聖なものだってこと、調べ中に調べ室を侵すのが警察最大の侮辱の一つだってこと、キャリアで若僧のお前にもそれくらい解ってんだろうがよ!!」

「成程調べも調べ室も、調べ官だけのもの」ひかりはいった。「そして私も捜本の刑事。そんな基本のキの字は弁えているつもりよ。もし上原警部補、あなたがまだ仁科徹の調べ官だと言うならね」

「どういう意味だ」

「もう命令はしたはずよ。あなたは解任された。とっとと尻尾を巻いて出てゆきなさい」

「取調べに階級なんざ!!」

「なら言い換える。

あなたは自ら投了した。仁科徹の性根と覚悟に負けて、自ら真実の猟犬であることを辞めた。自ら勝負を下り、だから私が解任する以前に、自ら調べ官たるを辞した。そんな負け犬に用は無い。そんな負け犬に神聖な取調べと取調べ室を委ねておく訳にはゆかない。繰り返すわ。あなたは自ら投了した。

あなたの勝負は終わった。さあ出てゆきなさい」

「俺が出て行って、それでどうなる」

「私が引き継ぐ」

「あんたが」上原は数瞬、絶句した。「調べ官を？」

「この捜本(ソウホン)を預かる、私にはその責務がある」

「……お前に何が解る!!」

「いえ全てが解っている。そう上原警部補、あなた同様、全てが解っている。そして私は投了しない。私は仁科徹に落とされない。私には責務がある。この、仁科徹と市松由香里の物語。その真実を救い、だから仁科徹と市松由香里の魂を救う責務がある。全ての真実を解明し、この物語を終わらせる責務がある。だから私は投了しない。私は仁科徹を今、王手詰めにする」

「……それで誰がしあわせになる」

「私には、貴方達(あなたたち)の如(ごと)き身勝手な男のお涙頂戴(なみだちょうだい)から市松由香里の魂を救う責務がある」

「それで!!　市松由香里がしあわせになるのかよ!!」

「そんなことは上原警部補、あなたが決める事でもなければ決められる事でもない。

——まして私は怒っている。

仁科徹の性根(しょうね)と覚悟に負けて、市松由香里の性根と覚悟をまるで無かったものにする。そんな男共の身勝手に心底怒っている」

ここで、ひかりは。

上原警部補と仁科徹が対峙する取調べ室の机、その卓上に、丁寧に折り畳んだ白い布と、小さく透明な証拠品袋をスッと置く。

——奇しくも、上原と徹の反応は一緒だった。

折り畳んだ白い布は、二人を確実に驚愕させた。

ただその驚愕は、まるで未知のものに対する衝撃などではなかった。それはあたかも、とうとう来るべきものが来たという、その最悪の脚本に対する衝撃だった。既に共犯者たる二人が、絶対に触れたくはなかったし、絶対に触れられたくはなかったもの……

ましてその刹那、やにわに仁科徹を襲ったものは。

（こ、この香り）仁科徹はその白い布の香りにも驚愕した。（いやそれだけじゃない。突然乱入してきた、この箱﨑警視から漂う甘酸っぱい匂いは。あの夜の、そして由香里の）

「仁科徹。上原警部補。

貴方達に市松由香里の遺言を、だからその性根と覚悟を、だから真実を救う勇気があるのなら。

上原警部補。あなたは其処を退きなさい。

そして仁科徹。あなたは私と一緒に、最後の真実を編みなさい」

「だけど!!」仁科徹は絶叫した。「それじゃあ由香里は……由香里の名誉は!!」

「あなた」ひかりはいった。「今日が何の日か分かる？」

「それは」徹はいった。「もちろん」

「そのとおり。だから午前一一時過ぎには、私は由香里さんと会う。

そして……

私はあなたと一緒に編んだその物語を、由香里さんに読んで貰おうと思っている。

私の上司上官だの、検察官だの、裁判官だのでなく。

だから。

私が今、私としては最初で最後の取調べをしたいとそう願うのは、由香里さんに、由香里さんの魂に安心して貰いたいからよ。あなたが自分の遺言を守ってくれたと、自分の最期の願いを叶えてくれたとそう安心して貰って、その苦難と苦痛に満ちた人生に、最期の安息（あんそく）をあげたいからよ」

「そ、それじゃあ箱﨑警視は、まさか、これから作る供述調書を――」

「あなたのその想像は正しい」

「刑事裁判とか、メディアとかには――」

「あなたのその想像も正しい」

「……ザキさん」上原係長はいった。「なら敢えて紙にしなくとも。どのみち燃えるなら」

「私が考えるに、これが、これだけが、由香里さんだけに言葉を伝える唯一の方法よ。

だからお願い、上原係長。その神聖な席を、ほんの少しだけ譲（ゆず）って頂戴。

だってもう時間が無いから」

――上原警部補は。

万感の思いが込もった嘆息（ためいき）を吐くと、警察官人生における、そして刑事人生における最大の屈辱をとうとう受け容れた。調べ官の席を発（た）ち、補助官のデスクに移る。

いよいよ仁科徹の調べ官となった箱崎ひかりは、供述調書の様式を出すと、最後の手書き調書を作成する準備をした。そう、それは箱崎ひかりにとっても仁科徹にとっても、最後の供述調書になるだろうしそうでなければならなかったのだ。

そしてひかりは取調べを開始する。

ひかりは既に調べ官卓上にある〈白い布〉は無視しつつ、小さく透明な証拠品袋の在中品を、手袋を用いながら、仁科徹の面前に広げた。

——在中品は、複数の金具。

金具が四種類ある。いずれもひかりの、小指の頭ほどの大きさかそれ以下だ。

「徹、これら四種類の金具。何の金具だか分かる？

これらはいずれも火事現場であるリビングダイニングから回収された金具だけれど、その意味は解る？」

「……いえ、正直言って全然」

「第一。横に潰れた8の字の金具。あるいは縦長の輪が、二つ連なっている様にも見える。

これはこのとおり、同じ形のものが二つだけ、確保できている」

「はい、確かに」

「第二。これはとても小さい。けれどとても特徴的よ。8の字金具には全然似ていない。とても小さなUの字にも見えれば、とても小さな半円にも見える。

これはこのとおり、同じ形のものが四つだけ、確保できた」

「それも分かります、意味は解りませんが」

「第三。これもとても小さい。けれどやはり特徴的。Uの字金具をもっと縦長に潰した感じ。というか、事務用のクリップ。あの銀色の縦長のクリップ。あれにとても似ている。あれを半分に切って細長のU字にしたら、こんな形になるかも知れない。

これはこのとおり、同じ形のものが二つだけ、確保できた。

……こんな小さな、こんな特殊なものを。

私の我儘で捜索し回収してくれた、捜査本部検証班のプロ意識には頭が下がるわ。

そして徹。

実はまだ検討の対象にしていない金具が一つ、残っているけれど――

それはこの第一から第三の金具が、一組のセットを成すからよ。すなわち第四の金具は仲間外れ。それについてはすぐ後刻検討する。

だから。

私の小指の頭ほどか、それ以下の大きさであるこれら第一から第三の金具。

8の字金具、半円に近いUの字金具、クリップに似たUの字金具。

これらは実は、とある証拠品の残骸というか焼け残り。言い換えれば、とある一つの証拠品が焼け、最後にこれらの金具だけを残した。さて徹、当該とある証拠品とは？」

「……いえ箱崎警視、まだ解りません、ほんとうです」

「でしょうね。きっと上原係長にも解らないし解らなかったと思う――けれど。

こう説明すればどうかしら。

実は、第二の〈半円に近いUの字金具〉と第三の〈クリップに似たUの字金具〉もまたセットなのよ。どのような意味でセットなのかというと、実はこれらは所謂オスカンとメスカン。私不器用だから白手袋のままだと難しいけれど、このクリップ金具は、ほらこうやって……このUの字金具に引っ掛けるもの。クリップ金具をUの字金具に潜らせ、通し、引っ掛けて固定し、そして左右に引いても嚙み合ったまま外れない様にする、とすれば？」

「――まさか‼」

「まして第一の8の字金具は、衣類でよく見る紐の長さを調節するもの。

あと、ワイヤーの金具があれば一目瞭然だったのだけれど、それは流石に無理だった。形状がこれほど特徴的じゃないし、樹脂混じりだから溶けやすかったのかも知れないわ」

「これは……これらの金具は由香里の付けていた‼」

「そのとおり。由香里さんが付けていたブラジャーの金具よ。

そしてこれが回収・確保されたのは、火事現場であるリビングダイニング。

まして、ブラジャーの布部分はすっかり燃えている。

と、なれば。

火事当夜、監禁現場であるリビングダイニングには、由香里さんのブラジャーがあった。これは客観的・科学的に確実な事実。そしてその用途を考えれば、火事当夜、由香里さんがブラジャーを付けていたと考えて矛盾無い。すると徹、あなたが先刻上原係長にした供述は嘘、ということになる。

具体的には、火事当夜いえ火事当時、由香里さんが全裸であってだからジャージといった適当な衣類を準備しなければならなかった——という供述、まして、火を放ってから急いで全裸の由香里さんにそれを着せようとした——という供述は、いずれも嘘となる」

「……で、でも箱﨑警視。由香里のブラジャーがあったっていう事実と、由香里がそれを付けていたって事実は全然違います。それはただ単に、レイプの小道具として持ち込まれていたのかも知れないし、あるいはただ単に、洗濯物として干されていただけなのかも知れません」

「あなたが俄に懸命な反論を開始した理由はよく解る。けれどその反論には意味が無い」

「何故です⁉」

「いよいよ最後の金具がそれを物語ってくれるからよ。

すなわち、火事現場から回収された金具の第四。これについては説明を要しない。一瞥して正体も用途も分かる。これは金属製のスナップボタンよ。そう上下一組、凹凸一組となって、パチンと押して留めるあのスナップボタンよ。これも捜査本部検証班の執念で、キチンと上下一組を確保して貰った。無論私はその出所を考えた。それは監禁の態様、強制性交の態様、そして今言ったブラジャーの存在から決め打ちで断定することもできるけれど——しかし客観的・科学的にも断定することができる。というのも私は井の頭女子高等学校の御協力を得て、実物と照合したから。

　そう。

　これは由香里さんの制服、由香里さんのセーラー服のスナップボタンよ。更に言えば、セーラー服の胸当て部分を留めるスナップボタンよ。論理的な決め打ちでも、客観的・科学的な照合でも、今、このことに誤りは無い。

と、なれば。

火事当夜、監禁現場であるリビングダイニングには、由香里さんのセーラー服があった。確定的にあった。そしてその用途を考えれば、火事当夜、由香里さんがそれを纏っていたと考えて矛盾無い」

「で、でもそれだって面妖しいですよ箱崎警視。ブラジャーの理屈と何も変わってないじゃないですか。現場に在ったたって事実と、由香里がそれを着てたたって事実は全然違います」

「ところがそうでもない。

というのも監禁最後の夜、火事当夜、最後のレイプをしたのは四日市と御園だから。これは徹、あなたの供述でもそうだし客観的証拠でもそう。口腔内の精液が物語ってくれる。そしてレイプの際、由香里さんのセーラー服を用いることができたのは鈴木さんこと冷泉巡査だけ。これは冷泉が警視庁のクラウドに上げた動画の解析結果から明らか。とすれば、火事当夜の最後のレイプでセーラー服が登場する余地は無い」

「洗濯物として、室内物干しにただ干してあったのかも」

「ブラジャーだけなら、あるいは下着だけならその指摘にも説得力がある。けれどセーラー服は駄目よ。リビングダイニングの室内物干しにただ干しておくだなんて論外だわ。だって脱出に用いられてしまうものね。だから冷泉らは由香里さんの靴もスマホも仁科邸一階に隠匿した。万一の事を想定して、リビングダイニングとは、だから由香里さんとは引き離した。よってセーラー服がリビングダイニングに出現する機会が在るとするならば、冷泉陽人が由香里さんをレイプする時だけよ。そして火事当夜そのような事実は無かった。だのに由香里さんのセーラー服は——

ブラジャーもだけど——リビングダイニングに持ち込まれている。重ねてそれはレイプの為ではない。

　なら何の為？　それは当然着る為よ、いえ着せる為よ、そうでしょう徹？」

「……もし、もし由香里が下着なり制服なりを着ていたとして、そこから何が言えるんですか⁉」

「徹、あなたの嘘と、あなたの優しい心が解る。

　徹、あなたが冷泉らと一緒になって円藤歌織さんを強制性交等したこと、またその身代わりとして市松由香里さんを強制性交等したこと。その邪悪さと罪咎はまさか消えるものではない。私は警察官としても女としても、絶対にそれを許すことができない。

　……けれど徹、あなたは改心をした。

　円藤歌織さんにしたことを恐らくは悔い、そして市松由香里さんにしたことを確実に悔い、冷泉らの仲間であることを辞め、市松由香里さんを脱出させようとした。その動機と理由は、先刻の上原係長に対する供述でもほぼ明確になっているけれど、それとて未だ必ずしも真実ではない。あなたは最終の真実を隠している。あなたが市松由香里さんを脱出させようとした物語において、とても、とても大事な事実をひた隠しに隠している。

　けれどそれは、さっき貴方達が恐怖していたとおり、この音声記録が在る限り、絶対に隠し通せるものではない。すなわち」

　ひかりは自分のスマピーポを採り出すと、とある音声データを再生させた。それは——

大丈夫。落ち着いて聴いて。私は大丈夫だから……さっき言ったとおり、逃げる計画もできている……四日後、ちょうど二週間が終わる夜。できれば栞と一緒に、あの大きな甘夏の樹がある家の近くに来て欲しいの。今考えているのは、夜の一二時くらい。もう少し遅くなるかも知れないけれど。でもそのお家から火事が出る……さっきの人が、そのようにしてくれる。大丈夫、信頼できる。信頼できる理由があるの……そして火事になったら私、その人と一緒に玄関から逃げる……着の身着のままで、ちゃんと制服が用意できるかどうか見通せないから、できればコートとか、躯が隠せるものと、あと念の為、靴を用意してくれると嬉しい……大丈夫。あの人がすっかり協力してくれるから。それはさっき直接説明して貰ったとおりだから……私がこうなるのは、そして私がさっきの人と出会うのは、きっと神様が、ずっとずっと前から決めていたことだから……その人のことも、歌織のことも栞のことも信じているから……私がその人と玄関から飛び出してくるのを、どうか待っていて

「徹、これは市松由香里さん本人の声に誤り無いわね？」

「……はい」

「由香里さんが、円藤歌織さんに脱出計画を説明している声に誤り無いわね？」

「はい」

「すると由香里さんは、火事当夜の脱出計画について知っていた。そうよね？」

「はい」

「それを教え、それを説明できたのはあなたしかいない。そうよね？」

「……はい」

「ちゃんと制服も用意できた。ならまして下着も用意できた。そうよね？」

「はい」

「それはあなたが由香里さんの世話係であり、だから入浴をさせ洗濯もする立場だったからできた。そうよね？」

「はい」

「セーラー服にあっては、それを使用したレイプを行う冷泉のため、常態として綺麗な状態に整えてあった。それが脱出計画に幸いした。そうよね？」

「はい」

「下着にあっては従前から、一階乾燥機の調子が悪いという理由で、二階リビングダイニングでの室内干しを冷泉に認めさせていた。そうよね？」

「はい」

「故に火事当夜、リビングダイニングの室内物干しに由香里さんの下着が在っても、冷泉らが不審に思うことは無かった。そうよね？」

「はい」

「火事当夜、石油ストーブをも焚いていたのは、その乾燥を早める為(ため)だった。そうよね？」

「はい」

「端的(たんてき)には――あなたは由香里さんを愛していた」

「それは」

「それはそうでしょう。

ブラジャーの正しい干し方だなんて——そうワイヤーとカップの形を丸く整えてから、ストラップの形も伸ばして整え、まして左右のカップの中央で二つ折りにし、ストラップやホックが下に垂れる様に、ハンガーの真ん中に掛けておく、だなんて。大警視庁の捜査一課の取調べ官でも捜査主任官でも、いえ警視総監でもできやしないわ。いえもっとシンプルなタスクである、スカートをハンガーにどう掛けるかだって、果たして知っているかどうか怪しいものよ。

まして、女の下着の正しい干し方など。

余程の心配りあるいは愛情がなければ出来たものでは無いわ。

まあ下向きにして、ワイヤーの中心二箇所を洗濯挟みで留めて吊る流儀もあるけれど、正直私自身、ズボラだから一の字に垂らしたりストラップをハンガーにただ引っ掛けたりするだけの時もある。女の私ですらそうよ。ところが冷泉巡査撮影に係る『証拠動画』で確認する限り、由香里さんのブラジャーは、下着メーカーが感涙を零しそうなほど懇切丁寧に取り扱われている。ただのレイプ犯だったら、まさかそんなことしやしない。ネットで調べる気にもならないでしょうね。相手は既に人間じゃないもの。まして、セーラー服を自宅で洗濯するなんて、それ以上に難易度の高いタスクよ。令和三年の今では、懇切丁寧にノウハウを説明したサイトが幾らでもあるけど、それもまた、余程の心配りあるいは愛情がなければ実践できたものでは無いわ。私だったら、試みる努力すら諦めるほどに。

なら。

由香里さんの洗濯係は誰か？

由香里さんを未だ人間として取り扱っているのは誰か？

そしてそれは何故か？」

「そうです、僕は由香里さんを愛していました。それは認めます。

でもそれは、身勝手で恥知らずな犯罪者の片思い。呆気なくキッパリ断乎として拒絶された犯罪者の片思いです。それはホントにホントに、上原さんに供述したとおりで――」

「へえ、ならこの電話における『信頼できる』『信頼できる理由がある』っていうのは？

さっきの人なり、その人なりが『信頼できる』『信頼できる理由がある』っていうのは？」

「そ、それは僕が、今見破られたとおり、脱出計画の具体的な段取りを組んだり、僕のスマホでこっそり、仲間にバレる危険を冒して円藤歌織さんと連絡させたりしたから、きっとそれで」

「へえ、ならこの電話における『さっきの人と出会うのは、きっと神様が、ずっとずっと前から決めていたことだから』っていうのは？」

「――――」

「まさか監禁犯人なり強制性交犯人なりとの出会いが、由香里さんにとって『神様が、ずっとずっと前から決めていたこと』だというの？　というか常識で考えて、由香里さんが円藤歌織さんの身代わりとなって監禁されることとなったのは、彼女の自発的な決断、自由意思に基づく決断であって、其処に神様だの運命だのが介在する余地は無いと思うけれど？」

「――――」

「まさか自分を何日も何日も強姦し虐待し辱めた唾棄すべき犯罪者を『信頼できる』『信頼できる理由がある』なんて気持ちになるはずも無いと思うけれど？」

「――――」

「にもかかわらず徹、どう考えても由香里さんはあなたの求愛を受け容れている。でなければ誰もが戦慄するような鬼畜を『信頼できる』様になるはずが無い。一般論として、あなたがアッサリ自認する様に、あなたの求愛は身勝手で恥知らずなものなのだから尚更よ。私だったら物理的に唾を吐き掛けるわ。巫山戯るなと。自分を此処までの奴隷にしておいて、どの面下げて愛の告白なんかできるんだと。

……けれど由香里さんはそうしなかった。

あなたをたちまち信頼し、脱出計画に自分の命を預け、ましてあなたとの出会いを『神様が、ずっとずっと前から決めていたこと』とまで断言している、自分の親友に。『親にも言えない事とて胸襟を開いて』喋れる自分の親友に。ましてその親友というのは、真実の所、あなたに強姦等々をされたその被害者よ？　正義感と責任感の強い由香里さんが、だから親友のことを思い遣ってやまない由香里さんが、幾ら自分の脱出計画の為とはいえ、親友が憎んでも憎んでも飽き足らない強姦犯人のこと、こうまで赤裸々に信頼できるだの信頼できる理由があるだの言うかしら？　ましてその円藤歌織さんの方も、由香里さんのその『無邪気な』『無警戒な』『全幅の』信頼を疑って掛からないかしら？

――これらを要するに。

仁科徹と市松由香里の関係とは？

仁科徹と市松由香里とは一体何者なのか？

親友をして直ちに納得せしめる、両者の不可解な信頼関係・協力関係あるいは愛情とは一体何なのか？」

「――――――――」

「まだ学習してくれていないのね、私の性格を。
ならば最後の物証を示すわ」

ひかりは備忘録(びぼうろく)にそっと挟んであった、一枚の写真を調べ官卓上(たくじょう)にそっと載せた。

カラーが既にセピアに焼けた、幼児と女性とが映る一枚の家族写真。

「……これは‼」

「幼いあなたと、実の御母様(おかあさま)との写真。そうよね？」

「ど、どこで」

「京都の病院で」

「母さんにも、会ったのか……」

「そう、宮津市で療養生活を送るあなたの実の御母様、新名弥生(にしなみお)さんに私は会った。
そのとき無理を言ってお願いし、この写真を含む幾枚かの写真を借り受けた。
御母様がそのとき採り出し、そのとき手に採らせて見せたという、幾枚かの写真をね。
無論、あなたの情に訴えかける為(ため)ではない。
無論、必要な指紋採取をする為(ため)よ。
無論、私の望む指紋は採取された。徹あなたについても。あともう一人についても」

「え」

「あなたがこれを知っているかどうか、今の今まで解らなかったけど……
そのリアクションで充分ね。徹、あなたは知らなかった。あなたの次の訪問者を。

すなわち、宮津市の病院に新名弥生さんを訪ねて行ったのは、あなただけではない。

これもまた残酷な偶然で、残酷な因果ね。成程、由香里さんをして『神様が、ずっとずっと前から決めていたこと』と言わしめる訳だわ」

「そ、それじゃあまさか」徹は愕然とした。「由香里が、母さんの所に。なら由香里は、母さんから。そんなことが……そうだったのか……由香里が、最初から知っていたのは」

「ただそれは最後の答え合わせだったと思う。というのも由香里さんは、部活動その他の諸経緯から、既にそのことを知っていたか、少なくとも確信を持っていたと思われるから。

いずれにしろ。

この写真の指紋が立証してくれる。

あなたは知っていたと。そして由香里さんも知っていたと」

「――ザキさん、もういい!!」上原は補助官席から叫んだ。それは慟哭だった。「猟犬にも涙の一滴はあるだろう。この世には言葉にしちゃいけない言葉もあるだろう。それを語ることで、誰もしあわせになんかしやしない物語があるだろう。人間誰しも、そうだ箱崎ひかり、あんたにも絶対に守りたいものがあるだろう。まして徹はもう覚悟している。自分独りが全てを背負って、残りの人生全てを、血反吐吐きながら生き恥晒してゆくと。事件の全容解明に、徹の処罰に、あんたが今喋らせたいその言葉、その物語はもう必要無い。だのに何故だ。何故あんたはその呪わしい言葉、呪わしい物語にそうも執拗る？」

「市松由香里がそう望んでいるからよ。市松由香里の魂がそう願っているからよ。

……貴方達、男共は市松由香里を侮辱している。

市松由香里をただ蚊弱い、保護すべき哀れな被害者としてしか見ていない。

そうよ。

貴方達、男共は市松由香里を聖女に、慈母に、そしてお人形さんにしようとしている。

私はそんななまやさしい物語を容赦できない。

それは市松由香里がそんな物語を望んでいないから。それが第一の理由。

けれど。

何よりも私が、箱﨑ひかりなる私自身がそのような物語を望まない。それが第二の理由。

私は人様の物語を、だから人様の人生を、だから人様の真実を恣に書き換えることを容赦しない。たとえそれが善意に基づく行為であろうと。たとえそれが愛情に基づく行為であろうと。真実というのは、だからヒトが生きた証というのはそんななまやさしいものではない。誰でもいいけどそんじょそこらの他人様が勝手気儘に書き換えて塗り潰してよいものではない。ヒトの物語を、だからヒトの人生を、だからヒトの真実を書き換えて塗り潰すというのは、それがどのような動機に基づくものであれ、畢竟、ヒトを奴隷にすることよ。ヒトを自分に都合のよい家畜にすることよ。まして当該ヒトが死者であり、もう何も反論できないというなら尚更よ。徹、あなたと冷泉らは一七歳の女性らをとことん奴隷と家畜にしてきた。その事実は徹、たとえあなたが中途で真摯な改心をしたとして、また、たとえ被害者である市松由香里があなたを赦したとして、絶対に消えて無くなるものではないし絶対に容赦されるものではない。だのに徹、あなたは事ここに至ってまだ、市松由香里を奴隷と家畜にしようというの。その遺書を、その遺志を、だからその優しい悲願を無視してまで、市松由香里を聖女に仕立て上げ、だからあなたに都合のよい奴隷と家畜にしようというの。彼女が死した今もなお。彼女がもう何も語れぬ今もなお。まして此処(ここ)に、歴(れっき)とした、彼女の断乎(だんこ)たる希望が書かれているというのに、なお!!」

「どうして其処(そこ)まで!!」徹は絶叫した。「僕に語らせようとするんですか、今の僕に!!」

「あなたにも、奴隷になって欲しくないからよ。

あなたにも、自分の嘘の奴隷になって欲しくないからよ。

あなたがあなたと由香里さんの物語を書き換えて塗り潰すこと、私には我慢できないからよ。

私は神様を信じない。けれどそれを仮説することはできる。もし遠くない将来、そう決して遠くない将来、あなたが神様の下へ行くというのなら。あなたは其処(そこ)で必ず、市松由香里と出会うはず。私はそのとき、あなたに重荷を負っていて欲しくはない。あなたが其処(そこ)で会う由香里さんに、嘘を吐くような事態は容赦できない。死んで後なお、あなたが自分の嘘の奴隷と家畜になることを、私は容赦できない」

「どうしてなんだ……どうして其処(そこ)まで、もう終わってしまったことに執拗(こだわ)るんだ……

しかたないじゃないか!!

どうしようもなかったんだ!!

それならそれでいいだろ!!　許してくれ……許してやって下さい……何故そこまで!!」

「私自身が奴隷で、家畜だからよ。

私自身が嘘に塗(まみ)れた、お人形さんだからよ」

「……なんだって？」

「すなわち、私は箱崎ひかり警視なる女ではない」

「い、意味が解らない」

「私の真実の名は、箱崎のぞみ。箱崎ひかりというのは、私の異母姉……

私は箱崎警察庁長官の、妾腹の娘。真実の箱崎ひかりは、とっくに死んでいる」

「なっ……ならあなたは。箱崎ひかりを名乗るあなたは」

「身代わりであり、人形よ。自分の真実の顔すら塗り潰された、人形よ。

――箱崎のぞみには、私には、たった今喋った以外の真実が無い。まるで、何も無い。

私は顔を奪われた。実の母を奪われた。唯一の家族を奪われた。あらゆる個人情報を奪われた。あらゆる外部記録媒体を奪われた。あらゆる関係性を奪われた。生きているという事実すら奪われた。私は、私が箱崎のぞみであることを証明できるあらゆる術を奪われた。国家、行政、社会、血縁。文書、画像、動画、データ。誰も、何も、私のアイデンティティを立証してはくれない。本件事件でも既にお馴染みの、指紋照合だろうがDNA型鑑定だろうが顔認証システムだろうが何だろうが。

今の私には、箱崎ひかりとしての人生しか無い。政府顕官の一人娘、箱崎ひかりの影法師としての人生しか無い。だから私は捜している。私を拉致したのは誰なのか。私から私を奪ったのは誰なのか。実の母がその後、どうなったか。異母姉である箱崎ひかりは何故死んだのか。ひかりでない私は、本当はどう生きられたのか……

ずっと捜し続けている。真実を。私を。ずっと捜し続けている。

箱崎長官の、大事な大事な、理想的だった後継者の、見破られない贋作として。

そう、お人形として」

「じゃあ箱崎警視、いえのぞみさん、のぞみさんがそんな格好をし続けているのも!!」

「御明察(ごめいさつ)よ徹。私はただのお人形さんだから。

……私には何も無い、何も。

実は、ここで仁科徹と言葉を紡ぎ合っているその事実すら。

仁科徹と市松由香里の真実を綴(つづ)りたいと祈っているその事実すら。

それすら実は、私のものでは無い。そう私には何も無い。

……だから徹、私は執拗(こだわ)るの。

あなたを奴隷にしないことに。市松由香里を家畜にしないことに。

だから、あなたたちを運命だか何だかのお人形さんにしないことに。

ヒトとして生きられない私だからこそ。

まだヒトである徹、あなたにお願いをする。

私にあなたの重荷を下ろさせて頂戴。あなたが何の嘘も無く、また由香里さんに会えるお手伝いをさせて頂戴。そしてそれはそう遠い将来の話ではない。私にはそれができる。私にはそれをする性根(しょうね)と覚悟がある。私の決意、私の真意、今学習して。

だから。

由香里さんのこの、セーラー服の真白(ましろ)いスカーフに誓って……

因果物語の幕を下ろしましょう。

そろそろ時間が無い。私はそれを由香里さんに届けなければ。徹、お願いよ」

調べ官の卓上にずっと置かれていた、畳まれた白い布。

その白い布に、はらり、と雫(しずく)が落ちる。

それは雪に染み入るように、たちまち真白(ましろ)い地(じ)に溶ける。

――仁科徹は、左目から零(こぼ)れる涙をぎゅっと拭(ぬぐ)うと、決意に裏打ちされた言葉を発した。

吉祥寺警察署第1取調べ室・卓上（手書き供述調書）

……最初の日、僕が見た感じでは、由香里は余りにも毅然(きぜん)と、余りにも自分に無関心に、苛烈(かれつ)なレイプを耐え抜きました。苦痛に悲鳴を上げることはありましたが、そしてレイプ行為を激しく嫌悪してはいましたが、どこか全てを諦めたような、どこか運命を受け容れたような、不思議な落ち着きがありました。諦念(ていねん)、というものかも知れません。

そのとき何も知らなかった僕は、実は由香里に一目惚(ぼ)れしつつ、それでもただ自分の欲望を満たすために、そう、ただの加害者と被害者として、皆(みんな)と一緒になって、由香里を散々玩具(おもちゃ)にしました。単純に、自分の気に入った子とセックスできるのが、しかもどんな事でもできるのが、嬉しかったのです。

その最初の日、由香里の風呂の監視をしたのは、やっぱり僕でした。

だから僕は、その最初の日既(すで)に、由香里と二人きりで会話する機会を持ちました。

そして、激しく驚愕(きょうがく)することになったのです。

由香里は風呂場で、僕に告白しました。こう告白しました。

自分は実は、あなたの伯父さん伯母さんを、このようなレイプやリンチで強姦し殺してしまった男の娘だと。その実の娘だと。いやそれだけじゃないと。唯一生き残ったあなたのお母さんすら、物理的に殺していないだけで、やっぱり凄惨なレイプやリンチを行い、その魂を殺してしまったそんな男の、実の娘だと。

だからこれは、私が望んだ報い（むく）だと。

少なくともあなたにはこうする権利があるし、他の三人の無茶苦茶な行為だって、あなたの伯父さん伯母さんの無念を思えば、私が当然我慢しなきゃいけない罰だと。こうやって自ら監禁場所にやってきたのも、私の贖罪（しょくざい）のためだと……

……僕は、由香里がそのような存在だとは全然知りませんでした。まして、何故由香里がそんな秘密を知っているのか、その理由を想像すらできませんでした。それはとうとう、由香里も黙して語りませんでした。今箱﨑警視さんに真実を教わり、由香里の行動力と執念（しゅうねん）、そして真実を直視する勇気にビックリしています。

いずれにしろ。

監禁第一日目のその日から、僕は理解させられることとなりました。

由香里は、実母と伯父と伯母の仇（かたき）。少なくともその娘。僕は、犯罪被害者の息子で甥（おい）。

僕はそれを由香里に教えられたとき、実は恐怖に震えました。

理屈で考えれば、頭で考えれば、僕が恐怖することなんて何もありません。僕としては、言ってみれば渡りに舟です。あんなに可愛い、あんなにキレイな、しかも一目惚れまでした相手が、暴力で自由になるばかりか、正義や道理でも自由になるのです。まして本人自身が、贖罪をしたいと申し出ているのです。レイプ犯としては、こんな絶好の偶然はありません。

けれど、僕はそれを由香里に教えられたとき、ほんとうに恐怖で震えました。

ここで、僕は犯罪被害者の息子で甥です。伯父と伯母は、文字どおり虐殺されています。実母はと言えば、実は二年前、お袋というか養母には黙ってこっそり会いに行ったのですが、由香里が語ったそのとおり、魂が死んでしまった状態で、この二六年を生きています。

僕が、母や伯父や伯母が苦しんだ非道い犯罪のことを正確に知ったのは、その、実母にこっそり会いに行ったときでした。そのとき、幼い頃の記憶としてなんとなく覚えていることや、なんとなく聴き及んだことが、実母の話でハッキリと裏付けられたのです。

僕が身を持ち崩し、四日市や御園と連んで、本格的な非行や犯罪を重ね始めたのは、実はそれがきっかけでした。どうしてそれがきっかけかというと、「この世に正義はない」と思ったからです。「犯罪はやった者勝ち」と思ったからです。実際、魂の抜け殻みたいになっている実母と会い、その顔を直に見ればなおさらです。

ところが、今度は、その実母の顔が、違う意味で頭から離れなくなりました。

僕は犯罪被害者の息子で、実母は犯罪被害者そのものです。

けれど、今度は僕が、嬉々として、実母のような犯罪被害者を作り出しているのです。

このままゆけば、僕が、一目惚れまでした由香里を、実母のようにしてしまうのです。いえ、それればかりか、このままゆけば伯父や伯母のように虐殺してしまうのです。実母の顔が、魂の抜け殻みたいになっている躯が、頻繁に脳裏をよぎります。まして、実母が強姦などの被害に遭ったときと違い、由香里は、自分の意志で監禁場所に留まるというのです。

そして、それは僕のせいなのです。

というのも、由香里は僕に対して、僕にこそ、責任を感じているからなのです。
由香里は僕に、何度も何度も謝りました。あなたのお母さんや、あなたの家庭、あなたの幼い頃、全部を無茶苦茶にして御免(ごめん)なさいと、事情も知らず何(なに)不自由無くのうのうと生きてきて御免(ごめん)なさいと、僕に何度も何度も謝りました。こんなことでは何の謝罪にも何の贖罪にもならないけれど、これで少しでもあなたの気持ちが癒(い)えるなら私は嬉しいと、平然とそう繰り返すのです。僕は知らず、「バカじゃねえの」「そんなの関係無いじゃん」「お前がやった事じゃないだろ」「親のことなんて責任無えよ」と繰り返していました……

……もう監禁二日目から、由香里をレイプしたりリンチしたりするのは嫌になりました。そもそも性器が勃起しませんし、秘かに恋している由香里の『素直な』『言いなりの』『壮絶な』姿を見ればなおさらです。それで、冷泉や四日市や御園に散々(さんざん)からかわれ、勇気が無い意気地(いくじ)が無いと嘲笑(ちょうしょう)され、僕の立場はどんどん低くなってゆきました。僕がパシリのような位置付けになっていったのは、凶悪で残忍な、だから頼れる冷泉に取って代わられたというのもあり、それは上原警部補さんにお話ししたとおりです。でも実は、それ以上に、僕が由香里を『しっかり』レイプできなくなったのが大きかったのです。まして、レイプ現場を撮影したり撮影されたりするなんて、そのときの僕としては以(もっ)ての外(ほか)でした。だから、ビデオカメラを買うことそのものにも散々反対しましたし、僕はその買い出しには付いて行きませんでした……

……由香里に自分の気持ちを告白したのは、監禁四日目か五日目だったと思います。もっと早くしたかったのですが、由香里の風呂が省略されることがあったりして、二人きりになれるタイミングが計れなかったのです。

　そしてどうにか、また由香里と二人きりになったとき、僕は由香里に「逃がしてやる」「逃げろ」「ここにいちゃ駄目だ」とか言いました。ところが由香里はなんと「どうして」と訊くのです。要は、どうして全てを知った私が逃げられるの、と訊くのです。僕は由香里の、異常なまでの真面目さと潔癖さに、いいえ、明らかに異常な贖罪（しょくざい）意識に愕然（がくぜん）としながら、「こんなの駄目だからだ」「お前には何の罪も無いからだ」とか言いました。そのとき思わず、「俺はお前があんな風にレイプされるのは我慢できないんだ!!」と言ってしまいました。

　言うつもりは無かったし、言うべきでは無かったのです。

　それはそうです。僕はもう犯罪被害者の息子ではありません。犯罪加害者そのものです。由香里はその命令を何でも聴く人質みたいなものです。まして僕らは、絶対にこの場でハッキリとは言えませんが、由香里の親友を傷付けることまで平然とやった後なのです。そんな僕に、自分の気持ちを告白する資格なんてありません。異常な贖罪意識に囚われている由香里だって、真っ当な判断ができるはずもありません。

　だから、言うつもりは無かったし、言うべきでは無かったのです。

　そして僕が「俺はお前があんな風にレイプされるのは我慢できないんだ!!」と言い放ってしまったとき、当然由香里は「どうして?」と訊きました。いえそれは当然です。レイプ犯がいまさら「レイプは我慢できない!!」も何も無いし、由香里は、由香里の主観としては自分の責任と決断でレイプされているのですから。だから「どうして?」となります。

でも、「どうして?」と訊かれた僕は、あさましくも、一目惚れした弱さから、本当のことを喋ってしまいました。「君のことが好きになったから」と。「好きになった子がこんな目に遭っているのは耐えられないから」と。すると由香里は、心底キョトンとした顔をして、「あなたおかしいんじゃないの」「好き勝手に犯している相手に、おかしいんじゃないの」と言いました。僕はそれを、「レイプ犯の一味の癖に、おかしいんじゃない の」「好き勝手に犯している相手に、おかしいんじゃないの」という意味でとらえました。要は、「ふざけるな、バカじゃないか」という拒絶の意味でとらえました。

けれど、でも、由香里の真意は、まるで違ったのです。

由香里は、「憎むべき女を赦すなんて、おかしいんじゃないの」「全然復讐をしていないのに、おかしいんじゃないの」という意味で言ったのです。そこから、風呂場のシャワーの音に紛れ、激論になりました。僕はどうにか由香里の目を覚まさせ、由香里を説得したいと思い、とにかく言葉を重ねました。「親のやった事とか、加害者とか被害者とか、そんなこともう関係無い」「親の罪とか被害とか、赦すとか赦さないとか関係無い」「赦して貰うというのなら、それは俺の方だ」「こんなことしてちゃいけないんだ」「昔の話なんてどうでもいいんだ」「今俺は君が好きなんだ」「今君がどう思うかが大事なんだ」「全部ゼロからやり直したいんだ」「どうしても赦す赦さないって話をするんなら、俺は赦すも何も無い、君が赦す立場なんだ」「理屈からしても、君の父さんやその実家は、いちばんたくさん損害賠償をしているんだ」「それは他の犯罪仲間と比べたら、桁違いと言えるほどの金額なんだ」「君の父さんがいちばん罪を償ったのは、俺の母親も認めているんだ」「まして今、犯罪者は君じゃなくって俺なんだ」「正気に戻って、俺とここから逃げよう」「赦す赦さないって言うんなら、俺を赦して一緒にここから逃げてくれ」「俺が思わず口走ってしまったことはどうでもいいから、とにかくおかしな考えを捨ててくれ」と、とにかく思い付くまま言葉を浴びせながら、由香里を正気にしようとしました。

正直、それがどこまで由香里に通じたか、今でも疑問に思っています。

というのも由香里は、「でも私はここに残るから」と言って、聴かなかったからです。

ただ、三〇分以上も続いた議論の果てに、だから仲間も怪しむくらいの時間の果てに、由香里は何故か「ありがとう」と言って、たくさんの涙を流しました。ありがとうだなんて、本当におかしな言葉です。だから由香里は正気じゃなかったし、最後まで正気じゃなかったです。繰り返します。由香里は最後まで正気じゃなかったです。物事を正しく判断できる状態じゃなかったです。

それを前提として、言います。

由香里は最後に、僕のキスを受け容れてくれました。

その涙と唇の味は、最初に会ったときの髪の香りと花の香りと一緒で、警察署にいる今の今でも、頭に残って離れません。

そして由香里はそれ以降、初めて自ら冷泉のルールを破り、僕のことを『徹さん』と呼ぶようになりました。要は、僕だけを様付けしなくなりました。あとそれ以外にも、監禁生活を通じて、由香里の気持ちを想像させる様子や出来事はありましたが……

結局、僕の告白を受け容れてくれたかどうかは、最後まで解りませんでした。

由香里がそれをハッキリ口にすることは無かったからです。

そして、どんな様子、どんな出来事、どんな言葉があったとしても。

そして、それがどれだけ由香里の気持ちを想像させてくれても。

それは正気の由香里が判断したことではありませんし、だから、物事を正しく判断した結果ではありません。それはそうです。レイプ犯とレイプ被害者の恋だなんて、許されないしあり得ないことなのですから。由香里は真っ当な、賢い、身持ちの堅い真面目な子です。自分をレイプした当の相手を恋するはずないのです。たとえ由香里の気持ちがちょっと動いたとしても、それは、凶悪犯にちょっと優しい素振りをされた被害者が、人質としてちょっと安心して、ちょっと嬉しかっただけの話です。

　僕は由香里が自分を愛してくれたとは思いませんし、繰り返しますが、それは由香里としてはあり得ないことなのです。由香里の名誉のために強調しておきます……


……冷泉が覚醒剤まで使い出したのは、僕にとっては誤算で、致命的でした。毅然とした由香里も、薬物の作用には叛らえません。まして、僕と由香里の様子が怪しいこと、僕が由香里を『しっかり』レイプできないこと、由香里が僕だけ様付けをしないことは、もう誰にとっても明らかなことです。あの邪悪で冷酷な冷泉は、きっと最初は僕と由香里を嘲笑するネタを作ろうと思って、薬の力を使い、由香里の本心を訊き出そうとしました。

　だから、恐れていたことが起こってしまいました。

　薬物で言いなりにされてしまった由香里は、僕と自分との関係、そう、僕が〈武蔵野市兄妹殺人事件〉の被害者遺族で、自分がその加害者の実娘であることを、喋らされてしまったのです。

これは、冷泉にとっては瓢箪から駒でした。というのも、何故由香里がノコノコと誘き出しに乗ったのか、何故由香里がこうも柔順なのか、何故由香里が抵抗も逃走も企てないのか、全部解ってしまったからです。

これで冷泉は、由香里に、どんな屈辱でも命令することができるようになりました。

それまでのレイプやリンチも陰惨なものでしたが、この恐ろしい秘密を握られてしまった後は、由香里に対する虐待は、どんどん凄惨に、どんどん過激になってゆきました。由香里がちょっとでも嫌がったり避けたりするようなら、たちまち「お前が強姦魔の娘だと近所にバラすぞ」「同級生にバラすぞ」「学校中に触れ回るぞ」「金持ちの実家を脅すぞ」「親父も爺もクビにさせるぞ」等々と、由香里の罪悪感や恐怖心を煽っては、由香里を文字どおりの奴隷に仕立て上げていったのです。

レイプやリンチの、あの異常なまでの過激化は、さっき上原警部補さんに話した以上に、冷泉が僕らの秘密を知ってしまったことに由来しています。僕は冷泉の悪辣さに怒り狂いましたし、いよいよどうにかして、急いで由香里を脱出させなければと決意しました……

……それでは脱出当夜、事件当夜についてお話しします。

これまでの嘘を訂正する形で、お話しします。

箱﨑警視さんが指摘したとおり、由香里は脱出計画を知っていました。

それは、監禁一〇日目にはほぼ出来上がっていました。

この頃になると、由香里は精神的にも肉体的にも限界に近くなり、だから幸か不幸か、僕の立てた脱出計画に叛らう余力も無くなってきました。それがどのような計画か、なのでどのように動かなければならないかは、風呂の際やその行き来の際、由香里とできるだけ話し合いました。

由香里が僕の言うことを聴いてくれたのは、限界に近い自分の状態と、このままでは絶対に殺されるという危機感からで、僕への信頼感とか、ましてや愛情とかからでは絶対にありません。

そこを、箱﨑警視さんは誤解しています。

なるほど由香里は、親友の円藤歌織さんに対し、電話で、僕との信頼関係をうかがわせる言葉を発していますが、もう一度繰り返せば、監禁当初から由香里は正気じゃなかったですし、物事を正しく判断できる状態でもありませんでした。限界に近い状態をも考えれば、何を口走っても、それは病人の錯乱です。ひょっとしたら、円藤歌織さんを安心させるための嘘で方便だったかも知れません。いずれにしろ、僕と由香里は脱出計画をともに企て、ともに実行しようとしましたが、レイプ犯とレイプ被害者の間に、信頼関係だの愛情だのが生じるはずも無いのです。由香里は、そんないい加減な子ではありません。

由香里の下着をリビングダイニングに準備していたのは、箱﨑警視さんの指摘どおりです。下着の干し方云々は、どうでもいいことなので身に覚えがありません。由香里のセーラー服が綺麗な形で準備できた経緯なら、それも箱﨑警視さんの指摘どおりです。ただ制服は、下着と違って、監禁場所への持ち込み厳禁とされていましたから、事件当夜までに、それをリビングダイニングに持ち込み隠しておくのは、少し手間で少し危険でした。とはいえ、リビングダイニングが一四畳と広く、また二週間にわたる監禁生活で雑然としていて、更にキッチンまで備えていたのは、制服の持ち込みにとって幸いしました。

そのように、下着と制服とがあれば、三月のことですし、どうにか外に出ても大丈夫です。ここで、他の適当な服でなく、制服にこだわったのには理由があります。箱﨑警視さんも上原警部補さんも実際に会って御存知（ごぞんじ）のとおり、僕のお袋は本当に小柄で、お袋の服を由香里に着せるのは、できないかかなり難しかったからです。またこれも御存知（ごぞんじ）のとおり、僕は一人息子ですから、家には他に女物の服がありません。冷泉たち三人の服は、大したものが持ち込まれてはいませんし、由香里の気持ちを考えれば論外です。僕自身の服を着せてもよかったのですが、しかし由香里の制服はそれ自体、重大な証拠です。もし家から持ち出さないのなら、燃やして消してしまうしかありません。そうしたところで、全焼してくれる保証はありません。それは、スナップボタンを手に入れた箱﨑警視さんなら解っていただけると思います。ですので、それなら『由香里に着せて持ち出す』のが一石二鳥でベストだと思えたのです。着慣れている制服なら、イザというときすぐ身に纏（まと）え、イザというときできるだけ機敏に動けるのが期待できますし、また、玄関先で武藤栞さんや円藤歌織さんと直ちに接触できる可能性も、そう、向こうから発見してもらえる可能性も高くなるでしょう。

　ここで無論、由香里の靴は一階に隠してありましたから、リビングダイニングに持ち込む必要などありませんし自由に使えるも同然です。これで由香里が玄関から外に出ても、どうにか動き、どうにか移動することができます。まして計画が上手く行ったのなら、武藤栞さんと円藤歌織さんのサポートも得られます。由香里の脱出準備については、あと手錠の鍵さえ入手できれば問題ありません。僕の脱出準備としては、あと南京錠の鍵を入手するのと、そして当然ながら、『御園の寝煙草（ねたばこ）』『御園の給油ミス』の仕込みがあります。

　いよいよ放火ですが、その経緯は、ほとんど上原警部補さんにお話ししたとおりです。

上原警部補さんに吐(つ)いた嘘、あるいは事実関係の違いは、次のとおりです。

まず、最後のレイプ後、仲間が寝入った際、リビングダイニングの灯りが点けっ放しだったのは、上原警部補さんにお話ししたとおり本当です。ですが僕はそのとき、仲間が熟睡したのを確認してから、当然起きていた由香里に、準備を急ぐよう言ったのです。そして、リビングダイニングの灯りを最小限に絞りつつ、寝入っている御園から〈手錠の鍵〉と〈南京錠の鍵〉を奪い、すぐさま由香里の片手錠を外しました。これは当然です。由香里はすぐ服を着なければならないからです。その傍(かたわ)ら、上原警部補さんにお話ししたとおり、仲間を殺して由香里の痕跡を消すため、着々と放火の準備をしました。その準備が終わるや否や、躊躇(ちゅうちょ)なく御園の右手に火を着けました。すると、もちろん現場は明るくなります。その炎を背に、いよいよ由香里に駆け寄った僕は、しかし愕然(がくぜん)としました。

由香里は全裸のままだったのです。

まして不可解なことに、身近な所にホワイトガソリンの四ℓ缶を確保していたばかりか、自分のセーラー服の白いスカーフに、ペンで何かを書き続けていたのです。なるほどリビングダイニングには、由香里の躯(からだ)に落書きをするためのペンがたくさんありました。また、リビングダイニングの灯りは最小限に絞られてはいましたが、瞳が慣れれば物を書くには充分でした。おまけに、僕が火を着けてからは、それも光源になります。しかし生活空間なので、何かを書ける紙の類(たぐい)、それも白紙はありません。本棚にもありません。すると、由香里が何かを書くというのなら、それも白いものに何かを書くというのなら、今最も手近にあるのは、自分のセーラー服の白いスカーフということになりますし、由香里が何かで書くというのなら、今最も手近にあるのは、散々嫌がらせに使われてきたペンということになります。由香里ならそれが何処にあるのかも分かります。加えて光源はあります。すると、由香里が何かで何かを書けることには何の不思議も無いのですが、当然、この急場で何を書いているのかは不可解です。いえ、この急場で何かを書いている行為そのものが不可解です。僕は由香里に鋭く言いました。「何をやってるんだ。早く服を着るんだ。逃げなきゃ!!」と。すると由香里は言いました。「うん解った、でももう終わったから大丈夫、御免ね徹君」と。僕はそんな急場だというのに、不思議なほど落ち着いていて、不思議なほどしっかりした、いえ、断乎とした言葉を紡いだ由香里に、むしろ圧倒されました。由香里の言葉はとても静かでしたが、圧倒的な、なんというか、確信と決意に充ち満ちていたのです。僕は幾許か、呆然としたほどでした。そして、『もう終わったから大丈夫』『御免ね徹君』という、考えてみれば意味不明な言葉のおかしさにやっと気付けたときは、もう全てが遅かったのです。その言葉の意味にすぐ気付けなかったこと、いえ、ただ圧倒され呆然としていたことが、今も悔やまれてなりません。

　僕を、何らかの決意のようなもので圧倒し、呆然とさせた由香里は。

　なんとそのまま、自分で自分に手錠を施し直したのです。

　またもや自分自身で、自分の右手に片手錠をし、脱出不可能な状態に戻したのです。

　そして言いました。「嘘を吐いていて御免なさい」「私は徹君とはゆけない」「私はここに残る」と。僕は混乱し、錯乱し、動揺しました。意味が解りません。火の手は迫っています。いえ炎の海、炎の壁が迫っています。僕は恐らく、「何を言ってるんだ!!」「逃げなきゃ死ぬんだぞ!!」とか絶叫しながら、とにもかくにも、〈手錠の鍵〉を出して由香里を自由にしようとしました。

　そのときです。

　もう上原警部補さんにお話をしたとおり、しぶとく生き残っていた冷泉が、鉄パイプとかで僕を襲撃してきました。僕がそれをどうにか躱せたのはほんとうです。展開が違うのはそこからです。すなわち、僕は必死で冷泉を一喝しました。「火事だ、警察が来るぞ!!」「警察がもう来てるぞ!!」と。残忍で狡猾な冷泉ですが、火に焼かれて焦っているのもあってか、また、普段からの態度どおり絶対に警察官だと知られる訳にはゆかないこともあってか、冷泉は僕がビックリするほど焦燥てふためき狼狽すると、そのままリビングダイニングのドア目掛けて駆けてゆきました。といって、〈南京錠の鍵〉は僕の室内着のポケットにある訳ですから、ドアが開くはずもありません。炎の海、炎の壁越しに、冷泉がドアをドンドン、バンバン破ろうとしている様子が窺えましたが、もう脅威でもないし、僕の知ったことじゃありません。

　問題はもちろん由香里です。

　しかしここでまた、上原警部補さんにお話しした嘘とは、展開が違ってきました。そうです。僕は冷泉に襲撃されたとき、〈手錠の鍵〉を床に落としてしまったのです。ちょうど由香里の手錠を外そうとしたタイミングでしたから、冷泉とのドタバタに紛れて、手にしていた小さな〈手錠の鍵〉を床に落としてしまったのです。僕は当然、それをすぐさま見つけ出して拾おうとしました。さいわい、何処に落ちたか、その場所はすぐに分かりました。ところが、僕がそれを拾おうとすると。

　あろうことか由香里は、懸命に手を伸ばしてそれを回収すると、いえ僕の指先からそれを奪うと、思いっ切り、そう思いっ切り投げ捨ててしまったのです。ましてそれは突然のことで、僕はその行方を追うこともできませんでした。要は由香里は、僕から〈手錠の鍵〉を思いっ切り隠してしまったのです。というか〈手錠の鍵〉を消してしまったのです。僕はそのとき「あっ‼」だか「うっ‼」だか絶叫したと思います。そして絶望しました。もうこれで由香里は脱出できません。いえそればかりか、このままゆけば、由香里は火の海に呑まれます。それはもう時間の問題です。

そこからのことは、あまりのことで、記憶がハッキリしません。しっかり描写できません。だから、僕が覚えている限りで、二人がした会話を、再現してみます。

「鍵はきっと、このラックの裏か、燃えるカーテンの裏。

だからもう拾えない、絶対に」

「どうして……どうしてだ由香里、どうしてこんなことを‼」

「御免(ごめん)ね徹君。私はあなたを騙(だま)していた。私は最初から、こうすることに決めていた」

「に、逃げるつもりが無かったと……まさか最初から死ぬつもりだったと‼」

「私の父のこと。徹君のお母さんのこと。親友のこと。ここでのこと。そうした連鎖。

全部引っくるめて、私はここで死ぬべきだと思った」

「まだそんなことを……親の因果なんて‼

確かに●●さんのことは、償っても償いきれないけど、でも‼」

「私だけが、のうのうと救われる訳にはゆかない。

まして私の命が助かれば、私は警察に喋らされる、喋らされてしまう……

あなたのことを。

あなたが最初私を此処へ導いたことも、あなたが私にしたことも、私にしなければならなかったことも。嫌々であろうと強制された結果であろうと、全部。そう、私は生きた証拠。あの三人のことはどうでもいいけど、徹君、私はあなたを〈武蔵野市兄妹殺人事件〉みたいな犯罪者にする訳にはゆかないの」

「莫迦なこと……俺は犯罪者そのものだ!!　今になって……今になって由香里にしてしまったことから逃げようだなんて!!　だって俺は由香里が、今は!!」

「駄目、徹君。もう議論の時間は無い。どうしてもというなら、こうする。

どうかこれを。どうかこれを預かって。そして栞と歌織に渡して。

すべて、これでいい」

由香里はここで、僕に、丁寧に折り畳んだセーラー服のスカーフを、静かに渡しました。

そしてとうとう、流れるように美しい手際で、彼女が手近にわざわざ用意してあったホワイトガソリンの四ℓ缶、その中身を、自分で頭から被りました。その手際はあまりにも淡々としていて、そんなことをすると考える暇も、それを止める暇もありませんでした。

「すべて、これでいい。

最大の証拠は燃えて無くなる。あの忌まわしい三人も燃えて死ぬ。

不思議で残酷な因果で結び付けられた、私達の苦しみもようやく終わる。

だから徹君、あなたは生き延びて。あなただけは生き延びて。

それが私の、たった一つのほんとうの願い。

あなたの無実は私が証明できるから。もう証明したから」

僕は由香里の視線に促されるまま、セーラー服のスカーフを開き、そこにペンで書かれている内容を急いで読みました。そして確信しました。由香里は最初から死ぬつもりだったと。僕が立てた脱出計画を承諾するフリをして、自分は全てに決着を付ける形で死に、僕だけは生き残らせるつもりだったと。その意味で、確かに由香里は僕を騙しました。ただそれは、騙すというより、どこまでも僕を思い遣ってのことでした。なお念の為繰り返しますが、だからといって由香里が僕を愛していたなどという結論にはなりません。万一、由香里が僕に対する好意を持っていたとして、それは哀れみや同情なのです。一〇〇%の被害者である由香里が、一〇〇%の加害者である僕を愛するはずありませんし、そんな事実は無いばかりか、そんなことは絶対に許せることでも許されることでも無いのです。

「……そして徹君、死にゆく私の最期の頼み、絶対に聴いて」

「何を……何を言っているんだ……由香里君は死なない……最期だなんて!!」

「私の口を、あのガムテープで塞いで」

「――何だって?」

「そして私を、冷泉たちがやった様に、鉄パイプやバットや木刀で思いっ切り殴るの。躊躇なく、容赦なく、徹底的に殴るの。そう、死ぬほどに。だってどのみち私は死ぬから」

「い、意味が解らないよ!!」

「私の口には犯罪の証拠が残っている。さいわい、あなたの証拠は残っていない。ましてあの忌まわしい三人を、最期の最期まで悪魔だったと証明する必要がある。もう使い物にならなくなった私に、最期のリンチをしたという物語が私には必要なの。

それに。

私が無事焼死できるかどうか分からない。最大の証拠である私は、口を利ける状態で確保されてはならない。

だから徹君。

死ぬべき私の最期の頼み。絶対に聴いて。私を徹底的に、容赦なく殴って」

「そ、そんなことが……そんなことが由香里にできるか!!」

「今夜この火の海の中で、全ての因果に決着を付ける。

これであなたの復讐も完成する。あなたのお母さん達の仇も討てる。

そして……

私はあなたの心から消えることができる。

徹君。

私のことはすぐに忘れて。私のことは記憶から消して。

一九九五年のことも、この二〇二一年のことも、全部記憶から消して。

――その為に。

私を無茶苦茶に殴るの。思いっ切り殴るの。見るも無惨な姿となる様に。

あなたがあれだけ褒めてくれた私が、ただの肉塊としか思えなくなる様に。

醜い肉塊となった私など、もう二度と、思い出したくもなくなる様に……

あなたの記憶から消してしまいたいと思える様に!!

あなたのこれからの人生に私はいちゃいけないの、さあ急いで……お願い!!」

「なんて、ことを……由香里君はなんてことを……僕にはそんなこと!!」

「あなたがほんとうに私のことを愛してくれているというのなら。

あなたはそうしなきゃいけない。

そうでもされなきゃ……私赦されない……だって私は、あなたが。

徹君あなたのことが」


……誤解しないでください。由香里は僕が憎かったのです。僕を憎悪していたのです。あと由香里がいろいろ喋っていたことは、錯乱の結果です。酷いレイプやリンチを受け続けた自分を、いっそのこと消してしまいたい、いっそのことボロボロになってしまいたいと、自殺願望・自傷願望のようなものを感じていただけなのです。

けれど。


もしそうでなかったのなら。

もし今の『徹君あなたのことが』の続きが、今箱崎警視さんが問い詰めるような、僕に対する特殊な感情を示すものであったのなら。

僕は嬉しいです。許されないことですが、素直に嬉しいです。

そしてそのとき僕は、由香里にもう一度、最期に、自分の気持ちを伝えたことでしょう。

しかし、現実は絶対にそうではありませんでしたし、そうであってはならないのです。

箱﨑警視さんの、そのことについての指摘は、絶対に誤解で間違いです……

……僕が燃えながら昏倒している冷泉を横目に、リビングダイニングのドアを破り、やがて玄関から外に出たのは御存知のとおりです。上原警部補さんにお話しした、由香里のスマホで親友の女の子を呼び出した云々は、もちろん嘘です。武藤栞さんにも円藤歌織さんにも、脱出計画のことは伝わっていたからです。

玄関先で、喧騒に紛れて僕に接触してくれたのは、武藤栞さんです。

ここでどうにか、由香里のセーラー服のスカーフと、例のＤＶＤ－Ｒ二枚を渡すことができました。そう、僕がハンカチのようなものを持っていたことも、きっと目撃されていたでしょうし、警察の人ならもう調べ上げているとおりだと思います。ただ、〈南京錠の鍵〉を一緒に渡さなかったのは、もう御存知のとおり、痛恨のミスでした。

そうやって、ＤＶＤ－Ｒ二枚を、そう『ｔ』の記載があるＤＶＤ－Ｒ二枚を持ち出したのは、由香里の脚本を徹底的に壊すためです。

箱﨑警視さんが誤解しているような、由香里の僕に対する感情。スカーフから分かってしまう、由香里と僕の因果。特に由香里の因果。そんなものを、警察にも世間にも知られる訳にはゆきません。絶対に、どうしても、僕の命を懸けても。だから僕は、そもそも鬼畜ですが、よりいっそう鬼畜になることを決意しました。くどいようですが、由香里は一〇〇％の被害者で、僕は一〇〇％の加害者です。由香里が最期に何をどう思おうと、それは錯乱の結果なのですから、無視すべきです。由香里の過去も、由香里の気の迷いも、絶対に守り通すべき秘密ですし、由香里の脚本は徹底的に上書きされなければなりません。そのためには、警察と世間の注目を、とことん僕だけに集める必要があります。僕が鬼畜になればなるほど、由香里は清らかな被害者として扱われます。

僕はそのことを、現場を出る前に決意していました。断乎として決意していました。

だから玄関で武藤槑さんと接触できたとき、その二、三分でどうにか、今後必要なことを伝えることができました。

すなわち、セーラー服のスカーフは無視し、隠し通さなければならないこと。無かったものとしなければならないこと。むしろ、その内容や由香里の遺志と真逆のことをしなければならないこと。それが由香里の名誉と、あと●●さんの名誉を救うことになること。僕を最悪の鬼畜、強姦犯のリーダーとして扱い、DVD－R二枚も使いながら、由香里よりも僕こそがド派手に注目されるようにすること。

もちろん武藤槑さんは途惑っていましたし、当初は僕の意図が充分伝わらない所もありましたが、僕が「これから出る週刊誌とか僕の手記とかの内容、あれが真実だって考えるだけだ」「DVDの動画の内容、これが真実だって考えるだけだ」「由香里は善人、僕は悪人。全部そのストーリーで押し通すだけだ」「あとは君ら二人で考えれば解る」という言葉に、取り敢えず納得してくれました。由香里がかつて、僕のことを武藤槑さんと円藤歌織さんに説明してくれていたことも、玄関での遣り取りがスムーズに行った理由だと思います。そもそも二人は由香里の大親友ですから、由香里に極力有利になる言動や、由香里の名誉が極力守られる言動をするのは当然ですし、まして、由香里同様に賢い女の子たちだと聴いていましたから、その後のことはそんなに心配していませんでした。何かの軌道修正が必要なら、弁護士先生を通じてでも、あるいは明朝社の後藤取締役を通じてでも、なんとかできると踏んでいました。ただ結果、武藤栞さんも円藤歌織さんも上手くやってくれたので、箱﨑警視さんさえいなければ、僕の目論見はどうにか成功していたと今でも思っています……

……あとは、警察の人もきっと御存知のことで、だから蛇足だと思いますが、全てをお話しする機会ですので、念の為に説明しておきます。

まずは、あの週刊文秋の記事のことです。

いろいろ上原警部補さんにお話ししたとおりなのですが、ただあの週刊文秋の記事が〈武蔵野市兄妹殺人事件〉については舌鋒が弱く、どう読んでも〈武蔵野市兄妹殺人事件〉から読者の関心を逸らそうとしているとしか思えないのは、もちろん冷泉巡査の父親・冷泉副知事の情報操作あるいは買収の結果です。というのも、冷泉副知事は現役の警察官時代、何やら〈武蔵野市兄妹殺人事件〉の捜査でミスを犯したことがあるらしく、だから、僕らの事件をきっかけに、とても似ている〈武蔵野市兄妹殺人事件〉に社会の注目が集まるのが嫌だったのです。それを再検証されるのが嫌だったのです。すなわち、冷泉副知事が週刊文秋とかで情報操作をしたのは、息子の凶悪犯罪を隠蔽するためでもありましたが、何の事はない、自分自身の二六年前の捜査ミスを隠蔽するためでもあったのです。

また、僕自身も情報操作をしました。そのほとんどは上原警部補さんにお話ししたとおりですが、最後に一つ語り忘れたのは、『覚醒剤』のことです。あの週刊文秋の記事は、由香里に『覚醒剤』が使用されたことには、一切触れていません。それは僕が明かさなかったからです。もちろん冷泉副知事側が、冷泉巡査のそんな重大犯罪のことを明かすはずもありません。そして僕が『覚醒剤』のことを隠そうと思ったのは、その効果で由香里がとても屈辱的な思いをしたからです。それを顧ったとき、そのような状態は世間も容易く想像できてしまいますから、そんな残酷なセカンドレイプは絶対に避けたいと思ったのです。人々の記憶の中でも屈辱を味わわされるなんて、絶対に避けたいと思いました。

あと情報操作といえば、由香里の祖父・市松外務審議官もまた、独自に情報操作をしました。すなわち、被害者の遺族としては珍しいことに、僕の鬼畜の所業を大々的にリークし続けたのです。これは、由香里にとって残酷な話にもなるので、僕としてはにわかに信じられませんでしたが、信頼できる僕の弁護士先生の調査結果なので、間違いありません。僕の鬼畜の所業をリークし続ける、ということは、僕らがした虐待の詳細をリークし続ける、ということですから、普通の感覚を持った被害者遺族であれば、まさかやらないことです。しかし市松外務審議官はそれをしました。それはぶっちゃけ、由香里の名誉より市松家の名誉を大事に思ったからです。市松外務審議官としては、僕にこそ注目を集めるべきで、由香里そして由香里の実父に注目が集まるのは、死んでも避けたかったのです。

なお、僕が自分の弁護士先生をとても信頼しているのは、これももう御存知だと思いますが、その弁護士先生こそ、〈武蔵野市兄妹殺人事件〉、そう僕の伯父と伯母が死に、母が死んだも同然にされた〈武蔵野市兄妹殺人事件〉で、僕の祖父母と一緒に、損害賠償請求とかの民事訴訟を、それは熱心に担当してくれた弁護士先生だからです。お袋が、養母が事件発生後すぐさま大家の弁護士先生を用意できたのは、そうした経緯で、そもそも仁科家とも御縁があったからです。ちなみに弁護士先生といえば、市松外務審議官が警察をも牽制できる重鎮先生をすぐ用意したのも、警察捜査やメディアの取材が由香里の実父に及んだ際、あらゆる手段を使ってそれを潰すためです。これも僕の弁護士先生から聴きました……

……最後に、僕の、いわば徹底した偽悪の、最終の動機についてお話しします。

まず、僕は由香里と一緒に死ぬべきでした。

何故あのとき、由香里と一緒に現場に残らなかったのか、死ぬほど後悔しています。

僕があのとき現場に残らなかったのは、もちろん由香里が僕に、いえ武藤栞さんと円藤歌織さんに、このセーラー服のスカーフを託したからでもあります。加えて、もう無我夢中ななかで、我武者羅ななかで、『あなたは生き延びて』『あなただけは生き延びて』という由香里の言葉に、知らず従ってしまったからでもあります。

けれどそれは間違いでした。

僕もまた燃え死んでおけば、その後の小細工も偽悪もきっと、必要無かったのです。

なまじ僕が生き残ってしまったばっかりに、秘密に秘密を重ね、嘘に嘘を重ねなければならなくなったのです。

僕は死ぬべきでした。

僕は死ぬべきなのです。ずっとそう思ってきました。今でもそう思っています。

けれどいったん警察に逮捕されてしまってからは、その警察に協力でもして貰わない限り、自殺することなんてできません。あの吉祥寺署長さえ、そんな協力は拒みました。自分の治める警察署の、大スキャンダルになるからと。それは、一方的に由香里を愛している僕にとって、耐え難い拷問でした。まして、僕は一七歳です。法律上、死刑が適用されることはありません。なんてことでしょう。犯罪者自身が死ぬほど死にたいと願っているのに、そしてきっと社会もそれを後押ししてくれるのに、警察も裁判所も法律も、その悲願を許してはくれないのです。

ならば、と僕は考えました。

もし法律が変わったら？　もし少年法が変わったら？

ここで、僕は法律の詳しいことは解りません。例えば、法律が変わったとき、変わる前の犯罪者にもそれが適用されるのかどうか解りません。ですが、今の僕にとっては『やってみる価値』があります。まして、冷泉副知事は今の法務大臣の弟です。

僕は嘘を吐き続け、徹底した偽悪を続けることで、その冷泉副知事をいわば守ってやっていま す。冷泉巡査のことがバレるまでは、それは『貸し』になります。僕の頼みを聴いてくれないのなら、『脅し』すらできます。それに身の危険はありません。僕にも、親父にもお袋にも危険はありません。というのも、留置場にいる僕を、まさか口封じなんてできやしませんから。絶対の秘密が記録されたハードディスクを、どうやっても殺せないのですから。これだけ死にたいのに、死ねないのですから。

だからあの記事にあるとおり、もう週刊文秋には開始して貰っていましたが、『少年法改正キャンペーン』を、その週刊文秋や週刊明朝に、いえもっとたくさんのメディアに、大々的に展開して貰おうと考えたのです。世論を動かし、法律を変えるとなれば、僕が鬼畜であれば鬼畜であるほど都合がいい。由香里が純然たる、気の毒な、そう聖女のような被害者であればあるほど都合がいい。

僕が上原警部補さんに嘘を吐き続け、週刊誌を動かし続け、まして破廉恥にも犯罪の手記まで出版しようとしたのは、それが理由です。僕はそもそも鬼畜ですが、更に徹底した鬼畜になれるよう頑張ったのは、その最終の動機は、少年法改正です。

詰まる所、死刑になり、由香里の下へゆくことです……

吉祥寺警察署・第1取調べ室

「……以上のとおり録取して読み聞かせたところ、誤りのないことを申し立て署名指印した、前同日、警視庁刑事部捜査第一課、司法警察員警視、箱﨑ひかり、ハンコポンと。じゃあ徹ここ、署名と指印。ああ指用のインクはこれね」

「は、箱﨑警視」

「何？」

「こ、この供述調書を読むのは――」

「この供述調書を最後に読むのは、そうこれから読むのは市松由香里で彼女だけよ。私は虚言しない。いい加減学習しなさい」

「今日は由香里の葬儀の日」徹はいった。「だからその調書は。その物語は――」

「くどい」

「有難うございます、箱﨑警視」

「そして感謝される筋合いも無い。私は私がそうしたいからそうする。
ただ一点を除き、あなたは正直に物語ったし、だから私を満足させた。私はそれでいい」

「ただ一点って言うのは？」

「……これだけ陰湿で粘着的な私が、どうしても諦めざるを得なかった最後の真実よ。
あなたがそれを此処まで頑強に否認するとは思わなかったし、私としては、これじゃあ市松由香里に合わせる顔が無いけれど。
ただ、上原係長」

「はいザキさん」

「この世には言葉にしちゃいけない言葉もある、そうだったわね？」

「学習しましたね。
そしてこの場合、言葉にしなくても解るでしょう。市松由香里にも、箱﨑のぞみにも」

「そういうメロドラマは大嫌いだけど、男共の救い難いセンチメンタリズムを今は許す。
何と言っても時間が無いもの。御葬儀は午前一一時から。もうギリギリね」

「……箱﨑警視」

「何、徹？」

「今の僕には解ります。何故箱﨑警視が僕に、そして僕の嘘に最初から執拗り続けたか。
逮捕の日。僕の逮捕の日。僕と箱﨑警視が、最初に出会ったとき。
そう、僕が思わず、箱﨑警視と警察に対し、冷泉親子のことや〈武蔵野市兄妹殺人事件〉のことを頭に浮かべ、激昂してしまったあのとき。

――箱崎警視は、もう見破っていたんですね。

僕が御自分と同じ〈演技者〉であるということを。

そして僕に怒っていたんですね。

僕が御自分と違って、〈過去〉を塗り潰そうとしていたことに。

僕が由香里を、御自分と一緒の〈人形〉にしてしまおうとしていたことに。

僕の瞳や言動を見て、箱崎警視はもうそう直感した。だからすぐ事件の構図を疑った。

――箱崎のぞみさんの物語を知った今では、どうしてもそう思えます」

「徹、あなた警察官にも刑事にも成れないわね、まあ成りたくもないでしょうけど……

まさかよ。

御冗談が過ぎる。

松本清張じゃあるまいし、私、そんな御都合主義的（ごつごうしゅぎてき）な神様じゃないわ。

ただ」

「ただ」

「逮捕の日。あなたの逮捕の日。私とあなたが、最初に出会ったとき。

――何ていう因果なの。

そう仁科杏子は絶叫した。あなたのお母さんはそう絶叫した。

私はそれをとても印象的に思った。

単純に、言葉の意味が解らなかったこともある。

何の因果なのか、解らなかったこともある。今では無論、解るけどね。

けれど私は……箱﨑のぞみは……私が滅多に使わない言葉を使うなら感動した。それは」

「それはザキさんが、親父さんのことを想像したからだ。

養親なるものの、あまりにも違う在り方――

それに、ハッキリ言えば動揺したからだ。でしょう？」

「……親の愛。養親の愛。そして謎めいた、因果なるもの。

とにもかくにも。

私はそれをとても印象的に思った。

だから、仁科家のことをもっと知りたいと思った。だから結果、事件の構図を疑った」

「全て不可解なことには、理由があるから」

「そうよ徹、学習したわね。

でも、敢えて訊く。

あなたはまだ学習してはいない、その親の愛なるものを。それが養母であれ実母であれ。

……徹、あなたはまだ橋を渡らないことができるのよ？

あなたが生きていることで、救われる人もいれば、そう、新しい物語も生まれ来る。

それがどんなに苦く、残酷なものであっても、あなたが生きてさえいれば。

だから、敢えて訊く。

それでもあなたは市松由香里を求めるというの？」

「はい」

「理由」

「……由香里は、こんな僕を愛してくれたからです」

「ザキさん」上原はいった。「今ので投了だ、完落ちだ」

「そうね」ひかりはいった。「最終の真実。負けましたの言葉。今確かに頂戴したわ」

「そうしたらザキさん、取調べを締めよう。

俺、徹の身柄を留置に返してきます。ナギには管理官車を用意させます」

「いえ上原係長、徹の身柄は私が返すわ。悪いけど管理官車の運転手、務めてくれる？」

「ど、ど、どうしても、ですか」

「どうしてもよ」

「……上原警部補了解です。一〇分後、玄関前に管理官車を回します」

「ありがとう」

——上原警部補は退場し。

調べ室には、ひかりと徹だけが残った。

「なら、このスカーフはあなたのものよ」

「ありがとうございます」

「私が一緒に行くから、調子を合わせて頂戴」

「解りました。でも、そんなことをして箱﨑警視に迷惑が掛かるなら」

「……私急ぐのよ？」

「学習しました」

「あっ。と言いつつ私も最後に蛇足（だそく）を。

吉祥寺警察署長。今、警視庁の怨敵・神奈川県警察に身柄と情報を預けてある。相模原西警察署なる警察署の留置施設に留置委託してある。その神奈川県警察には申し送ってある。警視庁の一大スキャンダルの主犯だとね。神奈川県警察に気概があるなら、警視庁の威信と名誉を徹底的に毀損する為、当人を立件するばかりか、冷泉副知事まで事件を伸ばしてくれる。

仮に神奈川県警察が日和ったとして、そのとき両者の余命は両手の指ほども無い。何故と言って、冷泉巡査が犯した現役警察官による略取・監禁・強制性交・傷害・強要・銃刀法違反・覚醒剤取締法違反等々。そんなものが露見すれば直ちにそして確実に、我が親愛なる父上の懲戒処分と早期退官が実現するもの。そして私としては複雑な気分だけれど、慈父がそのような脚本を甘受するはずも無い。これすなわち――

本件事件で流行った言葉を使えば、両者とも、埼玉の山か茨城の海となるでしょう。

おまけに私としては、神奈川県警察が日和ったとき、親愛なる父上にだけ手を汚させる訳にはゆかない。親孝行の為にも、また市松由香里の為にも、都立救命救急センターにお邪魔をして、冷泉巡査いえ〈名無しの権兵衛〉が楽になるお手伝いをしてあげないと。生存率三%未満じゃあ、何かのコードやケーブルを踏み外すといった、うっかりさんな拍子でポックリ逝ってしまっても不可解ではないものね。

――たっぷり苦しませて、楽にしておく」

「僕にとってはもう無意味で無価値な人々ですが、由香里が苦しんだ分は、正直心残りに思っていました。だからもう悔いはありません。

あと、箱崎警視」

「何？」

ひかりが徹を立たせ、手錠と腰紐を施しているとき、徹は微笑んだ。

「そのシャンプー。由香里が普段、使っていたものですね？」

「あなたの供述調書からして、出会ったときの髪の香りが利くと思ったの。

あとお涙頂戴を誘発する為、出会ったときの沈丁花の香りも纏っておいた」

「のぞみさんが由香里に全然似ていなくて、ほんとうによかったです」

「下らない世辞を言うものね。これから由香里さんに言い付けておくわ」

「あっ、僕が行くことは、どうか黙っていてください。

由香里なら、死んでも止めようとするでしょうから」

「それもそうね。学習した。

じゃあ、さようなら」

「さようなら、箱﨑のぞみさん」

取調べ室で別離の挨拶を交わした二人は、そのまま留置施設へ向かう――

（……これこそ、言葉にする必要が無いことだが）

警察署の無機質な廊下を歩きながら、しかしひかりは思った。

（私も上原警部補も、最終の真実、そう由香里と徹に架かった〈架け橋〉を大前提に、強引な指し筋で美しい棋譜を完成させようとした。そして実際、徹は救われた気持ちでいる。

――けれど。

ヒトとヒトとが解り合うというのは、まさか、そんななまやさしいものではない。

私も、そして上原警部補もそう在って欲しいと願うような、まさかそんななまやさしいものではない……何故と言って）

もし、市松由香里が燃える現場で、遺書をしたためたというのなら。

それが、この仁科徹の無実を訴えるものだというのなら。

仁科徹はまさか無実ではないのだから、その内容は虚偽だ。少なくとも虚偽を含む。

そして、その虚偽を伝えたい相手とは。

市松由香里が、最終的にその遺書を読ませたい相手とは……

（どう考えても私達、警察だ）

武藤栞と円藤歌織、そして仁科徹が読むことは当然だが、しかし遺書がこの三者の内に留まる限り、仁科徹の無実など証明できないのだから。だからこの三者は、市松由香里にとっては、実は中継者に過ぎない。現実にはそうならなかったが、彼女本来の意図はそうだった。

（すなわち、市松由香里は警察を最終の読者と想定して、虚偽ある遺書をしたためた）

しかし、だとすれば……

その遺書は、警察をこそ意識した、〈演技〉〈台本〉〈即興劇〉といえる。

なら本質的に、彼女の本心とは距離と壁のある、〈作為あるもの〉〈一歩退いて考えたもの〉〈自分を客観視しながら物語として編んだもの〉といえる。

だから中継者たちにすら、彼女の本心を隠すものといえる……

……それはそうだ。警察に読まれる以上、いや読んで証拠にして欲しい以上、ほんとうのほんとうの、赤裸々な本心はまさか書けないのだから。

ところが、そうなると。

（市松由香里の、遺書。

どこまでが偽りで、どこまでが真実か。どこまでが台詞で、どこまでが本音か。

いや、全てが演技で台本でしかない蓋然性すら）

……ここでひかりは、自分の斜め前を歩く、仁科徹の投了の言葉を思い出していた。

　由香里は、こんな僕を愛してくれたからです
（しかしそれが、彼女の遺書に立脚した判断であるのなら。

まして、市松由香里という少女の異様な正義感・罪責感・自罰感情を踏まえると）

結果として、市松由香里という少女は——

仁科徹を愛するというより、そうだ、自分が断乎として決めた十字架への道をゆくために、仁科徹を利用……いや少なくとも協力を求め、それに対する感謝を示しただけなのではないか。だから仁科徹の救済だの両者の愛だの、そんなもの言葉を選ばなければ、トチ狂った凶悪犯罪者が、改心の見返りを求めるが故の、不埒な幻想に過ぎないのではないか。

（無論、そういう解釈もできるというだけ……その真実など、永遠に解らない。

そしてそのようなこと、今徹に告げる必要も無ければ、言葉にする必要すら無い。

実は私自身ですら、そのような解釈が間違っていると幻想したい。

……ヒトとヒトとが解り合うというのは、成程、とことん幻想であるが故に希望で、だから、かくも美しく見えるのだ。ましてどのみち、徹はもう）

　その徹の決断を考えれば。

この事件、結果として最後の犯人となってしまったのは、実は市松由香里……

（……ううん、いいえ違うわ、まさかよ）

警察署の無機質な廊下を歩きながら、ひかりは今、黒い雷に脳髄を打たれた気がした。

これまで疑惑の霧、疑惑の影に過ぎなかった茫漠とした恐怖が、今ハッキリと実体を現し、今ハッキリと言語化できるようになったからだ。すなわち。

（結果として、そう結果として）

結果として、新名弥生は〈武蔵野市兄妹殺人事件〉の復讐を果たしたことになる。

自分を魂の抜け殻にした男の、その娘を殺せたから。

自分同様の、言うを憚る辱めも与えることができたから。

――そうだ。

新名弥生が、何の躊躇もなく、市松由香里に自分の秘密を漏らしたのは。

市松由香里に、自分の息子と接触させる為だったのかも知れない。

わざわざ京都まで自分を捜しにやってきた、市松由香里。

少し会話をすれば解るであろう、その正義感と責任感の強さ。

あのときの自分のように若い一七歳。人生で最も美しい地図を歩く時季。

実際、あのときの自分の如くに美しい……

いやひょっとしたら、あのときの自分よりも。

それが我と自ら、〈武蔵野市兄妹殺人事件〉の因果を聴きたいというのなら。

そして自分の息子にも、〈武蔵野市兄妹殺人事件〉の凄惨さはもう説明済みだ。

――そんな市松由香里と、そんな仁科徹が接触すれば、どんな結果を生むか？
（あの陰鬱な、京都の海、灰色の世界……
何処かの国の諺にあった。
トンネルには魔女が住むと。その魔女は、自分と同じ顔をしていると）
　窓に映つた自分の顔を道づれにして
　湖水をわたり　隧道をくぐり
　珍らしい顔の少女や牛の歩いてゐる
　あいるらんどのやうな田舎へ行かう
（珍しい少女はやってきた。
そして、窓に映った自分の顔は……二六年間の、終わることの無いトンネルは）
新名弥生に、暗い決意をさせたとして何の不可解も無い。
たとえ、これほど残酷でこれほど因果な結末までは読み切れなかったとしても。
（だとしたら、最終の犯人は。
市松由香里を殺したのは。そしてとうとう、自分の実の息子まで殺してしまったのは。
だから。
極最近、失神するほどの妄執でしたためていた、病床からの手紙の宛先とは、まさか）
「……箱崎警視？　どうかしましたか？」
「いいえ徹、何でもないわ」ひかりは断じた。「この悲劇は、終わりよ」

終章

『旭日新聞』夕刊抜粋（翌日、社会面）

……吉祥寺署は、同署の留置室で勾留中の男性容疑者（17）＝吉祥寺区＝が首を吊り、その後死亡したと発表した。同署は自殺したとみて、詳しい状況を調べている。

同署によると、きょう午前2時ごろ、同署の留置管理課員が室内のトイレのドアに、スカーフ様のものをひも代わりにして首を吊っている男性を発見した。30分前に同課員が確認した際には異常がなかったという。

男性は監禁の疑いで逮捕され、同署の少年居室に勾留されており、同室の者はいなかった。同署の円居有吾副署長は「留置施設内での死亡はあってはならないこと。現在のところ、金属探知機及び触手による身体検査は徹底されていたとの報告を受けており、原因はまこと不可解だが、再発防止に万全を期す」とコメントした。捜査本部の箱﨑ひかり管理官は「スカーフ様のものといえども縊死の前例はある。被疑者死亡により事件の全容解明は困難となった。再発防止に万全を期す」とコメントした……

埼玉県さいたま市見沼（みぬま）区新堤（にいづつみ）一七一の六『ベルジュール七里（ななさと）』103号室前

「ええと……このアパートの大家（おおや）さんでよろしかったですか？」

「あっ、いいえ私は」

「おっと、スミマセン係長――」埼玉県警察の巡査部長はいった。「――大家さんにあっては、まだ東京から此処（ここ）に向かっている最中でして。此方（こちら）の方（かた）は、稼動先（カドウサキ）の店長さんです」

「おお、故人のお勤め先というと、確かコンビニの。御多用中（ごたようちゅう）の御協力、感謝します」

「いえそれは。ただコンビニ店長の私に御協力できることなど、在るかどうか……」

「御心配なく。事件性は皆無（かいむ）ですから」埼玉県警察の警部補が続ける。「故人の御冥福（ごめいふく）を祈りつつ率直に申せば、極めて一般的・典型的な御自殺。既に御案内のとおり縊死（いし）――首吊りですな」

「要は、殺人事件とかではないと」

「逆に、そのようなお心当たりでも？」

「まさか!!」店長は思いきり首を振った。感情が溢（あふ）れる。「故人は、高橋さんは、誰の怨（うら）みを買うような人でも……虫も殺せないほど優しい、それはもう大人しいひとで。所謂（いわゆる）、右の頬（ほお）を打たれたら左の頬を、いえなけなしのバイト代すら差し出しかねない様（よう）なひとで」

「……まるでクリスチャンですな。そして成程（なるほど）、極めて清貧だ。この六畳一間（ひとま）を見ても」

「いえまさにクリスチャンなんです。そう敬虔（けいけん）な、カトリック信者だと聴いています。

そしてこのように清貧なのは、倹（つま）しい暮らしの中、何か真摯（しんし）に、定額の寄付みたいなものを続けていたからだと思います。そんな真面目な様子にも、宗教的なものを感じました。

だのに何故、選（よ）りに選（よ）って自殺など……」

「高橋さんとは」警部補は宥めながら訊いた。「親しくお話を？」

「それはもう。それはもう。

当店のアルバイトで一番の古株ですし、私との夜勤も進んで買って出てくれましたから」

「そうした夜勤などで高橋さん、最近、何か日頃と違う、変わった話をしておられました？

というのも我々、御自殺の原因となるような、生前の言動を調べねばならんもので」

「いいえ、今日この日の自殺なんかにつながる様なことは、何も……」

「そもそも埼玉の人？」

「いえ東京の人。履歴書の現住所は此処ですが、学歴・職歴を見れば分かりますから」

「どんな職歴？」

「様々なアルバイトを経験していましたが、一番勤務年数が長い仕事は、東京の……あれ何処だったかなあ……なんだか福々しい名前の街で、教会の住み込み勤務というか、管理人というか用務員というか、ともかく神父さまに仕える仕事をやっていたはずです」

「教会の住み込み——成程、成程。だから敬虔なカトリック信者だと」

「といって、若い頃はかなりヤンチャというか、ぶっちゃけ不良というか、素行が極めて悪かったとも言っていました。ただあの高橋さんのことですから、そんなのきっと、釣り銭を誤魔化したとか人の足を踏んだとか信者さんをナンパしたとか、その程度の、私達俗人だったら屁とも思わない素行だったと思います。だって、嘘一つ吐けないそんな人ですよ」

「……信者さんをナンパ？」警部補が特異な言葉に反応する。「お話の流れからすると、その、お勤め先の教会とかで？」

「あっ、ちょっと言葉の遣い方が悪かったです」店長は焦燥てていった。「端折りすぎたというか。いえそもそもナンパというより、相思相愛の大恋愛だったようで。故人曰く、『熱心に教会に通っていた優しい女性が、堕ちる所まで堕ちた、すさみきった自分を憐れんでくれまして……』とのことでした」

「ただ故人、この103号室で独り身だったと見受けますが？　すると御結婚は——」

「しなかったようです。履歴書にも、配偶者の記載はありません。

　今申し上げた女性についても、故人曰く、〈身分の違い〉〈住む世界の違い〉〈それまでの素行の違い〉が余りに大きかったとかで。だから、相思相愛の大恋愛だったのに、その女性の親御さんに——彼女を無理矢理奪われるかの様に——仲を引き裂かれてしまったそうです」

「それ以降ずっと独身？」

「私が聴く限りは。そして高橋さんは嘘の吐けない人です」

「するとお子さんもおられませんなあ。困ったなあ」

「あっと……実は高橋さん、其処はいつも言葉を濁していて。嘘が吐けないからでしょう」

「ならお子さんがおられると？　職務上必要なので、ひょっとしたら御連絡先など——」

「いえ其処までは存じません。ただ」

「ただ？」

「……お嬢さんが、おられると思いますよ。年若い、お綺麗なお嬢さんです」

「何故そのことを御存知なのです？」

「目許口許がそっくりの、恐らくは女子高生さんが、何と言うかその……当店の、そうコンビニの周囲を、まあその、調べ回っていた様子がありましたので。それも結構、頻繁に」

「調べ回っていた――すると、高橋さん御本人と会ったりも？」

「それは全然。私の想像でよろしければ、彼女、高橋さん本人と出会すのは、慎重に避けていた様ですから。もっと想像するなら、高橋さん本人も多分、ずっと気付かないフリを」

「店長さんの御想像では」警部補は訊いた。「その子、実の娘さんだと思われますか？」

「ええもちろん。もちろんです。顔を一目見れば、否定する方が難しいほどですよ……」

「そうすると、話の流れと故人の御性格からして、その娘さんというのはきっと、先刻の」

「ええ先刻お話しした、相思相愛の――そして結局は引き裂かれた大恋愛の――女性とのお子さんでしょうね。ただ高橋さんの様子からして、其処は絶対に踏み込んではいけない領域のような気がして。だから、まさか故人とはそんな話をしていません」

「――実はですね店長さん、ここ１０３号室の中には、故人の身寄りを示すどのような書類も手紙も証明書も無くて。取り敢えずは、その娘さんとやらの御連絡先が分かれば、高橋さんの為にも嬉しいですなあ」

「え」ずっと感情を溢れさせていた店長は、突然、絶句した。「手紙が無い？」

「ええありません」警部補は頷いて。「本件、そもそも事件性がないので、ありのままをお伝えすれば……手鍋の上で紙束を燃やしたと思しき、灰ならばあるのですがね」

「えっ、ならまさか、あの手紙を燃やしちゃったのかな……？」

「――ええとスミマセン、その〈手紙〉とは？」

「ああスミマセン、御説明も無く。

——最近、高橋さん、店舗でもよく分厚い封筒を取り出して、中の便箋をそれは懸命に、何度も何度も繰り返して読んでいたんですよ。もちろん真面目な人ですから、業務に全く支障はありませんでしたが。ただその真剣さというか、凄味が半端じゃなかったんで、つい私も『高橋さんそれ大事な手紙ですか?』って訊いちゃったんですね。

そうしたら高橋さん、『仕事中に申し訳ありません。家族の近況を報せる手紙なので、肌身離さず持ち歩いては、読み耽ってしまいます……』って言っていました」

「そして、高橋さんは嘘を吐かない」

「そうなんですよ。だから家族はおられるし、その手紙は大事だし……となると、燃やすなんて信じられないなあ。ともかくもこれが〈手紙〉の一件です」

「さて」警部補はいった。「その差出人は娘さんとやらか、それとも大恋愛の女性か……」

「しかし、だとしたら……いきなり自殺してしまうなんてこと、あり得ないですよね? 分厚い封筒で、家族の近況を教えて貰ったなら、そこにあるのは、希望じゃないかなあ」

「ちなみに店長さん」警部補はこの幕、締めに入った。「故人の身元確認はどのように?」

「昔々の、採用時の話ですが、先に申し上げた『教会さん』が発行した従業員用の保険証を拝見しました。何度も何度も更新されていましたし、教会さんですから問題無いかと」

「すると、免許証や住民票は御覧でない……念の為ですが、その保険証に記載された姓名は」

「もちろん、高橋由行さんですが」

スカーフ様のもの（一二四cm－八四cm－八四cm、肉筆文字の記載あり）

琹　歌織

……安心して　できるかぎりのことはした　きっと大丈夫
怨まないで　私が望んだ償いだから　この人は無実
私を救ったこの人を　どうかお願い　助けてあげて
私を逃がしたこの人の　あの日の善意に報いてあげて
そう　あの日少しだけ　本音を漏らしてしまったとおりに……
……徹君　私を逃がしてくれて　ありがとう
私に　ひどいことをしないでいてくれて　ありがとう
だから私は　私もきっと　私の重荷を下ろしてくれた　あなたが

（一部の可読部分のみ）

古野まほろ（ふるの・まほろ）

東京大学法学部卒業。リヨン第三大学法学部第三段階「Droit et Politique de la Sécurité」専攻修士課程修了。なお学位授与機構より学士（文学）。警察庁Ｉ種警察官として、交番、警察署、警察本部、海外、警察庁等で勤務の後、警察大学校主任教授にて退官。2007年、『天帝のはしたなき果実』で第35回メフィスト賞を受賞しデビュー。有栖川有栖、綾辻行人両氏に師事。本格ミステリを中心に、警察小説、青春小説、新書等をはばひろく執筆するほか、古野名義以外で多数の法学書等がある。

本書は書き下ろしです

叶うならば殺してほしい　ハイイロノツバサ

二〇二一年五月十八日　第一刷発行

著者　古野まほろ

発行者　鈴木章一

発行所　株式会社講談社

東京都文京区音羽二-一二-二一
郵便番号　一一二-八〇〇一
電話　編集　〇三-五三九五-三五一〇
　　　販売　〇三-五三九五-五八一七
　　　業務　〇三-五三九五-三六一五

本文データ制作　講談社デジタル製作

印刷所　豊国印刷株式会社

製本所　大口製本印刷株式会社

定価はカバーに表示してあります。

落丁本・乱丁本は購入書店名を明記のうえ、小社業務宛にお送りください。送料小社負担にてお取り替えいたします。なお、この本についてのお問い合わせは、講談社文庫宛にお願いいたします。

ISBN978-4-06-523390-0　N.D.C.913 623p 23cm